清代宮廷大戲叢刊初編

昇平寶筏【下】

（清）張　照　編寫
王　應　武　芳　魏奕元　校點

北京大学出版社
PEKING UNIVERSITY PRESS

己上

第一齣　洪福寺行香望信（先天韻）

〔雜扮衆將官、衆軍卒。引二十四功臣，全從壽臺上場門上。唱〕

【黄鐘宫正曲・畫眉序】並轡集鴛聯（韻），金紫雍容富貴仙（韻）。恰退朝花底（讀），風暄日妍（韻）。

〔分白〕吾乃河間王李孝恭是也。吾乃趙國公長孫無忌是也。吾乃萊國公杜如晦是也。吾乃鄭國公魏徵是也。吾乃梁國公房玄齡是也。吾乃鄂國公尉遲敬德是也。吾乃衛國公李靖是也。吾乃宋國公蕭瑀是也。吾乃褒國公段志玄是也。吾乃夔國公劉弘基是也。吾乃蔣國公屈突通是也。吾乃鄖國公殷開山是也。吾乃譙國公柴紹是也。吾乃翼國公秦瓊是也。吾乃邳國公長孫順德是也。吾乃鄒國公張亮是也。吾乃陳國公侯君集是也。吾乃郯國公張恭瑾是也。吾乃盧國公程知節是也。吾乃永興郡公虞世南是也。吾乃渝國公劉政會是也。吾乃莒國公唐儉是也。吾乃英國公李世勣是也。吾乃申國公高士廉是也。〔全白〕昔年大洪福寺禪師陳玄奘，奉旨往西天竺國求取經文，我等曾向長亭餞別，不想一去八年，杳無音信。昨日聖上有旨，令洪福寺修建齋醮，一則保佑他早還東土，二則爲追薦陣亡將士。這是聖人一片仁至義盡之心。今日聞得遣中官特進疏文，因此下官們也一仝前去拈香。你看旛蓋飄飄，香花繚繞，金鐃法鼓，震天動地，好個醮壇也。〔行科。唱〕遥望着梵宇高懸(韻)，可正是法輪常轉(韻)。〔合〕停鞭繫馬垂楊院(韻)，愛他古木蒼烟(韻)。〔作到科。衆將官白〕來此已到洪福寺了。〔衆功臣白〕從人外廂伺候。〔衆將官應科。從壽臺兩場門分下。場上先設佛像。雜扮衆音樂僧，從壽臺兩場門上，各作吹打法器科。雜扮住持僧，從壽臺下場門上，作迎接衆功臣作拈香參拜科。仝唱〕

【又一體】拜手梵王前(韻)，高捧名香一意虔(韻)。爲法師玄奘(讀)西去幾年(韻)，仗佛力默佑平安(句)，取經藏早還鄉縣(韻)。〔合〕免聖懷終日來牽掛(句)，區區齊叩諸天(韻)。〔雜扮衆太監，捧疏文。引雜扮大太監，從壽臺上場門上。仝唱〕

【黄鐘宫正曲・滴溜子】高僧的(句)，高僧的(疊)西行絶遠(韻)。洪福寺(句)，洪福寺(疊)大加修建(韻)。見他(讀)香花葱蒨(韻)。雲漢倬天章(句)，高擎載獻(韻)。一片至誠(讀)，端拱法筵(韻)。〔作進門科。住持僧作迎，衆僧奏樂，大太監拈香參拜科。唱〕

【黄鐘宫正曲・滴滴金】大唐天子誠心展(韻)，特遣中官梵疏卷(韻)。望慈雲法雨多普遍(韻)，護唐僧(讀)，早回轉(韻)。還有從前征戰(韻)，陣亡士卒含幽怨(韻)。教他超生九泉(韻)，全憑佛天(韻)。〔作起科，相見科。白〕衆位老先到先來了嗎？〔衆功臣白〕早知聖上今日來進疏文，所以早來伺候。只是老公公太勞了。〔大太監白〕什麽勞苦，不過替皇爺進個疏文，咱們的差事就完了。各位老先，這個地方是難得來的，何不各處隨喜隨喜？咱家覆旨去也。〔衆功臣白〕請。〔大太監白〕請。正是回覆一人之命，工夫各自兒忙。〔從壽臺下場門下。衆功臣白〕聖上疏文已上，我等再拈香祈禱一番。〔又作拈香參拜科。唱〕

【黄鐘宫正曲・鮑老催】焚香載言（韻），念東征西討血染韉（韻），刀頭多少鬼負寃（韻）。我封拜（句），他枉死（句），殊慚靦（韻）。望楊枝一滴露華鮮（韻），拔幽完却人天願（韻），生和死咸歡忭（韻）。〔衆音樂僧各從壽臺兩場門下。住持僧白〕請各位國公爺齋堂用齋。〔衆功臣白〕不消。我等且上毘盧閣一望，僧人引導。〔住持僧白〕曉得，這裏來。〔衆作行科。唱〕

【尾聲】毘盧閣閒消遣（韻），道的個升高望遠（韻），還待要與衆仝登大願船（韻）。〔從壽臺下場門下〕

第二齣　芭蕉洞妒妾興師（齊微韻）

〔旦扮鐵扇公主，戴羅刹髗腦，穿氅，從簾子門上。唱〕

【仙呂宮引・卜算子】寵妾棄頭妻（韻），撇母收嬌稚（韻）。兩般積恨在眉尖（句），難按心頭氣（韻）。

〔場上設椅，轉場坐科。白〕羅刹威名震翠雲，芭蕉另闢一乾坤。狠心夫婿恩情斷，忒毒觀音子母分。奴家鐵扇公主是也，混名羅刹女，嫁與牛魔王爲妻，鎮守火焰山中，三界聞名，鬼神喪膽。不料玉面妖狸住在摩雲洞中，家資富厚，慾熾如焚，要招個好漢進門照管家務。誰知我那魍魎，利其所有，愛其姿容，不顧我結髮恩情，竟自飄然長往，不回家下兩載有餘，好教我難度黃昏，怎捱長夜。幾次欲駕雲前去，趕逐妖狸，掃平巢穴，又想到以前夫妻恩愛，爲了這個妖狸，竟爾反目成讐，日後難於和好，因此中止。又爲孩兒聖嬰大王與孫行者戰鬪，被觀世音菩薩收去。前番我自己統領女將，親到落伽山拜求大士釋放，使我子母團圓，那曉得他預識風聲，將我孩兒蓋于鉢下，誰知佛力果然雄猛，我點了無數驍兵，終是揭他不起，只得收陣而回。又是過了許多日月，我孩兒離我跟前許久，細細想起，不得一見，顧影徘徊，兩頭俱失，好不傷感人也。〔場上設桌椅，作入桌坐科。

唱〕

【商調集曲・梧桐樹集】【梧桐樹】（首至六）傷心子遠離韻，抱恨夫相棄韻。母子夫妻韻，盡付東流水韻。雙眸望斷人千里韻，獨枕無聊淚漬衣韻。【五更轉】（合至末）黃昏燈火難成寐韻，靜掩重門讀，與燈兒相對韻。〔白〕我想起孩兒的事。那潑猴呵！〔唱〕

【南呂宮正曲・浣溪沙】忒相欺韻，恁威勢韻，害得我難存難濟韻。把門閭倚斷長流淚韻。〔白〕我那兒呵！〔唱〕將十指傷殘可不心痛悲韻，〔合〕無終極韻。想起那火雲洞惡交兵句，這冤讐積恨山齊韻。〔作出桌科。白〕仔細思量，實實放他不過。孩兒那邊且再想法兒救取。這個老牛的寵妾棄妻，决也忍不得了。不免殺將前去，除了淫妖，就與他割斷恩情，止不過孤房獨處罷了。魔女們那裏！〔旦扮衆魔女，各戴魔女髮，穿彩蓮襖，繫戰腰，從簾子門上，作見科。白〕娘娘有何吩咐？〔鐵扇公主白〕傳令：齊集五百刀鎗手，明早隨我到摩雲洞去，迎接大王還山，與我縛了玉面妖狸，擄掠家資，焚毀巢穴，歸家重賞。〔衆魔應科。鐵扇公主唱〕

【尾聲】翠雲平地干戈起韻，捉取姦淫好架題韻。只看這雄吼的獅王生吞了玉面狸韻。〔仝從簾子門下〕

第三齣　牛魔王善調琴瑟（魚模韻）

〔淨扮牛魔王，戴牛魔盔，簪雉尾、狐尾，穿氅，從簾子門上。唱〕

【仙呂宮引·探春令】小妻相對足歡娛（韻），結恩情如許（韻）。縱關心（讀）結髮枕邊言（句），腦背後糟糠婦（韻）。〔場上設椅，轉場坐科。白〕久佈威名鎮海隅，爲因溺愛故情踈。王魁薄倖甘心受，枕簟孤寒怕累渠。我乃牛魔王是也。生在世間，職司天上。偶爾一念癡迷，墮落紅塵凡界。占踞火燄山中，仝妻鐵扇公主恩情若漆，歡愛如膠，生一孩兒名喚聖嬰大王，爲與孫悟空賭賽，被觀世音菩薩收去，至今不能相見。前因摩雲洞主慕我威名，情願坐座招我爲夫。成親之後，行則成雙，坐則成對，至於被底濃情，無不各極其致，恨不得兩身併作一身，兩命合爲一命。但只是丢下鐵扇公主在家二年未會，孤幃寂寞，這原是我的不是，少不得要駡幾句負心禽獸，薄倖畜生。〔作笑科。白〕喜得雲山路阻，聽聞不及，也只得由他罷了。況我被美人留戀，一刻不在面前，就像失魂落魄的一般，因此甘心住下，也不及顧他。今當春景暄妍，他去備辦酒肴，要與我交股言歡。你看他愛我之心，那一刻見放得我下，教我那一刻見放得他下。道猶未了，美人早出來也。〔旦扮玉面姑

姑，戴鸚哥尾，簪形，穿氅。旦扮衆侍兒，各簪形，穿衫背心，繫汗巾，從簾子門上。玉面姑姑唱〕

【仙吕宫引・金鷄叫】爹媽相抛兒去(韻)，而今兀自(讀)淚珠如雨(韻)。這等良人無覓處(韻)，撇下家緣(讀)，另尋鴛侶(韻)。〔作相見科。場上設椅，各坐科。牛魔王白〕美人，當兹春景，正是暄妍，對此良辰，莫教辜負。〔玉面姑姑白〕因惜時光易擲，等閒怕悮青春。聊備蔬酒賞玩，大王須索開懷。〔牛魔王白〕感你恩情，刻難輕置。既辦酒席，正好談心。〔玉面姑姑白〕丫鬟看酒來。〔衆侍女作應，向下取酒。場上設桌椅，各坐科。牛魔王唱〕

【仙吕宫正曲・解三酲】兩下裏你貪我慕(韻)，論恩愛拌蜜如酥(韻)。黄蜂紫蝶紛來去(韻)，相對舞抱花鬚(韻)。仝心把酒春光裏(句)，正是天清景媚初(韻)，〔合〕心懷慮(韻)。〔玉面姑姑白〕大王所慮何事？〔牛魔王唱〕慮只慮情深夜短(讀)，難盡歡娱(韻)。〔玉面姑姑唱〕

【又一體】白駒馳難教暫駐(韻)，緑蟻浮易得常沽(韻)，秦宫不脱花間住(韻)。香世界玉肌膚(韻)，爲雲爲雨朝還暮(韻)。十二巫山路不迂(韻)，〔合〕心還慮(韻)。〔牛魔王白〕美人慮着何來？〔玉面姑姑唱〕慮着慮情深夜短(讀)，難盡歡娱(韻)。〔旦扮衆魔女，各戴魔女髮，穿採蓮襖，繫戰腰，持刀。引旦扮鐵扇公主，戴羅刹髝腦，穿宫衣、紮袖，佩劍，從洞門上。唱〕

【小石調引・憶故鄉】積恨滿胸脯(韻)，捉玉面姑姑(韻)。〔衆魔女白〕啟娘娘，此間已是摩雲洞了。〔鐵扇公主白〕打將進去！〔衆魔女作應，仝進洞門，遶場科。牛魔王作見驚躲科。玉面姑姑仝衆侍女從簾子門暗下。衆魔女白〕大王不要躲，是娘娘來了。〔牛魔王白〕原來是娘娘到此。何不先着人來通報一聲，待我來迎接？〔鐵扇公主白〕通報甚麽！迎接甚麽！你好嗄，貪戀妖狸，把我不睬。成個甚麽丈夫！做個甚麽男子！〔場上設椅，坐科。牛魔王作躬身科。白〕娘娘，我久已打算要去，奉看娘娘，因有些俗冗，未得清楚。〔鐵扇公主白〕魔女們，與我將玉面妖狸拿他出來。〔魔女作應。牛魔王攔阻科。白〕娘娘息怒。有話從容相講，不要性急。我不回家，非干他事，何必罪及於他。拙夫領罪便了。〔鐵扇公主白〕好不識羞！〔唱〕

【黃鐘宮正曲·啄木兒】你迷妖婦擯棄奴(韻)，這樣行藏真可惡(韻)。路旁枝結果開花(句)，帳中歡捱朝等暮(韻)。〔牛魔王白〕今日來此，尊意若何？〔鐵扇公主唱〕青春你把人擔悮(韻)。妖精速去清秋路(韻)，〔合〕莫怪我嬌娘性氣麄(韻)。〔牛魔王白〕這却怎敢？不過是〔唱〕

【又一體】三生石月老書(韻)，足繫紅絲怎間阻(韻)。〔鐵扇公主白〕你招他也罷，爲甚麽兩年不歸？却不是寵妾妄妻麽？〔牛魔王唱〕你責我寵妾妄妻(句)，只怕你撚酸喫醋(韻)。勸娘娘暫息雷霆怒(韻)，莫須學那河東妬(韻)。〔合〕伏望包荒恕拙夫(韻)。〔白〕我和你年老夫妻，不可因此小事，傷了和氣。你且息怒寬容他些，待我叫來賠禮何如？〔鐵扇公主白〕也罷，你叫他過來，待我問他。〔牛魔王白〕自然見你的。只求你千萬不要發性。〔作喚科。白〕阿聽者，叫你呢，過來，見了娘娘。〔玉面姑姑從簾子門上，作見拜科。白〕娘娘在上，羈留大王，皆是奴家不是。但因家母亡後，所遺家業甚豐，屢屢被人欺侮，奴家没奈何，只得招夫管家。幸蒙大王不棄，慨然應允，得以保守家資。此皆大王威名，即是娘娘福澤，屢欲仝去叩見，奈一時羈絆，未得起身，因循至今。此非大王之過，實賤妾之罪也。望娘娘大開惻隱，憐而赦之。〔牛魔王作背科。白〕説得好，會説話，有理。〔鐵扇公主白〕看這妮子，話還説得乖巧，我亦生憐。也罷，我且看他意思何如，再爲區處。玉面你的話到也乖巧，既爲大王遮蓋其愆，又爲自己脱卸其過。據你説來，到是我來的不是了？〔玉面姑姑白〕奴家怎敢？〔牛魔王作背科。白〕不好了，又來磨牙了，怎麽處？〔作急科。白〕娘娘，他説得有理，俱是實情。〔鐵扇公主白〕不要你多講。〔唱〕

【黄鐘宫正曲・三段子】你言好粗(韻)，討人情掙着頭顱(韻)。〔牛魔王白〕如今下了個禮，求娘娘寬恕的了。〔鐵扇公主作向玉面姑姑唱〕你罪允符(韻)，拐牛精戀着錦鋪(韻)。我今來此非無故(韻)，急忙收拾隨吾去(韻)。〔合〕免動干戈(讀)，拆毁穴廬(韻)。〔玉面姑姑白〕娘娘要奴回去，極該應命。但奴這邊家園甚大，若一時去了，必爲他人所得，乞容數月，待我收拾完備，然後來家，不知娘娘尊意若何？〔鐵扇公主白〕這話雖然可聽，但怎生發付我來？〔玉面姑姑白〕任憑娘娘吩咐。〔鐵扇公主白〕你既家資富厚，必有異寶奇珍，多送些來，我便容你收拾。〔玉面姑姑白〕寶貝俱有，娘娘駕請先回，五日之内，待奴家收拾齊備了，即時差人賫上。〔唱〕

【又一體】萬祈寬恕(韻)，恕奴家迎軒禮踈(韻)。〔作向牛魔王唱〕向前伏輸(韻)，負荆條請罪何如(韻)。

東邊日出西邊雨（韻），中間原有偏枯處（韻）。〔合〕一笑釋兵權（讀），先賢成語（韻）。〔牛魔王作笑科。白〕我那賢德娘娘，有恩有義的娘娘，望你高抬貴手，暫時饒了愚夫罷。〔唱〕

【黄鐘宫正曲·歸朝歡】賢德的（句）賢德的（格），女中丈夫（韻），容婢妾盡心報主（韻）。〔鐵扇公主唱〕暫寬假（句）暫寬假（格），整頓金珠（韻），休失信（讀）故把娘行賺取（韻）。〔玉面姑姑唱〕持家立業應幫助（韻），並非設計相推阻（韻）。〔合〕一室團圓得自如（韻）。〔衆魔女引鐵扇公主遶場，作出洞門從下場門下。牛魔王作躬身送科。白〕拙夫帶妾玉面送娘娘。〔玉面姑姑白〕去遠哩。〔牛魔王虚白發怒科。玉面姑姑作扯牛魔王，仝進洞門遶場科。牛魔王白〕美人，虧你這一席話，哄他去了，好拿寶貝出來我看。〔玉面姑姑白〕甚麽寶？〔牛魔王白〕你方纔許了娘娘的寶，拿出來待我看看，是個甚麽寶。〔玉面姑姑白〕是個現世寶。我那裏有甚麽寶。〔牛魔王白〕你既没寶，爲何許他？〔玉面姑姑白〕我是替你許他的，你自弄寶送他去。〔牛魔王白〕我只得一個身子，那裏有寶？〔玉面姑姑白〕這等不濟。你的知交甚廣，何不往海藏龍宫、蓬瀛仙島去借？〔牛魔王作喜科。白〕妙嗄，有理。待我想想，看往那家去借纔有。〔雜扮蝦兵，戴馬夫巾、水卒臉，穿箭袖、卒褂，持簡帖，從壽臺下場門上。白〕爲因贅婿排嘉宴，邀請賓朋叙舊交。門上有人麽？〔雜扮小妖，戴鬼髮，穿箭袖、卒褂，從洞門上。白〕那裏來的？〔蝦兵白〕碧波潭通聖龍王招贅九頭駙馬，特請牛大王去赴喜筵。有帖在此，相煩通報。〔小妖白〕伺候者。〔作接簡帖、進洞門、遶場禀科。白〕禀大王，碧波潭通聖龍王招贅九頭駙馬，請大王去赴喜筵，有請帖在此。〔牛魔王接簡帖，作看喜科。白〕美人，我正想借寶没有着落，恰好碧波潭通聖龍王來請，就問他借，不愁不肯。〔玉面姑姑白〕這是極好的機會了。〔牛魔王白〕過來，吩咐來人，准定如期赴席。〔小妖應科，作遶場出洞門科。白〕如期赴席，多多拜上你大王。〔蝦兵應科，仍從洞門下。牛魔王白〕我好喜也。寶貝生成在世間，〔玉面姑姑白〕龍宮堆積盛如山。〔牛魔王白〕此行莫吝人前口，〔玉面姑姑白〕管取功成得意還。〔牛魔王白〕我好喜也！〔作向内科。白〕丫鬟收拾酒筵，到房中去擺設，好酬謝你奶奶的高情！〔各虛白，從下場門下〕

第四齣　卓如玉朗祝椿楦（先天韻）

〔外扮卓立，戴幞頭，穿蟒，束帶，佩印綬。雜扮衆院子，各戴羅帽，穿院子衣，繫鑾帶，隨從壽臺上場門上。卓立唱〕

【雙調引・真珠馬】沙堤待漏趨金殿（韻），顛倒衣裳忙舞忭（韻）。調爕臺星顯（韻），未得螽斯慶衍（韻）。還堪羨（韻），有掌上明珠宛孌（韻）。〔場上設椅，轉場坐科。白〕仕宦棲遲四十年，惟存忠直答蒼天。箕裘待倩誰人紹，又報添籌敞綺筵。下官卓立，字偉然，祭賽國人也。自二十歲登朝，宦途四十載，官至左相太師之職，榮貴已極，寵任非輕。夫人喬氏，年歲相仝，止有一女，小字如玉，年方十七，性格端方，才華秀麗，艱於擇壻，待字閨門。我這國中也有宦家子弟，若求才品兼優者，急切難選。惟是現寶街上有一少年名喚齊福，與我女兒年紀相彷，才貌兼優，父親曾受諫垣，只是目下窮窘。我見他不以貧富介懷，惟以文章自命，到是個可意者。且待他應過鄉會兩場，央媒説合。若女兒得此良配，也完我一椿心事。今日下官生辰，你看夫人與女兒都上堂也。〔老旦扮喬氏，戴鳳冠，穿蟒，束帶。旦扮衆梅香，各穿衫背心，繫汗巾，從壽臺上場門上。喬氏唱〕

【雙調引·搗練子】膺榮寵(句)，戴堯天(韻)，舉案齊登花甲年(韻)。〔旦扮如玉，穿氅。小旦扮蘭香，穿衫背心，繫汗巾，從壽臺上場門上。如玉唱〕弱女一般承子職(句)，稱觴趨侍畫堂前(韻)。〔作相見科，各坐科。分白〕別館春還淑氣催，天容辰象列昭回。已知聖澤深無限，酒近南山作壽杯。〔如玉白〕今日乃爹爹壽日，孩兒備得樽酒，與爹爹、母親慶祝。〔卓立白〕生受了，我兒把盞。〔場上設酒席、桌椅。如玉把盞，定席，各入桌坐科。仝唱〕

【雙調集曲·錦堂月】【畫錦堂】(首至五)畫錦張筵(韻)，歌聲沸繞(句)，瑤池絳桃初獻(韻)。綠鬢方瞳(句)，漫説陸地神仙(韻)。【月上海棠】(四至末)暢好是上相尊崇(句)，誰得並中朝榮顯(韻)。〔衆院子、梅香作跪科。仝唱合〕承天眷(韻)，看取花甲重登(讀)，時間家宴(韻)。〔喬氏唱〕

【雙調正曲·醉翁子】堪羨(韻)，好淑景花香鳥囀(韻)。喜矍鑠齊眉(讀)，天恩不淺(韻)，還嚥(韻)。〔卓立白〕夫人何事，欲言又忍？〔喬氏唱〕只孔雀屏開(讀)，何日東床才中選(韻)。〔卓立唱合〕權消遣(韻)，定早締絲蘿(讀)，喜從人願(韻)。〔仝唱〕

【雙調正曲·僥僥令】王朝歌有道(句)，臣宰樂無邊(韻)。但願歲歲年年常稱祝(句)，〔合〕拜家慶(荷)皇恩福壽全(韻)。〔雜扮長班，戴羅帽，穿院子衣，繫鸞帶，從上場門上。白〕異事偏傳三寶地，玉音飛下九重天。門上大爺！〔院子作出門見科。白〕有何話説？〔長班白〕金光寺塔頂放五色毫光，適纔有旨意頒下內閣，國王明日駕幸金光寺，宣相爺隨駕。小的先來稟知。〔院子白〕外面候者。〔長班仍從上場門下。院子作進門稟科。白〕稟爺，明日駕幸金光寺，特命老爺隨駕。〔卓立白〕知道了。〔喬氏白〕老爺，明日駕幸金光寺，爲着何事？〔卓立白〕只因金光寺寶塔忽現萬道霞光，照耀千里，夜如白晝。欽天監奏道，是國王慈愛，佛賜奇光，故此親臨閱視。〔如玉白〕既然好看，孩兒也要去看看，不知爹爹允否？〔卓立白〕我兒既然要去，院子、蘭香伏侍小姐前去觀看便了。〔作出席科。仝唱〕

【尾聲】這異光遠映乃是佳祥現(韻)，保吾王國祚綿延(韻)，從此願共樂昇平萬萬年(韻)。〔仝從壽臺下場門下〕

第五齣　齊錫純正色絕交（齊微韻）

〔小生扮齊福，戴巾，穿道袍，繫儒絛，從壽臺上場門上。唱〕

【南吕宫引·戀芳春】十載寒窗(句)，三冬苦志(句)，胸藏萬斛珠璣(韻)。暗裏光陰易去(句)，轉覺傷悲(韻)，耆字難支凍餒(韻)。况雙親多年見背(韻)，添憔悴(韻)，兀繼晷焚膏(讀)，幾時中榜高魁(韻)。〔場上設椅，轉場坐，白〕〔鷓鴣天〕簪纓門第媿魚徐，鯁直還承綉豸餘。筆抉雕龍名未遂，才凌吐鳳志難舒。三尺劍，五車書，芸窗相伴度居諸。何年奮翼天池去，不把男兒事業虛。小生齊福，表字錫純，祖貫祭賽國人也。父名雯漢，官列諫垣，母姓東方，曾膺封誥。不幸棄世，宦槖蕭然。止有一所敝廬，就在這現寶街上，與金光寺相對。小生年方二九，勵志讀書。争奈上不能奮翮雲霄，下未得唱隨琴瑟，窮愁落莫，無可告人。追想雙親在日，何等愛憐，及至長大成人，却又椿萱早逝，屺岵回瞻，肝腸欲斷！〔唱〕

【仙吕宫集曲·六時理鍼線】【解三酲】（首至七）痛椿萱將兒早棄(韻)，恨功名獨我偏遲(韻)。行藏惜與時相背(韻)，嘆書香不得療饑(韻)。似我這學成文武乘時器(韻)，何日方能貨帝畿(韻)。〔白〕向有一朋友名唤陰隲，因係斯文中人，憐他窮苦，留榻寒齋，朝夕言談，少免寂寞，緣何旬日以來，不見形影，却到那裏去了？〔唱〕仝聲氣韻，〔鍼線箱三至六〕飄然長往因何起韻。枉勞心中夜思維韻，莫不是得志從教撇故知韻？【急三鎗】〔三至末〕我只好句，這去往憑他意韻，青燈守何必要借光輝韻。〔副扮陰隲，戴巾，穿道袍，繫儒縧，從壽臺上場門上。白〕只説喜叨恩相賞，休提苦受別人憐。〔作進門見科。白〕齊兄。〔齊福白〕陰兄，何處去了旬日，此時纔回？〔場上設椅，各坐科。陰隲白〕不瞞兄説，偶爾上街閒遊，途中遇了個好朋友，一見如故，臭味相投，蒙他厚情，留居潭府。你不看新其巾而艷其服，肥其口而潤其身，且又問弟行藏，已將高情直達。渠亦久聞大名，渴欲一挹芝顔。故令弟爲先容，表其向葵之誠，希遂登龍之願。〔齊福白〕此兄是誰，輒肯下交布素，係何姓名，幸祈指示。

〔陰隲白〕齊兄，〔唱〕

【又一體】他重賢才渾忘富貴韻，極寒微不惜提携韻。〔齊福白〕到底是誰，是何名姓？〔陰隲唱〕乃是輕肥公子豪華輩韻，賴斯文太傅門楣韻。〔齊福唱〕擇交勝己纔依倚韻，附熱趨炎只自欺韻。〔陰隲白〕齊兄，〔唱〕你竟是書獃矣韻。他目前勢耀冲天起韻，況且慕文名定有便宜韻。〔白〕請走。〔齊福白〕那裏去？〔陰隲白〕拜賴兄。〔齊福白〕有何益處？〔陰隲白〕兄道没有益處？他今勢焰騰騰，與他交好，將來富貴可圖。〔齊福唱〕縱饒他翻雲覆雨多權勢句，只是我結綬彈冠不動移韻。〔陰隲白〕如今的人，求他一面，不可得。他既情願納交，這正是齊兄的時運到了。〔齊福唱〕我只好

(句)這顯晦憑天意(韻)，青燈守何必要借光輝(韻)。〔陰隲白〕齊兄，他一番殷殷愛你之意，實爲諄切。爲何如此見拒？〔齊福白〕非爲見拒。素聞他做人奸險，不是正人君子，不但小弟不該去拜他，即是吾兄亦該早早遠絶他纔是。〔陰隲白〕益發可笑了。這樣人求其清聆，已屬萬分僥倖，倒要去遠絶他，豈有此理！〔齊福白〕陰兄，聖人曾道富貴人之所欲，不以其道不處。〔唱〕

【尾聲】你切不可隨波且暫圖遊藝(韻)。〔陰隲白〕我也記得聖人説過的，富而可求也，雖執鞭之士，吾亦爲之。〔唱〕你何必道學迂儒志氣灰(韻)。〔齊福唱〕擇友遴交莫自迷(韻)。〔陰隲白〕非干諂媚喜鑽營，守拙如今總不靈。〔齊福白〕處分安貧應俟命，何須徼倖浪求名。〔各虛白，從壽臺兩場門分下〕

第六齣　九駙馬詭謀攫寶（庚青韻）

〔雜扮衆水怪，各戴馬夫巾、水卒臉，穿箭袖、卒褂，執旗。引副扮通聖龍王，戴龍王冠，穿蟒、束帶，從中間地井内上。唱〕

【正宫引・梁州令】亂石山中顯聖靈(韻)，有無限威聲(韻)。〔雜扮九頭駙馬，戴九頭髗腦，穿蟒、束帶，從地井内上場門上。唱〕碧波水族萬千丁(韻)。客商舟楫絶(句)，名傳播(句)，盡皆驚(韻)。〔作相見科。場上設椅，各坐科。通聖龍王白〕前日差人去請牛魔王來赴三朝喜筵，怎麽還不見來？〔九頭駙馬白〕那西北上怪雲聳起，風氣南飛，敢是牛魔王來也。〔通聖龍王白〕手下的，門上伺候者。〔衆水怪應科。雜扮衆小妖，各戴鬼髮，穿箭袖、卒褂，執旗。引淨扮牛魔王，戴牛魔王盔，簪雉尾，穿蟒、束帶，騎獸，從壽臺場門上。唱〕

【正宫引・破陣子】荏苒蓐收司令(韻)，金風拂袖飄輕(韻)。霧去雲來山共嶺(韻)，如在王維畫裏行(韻)，何愁千萬程(韻)。〔作到下獸科。衆小妖白〕牛大王到！〔衆水怪禀科。白〕牛大王到了！〔通聖龍王、九頭駙馬仝迎進科。衆小妖牽獸，從壽臺上場門下。牛魔王白〕恭喜大王！乘龍佳選，果是才郎。未展寸芹，辱承寵召，何以克當。〔通聖龍王白〕既叨愛末，久別臺顔。兒女願畢，不敢相瞞。薄備蔬卮，勿嗔輶褻。〔牛魔王白〕豈敢。〔通聖龍王白〕看酒來。〔衆水怪應科。場上設桌椅，各入桌坐。仝唱〕

【正宫正曲・玉芙蓉】霞光泛玉觥（韻），瑞氣浮金鼎（韻）。恕山殽野簌（讀），甚簡臺旌（韻）。堂開燕喜張新宴（句），座挹鴻才屬舊盟（韻），〔合〕多歡慶（韻）。把玉杯慢擎（韻），願從今（讀）千年莫逆快平生（韻）。〔牛魔王唱〕

【又一體】羞顔拜美情（韻），盡醉酬嘉命（韻）。看觥籌交錯（讀），鼓瑟吹笙（韻）。紅筵飽德三秋爽（句），願你個白首齊眉百福增（韻）。〔合〕我將酩酊（韻），把壺觴暫停（韻）。動踟躕（讀）欲言又忍怯生生（韻）。〔通聖龍王白〕賢王，何事憂煩，停盃不語？〔牛魔王白〕俗語本不應説，但此事非賢王不能相救。既蒙問及，敢以直陳。〔通聖龍王白〕請道其詳。〔牛魔王白〕摩雲洞有位玉面姑姑，因母死家富，無人照管，情願坐産招夫。小弟利其家貲，竟行招贅，成親已及二載矣。〔通聖龍王白〕成親之時，已承寵召，不覺就是二載了。〔牛魔王白〕正是。〔通聖龍王白〕如今怎麽樣？〔牛魔王白〕因這邊家務紛紜，遷延時歲，竟爾未曾回到賤荆處。前日賤荆錯疑，説玉面迷留小弟，竟帶領人衆來到摩雲洞，要刦小妾仝回。實不相瞞，這摩雲洞家貲委實富厚，不能一時脱身，只得相求賤荆。賤荆説，若不帶這玉面仝回，必要索取奇珍異寶。小妾一時見淺，止求賤荆早去，滿口只得勉强所許。若説金銀，還是易事，這寶貝却那裏得有。〔唱〕

【正宮集曲·普天插芙蓉】【普天樂】（首至合）既應承難延等(韻)，遍尋求將何贈(韻)。丈夫行一諾千金(句)，豈效那信口無憑(韻)。〔白〕正要來求懇大王，不期瑶函寵召，〔唱〕恰遇機緣三生幸(韻)。止求寶貝容權領(韻)，不使吾夫婦傷情(韻)，佩恩光九鼎還輕(韻)。〔白〕今日筵前本不該瑣瀆，但我與賢王呵！〔唱〕【玉芙蓉】（末一句）因恃在(讀)久叨愛下弟和兄(韻)。〔通聖龍王白〕弟與賢王相與非係泛交，有求自當必應。但我這碧波潭係一注水澤，怎比得四海大家，就是小弟身邊，止有養身一珠，時刻不能相離之物，此外並無寸寶。昨日正與小壻相商，也欲多方購求，以壯觀澤國，尚無成議。賢王且暫寬期，容弟覓來相送。〔牛魔王白〕雖然極感高情，但是急不能久待。〔九頭駙馬白〕岳父大人，牛大王既不能久待，前日所議，就要舉行了。〔通聖龍王白〕也只得如此。不然有妨賢王臺命。〔牛魔王白〕有甚舉動？〔九頭駙馬白〕前日家岳慮及海藏空虛，並無一寶，可以壯觀。晚生因想昨日在祭賽國中經過，看見金光寺塔頂有一粒舍利子，日夜毫光四佈，意欲前去竊取他的，尚未舉行。既是大王急欲求寶，待晚生到祭賽國寶藏中，有好寶一并取來，以應大王之命如何？〔牛魔王白〕如此極妙。駙馬有此力量，何愁竊取不來。〔九頭駙馬唱〕

【正宮集曲·朱奴剔銀燈】【朱奴兒】（首至合）今出口既已應承(韻)，必多方購取相應(韻)。管教手到把功成(韻)，得寶後大家稱慶(韻)。〔牛魔王白〕駙馬幾時發駕？〔九頭駙馬唱〕【剔銀燈】（合至末）消停(韻)，這時光怎行(韻)，只在那三更四更(韻)。〔衆小妖從壽臺上場門暗上科。牛魔王白〕既承厚愛，敬聽喜

音，就此告辭。〔通聖龍王白〕未能曲盡歡情，何以竟云辭別。〔牛魔王白〕不勝酒力，已酩酊矣。〔唱〕

【尾聲】高情種種且自容心領㊀。〔通聖龍王唱〕恕潦草杯盤辱友生㊀。〔九頭駙馬仝唱〕取得奇珍即上呈㊀。〔牛魔王從壽臺上場門下。小妖、九頭駙馬、通聖龍王從中地井内下〕

第七齣　竊靈芝翠水往還（皆來韻）

〔旦扮許飛瓊、董雙成、嘉慶子、瑞鶴仙，各戴過梁額、仙姑巾，穿宮衣，從禄臺上場門上，唱。隨上雲帳，遮擺搭〕

【仙吕宫正曲·步步嬌】弱水無塵環青海(韻)，玉圃浮香靄(韻)，琪花種滿堦(韻)。這九葉靈芝(句)，異産無賽(韻)，〔合〕守護理應該(韻)，俺瑶池秘密誰能採(韻)。〔白〕身在瑶池不計年，職司王母掌書箋。世間雖曉名和姓，只認蓬萊閬苑仙。〔董雙成白〕我乃董雙成是也。〔許飛瓊白〕我乃許飛瓊是也。〔嘉慶子白〕我乃嘉慶子是也。〔瑞鶴仙白〕我乃瑞鶴仙是也。〔董雙成、嘉慶子白〕我這瑶池内的蟠桃，自漢武帝時被東方小兒偷摘九顆之後，鬧了一場勝會，此後看守甚嚴，桃雖盡摘，葉茂枝繁。〔許飛瓊、瑞鶴仙白〕娘娘命我等不時澆灌，去穢除污，須索和你走一遭。〔董雙成、嘉慶子白〕澆灌固然要緊，只這九葉靈芝，自神農採藥之後，恰恰只長得這三顆，命我等曉夜隄防，怕人盗竊。這也是一件要緊的勾當。〔許飛瓊、瑞鶴仙白〕我們前去看視澆灌一番，那裏就有賊來偷盗？況東方小兒只愛吃桃，這靈芝他要去何用？〔董雙成、嘉慶子白〕雖然如此，但娘娘説這三顆靈芝要將一顆去獻玉帝，一顆送如來包裹舍利子，留　顆裹那照夜明珠。既不妨事，且仝你去澆灌，疾便回來。〔許飛瓊、瑞鶴仙白〕如此仝行。〔作行科。仝唱〕

【仙吕宫正曲·醉扶歸】有心澆灌休生懈(韻)，難道做荒蕪職守劣仙才(韻)。挽的是碧水清流少塵埃(韻)，潤的他金枝玉葉添瀟灑(韻)，〔合〕只喜他萬年結寔宴瑤臺(韻)，使金母心情快(韻)。〔從禄臺下場門下。旦扮通聖女，戴女盔、紥靠，佩劍，從禄臺上場門上。唱〕

【仙吕宫正曲·皂羅袍】駕起陰雲無賴(韻)，過蓬萊方丈(讀)，轉眼瑤堦(韻)。樓閣重重少塵埃(韻)，婆娑樹下羣仙在(韻)。〔白〕奴家通聖女是也。爲因丈夫盗取舍利子，必得九葉靈芝包裹，爲此奴家親來竊取。〔內作歡笑科。通聖女白〕妙嗄，你看那些仙姬們，好不有趣也。〔唱合〕聽他歡笑(句)，舒情暢懷(韻)。聽他歌舞(句)，飄衣溜釵(韻)。〔白〕只是不要被他看見纔好。〔唱〕將身躲閃又怕花枝礙(韻)。〔從禄臺下場門下。旦扮衆仙女，各戴過梁額、仙姑巾，穿宫衣，從禄臺上場門上。唱〕

【仙吕宫正曲·好姐姐】趁閒(讀)湘裙蕩擺(韻)，把瑤草芟除　帶(韻)。〔各作拔草科。唱〕根蒂雨滋(讀)，蘚班和翠苔(韻)。〔合〕三千載(韻)，結子滿枝盈盈在(韻)，肯被東方肆竊來(韻)。〔仝從禄臺下場門下。通聖女從禄臺上場門暗上，作看科。白〕呀！這些仙姬們，俱往那壁廂去了。不免尋取九葉靈芝則個。〔作尋科。白〕妙嗄，都長在這個所在。〔作看科。白〕爲何只得三顆？却長得十分齊整，不免拔取一枝便了。〔唱〕

【南呂宮正曲·香柳娘】看靈芝九莖（句），看靈芝九莖（疊），長來堪愛（韻），霞光燦爛如金帶（韻）。〔白〕且喜拔得一枝在此，恐有人來，就此駕雲回去罷。〔作拔靈芝科。唱〕且將來暗藏（句），且將來暗藏（疊），天地産根荄（韻），收之定無礙（韻）。〔急從禄臺下場門下。許飛瓊、董雙成、嘉慶子、瑞鶴仙仝從禄臺上場門上。唱合〕進園門好歹（句），進園門好歹（疊）。〔白〕爲何泥土滿地？〔作看科。白〕不好了！被人偷去一顆靈芝了。〔唱〕甚賊使乖（韻），將人來賣（韻）。〔董雙成、嘉慶子白〕和你去奏知娘娘，差人追尋便了。〔仝唱〕

【尾聲】瑤池突入何方怪（韻），摘取靈芝去不來（韻），我與你典守踈虞好掛懷（韻）。〔仝從禄臺下場門下〕

第八齣　迎神會紅樓驀見（江陽韻）

〔場上設寶塔科。雜扮衆沙彌，末扮淡然，戴僧帽，穿僧衣，繫絲絛，帶數珠，持拂塵，從壽臺上場門上。白〕從來佛法廣無邊，報應分明不爽然，火塹蓮花分兩岸，任君罷脱仟牽纏。貧僧乃祭賽國金光寺住持僧淡然便是。我這道場，自有這國土，即有此寺院，年歲久遠，供奉如新。近因國主信佛增修，故此佛光四照，塔頂放光，真是亘古罕見的。今日又當大會之期，你看人山人海，擁擠不開，好不熱鬧也。正是鈞天樂奏通天際，遍地歌聲徹地聞。〔從壽臺下場門下。小生扮齊福，戴巾，穿道袍，繫儒絛，從壽臺上場門上。白〕苦志鷄窗已十年，傷心誰贈繞朝鞭。若能姓氏標金榜，不負書香紹昔賢。日前金光寺塔頂祥光，愈加燦爛，士女游觀，駢肩接踵。倒覺喧雜。爲此鎖上門兒，借此往郊外一遊，以適意興何如。〔內作喧嚷科。齊福白〕你看男女不分，成羣逐隊，好不嘈雜人也。〔唱〕

【仙吕入雙角合套·新水令】滿城聯步看祥光(韻)，鬧嘈嘈男歌女唱(韻)。〔從壽臺下場門下。副扮陰隲，戴巾，穿道袍，繫儒絛。丑扮賴斯文，戴巾，穿道袍。雜扮衆家人，戴羅帽，穿院子衣，繫鸞帶，從壽臺上場門上。陰隲白〕大爺，前面便是金光寺了。〔賴斯文仝唱〕彩霞飄不斷(句)，化日瑞偏長(韻)。僧俗慌忙(韻)，一個個喘噓噓瞻寶象㊈。〔仝從壽臺下場門下。場左側設高臺、帳幔科。雜扮衆院子，各戴羅帽，穿院子衣，繫鑾帶。小旦扮蘭香，穿衫背心，繫汗巾。引旦扮如玉，穿氅，乘轎。雜扮二轎夫，各戴紅毡帽，穿轎夫衣，作抬轎科，從壽臺上場門上。仝唱〕

【仙呂入雙角合套·步步嬌】簇擁肩輿遥相向㊈，塔頂毫光放㊈，慈雲稽首忙㊈。人海人山㊇，怎生推讓㊈。〔衆院子白〕到了。請小姐上樓去。〔如玉作下轎科。白〕院子，你們外廂伺候。〔衆院子應科。二轎夫抬轎，仝從壽臺下場門下。蘭香引如玉作上樓科。仝唱合〕一炷爇心香㊈，再把層樓上㊈。〔此處過會科。賴斯文、陰隲、衆家人仝從壽臺上場門暗上，作見如玉科。賴斯文白〕陰兄，好個絶色的女子，不知是誰家宅眷，怎麽生得這等標致？〔陰隲白〕果然標致不錯。〔賴斯文唱〕

【仙呂入雙角合套·折桂令】羨聲聲環珮玎璫㊈，他不是吴娘㊈，便是王嬙㊈。細蹴香塵㊇，徐揭湘簾㊇，斜倚樓窗㊈。〔作偷看科。唱〕好教我神魂飄蕩㊈。〔衆家人白〕大爺不可只管呆看，必須要識竅些纔是。〔賴斯文唱〕難顧惜態度輕狂㊈。〔陰隲白〕看了這樣天姿國色，不要説你大爺，就是我老陰，素稱見色不亂的，今日看了他，也就昏了。〔仝唱〕按捺無方㊈，慾火難降㊈。〔蘭香作怒唱〕

【仙呂入雙角合套·江兒水】驀聽狂童語㊇，全將禮法忘㊈。〔白〕那無知醜驢，睁着一雙怪眼，看着這樓上，口出狂言，是何道理！〔唱〕看你禽心獸面何無狀㊈。〔陰隲白〕小娘子不要亂罵，這是賴右相的衙内，便偷看婦人，也是讀書人的本事。他老爺呵，〔唱〕官階現作朝中相（韻），黄扉紫閣高名望（韻）。〔蘭香白〕胡説！怕你甚麽右相的衙内。〔唱〕莫把家聲誇獎（韻），〔合〕我這裏左相千金（句），肯容你恁般胡講（韻）。〔賴斯文作笑科。白〕原來是老卓之女！〔唱〕

【仙吕入雙角合套·雁兒落帶得勝令】愛殺那玉天仙來上方（韻），暢好似瑶池畔飛瓊降（韻）。〔衆家人白〕大爺方纔被那丫頭辱罵，還要看他則甚。〔賴斯文白〕蠢才，你曉得甚麽，這叫做打情駡趣。〔陰隲白〕大爺果然是個老在行，有趣。〔賴斯文唱〕俺則待向藍橋去乞漿（韻），用不着搗玄霜多勞攘（韻）。〔陰隲白〕難怪大爺情牽意惹，你看那眉兒、眼兒、臉兒、嘴兒，那一件不妙。莫説駡，就是打，也甘心受他兩下。〔唱〕呀（格）！只願得雙飛處效鴛鴦（韻）。〔賴斯文唱〕恨只恨隔樓臺各兩廂（韻），管什麽出言語多衝撞（韻），我豈是莽村沙少忖量（韻）。〔齊福上作見科。白〕原來是陰兄，此位是誰？〔陰隲白〕這是賴大爺，前日渴慕長兄的。〔齊福白〕原來是賴兄。〔賴斯文白〕陰兄，這位何人？〔陰隲白〕就是齊錫純兄，久有才名，向日大爺要識荆的。〔賴斯文白〕原來就是齊兄，久仰久仰。〔齊福白〕賴兄，你我讀書人，須要守着聖賢規矩。〔唱〕端莊（韻），切不可敗天彝良心喪（韻）。〔陰隲白〕大爺那邊熱鬧，且隨着隊子往那邊看看來。〔賴斯文白〕有理。〔仝從下場門下。齊福作看科。白〕世上有這等不惜廉恥的人，可笑得緊。我且開了門，上樓去看書，管他則甚。〔唱〕安詳（韻），切不可亂行爲舉動狂（韻）。〔作開門上樓坐科。如玉白〕丫鬟，適見一生面責那無賴的，却是何人？〔蘭香白〕奴婢自幼與小姐深處閨中，

那裏認得外人。〔如玉白〕今日無端看會，惹此一番閒氣，好沒來由也。〔唱〕

【仙呂宫曲・僥僥令】淑娟誠窈窕（句），浪子忒猖狂（韻）。佛宇何期生煩惱（句），〔合〕始信道遊覽從來戒女郎（韻）。〔蘭香白〕小姐，世上人賢愚不一，請弗介懷。〔賴斯文、陰隲、衆家人仝從上場門暗上。賴斯文白〕我們還到那樓頭，望望美人可還在那裏？〔仝作發諢科。賴斯文白〕你看他兩下顧盼光景，必然有些緣故。〔唱〕

【雙角曲子・收江南】呀（格），聽他這吟聲嬌怯費參詳（韻），可似那琴心暗鼓鳳求凰（韻），想文君原是卓家娘（韻），好難禁當（韻），須做個桑間濮上話傳揚（韻）。〔白〕陰兄，不想老卓竟有這樣一個標致女兒。説不得回去與家父説，央媒前去求親。若不允從，就將此事參劾卓老，以及齊福，方消我恨。〔陰隲白〕有理。〔賴斯文白〕委實我賴斯文眼睛裏從不曾見過這樣標致的女子。〔陰隲白〕話却不錯，果然沒有這樣標致的。〔内作喧嚷科。白〕祥光起了。你看萬道紅霞，直射雲内，好不有趣！〔寶塔作放光科。賴斯文唱〕

【仙呂宫曲・園林好】我生來此中慣嘗（韻），見了他五中盡香（韻）。快回去央媒細講（韻），〔合〕圖合巹樂蘭房（韻），圖合巹樂蘭房（疊）。〔内作雷鳴科。賴斯文白〕大雷忽震，必有暴雨，快些回去罷。〔衆家人隨陰隲、賴斯文仝從下場門下。衆院子、二轎夫擡轎從上場門上。衆院子白〕蘭香姐，雷響必有雨來了。請小姐下樓來，回去罷。〔蘭香應科。如玉作下樓、乘轎、遶場科。仝唱〕

【雙角曲子・沽美酒帶太平令】迅雷聲電火颺(韻)，猛風威沙石狂(韻)。簇擁籃輿歸去忙(韻)，步履蹌踉(韻)，回相府進華堂(韻)。〔仝從下場門下。雜扮衆男女、百姓，各隨意扮，從上場門上。仝唱〕忽然間烏雲蔽障(韻)，忽然間白日埋藏(韻)。〔雜扮衆水怪，執旗。引雜扮九頭鳥，從上場門上，遶場作盜舍利科。仝從下場門下。衆男女、百姓唱〕忽然間塔光不放(韻)，忽然間冰雹難當(韻)。雨呵(格)千行(韻)、萬行(韻)，似濤聲兒瀉混茫(韻)。呀(格)，杜鵑枝紅河翻浪(韻)。〔各從兩場門下。場上設雲帳，遮撤寶塔科。淡然從上場門上。白〕怎麼下的這雨竟是紅的？ 這又是異樣的奇事了。〔内作雷鳴科。淡然唱〕

【尾聲】傾盆雨血憑空降(韻)，這異事從來無兩(韻)。〔白〕天色已晚，我且領衆上殿便了。〔唱〕各辦虔誠答上蒼(韻)。〔從下場門下〕

第九齣　權相挾嫌汚玉質

〔雜扮衆院子，引淨扮賴貪榮，從上場門上。唱〕

【黄鐘宫曲·出隊子】仝登廊廟(韻)，仝登廊廟(疊)，惡語傷人氣怎消(韻)。仗他只有掌珠嬌(韻)，視我孩兒賤若草(韻)。〔合〕且對楓宸(讀)，參他這遭(韻)。〔場上設椅，轉場坐科。白〕我賴貪榮，身居右相，掌握朝綱。前因孩兒看會，見了卓立之女，頗有姿色，願納爲妻。我着陪堂陰隲前去求親，他既不允，只索罷了，反説我後代無人。這明明是説有了這樣兒子，將來定取滅門之禍。這等可惡！兼有金光寺僧人淡然，借塔頂放光名色，賺了百姓們多少錢財。我前日着人去假説與他借貸，他竟公然不肯，可惱可惱！哦有了，我如今説那卓立縱女在金光寺與齊福吟詩倡和，大乖風化；僧人淡然竊取佛寶，雨血三朝，塔不放光，定然龍顔大怒，可不是一網打盡？院子，隨我入朝去。〔院子應科。白〕吩咐看轎。〔内作應科。雜扮二儀從，持儀仗，從上場門上。白〕請老爺上轎。〔賴貪榮白〕卓立卓立，只教你明鎗容易躲，暗箭最難防。〔作遶場科。院子白〕來此已是午門。〔賴貪榮白〕你們迴避。〔衆儀從、院子從上場門下。賴貪榮白〕願吾主千歲千歲千千歲！〔内白〕堦前跪伏者何臣？有

事奏來，無事退班。〔賴貪榮白〕臣右相太傅賴貪榮，謹奏。〔内白〕奏來。〔賴貪榮唱〕

【中呂宮曲・駐馬聽】塔寶光昭(韻)，聖主垂裳瑞應朝(韻)。那知道宰臣亂法(句)，縱女嬉遊(讀)，大犯科條(韻)。太師卓立女妖嬈(韻)，與少年齊福多調笑(韻)。〔白〕生員齊福與卓立之女在寺看會呵，〔唱合〕詩句相挑(韻)，理應罪坐無家教(韻)。〔内白〕還有何奏？〔賴貪榮白〕還有金光寺僧人淡然呵，〔唱〕

【又一體】盤踞僧寮(韻)，塔寶潛偷罪莫逃(韻)。百般科斂(句)，齋襯香金(讀)，男女鏖糟(韻)。蒼天血雨落三朝(韻)，上干佛怒把金光罩(韻)，〔合〕瀆奏重霄(韻)，嚴行追究恩非小(韻)。〔内白〕國主道來，據賴貪榮所奏，卓立縱女嬉遊，有關風化，將齊福與卓氏發下有司，嚴加勘問。其金光寺自有塔寶以來，僧人廣沾布施，詎有反盗其寶，而自甘蕭索之理？然事屬無踪，命有司姑禁寺僧，慢慢查訪搜求。務須無枉，明白回奏。〔賴貪榮作謝恩科。白〕正是恨小非君子，無毒不丈夫。〔衆院子、儀從上場門上。白〕請老爺上轎。〔作遶場科。仝從下場門下〕

第十齣　侍兒辯屈表冰操（齊微韻）

〔老旦扮喬氏，旦扮侍女、隨從上場門上。喬氏唱〕

【高大石調·少年遊】夫握朝綱(句)，妻持家政(句)，兒女自怡怡(韻)。〔場上設椅，轉場坐科。旦扮如玉，小旦扮蘭香，隨從上場門上。如玉唱〕弄管塗鴉(句)，女紅且棄(韻)，書史習偏宜(韻)。〔作相見坐科。喬氏白〕我兒，你爹爹今日上朝，爲何這時候還不見回來？〔如玉白〕想是朝事匆忙，平章軍國，所以下朝稍遲。〔雜扮二儀從，執儀仗。雜扮院子，引外扮卓立，從上場門上。唱〕

【高大石調正曲·摧拍】荷君恩身爲左揆(韻)，驀無端戇章甚奇(韻)。反被旁人笑耻(韻)，旁人笑耻(疊)。吟詩嘲謔(句)，帷簿羞貽(韻)。〔儀從白〕請老爺下轎。〔儀從、院子從上場門下。卓立作進門坐科。喬氏白〕老爺回來了。今日爲何怒氣滿面？〔如玉白〕爹爹萬福。〔卓立白〕我且問你，金光寺中看塔光做什麽詩？〔如玉作想科。卓立唱〕塔院聯吟(句)，國主都知(韻)。〔合〕彈文挂入奏丹墀(韻)，赴廷尉怎支持(韻)。〔喬氏白〕做了甚麽詩？怎麽挂了彈文？〔如玉白〕母親，孩兒素凛閨訓，那日何曾做詩？被人挂入彈文？羞也羞死人。〔卓立白〕如今奉旨，發你與齊生質審，説我家教不嚴，一并治罪。

怎不教人氣死。〔如玉白〕

【又一體】恨平空青蠅受欺(韻)。〔白〕爹爹你孩兒呵，〔唱〕遵嚴訓何曾悖違(韻)。〔蘭香白〕那日有個原故，待奴婢細禀。〔卓立白〕你且説來。〔蘭香白〕那日會上有兩個狂徒，一個是賴太傅之子，望着樓上，口出狂言，被蘭香罵了幾句。〔卓立白〕以後便怎麽樣？〔蘭香白〕適間又有一少年，將他二人搶白一頓，那二人羞忿而去，風波定然由此而起。〔卓立白〕嗄，那少年一定就是齊生了。這等看來，是賴貪榮恨我求親不允，其子又忌齊福面折其非，是以捏詞參劾，貽害兩家。〔蘭香白〕明日蘭香與小姐仝去，將前後情由講明，免得閨門有玷。〔唱〕似這等飛來禍危(韻)，飛來禍危(疊)，我甘心仝去(句)，對質無稽(韻)。將疑似分明(句)，莫玷香閨(韻)。〔合〕但願得不染污泥(韻)，照北闕息南箕(韻)。〔卓立白〕明日蘭香仝小姐親去，質對明白，免得家門有玷。〔如玉應科。分白〕作浪興波洗不清，捕風捉影損貞名。明朝廷質盆冤雪，管許雲開月復明。〔仝從下場門下〕

第十一齣　廷尉司宋老得情（庚青韻）

〔雜扮衆皂隸，持刑杖。雜扮書吏。旦扮門子，引末扮宋廉明，從上場門上。唱〕

【仙呂宮引・劍器令】執法報朝廷(韻)，豈容彼妄圖僥倖(韻)。法三章寧當不慎(句)，定教一審分明(韻)。〔場上設公案、桌椅，轉場坐科。白〕承恩日下掌刑曹，風憲衙門棘寺高。出死入生由我定，不容法律爽分毫。下官廷尉司掌刑官宋廉明是也。昨有賴太傅，參奏卓太師之女如玉，與生員齊福，在金光寺聯吟，奉旨發下本司審問。已曾差人拘提去了。左右吩咐開門。〔衆皂隸應，作開門科。雜扮差人，從上場門上，作進門稟科。白〕稟老爺，人犯俱已帶齊了。〔宋廉明白〕帶進來。〔差人應科，向下作帶小生扮齊福，旦扮如玉，小旦扮蘭香，從上場門上。差人白〕犯人進。〔作帶進科。白〕當堂去鏈。〔從上場門下。書吏點名科。白〕齊福。〔齊福應科。書吏白〕如玉。〔如玉應科。宋廉明白〕帶如玉下去。〔衆皂隸作應帶科。宋廉明白〕帶齊福上來。〔衆皂隸作帶齊福科。宋廉明白〕齊福，你既做生員，讀書知法，爲何做此有傷風化的勾當？〔齊福白〕犯生雖奉鈞旨，還不知所犯何事？〔宋廉明白〕這是右相賴太傅參奏，你與卓太師之女如玉，在金光寺吟詩倡和，奉旨審問。好好從實供來，免受刑法。〔齊福白〕爺

爺，念犯生平日呵，〔唱〕

【仙呂宫曲・園林好】讀詩書黌門有名(韻)，守規條安敢亂行(韻)。從不履桑間邪徑(韻)，〔合〕平白地涴清名(韻)，平白地涴清名(疊)。〔白〕爺爺，那卓太師雖係犯生的年伯，他的小姐並未識面，豈有邂逅如故，男女吟詩之理？〔作想科。白〕是了。那日呵，〔唱〕

【仙呂宫曲・江兒水】駕幸金光寺(句)，雲霞塔頂生(韻)，闍黎佛會都稱慶(韻)。〔白〕犯生却厭喧雜，躲避出門。歸來會尚未散，見有一班浮浪子弟，偷覷婦女。內中有一個陰隲，是我素交，因此上前，說了他幾句。〔唱〕子衿佻達人當省(韻)，忠言逆耳如吞鯁(韻)。却是友朋規正(韻)，〔合〕並非溱洧流連(句)，芍藥兩相持贈(韻)。〔宋廉明白〕據爾所招，毫無影響。但賴太傅參奏，奉旨審問，此案如何而結？〔唱〕

【仙呂宫曲・五供養】現有人折証(韻)，諭旨親宣(讀)，須要分明(韻)。寒儒詞不屈(句)，權相勢非輕(韻)。〔齊福白〕如此說來，犯生觸犯災炎，無由伸訴，定然是身遭誣陷的了。〔唱〕蜃樓海市(句)，教寒生如何承領(韻)。〔合〕君子平其政(韻)，憫孤生(韻)，災罹無妄合哀矜(韻)。〔宋廉明白〕且帶過一邊。帶如玉上來。〔衆皂隸應，作帶如玉，蘭香隨上。宋廉明白〕你與齊生在寺吟詩，明白供來，我好覆旨。〔蘭香白〕大人聽禀。我小姐係相門之女，素凜家教，外言不入於閨，內言不出於閫，怎說與生員吟咏？前番看會一事，蘭香深知其情，並不敢與小姐隱瞞，只得當堂實禀。〔唱〕

【仙呂宫曲・玉交枝】閨門寂静(韻)，忽誣參詩聯邪徑(韻)。〔白〕那日看會，原有兩個狂徒，望樓窺視。〔唱〕淫言媟語窺簾影(韻)，猶自恃威權作横(韻)，無辜受陷污青蠅(韻)，片言折獄君當省(韻)，何曾有詩句傳情(韻)，何曾有詩句傳情(疊)。〔宋廉明白〕是了。其中情節，由責善陰隲，以及賴公子，所以賴太傅挾私誣陷。但既經諭旨勘問，復有權相執證，齊福也不能脱然無罪。〔唱〕

【仙呂宫曲・川撥棹】虚心聽(韻)，料含沙來射影(韻)。我雖欲奏請開恩(句)，我雖欲奏請開恩(疊)，恐觸權奸旋教禍生(韻)。〔白〕我有道理，帶齊福上來。〔衆皂隸應，作帶齊福科。齊福白〕望乞爺爺超生。〔宋廉明白〕事屬無據，情有可原。〔齊福、蘭香白〕爺爺就是青天了。〔唱合〕得從寛似再生(韻)，乞從公奏聖明(韻)。〔宋廉明白〕齊福上了刑具，暫去收監，候旨定奪。〔衆皂隸應，作上刑具科。宋廉明白〕卓如玉帶回相府，候旨便了。〔衆皂隸應科，帶如玉、蘭香從上場門下。宋廉明白〕吩咐掩門。〔衆皂隸應，作掩門科，各從兩場門下。差人從上場門上，作押齊福出門科。齊福唱〕

【尾聲】死中逃活多僥倖(韻)，須信道禍生俄頃(韻)，直恁的污滅寒儒似螘輕(韻)。〔仝從下場門下〕

第十二齣　落魂林齊生出難（齊微韻）

〔丑扮賴斯文，戴巾，穿道袍，從壽臺上場門上。唱〕

【仙呂宮正曲·一盆花】此事緣何不濟(韻)，把狂生減戍(讀)，太覺便宜(韻)。其中須別用心機(韻)，仗金靈商量妙計(韻)。〔合〕將他結題(韻)，教咱隨意(韻)。不待到嶺上遊魂(讀)，鬼門交替(韻)。〔場上設椅，轉場坐科。白〕我賴斯文，受了小齊之辱，被我聳動父親，誣奏下獄，指望屈打成招，致之死地。叵耐廷尉狥情，只把小齊發配遊魂嶺充軍。我想小齊乃我生死對頭，倘或遇赦而歸，還是一宗未了公案。與其事後追悔，不如斬草除根。已煩陰隲去請解差，與他商議，只要路上結果了他，帶得首級回來，每人重謝。陰隲去了這半日，怎麽還不見回音？我原約在酒樓相會，只怕就在酒樓等我，也未可知。待我走將前去。〔作行科。白〕來此已是了。酒保。〔雜扮酒保，戴毡帽，穿水衣，繫腰裙，從壽臺上場門上。白〕隔壁三家醉，開罎十里香。〔作見科。白〕原來是賴大爺。〔賴斯文白〕我家陰相公請兩位朋友，可在樓上麽？〔酒保白〕不曾來。〔賴斯文白〕我在此等他便了。〔酒保白〕請上樓去。〔場上設桌椅，賴斯文作上樓坐科。白〕有好酒菓收拾一席。〔酒保應科，作下樓，從壽臺上場門下。副

扮陰隲，戴巾，穿道袍，繫儒絛。引雜扮周混、李玉，各戴鷹翎帽，穿箭袖，繫鸞帶，從壽臺上場門上。唱〕

【又一體】赫奕相門權勢(韻)，特殷勤見召(讀)，怎敢濡遲(韻)。其中竅妙我先知(韻)。〔陰隲唱〕翩翩公子招尋你(韻)。〔合〕話到投機(韻)，酬來謝儀(韻)。忙相向酒肆談心(讀)，十千買醉(韻)。〔白〕來此已是酒肆，請裏面坐。酒保！〔酒保從壽臺上場門上。白〕是那個？〔陰隲白〕賴大爺可曾來？〔酒保白〕在樓上相候，待我取酒來。〔從壽臺上場門下。陰隲白〕請二位登樓。〔仝作上樓，各相見坐科。周混、李玉白〕承大爺呼喚，小子們不敢不來，有話只管吩咐，何勞又賜酒席。〔賴斯文白〕盃酒相敘，正好談心。〔酒保從壽臺上場門上，作上樓送酒科。賴斯文白〕你自迴避，若呼喚在來。〔酒保應科，作下樓，從壽臺上場門下。周混、李玉白〕大爺有何吩咐？〔賴斯文白〕二位聽啓，〔唱〕

【仙吕宫正曲・長拍】脉脉衷腸(句)，脉脉衷腸(疊)，重重怨恨(句)，刺骨真難輕棄(韻)。〔周混、李玉白〕有甚麽讐怨？〔賴斯文唱〕恨我將成秦晉(句)，欲締絲蘿(句)，被狂童暗約私期(韻)。〔周混、李玉白〕没有合卺，便要頂磚，怪不得大爺懷恨。〔賴斯文白〕不是别人，就是二位起解的囚犯。〔周混、李玉白〕原來是齊福，不該不該，連我們也要代大爺生氣。〔賴斯文唱〕此恨不饒伊(韻)，仗私讐公報(讀)，兩兄梯己(韻)。〔白〕聞知二兄押解，這也實是個苦差。〔作出銀科。白〕二兄若在途中，結果了他的性命，這微物百兩，權爲道路一茶之敬。若取得首級回來，每位再送百金，以申薄意。不識二兄如何？〔唱〕百兩權充爲贐敬(句)，待結果早回歸(句)，再送百金申意(韻)。〔周混白〕既承大爺吩咐，敢不從命？但恐到彼，難取回批。〔賴斯文作想科。白〕我知二兄意思了。若得首級回來時，每位再送金二百兩，不必推辭了。〔唱合〕看家尊分上(讀)，不用狐疑(韻)。〔周混白〕夥計，賴大爺分上，不好推辭。我們竟擔承做了罷。〔李玉白〕怎得回批哩？〔周混白〕只説在途中病故就是了。〔唱〕

【仙吕宫正曲·短拍】仰沭提携(韻)，仰沭提携(疊)，須些小事(句)，未効勞先自分肥(韻)。〔李玉唱〕見教再思維(韻)，要鴻毛性命(讀)，非仝兒戲(韻)。〔賴斯文、陰隲唱〕仝賴你取回首級，〔唱合〕坐間所許不相欺(韻)。〔周混白〕如此竟遵命了。〔賴斯文白〕小弟專候二兄回來，備酒接風。〔陰隲白〕再寬飲幾杯。〔周混、李玉白〕多謝了。〔仝作下樓，分白〕爲人須爲徹，殺人要見血。暗地去謀人，莫把機關洩。〔賴斯文白〕二位留心。〔周混、李玉應科，從壽臺下場門下。賴斯文白〕陰兄，再到舍下坐坐去。〔陰隲白〕失陪了，改日恭賀大喜。〔賴斯文白〕有什麽大喜？〔陰隲白〕虧我略損此陰隲，大爺的花星就照命了。〔各虚白發諢科，從壽臺兩場門下。副扮悟空，戴悟空帽，穿悟空衣，帶數珠。丑扮悟能，戴僧帽，紥金箍，猪嘴切末，穿悟能衣，戴數珠，持鈀，挑經擔。雜扮悟淨，戴僧帽，紥金箍，穿悟淨衣，帶數珠，持鏟。引生扮唐僧，戴僧帽，穿僧衣，繫絲縧，戴數珠，騎馬，從壽臺上場門上。白〕恭承天語遠求經，宿雨餐風不計程。險阻備嘗身自在，昏衢日月借爲燈。我玄奘奉詔求經，曉行暮宿，不知幾時得到西天，求取金經，回朝覆命。〔悟空白〕師傅，少不得拜佛有日，求經有時，不必愁煩，儘着走去。〔唐僧白〕你説得是。一路幸喜平安，來到這裏，不知是甚麽所在了。〔悟空白〕師傅，前面叫落魂林，這叫做斷魂橋，先前過的是遊魂嶺，都是祭賽國所管地方。〔唐僧白〕怎麼此處地名，都是這般險惡的？〔悟空白〕地名雖惡，却喜國土風俗淳良，有如中國光景，可以放心。〔唐僧白〕如此，我每大家前行便了。水高船去急，沙陷馬行遲。〔仝從壽臺下場門下。周混、李玉佩刀，背公文，持棍，作押小生扮齊福，戴髮網，穿喜鵲衣，繫腰裙，帶枷杻，從壽臺上場門上。唱〕

【雙調正曲·柳搖金】天涯遭配(韻)，家鄉永離(韻)，觸目自傷悲(韻)。多分是爲冤鬼(韻)，游魂無所依(韻)，臨風揮涕(韻)。〔作哭白〕我的爹娘嗄，〔唱〕生我獨何爲(韻)。不能彀顯祖榮宗(句)，揚眉吐氣(韻)。〔合〕反把祖宗玷辱(句)，行污名虧(韻)，行污名虧(疊)，死且葬身無地(韻)。〔周混白〕齊福，不是我要害你，是你的對頭賴斯文，與你生死冤家，决不容你活在世上，只要取了你的首級回去，方纔斷了禍根。〔作欲打齊福。李玉攔阻科。唐僧、悟能、悟淨、悟空從壽臺上場門上，作見科。悟空白〕賊子，休得謀害人命！〔作持棒打周混，從壽臺下場門下。李玉作跪科。白〕師傅饒命。〔悟空白〕你是好人，我不難爲你，將他的枷鎖開了。〔李玉作開枷杻科。唐僧作向齊福科，白〕你是甚麼人？爲何遭此大難？〔齊福白〕師傅，聽稟。〔唱〕

【又一體】我是詩書苗裔(韻)，冤無雪期(韻)，觸犯相公威(韻)。〔唐僧白〕是何言語？觸犯何人？姓甚名誰？〔齊福白〕小生姓齊名福，祖貫祭賽國人，父親曾任垣中，家貧苦讀。禍因國中金光寺寶塔，日夜放光，遠照千里，各國以爲祥瑞，俱來朝貢。誰想右相賴貪榮之子賴斯文，窺瞰小姐，被我正言相責。〔唱〕他懷恨施奸計(韻)，〔白〕聳動他父親呵，〔唱〕含沙參本題(韻)。〔唐僧白〕參你甚麽？〔齊福唱〕他道我佛前調戲(韻)，污衊梵王基(韻)。因此上雨血連朝(句)，金光不起(韻)。〔合〕案成發配(韻)，暗地謀爲(韻)，暗地謀爲(疊)，取分沿途身斃(韻)。〔唐僧向李玉科，白〕你是何等樣人？爲甚麽謀害齊生？〔李玉白〕師傅聽稟。〔唱〕

【又一體】我是三班皂隸(韻)，長差解伊(韻)，夥計有周的(韻)。〔悟空白〕行兇的是誰？〔李玉白〕那是小人的夥計，名換周混。〔悟能白〕你叫甚麽名字？〔李玉白〕小人叫做李玉。〔悟能白〕爲何在這荒林内謀害他？〔李玉白〕那賴斯文聞得齊生發配，恐他生還，請我二人，贈以百金，只要途中取了齊福首級回去，再我銀四百兩。周混屢要殺他，被小人勸阻，今日决要行兇，正在難解難分之際，虧得這位師傅救了。〔唱〕總因奸棍將言委(韻)，白金百兩遺(韻)。要他首級(句)，見利把心違(韻)。我再四遮攔(句)，只望相安到底(韻)。〔白〕誰知今日裏呵，〔唱合〕深林陰翳(韻)，路僻人稀(韻)，路僻人稀(疊)，幹此逆天生理(韻)。〔唐僧白〕阿彌陀佛。怎麽行此惡事？這裏到祭賽國，還有多少路程？〔李玉白〕不過八百里之遥。〔唐僧白〕我在你國中經過，你與齊生隨我回去，待貧僧奏知國主，赦你的罪便了。〔齊福白〕敢問師傅從何處來的？〔唐僧白〕從東土而來，奉大唐天子詔命，往西天拜佛求經。今日來此，恰好相遇，救得你的性命，也是前緣了。〔齊福白〕弟子自分必死，不期得遇慈悲，救拔蟻命。容弟子叩謝。〔唐僧白〕阿彌陀佛。〔齊福叩拜科。白〕多感慈悲。〔唐僧白〕徒弟，就此前行罷。

〔作騎馬行科。仝唱〕

【雙調正曲·清江引】前生造下今生替㊞，種禍應須記㊞。我見便爲緣㊐，得救終須濟㊞。

〔合〕險些兒㊟斷魂橋逢着你㊞。〔仝從壽臺下場門下〕

己下

第十三齣　投精舍衆僧訴苦(先天韻)

〔場上設寶塔科。末扮淡然，戴僧帽，穿喜鵲衣，繫腰裙，帶枷杻。雜扮衆沙彌，各戴僧帽，穿喜鵲衣，繫腰裙，帶枷杻，隨從壽臺上場門上。淡然唱〕

【仙吕宫引·糖多令】打七與參禪(韻)，無端縲絏纏(韻)，出家人受俗家冤(韻)。〔衆沙彌唱〕災禍飛來難免(韻)。遭枉地(讀)，可憐天(韻)。〔各坐地科。淡然白〕老僧金光寺住持淡然。禍因本寺塔頂放光，遠照千里，附庸之國，俱來慶賀。國王親臨瞻禮，誠敬非常。因而哄動了那些善男信女，隨緣樂助，點燭燒香，把向時一個冷淡長住竟變做一個熱鬧壇場。再老僧原是半路出家，豈能不犯這貪戒？那曉得富爲衆怨，禍是己求。朝中有個右相賴貪榮，只説我蓄積甚多，肆行詐騙，又恨我不肯從容孝敬。適值那日雨血三天，塔光從此不放，他便奏上國王，誣我僧人偷盜塔寶，故此塔光收斂。幸得國主聖明，道寺中有寶，僧人方得廣沾布施，豈有反盜其寶，而自甘蕭索之理？但事屬無蹤，暫把寺僧拘禁，慢慢查訪，至今尚無下落。昨晚夢見伽藍囑咐，說有東土聖僧不日即到，便是我們雪冤之期。及至天明，盼望到午，那見有甚麽聖僧來！〔衆沙彌作哭科。白〕想是無常已到，人世無緣了。〔淡然白〕徒弟，且自耐煩。神言不謬，安心等待，再作道理。〔副扮悟空，戴悟空帽，穿悟空衣，帶數珠。丑扮悟能，戴僧帽，紮金箍，猪嘴切末，穿悟能衣，帶數珠，持鈀，擔經擔。雜扮悟淨，戴僧帽，紮金箍，穿悟淨衣，帶數珠，持鏟。引生扮唐僧，戴僧帽，穿僧衣，繫絲縧，帶數珠，騎馬從壽臺上場門上。唱〕

【雙調引·梅子黄時雨】嶺上遊魂（句），一路行方便（韻），要把那靈光常現（韻）。〔雜扮李玉，戴鷹翎帽，穿箭袖，繫鸞帶，佩刀，背公文。引小生扮齊福，戴髮網，穿喜鵲衣，繫腰裙，從上場門上。唱〕喜今朝故國回轉（韻），仗恩人代求金殿（韻）。〔白〕聖僧，這就是金光寺了。〔唐僧白〕二位，既到了此地，且請回家，待貧僧見了國王，傳唤之時再請相見。〔齊福、李玉白〕多謝慈悲。〔齊福白〕不是聖僧施佛力，〔李玉白〕怎能夢想到家園。〔仝從壽臺上場門下。唐僧作下馬科。悟空白〕寺内僧人有麽？〔淡然白〕外面有人叫門，我們出去看來。〔作出門見科。白〕是那裏來的？〔唐僧白〕貧僧是東土來的。爲何人人帶鎖？身上這等襤褸？〔淡然白〕請聖僧進殿登座，弟子細細告禀。〔仝作進門科。沙彌引悟能、悟淨，作向下安放經擔、馬匹科。隨上。場上設椅，唐僧作坐科。白〕你這寺中大小僧人，爲何披枷帶鎖？其中有何冤抑？〔淡然白〕聖僧，我這祭賽國中只有我這金光寺浮屠祥雲籠罩，瑞靄高昇，夜放霞光，晝霏彩色，遠近無不仝瞻，故此以爲天府神京。遠近隣國，俱來朝貢。不期孟秋之月，國王又到寺中拈香，就是我等的晦氣到了。〔唐僧白〕怎麽晦氣到了？〔淡然唱〕

【仙吕宫正曲・桂枝香】金光屢現㊀韻，遥迎鳳輦韻。有一個賴貪榮太傅威靈句，〔白〕彼時男女觀瞻，無不布施銀錢。賴貪榮見了，道弟子們畜積必富。〔唱〕索金銀未曾如願韻。〔白〕那知本日午後一場血雨，下了三天。〔唐僧白〕下起血雨來？〔淡然唱〕把罪名暗加句，把罪名暗加句，道是寺僧淺見韻，將金光偷騙韻。〔白〕説寺僧飲酒宿娼，致觸佛怒，故此血雨三天。那知血雨之後，金光寂然，再不發現了。他又説是僧人偷盗塔寶。〔唐僧白〕塔光至寶生在上面，僧人那有這樣手段，就偷了去？〔淡然白〕幸得國主聖明，暫爲拘禁，以俟明白。〔唱合〕旨明宣韻，我披枷帶鎖生無路句，忍苦含悲命苟延韻。〔唐僧唱〕

【又一體】聞言驚顫韻，空門奇變韻。痛伊行枉受冤誣句，籲國主網開三面韻。〔淡然白〕聖僧聽禀：只有昨晚伽藍托夢，説東土聖僧即日到此，你等冤罪自然解脱。今日守得聖僧到了，正是僧人九死一生的造化了。〔唐僧唱〕我心中自思句，我心中自思疊，這樁案卷韻，如何分辨韻。〔白〕我離長安之時，已曾立願，逢寺拜佛，見塔掃塔。今他們受屈，及因寶塔之累。悟空，你與我置一把新笤箒，待我沐浴上去灑掃，即看這事如何，解救他們苦難。〔唱合〕待臨軒韻，上陳幽隱寬王法讀，管雪盆冤立見天韻。〔淡然白〕多謝聖僧。〔悟空白〕待徒弟去取笤箒來。〔淡然白〕笤箒不須去尋，僧人寺中尚有新箒。徒弟們燒香湯與聖僧沐浴，一面整備晚齋伺候。〔衆沙彌白〕曉得。〔從壽臺下場門下。唐僧白〕你等喫了飯安寢，待我去掃塔。〔悟空白〕師傅，塔上既被雨血所污，日久無光，恐生惡物。待弟子與師傅仝去。〔唐僧白〕如此甚好。〔淡然白〕請聖僧與衆位師傅方丈用齋。〔唐僧白〕慈悲勝念千聲佛，〔悟空白〕作惡徒燒一炷香。〔淡然白〕若得蒙恩消罪譴，〔悟能、悟淨白〕先從塔頂現金光。〔仝從壽臺下場門下〕

第十四齣　掃浮屠二怪被擒（尤候韻）

〔副扮團魚精，戴團魚膗腦，穿箭袖，繫肚囊。丑扮鮎魚精，戴鮎魚膗腦，穿箭袖，繫肚囊。各從地井内上，作遶場嘻笑科。團魚精唱〕

【雙角正曲・字字雙】衝波戲浪萬千秋（韻），〔鮎魚精唱〕有壽（韻）。〔團魚精唱〕水晶簾下唾空流（韻），〔鮎魚精唱〕腥臭（韻）。〔團魚精唱〕從來不怕鱔和鰍（韻），〔鮎魚精唱〕一溜（韻）。〔團魚精唱合〕若過漁翁把網收（韻），〔鮎魚精唱〕没救（韻），没救（疊）。〔團魚精白〕自家乃亂石山碧波潭團魚精，名唤奔波兒霸的便是。〔鮎魚精白〕自家乃亂石山碧波潭鮎魚怪，霸波兒奔的便是。只因我通聖龍王招了一個九頭駙馬。〔團魚精白〕神通廣大，力量高强。〔鮎魚精白〕前日來這金光寺中，下了三日血雨，〔團魚精白〕污了寶塔，偷了舍利子。〔鮎魚精白〕公主又盗了王母的九葉靈芝草，〔團魚精白〕養在潭底，金光霞彩，晝夜光明，十分快樂。〔鮎魚精白〕近日打聽得有個孫悟空，往西天取經，聞他甚是利害。〔團魚精白〕九頭爺吩咐我二人在此巡哨，他若來時，好作準備。〔鮎魚精白〕但願他不來纔好。〔團魚精白〕怎麽不來纔好？〔鮎魚精白〕你不聽見九頭爺説他肯管閒事，尋人是非，動个動把那根哭喪棒，照腦門上就是一下，一路上狠妖惡怪，不知被他打死了多少。九頭爺着實怕他。若是你我撞見了他，只消捺一下子，就挺直了。〔團魚精白〕這樣狠？他若來時，我們躲往那裏去纔好？〔作抖顫科。鮎魚精白〕不要抖，他還不曾來。且把先前取來的下飯和酒，享用了再處。〔團魚精白〕這所在不便，倘喫得高興，或者唱個把西調，倒板漿兒，被人聽見，不當穩便。〔鮎魚精白〕到那裏去喫纔好？〔團魚精白〕依舊還到塔頂上，第一層兒裏倚着塔心，或豁或猜，方好遣興。〔鮎魚精白〕有理。〔作上塔飲酒暗隱科。生扮唐僧，戴僧帽，穿僧衣，繫絲縧，帶數珠。副扮悟空，戴悟空帽，穿悟空衣，帶數珠，持笤箒，隨從壽臺上場門上。唐僧白〕悟空，隨我去者。〔悟空應科。唐僧唱〕

【高宮套曲·端正好】死生明(句)，玄機透(韻)。看得那死生明(疊)，參得那玄機透(疊)。未敢向雷音頂上追求(韻)。浮屠七級昏霾久(韻)，掃去多塵垢(韻)。〔悟空作開門科。白〕師傅，塔院門已開了，請進去。〔唐僧作進門拜科。白〕弟子陳玄奘，奉東土大唐天子差往靈山拜佛求經，今至祭賽國金光寺，因寶塔被汚，衆僧負屈，弟子虔誠掃塔。我佛慈悲，大顯威靈，早示緣因。〔唱〕

【高宮套曲·滾繡毬】看着這顫巍巍萬丈高(句)，却怎生塑如來像貌優(韻)。且遮蔽黑漫漫冷氣颼颼(韻)，致使我虛飄飄身似浮漚(韻)。是非場儘可丟(韻)，名利途着甚由(韻)。回頭望不見原來門竇(韻)，且低眉獨自勤修(韻)。〔作接箒科。唱〕塔登級級休忙走(韻)，帚享千金只暫求(韻)，直恁的血雨光收(韻)。〔作上塔掃科。唱〕

【高宮套曲・叨叨令】怪殺那世人心(韻)，毒狠如禽獸(韻)。任癡愚(讀)生死相爭鬭(韻)，那肯皈依在蓮花座右(韻)。縱是清心合掌他也眉常皺(韻)，兀的不恨殺人(句)也麽哥(格)，兀的不惱殺人(句)也麽哥(格)。把一個大叢林(讀)，霎時間納污藏穢冷落了南無咒(韻)。〔悟空白〕塔愈高，路愈險，須要仔細着。〔唐僧白〕我曉得。

【高宮套曲・脱布衫】又只見顯應韋馱四部洲(韻)，願慈悲大衆回頭(韻)。西方境極樂優游(韻)，何不保臭皮囊囫圇消受(韻)。〔二魚精作唱小曲，隨意發諢，悟空作聽科。唐僧白〕悟空，這是那裏人聲？〔悟空白〕師傅，這曲聲像在塔中。我若開門使他知覺，定然走了。待我變化上去，看他是妖是人，再作道理。〔唐僧作旁立科。悟空作上塔擒二魚精，作見唐僧科。悟空白〕你是那裏妖怪？偷了塔寶，藏在何處？〔二魚精白〕爺爺饒命。偷寶不是我二人，自有個偷寶的在那裏。〔唐僧白〕塔寶是甚人偷去？你兩個是何等樣人？還是人還是怪？從直説來。〔二魚精白〕我們不是土中怪，亂石山中兩個兵。通聖龍王招女婿，九頭爺爺新主人。只因偶在空中過，塔尖舍利寶光生。知是佛家無價寶，立時計較果聰明。一連雨血三晝夜，奪將舍利返家庭。鎮住龍宮千萬彩，光輝照耀汲朝昏。〔唐僧白〕你二人在此做甚麽？〔二魚精分白〕聞知東土來個孫行者，慣會尋非起鬭爭。差我二人來打聽，看他何日進城門。偶因永夜難消遣，滿拚一飲醉醺醺。〔唐僧白〕你二人叫甚麽名字？〔團魚精白〕我名叫做奔波兒霸。〔鮎魚精白〕我名叫做霸波兒奔。〔仝白〕從頭細把根由説，望你慈悲放我們。〔丑扮悟能，戴僧帽，紥金箍，猪嘴切末，穿悟能衣，帶數珠，從壽臺上場門上。白〕師傅，爲何還不下去睡？〔作上塔科。唐僧白〕你師兄捉了個盗寶的妖怪。〔悟能白〕待我打死了罷。〔唐僧白〕不要打死。明日帶着他面見國主，好與衆僧伸冤。徒弟，我還要掃完寶塔，了此心愿。〔悟空白〕八戒，你先帶這怪物回去，我仝師傅在此。〔悟能作發諢科，帶二妖從壽臺下場門下。唐僧作掃塔科。唱〕

【高宫套曲·小梁州】恁看這小小妖魔似海鰍(韻)，妄生心寶物私偷(韻)。似這等憑空坑陷衆僧流(韻)，一個個枷鎖連環扣(韻)，幸今朝活口留(韻)。〔白〕多感我佛慈悲，現出盗寶妖賊，衆僧解脱苦難，真大慈悲也。悟空，我們回去罷。〔悟空白〕師傅，隨我來。〔作遶塔仝下科。唐僧唱〕

【煞尾】這樁公案方追究(韻)，火息還來添上油(韻)。浮屠七級傳天竺(韻)，水族何容踞上頭(韻)。不虚了慈悲動念開枷杻(韻)，賊口供招釋怨尤(韻)。〔仝從壽臺下場門下。場上撤寶塔科〕

第十五齣　祭賽國兩案齊翻（東鍾韻）

〔淨扮賴貪榮，戴幞頭，穿蟒，束帶，佩印綬，從壽臺上場門上。唱〕

【越調引·霜蕉葉】黄扉望重(韻)，喜得權專用(韻)。忽報東來僧衆(韻)，拜舞鑾坡(讀)，曉闢銅龍(韻)。

〔白〕一心喜怒總無常，貽臭何防我自香。直道不容三黜去，炎炎聲勢掌朝綱。我賴貪榮，官居太傅，職掌朝權，向因爲子求婚，那卓立不從，被我參奏一本，將他發守先陵去了。那生員齊福，少年狂妄，辱我孩兒，已經發配充軍。牽涉金光寺僧人，可惡他從無孝敬，現在押鎮勒限，追寶家貲，雖奉令旨抄没，被我存留了大半，這樁買賣也算做着的了。今有東土唐僧參見國王，爲此今日設朝，須索伺候，道猶未了，聖駕早臨也。〔雜扮衆太監，各戴太監帽，穿貼裏衣，繫絲縧，帶數珠。雜扮八文武官。引生扮國王，戴王帽，穿蟒，束帶，從壽臺上場門上。唱〕

【越調引·霜天曉角】祥光高聳(韻)，隣國俱朝貢(韻)。血雨連朝震悚(韻)，盜法寶捕無蹤(韻)。〔場上设桌椅，轉場入桌坐科。賴貪榮作朝見科。國王白〕先王開國在西偏，長享昇平數百年。更喜塔光騰五色，隣邦稱賀貢綿綿。孤家祭賽國王，承祖宗之遺業，拓版籍之雄國，列辟居尊，嘉祥疊現。不料雨血以來，金光不起，朝貢不來。太傅。〔賴貪榮應科。國王白〕追問寺中塔寶，可有下落麼？〔賴貪榮白〕廷尉着人押追，尚無下落。〔國王白〕宣大唐聖僧上殿。〔賴貪榮白〕領旨。〔作向内科。白〕宣大唐聖僧上殿。〔内應科。副扮悟空，戴悟空帽，穿悟空衣，帶數珠。丑扮悟能，戴僧帽，紥金箍，猪嘴切末，穿悟能衣，帶數珠。雜扮悟淨，戴僧帽，紥金箍，穿悟淨衣，戴數珠。引生扮唐僧，戴僧帽，穿僧衣，繫絲絛，戴數珠，從壽臺上場門上。唱〕

【又一體】金蓮隨地湧(韻)，只要心虔奉(韻)。略略尋瘢索縫(韻)，昨掃塔露行蹤(韻)。〔作進門參見科。白〕東土大唐僧玄奘朝見國王，願國王千歲。〔國王白〕聖僧請坐。〔場左側設椅，唐僧坐科。國王白〕敢問聖僧，東土大唐，離我祭賽共有多少路程？〔唐僧白〕國王聽稟：〔唱〕

【越調正曲・小桃紅】雲山路隔萬千重(韻)，説不盡妖魔洞(韻)也(格)。佛法無邊(讀)，行步從容(韻)，宿雨共餐風(韻)。總由他星兒照(讀)，月兒高(句)，日兒晒(讀)，風兒送(韻)也(格)。〔合〕不覺的歷盡關山(句)，歷關山十載中(韻)。〔國王白〕來了十載，方得到此。路上妖魔甚多，聖僧弱體，怎保平安過來？〔唐僧唱〕

【越調正曲・下山虎】擔驚歷險(句)，水盡雲窮(韻)，瓶鉢聊相共(韻)。縱遇多兇(韻)，仗慈悲救度(句)，聞聲感通(韻)。又有那小徒來侍從(韻)，保護我微躬(韻)。〔國王白〕誰人有此力量？〔唐僧白〕這三個徒弟。〔國王白〕令徒有這樣手段麼？〔唐僧白〕相貌雖醜，手段自强。縛妖捉怪，乃如兒戲。〔唱〕他力量非常多勇猛(韻)，〔合〕不是凡夫種(韻)。生成大雄(韻)，伏怪降妖萬刼空(韻)。〔國王白〕這就可喜。〔唐僧白〕貧僧來到貴國地界，聞寶邦有一浮屠，金光絢彩，晝夜不輟，只恨貧僧無緣，就不能見。〔國王白〕聖僧不要提起。這浮屠上的金光，乃是佛寶，因被這寺僧偷盜，所以罩去瑞彩。孤心甚爲痛恨。〔唐僧白〕只怕未必是僧人盜去。〔國王白〕怎見得？〔唐僧白〕貧僧昨到天府，就知金光寺僧衆啣冤負屈。貧僧至夜掃塔，已獲住盜寶的妖怪了。〔國王白〕有這等事？如今在那裏？〔唐僧白〕現今小徒鎖在金光寺裏。〔國王白〕就煩貴徒帶來，待孤親審。〔唐僧白〕悟空，你去把妖賊拿來。〔悟空應科，從上場門下。國王白〕令徒形容古怪，定然本事高强。〔唐僧白〕一路擒妖滅怪，全憑着他。〔國王白〕叫甚名號？〔唐僧白〕叫孙悟空。〔悟空作帶副扮團魚精，戴團魚⿰月盍腦，穿箭袖，繫肚囊。丑扮鮎魚精，戴鮎魚⿰月盍腦，穿箭袖，繫肚囊，仝從壽臺上場門上。悟空白〕啟師傅：二妖賊拿到了。〔國王白〕你是何方妖怪，盜我寶貝？你二妖叫甚名字？仝夥共有多少妖精？從直招來。〔團魚精白〕我叫奔波兒霸。〔鮎魚精白〕我叫霸波兒奔。寶貝都不是我二人偷盜。〔國王白〕却是何人？〔二魚精唱〕

【越調正曲・五般宜】有一個(讀)碧波潭老毒龍(韻)，招駙馬(讀)，九頭鳥有威風(韻)。因上國(讀)佛光照寶氣衝(韻)，潛偷竊藏無蹤影(韻)。與衲子幾曾干涉(句)，言辭實供(韻)。〔國王白〕這寶貝如今在那裏？〔二魚精唱合〕今現在收貯深潭(句)。惹得個老僧兒枉喫痛(韻)。〔國王白〕原來如此。內侍傳旨，赦金光寺僧衆無罪。〔太監應科。白〕傳旨：赦金光寺僧衆無罪。〔內應科。國王白〕聖僧，這妖怪潛居水底，怎生取回佛寶纔好？〔唐僧白〕小徒們去，自然捉得來的。〔國王白〕多謝聖僧。就煩令徒去走遭。〔唐僧白〕徒弟們，快去將塔寶取來。〔悟空、悟能作帶二魚精，仝從壽臺下場門下。唐僧白〕還有一件大冤枉的事。〔國王白〕請道其詳。〔賴貪榮背科。白〕這和尚多事，又在那裏説甚麽冤枉的事了。可惡！〔唐僧白〕貧僧來到落魂林，見兩個解差，將一書生綁在樹上，有一個拔刀正欲下手，被小徒一棍打死，救了書生。又問這一個解差，方知打死的受了奸相賄托，故此傷人性命。〔國王白〕如今這人在那裏？〔唐僧白〕現在朝門外。〔國王白〕叫甚名字？〔唐僧白〕受害的名喚齊福，解差叫做李玉。〔賴貪榮背作驚懼虚白科。國王白〕内侍傳旨，速宣齊福、李玉來見。〔太監應科。白〕傳旨：宣齊福、李玉見駕。〔小生扮齊福，戴髮網，穿喜鵲衣，繫腰裙。雜扮李玉，戴鷹翎帽，穿箭袖，繫鸞帶，仝從壽臺上場門上。白〕自分常爲鬼，誰知又見天。〔作進見跪科。白〕願國王千歲。〔國王白〕那個是齊福？〔齊福白〕罪臣齊福。〔國王白〕你受何人之害，爲何解至半途，要謀死你的性命？〔齊福白〕念罪臣呵，〔唱〕

【越調正曲·五韻美】塔放光人喧閧(韻)，樓房看書招强横(韻)。〔國王白〕招什麽强横？〔齊福白〕那日犯生在樓上看書，有一人窺看卓相之女，不想就是賴貪榮的兒子賴斯文。〔國王白〕怎麽樣？〔齊福唱〕逞狂騷樣子簾前擁(韻)。〔白〕罪臣見他不端，〔唱〕正言譏諷(韻)，豈知他殺機挑動(韻)，教唆那黄閣老皂囊封(韻)。〔國王白〕參你甚麽？〔齊福白〕誣陷罪臣與那卓相之女，淫詞唱和，以致雨血，塔頂收光，將臣發下廷尉，嚴行審究。〔唱合〕發配到遊魂(讀)，途中葬送(韻)。〔國王白〕你將謀齊福的情由，細細奏來。〔李玉白〕解差奉了廷尉司批文，押解齊福去刺配。那賴斯文命一陪堂叫做陰騭，邀往酒肆去送白金四百兩，把齊福結果了，取他首級回來，所以周混一路要害他。〔國王白〕這等說將起來，賴貪榮你父子濟惡，罪在不赦了。〔賴貪榮作跪科。白〕臣該萬死。〔國王唱〕

【越調正曲・江頭送別】君王柄(韻)，君王柄(疊)，你父子朦朧(韻)。平人命(韻)，平人命(疊)，你死生摻縱(韻)。怪不得上干天怒，全是你權奸弄(韻)。〔合〕綸扉待罪難容(韻)。〔白〕傳旨：宣校尉伺候。〔太監應科。白〕傳旨：宣校尉上殿。〔雜扮衆校尉，各戴黃羅帽，紥虎頭額，穿箭袖，黃褂，佩刀，從壽臺上場門上，作參見科。國王白〕爾等將賴貪榮押去廷尉司，立時起解，刺配遊魂嶺充軍，就命李玉解赴。將賴斯文與陰騭押出市曹梟首。其賴貪榮家私撥與金光寺僧衆，令其修塔，啟建道場。〔衆校尉、李玉應科，作帶賴貪榮從壽臺下場門下。國王白〕齊福，既曾勵志芸窗，又且持身正大，立品端方，暫出寧家，另候擢用。〔齊福作叩謝科，從壽臺上場門下。國王白〕內侍傳旨：着兵部官一員，速往先陵，宣召卓立回朝供職。〔太監應科。國王白〕排宴便殿，俟擒妖獲寶，方送聖僧起程。〔太監應科，領唐僧等文武官下。全唱〕

【尾聲】鋤奸削佞金歐鞏(韻)，塔寶重看鎮梵宮(韻)，公案齊消喜氣濃(韻)。〔全從壽臺場門下〕

第十六齣　碧波潭九頭露相（尤侯韻）

〔副扮悟空，戴悟空帽，穿悟空衣，帶數珠，持棒。丑扮悟能，戴僧帽，紮金箍，猪嘴切末，穿悟能衣，帶數珠，持鈀。作帶副扮團魚精，戴團魚䐪腦，穿箭袖，繫肚囊。丑扮鮎魚精，戴鮎魚䐪腦，穿箭袖，繫肚囊。仝從壽臺上場門上。悟空、悟能唱〕

【黃鐘宮正曲·出隊子】教人費手（韻），教人費手（疊），要學魚兒水底遊（韻）。捉拏盜寶小泥鰍（韻），不道鼉精有匹休（韻）。〔合〕舍利重光（讀），仔細搜求（韻）。〔悟空白〕來此已是碧波潭了。我不打你，你快去通知那老蛟虫，説孫爺爺在此，教他快將金光寺的塔寶送上岸來，免得他一門誅戮。快去！〔二魚精作抱頭掩口，從壽臺下場門下。悟空、悟能作發諢科。雜扮衆水怪，各戴馬夫巾，水卒臉，穿箭袖，卒褂，執旗。引雜扮九頭駙馬，戴九頭䐪腦，紮靠，持刀，從壽臺下場門上。唱〕

【又一體】刀鎗伺候（韻），刀鎗伺候（疊），傳進妖僧問事由（韻）。獸門禽部不相侔（韻），塔寶何關强出頭（韻）。〔合〕火動無明（讀），怎肯干休（韻）。〔白〕是甚麽齊天大聖？快來納命！〔悟空白〕你孫爺爺在此！〔九頭駙馬白〕我聞你是取經的和尚，没要緊，我拿祭賽國的寶貝，與你何干，却無故傷我頭目！又大膽前來，與我廝鬬！〔悟空白〕這潑怪甚不達理。你偷了寶貝，坑得金光寺僧衆受屈，我怎不與佛門除害？〔九頭駙馬白〕與我爭鬪，怕傷你的性命，悞了你去取經。我今饒你去罷，莫要惹禍。〔悟空白〕這潑怪有甚本領，擅敢誇能？喫你孫爺爺一棒！〔作對敵科。悟能白〕哥哥，待我來築死這畜生。〔九頭駙馬從壽臺下場門敗下。悟空追下。悟能作亂打衆水怪，從壽臺下場門下。九頭駙馬從壽臺上場門上。白〕猴頭果然驍勇。待我現出原形，擒他便了。〔悟空追上，作對敵科。九頭駙馬從壽臺下場門隱下。雜扮九頭鳥，穿九頭鳥衣，從壽臺下場門上，作飛舞遶場科。悟能從壽臺上場門追上，作對敵科。九頭鳥作擒悟能，從壽臺下場門下。悟空白〕不好了！八戒被他啣去了。待我趕上去。〔從壽臺下場門追下。衆水怪作縛悟能，引九頭駙馬從壽臺上場門上，作遶場科。副扮通聖龍王，戴龍王冠，紥靠，襲蟒，束帶，從壽臺下場門迎上，作見科。九頭駙馬白〕岳父大人，小婿擒了一個猪精來了。〔通聖龍王白〕賢婿，且進去飲三盃，以慶頭功，把他吊在這裏。〔衆水怪應科。場上設椅，作吊悟能科。仝從壽臺下場門下。悟空從壽臺上場門上，作見科。白〕原來吊在這裏。八戒！〔悟能白〕哥哥你來了。繩子怎麼得脱？〔悟空白〕噤聲。〔作指悟能斷繩科。悟能白〕哥哥，繩便斷了。我的兵器在那裏？〔悟空白〕那邊不是！〔悟能作取鈀科。悟空白〕我和你一仝打進去。〔悟能白〕哥哥，你先出去，等老猪打進去，得勝就殺了他一家，斷了根。若敗了出來，你在潭邊救應。〔悟空應，從壽臺上場門下。悟能虛白發諢科。九頭駙馬從壽臺下場門上，作見科。白〕潑野猪，怎敢驚吾家屬！〔悟能白〕這賊怪，是你請我來的。快拿寶貝出來，不然你一家性命難逃。〔作對敵科。九頭駙馬從壽臺下場門敗下。通聖龍王持刀從壽臺下場門上，作接戰對敵科。悟空從壽臺上場門上，作接戰打死通聖龍王，從壽臺下場門下。九頭駙馬從壽臺下場門上，作怒科。白〕可恨潑猴打死我岳父！誓不與你俱全。〔作對敵科。九頭駙馬從壽臺下場門敗下。悟空、悟能仝作追下。雜扮衆天將，各戴卒盔，穿鎧，執標鎗。引生扮二郎神，戴三叉冠，紥靠，持三尖刀。雜扮牽犬神將，戴紥巾，穿箭袖卒褂，作牽雜扮神犬，穿犬衣，隨從禄臺門上。仝唱〕

【正宮正曲・雙鸂鶒】雲端裏鳥飛兔走(韻)，大圍場誰行獵獸(韻)。須認俺清源妙道真君(句)，哮天的犬驟(韻)。一霎裏(讀)鎗挑着鹿麞肥瘦(韻)，〔合〕望前途殺氣衝牛斗(韻)。〔九頭鳥從禄臺門上，作遶場飛科，從下場門下。二郎神白〕衆神將，前面征塵蔽日，殺氣冲霄，敢有甚麼妖氛，快放哮天犬去者！〔牽犬神將作應放犬科，從下場門下，作持一頭隨上立科。悟空從禄臺門追上，作見科。白〕原來是妙道真君，請了。〔二郎神白〕大聖請了。〔悟空白〕真君何來？〔二郎神白〕出獵至此。〔悟空作別科。二郎神白〕大聖何往？〔悟空白〕適趕一九頭怪，不知逃往何處去了。〔二郎神白〕大聖不必追趕，方纔被我哮天犬咬去一頭，負痛飛往北海去了，必定多死少生。〔悟空白〕如此多謝了。〔二郎神白〕正是不費些兒力，相助已成功，請了。〔衆天將仝從禄臺門下。悟能從壽臺上場門上，虛白科。悟空從仙樓下科。悟能白〕哥哥，九頭精那裏去了？〔悟空白〕遇着二郎神放出哮天犬，咬去一頭，飛往北海去了。〔悟能白〕只怕還要活。〔悟空白〕活不活管他則甚。〔悟能虛白發諢科。白〕如今怎麽樣？〔悟空白〕待我變作九頭虫的模樣，去碧波潭内尋那公主，誆出寶來。你只在門首叫戰，我出來招你進去，屠他一個乾淨，却不省力。〔悟能白〕説得有理。事不宜遲，就此前去。〔仝從壽臺下場門下。小旦扮通聖女，戴女盔，紥靠，佩劍，從壽臺上場門上。唱〕

【雙調正曲·鎖南枝】兒夫去(句)，戰潑猴(韻)，疆場緣何尚滯留(韻)。只因祭賽起風波(句)，惹得人多僝僽(韻)。〔白〕那潑猴好没來由。〔唱合〕你本是過路人(句)，各自走(韻)。寶和珍(句)，强争鬬(韻)。〔雜扮悟空化身，戴九頭𦞦腦，紥金箍，紥靠，從壽臺上場門上。白〕假扮九頭鳥，衡瞞百媚娘。〔作進門科。白〕公主那裏？〔通聖女白〕在這裏。〔作見科。白〕駙馬爲何如此慌張？〔悟空化身白〕八戒得勝，把我趕將進來，拿出寶貝，與我好生收藏。〔通聖女作取付科。白〕這是佛寶，這是九葉靈芝。〔悟空化身虚白，從壽臺下場門下。悟空從壽臺上場門上。白〕你看看我是誰！〔通聖女作見慌科。白〕不好了，被他誆了寶去了。潑猴，快快拿出寶來還我！〔悟能從壽臺上場門上。悟空虚白，從壽臺上場門下。悟能虚白發諢科，作打死通聖女，從壽臺下場門隱下科。悟能白〕通聖女已死，倘有逃出來的小妖精，我見一個打一個便了。〔唱〕

【中吕宫正曲·撲燈蛾】釘鈀在吾手(韻)，釘鈀在吾手(疊)，誰行敢來鬬(韻)。小的只一鈀(句)，大的管教莫救(韻)也(格)。誰能逃走(韻)，斷撞着没個存留(韻)。喜除妖精神抖擻(韻)，〔合〕碧波潭(讀)從今清淨永無憂(韻)。〔從壽臺下場門下。雜扮衆小妖，各隨意扮，從壽臺上場門上，作奔跌科。唱〕

【又一體】潛逃何處走㊀韻，潛逃何處走㊀疊，微軀幸即溜㊀韻。風外落楊花㊀句，化生重復如舊㊀韻也㊀格。不知措手㊀韻，逢黑煞命總難留㊀韻。〔悟能從壽臺上場門上，作亂打科。唱〕一霎裏剿除小醜㊀韻，〔合〕碧波潭㊀讀從今清淨永無憂㊀韻。〔作打死衆小妖，從壽臺兩場門下。悟能虚白發諢科，從壽臺下場門下〕

第十七齣　還舍利復現金光（蕭豪韻）

〔雜扮衆院子，各戴羅帽，穿院子衣，繫䌙帶。引外扮卓立，戴幞頭，穿蟒，束帶，佩印綬，從壽臺上場門上。唱〕

【中呂宮曲・四園春前】烏帽宮袍舊珥貂(韻)，願調槐鼎聖人朝(韻)，九重雨露愧恩叨(韻)。〔場上設椅轉場坐科。白〕下官卓立，自遭賴貪榮誣奏，發守先陵，自分必無生還之理。幸遇東土聖僧，路救齊福，在國王面前辯白其冤，下官亦蒙恩赦，仍復舊職，獨掌朝綱。昨日聖僧師徒已經擒妖獲寶，今日就要西行。國王傳旨，設宴在金光寺與聖僧餞別，命下官奉陪。此時聖僧想必來也。〔末扮淡然，戴僧帽，穿僧衣，繫絲縧，帶數珠，從壽臺上場門上，見卓立科。白〕金光寺僧人淡然，叩見相爺，席已設在塔前迎仙閣上。〔卓立白〕伺候了。〔副扮悟空，戴悟空帽，穿悟空衣，帶數珠。雜扮悟能，戴僧帽，紮金箍，猪嘴切末，穿悟能衣，帶數珠。雜扮悟淨，戴僧帽，紮金箍，穿悟淨衣，帶數珠。引生扮唐僧，戴僧帽，穿僧衣，繫絲縧，帶數珠，從壽臺上場門上。唱〕

【中呂宮引・四園春後】竿揭金鷄公案消(韻)，陛辭催上道(韻)，飛錫去程遥(韻)。〔淡然作出門迎科。

白〕弟子淡然，稟知聖僧，國王設宴餞別，命左相卓太師相陪。〔作進門通稟科。卓立作出門迎科。白〕蒙聖僧慈悲，獲寶除妖，救了無限生靈。國王設有御宴，命下官奉陪。〔唐僧白〕貧僧何緣，蒙國王優禮款待，受之不當。〔卓立白〕看香茗過來。〔場上設齋筵、桌椅，各入桌坐科。仝唱〕

【中呂宮正曲・粉孩兒】華筵上（讀）五色雲氤氳繞（韻），慶手提慧劍（讀）驅除煩惱（韻）。匆匆又復別灞橋（韻），綰征鞍柳線千條（韻），〔合〕盼迦維雲路迢迢（韻），啟香積承恩奉詔（韻）。〔唐僧唱〕

【中呂宮正曲・紅芍藥】來西域（讀）水遠山高（韻），經上國馹錫停鑣（韻）。蒙湛露恩沾品泉好（韻），賚龍團乳花香遶（韻）。賜來（讀）飯似雲子抄（韻），露葵美賽伊火棗（韻）。〔合〕是這般寵錫宮壺（句），合教俺深嘗個飽（韻）。〔卓立唱〕

【中呂宮正曲・耍孩兒】我有一言難相告（韻），雖是居台鼎（句），奈衰年白髮蕭蕭（韻）。〔唐僧白〕老太師也還清健。〔卓立唱〕寥寥（韻），少芝蘭只有掌上寶（韻）。〔悟空白〕既有淑媛，何不招一佳壻，以慰暮年何如？〔卓立唱〕選東床（讀），難覓個天緣巧（韻）。〔合〕桑榆景誰依靠（韻）。〔悟空白〕太師，我也有一言相告。〔卓立白〕請道。〔悟空唱〕

【中呂宮正曲・會河陽】玉潤堪稱（讀），俊傑英髦（韻）。家聲略遜相門高（韻）。〔白〕今日呵，〔唱〕蕭條（韻）。戢翼窮居（句），終飛九霄（韻）。天作合三星照（韻）。〔合〕今時（句），我暫做紅絲老（韻）。他年（句），你儘受冰清號(韻)。〔卓立白〕唤甚名字？〔悟空白〕就是齊福。雖受縲絏之災，非其罪也。不識有當太師尊意否？〔卓立白〕我這祭賽國子弟，要選才品兼優者惟此齊生，老夫久有此意。不想竟遭奸人暗算，以致姻牒未諧。大聖爲老夫作伐的，即是齊生，敢不聽從？〔内白〕旨意下。〔院子白〕禀老爺，旨意下。〔卓立白〕香案伺候。〔院子應科。雜扮衆太監，各戴太監帽，穿貼裏衣，繫絲縧，帶數珠。引雜扮大太監，戴大太監帽，穿蟒，束帶，帶數珠，捧旨，從壽臺上場門上。仝唱〕

【中吕宫正曲·縷縷金】承王命(句)，向僧寮(韻)。龍章傳燕喜(句)，選英豪(韻)。夫貴妻榮日(句)，五花官誥(韻)。仙緣湊合似藍橋(韻)，〔合〕招提俄頃到(韻)，招提俄頃到(疊)。〔卓立作迎進門科。大太監白〕旨意下，跪聽宣讀。詔曰：太師卓立，因遭姦謗，遠守先陵，雖復賜還，尚未加爵，特封爲太子太師。生員齊福，學養兼優，品行素著，身遭冤抑，辛苦倍嘗。卓卿有女，守貞未字。今孤爲媒，令卿招贅，可稱良偶。徹御前金蓮寶炬，即送齊福入贅卓門。齊福授爲學士之職，侍從鑾坡。欽哉謝恩。〔卓立作謝恩科。白〕香案供着。〔院子作應接科。大太監白〕聖僧何日榮行？〔唐僧白〕貧僧明早謝宴，即便長行了。〔大太監白〕容咱明日相送，請了。〔衆太監仝從壽臺上場門下。唐僧白〕恭喜老太師招贅齊生，果稱佳壻。〔卓立白〕先感大聖冰言，又蒙國王天禮，老夫何幸得此乘龍，慰我暮年，歡欣極矣！〔唱〕

【中吕宫正曲·越恁好】如天恩德(句)，如天恩德(疊)，覆育荷神堯(韻)。玉堂金馬(句)，喜佳壻列詞曹(句),移蓮燭樂奉雲璈(韻),團圓到老(韻)。〔仝唱合〕花宮内(讀),接聖旨堆歡笑(韻)。華堂上(讀),聯姻眷添榮耀(韻)。〔唐僧白〕悟空,着你將佛寶仍送塔頂安放,可曾供好麽?〔悟空白〕蒙師傅吩咐,早已供好了。〔内奏樂科。淡然從壽臺上場門上。白〕稟老爺,塔頂仍復放光了。〔卓立白〕知道了。〔淡然從壽臺上場門下。卓立白〕更不知何處奏樂之聲?〔悟空白〕此乃天樂。因塔頂復安,佛寶放起,祥光依然,八方共覩,遠近仝瞻。故此上天鳴樂。〔卓立白〕若非聖僧大力,焉得如此?老夫就此拜謝。〔作拜科。唐僧白〕阿彌陀佛。〔卓立唱〕

【中吕宫正曲·紅繡鞋】聖僧德並天高(韻),天高(格)。君臣感戴難消(韻),難消(格)。雲五色(句),向空飄(韻)。〔作拜悟空科。唱〕衆侍者(句),道俱超(韻)。〔合〕臨淨土(句),稱方袍(韻)。〔仝唱〕

【尾聲】天然佳會相逢巧(韻),起金光高接雲霄(韻),須記着取得真經晤不遥(韻)。〔各從壽臺兩場門下〕

第十八齣　開玳筵重諧鳳卜（古風韻）

〔雜扮贊禮官，戴紗帽，穿圓領，束帶，從壽臺上場門上。唱〕

【高大石調正曲·雙勸酒】年紀最高（韻），聲音還好（韻）。披紅愈嬌（韻），插花波俏（韻）。學士承恩不小（韻），〔合〕芙蓉褥暖度今宵（韻）。〔白〕自家祭賽國的贊禮官便是。年紀七十有五，兩耳常聞打鼓。脚跟整日奔波，醉得足蹈手舞。花紅利市雖多，皂靴破了難補。兒子説我腌臢，媳婦嫌我咭嗒。你説爲着何因，惱我老年依然窮苦。〔作笑科。白〕説便這等説，做了一世芝蔴，也仗他遮蔽門户。今日是卓太師小姐招贅齊學士，該我承值，只得前去伺候。〔從壽臺下場門下。雜扮衆院子，各戴羅帽，穿院子衣，繫鑾帶。引外扮卓立，戴幞頭，穿蟒，束帶，佩印綬，從壽臺上場門上。唱〕

【中吕宫引·青玉案】門闌瑞氣開甥館（韻），却正是冰初泮（韻），畫燭光中歌吹緩（韻）。〔老旦扮喬氏，戴鳳冠，穿蟒，束帶，從壽臺上場門上。唱〕君恩優渥（句），天緣美滿（韻），驚喜參相半（韻）。〔場上設椅，各坐科。卓立白〕夫人，女兒前日雖受了一番讒謗，如今事已昭雪，奉旨招贅齊生爲壻。聖恩隆重，老夫十分歡喜。〔喬氏白〕正是果是一門有慶也。〔卓立白〕今乃黄道吉日，喚掌禮官。〔院子白〕掌禮官伺候。〔贊禮官從壽臺下場門暗上，作見科。白〕贊禮官叩頭。〔卓立白〕吉時已至，就請新人。〔贊禮官應作見科。白〕華堂燈燭吐輝光，才子欣逢窕窈娘。今夕乍諧鸞鳳侶，明年生下狀元郎。〔内奏樂，小生扮齊福，戴紗帽，穿圓領，束帶，從壽臺下場門上。贊禮官作請科。白〕嫦娥今日下雲程，來與蕭郎作鳳鳴。百歲歡娛從此始，肇開麟趾看三星。〔内奏樂，旦扮衆梅香，各穿衫背心，繫汗巾。作扶旦扮如玉，戴鳳冠，穿圓領，束帶，從壽臺上場門上，作拜天地科。贊禮官從壽臺下場門下。院子白〕稟老爺，喜筵都已完備，請老爺上席。〔場上設筵席、桌椅，各入桌坐科。仝唱〕

【中呂宮正曲・山花子】玳筵開處紅雲暖(韻)，初教結帨施鞶(韻)。喜今朝雙栖鳳鸞(韻)，畫堂中合巹交歡(韻)。〔合〕艷晶晶金巵玉盤(韻)，瓊花照人錦綉團(韻)。香風拂檻珠翠攢(韻)，蓮炬移來(讀)花燭仝觀(韻)。〔卓立白〕掌燈送入洞房。〔卓立、喬氏從壽臺下場門下。衆院子、梅香應，作持燈遶場科。仝唱〕

【中呂宮正曲・紅繡鞋】紅綾仝跨青鸞(韻)，青鸞(格)。菱花雙照團圞(韻)，團圞(格)。笙簫沸(句)入雲端(韻)，連理慶(句)百年歡(韻)。〔合〕恩波渥(句)，海仝寬(韻)。〔作入洞房科。從壽臺兩場門下〕

第十九齣　南山妖設梅花計（魚模韻）

〔雜扮八小妖，各執黑旗切末上，遶場颺舞一回，畢科。雜扮八小妖，各背葫蘆切末。引雜扮二先鋒、衆小妖，擁南山大王上。仝唱〕

【正宫·普天芙蓉】【普天樂】（首至七）慣嘘風能結霧(韻)，賽山君誇神武(韻)。選巖棲闖就仙都(韻)，豈仝他社鼠城狐(韻)。〔南山大王白〕易占文蔚仰光華，地隔人寰歲月賒。威並虎狼聲勢壯，毒霧洞口久爲家。俺乃南山大王是也。居尊化外，淹育山中。威凛凛扇起雄風，豈但勢能拔木；黑漫漫駕來大霧，直教影可遮山。看洞府之清虚，灣灣環環，賽過着瓊樓十二；數兒孫之壯健，挨挨濟濟，不饒那鐵甲三千。端的好一番氣象也！〔唱〕誰似咱號令軍威布(韻)，一任俺吞噬生靈抽(韻)，儘消除六道三塗(韻)。【玉芙蓉】（合至末）驅前部(韻)，登臺指呼(韻)，燄騰騰(讀)依山罩水不容踈(韻)。〔白〕衆孩兒們，快些起風作霧，助俺威權者。〔衆小妖白〕得令！〔南山大王陞高座科。八小妖遶場，旗内出黑烟科。八小妖遶場，葫蘆内出黄烟科。仝唱〕

【正宫·朱奴帶錦纏】【朱奴兒】（首至合）一謎裏風起須臾(韻)，頃刻地霧騰旁午(韻)。添威助勢却相需(韻),顯得箇聲靈如許(韻)。【錦纏道】(七至末)禁採在邊隅(韻),誰來觸犯(句)擒挐作菜蔬(韻)。〔扮樵子上,旋轉勢科。衆小妖唱合〕忽嗅生人氣(韻),忙教面縛把腸刳(韻)。〔衆小妖擒樵子,綁縛見科。白〕這樵子大膽,敢觸犯山界,擒來獻上大王,聽憑處治。〔南山大王白〕那廝這等可惡,擅敢到山樵採。孩兒們快些挐去,弔在後面樹上。〔樵子白〕小人怎敢違犯?只因狂風陡起,留脚不住,悮入山界,伏乞大王開恩。〔南山大王白〕既經犯禁,斷饒不得。〔樵子哀求科。白〕家中還有老母,只賴小人採樵度日,相依爲命。還望大王俯賜矜憐。〔南山大王白〕噯,這個我大王那裏管得,快些帶去。〔衆小妖白〕得令。〔一小妖仝樵子下。南山大王笑科。白〕哈哈哈!挐住那個樵子,忽然觸起俺一樁心事來了。二位先鋒,我與你們商量。〔一先鋒白〕大王有何心事呢?〔南山大王白〕聞得人説東土唐僧,乃十世修行的羅漢,有人吃他一塊肉,可以延壽長生。他今日到我山裏,正好挐住他蒸吃,爲此焦勞。〔一先鋒白〕大王想吃唐僧麽,他的肉恐不中吃。〔南山大王白〕怎麽的不中吃?〔一先鋒白〕若是中吃,也到不得這裏,别處妖精也都吃了。他手下有三個徒弟,十分兇勇。〔南山大王白〕是那三個呢?〔一先鋒白〕他大徒弟叫做孫行者,二徒弟叫做猪八戒,三徒弟叫做沙和尚。〔南山大王白〕那大徒弟手段如何?〔一先鋒白〕那孫行者神通廣大,變化多端,説起來令人害怕。〔唱〕

【正宮·錦庭芳】【錦纏道】(首至六)溯當初(韻),鬧天宮星官盡輸(韻),威名震八區(韻)。保唐僧(讀),關山閱遍崎嶇(韻),一路上大妖王遭伊毒痛(韻),俺這裏小連環勢力誰如(韻)。【滿庭芳】(合至末)凡事綢繆未雨(韻)，恐其間(讀)投羅網惹征誅(韻)。〔南山大王白〕啊唷唷，他大徒弟有這等的利害！

【正宫·四邊芙蓉】【四邊静】（首至六）聞言使我難張主(句)，垂涎復懷懼(韻)。勝敗未可知(韻)，强弱須當慮(韻)。棄之何苦(韻)，取之無路(韻)。【玉芙蓉】（末一句）且從容(讀)萬全妙算細商諸(韻)。〔一先鋒白〕大王不必憂疑，若是要吃唐僧，我却有一計在此。〔南山大王白〕你有何計？快些説來。〔一先鋒白〕有一個分瓣梅花的計，包管擒獲唐僧。〔南山大王白〕怎麽分瓣梅花計？〔一先鋒白〕把洞中大小子孫，揀他有能幹會變化的，選上三個，都變作大王一樣，頂大王之盔，貫大王之甲，執大王之刀，分作三處埋伏。先着一個戰猪八戒，再着一個戰沙和尚，再着一個戰孫行者，猶如梅花的分瓣。捨着三個子孫，調開三個徒弟，大王就在半空伸下拏雲手，捉住唐僧，管教大王受用。〔南山大王白〕妙哉，妙哉。好個梅花分瓣計也，依計而行。孩兒們聽令，隨俺擒拏唐僧，風霧更要威猛者。〔二先鋒白〕得令。〔南山大王下座科。仝場合唱〕

【尾聲】明朝山下欣相遇(韻)，整備臨期智取(韻)，才顯俺隱霧妖王比衆殊(韻)。〔二先鋒、衆小妖擁南山大王下。八小妖復遶場，舞旗一回下〕

第二十齣　東土僧遭艾葉擒（江陽韻）

〔悟空持棒，悟能持鈀，悟淨持鏟，挑經擔，隨唐僧騎馬上。唱〕

【仙呂宮・八聲甘州】天清日朗(韻)，喜此間景物(讀)另有風光(韻)。脱離魔障(韻)，虔心拜禮空王(韻)。雲遮印度遥難望(韻)，路隔神州遠且長(韻)。〔合〕休傷(韻)，猛加鞭穩步康莊(韻)。〔白〕我唐僧奉勅求取三藏金經，不憚程途十萬，頻遭險難，俱獲平安。此皆仰賴佛祖保護之力也。悟空，祭賽國到這裏不知走上了多少程途，還不知從那一條路去的。〔悟空白〕師傅不用問，有路只顧走就是了。〔悟能白〕師傅不要聽他弄嘴掉舌，他一觔斗却會去十萬八千里，我們一程一程的走，怎麽不要問呢？〔悟淨白〕我猜着師傅問的意思。前面那座黑凜凜的高山，不知要經過麽，那邊怕有些妖氣。〔悟空白〕誰用你來插嘴。〔作行科。仝唱〕

【又一體】匆忙(韻)，前途莫阻當(韻)。喜一行四衆(韻)，又陟危岡(韻)。〔八小妖暗上旗，内出黑烟，作起風畢科，下。唐僧白〕怎麽忽然的刮地狂風？好生奇怪。〔仝唱〕風聲亂響(韻)，無限沙石飛颺(韻)。〔八小妖暗上，葫蘆内出黄烟，作下霧畢，下。唐僧衆唱〕又加四塞烟霧黄(韻)，凶吉教人難揣詳(韻)。〔合〕驚慌

(韻)，怎蒼天疊降災殃(韻)。〔內放彩火。假南山大王跳上。白〕四個禿驢，你的災星到也！〔作搶唐僧。悟空接戰科。唱〕

【仙呂宮·皂羅袍】何物么魔狂妄(韻)，敢公然攔路(讀)，擎鎗執棒(韻)。我求經特地到西方(韻)，一心保護唐三藏(韻)。〔假南山大王白〕俺只要一個唐三藏，你這個弼馬瘟，用不着你。〔悟能怒科白〕呸！師兄，待我來，妖怪喫我一釘鈀。〔接戰科。假南山大王唱〕俺噴風噯霧(句)，誰人敢強(韻)。你撓腮撾耳(句)，誰人不嘗(韻)。準備着解腥香料加鹽醬(韻)。〔內放彩火。又一假南山大王跳上，悟空接戰科。內放彩火，又一假南山大王跳上，悟淨接戰科。場上分三路接戰，各作追下。唐僧白〕嚇死人也！怎麽一模一樣的三個妖怪，把我三個徒弟，不知引戰到那裏去了。〔唱〕

【仙呂宮·五供養】渾難解穰(韻)，徒弟分離(讀)，掛肚牽腸(韻)。孤蹤愁日暮(句)，立馬轉徬徨(韻)。〔前衆小妖又暗上，出烟作風霧科。唐僧唱〕甚風兒更覺狂(韻)，刹那頃便潛藏丹嶂(韻)。〔合〕人影無分辨(句)，好悲涼(韻)，多岐豈止怕亡羊(韻)。〔衆小妖上，圍科，天井下。豹爪切末，擒唐僧科，從天井上。衆小妖白〕快活快活，唐僧已經擒捉了。我們今日的功勞非仝小可。專等大王蒸喫唐僧，我們分得一杯羹，都有神仙之分了。〔一小妖白〕他們三個扮大王的，不知怎麽樣了。只好與他三個徒弟做點心哩。〔衆小妖白〕管他怎麽，這匹馬也牽了回去，那些行李經擔，都是好的。〔衆小妖牽馬、挑經擔下。二先鋒押唐僧，隨南山大王上。白〕計就月中擒玉兔，謀成日裏捉金烏。唐僧已經拏來，快些把他蒸一蒸，大家吃他一塊肉，延壽長生。〔一先鋒白〕大王，且不可吃。〔南山大王白〕既拏來怎麽不可吃？〔一先鋒白〕大王有所不知，吃了他不打緊，那孫行者的金箍棒，着實利害。〔南山大王白〕先鋒有何高見？〔一先鋒白〕且把唐僧送往後園，綁在樹上，如三日後，他徒弟不來找尋，便可安然的受用。〔南山大王白〕先鋒説得有理。小妖們將唐僧呵，〔唱〕

【尾聲】樹枝兒高吊上㊙，等他三日再商量㊙，只怕伊徒弟驍雄不伏降㊙。〔仝下〕

第廿一齣　洞口擲頭驚弟子（蕭豪韻）

〔扮悟空上白〕天有不測風雲，人有旦夕禍福。我方纔戰退了那妖精，回到這裏，誰知俺師傅人和馬，都不見了，如何是好？咦，遠遠望去，八戒也回來了，且去問他。〔扮悟能上。白〕師兄，俺師傅那裏去了？〔悟空白〕我止要問你。〔悟能白〕你又不曾交付與我，怎麼問我討起師傅來。〔悟空白〕莫怪我問你。〔悟能白〕好説。如今沙和尚也不見，不要他帶着師傅，閑看山景去了。等他來時，便有下落。〔扮悟淨，作喧嚷科，上。白〕師傅師傅，不要驚壞了。〔悟空、悟能白〕你陪伴師傅在這裏，你又到那裏來？〔悟淨白〕我也趕殺妖怪去了。師傅呢？〔悟能白〕師傅麽，蹤影也不見了。〔悟空白〕中他計了，中他計了。〔悟能、悟淨白〕中他甚麽計？〔悟空白〕中了他分瓣梅花計。把我弟兄們調開，劈心裏抓了師父去了。不知他性命存亡。〔急作哭科。悟能白〕一定是這個緣故。且不要哭，想這個妖怪，只在這座山上，快些仝去找尋。〔悟淨白〕有理。〔行科。仝唱〕

【雙調·羅帳裏坐】快慌忙找尋(句)，那怕山遥路遥(韻)。登門取討(韻)，便知消耗(韻)。〔悟空白〕那邊洞門上寫着文蔚山，莫不就是那妖精作怪？〔悟能取釘鈀打門科。白〕呔！快些送我師傅出來，免得我釘鈀鑿倒了門。〔仝唱〕休夜郎自大(句)，儘作怪興妖(韻)。〔合〕釘鈀若把洞門敲(韻)，管把窩兒立搗(韻)。〔小妖白〕這不是你師傅。〔抛出人頭科。悟能哭科。白〕阿呀，我的師傅。嗳！〔悟淨白〕哭也無益，應該與師傅報讎才是做徒弟的情分。〔悟能諢科。悟空白〕你見了人頭就哭，這人頭是假的。〔悟能白〕你可是販古董的出身，認貨得緊。怎麼人頭有假的？〔悟空白〕夯貨！你曉得什麼。人頭是撲搭不响的，假的像梆子聲。你不信，我叫他現出本相來看。〔持金箍棒打科。地井内换出柳樹根科。悟淨諢科。悟能怒科。白〕你這潑毛團，這等的可惡，把我的師傅藏在洞裏，拿個柳樹根來哄誰，難道我師傅是柳樹根變的不成！我猪祖宗斷乎不肯饒恕你！〔悟淨白〕不要閒講，我們遶到後山，拿住妖魔，碎屍萬段，方雪此恨。〔作行科。仝唱〕

【又一體】包兒暗調(韻)，你休想恕饒(韻)。且打碎洞門(句)，不留寸草(韻)。若使輕縱(句)，他被人談笑(韻)。〔合〕毛團如敢逞凶休(韻)，再决嬴輸一遭(韻)。〔下，打衆小妖。二先鋒引南山大王上。唱〕

【中吕宫·菊花新】幸施奇計得烹鮮(韻)，管許長生億萬年(韻)。膳宰且遲延(韻)，探取伊徒回轉(韻)。〔白〕一聲長嘯萬山空，益壽何須採藥翁。全賴梅花分瓣計，不勞鏖戰便成功。俺南山大王是也。前日先鋒獻策，輕輕的把唐僧唾手擒來，十分可喜。我即欲洗剥供餐，先鋒又勸緩些烹宰，防他徒弟生波。誰知孫行者果然尋上門來，要他師傅。又虧那箇先鋒計議，把個假人頭做唐僧首級，抛將出去。此時門外不見動静，料他們决然散夥了。你們兩個的功勞，委實不小。〔二先鋒白〕此皆大王的福氣，天賜長生不老，先鋒們怎敢居功？〔小妖急上。白〕大王不好了！ 孫行者、猪八戒、沙和尚殺上山來了！〔南山大王白〕想他們也有限的本領，索性一齊拏了，做一個大大的筵席，有何不美！ 快些取我的軍器來。〔引衆小妖、二先鋒仝唱〕

【中呂宮・好事近】披執各齊全(韻)，好把威風開展(韻)。鳴金斷殺(句)，神通各自來顯(韻)。他們就裏(句)，假人頭(讀)兀自無分辨(韻)。〔合〕笑徒然螻蟻爭强(句)，當統此貔貅交戰(韻)。〔南山大王引衆下。扮悟空執棒，悟能持鈀，悟淨執鏟，上。仝唱〕

【又一體】伸冤(韻)，直抵洞門前(韻)，肯放汝苟延殘喘(韻)。須知過都越國(句)，狠妖魔齊教滅前(韻)。恁區區小醜(句)，逞强梁(讀)結下讐和怨(韻)。〔合〕片時間殺上青山(句)，一窩兒送入黄泉(韻)。〔南山大王引衆上。悟空戰南山大王，悟能戰二先鋒，悟淨戰小妖，連戰三戰，南山大王、二先鋒、衆小妖敗下。悟能、悟淨追下。悟空白〕看他們那些妖精，煞也兇猛，待我拔些毫毛下來，變着分身殺他一箇爽利的。〔作拔毫毛叫變科。內放彩火，扮四悟空化身，執棒上，擺勢仝唱〕

【中呂宮・千秋歲】號齊天(韻)，舞着金箍棒(讀)，一箇箇分身活現(韻)。文蔚山中(句)，文蔚山中(疊)，看此際(讀)學你梅花靈便(韻)。〔合〕颼颼響(讀)，鎗風捲(韻)，絪緼起(讀)，征雲衍(韻)，法相登時變(韻)。俺一模一樣(讀)，誰醜誰妍(韻)。〔南山大王上，復戰科，敗下。二先鋒下，仝戰一回，作打死科。地井内出狼精原形科。悟空白〕原來是個狼精，我且把毫毛收了。〔悟空化身隱下。悟能、悟淨上。仝白〕殺了一回，也不知被我們打死了多少妖精。只是那個老怪没有追着，他旗號上打着南山大王，究竟不知是什么妖精。〔悟淨白〕看他獠牙出口如鋼鑽，利爪藏蹄似玉鈎。也不過是孽畜之類。〔悟空白〕聞得猛豹隱于南山，他又會噴雲噯霧，一定是個豹精無疑了。〔悟淨白〕正是。嗄，快快打入洞去。〔仝唱〕

【中吕宫・紅繡鞋】忙忙切莫留連㊙，留連㊖。探聽師傅爲先㊙，爲先㊖。過水澗㊀，陟山巔㊙。直搗穴㊀，猛衝堅㊙。〔合〕訪下落㊀，再回還㊙。〔下〕

第廿二齣　柳林釋縛魅妖王（齊微韻）

〔場上預設樹科。扮小妖押唐僧上。唱〕

【雙角・新水令】又遭磨折好傷悲㊇，影雙雙樵夫作對㊇。驚魂隨霧散㊈，清梵逐風回㊇。怎展愁眉㊇，何日離災悔㊇。〔小妖押樵子上。白〕採樵窮度日，綁縛苦纏身。〔衆小妖各虛白，作綁唐僧、樵子在樹上科。從下場門下。樵子白〕好苦嘎，師傅。〔唐僧白〕樵哥，想我們前世不知做何罪業，今生受此苦楚。〔樵子唱〕

【仙呂宮・步步嬌】略訴衷腸心先碎㊇，兩下堪揮涕㊇，緣何命不齊㊇。陷入危巢㊈，淹淹垂魅㊇。〔合〕插翅也難飛㊇，君親二件都抛棄㊇。〔扮悟空上。唱〕

【雙角・折桂令】打盤旋悄入重圍㊇，變個蟲兒㊈，覓縫乘機㊇。遥聽那哭哭啼啼㊇，聲音好熟㊈，須則端詳就裏㊇。幾回價殺得箇雲昏霧迷㊇，總無些鸞踪鶴跡㊇。〔唐僧作哭科。悟空望科。白〕好了，那邊樹林中有兩個人綁着，定是俺師傅了。〔唱〕撲趕而去㊈，定見分明㊈。〔白〕果然是。師傅！〔唱〕休怪俺救拔也那來遲㊇。〔作見科。唐僧白〕悟空，你來了，快些救我一救。〔悟空作解科。

唐僧白〕悟空，綁壞了我。〔悟空白〕師傅，不要呼名道性，恐怕小妖聽見，你既有命，俺可救得。〔唐僧白〕你怎麼進來的？〔悟空白〕我變了箇蟲兒，飛進洞來的。〔樵子嚷科。白〕師傅，捨大慈悲，也救我一命。〔悟空白〕他是什麽人？〔唐僧白〕徒弟，可憐那樵子，你救他一救罷。〔悟空應，作吹氣，樵子自解科。悟空白〕師傅，快隨我出洞。〔各作出洞科。仝唱〕

【仙呂宫·江兒水】仝病傷憔悴(韻)，命可危(韻)。幸虧得有緣千里來相會(韻)，速解倒懸全作美(韻)。身兒拘繫如疣贅(韻)，趁此略鬆防(韻)，〔合〕走漏風聲(句)，又起一番驚畏(韻)。〔唐僧白〕徒弟嗄！〔唱〕

【雙角·雁兒落帶得勝令】【雁兒落】(仝)誰知道痛生生險噬臍(韻)，應憐念慘磕磕長嘘氣(韻)。〔樵子唱〕狠心腸要讓誰(韻)，救苦難全憑你(韻)。〔悟空唱〕【得勝令】(仝)呀(格)！俺須索援手出泥犁(韻)，重聚會實希奇(韻)。道什麽梅花計(韻)，怎如咱鐵棒提(韻)。〔唐僧、樵子唱〕今日(韻)，才好似撥雲霧開晴霽(韻)。還疑(韻)，只恐怕夢兒中是也非(韻)，夢兒中是也非(疊)。〔仝下。扮小妖引南山大王上。唱〕

【仙呂宫·僥僥令】自惹干戈悔莫追(韻)，往事已心灰(韻)。徒使先鋒溝壑委(韻)，但祈保康寧災禍退(韻)。〔白〕嗳，罷了，罷了。俺前日妄想長生，要吃唐僧之肉，誰知他的肉不得到口，反把兩個先鋒送在孫行者手裏。方才他不知又使了甚麽法兒，把唐僧攝了回去。如今俺也再不去追尋，只求他過了此處山頭，保全了俺這一所洞府，十分萬幸了。〔小妖白〕只恐孫行者不肯饒恕，如之奈何？〔悟空持棒跳上。白〕呔！孫爺爺在此！〔小妖驚下。南山大王戰科。悟空打死，從地井下，即現豹精原形科。悟空

白〕俺道是甚麼南山大王，委是一箇豹精。待俺挑去見了師傅，再來掃除巢穴。〔挑行科。唱〕

【雙角·收江南】呀(格)，原來是這般樣艾葉兒(句)。銜妄想口頭肥(韻)，恨不得零星碎剮搗如泥(韻)，且挑回告與衆人知(韻)。常言道豹死留皮(韻)，豹死留皮(疊)。〔白〕妖怪嗄！〔唱〕只怕你南山隱霧太相欺(韻)。〔唐僧、樵子、悟能、悟淨上。唱〕

【仙呂宮·園林好】急匆匆王程有期(韻)，無奈狠魔頭災生路岐(韻)。他那裏擒來還未(韻)，只盼取捷旌旗(韻)，只盼取捷旌旗(疊)。〔見科。唐僧白〕悟空，你來了麼？〔悟能白〕好箇艾葉花皮豹子精，待我築他一箇稀惱子爛。〔作築科，抛入地井科。悟空白〕老怪雖然剿除，還有那些小妖，留下又怕作怪，不若尋些柴火，燒死了到乾淨。〔樵子白〕我去尋些乾柴來。〔作引火，向下取柴科。悟空作點火科。悟能、悟淨作進洞，牽馬、挑經擔，出洞科。全唱〕

【雙角·沽美酒帶太平令】【沽美酒】（全）啖通紅才燥脾(韻)，啖通紅才燥脾(疊)。自作孽怎饒伊(韻)，山徑從今不嶮巇(韻)。驅除渺了遺(韻)，舉首望夕陽低(韻)。〔唐僧白〕樵哥，你請回去罷。〔樵子白〕承師傅救了性命，情願恭送一程。〔唐僧白〕不消了。〔樵子從上場門下。悟空白〕文蔚山的妖怪已經掃滅了，請師傅上馬攢行。〔唐僧上馬科。全唱〕【太平令】（二至末）須知道浮蹤如寄(韻)，全賴着佛天垂庇(韻)，問前路雲山迢遞(韻)。俺呵(格)！且打疊曉起(韻)晚息(韻)，長堤(韻)短堤(韻)。噫(格)！待何時(讀)才可得到淨土平安之地(韻)。〔從下場門下〕

第廿三齣　桃林放後留餘孽（尤候韻）

〔雜扮衆小妖，各戴竪髮，穿劉唐衣，虎皮褂。雜扮衆魔將，各戴竪髮，軟紮扮。衆毛女引淨扮兕大王，戴兕精臉腦，紮靠，從上場門上。唱〕

【仙呂調曲・點絳唇】洞府悠悠(韻)，與天仝壽(韻)。猙獰獸(韻)，函谷關頭(韻)，紫氣分清秀(韻)。〔場上設椅，轉場坐科。白〕生小皮毛青似靛，由來筋節硬如鋼。全無喘月犂雲用，倒有掀天振地强。自家金峣洞兕大王是也。原是老君脚力，今爲西域魔王。近聞得有個東土僧人，從此地經過，得吃他一塊肉，延壽長生。小妖們隨俺出洞者。〔小妖應科，作出洞科。兕大王白〕小妖們，待我在山下化現樓臺一座，等那過路人自投拿獲，好供俺飽食。〔衆小妖應，作遶科。天井内下樓一座。兕大王笑科。〔衆白〕好一座樓閣，世人俗眼怎能辨别也。衆魔將，你們隨我隱入樓中，待唐僧到此，擒拿便了。〔衆魔將應科。兕大王白〕正是立地排成疑上苑，〔仝白〕從天罩下是魔頭。〔各作進樓隱科。副扮悟空，戴悟空帽，穿悟空衣，帶數珠。丑扮悟能，戴僧帽，紮金箍，猪嘴切末，穿悟能衣，帶數珠，持鈀，挑經擔。雜扮悟淨，戴僧帽，紮金箍，穿悟淨衣，帶數珠，持鏟。引生扮唐僧，戴僧帽，穿僧衣，繫絲縧，帶數珠，騎馬，從上場門上。唱〕

【雙角曲子・新水令】名山飛錫徧遨遊(韻)，叩如來妙因難透(韻)。心兮懷帝闕(句)，夢也繞皇州(韻)。十數年頭(韻)，好教俺不住的時回首(韻)。〔白〕徒弟。〔悟空白〕師傅有何吩咐？〔唐僧白〕你看前面高山，恐有妖怪。〔悟空白〕師傅，我弟兄三人心和意合，歸正求真，怕甚麽妖怪！〔唐僧白〕只是腹中飢了，你看前面一座樓閣，我們前去抄化些齋吃。〔悟空作看科。白〕師傅，那裏去不得。你看黑雲隱隱，一定是妖魔幻化的，待我去别處化些齋罷。〔唐僧白〕使得。〔悟空欲下，復轉科。唐僧下馬，悟空作畫圈科。白〕這地方多凶少吉，斷不可出此圈外。〔唐僧白〕我知道。〔悟空從下場門下。悟能作發諢科。白〕這裏又不藏風，又不避冷，順着路往西直走，猴兒化了齋來，吃了再走。〔唐僧白〕使得。〔作行科。悟能白〕師傅，你們坐着，待老猪進去，化些齋來，與你們吃。〔作放經擔科。唐僧白〕仔細些。〔悟能白〕我曉得。〔唐僧坐地科。悟能唱〕

【仙吕宫曲・步步嬌】大纛高牙雕簷霤(韻)，四面朱闌凑(韻)。〔白〕好一座大樓，我且上去看一看。〔作上樓科。唱〕登梯履畫樓(韻)。〔白〕裏面若是有一個得人意的美人，我老猪還肯放他去了麽。〔唱〕與他雨暮雲朝(句)，兩意相厚(韻)。〔白〕好一座畫樓，待我老猪贊他幾句。〔唱白〕似海中蜃氣浮(韻)，籠烟霞四面無塵垢(韻)。〔白〕你看這壁廂有三件納錦背心兒，待我下樓去，告訴師傅，大家遮一遮寒，也是好的。〔悟能作下樓見唐僧科。白〕師傅，那裏有三件背心，我們上樓去，穿上禦一禦寒。〔唐僧白〕徒弟，不可。不問自取，爲之盜也。快不要如此。〔悟能白〕師傅，偏你有這些假斯文。沙兄弟，那樓上好看的了不得，我仝你上去看一看，穿上那背心，打個盹，可不好？〔各虛白，作上樓穿背心。天井内收樓，作吊悟能、悟淨科。白〕不好了！〔唐僧白〕這是怎麽説？果然不是好所在。〔衆小妖從地井内上，作綁唐僧、悟能、悟淨科。衆魔將引兕大王從地井内上。白〕衆小妖，將他三人帶過來。〔衆小妖應科。旦扮衆毛女上，作擒悟能、悟淨、唐僧跪科。兕大王坐科。白〕你是那方和尚！這般大膽，白日來盗我衣服。〔唐僧白〕大王爺，我奉大唐天子差往西天取經的。〔兕大王白〕你就是唐三藏麽？我這裏正想吃你，却來得湊巧。〔唐僧白〕大王爺，念貧僧呵，〔唱〕

【雙角曲子・折桂令】禮空王大道潛修(韻)，四相歸無(句)，萬念皆丟(韻)。〔白〕大王爺，〔唱〕望你發菩提苦海回頭(韻)，把空花解脱(句)，極樂悠悠(韻)。嘆吾生天涯奔走(韻)，取真經普濟蓮舟(韻)。〔白〕悟空嗄，〔唱〕誰知道冤孽相投(韻)，做了個一枕莊周(韻)。〔兕大王白〕你自言自語説些甚麽？〔唐僧白〕大王爺，有一個徒弟名唤孫悟空。〔兕大王笑科。白〕原來就是那弼馬温，何足數哉！小妖們，將他三人押過一邊，待捉了孫悟空，一發蒸吃。〔衆小妖應科。作押悟能、悟淨、唐僧從壽臺下場門下。悟空持棒從壽臺上場門上，作見科。白〕妖怪！早些送我師傅出來，免你們送了性命。〔兕大王白〕小妖們，綁他三人看好了。〔作見科。白〕我把你這潑猴精，你有甚麽手段，敢出此大言！〔悟空白〕你且試一試看！〔作對敵科。悟空唱〕

【仙吕宫曲・江兒水】殺氣連天日(句)，鞭投水斷流(韻)。聲名到處神驚走(韻)，萬將揮戈抛甲冑

（韻），好似太山壓卵難厮鬭（韻）。〔兕大王唱〕兩下輸贏定有（韻）。〔合〕彼竭我盈（句），看指顧此身傾覆（韻）。〔作對敵科。兕大王作敗，悟空追科。兕大王回身作抛圈套棒擲地，悟空從上場門敗下。兕大王作取圈科。白〕你且慢跑，我不來趕你。正是道高一尺魔高丈，性亂精昏錯認家。小妖們，將他三人押進洞去。〔衆小妖押唐僧、悟能、悟淨，仝從壽臺下場門上。唐僧唱〕

【雙角曲子·雁兒落帶得勝令】俺本是奉綸音西竺遊（韻），俺本是請經典把如來叩（韻），俺本是度三災歷苦辛（句），俺本是過八難經僝僽（韻）。呀（格）！今日裏遇你這狠魔頭（韻），一任你碎吾尸標吾首（韻），俺自有依太空如圓鏡（句），何懼你殺人心魍魎儔（韻）。魂遊（韻），兀白把靈山走（韻）。回頭（韻），奏君王怎便休（韻）。〔各進洞科。旦扮衆電母，各戴女盔，搭包頭，穿宮衣，紥袖，勒鏡，持雙錘。雜扮衆雷公，各戴雷公髮，紥靠，紥鼓翅，持兵器。雜扮水德星君，戴八角冠，紥靠，持刀。雜扮火德星君，戴髮，紥額，紥靠，持鞭。小生扮哪吒，戴線髮，軟紥扮，繫風火輪，持鎗。引淨扮天王，戴天王盔，紥靠，紥令旗，托塔，持戟，從昇天門上。仝唱〕

【仙呂宮曲·僥僥令】妖王難授首（韻），天帝運奇謀（韻）。〔悟空從上場門上，作見科。白〕天王父子，與水火正神何往？〔托塔天王白〕特爲你來。方才護法衆神報説，妖魔兇狠，你的棒都被拿去。故命火德星君、水德星君來此一齊動手。〔悟空白〕有勞列位。但是老孫的棒子却被那厮套去，天王的戟借用一用。〔托塔天王白〕使得。〔作付戟科。悟空白〕我們就此前去。〔衆遶場科。仝唱〕幸得天神臨世宙（韻），〔合〕管取那邪魔一旦休（韻）。〔悟空白〕妖怪早早出來受死！〔兕大王從洞門上。白〕你這猴

頭，又請得救兵來了！〔作對敵科。悟空唱〕

【雙角曲子・收江南】呀(格)，感天心恩德重山丘(韻)，衆天神協力斬魔頭(韻)。管教你妖氛一掃受虔劉(韻)。把膚功立奏(韻)，把膚功立奏(疊)，也顯得慈航普渡展宏猷(韻)。〔衆神將仝作對敵科。兕大王唱〕

【仙呂宮曲・園林好】祝融兒騰騰未休(韻)，便水德湯湯恁愁(韻)。怕兩件徒然輻輳(韻)，〔合〕咱寶物盡皆收(韻)，咱寶物盡皆收(疊)。〔作抛圈套衆神將兵器科。悟空、衆神將仝從下場門敗下。兕大王白〕慢跑！我不來趕你，少不得都是我口中之物。正是心猿空運千般計，水火無功難煉魔。〔從洞門下。悟空仝衆神將從上場門上。白〕好利害妖魔！這便怎么處？〔悟空白〕有了，我想起來，佛法無邊，你們等我一等，我去問如來，用佛法拿他便了。〔從下場門下。托塔天王白〕我等佈下天羅，等候孫大聖便了。〔衆神將仝唱〕

【雙角曲子・沽美酒帶太平令】奉勅旨征兕牛(韻)，珮兵符統貔貅(韻)。帷幄從教運一籌(韻)，奇功立就(韻)。向佛座又虔求(韻)，名要勒天山之岫(韻)，功要列靈霄之右(韻)。便天神莫施機彀(韻)，只如來尚能搭救(韻)。俺呵(格)，今日個心酬(韻)，志酬(韻)。喜孜孜兩眸(韻)呀(格)，專盼着孫行者一番觔斗(韻)。

【仙呂宮曲・尾聲】今朝勅旨皆天授(韻)，望着如來恩厚(韻)。〔白〕唐僧唐僧，〔唱〕那裏是靜坐蒲團梵刹脩(韻)。〔仝從下場門下〕

第廿四齣　函谷乘來伏老君（江陽韻）

〔副扮悟空，戴悟空帽，穿悟空衣，帶數珠，從上場門上。唱〕

【越角曲子·鬬鵪鶉】一謎裏稽首慈雲句，皈依法相韻。請得個豎拂拈搥句，降獅伏象韻。仗着他佛力無邊句，妖氛易蕩韻。〔白〕我孫悟空方纔見了如來，蒙佛旨命衆羅漢前去搦戰，又暗示我去請李老君。方纔已曾請過了，快些趕上，衆羅漢好去幫他廝殺也。〔唱〕俺氣又强韻，膽復張韻，更就裏有人兒握着機關句，定管許霎時兒除伊惡黨韻。〔從下場門下。雜扮衆羅漢，各戴羅漢臉腦，穿羅漢衣，持各樣法寶，仝從上場門上。唱〕

【越角曲子·紫花兒序】纔離了雷音的寶殿句，蹬了風馬的雕鞍句，架了雪練的刀鎗韻。猛一喝出律律排山價應響韻，砉一指骨都都倒海般莫當韻。〔悟空從上場門上，各作相見科。衆羅漢白〕我等奉佛旨幫助大聖擒妖。〔悟空白〕多謝我佛垂慈，皆我師徒之幸也。列位待我先去引他出洞，你等接戰便了。〔衆羅漢仝唱〕軒昂韻，任憑他天魔般的神通降伏咱行韻，且翻轉慈眉合掌韻。須救他脱殼金蟬句，只得要決勝疆場。〔悟空白〕來此已是金峴洞了，妖怪快快出來受死。〔淨扮兕大王，戴兕精臉腦，紥靠，持兵器，從洞門上，作對敵。衆羅漢接戰鬥寶科。兕大王從下場門敗下，衆羅漢、悟空仝追下。雜扮衆道童，各戴道童巾，穿水田衣，捧芭蕉。引外扮老君，戴老君髮，穿八卦衣，持拂塵，從上場門上。白〕遍訪有由來大地，迷津誰個脱空花。何須萬將驅鋒鏑，羽扇綸巾功可誇。我乃太上老君是也，養静兜率宫中，誰知看牛的童子悮喫七返火丹一粒，睡了七天，被這孽畜乘機走下界去作祟，不免前去收縛他。〔唱〕

【越角曲子・天淨沙】攪得來驚動天閶(韻)，殺得來求救空王(韻)，險做了肥蛇吞象(韻)。疾忙趨向(韻)，惹得俺老牧童兒掛肚牽腸(韻)。〔場上設雲椅，老君作上立科。衆羅漢仝悟空追兕大王，從上場門上，作對敵科。兕大王從下場門敗下。衆羅漢追下。悟空作見老君科。白〕老頭兒，你可認得妖精的那件寶貝麼？〔老君作下雲椅科。白〕原來是我的金鋼鐲，乃是我自幼煉成之寶。幸得不曾偷去我的芭蕉扇，若偷去芭蕉扇兒，連我也不能奈何他了。〔悟空白〕你這老頭兒縱放妖怪，當得何罪！〔老君白〕住了。此禍皆由你起。〔悟空白〕又來了。〔老君唱〕

【越角曲子・調笑令】則爲你忒慌(韻)，丢空棒(韻)。〔悟空白〕你這老頭兒倒來笑我懼怯麽？我也與他不知鬬上多少回合，他的本事也不見得勝了我。〔老君白〕大聖，你保你師傅罷了。〔唱〕劃甚麽圈兒早預防(韻)。越關山忐忑逢災障(韻)，惹這番狠魔頭又阻擋(韻)，莽乾坤紛紜道迹像(韻)，幸今朝舊主人會伏降(韻)。〔白〕你師傅所以有此圈之厄，這不是因你而起麽？〔悟空白〕老頭兒倒會賴人。〔唱〕

【越角曲子・小桃紅】全無道理欠斟量(韻)，踈縱由家長(韻)。虧你説芭蕉扇兒未曾搶(韻)，好胡顏老輩行(韻)，而今私講還官講(韻)。〔老君白〕我好意來救你師傅，你倒來生事。〔悟空唱〕若要俺不來争嚷(韻)，只要你把妖驅向(韻)，急救出師傅保安康(韻)。〔白〕也罷，快救我師傅去。你看那邊妖魔來也。〔老君向内科。白〕那牛兒還不歸家，更待何時！〔兕大王從上場門敗上。唱〕

【越角曲子・鬼三臺】此際誰承望(韻)，他機謀廣(韻)，殺得個金兜大王(韻)無處可潛藏(韻)。那唐僧休思受享(韻)，不如放出那圓光(韻)，省得他三峽猿啼欲斷腸(韻)。〔悟空殺介。唱〕少不得屠户鼓刀(句)，再休想老僧供養(韻)。〔作對敵科。老君白〕業畜，好大膽！〔兕大王作驚懼跪科。老君唱〕

【越角曲子・禿厮兒】脱了函關舊韁(韻)，輒思金犢争强(韻)，桃林誰許你久放(韻)。及早去(句)，莫狘猖(韻)。服箱(韻)。〔兕大王白〕這猴頭真個是地裏鬼，把我主人公請來也。〔作抛圈欲打悟空，老君執扇作搧圈擲地，一道童作取圈科。兕大王從上場門下，一道童追下，作牽青牛，從上場門上。老君白〕這孽畜妄性難馴，可押回兜率宮去，待調習馴良，然後乘騎。〔二童牽青牛從下場門下。老君白〕大聖，你自去救你師傅，取歸兵器，貧道歸去也。〔悟空作謝科，從洞門下。老君唱〕

【越角曲子・聖藥王】選佛場(韻)，作戰場(韻)，休然改換舊形龐(韻)。離下方(韻)，謁上方(韻)，直須難滿免悲傷(韻)。那時節薝蔔嗅餘香(韻)。〔全從下場門下。悟空引生扮唐僧，戴僧帽，穿僧衣，繫絲縧，帶數珠。丑扮悟能，戴僧帽，紥金箍，猪嘴切末，穿悟能衣，帶數珠，持鈀，挑經擔。雜扮悟淨，戴僧帽，紥金箍，穿悟淨衣，帶

數珠，作牽馬，仝從壽臺上場門上。唐僧唱〕

【越角曲子・東原樂】唬得箇魂失措(句)，膽驚惶(韻)。好似那蜃中樓一般高閬(韻)，原來是設陷穽機謀暗裏藏(韻)。〔悟空白〕師傅，你還不曉得，只因你不信我的圈子，却教你受别人的圈子。如今天王父子、雷公電母、火神水神、羅漢等前來相救。虧得請到老君，纔得收伏。你看那老君駕着彩雲，逕歸兜率院去了。〔唐僧唱〕方纔悟圈子兒非虚誆(韻)，仗諸天消彌魔障(韻)。〔旦扮衆電母，各戴女盔，搭包頭，穿宫衣，紥袖，勒鏡。雜扮衆雷公，各戴雷公髮，紥靠，紥鼓翅，各持兵器。雜扮水德星君，戴八角冠，紥靠，持刀。雜扮火德星君，戴髮，紥額，紥靠，持鞭。小生扮哪吒，戴綫髮，軟紥扮，繫風火輪，持鎗。引淨扮天王，戴天王盔，紥靠，紥令旗，托塔，持戟，仝衆羅漢從上場門上。仝唱〕

【越角曲子・綿搭絮】恁妖魔掀天的聲勢(句)，潑地的强良(韻)。阻聖僧求經的勾當(韻)，見佛的迴遑(韻)。虧得箇兜率人來攝伏良(韻)，弭節前驅衛法幢(韻)。應笑俺無力降妖(句)，幾乎唬壞了唐三藏(韻)。〔作見科。唐僧白〕有勞天王相救。〔衆羅漢白〕我等不能降魔，以致驚擾聖僧，多多有罪了。〔唐僧白〕豈敢。貧僧就此告辭。〔衆羅漢、神將仝白〕我等恭送一程。〔唐僧白〕有勞。〔衆羅漢、神將仝白〕理當。〔作遶場科。仝唱〕

【收尾】一行護送花旛颺(韻)，願此去雷音早上(韻)。一路裏金爐篆裊法雲流(句)，寶杖光懸慧日朗(韻)。〔仝從下場門下〕

庚上

第一齣　四海安瀾徵聖治（庚青韻）

〔雜扮衆水卒，各戴馬夫巾、水卒臉，穿箭袖卒掛，執旗，從地井内上。引外扮東海龍王，戴龍王冠，穿蟒、束帶，從水盤上。唱〕

【仙呂調隻曲·點絳唇】海宴河清(韻)，一人有慶(韻)。潮權柄(韻)，是我持衡(韻)，震位靈威勝(韻)。〔場上設椅，轉場坐科。白〕佳景四時金闕麗，呈祥八節玉圖昌。雖然海水深難測，怎似皇家惠澤長。小聖東海龍王是也。恭逢聖人在位，天無暴風，海不揚波。今日正值天和氣暖，早已約仝三路龍王，巡行所轄之處。衆水卒，三位龍王到來，即忙通報。〔衆水卒應科。雜扮衆水卒，各戴馬夫巾、水卒臉，穿箭袖卒掛，執旗。引雜扮西海、南海、北海龍王，各戴龍王冠，穿蟒、束帶，從地井内上。唱〕

【又一體】職掌滄溟(韻)，風恬浪静(韻)。傳邀請(韻)，須索遄行(韻)，拜祝天皇聖(韻)。〔分白〕小聖西海龍王是也。小聖南海龍王是也。小聖北海龍王是也。〔同白〕承東海龍王相召，遍巡四海，不免進見。〔衆水卒通報，各相見科。三海龍王白〕蒙諭各海，務要安瀾。吾等已遵教施行，仰承聖治。〔東海龍王白〕當今聖天子，廣施化雨，丕播仁風，理合河清海宴，共表嘉祥。惟恐鯤壑鮫宮，尚有不率教化。特請衆位到來，將所轄地方，巡歷一遍。〔三海龍王白〕言之有理。我等相隨，即從東海看起就是了。水卒們就此前往。〔衆水卒應，作遶場科。仝唱〕

【雙角隻曲·雙令江兒水】乘風俄頃(韻)，只須索乘風俄頃(疊)，扶桑涵日影(韻)。非仝蠡測(句)，自見鯨平(韻)，召天吳宜咨警(韻)，漢柱莫歌傾(韻)。秦橋可舉擎(韻)，滓穢常清(韻)，駭浪常寧(韻)。遇昌期(讀)，効靈符昭瑞應(韻)。〔衆龍王白〕來此已是溟渤海中了。〔雜扮衆夜叉，各戴竪髮、輭紥扮，從地井内上。白〕石鯨鼓浪風聲駭，紫鳳揚鬐雨氣腥。本處夜叉恭迎聖駕。〔作跪見科。衆龍王白〕此地與蓬萊山相接，往常無風而作浪。今遇聖人御世，務宜風恬浪静，海不揚波，不得有違！〔唱合〕我言敬承(韻)，你急切我言敬承(疊)。飈馳雲騁(韻)，急忙的飈馳雲騁(疊)。甚滄桑(讀)絮麻姑屢變更(韻)。〔衆夜叉應科，仍從地井内下。衆龍王白〕你看山川秀麗，景物鮮妍，果好太平景象也。衆水卒再往前邊去者！〔衆水卒應，作遶場科。仝唱〕

【又一體】天光波影(韻)，辨不出天光波影(疊)，涵虚澄萬頃(韻)。那輝煌蜃氣(句)，奮迅鵬程(韻)，覷蓬壺開仙境(韻)。〔衆龍王白〕一路巡查而來，前面又相近鳳麟洲了。遠遠望去，珠宫瓊殿，金碧輝煌，好仙界也。〔仝唱〕貝闕矗震瀛(韻)，霞光起赤城(韻)。照乘珠明(韻)，輝山玉生(韻)。鳳麟洲(讀)委實的非凡景(韻)。〔合〕天成地平(韻)，永見那天成地平(疊)。神人歡慶(韻)，今日裏神人歡慶(疊)。宜表瑞(讀)輔皇朝億載清(韻)。〔仝從壽臺下場門下〕

第二齣　二强肆横喪残生（車遮韻）

〔丑扮楊勇，雜扮衆强盜，各戴毡帽，紮包頭，穿箭袖，繫搭包，持刀。引雜扮攔路虎、中途豹，各戴棕帽，紮包頭，穿劉唐衣，繫肚囊，持刀，從壽臺上場門上。仝唱〕

【仙呂宫正曲・皂羅袍】吾輩緑林强客(韻)，那慈祥愷悌(讀)咱不親熱(韻)。放火殺人最關切(韻)，打家劫舍心欣悦(韻)。〔分白〕咱家攔路虎便是。咱家中途豹便是。〔攔路虎白〕結義衆兄弟三十多人，剪徑爲生。這幾日生意，十分淡泊，衆兄弟今日不管貧富，只要現成些，不可放過了。〔衆强盜應科。唱合〕往來商賈(句)，吾濟産業(韻)。奉申財帛(句)，饒他命絶(韻)。生涯没本真頑劣(韻)。〔從壽臺下場門下。副扮悟空，戴悟空帽，穿悟空衣，帶數珠。丑扮悟能，戴僧帽，紮金箍、猪嘴切末，穿悟能衣，帶數珠，持鈀，挑經擔。雜扮悟淨，戴僧帽，紮金箍，穿悟淨衣，帶數珠，持鏟。引生扮唐僧，戴僧帽，穿僧衣，繫絲縧，帶數珠，騎馬從壽臺上場門上。唱〕

【仙呂宫引・番卜算】朝夕慕雷音(句)，眼裏靈山絶(韻)。幾番災難欲捐軀(句)，且喜難磨滅(韻)。

〔白〕〔鷓鴣天〕靈臺無物謂之清，寂寂全無一念營。收拾身心休放蕩，斂藏精氣保長寧。除六賊，悟三生，萬緣勾却自分明。〔悟空白〕師傅，色魔永滅超真界，坐享西方極樂城。〔唐僧白〕徒弟，我和你離却魔城，喜逢坦道，正好趲行也。〔悟空白〕正是，〔唐僧唱〕

【羽調正曲・勝如花】關山香(句)，途路賒(韻)，轉過長堤曲折(韻)。歷遍了野渡荒灘(句)，說不盡披星帶月(韻)。過危途人稀鳥絶(韻)，〔合〕度峯巒重重疊疊(韻)，猛教人心驚膽怯(韻)，好難登涉(韻)。儘妖氛作孽(韻)，何日到雷音安貼(韻)，請真經覆命金闕(韻)。〔衆强盜從壽臺下場門上。白〕獻寶來！〔悟空白〕衆好漢不要如此，要銀錢只對我說。〔衆强盜白〕有多少快拿來！〔悟空白〕不瞞你說，我師徒東來，在路多年，一路積下⿰貝覞錢不多，只有赤金三十錠。〔衆强盜作喜科。悟空白〕還有白銀三十封，散碎的未曾見數，都在包内。〔衆强盜白〕妙嘎，今日買賣做着了。〔唐僧白〕悟空，不可傷他性命。〔悟能虚白科。衆强盜白〕圍着小和尚，拿金銀來。〔悟空白〕說明了，這東西須要三分分的。〔衆强盜白〕這小和尚利徒，就要喫回頭了，拿來，若多分些與你。〔悟空白〕衆位，〔唱〕

【仙吕宫集曲・一封羅】【一封書】（首至二）伊須聽我說(韻)。〔衆强盜白〕說什麽？〔悟空唱〕這錢財分我些(韻)。〔衆强盜白〕不知死活的秃驢，你倒問我們要！〔悟空唱〕【皂羅袍】（三至末）行者孫爺原難惹(韻)，一怒伊行似火滅(韻)。〔攔路虎、中途豹唱〕秃驢無狀(句)，胡言打疊(韻)。養生劫掠(句)，殺人本業(韻)。〔白〕衆兄弟！〔唱〕齊來早把鋼刀掣(韻)。〔衆强盜作砍，悟空大笑科。衆强盜白〕這和尚是鐵鑄的麽？〔悟空白〕老孫的身體也看得過。衆位砍得手酸了，今番轉到老孫回敬了。〔作打死攔路虎、中途豹科。衆强盜從壽臺下場門跑下。唐僧、悟能、悟淨從壽臺上場門上。〔唐僧白〕悟空，不可傷他性命。〔悟空白〕不妨。只死得兩個，餘者的都跑了。〔悟能白〕若跑遲了些，管教他一個不留。〔唐僧白〕徒弟，〔唱〕

【尾聲】你心强不聽吾言說㊊。〔白〕悟能，〔唱〕你可掘一深坑將他骸骨遮㊊。〔悟空白〕師傅，〔唱〕可知他誨盜都由自作孽㊊。〔仝從壽臺下場門下〕

第三齣　緑林强滅心猿走（魚模韻）

〔外扮楊大武，戴巾，穿道袍，拄杖，從壽臺上場門上。唱〕

【中吕宫引·柳稍青】老年失所韻，一子攢千苦韻，有也如無韻，枉使我牽腸掛肚韻。〔場上設椅，轉場坐科。白〕月過十五光明少，人到衰年萬事空。老漢楊大武，拙妻金氏。只因生命不辰，止生一子，年近三十，慣行强暴，不務生業，訓誨不悛。我夫婦年老，不能禁止，將來必遭貽累。目今又投在大盜攔路虎、中途豹麾下爲卒，更加十分兇狠。幸得蒼天見憐，得生一孫。今當彌月之期，薄備香儀，禱告祖先，祈佑他星辰順度，易養成人。我老夫婦這把精骨頭，不填溝壑，就是萬幸了。蒼天嗄！吾兒但有回心日，瞑目歸泉樂自怡。〔從壽臺下場門下。副扮悟空，戴悟空帽，穿悟空衣，帶數珠。丑扮悟能，戴僧帽，紮金箍、猪嘴切末，穿悟能衣，帶數珠，持鈀，挑經擔。雜扮悟淨，戴僧帽，紮金箍，穿悟淨衣，帶數珠，持鏟。引生扮唐僧，戴僧帽，穿僧衣，繫絲絛，帶數珠，騎馬，從壽臺上場門上。唱〕

【又一體】趲行途路韻，不覺斜陽暮韻。立馬踟躕韻，雲出岫無心去住韻。〔悟能白〕天色將晚，腹内又饑，且尋歇處要緊。〔悟空白〕坌貨，你忘記早上强人了麽？須要尋一個正氣人家，才好安單。前面這一所大莊，可以借宿得一宵。〔唐僧白〕你每都在此住着。〔作下馬科。白〕裏面有人麽？〔楊大武從壽臺下場門上。白〕來了。是那個？〔作開門見科。唐僧白〕老居士稽首了。〔楊大武白〕阿彌陀佛。師傅從那裏來的？〔唐僧白〕貧僧是東土大唐欽差，往西天求取金經。路過寶方，天色將晚，特來潭府告宿一宵。〔楊大武白〕貴處來我這裏，路途迢遞，如何獨自得到此處？〔唐僧白〕貧僧還有三個徒弟仝來的。〔楊大武白〕令徒在于何處？〔唐僧白〕路旁跕的就是。〔楊大武作看科。白〕好怕人也。〔唐僧白〕施主切休驚疑。小徒雖生得相貌兇惡，却是秉正法門，皈衣善果，並非精怪。〔楊大武白〕這等請進草堂。〔作向内科。白〕媽媽，快安排素齋。〔内作應科。仝從壽臺下場門下。丑扮楊勇，雜扮衆强盜，各戴毡帽，紮包頭，穿箭袖，繫搭包，持刀，仝從壽臺上場門上。楊勇白〕將錢買路千金少，〔衆强盜白〕斷送無常一命休。〔楊勇白〕不料那夥禿驢，更會妖術邪法，將攔路虎、中途豹二位大王打死。欲待向前報讐，恐那雷公嘴的和尚兇惡，故此我們諾諾而退。衆位夥計，且到我家，有便飯喫些，大家再作區處。〔衆强盜白〕説得有理。〔楊勇作叫門科。楊勇妻上。白〕是誰？〔楊勇白〕是我回來了。〔楊勇妻白〕門不曾上鎖的。〔楊勇作推門仝進科。白〕餓了！老婆快做飯喫。〔内應科。楊勇作見馬，向内應科。白〕老婆，那馬是那裏來的？〔楊勇妻白〕是東土取經的和尚，在此借宿的。公婆款待設齋，安頓草團瓢内歇息呢。〔楊勇作喜科。白〕夥計每！有上門生意了。〔衆强盜白〕怎麽上門生意？〔楊勇白〕早間打死二位大王的和尚，現今借宿在家。我每且去喫飽了飯，待他寢定之後，以便下手，可不爲妙？〔衆强盜白〕這也來得凑巧。正是明鎗容易躲，暗箭最難防。〔從壽臺下場門下。楊大武從壽臺上場門急上。白〕刀聲驚黑夜，惡念貫青天。師傅每快些起來！〔唐僧、悟空、悟能、悟淨仝從壽臺下場門急上。白〕怎麽樣了？〔楊大武白〕不瞞衆位師傅説，老漢有個不肖之子，如今結黨回家，知道衆位師傅在此借宿，要起惡念謀害。無奈老漢不能救援。師傅不若與令徒快快收拾行李，待我悄悄開了後門，送你每出去，方免此禍。〔唐僧白〕如此多謝老施主大恩。悟能、悟淨快去收拾行李、馬匹。〔悟能、悟淨應，向下取經擔、馬匹，仝作遶場出門科。分白〕恩讐無礙總良因，夤夜潛行出禍門。未得安眠催趲路，取經情願受艱辛。〔各從壽臺兩場門下。楊勇、衆强盜持刀，從壽臺上場門上。唱〕

【中吕宫正曲·縷縷金】忙追趕(句)，奔前途(韻)。老賊通消息(句)，不幫扶(韻)。買賣難丟手(句)，星飛擒捕(韻)。〔楊勇白〕可恨我家老賊，覷出破綻，放他走了。〔衆强盜白〕一路追來，怎麽不見蹤跡？不知往那條路去了。〔楊勇白〕敢是怕我們追趕，原回舊路去了。〔衆强盜白〕他往西天求經，豈肯退回去麽？〔楊勇白〕説得有理。〔仝唱〕問他若要保頭顱(韻)，〔合〕留錢來買路(韻)，留錢來買路(疊)。〔從壽臺下場門下。唐僧、悟空、悟能、悟淨從壽臺上場門上。仝唱〕

【又一體】忙逃命(句)，月模糊(韻)。黑夜難分辨(句)，路生疎(韻)。〔内作喊科。唐僧唱〕吶喊如雷吼(句)，不禁驚怖(韻)。〔内白〕和尚那裏走！〔唐僧白〕後面喊聲漸近，定是强人趕來。怎生是好？〔悟空白〕

師傅，放心只管走。〔唐僧唱〕我加鞭策馬脱强徒(韻)，〔合〕汝等難飛步(韻)，汝等難飛步(疊)。〔悟空白〕師傅，既是强人追趕，待我轉去，打發了他再處。〔唐僧白〕只可嚇退，不可傷他性命。〔悟空白〕知道了。〔唐僧、悟能、悟淨從壽臺下場門下。楊勇、衆强盗仝從壽臺上場門追上。白〕禿驢休走！〔悟空白〕列位那裏去？〔楊勇白〕禿驢無禮，還我大王的命來，今日休想饒你。〔悟空白〕你這些孽畜，好好保全狗命去罷！再要放肆，教你一個個死在目下！〔楊勇白〕討死的賊禿！敢如此無禮！〔作對敵，悟空打死楊勇。衆强盗從壽臺下場門下。一强盗作發諢科。悟空白〕那個是楊老兒的兒子？〔一强盗白〕方纔打死的就是。〔悟空白〕也饒不得你。〔作打死强盗，從壽臺下場門下。悟空白〕師傅那裏？〔唐僧、悟能、悟淨從壽臺下場門上。悟空白〕師傅，楊老兒的兒子與衆盗都被老孫打死了。〔唐僧作驚科。白〕孽畜孽畜！〔悟能虛白發諢科。唐僧唱〕

【雙調集曲·江頭金桂】【五馬江兒水】（首至五）恨殺你不遵法度(韻)，一謎地胡行性氣麄(韻)。他也是妻孥養育(句)，父母皮膚(韻)。狠心腸命盡殂(韻)。〔悟空白〕師傅，這些强盗你不打死他，他就要打死你，怎麽饒得？況且是個逆子，該打死的。〔唐僧白〕還要强辨！〔唱〕【金字令】（五至九）縱使他犯法當誅(韻)，與伊何與(韻)。一旦的抛親撇子(句)，閉目捐軀(韻)。空門五戒記得無(韻)。〔悟空白〕師傅，那楊老兒是個善人，他日後事發，可不連累父母妻子？我今替他除了後患，也是大陰功的事，怎麽倒反來恨怨我？〔唐僧白〕好個大陰功！〔唱〕【桂枝香】（七至末）尚兀自胡言亂語(韻)，巧舌支無(韻)，好教我氣難舒(韻)。可不道人命關天非小可(句)，出家人殺機還未除(韻)。〔悟空唱〕死他。今日却將這干人打死，這是怎麽説？〔唐僧白〕就是昨日，雖然爲我，也不該打

【又一體】你雖念慈航普度(韻)，怎教他前來捋虎鬚(韻)。〔悟空唱〕他覷你異鄉衲子(句)，勢寡人孤(韻)，刦行囊錢鈔無(韻)。你這孱弱身軀(韻)，風波陡遇(韻)，要得保全身命(句)，理合先除(韻)。怎生留得他狼虎徒(韻)。〔唐僧白〕我與他無怨無讐，爲甚麽必定要打死他？不過刦取行李盡矣。〔悟空唱〕往雷音見佛(韻)，萬千途路(韻)。〔白〕師傅，若是刦去衣服行李呵，〔唱〕怎支吾(韻)。想到那雪冷霜寒候(句)，誰來將困扶(韻)。〔唐僧白〕你這樣惡心不改，到處傷生，不但難以成功，抑且罪孽更深。我不要你了，你回去罷。〔悟空白〕師傅，爲了小事，動不動趕我。只恐我如今去了，你那靈山路，好難走哩。〔唐僧白〕越發可恨！難道没有你，我就去不成麽？〔悟空白〕不是去不成，只怕路上要受苦哩！〔唐僧白〕就有你何曾不受苦來？你昨日打死的兩個，我已怪你不仁。及到楊老家中，蒙他賜齋留宿，又蒙開了後門，放我逃生。縱他兒子不肖，也不該傷他。况又壞了多少性命。我斷斷不要你了，快去！〔悟空白〕還求師傅收留。〔唐僧白〕你不去麽！〔悟空白〕弟子不忍去。〔唐僧唱〕

【越調正曲・鬬黑麻】你罪惡多般(讀)，不固始初(韻)。一路傷生(讀)，定非我徒(韻)。宜速譴(句)，休戀予(韻)。我有八戒沙僧(讀)，沿途保護(韻)。〔合〕不必嗟吁(韻)，分頭路各殊(韻)。違我言詞(句)，違我言詞(疊)，只有真言默讀(韻)。〔悟空白〕師傅，我去不難。〔唱〕

【又一體】師弟情深(讀)，顛寧不扶(韻)。誓願取經(讀)，廢于半途(韻)。〔白〕既不用我，〔唱〕將我緊箍脱(句)，且任吾(韻)。待重整家山(韻)，水簾托足(韻)。〔悟淨白〕師兄，不要這樣説。待我勸解師傅，望師傅寬恩。〔唱合〕容他懺悔消除(韻)，遵依一字母(韻)。努力前程(疊)，西天見佛(韻)。〔悟空、悟淨作跪求科。唐僧念咒。悟空作滚地科。白〕師傅，不用念，我走就是了。〔作起科。白〕沙兄弟，我去後，你不可遠離師傅左右。倘有危急，儘力遮護，毋庸我屬。師傅！〔唱〕

【尾聲】我拜辭師座分門户(韻)。〔白〕也罷，〔唱〕且向南海觀音申訴(韻)。〔從壽臺下場門下。悟淨白〕師傅，大師兄去了。〔唐僧白〕你二人用心照管行李，〔唱〕切不可逞惡行兇像惡奴(韻)。〔仝從壽臺下場門下〕

第四齣　紫竹慈容大士留 歌戈韻

〔小生扮善才，戴紅孩髮，穿紅孩衣，捧淨水瓶。小旦扮龍女，戴過梁額、仙姑巾，穿宫衣，臂鸚哥。引旦扮觀音菩薩，戴觀音兜，穿蟒，披袈裟，帶數珠，持拂塵，從仙樓門上。白〕三千世界盡迷途，立願慈悲象教扶。三藏好生遵五戒，不辭行脚到耆闍。〔場上設椅，轉場坐科。白〕我乃觀音大士。只爲唐僧立願，往西天拜求三藏金經，幸喜他功成不遠。方纔我慧眼觀處，孫悟空爲殺那毛賊，被他師傅趕了出來。今日到此，求我解脱緊箍。他那知是如來妙用。待他來時，囑咐一番便了。正是因緣果報分明處，聚散悲歡頃刻中。〔副扮悟空，戴悟空帽，穿悟空衣，戴數珠，從壽臺上場門上。白〕萬道霞光浮海面，補陀山翠滴虚空。〔作進見科。白〕菩薩，救弟子則個。〔觀音菩薩白〕孫悟空起來。你有甚麽傷感之事，明白説來，我與你救苦消災也。〔悟空白〕菩薩，弟子當年爲人，何曾受過那個的氣來。自蒙菩薩，解脱天災，保護唐僧西行，捨身拚命，救解魔不久尋將至㊀，且暫俄延等候他㊁。〔悟空白〕領法旨。〔觀音菩薩白〕欲種菩提信有緣，緊箍密咒伏心猿。〔悟空白〕鐵杵磨鍼功不小，情知非伴且留連。〔仝從仙樓門下〕

第五齣　二心惹怪劫緇衣（庚青韻）

〔丑扮悟能，戴僧帽，紥金箍、猪嘴切末，穿悟能衣，帶數珠，持鈀，挑經擔。雜扮悟淨，戴僧帽，紥金箍，穿悟淨衣，帶數珠，持鏟。引生扮唐僧，戴僧帽，穿僧衣，繫絲縧，帶數珠，騎馬，從壽臺上場門上。唱〕

【小石調引・憶故鄉】鴛鴦繡出從君看(句)，難把金針度與人(韻)。〔白〕悟能，自從五更上路，不覺紅日西斜。先被孫行者氣惱，這半日饑渴難當，那裏化些齋來我喫。〔悟能作望科。白〕師傅，一望全無村舍，却是没處化齋。且行到前途，再做道理。〔仝作行科。唐僧唱〕

【仙吕宫正曲・六幺令】一程兩程(韻)，路轉峯回(讀)，何處消停(韻)。崎嶇險道少人行(韻)，塵似海(讀)，跡如萍(韻)。〔合〕擔饑忍餓誰支應(韻)，擔饑忍餓誰支應(疊)。〔白〕實實難走了。〔悟能白〕師傅，既然饑渴，請下馬歇息，待老猪去化齋便了。〔唐僧作下馬，悟能放經擔看科。白〕竟没有人家。那裏有齋可化？只得架起風雲，另變化一個模樣，方能化出齋來。〔從壽臺下場門下。唐僧坐地科。白〕悟淨，今日怎麽這等饑渴得緊？〔悟淨白〕二師兄化齋去了。師傅既然渴得緊，待我去澗邊取些水來。〔作取鉢，從壽臺上場門下。唐僧白〕兩個都去了。似我這一身困苦，獨坐道旁，好不傷感人也。

〔雜扮獼猴，戴悟空帽，穿悟空衣，帶數珠，捧鉢，從壽臺上場門上。唱〕

【越調正曲・水底魚兒】假冒他名(韻)，凡夫怎認明(韻)。袈裟竊取(句)，〔合〕裝扮好登程(韻)，裝扮好登程(疊)。〔白〕我乃六耳獼猴是也，神通廣大，變化無窮。聞得孫悟空保護唐僧，往西天求取三藏金經，我氣他不過，爲此着小妖假扮唐僧、猪八戒、沙和尚，我便扮做孫悟空，先去西天見佛，求得經來，却不是我的功勞。那唐僧四衆，竟白費一場勞苦。但他有觀音菩薩賜的一領錦襴袈裟，不得到手。他今將悟空趕逐，猪八戒與沙僧俱不在身旁，我捧了這一盂水去敬他，看他怎麽樣光景，隨機應變，盗取袈裟便了。〔作看科。白〕唐僧一個獨坐路旁，待我向前去者。〔作見科。白〕師傅，没有老孫，連水也没得喫了。我捧這一盂水，請師傅且喫一口解渴，待我再去化齋來。〔唐僧作念咒科。白〕咒都不靈了。我不喫你的水，渴死在地，我當任命，你去罷。〔獼猴白〕無我你怎去得西天？〔唐僧白〕去得去不得，與你無干。潑猴猻！你只管來纏我做甚麽。〔獼猴白〕你這個狠心的潑秃，十分輕賤我！〔唱〕

【正宫正曲・四邊静】佛門自古心平等(韻)，怎全無歡喜行(韻)。八戒一團獃(句)，沙僧十分瞪(韻)。〔合〕這長途寂静(韻)，無人荒徑(韻)，報復眼前讐(句)，金經我去請(韻)。〔唐僧白〕潑猴，你若不去，我就要念那話兒了。〔獼猴白〕什麽叫那話兒？〔唐僧念咒科。獼猴作搶經擔、袈裟，推唐僧倒地科。從壽臺下場門下。悟淨捧鉢從壽臺上場門上，作見科。白〕師傅，爲何如此？〔悟能從壽臺下場門上。白〕費盡千般苦，方求飯一盂。沙兄弟，師傅卻是爲何？〔悟淨白〕你去化齋之後，師傅口渴，急要水喫。我去澗邊取了水來，不知師傅爲何如此光景？〔悟能白〕不好了！行李都不見了！怎麽好？〔唐僧作嘆氣科。白〕徒弟，我好苦也。〔悟能、悟淨白〕師傅怎麽了？〔唐僧白〕你們方纔去後，悟空又來纏我，是我堅執不收他。我默念咒語，他更不怕，將我打了一下，行李都拿了去了。〔悟能作怒科。唱〕

【又一體】這廝不改猴兒性㊎，依然圖剪徑㊎。〔悟淨唱〕背地劫行裝㊐，潛踪不見影㊎。〔唐僧唱合〕我懨懨一命㊎，餘生僥倖㊎。〔悟能、悟淨唱〕毒手斷師情㊎，緊箍不靈應㊎。〔悟能白〕潑猴如此無禮！待我問他討行李去。〔悟淨白〕住了。且扶師傅到山凹人家，化些熱湯調理了師傅，再去尋他。〔悟能白〕説得有理。師傅起來，待我兩個扶着你走。〔作行科。悟能白〕如今弄得渾身精光的了。〔作到科。白〕來此已是了。裏面有人麽？〔老旦扮村婆，穿老旦衣，從壽臺下場門上。白〕養生總在勤和儉，及早耕耘莫待遲。想是兒孫們田上回來了。〔作開門見科。悟淨白〕老婆婆，我師傅要在宅上安息片時。〔村婆白〕我没人在家，請别轉罷。〔唐僧白〕老婆婆，我有三個徒弟，保護我西天拜佛求經。只因大徒弟不肖，被我趕逐，他盜了我衣服行李，如今着一個去追趕，因路旁不是坐處。特求府上安息片時，却不敢久住。〔村婆作看科。白〕既是取經的僧人，請進來，這裏坐坐罷。〔仝作進門科。悟淨白〕女菩薩，有熱湯見賜一碗，與我師傅接濟接濟。〔村婆白〕待我後面收拾起來。〔唐僧白〕多謝女菩薩不當。〔村婆白〕好説。〔從壽臺下場門下。悟能白〕沙兄弟，看取師傅，待我取行李去。〔唐僧白〕你去不得。那猴猻原與你不和，你人説話粗鹵，或一言兩句，有些差遲，他就要打你。着悟淨去罷。〔悟淨白〕弟子就去。〔唐僧白〕你到那裏，須要看個勢頭，他若不肯見還，就去南海訴與菩薩，與他要。〔悟淨持鏟，應科，從壽臺下場門下。分白〕堪恨猿心太不良，毆師趁手刼行裝。其間自有天爲主，那用旁人説短長。〔仝從壽臺下場門下〕

第六齣　六耳摹形搆幻相（車遮韻）

〔雜扮六耳獮猴，變做孫悟空像，從壽臺上場門上。唱〕

【雙角套曲・新水令】靈臺方寸占巢穴（韻），巧騰那思量影借（韻）。誰想道假威如盜竊（韻），暢好是崛起乃豪傑（韻）。瞥教人何處分別（韻），鬧轟轟做一箇孫行者（韻）。〔白〕俄來俄去幻中緣，一放難收更掌權。道我似他他似我，如形隨影耍空拳。俺乃六耳獮猴是也。生從無有鄉中，混入閆浮界裏。貢高好慢，張弛奪造物之權；察理聆音，變化脱轉輪之外。儘可吹風偃草，怎須接木移花。只緣他出入無時，既不能定于一；但讓俺虚靈有覺，又何庸參以三。因此玄之又玄，只算明鏡中打一個照面，遂使幻以生幻，如立清波畔現半霎分身。正是六如留偈都歸假，三昧傳心總是空。〔唱〕

【雙角套曲・駐馬聽】且莫饒舌（韻），這都緣就裏的機關和合也（韻）。奪胎投舍（韻），本來面目敢差些（韻）。三更棗謎經枯瘉（韻），儘放偷天手段來移月（韻）。五内兒如火熱（韻），直待金經取到纔安貼（韻）。〔白〕只爲東土唐僧，乃金蟬子化身，他往西天取經，一路上撞着妖魔，無不想争啖其肉，保壽長生，却都被孫悟空降伏了。我如今想出個巧法來，變做孫悟空一般模樣，昨日已奪了唐僧的錫杖、袈裟。來此已是花菓山，不免把那些衆猴，混他一混。衆子孫那裏？〔雜扮衆猴，引通臂猿上。虛白〕原來是大王回來。〔六耳獼猴白〕我回來了。你們可都好麽？〔通臂猿白〕大王保護唐僧取經，爲何到自己回來了？這錫杖、袈裟，那裏來的？〔六耳獼猴白〕哎，因爲唐僧不分真僞，無端把我趕逐出來。我氣他不過，把他袈裟、錫杖搶了回來。我心中之意，你們可曉得麽？〔衆猴白〕小弟每不曉得。〔六耳獼猴白〕你且聽者：〔唱〕

【雙角套曲·胡十八】打點着建功業(韻)，裝扮就待登涉(韻)。何妨豎起咱眉睫(韻)，傾囊倒篋(韻)，將衣鉢打劫(韻)，把他個唐三藏(句)，想求經請休歇(韻)。〔白〕我想隨了唐僧取經，便成了功，都是他的。我如今將你們變出唐僧、八戒、沙僧來，大家取了經來，這功都是我的，豈不是好？〔衆白〕妙嗄！〔六耳獼猴白〕子孫們，隨俺變化者。〔三小妖應科，各從本地井下。變出唐僧、悟能、悟淨上。六耳獼猴白〕扮得好像也。〔唱〕

【雙角套曲·沽美酒】化身兒裝來廝打疊(韻)，本人兒見去也驚呆(韻)。這等的異想天開無可説(韻)，任憑他法演三車(韻)，却被俺輕輕兒洩(韻)。〔六耳獼猴中坐科。白〕如今取經的師徒，都完備了。他一路上遇的魔頭，却也不少，何不扮演他一兩件，耍樂耍樂，何等不美？過來，傳與衆子孫們，前來聽令。〔衆小猴作傳科。六耳獼猴唱〕

【雙角套曲·太平令】須知道腔子裏有些沾惹(韻)，便幻出千磨百折(韻)。並不是没交纏生來枝節韻，也不是捕風影無端强劫韻。總緣他猿騰馬跱韻，因此上蜂撩蝎蜇韻。甘耐受誰何羈紲韻，少時遲依樣的葫蘆畫也韻。〔六耳獼猴白〕俺一心要想西天去取經，一心便現出唐僧四衆。如今要試演他逢魔遇祟的光影，洒落一回。小妖過來，學他何處的妖怪，好頑笑些。〔小猴白〕新鮮的事情，莫如西梁國招贅和尚新郎。〔六耳獼猴白〕不好，太便宜唐僧了。〔小猴白〕往上或是車遲國鬭法。〔六耳獼猴白〕也不好。刳腸割頭下油鍋，太喫虧我悟空了。倒不入演演平頂山、蓮花洞的老奶奶罷。〔小猴白〕大王上裁，這件事果然好頑。〔六耳獼猴白〕挑選子孫們扮演者。〔衆猴應科。一半分立，一半衆小猴引下。內大鬧鑼鼓，二猴仍開猴臉扮金角大王、銀角大王殺上。六耳獼猴作對陣佯敗科。擒假唐僧、假悟能、假悟淨下。一猴仍開猴臉扮伶俐虫上，白〕懷中帶請帖，肚裏醉燒刀。俺伶俐虫，奉金角、銀角二位大王之命，到蓮花洞請老奶奶來喫唐僧禿驢肉。嗳！醉了，醉了，要吐了。〔六耳獼猴上，奪請帖，作打死科。假伶俐虫下。六耳獼猴白〕如今就頂了伶俐虫，前去請老奶奶來，隨機應變，救俺師傅便了。〔行科唱〕

【雙角套曲·慶東原】蓮花洞句，路不賒韻，蟲兒伶俐咱充缺韻。喜孜孜箇兒便挾韻，笑欣欣搗兒便接韻，莽剌剌威兒便脇韻。他只曉得仗金銀句，俺却一似消冰雪韻。〔下。衆猴扮老奶奶、侍女、轎夫、執事，俱仍開猴臉，從壽臺上場門上。唱〕

【雙角套曲·沉醉東風】沿溪路春粧未卸韻，度山凹露髻還遮韻。命小廝把名帖邀句，請老母把家筵設（韻）。宰個粉嫩的禿驢饕餮（韻），且到平頂開葷（讀），慌忙趕車轍（韻）。好個盡孝養的孩兒（讀），金銀賽頑鐵（韻）。〔作到科。假金角大王、假銀角大王上跪接科。衆猴扮作衆小妖隨上。衆假侍女扶假老奶奶下轎科。白〕我的兒，又要你費心。〔假金角大王、假銀角大王白〕孩兒無以孝敬。今得了東土唐僧，喫他一塊肉，延年益壽，故此請母親來受享。〔假老奶奶白〕我的好乖乖、好兒子，得了禿驢肉，便想着我老人家。〔假金角大王白〕小弟們把唐僧師徒取上來。請問老奶奶，任憑煎炒蒸煮，怎生喫法？〔衆小妖押假唐僧、假悟能、假悟淨上。假老奶奶白〕那個唐僧瘦得緊，不中喫。〔假金角大王、假銀角大王白〕任憑老母揀用。〔假老奶奶唱〕

【雙角套曲·雁兒落】這非全園蔬煮菜茄（韻），也不比水族烹魚鱉（韻）。只嫌他都成瘦禿驢（句），且孥去先宰猪剛鬛（韻）。〔假悟能作跳起嚷科。白〕宰不得，宰不得，我是一個假的。猪八戒不是肉案子上貨色。〔作亂嚷科。六耳獮猴暗上，假老奶奶隱下。六耳獮猴上。白〕可惡得緊，原在這裏做耍戲。那個宰你起來。〔假悟能白〕虧得我嚷起來。不然麽，看那箇老奶奶饞得緊，想呷些猪蹄湯也定不得。〔衆笑科。六耳獮猴白〕演來像不像？〔小猴白〕果然出神入化。只是猪八戒忒膽小了些。〔六耳獮猴白〕平頂山過去了。你這金銀二大王，也該復上原形了。〔假金角大王、假銀角大王白〕還在這裏等老君來收伏。〔六耳獮猴白〕呸，好獃。〔假金角大王、假銀角大王、假衆小妖、假侍女等俱下，隨換猴形上。六耳獮猴白〕小弟們，將那唐僧、八戒、沙僧，耳房住着。〔小妖應科。引假唐僧、假悟能、假悟淨下。六耳獮猴

唱〕

【雙角套曲·得勝令】呀(格)，閃得箇花碌碌眼乜斜(韻)，毬滾滾脚顛瘸(韻)，活現出蓮花洞新闢捩(韻)。怎懼被梵王宮老釋迦(韻)，花菓山佔耶(韻)。第二箇石猴兒偏豪俠(韻)，敢道俺心邪(韻)，都緣你自作孽(韻)。〔小猴白〕大王有七十二變化，何不扮演一番，大家耍子？〔六耳獼猴白〕説得有理。〔六耳獼猴上高桌立科，作拔毫毛叫變科。雜扮衆猴兵，不拘人數上，遶場下。六耳獼猴白〕我還要拔些毫毛，變出些妖魔，與這猴兵廝殺一場，在衆子孫跟前，顯顯本事。〔小猴白〕大王果得如此，越發有趣。〔六耳獼猴又作拔毫毛叫變科。雜扮衆妖魔，不拘人數上。六耳獼猴白〕衆猴兵，前來接戰者。〔前衆猴兵上，交戰一回科。六耳獼猴白〕衆猴兵，收了隊伍者。〔衆妖魔、衆猴兵分陣立科。合唱〕

【雙角套曲·攪箏琶】一會裏廝濟濟雄兵列(韻)，一陣陣走龍蛇(韻)。恍聽得戰鼓鼕鼕(句)，旌旗獵獵(韻)，把長劍倚天截(韻)，本事高絶(韻)。歡悦(韻)，纔信是神通無賽果超軼(韻)。想當初李天王也膽戰心怯(韻)。〔通臂猿白〕大王今日回山，我們快排筵席，與大王接風。〔虚白。衆小猴應下。場上設筵席、石床、磯。六耳獼猴陞座，飲酒。衆小猴作扮各種雜劇，虚白發諢科，場上撤筵席、桌磯。衆仝唱〕

【煞尾】豆人草馬憑提挈(韻)，且整頓雷音古寺遥瞻謁(韻)。須則認一而二是耶非(句)，只恐怕有中無生隨滅(韻)。〔仝從壽臺下場門下〕

第七齣 真形幻想總分明（齊微韻）

〔場上設水簾洞。雜扮悟淨，戴僧帽，紮金箍，穿悟淨衣，帶數珠，持鏟，從壽臺上場門上。唱〕

【中呂宮集曲·駐馬近】【駐馬聽】（首至合）事出蹺蹊韻，那有無情像着伊韻。可恨他忘恩背義韻，劫掠行囊讀，直恁相欺韻。〔白〕大師兄極有義氣，雖然性暴，斷不肯行亂法之事，爲何一時改變心腸，打倒師傅，搶去行李？其中必有緣故。〔唱〕似這等改行換面任胡爲韻，全然不顧人羞耻韻。〔白〕我如今奉師之命，且到水簾洞，問他討取行李。若果是他劫去，他既不認師傅，焉肯認我師弟？〔唱〕【好事近】（合至末）他既經没個高低韻，這回去須教精細韻。〔從壽臺下場門下。場上設石床、石凳科。雜扮獼猴，戴悟空帽，穿悟空衣，帶數珠，從壽臺上場門上。唱〕

【中呂宮集曲·駐馬摘金桃】【駐馬聽】（首至六）不敢相欺韻，武藝超群變化奇韻。〔白〕我六耳獼猴，聞知唐僧往西天取經，被我假充孫行者，將他打倒，把他的袈裟錫杖，一件件都搶了回來。如今我又覇佔了真悟空的花菓山水簾洞，且自洒落洒落，再打算取經之計。有何不美？〔唱〕移桃接李句，弄鬼瞞神讀，就裏誰知韻。那袈裟法寶閃光輝韻，輕輕竊取憑神計韻。〔白〕小妖們！

〔雜扮衆妖猴，各穿猴衣，從壽臺兩場門分上科。獼猴唱〕【四塊金】〔六至八〕你與我謹慎守關陲(韻)，不管伊誰(韻)，不許偷窺(韻)。【櫻桃花】〔尾二句〕若把軍令違(韻)，一百銅錘(韻)。〔衆妖猴應科。悟淨從壽臺下場門上。白〕來此已是水簾洞了，門上的！〔小妖猴作出洞門科。白〕你是甚麽人？〔悟淨白〕我乃沙悟淨，要見你家大王。〔小妖猴白〕大王着我把守洞門，不許通報。〔悟淨白〕我不比猪八戒，與你大王最相好的。〔小妖猴白〕如此我與你通報。〔作進洞門禀科。獼猴白〕着他進來。〔小妖猴作應，引悟淨進門科。悟淨白〕大師兄請了。〔獼猴白〕請了。〔悟淨白〕上告師兄，前者是師傅性暴，錯怪了你，趕你回去，弟等未曾勸解。後來我門去化齋，不想你好意復來，又怪師傅不留，遂將師傅打倒，取去行李。今已救轉師傅，特來奉勸，若念昔年解脱之恩，仝小弟回見師傅，共上西天，了取正果。倘不願回去，求把行李賜還，足感盛德。〔獼猴作笑科。白〕賢弟善論，甚不會意。我打唐僧搶行李，不因不上西方，亦不因愛居在此。如今我自上西方拜佛求經，送上東土。這是我獨力成功，南瞻部洲，少不得尊我爲主，萬代傳名也。〔悟淨作笑科。白〕師兄言之欠當，從來没有個孫行者求經之説。况且師傅，原是金蟬子下凡，貶他復修大道，該你我三人護法，仝歸正果，怎麽你去獨力成功？〔獼猴白〕我已安排停當，明日起身。你若不信，待我請出你看。兒孫們，請老師出來。〔衆妖猴應，作請科。雜扮假悟淨，戴僧帽，紥金箍，穿悟淨衣，帶數珠，持鏟。雜扮假悟能，戴僧帽，紥金箍、猪嘴切末，穿悟能衣，帶數珠，持鈀。雜扮假唐僧，戴僧帽，穿僧衣，繫絲縧，帶數珠，仝從壽臺下場門上。悟淨作見怒科。白〕老沙行不更名，坐不改性，那裏又有個沙和尚！這等幻術欺人也！〔作打死假悟淨，從壽臺下場門下。悟淨白〕原來是個假猴精。〔獼猴白〕這廝好生無禮，看棒！〔作對敵科。衆妖猴扶假唐僧、假悟能從壽臺下場門下。悟淨出洞門，獼猴趕出洞。悟淨唱〕

【中吕宫正曲・撲燈蛾】潑猴無顧忌（韻），潑猴無顧忌（疊），張冠竟戴李（韻）。滅友併欺師（句），强暴全捐仁義（韻）也（格）。難容在世（韻），打教你魄散魂飛（韻），歹心腸捐人利己（韻）。〔合〕萬千年（讀）争思食肉寢君皮（韻）。〔作對敵科。獼猴唱〕

【又一體】沙僧太無禮（韻），沙僧太無禮（疊），上門辱吾輩（韻）。當面怎相饒（句），管教你沙踹爲泥（韻）也（格），纔消這氣（韻）。誰容你倒俺旗麾（韻），美猴王威風不墜（韻）。〔白〕你羞也不羞，恥也不恥！〔唱〕笑你個莽將軍（讀），人頭不喫去喫酸虀（韻）。〔作對敵科。悟淨從壽臺上場門敗下。獼猴看科。白〕這廝戰吾不過，駕雲去了。我也不趕你，且幹我的正事。〔作進洞科。唱〕

【尾聲】安排早上靈山會（韻），取得金經及早歸（韻）。〔衆妖猴從壽臺下場門上。白〕大王少了一個沙和尚，怎麼去得？〔獼猴白〕不妨。〔唱〕我再幻個沙僧值甚的（韻）。〔仝從壽臺下場門下。場上撤水簾洞科。下〕

第八齣　寶地師前難識别（江陽韻）

〔雜扮悟淨，戴僧帽，紥金箍，穿悟淨衣，帶數珠，持鏟，從壽臺上場門上。白〕人心最難測，忘恩并負德。如此滅倫常，公道豈容得。我沙悟淨，因潑猴不還衣包，征戰已久，不能取勝，所以奔到南海去求菩薩。來此已是落伽山了。〔作看科。白〕前面來的好似木吒一般。我且伺候則個。〔雜扮惠岸，戴陀頭髮，紥金箍，軟紥扮，持鏟，從仙樓門上，下至壽臺。白〕茫茫苦海波千頃，難度無緣薄福人。〔悟淨白〕師兄稽首。〔惠岸白〕你是沙悟淨，不隨唐僧取經，來此何幹？〔悟淨白〕爲了孫行者，竟來求見菩薩。〔惠岸白〕少待。菩薩就出來也。〔小生扮善才，戴紅孩髮，穿紅孩衣，捧淨瓶。小旦扮龍女，戴過梁額、仙姑巾，穿宫衣，臂鸚哥。引旦扮觀音菩薩，戴觀音兜，穿蟒，披袈裟，帶數珠，持拂塵。副扮悟空，戴悟空帽，穿悟空衣，帶數珠，隨從仙樓門上。觀音菩薩唱〕

【黄鍾宫引·玉女步瑞雲】寶篆千章(句)，拴縛心猿歸向(韻)，繞蓮座天花飄漾(韻)。〔場上設椅，轉場坐科。惠岸白〕啟菩薩，沙悟淨求見。〔觀音菩薩白〕唤他進來。〔惠岸作唤科。上仙樓，悟淨進門參見科。白〕菩薩在上，弟子沙悟淨參拜。〔觀音菩薩白〕你來此有何話説？〔悟淨見悟空，作怒科。白〕你這犯

十惡的潑猴！你又先來這裏，隱瞞菩薩哩！〔觀音菩薩白〕悟淨不得無禮，有甚事先與我說。〔悟淨白〕菩薩聽稟：這潑猴呵，〔唱〕

【越調正曲·薄媚袞】因師逐(句)，遂起貪狼(韻)。狹路難遮障(韻)，劫去衣單(句)，劫去衣單(疊)。毆打師尊(讀)，水簾洞將兵掌(韻)。〔悟空白〕這是什麼說話？〔悟淨白〕什麼說話？你這潑猴！〔唱〕仗觔斗雲飛(句)，仗觔斗雲飛(疊)，潛來往(韻)。求菩薩(句)，細參詳(韻)，〔合〕莫被他巧言花語(句)，敢臺前欺誑(韻)。〔觀音菩薩白〕悟淨不要冤人。〔悟淨白〕他前日臨別之時，原說重整家山，又說什麼要到菩薩座前申訴一番，可見他心懷忿恨，使人難尋踪跡。現今水簾洞有一個孫行者，菩薩不可欺誑。〔悟空白〕這又奇了。〔唱〕

【仙呂宮正曲·掉角兒序】乍聞言怒滿胸膛(韻)，我何曾去途中擾攘(韻)。劈空裏顛衣倒裳(韻)，一謎地掀風鼓浪(韻)。幾曾經花菓山(讀)水簾洞(句)裝模樣(韻)，重復去(讀)提兵調將(韻)。〔悟淨白〕不是你，難道又有一個孫悟空不成！〔悟空白〕吾自別了師傅，即到落伽山，怎生毆打師傅？又道我在水簾洞賣弄兵威，全是無踪無影，一片胡言！你可是半夜裏做夢麽！〔唱合〕你含沙伎兩(韻)，信口雌黄(韻)。〔悟淨白〕你倒在這裏說夢話！我在水簾洞鬬了數十回合，才來啟上菩薩的。難道我見了鬼不曾？況那裏也扮一個假沙僧，被我打死了。〔悟空白〕是了。〔唱〕細猜詳(韻)，定邪魔作祟(讀)李代桃僵(韻)。〔觀音菩薩白〕悟空說得是。也罷，你二人前去，探看明白便了。〔悟空、悟淨應科。

觀音菩薩白〕又誰調侃弄癡愚，實者無傷虛者虛。〔仝從仙樓門下。悟空下仙樓，仝悟淨虛白科。仝白〕渾濁不分鰱共鯉，水清方見兩般魚。〔仝從壽臺下場門下。場上設水簾洞，雜扮衆妖猴，各穿猴衣，隨意扮。引雜扮獼猴，戴悟空帽，穿悟空衣，帶數珠，從壽臺上場門上。白〕生成火眼與金睛，攪亂真形與假形。先往西天求妙諦，流傳東土顯威名。某因沙和尚在此攪擾一番，心中甚是憂悶。昨日又揀了個伶俐子孫，充作沙僧。事物俱已停當，後日黄道之吉，起身前往西天，求得金經，方遂我願。〔衆妖猴白〕啟大王，我等採有野菓，摘有野蔬，備下香醪，請大王暢飲一盃，以當祖餞。求大王鑒納。〔獼猴白〕既有酒殽，生受了。〔場上設石床、石凳，獼猴作上坐，衆妖猴奉酒科。副扮悟空，戴悟空帽，穿悟空衣，帶數珠，持棒。雜扮悟淨，戴僧帽，紮金箍，穿悟淨衣，帶數珠，持鏟。仝從壽臺上場門上。唱〕

【黄鐘宫正曲・出隊子】雲頭遥望(韻)，花菓山前景色荒(韻)，一窩妖氣黯無光(韻)，疑竇難開脚步忙(韻)。〔合〕真假分明(讀)，表白衷腸(韻)。〔悟淨白〕師兄到了。〔悟空白〕你且在此，待我擒他來。〔作進洞門見科。白〕孽障！你是那裏妖怪！幻我形容，冒我名色，占我巢穴，磨我子孫。快來受死！〔獼猴作笑科。白〕你是那裏妖怪！學我粧束，變我模樣，打上我門，自來尋死麽！〔悟空白〕孽怪無禮，看棒！〔獼猴白〕孽怪大膽，看棒！〔作持棒對敵科。衆妖猴從壽臺兩場門暗下。悟淨白〕先與師兄仝來，還認得假的。如今混作一團，真假莫辨，怎生是好？有了！〔作攔科。白〕你二人不必苦争，何不去南海見菩薩，自然辨出真假。〔悟空白〕有理。妖怪敢和我去見菩薩麽！〔獼猴白〕正要去見菩薩，纔分真假。〔悟空白〕沙兄弟你既助不得力，可先去回覆師傅，老孫仝他去見南海菩薩。〔獼猴亦照前悟空白〕妖怪可恨！〔獼猴亦照前白，作對敵科。仝從壽臺下場門下。場上撤水簾洞科。悟淨白〕趁他二人見菩薩去了，也罷，且到水簾洞，取了行李，再回覆師傅便了。撞來逢怪事，回去覆師尊。〔從壽臺上場門下。惠岸、善才、龍女引觀音菩薩從仙樓門上。白〕物類生來有知覺，是真是假難捉摸。逞能賣巧使機心，不想回頭那一着。〔場上設椅，轉場坐科。白〕惠岸，孫悟空仝沙僧往水簾洞看那假行者去了。我想那妖既會變化，以僞亂真，孫悟空急切不能辨别也。〔惠岸作望科。白〕遠望雲頭殺氣，必是孫悟空仝着假行者來也。〔悟空、獼猴仝從壽臺上場門上，作對敵科。惠岸白〕孽物，菩薩在此，休得囉唣！〔悟空、獼猴作看跪科。悟空白〕菩薩，這廝果然像弟子模樣。戰鬭良久，不分勝負，打到寶山，求菩薩慧眼，認個真假，辨别邪正。〔獼猴亦照前白。觀音菩薩唱〕

【又一體】攙真雜妄(韻)，一色衣衫一樣龐(韻)，教人閣筆費平章(韻)。須知道萬象心生豈但雙(韻)。〔白〕悟空，那是你身？〔悟空白〕我是我身他不是。〔獼猴白〕我是我身他不是。〔觀音菩薩白〕你既不認得你，連我也難分辨。〔仝惠岸、善才、龍女從仙樓門下。悟空、獼猴唱合〕真假分明(讀)，表白衷腸(韻)。〔從壽臺下場門下。生扮唐僧，戴僧帽，穿僧衣，繫絲縧，帶數珠。丑扮悟能，戴僧帽，紥金箍、猪嘴切末，穿悟能衣，帶數珠，隨從上場門上。唐僧白〕從來佛教通儒教，要識儒修即佛修。未有倫常不相顧，蓮花座上任優游。可恨那潑猴，打倒我，搶去行李。我着悟淨去問他取討，怎還不見回來？好生牽罣人也。〔悟淨從壽臺上場門，挑經擔上。白〕世事真難測，人心假易瞞。〔作見科。唐僧白〕你回來了。取的行李呢？〔悟淨白〕師傅，那打搶衣服的，不是大師兄。〔唐僧白〕却是誰人？〔悟淨白〕竟不知是甚麽妖怪，變了大師兄形像，占踞水簾洞，又變了一個師傅、一個沙僧、一個八戒。那一個假沙僧被我一杖打死，却是一個猴精。我與他戰鬭多時，纔上南海。只見大師兄先在那裏，菩薩令師兄仝我去到水簾洞，兩個互相戰鬭，不見輸贏，一樣的舉止形容，好難分辨。他兩個又打到菩薩跟前去了。我所以回來報知。〔唐僧白〕原來不是他，竟有這樣一番奇異！〔悟能白〕妖怪竟變一個我，這廝可惡，待我築他一鈀纔好。〔悟淨作望科。白〕大師兄仝着妖精打來也。〔悟空、獼猴仝從壽臺上場門上，作對敵科。悟能白〕師兄莫嚷，我老猪來也。〔悟空白〕兄弟來拿妖精。〔悟能白〕來了。〔獼猴亦照前白。悟能作發諢科。悟空白〕師傅，你看這妖精，假粧我模樣，你來認一認，辨個真假。〔獼猴亦照前白，唐僧白〕果然無二。悟空，〔悟空作應，獼猴亦應科。唐僧白〕好難分辨。〔唱〕

【正宮正曲・雙鸂鶒】看二人一般模樣(韻)，叫一聲一般應響(韻)，怎辨出孰爲鰱鯉(句)，怎生着想(韻)。〔白〕悟空，〔悟空、獼猴作應。悟能作發諢科。唐僧唱〕没破綻(讀)，真個是不差銖兩(韻)。〔合〕那非非是是難明講(韻)。〔悟淨白〕待我與二師兄各人扯住一個，師傅念起那話來，看那個害疼的就是了。〔唐僧白〕説得有理。〔作念咒科。悟空、獼猴作滚地痛科。白〕師傅，我們這等苦鬭，你還咒我怎的？莫念。〔唐僧住口科。悟空、獼猴作跪科。唱〕

【又一體】求師傅停喧嚷韻，饒咒語仔細端相韻。〔悟能、悟淨白〕欲要舉手相助，又不知那個是妖怪。〔悟空、獼猴白〕他是妖怪！〔悟能、悟淨唱〕難辨真妖形像韻，縱有法也難降韻。〔悟能白〕待我築他一鈀。〔悟空白〕夯貨！是我。〔獼猴白〕夯貨！是我。〔悟能白〕你也是我，他也是我，難道我是妖怪麽？〔悟空白〕他是妖怪！〔獼猴白〕他是妖怪！〔悟能、悟淨作急科。唱〕欲除妖讀，難舉手句，恐傷兄長韻。〔悟空白〕師傅你們認我不出，待我扭這妖怪，上天去見玉帝，便見明白。〔獼猴亦照前白。悟空仝唱合〕這番要辨誰虛妄韻。〔作對敵科，仝從雲兜内上。唐僧白〕他二人鬧上天宫去了。我們尋個宿處等候便了。〔分白〕堪笑孫猴會使乖，總由自己欠安排。衣包取得防寒冷，早上西天見佛來。〔各虛白，從壽臺兩場門分下〕

第九齣　照妖鏡兩影模糊（蕭豪韻）

〔雜扮馬帥，戴八角冠，紥靠，持鎗。雜扮趙帥，戴黑貂，紥靠，持鞭。雜扮温帥，戴瘟神帽，紥靠，持狼牙棒、金鋼圈。雜扮關帥，戴紥巾額，紥靠，持刀。仝從禄臺門上，作跳舞，分白〕我等三天門下，馬、趙、温、關四天將是也。請了。今日玉帝不御靈霄，不視朝事，我等暫掩天門，清閒無事。遥望東方一股殺氣，蜂擁而來，不知何處妖魔，敢爾肆行無狀。各執器械，阻住雲頭，逐退毛神，恐驚聖駕。〔副扮悟空，雜扮獮猴，各戴悟空帽，穿悟空衣，帶數珠，持棒，仝從禄臺門上，作對敵科。悟空白〕你嬴得我手中棒，我便饒你。〔獮猴亦照前白，作對敵科。四天將作攔阻科。白〕那裏是這裏可是戰鬬之處麽！〔悟空白〕爲奉聖旨，保護唐僧，在路上打死幾個毛賊，師傅趕我回去。不知這妖精，幾時變我模樣，打倒唐僧，搶去行李，佔我巢穴。纔自水簾洞，打至落伽山，菩薩也難識認。故此打到此處。煩諸天眼力與我認一個真假。〔獮猴亦照前白。四天將作看科。白〕實難分辨。〔悟空白〕既不認得，待我去見玉帝。〔雜扮四天官，各戴朝冠，穿蟒，束帶，從禄臺門上，作見科。白〕何處毛神，大驚小怪，擅闖靈霄，還不出去！〔悟空、獮猴白〕天官請了。〔四天官白〕原何有兩個大聖？〔悟空白〕這個妖精，變化我的模樣，南海菩薩也分辨不出。爲此上天來，要見個明白，看他是個什麽妖精。〔獼猴亦照前白。悟空白〕你怎麽學我説話，氣死我也！〔獼猴亦照前白。作對敵科。四天官白〕不要動手，實難分辨。也罷，待我與你啟奏。〔仍從禄臺門下。悟空白〕妖怪，如今奏知玉帝，將你碎剮其屍，方消我恨。你可不要强嘴。〔獼猴亦照前白。四天官仍從禄臺門上。白〕玉帝有旨，宣托塔天王李靖。〔淨扮托塔天王。戴天王盔，穿蟒，束帶，托塔，從禄臺門上。白〕忽聞君命召，不俟駕而行。爲臣托塔天王李靖朝參，願上帝聖壽。〔四天官白〕玉帝有旨，今有孫大聖被妖幻形，難辨真假。天王將照妖鏡，照出妖怪原形，以辨真假。〔托塔天王白〕領旨。〔仝作遶場科。托塔天王唱〕

【正宫正曲・四邊静】照妖仙鏡將來照（韻），看取真消耗（韻）。假假與真真（句），教人怎猜料（韻）〔合〕幻他形貌（韻），居他名號（韻）。何處潑妖魔（句），魆地胡廝鬧（韻）。〔雜扮四天將，各戴大頁巾，穿箭袖排穗，捧鏡，從禄臺門上，作照科。衆神仝作看鏡科。唱〕

【又一體】面龐打扮俱相較（韻），竟不差纖毫（韻）。骨格與皮毛（韻），仝類還仝調（韻）。〔白〕既非別妖，俱非猴屬，你們還下去分辨，不得在此纏擾。〔各從禄臺門分下。悟空白〕既然如此，仝你去下陰司十殿閆君處，必要查出你的根脚來纔罷。〔獼猴白〕正要到陰司查看你的根脚哩。〔仝唱合〕把姓名頂冒（韻），是非顛倒（韻）。恨煞潑妖精（句），直恁逞强暴（韻）。〔作對敵科。仝從禄臺門下〕

第十齣　森羅殿二心混亂（庚青韻）

〔雜扮牛頭、馬面，各戴套頭，穿鎧，持叉。雜扮衆鬼卒，各戴鬼髮，穿箭袖、卒褂。雜扮四判官，各戴判官帽，穿圓領，束帶，持筆簿。引雜扮十殿閻君，各戴冕旒，穿蟒，束帶，襲氅，執圭，仝從豐都門上。唱〕

【仙呂入雙角合套・新水令】從來地府不容情㊣韻，一樁樁難逃業鏡㊣韻。縱饒他是非相錯亂㊣句，到這裏善惡便分明㊣韻。〔分白〕正直無私彰癉公，輪迴脱得劫塵空。世人怕入泥犁獄，不做欺心黑暗中。孤等十殿閻君是也。請了。〔一殿閻君、五殿閻君白〕今乃地藏菩薩聖誕之辰，我等禮應拜祝。〔衆閻君白〕説得有理。請。〔作遶場科。仝唱〕再四叮嚀韻，願衆生須把那五中挐定韻。〔作到各分侍科。內奏樂。雜扮衆侍者，各戴僧帽，紥金箍，穿僧衣，披袈裟，帶數珠。雜扮大變長者，戴仙巾，穿氅，繫絲縧。雜扮罔明和尚，戴僧帽，紥金箍，穿僧衣，披祖衣，帶數珠。引生扮地藏菩薩，戴地藏瞌腦，穿蟒，披袈裟，帶數珠，從仙樓門上。唱〕

【仙呂入雙角合套・步步嬌】苦海無邊須當省韻，善果菩提證韻，前生與再生韻。電笑風噫句，天光雲影韻，〔合〕萬慮一時清韻，藏污納垢都乾淨韻。〔內奏樂，場上設高臺蓮座，轉場陞座科。十殿閻君白〕吾等十殿朝參，願菩薩聖壽。〔地藏菩薩白〕生受列位諸王。〔十殿閻君白〕臣等備有香茗，特來供奉菩薩。〔地藏菩薩白〕生受諸王。〔場上設桌椅，十殿閻君作接香茗奉獻科。仝唱〕

【仙吕入雙角合套·折桂令】噴金猊寶篆香騰(韻)。酒泛流霞(句)，端捧高敬擎(韻)。厮濟濟共擊鯨鐘(句)，徐品鸞簫(句)，競炙鵞笙(韻)，賀教主籌添歡慶(韻)，遍塵寰嵩祝升恒(韻)。〔各歸班科。地藏菩薩白〕呀！〔唱〕爲甚的雲勢翻騰(韻)，喊殺憑陵(韻)，直恁的冲霄怨氣(句)，料必有動地奇情(韻)。〔雜扮鬼卒，戴鬼髮，穿箭袖、卒褂，從壽臺上場門上。白〕啟上衆位閻君，今有兩個孫大聖，一般模樣，打上森羅殿，要尋十位殿下説話。小鬼等回他在此慶壽，又趕到這裏來，隨後就到，小鬼等特來報知。請諸位大王主裁。〔十殿閻君白〕知道了。〔鬼卒仍從壽臺上場門下。地藏菩薩白〕這也是一樁奇事。〔唱〕

【仙吕入雙角合套·江兒水】赫奕森羅殿(句)，冤讐許質成(韻)。那裏有分身合相齊天聖(韻)。〔副扮悟空，雜扮獼猴，各戴悟空帽，穿悟空衣，帶數珠，持棒，仝從豐都門上，作對敵科。唱〕照妖鏡裏模糊影(韻)，臺臨照膽真才定(韻)。〔十殿閻君作起科。唱〕何事兩相争競(韻)？〔合〕細説因由(句)，待教主息心詳聽(韻)。〔悟空、獼猴白〕我等正要見菩薩，忽然又變出一個來了。煩賢王與我查看生死簿内，這孽障是個甚麽妖祟，能變幻形骸，以僞害真，以清渾濁。乞早追他魂魄，免教二心混亂。〔十殿閻君白〕啟上菩薩，是兩個孫大聖，形容説話打扮，俱是一般，難分真假。浼臣等查看那妖怪的根苗。〔地藏菩薩白〕可曾查看？〔十殿閻君白〕判官查來。〔判官作查科。白〕啟上閻君，從頭細查，並無一個假行

者之名。再看毛虫之簿，那猴子一百三十條，已是孫大聖鬧天宮之時，一筆勾去，以後猴屬無名，無憑查考。〔十殿閆君唱〕

【仙呂入雙角合套·鴈兒落帶得勝令】俺只道阻西方有怪精(韻)，有誰知作東道分岐徑(韻)。認不出甚齊天假與真(句)，怎曉得他落地名和姓(韻)。呀(格)！似這等愁雲霧障千層(韻)，且請去陽世界判雙形(韻)。〔白〕陰司裏查不出他的出處，還該令他到陽世裏去折辨。〔唱〕直待四部洲端詳聽(韻)，方識得甚根株何處生(韻)。〔地藏菩薩白〕你二人呵，〔唱〕休爭(韻)，且任你幻中幻交相証(韻)。消停(韻)，管教你來處來各認明(韻)。〔悟空、獼猴白〕我老孫爲人正直，今被妖精混的，我不能明白，氣死我也！〔十殿閆君白〕大聖可曉得麼，〔唱〕

【仙呂入雙角合套·僥僥令】寸田多膠擾(句)，尺宅欠安寧(韻)。就有這冒姓充名幻出來爭勝(韻)，〔合〕須知這皆醉誰容你獨醒(韻)。〔悟空、獼猴白〕十王説那裏話，我老孫呵！〔唱〕

【仙呂入雙角合套·收江南】呀(格)！豈容他醒心醉眼歪纏令(韻)，要與他辨分明(韻)。〔白〕在這個所在，還敢跟我説話麼？氣死我也！〔唱〕好教我冲冠怒髮氣難平(韻)，少不得拚身與恁惡相争(韻)。〔作欲打科。十殿閆君白〕大聖，不要如此。菩薩在上，不可褻瀆。〔唱〕且從容辨清(韻)，且從容辨清(疊)，管教他幻形敗露現原形(韻)。〔地藏菩薩白〕十殿閆君，可曾辨得出真假麼？〔十殿閆君白〕不能。

〔地藏菩薩作笑科。白〕孫悟空尚且不能自辨真假，何况爾等。〔唱〕

【仙吕入雙角合套・園林好】這根由何須察聽(韻)，都則是幻形幻影(韻)。何必説實名實性(韻)，〔合〕心騷擾六根生(韻)，心騷擾六根生(疊)。〔十殿閻君白〕似此怎生袪除？〔唱〕

【仙吕入雙角合套・沽美酒帶太平令】聽佛旨神鬼驚(韻)，非判卒可施能(韻)，就裏機關難洞明(韻)。〔白〕還求菩薩指示。〔地藏菩薩白〕你兩個形容如一，神通無二，若要辨明，須到雷音寺參見釋迦如來，自然有個明白。〔唱〕不須擾攘鬧陰庭(韻)，上雷音作證盟(韻)。〔悟空、獼猴白〕有禮。走嗄！〔仝從仙樓上，至禄臺暗下。內奏樂，地藏菩薩仝唱〕似這等兩魔相勁(韻)，總只爲二心無定(韻)。若肯去一心皈命(韻)，到雷音如來作證(韻)。他呵(格)，都只爲心生(韻)識生(韻)，因此上禍生(韻)。呀(格)，這公案也終無逃剩(韻)。〔衆侍者擁地藏菩薩從仙樓門下。衆鬼卒引十殿閻君遶場科。仝唱〕

【尾聲】一聲棒唱癡愚醒(韻)，須儘力回頭猛省(韻)。〔白〕但只苦了唐僧。〔唱〕躭閣他跋涉西行求佛經(韻)。〔仝從豐都門下〕

第十一齣　如來佛咒鉢辨形（尤候韻）

〔場上換雷音寺匾，内奏樂。雜扮四金剛，各戴金剛冠，紥靠、紥背光，持劍、琵琶、傘、蛇。雜扮衆揭諦，各戴揭諦冠，穿鎧，持杵。雜扮衆侍者，各戴僧帽，紥金箍，穿僧衣，披袈裟，帶數珠。旦扮八菩薩，各戴僧帽，紥五佛冠，穿蟒，披袈裟，帶數珠。雜扮阿難、迦葉，各戴毘盧帽，穿道袍，披袈裟，帶數珠。引淨扮如來佛，戴佛臚腦，穿蟒，披佛衣，持鉢。生扮韋馱，戴盔，紥靠、紥背光，持杵，隨從禄臺上。如來佛唱〕

【越調正曲·浪淘沙】靈鷲彩雲留(韻)，寶篆香浮(韻)，放光普照萬春秋(韻)。〔合〕歷過三千二百劫(句)，極樂優遊(韻)。〔内奏樂。場上設金蓮寶座，轉場陞座科。四菩薩作參拜，各歸坐科。如來佛白〕諸天道衆，環遶蓮座，有何話説？〔衆菩薩白〕弟子愚蒙，未明之旨，乞求開示，共領禪宗。〔如來佛白〕大凡修行一道，總不外求色、空、有、無四字。只要看得分明，認的真切，方纔悟得來，跳得過。〔衆菩薩白〕阿彌陀佛。請示色、空、有、無之理。〔如來佛白〕大凡修行一道，不有終有，不無終無，不色終色，不空終空，非有爲有，非無爲無，非色爲色，非空爲空，色無定色，色即是空，空無定空，空即是色。若能知空不空，知色不色，名爲照了，始達妙音。〔衆菩薩白〕阿彌陀佛。〔如來佛白〕正是中路

分離亂五行，降妖聚會合天明。神歸心舍禪方定，六識袪降丹自成。〔衆仝唱〕

【仙呂宫正曲·惜奴嬌序】象教傳流（韻），扶真詮妙藴（讀），非無非有（韻）。箇中三昧（句），參想自識源頭（韻）。推求（韻），色色空空言不謬（韻），要明心休停手（韻）。〔合〕殫精修（韻），真入得法門不二（讀），俗諦都勾（韻）。〔衆菩薩白〕阿彌陀佛。五時説法，香雨漫空，一覺傳心，慈雲廣被。弟子輩心明意朗，何等豁然！〔如來佛白〕宗門道理，總不外乎一心。你看又有二心争鬬而來也。〔副扮悟空，雜扮獼猴，各戴悟空帽，穿悟空衣，帶數珠，持棒，仝從禄臺門上，作見科。白〕如來佛！〔衆揭諦作攔阻科。白〕休得無禮！這是甚麽所在！〔悟空、獼猴作跪科。白〕如來佛，弟子孫悟空，被這妖精幻形，不分真僞，打至天宫地府，俱不能辨，故此大膽輕造，求我佛慈悲，與弟子認明邪正，庶好保護唐僧，親拜金身，取經回來，永揚大教。〔如來佛白〕大衆，你看兩個行者，誰真誰假？〔衆菩薩白〕弟子等委實不能分辨。〔如來佛白〕汝等法力廣大，只能普閲諸天之事，不能遍識諸天之物，亦不能廣會諸天之種類也。〔衆菩薩白〕請我佛示以周天種類。〔如來佛白〕周天之類，有五仙，乃天地神人鬼；有五虫，乃蠃鱗毛羽介。這廝不在其内，名爲四猴混世，第一是靈明石猴，第二是赤尻馬猴，第三是通臂猿猴，第四是六耳獼猴也。〔唱〕

【仙呂宫正曲·錦衣香】六耳猿（句），機靈透（韻）。猛聲呼（句），窗窗有（韻）。只緣唤去東邊（句），應來西首（韻），歸根總是在心頭（韻）。任憑他山山答我（句），衹一個獼猴（韻）。〔衆菩薩唱〕折辯不煩言（讀），兩相争立破因由(韻)。〔合〕枉自尋煩耨(韻)，他一身作孽(句)，一朝受用(讀)，一日皆休(韻)。〔如來佛白〕此猴若立一處，能知千里之外，凡人説話，亦能知之。與悟空仝像仝音者，六耳獮猴也。〔悟空欲打科。獮猴作怕，從禄臺隱下。悟空白〕被他走了。〔如來佛白〕不曾走，在我鉢盂之内。你近前來看者。〔從鉢内現獮猴形。悟空看科。白〕果是六耳獮猴也。待我結果了他罷。〔如來佛白〕不消。佛本好生，無物不度，只因你不一心，故有二心之亂。放之彌于六合，幻想出無數的外道邪魔；斂之會于一神，勾消去無窮的塵緣俗累。以後切不可妄生疑慮，好好保護唐僧。那時功成，得歸極樂，汝亦坐蓮臺矣。〔唱〕

【仙呂宮正曲·漿水令】莫多心別想他求(韻)，把一心行衣坐守(韻)。貪嗔癡起七情投(韻)，攪得個石爛海枯(讀)，蠻争蝸鬭(韻)。你腔子裏(句)信天遊(韻)，泰宇廓清休拖逗(韻)。〔合〕急點沸(句)，急點沸(疊)，鍋底薪抽(韻)。功成後(韻)，功成後(疊)，仝上蓮舟(韻)。〔白〕悟空，你可好生保護唐僧，仝成正果，以後俱不可生二心，又墮魔障。〔悟空白〕多謝我佛慈悲。〔從禄臺門下。内奏樂，如來佛作下座科。仝唱〕

【尾聲】只因二心擾亂魔來湊(韻)，兩過雲還天際流(韻)，勸世人去妄存真福自修(韻)。〔仝從禄臺門下〕

第十二齣　紫陽仙授衣保節（齊微韻）

〔雜扮十二仙童，各戴道姑巾，穿水田衣，繫絲縧。引外扮張紫陽，戴仙巾，穿蟒，繫絲縧，持拂塵，從仙樓門上。唱〕

【小石角隻曲·青玉案】丹爐調運閒生計(韻)，黃芽長就白雪(句)也麽哥(格)。露滴松梢聞清淚(韻)，雲封石竇(句)，月照經窗(句)，此山中且徙倚(韻)。〔場上設椅，轉場坐科。白〕望朝齋戒是尋常，盡啟金根第幾章。竹葉飲爲甘露色，蓮花鮓作肉芝香。小仙張紫陽是也。名註丹臺，身遊紫府。久餐霞而得道，只覺俺山中的日月常賒；偶採藥以駐顏，不管他世上的滄桑幾變。授後人五氣朝元之法，輔先天三華聚頂之功，這也不在話下。前日訪道蓬瀛，經過朱紫國，知他數該拆鳳三年。從來仙佛，皆以我見爲緣，若不前去保護金聖的名節，這便有負初願了。〔唱〕

【又一體】他數該拆鳳原難避(韻)，俺婆心須則思匡濟(韻)也麽哥(格)。說道是我見爲緣休忘記(韻)，想古人天能補得(句)，海可填來(句)，恁中間沒道理(韻)。〔白〕哦，有了。我有漁翁簑衣一件，純是鋼鍼織成，光芒奪目。俺變成五彩仙衣，送去與他遮身，那怪自然不敢逼近了。童兒取我仙衣出來。

〔童應下，取仙衣上科。中場設桌。張紫陽唱〕

【小石角隻曲・魚遊春水】這仙衣(韻)，世間稀(韻)，繡花鍼織出天機(韻)。待變做寫霧圖雲添妍麗(韻)，五彩紛披(韻)。送去能遮體(韻)，管教他松姿不受欺(韻)。〔張紫陽作吹氣科，原衣收去，立換出五色衣陳桌上科。二童白〕大仙吹上一口氣，就變了這一件五彩仙衣，更加光彩，端的好法力也。〔唱〕

【又一體】變尤奇(韻)，色迷離(韻)，更何勞去問支磯(韻)。天牛就雲錦霞綃誰能匹(韻)，爲保冰肌(韻)。此日那怕秋霜厲(韻)，這樣的持謀孰可幾(韻)。〔張紫陽白〕待我改裝了漁翁，將此仙衣，沿途送與他穿上。待到難滿之日，前去取回便了。童兒迴避，待俺下凡去者。〔童兒應科，從仙樓門下。張紫陽下仙樓至壽臺。白〕正是世間甲子管不得，壺裏乾坤且自由。〔從壽臺下場門下。雜隨意扮各色漁翁、漁婆，分船從壽臺上場門摇上。仝唱〕

【小石角隻曲・惱殺人】戴上烟簑雨笠(句)，垂綸下酒美魚肥(韻)。消受綠水青山(句)，斷名韁(句)，鬆利鎖(句)，得個清閒滋味(韻)。〔老漁翁白〕我等朱紫國傍城河邊衆漁翁是也。今日天氣晴和，大家沿路舉網捕魚，取樂一回。〔衆漁翁白〕有理。〔衆作摇船行科。合仝唱〕

【小石角隻曲・伊州遍】撥動槳牙(句)，徐分棹尾(韻)，波平任風吹不起(韻)，翠縠絲絲細(韻)。數聲欸乃(句)，洲邊宿鷺驚飛(韻)。向磯頭山迎水送(句)，漫想前人(句)，花源悞入能得幾(韻)。流水中別自有一天地(韻)。港口矣(韻)。把網罟設來(句)，捕魚游戲(韻)。〔老漁翁白〕列位，當初姜太公説，能向直中取，不

向曲中求。我等效比古人，手網捕魚，到也相宜。〔衆漁翁或網或叉、或罾，隨意作捕魚科。合唱〕

【又一體】誰下直鈎(句)，自貪香桂(韻)。看魚兒於物殊可喜(韻)。施罟還設罩(句)，趁着微風(句)，何妨家逐船移(韻)。舉大網齊心用力(句)，邪呼聲沸(韻)。截流打得魴與鯉(韻)，漁之樂也誰得比(韻)。不多時(句)，新月出匣(句)，白日沉西(韻)。〔張紫陽白〕收了漁具，趁着順流前去罷。〔衆漁翁作摇船科。合唱〕

【尾聲】天容倒蘸清波洗(韻)，漁歌唱晚如彭蠡(韻)。朱紫渺難期(韻)，烟波浩無際(韻)。〔仝從壽臺下場門下〕

庚下

第十三齣　賽太歲壓境貪花（古風韻）

〔雜扮太監，戴太監帽，穿貼裏衣，繫絲絛。引末扮朱紫國王，戴王帽，穿蟒，束帶，從壽臺上場門上。唱〕

【仙呂宮引・糖多令】佳節到中天(韻)，榴紅破曉烟(韻)。蒲樽艾醑啟芳筵(韻)。〔旦扮宮女，戴過梁額，穿宮衣。引旦扮金聖、玉聖、銀聖三夫人，各戴鳳冠，穿蟒，束帶，從壽臺上場門上。唱〕夏日永薰風薦(韻)。釵符也(讀)，上雲鈿(韻)。〔國王白〕玉臂輕纏五色絲。〔金聖白〕千門挂艾賞良時。〔玉聖白〕在天願爲比翼鳥。〔銀聖白〕在地願作連理枝。〔國王白〕孤家朱紫國王是也。四境安寧，八方向順，屢年玉燭均調，民安物阜。當此端陽佳節，設宴御園慶賞。内侍看酒過來。〔場上設席，金聖衆仝送酒科，各坐科，仝唱〕

【仙呂宮集曲・園林沉醉】【園林好】（首至四）蒲切玉香浮御筵(韻)，黍包金絲纏粳秈(韻)。齊歡賞端陽佳宴(韻)，看太液水恁清漣(韻)。〔扮二龍舟上，鬭科，仝唱〕【沉醉東風】（四至末）聽簫鼓聲聲一片(韻)，彩旗颺龍鳬争戰(韻)。〔再進酒科，仝唱合〕硃砂盞填(韻)，靈符臂纏(韻)，只願着君王永年(韻)。〔雜扮内監，戴太監帽，穿蟒，束玉帶，帶數珠，持拂塵，從壽臺上場門急上。白〕菖蒲似劍難驅鬼，艾葉如旗却引魔。啟上千歲爺：城門外有一隊妖兵，自稱賽太歲，領着羣妖，現在城門外，只等千歲爺去答話。〔國王白〕有此奇事？夫人且退。吩咐排齊隊伍上城。〔内監白〕領旨。〔仝從壽臺下場門下。城上設城，雜扮衆小妖，各戴鬼髮，穿箭袖、卒褂，持器械。引淨扮賽太歲，戴太歲冠，紥靠，持兵器從洞門上。白〕九尺長身多惡獰，一雙環眼閃金燈。兩輪查耳如撑扇，四個鋼牙似插釘。自家麒麟山獬豸洞賽太歲是也。原是觀音座下將軍，因菩薩赴會，被我咬斷鐵索逃來。路過朱紫國，瞧見金聖宫夫人美貌，又當國王數該拆鳳三年，故此帶領羣妖，搶着了金聖，方始回兵。城上的，你家國王若是不出來，我就飛進去了。〔雜扮衆兵卒，各戴卒盔，穿排穗，執標鎗。雜扮四將，各戴盔，紥靠，持器械。引朱紫國王仝從壽臺上場門作上城問科。白〕這是甚麽東西？可不嚇死孤家也。〔將官白〕我主公在此，你有甚麽話，快些説來。〔賽太歲白〕國王聽者：明人不用暗説。我本麒麟山獬豸洞賽太歲是也。曾見你那金聖娘娘容貌，權借一用。若是今日送出便罷，若不獻出，先喫國王，後喫羣臣，滿城人民，不留齠齔。〔國王白〕這等可惡。羽林將軍，快些出馬。〔將官出陣科。賽太歲白〕何等小卒，敢來接戰，管教你烟中去受用。〔戰科。賽太歲唱〕

【仙吕宫正曲·金娥神曲】小弁(韻)，旗鼓喧天(韻)。管教你軍門下喫些驚戰(韻)。〔手持鈴，放烟科。

唱〕俺手把金鈴(讀),疾放烟兒冲一片(韻)。〔將官敗下。賽太歲唱合〕休想交鋒(讀),快獻嬋娟(韻)。〔又一將官出陣科。白〕何物妖精,快來納命。〔賽太歲笑白〕哈哈哈,你還不知道俺放沙的利害哩。再請你試一試。〔戰科。賽太歲唱〕

【又一體】聽勸(韻),勒馬收鞭(韻)。〔將官白〕快與你分一個勝負,用不着多言。〔賽太歲唱〕管教你殘生喪死而無怨(韻)。〔手持鈴放沙科。唱〕俺手把金鈴(讀),立地飛沙迎劈面(韻)。〔將官敗下。賽太歲唱合〕休想交鋒(讀),快獻嬋娟(韻)。〔國王白〕阿呀呀,連喪我二將,怎生是好?〔又一將官白〕侍臣對敵。必要擒那妖精獻俘。〔作出馬科。賽太歲白〕你又來納命麽?快些叫你國王獻金聖娘娘出來。勸你保守了性命罷。〔將官白〕呸!一派胡言。快放馬過來。〔戰科。賽太歲唱〕

【又一體】滅翦(韻),送上黄泉(韻)。恁憑你萬夫勇不留殘喘(韻)。〔手持鈴放火科。唱〕俺手把金鈴,(讀)趁着炎威剛一捲(韻)。〔作燒死將官,從城門下。賽太歲唱合〕休想交鋒(讀),快獻嬋娟(韻)。〔衆兵卒白〕三將軍上陣,又被妖精放出火來燒死了。〔國王白〕妖精如此利害,就有千軍萬馬,也當不得他的妖法,只得回宫再商。內侍叫他暫且退兵,回宫定度。〔內監白〕國王有旨:叫你暫且退兵,回宫定度。〔衆從壽臺下場門下。賽太歲白〕好好的送了金聖娘娘出來,何苦的送他三個性命。你若回宫去,敢道個不字,踹你這個城池,立成虀粉。小的們暫且退兵,收拾雲車伺候。〔賽太歲領衆小妖遶場,壽臺下場門下。國王仝作下城,從壽臺下場門下。內監從壽臺上場門急上。白〕天有不測風雲,人有旦夕禍福。金聖娘娘不好了。〔宫女引金聖、銀聖、玉聖，從壽臺下場門上。白〕爲何如此光景？〔内監白〕啟娘娘知道：方纔千歲爺上城，與那妖怪答話。他説是麒麟山獬豸洞賽太歲，因慕娘娘容貌，立逼送出。若道個不字，他便飛進城，不留齠齔。千歲爺大怒，立命羽林將軍出馬擒妖，誰知連送了三員大將。爲此無計可施，即刻回宫，要與娘娘商量進退。〔金聖白〕天那！〔作哭科。内監引國王從壽臺上場門急上。白〕平空遭鬼祟，半路起風波。〔金聖白〕臣妾接駕。〔國王白〕哎呀！御妻嗄！

〔唱〕

【商調正曲·山坡羊】血糢糊(讀)，滿腮邊的紅淚(韻)。急支沙(讀)，恨填胸的惡氣(韻)。痛酸卒(讀)，似刀剜的肺腸(句)。醉懵騰(讀)，不濟事的孤身己(韻)。爲國主(句)，禍臨難保你(韻)。馬嵬受了陳玄禮(韻)，鈿盒抛開楊貴妃(韻)。〔合〕傷悲(韻)，拆鴛鴦兩處飛(韻)。分離(韻)，要相逢除夢伊(韻)。〔金聖唱〕

【又一體】急煎煎(讀)，没擺劃的田地(韻)。痛煞煞(讀)，斷思量的遭際(韻)。勢洶洶(讀)，少遮攔的對頭(句)。哭啼啼(讀)，只有死的身和體(韻)。〔滚白〕妾與君情重如山，恩深似海，指望白首仝歸，誰知有此一番奇禍。若臣妻愛惜此軀，不但江山不保，國王身命難全。這都是〔仝唱〕前世業(句)，此生來索起(韻)。畫工暗把容顔毁(韻)，青塚應教環珮歸(韻)。〔仝唱合〕傷悲(韻)，拆鴛鴦兩處飛(韻)。分離(韻)，要相逢除夢伊(韻)。〔内監從壽臺上場門急上，白〕啟千歲爺：了不得，那妖怪一掌將城門擊碎，喊殺連天，如何是好？〔國王白〕御妻嗄！怎麽處！〔國王大哭科。唱〕

【雙調正曲・孝順歌】看伊去(句)，痛慘悽(韻)。鸞交鳳儔一旦離(韻)。黛螺誰畫眉(韻)，明珠誰解佩(韻)，俄逢惡祟(韻)。瞥見今朝(讀)，割斷連理。〔唱合〕搔首青天(句)，妖魔忒甚相欺(韻)。〔金聖唱〕

【又一體】妾今日去也(句)，汪汪血淚垂(韻)，非是妾甘離(韻)，非是妾相違(韻)，只待救伊(韻)，拚得紅顏(讀)，維持國計(韻)。〔合〕搔首青天(句)，妖魔忒甚相欺(韻)。〔金聖白〕國主請進去。〔國王仝衆從壽臺下場門下。金聖白〕內侍，看車過來。〔雜扮衆太監，戴太監帽，穿箭袖，繫縧帶，作推車從壽臺上場門上。金聖作乘車科，衆太監從壽臺上場門下。外扮張紫陽，漁裝，持仙衣，從仙樓上。白〕繚繞祥光道道，氤氳紫氣翩翩。我張紫陽，只爲金聖有難，特裝作漁翁，來獻五彩仙衣一件，與他可以保全節操。道猶未了，你看那妖邪統衆來也，不免在他洞門口等候。〔下仙樓下至壽臺科。賽太歲仝衆小妖擁金聖、侍女上。唱〕

【越調正曲・水底魚兒】俄頃于飛(韻)，來迎金聖歸(韻)。洞房花燭(句)，百年便可期(韻)，百年便可期(疊)。〔小妖白〕已到洞門口了。〔張紫陽白〕漁翁見大王。〔賽太歲白〕你手中是何物，這等五彩陸離？〔張紫陽白〕聞大王得了金聖娘娘，覓得一領衣服，與娘娘粧新。〔賽太歲白〕這漁翁到也有趣。生受你，取過來，送與娘娘。〔小妖應科。接仙衣與金聖穿科。金聖白〕我本是一國之母，我寧死決不穿你的衣服。〔張紫陽白〕請穿不妨，只怕到有好處。我自去也。〔張紫陽從壽臺下場門下。賽太歲白〕這漁翁，爲何不見了？〔金聖作理會意科。白〕待我穿了。〔作穿仙衣科。賽太歲白〕待我親來抱娘娘下車。〔作抱科。白〕哎呀！不好了，疼死我也。這漁人甚麼衣服？小妖們快與我拏那漁人來。〔小妖白〕漁人去了。〔賽太歲白〕這却怎麼處？請娘娘下車進洞。〔仝作進洞科。從簾子門上。賽太歲白〕望娘娘脱下這件衣服來，好與你成親。〔金聖白〕住了！妖怪，我本是一國之母，怎與你魑魅成親！這衣服原是你送我的，要脱由你自脱，我只是自盡便了。〔賽太歲白〕請娘娘裏面去，待我來脱。哎呀不好，疼死我也！這怎麼處？夫人是不敢領教的了，只得權將婢作夫人罷。且慢且慢。〔向侍女科。白〕過來隨我去。〔侍女白〕哎呀，我怕呵。〔仝賽太歲各作發諢科。從簾子門下。〕

第十四齣　孫行者牽絲診脈（齊微韻）

〔場上預設床帳。末扮朱紫國王，作病裝。旦扮銀聖、玉聖，作扶國王。旦扮二宮女，雜扮大太監、二內監，另扮二內監作立階下科。從壽臺上場門上。國王唱〕

【中呂宮引·菊花新】懨懨鬼病日難離韻，彈指三年氣息微韻，心症債誰醫韻，怕入膏肓怎治韻。〔白〕心上人兒掌上珍，　朝割去鏡中分。六宮不是無顏色，常作椒房失意人。孤家朱紫國王是也。自從御園慶賞端陽，妖精將金聖夫人搶去，憂思成病，已經三年。本國醫官屢進良方，未能奏效。昨日特出榜文，遍招天下賢士，不拘北往南來，中華外國，倘有能醫之人，招至宮中調理。不想遂有僧人孫悟空揭去榜文，特行請他到來，胗脈用藥。內侍們，孫師傅到來，即便通報。〔內監白〕領旨。〔副扮悟空從壽臺上場門上。唱〕

【又一體】孤雲野鶴任天飛韻，幻出無窮造化機韻。外域做神醫韻，試問病從何起韻。〔白〕我悟空爲赴國王之召，來此已是宮門首了。〔二內監作見報科。國王白〕快請進來。〔二宮女揭帳科。悟空虛白，國王驚避科。宮女作放下帳科。國王白〕那僧聲音凶狠，相貌狰獰，諕殺我也。快些叫他出去，我見不得生人之面。〔內監傳科。白〕我千歲爺說：見不得生人，請長老出去罷。〔悟空白〕我出家人，慈悲救人，正要胗脉、醫治，却怎麽處？〔作想科。白〕也罷，有個懸絲診脉之法，不必相見便了。〔內監見稟科。白〕啟千歲爺：那和尚說不必見面執手，只消掛一絲線，便可診脉。〔國王白〕孤家卧病三年，那懸絲診脉之法，從不曾見。這等快取絲線與他。〔內監白〕領旨。〔作取線與悟空科。白〕師傅，絲線在此。〔悟空白〕你們這些尋常絲線，我都用他不着。〔作拔毫毛三根，悟空叫科。白〕此三根毫毛，可變作彩線三條，每條要長二丈四尺，按二十四氣，以爲診脉之用。〔作手捏訣，吹氣科。白〕變！〔內擲出彩線三條科。悟空接科。白〕好了，彩線在此了。〔向內監白〕你可將這三條彩線，拏進裏面，吩咐宮娥，繫在國王左手腕上，按脉寸關尺三部，却將線頭從窗櫺穿出與我。〔內監應科。持線送內宮女接科。場上對設，一桌一頭，內扯一頭，悟空按作診脉科。悟空坐唱〕

【中吕宮集曲·榴花好】【石榴花】〔首至四〕他那裏穿鍼引線巧那移(韻)，我這裏詳切脉細評誰(韻)。〔又換右手再診脉科。唱〕少不得虛心定志靜思維(韻)，懸絲診脉獨稱奇(韻)。〔作診脉完科。內監白〕脉是診的極細的了。那些患的病症，你可說得着麽？〔悟空白〕患的中虛，心疼汗出，肌膚麻木，小便赤，大便帶血，必有宿食留飲在內，故此煩懣虛寒。不知是否？〔內監白〕說的一些也不差。但這病叫甚麽名色？〔悟空白〕此從驚恐憂思而起，號爲雙鳥失羣之症。〔內監白〕爲何雙鳥失羣？〔悟空白〕有雌雄二鳥，原在一處仝飛，忽被暴風驟雨驚散，雌雄不能相見。這就像此症也。〔宮女揭起帳科。國王贊白〕指下明白，果是神醫。〔悟空白〕不敢。〔内監白〕不知何藥可治？〔悟空唱〕【好事近】〔五至末〕庸醫怎知（韻）。笑懸壺（讀），市上成何濟（韻）。〔内監白〕鬱金丸可用得麽？〔悟空唱合〕鬱金丸怎解憂疑（韻）。〔内監白〕琥珀丹可用得麽？〔悟空唱〕琥珀丹怎治心悸（韻）。〔出藥科。白〕我有烏金丸一粒。此藥服之，蕩肺腑之沉寒，利水穀之道路，乃斬關奪門之將也。〔内監接科。白〕可用甚麽引子？〔悟空白〕用無根水送下便了。〔内監白〕怎麽叫做無根水？〔悟空白〕無根水，不是井中河中的，乃是天上落下不沾地的。〔内監白〕此時急忙，怎麽得有無根水？〔悟空白〕待我取些無根水送你便了。你們二位内侍，一個在我左邊立下，做個輔星；一個在我右邊立下，做個弼星。待我步了罡訣，念聲咒語，那無根水即便有了。叫宫女們出來，頭頂金盤，在此跪接。〔二内監侍立科。白〕這又奇怪了。且自依他，看他取得水來麽。〔二宫女各捧金盤跪科。悟空向空叫科。白〕今因朱紫國王報恙，特請東海龍王降臨殿廷，賜一玉液香涎者。〔内大擊鑼鼓，扮一龍神從壽臺上場門上，遶場科。二宫女捧盤接科。龍神仍從壽臺上場門下。二宫女白〕我主天大之喜！龍王降下無根水來了！〔國王喜科。白〕内侍們，快把烏金丸調好，拏來我喫。〔宫女應，作送藥科。白〕烏金丸調好在此了。〔國王作服藥科。白〕妙！此藥一喫下去，胸膈十分爽快。呀！我腹内要行了。内侍們快快扶我進去。〔二宫女、銀聖、玉聖扶國王下。内監白〕不嚇師傅説，弟子眼睛是塊試金石，實估不出你這長老有此神通。俗語「自小喫了磨刀水，秀氣都在肚裏了」。〔悟空唱〕

【又一體】金箍神棒手中提(韻)，金剛密咒口中持(韻)。不料金篦要略眼中窺(韻)。金丸一服展春回(韻)。〔内監唱〕相逢恁奇(韻)。肘後方(讀)傳下千金貴(韻)。〔合〕艷晶晶日射瑶基(韻)，美甘甘露滴瓊飴(韻)。〔國王作病起，改裝上。白〕池上燒丹龍吐黍，林邊煎液鶴添雲。〔作見科。白〕孤家抱病三年，被神僧一服靈丹，即便痊可。從此餘生，皆尊賜也。師傅請上，待孤家拜謝。〔悟空白〕病起之人，不可勞頓。貧僧心領便了。〔國王白〕説那裏話來。〔作拜科。悟空答科。國王白〕神僧盧扁重生，足見道高德重。〔悟空白〕國王星辰降世，定然福長災消。〔作對坐科。悟空白〕尊脉所患雙鳥失羣之症，乞道其詳。〔國王白〕今神僧，係是恩人，不妨告訴。三年前，節届端陽，孤家仝金聖夫人，在海榴亭上，看鬥龍舟。忽然城外來了一個妖精，自稱賽太歲，在麒麟山獬豸洞居住。竟將我夫人登時搶去。〔悟空白〕難道那時没有强兵健將勦除麽？〔國王白〕孤家親臨城上，選將交鋒，叵耐他妖法利害，善能放火放烟放沙，實是無人可以制敵。爲此着了驚恐，一病三年。〔唱〕

【中吕宫正曲·剔銀燈】若提起舊日興悲(韻)，不由人兩淚交頤(韻)。恨只恨酒賞端陽節(句)，翻做了永訣筵席(韻)。〔白〕孤家呵，〔唱合〕魂飛(韻)，生刺刺輕抛原配(韻)，自當日病懨懨沉疴難起(韻)。〔悟空白〕這等，何不擒此妖精？〔國王白〕孤家思想夫人，無刻不念。但無人除此妖精。如之奈何！〔悟空白〕一客不煩二主。就是老孫前去，與你擒伏妖邪，送娘娘回宫便了。〔唱〕

【又一體】古押衙就請天醫(韻)，崑崙奴即煩揭諦(韻)。管教夫婦重歡聚(句)，驅除他凶神太歲(韻)。

〔合〕見機(韻)，休莽使降魔聲勢(韻)，包管你重開並蒂(韻)。〔國王白〕孤家明日備齋，款待神僧，即便送麒麟山中。並屈三藏尊師，到此一會。〔悟空白〕多謝了。〔國王白〕消可文園病已除，粧臺未審近何如。〔悟空白〕黄泉碧落須尋遍，準備迎歸翟茀車。〔從壽臺兩場門分下〕

第十五齣　息妖火飛擲金盂（支思韻）

〔雜扮一頭目、四小妖，各執火把，從洞門上。白〕烈火乾柴燒赤壁，蛾眉皓齒出朱門。我等賽太歲大王麾下細作是也。俺大王自搶了朱紫國金聖娘娘，在路上忽然有個漁人，特製五彩仙衣一件，送與娘娘。這娘娘自穿了那件仙衣，渾身就生針刺。大王畏懼，三年不敢近身。這也不在話下。大王屢次差人到國中，要他貢獻美女，國王堅執不發。大王爲此着惱，私下差我等到此放火，後面統兵再來攻伐。今日聞得國王辦齋請甚麽長老，趁他匆忙之中，正好便宜行事。〔遶場下。末扮朱紫國王，雜扮二大太監、内侍，隨仝壽臺上場門上。唱〕

【黄鐘宫引·玉女步瑞雲】骨瘦聲絲㊞，賴得回生起死㊞。妖法駕剪蔬以俟㊞。〔白〕孤家一病三年，仗神僧孫悟空一劑而愈。今日設齋相請，稍盡主人之情。他有師傅唐三藏，奉旨差往西域求經，仝在寓中，一併請來相會。内侍，唐三藏、孫悟空到來，即便奏聞。〔内監白〕領旨。〔生扮唐僧，戴僧帽，穿僧衣，帶數珠，從壽臺上場門上。唱〕

【又一體】削髮披緇㊞，還把岐黄小試㊞。〔副扮悟空，戴悟空帽，穿悟空衣，帶數珠，從壽臺上場門上。

唱〕更須了國王心事(韻)。〔唐僧白〕來此已是朝門首了。乞煩奏聞。〔内監作進科。白〕二位師傅到了。〔國王白〕道有請。〔進，作參拜科。唐僧白〕國王愛物，仁民一方。萬方皆仰，二天之戴。〔國王白〕師傅垂慈，毓德五祖，六祖遥知，一脉之傳。左右取一杯茶，待我先敬師傅。後取酒來，再敬神僧。〔内監唐僧科。國王送席，唐僧回送科。國王唱〕

【黄鐘宫正曲·降黄龍】診脉懸絲(韻)，道烏鳥雙栖(讀)，拆散雄雌(韻)。〔白〕今日呵，〔唱〕虔心潔誠(句)，掃地焚香(讀)，採蕨尋芝(韻)。〔白〕又蒙神僧面允降妖，救取我金聖還國。〔唱〕相思(韻)，望押衙許俊(句)，即便取多嬌到此(韻)。〔合〕大恩人雲天高誼(讀)，念茲在茲(韻)。〔唐僧白〕國王呵，〔唱〕

【又一體】情詞(韻)懇切如斯(韻)。痛極傷心(讀)，恨多裂眥(韻)。邪不勝正(句)，終見蛾眉(讀)，重逢齲齒(韻)。〔悟空白〕昨日面許國主之言，貧僧決不失信。〔國主喜科。白〕這纔却妙。〔悟空唱〕無辭(韻)報仇雪恥(韻)，這些豪傑作事(韻)。〔合〕管此去人還朱紫(讀)，再不相思(韻)。〔白〕再取酒來。〔悟空作知覺洒酒科。國王白〕聖僧，莫非見怪麽？〔悟空白〕不是，不是。〔雜扮太監，從壽臺上場門急上，進見科。白〕啟千歲爺：不好了！方纔巡城官申報，西門上火起，延燒多少居民，一時難以撲滅。〔悟空虚白科。太監唱〕

【黄鐘宫正曲·太平歌】西門火(句)，烈焰起多時(韻)。刮刺刺咸陽無有二(韻)，城中萬家遭一炬(句)。那能個噀酒欒巴至(韻)。保全里巷守家貲(韻)。〔合〕降旨飭官司(韻)。〔從壽臺下場門下。雜扮太監，急上科。白〕啟千歲爺：西門火已熄了。〔國王白〕有這等事？〔太監白〕適纔西門火起，被一場雨把火滅了。只是滿街流水，噴鼻都是酒香，甚爲奇怪。〔唱〕

【又一體】馨香酒(句)，酒處喜孜孜(韻)。不想道風前失火死(韻)，騰騰焰燒方炎起(句)。那些個頃刻沾天賜(韻)，丙丁神廟上香時(韻)。〔合〕祈禳保恩私(韻)。〔太監從壽臺下場門下。悟空白〕國王，這是賽太歲妖怪暗使奸細，到你西門上放下一場大火。妖怪乘此要統兵前來，擒擄玉帛子女。方纔我已知道，先傾此酒滅火，然後再去降妖。〔國王白〕孤家方纔不知，如今感激不盡。〔唐僧、悟空白〕說那裏話來。〔唱〕

【黃鐘宮正曲·黃龍衮】迴風信有之(韻)，迴風信有之(疊)。滅火誠如此(韻)，幻術從權(句)，行我浮屠事(韻)。坐觀成敗(讀)，婆心寧爾(韻)。〔合〕試問燒祆廟(句)，溢藍橋(句)，從何至(韻)。〔國王指唐僧科。唱〕

【又一體】高僧今在斯(韻)，〔又指悟空科。唱〕神僧今在斯(疊)。〔自指科。唱〕薄德何堪齒(韻)。可惱那魔(句)，强横偏如是(韻)。既除錮疾(讀)，坑灰還止(韻)。〔合〕提兵去(句)，蕩洞妖(句)，全憑爾(韻)。〔悟空白〕不用兵將糧草，只消按落雲頭，妖怪巢穴便可立至。〔國王白〕你是僧家，縱然到他洞中，怎生見得我夫人？透出裏邊消息，方可行事。〔悟空白〕國王之言有理。莫若精選美女二名，再撥内侍一名，我也扮做内侍模樣，將娘娘平日所帶之物，只說奉差送來。那廝見了，必然歡喜，把我作内侍看待，定見得娘娘之面了。國王還要修書一封，寄與娘娘，說明裏應外合之計。那時除此妖怪，請回娘娘，有何難哉！〔國王笑科。白〕妙計，妙計。美女宫中自有，還有金釧一對，是夫人平日喜帶之物，可將此爲信。孤家連夜修書，明日清晨，借重神僧，前往便了。〔唐僧白〕貧僧在此厚擾，先告辭了。悟空，你扮做内侍前去，必須謹慎，不可粗疎，反受妖魔之累。〔悟空白〕曉得。〔唐僧、悟空唱〕

【尾聲】當頭太歲休寧止㊞，免得他奪朱惡紫㊞。〔國王唱〕須看取陣前金甲受降時㊞。〔仝從壽臺下場門下〕

第十六齣　達佳音私遣寶串（真文韻）

〔旦扮金聖夫人，從簾子門上。唱〕

【商調正曲・集賢賓】當初動土冲歲君(韻)，正節届蕤賓。毒霧妖雲風亂滚(韻)，張爪牙狼似波旬(韻)。尋端覓釁(韻)，請不出五雷符印(韻)。〔合〕空逼窘(韻)，何處討嚇蠻書信(韻)。〔白〕那年妖怪自攝奴家到來，本日有一漁翁，製送五彩仙衣一件，奴家自穿此衣，渾身就生針刺，妖怪畏懼，不敢沾身。仙衣，仙衣，你到是我一道護身符也。〔唱〕

【又一體】宫砂自守薄命身(韻)，正命在逡巡(韻)。一着仙衣誰敢近(韻)，好教他玉石仍分(韻)。遭逢否運(韻)，護不下昭陽雲鬢(韻)。〔合〕心暗忖(韻)，這悽楚向誰憐憫(韻)。〔老旦扮老嫗，捧茶，從簾子門上。白〕老來白髮冰霜守，年少丹心鐵石堅。老身賽太歲大王宫中一個老嫗是也。聞得金聖娘娘房中啼哭半日了，特送清茶一盃，與他解渴。〔送茶進科。白〕娘娘請茶。〔金聖接科。白〕難爲你了。媽媽可在外廂伺候。〔老嫗應科。淨扮悟空，化身太監，大太監引二宫女仝從簾子門上。白〕大膽山中探白虎，小心宅内寄青鸞。〔太監白〕老婆婆，相煩通報一聲。〔老嫗作問科。白〕你們是那裏來的？〔太監白〕是朱紫國差來的。方纔見過大王了，命我等進宫，參見娘娘。乞老媽媽通報。〔老嫗白〕曉得。〔作進門科。白〕朱紫國差人在外求見。〔金聖白〕着他進來。〔老嫗出外傳科。白〕娘娘着你們進去。〔衆作進科。金聖白〕你自迴避。〔老嫗從簾子門下。悟空化身作進門跕科。大太監、二宫女作進門。大太監白〕娘娘在上，奴婢喜慶叩頭。〔二宫女見科。白〕娘娘在上，春嬌、秋媚叩頭。〔金聖向二宫女哭科。白〕你們好放得我下。〔二宫女白〕千歲爺着我等問候娘娘。〔金聖白〕此是何人？〔大太監白〕奴婢啟知娘娘：這是東土大唐差往西天取經的聖僧。他師傅唐三藏路經我國，國王將情説知，蒙他師徒許救娘娘回國。娘娘，此人名唤孫悟空，神通廣大，法力無邊。故此他也變做太監模樣，前來設計，好救娘娘出難。〔一宫女送書科。白〕娘娘，請看千歲手書，便知分曉了。〔金聖作看書科。唱〕

【商調正曲·黄鶯兒】三載病纏身韻，荷旋乾賴轉坤韻。齊天大聖稱英俊韻，上天呵駕雲韻，除妖呵靖氛韻。秦庭返璧相如藺韻。〔合〕語夫人韻，重回朱紫句，破鏡未離分韻。〔悟空化身白〕國王每欲遣使奉候娘娘，誠恐觸惱妖王，特地想此入門之訣，命這兩個侍女特送金釧一雙，又命奴婢仝孫大聖前來，以便請見娘娘，計議伏妖之法。〔金聖白〕原來如此。〔一宫女作送金釧科。金聖作見釧哭科。白〕果是平日喜帶之物。只是金釧不減分毫，玉腕僅存皮骨了。〔大太監白〕娘娘見了孫大聖。〔金聖白〕大聖！〔悟空白〕娘娘稽首。〔金聖白〕仰仗大聖救奴脱得虎口，感德非淺矣！〔悟空

化身白〕娘娘且免愁煩。〔唱〕

【又一體】一力挽千鈞(韻),巧團圓有老孫(韻)。開懷莫把花容損(韻),妖精果狠(韻),僧家更神(韻),扶危且濟當前困(韻)。〔白〕請問娘娘,那廝放火、放烟、放沙的是件甚麽東西?〔金聖白〕乃是三個金鈴。他將頭一個晃一晃,有三百丈火光燒人;第二個晃一晃,有三百丈烟氣薰人;第三個晃一晃,有三百丈黄沙迷人。烟火還不打緊,只是黄沙最毒,若鑽入人鼻孔,就傷性命了。〔悟空化身唱合〕聽元因(韻),金鈴利害(句),特地蕩乾坤(韻)。〔白〕只是他的鈴兒放在何處?〔金聖白〕那肯放下!時常帶在腰間,行住坐卧,從不離身。〔唱〕

【商調正曲·琥珀猫兒墜】這廝防範(句),日夜緊隨身(韻)。此是妖魔大寶珍(韻),放烟放火放沙塵(韻)。〔合〕從軍(韻),敗陣頻摇(句),當他皆損(韻)。〔悟空化身白〕三個金鈴,不知恁般式樣,怎生取他出來,賜與貧僧一觀。〔金聖白〕那廝緊緊繫在身傍,神僧何由得見?〔悟空化身白〕我倒有計在此了。〔金聖白〕計將安出?〔悟空化身白〕今晚娘娘就借納寵爲名,整備酒筵,與他慶賀。便令二女陪奉,席間把他灌醉,歸房就寢之時,輕輕解下此鈴,付與貧僧一看,有何不可。〔唱〕

【又一體】灌他沉醉(句),就裏假温存(韻)。倒换葫蘆捷有神(韻),破烟破火破沙塵(韻)。〔合〕殷勤(韻),解下鈴兒(句),便是除妖張本(韻)。〔金聖喜科。白〕此法甚妙!竟依計而行便了。〔大太監白〕娘娘請自保重,奴婢回覆王命去也。〔下簾子門,出洞門下。宫女唱〕

【尾聲】金鈴何物堪憑准韻。〔悟空化身唱〕試借與緇流一認韻。〔金聖白〕你二人呵，〔唱〕須用些蜜語甜言相逗引韻。〔悟空化身白〕貧僧且在外廂伺候，少頃席間，如有機會，我自來幫襯便了。〔從簾子門下〕

第十七齣　換金鈴賺入香閨（蕭豪韻）

〔淨扮賽太歲，內繫金鈴，領衆小妖從簾子門上。唱〕

【黃鐘宮引·西地錦】可恨花星未照（韻），等得無限心焦（韻）。教人堪喜還堪惱（韻），怎奈緊守宮綃（韻）。〔白〕石崖高矗與天齊，駿馬雙翻碧玉蹄。吐火吞刀何所事，威風凜凜有誰欺。吾乃麒麟山獬豸洞妖王賽太歲是也。自從金聖娘娘到我洞中，已經三載。休說不曾近身，連面也不能一見。譬如搶他來，只當送在養老堂裏去了。誰想他夫主懼我威勢，特遣人送美女二名，金釧一雙到來。幸喜娘娘極其賢慧，並不留難，聽我收用，今晚又備酒慶賀。纔是喜出望外。〔淨扮悟空化身、大太監，從簾子門上。白〕極盡股肱力，方爲心腹人。〔作見科。白〕朱紫國王差人見大王。適奉娘娘之命，説筵宴齊備，等二位新姨出來，就請大王上席。〔賽太歲白〕知道了。我且問你，那二位新姨叫甚名字？〔悟空化身白〕一個叫做李春嬌，一個叫做張秋媚。〔賽太歲白〕來使，煩你就請二位新姨出來。〔悟空化身白〕二位新姨有請。〔旦扮二宮女上。唱〕

【又一體】實命不由誰告（韻），小星陪奉昏朝（韻）。樽前試獻傾城笑（韻），管取今夜酕醄（韻）。〔作見叩科。〔白〕大王在上，李春嬌、張秋媚叩頭。願大王千歲、千歲、千千歲！〔賽太歲扶起科。白〕二位新姨少禮。〔內奏樂科。二宮女作送酒科。坐科，二宮女傍立科。合唱〕

【黃鐘宮正曲·畫眉序】一刻是春宵(韻)，翠擁紅圍恣歡笑(韻)。數巫山十二(讀)，那個峰高(韻)。不能轂樛木攀枝(句)，試撿取葛藤籠罩(韻)。〔合〕兩行列下金釵對(句)，温柔鄉裏逍遥(韻)。〔悟空化身起科。白〕大王，今日得了二位美人，此乃非常之喜。却用小盃喫這悶酒，有何興趣？〔賽太歲白〕咱家有玉斗一隻，可盛酒三升，吾量可飲至十斗，竟大醉矣。左右可取出來。〔衆小妖捧斗送上科。悟空化身白〕二位新姨，候大王出令。大王先滿飲一斗。〔賽太歲飲科。二宮女白〕賤妾們在此候令。〔賽太歲白〕咱家要取吉利之意，四字一句，從一至十，先將數目打頭，下面押一酒字，不拘上下諸人，如果取意順溜者，俱可上前跪説。咱家中意，即便滿飲此斗。再有技藝者，許諸人自己面陳。各各獻技侑觴，毋得隱諱。〔一宮女跪科。白〕賤妾會唱清曲。〔一宮女跪科。白〕賤妾會唱夸調。〔悟空化身跪科。白〕小人會舞棍。〔賽太歲大笑科。白〕既如此，來使，可先舞棍，説令諸人挨次叙去。〔各應科。內大鑼鼓，悟空化身舞棍科。一宮女跪科。白〕請大王飲一柱擎天酒。〔一宮女跪科。白〕請大王飲二龍戲珠酒。〔作連飲科。一妖跪科。白〕請大王飲三陽開泰酒。〔一妖跪科。白〕請大王飲四季平安酒。〔俱連飲科。悟空化身作舞棍完科。賽太歲白〕這金箍棒果然舞得好！〔悟空化身白〕請大王飲五嶽朝天酒。〔一妖隨跪科。白〕請大王飲六合仝春酒。〔又作連飲科。賽太歲向一宮女白〕張姨，你可唱清曲與

我聽。〔一宮女唱〕

【又一體】歡慶喜今宵(韻),小小雙星燦參昴(韻)。選歌兒舞女(讀)過月夕花朝(韻)。醉楊妃東倒西歪(句),莽沙吒南征北討(韻)。〔合〕百川一吸都教盡(句),些時臉頰回潮(韻)。〔賽太歲贊科。白〕這清曲果然唱的好。〔一妖跪科。白〕請大王飲七擒孟獲酒。〔一妖跪科。白〕請大王飲八鑾進寶酒。〔又連飲科。作微醉科。白〕李姨,你可唱夸調與我聽。〔一宮女隨唱時行小曲科。賽太歲贊科。白〕這夸調,果然唱的好。〔一宮女跪科。白〕請大王飲九轉金丹酒。〔一宮女跪科。白〕請大王飲十面埋伏酒。〔又連飲科。白〕醉了,喫不得了。二位美人,扶我進去睡罷。〔悟空化身勸科。白〕大王收令,該飲一大斗。〔賽太歲作糊塗應科。白〕來使,説得是。咱家該喫。〔二宮女白〕梢頭結大瓜,輪着大王,又該喫三大斗。〔又作斷續含糊應科。白〕二位新姨,説得是。咱家該喫。實是喫不得了,明日補喫罷了。〔一宮女白〕大王若喫了這四大斗,我二人便進房去睡。若不肯吃,分明見怪,我二人寧可扶持娘娘,憑大王自去睡罷。〔賽太歲假作扎掙科。白〕你二人若要伏持娘娘,我便惱了,寧可待我勉强喫下,便醉死也説不得。〔二宮女白〕這等纔見大王爽直。〔又作喫畢飲卧几上科。一宮女脱冠服科,一宮女向腰間解鈴,遞悟空化身接科。二宮女共扶賽太歲下。金聖夫人上。唱〕

【黄鐘宮正曲·滴溜子】歪厮纏(句),歪厮纏(疊),灌他醉倒(韻)。難蹲坐(句),難蹲坐(疊),眼前未曉(韻)。〔悟空化身白〕娘娘,那厮喫得爛醉,金鈴解下在此了。〔金聖白〕好妙計也。〔唱〕酒中(讀)金鈴難保（韻）。〔合〕信陵已竊符（句），誰行知道（韻）。滅怪降妖（讀），都在這遭（韻）。〔悟空化身白〕趁這廝昏睡之時，不免拔下三根毫毛，照依原式變做三個金鈴，與他調换。假的仍舊還他，有何不可。〔作變科。白〕我老孫既得此鈴，立刻處死那厮不難也。〔唱〕

【黄鐘宫正曲·雙聲子】莫急躁（韻），莫急躁（疊），且緩地探音耗（韻）。休粗暴（韻），休粗暴（疊），再細細通關竅（韻）。〔將鈴轉送金聖看科。白〕娘娘，你看我變的金鈴，可與他原物無異麽？〔金聖看科。白〕果然一模一樣！〔唱〕依樣描（韻），换法高（韻）。〔合〕這不是泥磚土塊（讀），一把毫毛（韻）。〔悟空化身白〕娘娘趁那廝醉還未醒，可將此鈴繫在原處。我在外廂等候，待他酒醒，擒拏此妖便了。〔從簾子門下，出洞門，從壽臺門下。金聖叫科。白〕侍女快來。〔二宫女急上科。金聖白〕那厮醉還未醒，你可將此鈴繫在原處。〔一宫女應科〕曉得。〔持鈴下。金聖唱〕

【尾聲】花營錦陣安排早（韻），只待等巫山夢覺（韻），怎知道换日偷天剔弄巧（韻）。〔從簾子門下〕

第十八齣　收犼怪仍歸法座（皆來韻）

〔副扮悟空，復照原裝繫鈴，在内持捧，從壽臺上場門急上。白〕運退黄金失色，時來寒鐵生光。若要爲人爲徹，必須擒賊擒王。我孫悟空，設計換了金鈴，自有降魔之法。今日平了此妖，即送娘娘回國，庶不負國王一番重托也。〔唱〕

【黄鐘宫套曲·醉花陰】恰纔的閃爍光芒放毫彩(韻)，頃刻裏珠沉滄海(韻)。星換斗移來(韻)，送入泉臺(韻)，免得留遺害(韻)。〔白〕昨夜那厮醉夢之中，將他一棍打死，却有何難！只不見我老孫的本事了。想此時酒醉已醒，不免唤他出來，明明白白的送他性命。可不是好？〔叫科〕賽太歲！快送金聖娘娘出來！〔作連叫科。淨扮賽太歲，腰内繫鈴，持斧，從洞門急上。白〕誰在這裏大呼小叫！〔作見科。悟空白〕哇！瞎眼潑妖，鬧天宫的齊天大聖也不認得！〔賽太歲白〕既是孫悟空，只該護送唐僧西天請經。爲何多管閑事，替那朱紫國爲奴！〔悟空白〕你這潑怪，在此害人，我老孫並非多管閑事，其實路見不平。決然容你不得！〔作戰一回住科。賽太歲背科。白〕我有宣花斧，他有金箍棒，對敵料然不能取勝。不如摇起金鈴，使他無處躲閃。〔作解鈴，示悟空科。悟空白〕你有鈴，難道我就没有鈴？你會摇，難道我就不會摇？〔賽太歲白〕你有甚麼鈴兒？拿來我看！〔悟空作解鈴示科。賽太歲白〕他的鈴兒怎麼與我的一般？這又奇了。〔悟空白〕兩下金鈴都是渾金之寶。只是我的是雌，你的是雄。雄的反要怕雌的。〔賽太歲白〕只有雌的怕雄，那裏有雄的怕雌。待我摇來你看。〔作摇鈴科。白〕呀，烟火沙爲何全然不見出來？怪哉，怪哉。這鈴兒端的懼内。雄的見了雌的，竟躲得没影了。〔内大鬧鑼鼓。悟空將三鈴齊摇科。大放烟火沙科。賽太歲作遶場滚地科。悟空喜科。白〕三個金鈴，連聲震響。你看那紅火青烟黄沙，一齊迸出，嚇得妖怪魄散魂飛，走頭没路了。〔唱〕

【黄鐘調套曲·喜遷鶯】誰着你風流業債（韻），誰着你風流業債（疊），倚紅粧暢飲開懷（韻）。煞也堪哈（韻），只知道酒腸似海（韻），弄得你一入甜鄉不醒來（韻），啞迷兒怎樣猜（韻）。明欺你醉昏昏荷包便解（韻），怎及俺剪綹人乖（韻），怎及俺剪綹人乖（疊）。〔小生扮善才，從壽臺上場門上。白〕花開蓮座烟俱散，水洒楊枝火盡消。〔立雲椅科。賽太歲見善才作驚科。白〕呀，不好了。菩薩座下的善才來了。〔善才白〕金毛犼，俺奉菩薩來收你。你還不現出原形麽？〔賽太歲下，扮犼形上，伏地科。悟空白〕善才，你也到這裏甚公幹？怎麽這妖精見了你，就變出原形來了？〔善才白〕俺奉菩薩法旨，只爲這孽畜乃是菩薩跨的一個金毛犼。牧童失於防守，被他咬斷鐵索走了。聞他十分猖獗，特地差俺收他。〔悟空白〕别的還是小事，只有搶了朱紫國王的金聖娘娘，到他洞中，罪大如山。你且聽俺道來。那朱紫國王呵！〔唱〕

【黃鐘調套曲·出隊子】沉痾三載韻，花生錦繡災韻。驀遭拆鳳痛分釵韻，一病郎當瘦似柴韻。俺因此太歲當頭動土來韻。〔善才白〕你有所不知，那國王幼爲太子之時，極好射獵。有西方佛母孔雀大明王佛所生二子，乃雌雄兩個雀雛，被此王開弓處射傷二孔雀，所以教他拆鳳三年。那時菩薩跨這犼，仝知此事。不期這孽畜乘機而來，騙這金聖，至今三年。冤愆滿足，喜遇大聖到此，使他缺月重圓，也算作一番功行也。〔悟空白〕娘娘在此守志，實爲可欽。不料國王有這一段因果。〔唱〕

【黃鐘調套曲·刮地風】他荆棘叢生衣緊裁韻，恰便似鬼使神差韻。割鴻溝楚漢分疆界韻，不許他倚傍粧臺韻，不許他半壁身捱韻，不許他點污清白韻。原來是應前因句，昭後果句，冤家路窄韻。教伊行句，莫浪猜韻，仗慈悲弭患消災韻。〔善才白〕金毛犼，饒你性命，快隨我去。大聖可將金鈴還我，速送金聖娘娘回國者。〔悟空白〕曉得了。〔虛白。從壽臺上場門下。善才收鈴科。白〕俺回落迦山去也。〔犼隨科。善才白〕雲奔南路風來北，日落西山月上東。〔從壽臺下場門下。悟空作咒水科，白。衆太監、儀仗等悟空從壽臺上場門上。悟空叫科。白〕娘娘，仝二位侍女快來。〔旦扮金聖、二宮女，仝從洞門上。分白〕霹靂神僧爲性氣，雪霜烈婦作心肝。〔作見科。悟空白〕娘娘，賽太歲已被我收伏了。〔金聖白〕多謝神僧。〔作仝二宮女騎上龍科。遶場走科。悟空唱〕

【黃鐘調套曲·古水仙子】好好好格，好放懷韻。趁趁趁格趁着這風馬雲車歸去快韻。陸陸陸(格)，步輦休乘(句)。水水水(格)，扁舟誰載(韻)。李李李(格)，李嫦娥錦陣安排(韻)。張張張(格)，張媚姐花營佈擺(韻)。與與與(格)，與舊日(讀)夫妻會面來(韻)。管管管(格)，管取海榴花下重浮白(韻)。〔作到科。悟空白〕此間已是宫門上了。侍女，伏侍娘娘進去。〔金聖、二侍女仝從壽臺下場門下。悟空白〕送了金聖回國。又完了一樁心願。將那拆鳳因由，備細告知國主，即仝俺師傅上路去罷。金毛犼，金毛犼，〔唱〕你你你(格)，你可也憑佛力上蓮臺(韻)。〔從壽臺下。外扮張紫陽上。白〕遨遊出雲表，笑語落人間。小仙張紫陽，喜得金聖娘娘已經回國，理應取回仙衣，消此公案。〔雜扮内監上，見科。張紫陽白〕今喜娘娘歸國，特來領取仙衣，煩爲奏知國主。〔内監傳科。末扮朱紫國王，金聖引内監、侍女，上見科。國王白〕多謝大仙保護之功。孤家十分感激。〔金聖白〕多謝大仙授衣之恩。奴家拜謝。〔張紫陽白〕貧道理當保護，何敢言謝。〔金聖白〕取仙衣出來送還大仙。〔侍人取仙衣上，付張紫陽收科。急隱下。國王白〕奇也，化一道清風，大仙竟不見了。夫人一仝望空拜謝。〔拜科。仝場合唱〕

【黄鐘調套曲·古寨兒令】拜伏瑶堦(韻)，感謝仙才(韻)。喜團圓解散陰霾(韻)，璧合珠聯永和諧(韻)。悔已脱(句)，數應該(韻)，佩恩德如天大(韻)。〔國王白〕内侍傳旨：速送聖僧西行，海榴亭擺設家宴。〔内監應科。仝唱〕

【煞尾】雀雛舊怨新消解(韻)，都蒙佛力(句)，還仗仙緣(句)，重見榴亭家宴開(韻)。〔仝從壽臺下場門下〕

第十九齣　陷空山夫人上壽（蕭豪韻）

〔丑扮貂鼠精，旦扮銀鼠精，各戴臚腦，穿衫背心，繫汗巾，從簾子門上。唱〕

【越調正曲·梨花兒】描眉掠鬢慣粧喬(韻)，搓脂抹粉添波俏(韻)，世人見我愛風騷(韻)。嗏(格)，〔合〕沾着些兒教你就走道(韻)。〔分白〕奴家貂姐姐便是，奴家銀姐姐便是。〔仝白〕我兩個乃是陷空山無底洞地湧夫人座前侍兒。慢説我兩人風月，且將我夫人嬌態略道幾句。〔分白〕他穿一件淡紅衫兒，似薄薄朝霞剪就；繫一縧縞素裙兒，如盈盈秋水裁成。青雲朶綰頭上髻，百縷鬆盤；碧月光作耳邊璫，一雙斜掛。寶釵低軃金鳳飛，繡帶輕飄彩鸞舞。玉山高削兩肩，楊柳橫拖雙黛。絶無塵氣，恍疑天上掌書仙；别有風情，自是人間賽花女。言之未已，那邊灰婆婆、黄姐姐來也。

〔老旦扮灰鼠精，戴臚腦，穿老旦衣，繫汗巾。副扮黄鼠精，戴臚腦，穿衫背心，繫汗巾。仝從簾子門上。唱〕

【又一體】風流隊裏技兒高(韻)，一般送暖堆歡笑(韻)，叵耐村郎嫌是鴇(韻)。嗏(格)，〔合〕要喫生薑可知老的好(韻)。〔白〕衆位姐姐見禮了。〔貂鼠精、銀鼠精白〕灰婆婆、黄姐姐，萬福。〔灰鼠精白〕今日夫人壽誕，各處管的子屬，都到洞中拜祝。你我一仝進去，隨班行禮便了。〔内奏樂科。衆鼠精白〕你聽一派樂聲，洞主登座了。〔場左側設托塔天王、哪吒牌位、香案、桌科。旦扮衆鼠精，各簪形，穿衫，繫汗巾，引小旦扮地湧夫人，戴鼠精冠，穿蟒，束帶，從簾子門上。拈香科。仝唱〕

【雙角隻曲・雙命江兒水】爐烟縹緲(韻)，爇名香爐烟縹緲(疊)。躬身忙拜倒(韻)。〔地湧夫人白〕恩父大人，你孩兒呵，〔唱〕受恩仝地厚(句)，義比天高(韻)，效啣環願結草(韻)。〔衆鼠精向下取菜菓供桌上科。地湧夫人作奠酒科。仝唱〕蘋潔乏香醪(韻)，登筵少美肴(韻)。只有野豕山羔(韻)，池藕仙桃(韻)。盡兒心(讀)將誠意表(韻)，永享逍遥快樂(韻)。父和兒逍遥快樂(疊)，虔誠再禱(韻)，俺這裏虔誠再禱(疊)。還願着(讀)眷屬們吉慶饒(韻)。〔内奏樂，場上撤香案、桌，衆遶場科。場上設桌椅，地湧夫人作陞座科。灰鼠精白〕來，大家與夫人拜賀千秋。〔衆鼠精作拜科。仝唱〕

【又一體】無疆壽考(韻)，齊拜祝無疆壽考(疊)。獻瓊漿銀甕倒(韻)。聽歌傳月殿(句)，樂奏雲璈(韻)，鬧垓垓聲韻巧(韻)。〔進酒科。雜扮衆女、侲人，各隨意扮，從簾子門上，送餚饌科。衆仝唱〕魚貫簇紅綃(韻)，蟬聯列翠翹(韻)。寶炬光摇(韻)，金鼎香飄(韻)，壽筵開(讀)，風景好(韻)。鳥啼花笑(韻)，暢好似鳥啼花笑(疊)；長生不老(韻)，真個的長生不老(疊)。開壽域(讀)比南山百陪高(韻)。〔地湧夫人白〕生受你們了。俱各有賞。各人料理執事。〔衆鼠精應科。地湧夫人白〕灰婆，隨我進内室來。〔作出桌换氅科。各從簾子門分下。地湧夫人、灰鼠精持扇，從簾子門上。地湧夫人白〕碧海丹山别有天，修真煉性不知年。如今要入繁華界，倚作天仙弄地仙。〔場上設桌椅，轉場，入桌坐科。白〕灰婆，我久住洞府，修真煉性，看來大道也是這般淡淡的。你老人家見多識廣，可有比俺洞府繁華受用的所在麼？〔灰鼠精白〕怎麼没有？但夫人修行養性，出世高人，不肯上這條道兒上走。若肯活動活動，説不盡無窮妙處哩。〔地湧夫人白〕只怕没有好道玩戲耍之處。若果有可意的所在，也肯走這道兒，也肯活動的。〔灰鼠精白〕這等説，夫人何必他遊。要好頑耍之處，無如塵世上的繁華了。〔地湧夫人白〕那塵世上不過虚幻泡影，有甚好頑耍之處？〔灰鼠精白〕待老婢將人世上的繁華受用，略道幾句你聽者。〔唱〕

【越角套曲·鬬鵪鶉】塵世何如(韻)，聽吾數語(韻)。慢説那萬種榮華(句)，單提起四時佳趣(韻)。賞芳春燕柳鶯花(句)，消長夏荷風竹雨(韻)。到秋深景最殊(韻)，桂纔開又綻菊(韻)。入三冬暖閣紅爐(句)，六花飛舞(韻)。〔地湧夫人白〕這不過四時光景，没有甚麼繁華可賞玩之處。到不如俺洞府，四時有不謝之花，八節有長春之景。〔灰鼠精白〕夫人，但知其一，不知其二，不曾領略其中的妙處。有天地就有兩儀，有兩儀就有夫婦，有夫婦方能成雙作對，生兒育女，也説不盡他們的受用哩。〔地湧夫人白〕夫婦如何配合？兒女如何受用？你將此段道理，可試説一番。〔灰鼠精白〕有一個，〔唱〕

【越角套曲·紫花兒序】月下老姻緣簿註(韻)，配合來不錯分銖(韻)。有一等隨夫貴享佩金魚(韻)，有一等遶膝前森森玉樹(韻)，有一等樂齊眉似水如魚(韻)。非虚(韻)，都則是紅印迴鸞一紙書(韻)。笑吟吟赤繩牽處(韻)，明晃晃玉鏡催開(句)，喜孜孜彩鳳相于(韻)。〔地湧夫人白〕這是人間夫妻之樂。我問你可有仙女與凡人配成夫婦的麼？〔灰鼠精白〕有。〔地湧夫人白〕你講來。是那幾個？怎麼配合？〔灰鼠精唱〕

【越角套曲・小桃紅】天臺採藥會雙姝韻，論仙凡隔絶怎得諧姻譜韻？這的是仙緣有在完今數韻。〔地湧夫人白〕這樣講，我的山前山後，多種些藥草，你道何如？〔灰鼠精作笑科。唱〕夫人恁可把巧宗圖韻，山前仙藥森羅布韻。〔地湧夫人白〕我不想他，但可有第二個像他奇遇的麽？〔灰鼠精唱〕有一個搗玄霜藍橋覓杵韻，成功日姻緣相遇韻。可知道裴航、劉阮兩引七香車韻。〔地湧夫人白〕這都是仙緣註就的，效不得他。再問你可有偷期密約，成了夫婦的麽？〔灰鼠精白〕有。〔地湧夫人白〕你曉得是那幾個？〔灰鼠精唱〕

【越角套曲・金焦葉】有一個臨邛客把瑶琴自撫韻，挑動了卓仙姝韻。他可也願當罏情輸意服韻，到頭來榮歸里閭韻。〔地湧夫人白〕再可有麽？〔灰鼠精白〕有嗄。〔唱〕

【越角套曲・調笑令】有一個紅拂韻，在越府居韻。瞥見李藥師讀，貌和才他便輸韻，西明巷口私奔去韻，遠迢迢相隨途路韻。博得個凌烟閣中將名姓注韻，女英雄史筆堪書韻。〔地湧夫人白〕我如今也要學他兩個了。你可也爲我周全。〔灰鼠精白〕老婢久已想在腹中了，奈何不得其人。目下探了一個信兒，正要對夫人説知。〔地湧夫人白〕但須是彷佛相如、藥師才貌的方好。〔灰鼠精白〕夫人，你怎妄想這樣風流才子？老婢所覓的人兒，不敢説了。〔地湧夫人白〕你也説説看。〔灰鼠精唱〕

【越角套曲・禿厮兒】有一個俊光頭倒也合符韻。〔地湧夫人白〕怎麽和尚嗄？〔灰鼠精唱〕他不是俗骨凡膚韻，他是西方釋子降東土韻。承皇命句，到耆闍韻，是個活佛韻。〔地湧夫人白〕你這老人家，好没正

經，怎麽總成我嫁個和尚？羞也羞死人。〔灰鼠精白〕這和尚不是别的和尚，有好處多着哩。〔唱〕

【越角套曲・聖藥王】但能得食他肉（句），壽無數（韻）。又何況天長地久兩和睦（韻）。〔地湧夫人白〕不能嫁風流才子，便是俗子村夫也强似光頭和尚。〔灰鼠精唱〕雖則是光頭秃（韻），也强如繡被孤（韻）。休得要爭强較短，反把願兒辜（韻）。勸娘行着意做工夫（韻）。〔地湧夫人白〕就依你招他爲婿。你便做媒人，早早請他來，完成花燭便了。〔灰鼠精白〕夫人你好自在話兒，我請得他動？他有徒弟三人，好不利害。夫人也要隄防他，不可輕視。〔地湧夫人白〕他徒弟有何利害？叫甚麽名字？可説與我聽。〔灰鼠精唱〕

【越角套曲・天淨沙】沙和尚水磨杖慣伏虎（韻），猪八戒九齒鈀亂鋤（韻）。孫行者金箍棒揚威耀武（韻），惱了他血綻皮枯（韻）。一路來神欽鬼伏（韻）。〔地湧夫人白〕這個不難，我明日去約豹道友商議，管取手到擒來。你可好生料理家務。〔灰鼠精白〕洞中事務，老婢管領。大小人等料理，不必罣心。但洞主此去一路小心，保重尊體。〔唱〕

【收尾】你受盡衾寒枕冷千般苦（韻），合償却這一番紅圍翠簇（韻）。〔白〕俺灰婆呵，〔唱〕好準備鬧垓垓的大筵席（句），迎接你秃光光俊夫主（韻）。〔各虚白。同從簾子門下〕

第二十齣　翠雲洞公主報讐（古風韻）

〔場上設火焰山科。雜扮衆小妖，各戴鬼髮，穿箭袖，卒褂，執旗，從壽臺兩場門上，作舞科。仍從壽臺兩場門分下。副扮悟空，戴悟空帽，穿悟空衣，帶數珠。丑扮悟能，戴僧帽，紥金箍，猪嘴切末，穿悟能衣，帶數珠，持鈀，挑經擔。雜扮悟淨，戴僧帽，紥金箍，穿悟淨衣，帶數珠，持鏟。引生扮唐僧，戴僧帽，穿僧衣，繫絲縧，帶數珠，騎馬，從壽臺上場門上。白〕衆生迷却本來根，飄泊冥途滯此身。但願如來施佛力，超生西土拜慈雲。徒弟當此深秋天氣，爲何反酷熱起來？不知走到個甚麼所在來了。〔悟能白〕師傅，弟子曾聞説西方路上有個斯哈哩國，乃是日落之處，俗呼爲天盡頭。若到申酉時分，國王差人上城，擂鼓吹角，以混其聲，日乃太陽真火，落於西海之中，如火淬於水中，其聲鼎沸。若無鼓角之聲相混，即震殺城中小兒。想必就是此處了。〔悟空作笑科。白〕獃子，莫要亂猜。若到斯哈哩國，正好早哩。似師傅朝三暮四的這等躭擱，便從幼至老，老了又小，過了三世，也還難到哩。〔悟淨白〕大約是秋行夏令的緣故。〔唐僧白〕怎得問明一聲纔好。〔悟空白〕你看四野無人，須走到前面有人家去處，方好問個明白。〔唐僧白〕悟空説得是。〔悟空白〕師傅請行。〔仝作行科。唱〕

【羽調正曲・排歌】暑氣炎蒸(句)，單衣汗淋(韻)，天涯客路難禁(韻)。長途馬捲漫駸駸(韻)，怎得乘涼老樹陰(韻)。〔合〕秋已抄(句)，氣爲金(韻)。緣何四野火雲深(韻)？〔唐僧白〕怎還不見人家？〔悟空白〕人家離此不遠了。〔唱〕休息性(句)，暫寬心(韻)，人家隱隱響秋碪(韻)。〔唐僧白〕悟空，如此炎熱，怎生行走？〔悟空白〕師傅不必心焦，待徒弟仝八戒去躧看，再作計較。〔唐僧白〕使得。〔悟淨白〕哥哥就來嗄。〔悟空白〕沙兄弟，好生看待師傅。〔悟淨白〕曉得。〔作接經擔，仝從壽臺下場門下。悟空白〕八戒，我仝你去看來。〔悟能白〕這樣好事就照顧我，你自去看看罷了，恐怕我閒了一刻兒。〔悟空白〕你不去，拿孤拐來，打一百棍。〔悟能白〕動不動就要打，你見我那一遭兒違拗了哥來。〔悟空白〕既不違我，走嗄。〔作行科。唱〕

【又一體】路阻西天(句)，烟騰霧沉(韻)，蒸人熱氣交侵(韻)。〔悟能白〕越發難走熱得緊。〔悟空白〕蠢貨，且掐了避火訣，走向前去，怕甚麽。〔仝唱〕行來漸近更難禁(韻)，陣陣燒空起遠岑(韻)。〔合〕看烈焰(句)，生畏心(韻)，紅光四罩火爲林(韻)。〔悟空作看科。白〕原來是座火山。我們且上去看看火勢，還是神火、鬼火、凡火。〔悟能白〕怎麽是神火、鬼火、凡火？〔悟空白〕鬼火、凡火容易滅。若是神火，當借三昧燒之，神火自然消散。〔悟能白〕説到説得好。脚下跕不住，要去須早些去。〔悟空白〕上來。〔仝作上山看，驚科。作跌下山科。白〕好利害！〔唱〕頭焦爛(句)，體如燖(韻)，勢仝爍石與焦金(韻)。〔悟能白〕還是神火、鬼火、凡火？〔悟空白〕都不是。乃是妖火。〔悟能白〕如今怎麽樣？你看鬃鬣耳蹄，都是燒傷的了。好不疼嗄！〔悟空白〕不要慌。回去見了師傅，再作區處。〔悟能白〕這却還說得是。〔作遶場科。唐僧、悟淨從壽臺下場門上，作見科。唐僧白〕你兩人回來了麼？爲何如此狼狽？〔悟空白〕師傅，前面有座火焰山，正阻西行之路，難得過去哩。〔唐僧白〕怎生是好？〔悟空白〕待弟子喚土地問他便了。土地何在？〔雜扮土地，隨意扮從壽臺下場門上。白〕大聖有何吩咐？〔悟空白〕此處火焰山，怎生過得去？〔土地白〕要過此山，須求鐵扇仙，借他芭蕉扇。一扇息火，二扇息風，三扇下雨，纔得過去。〔悟空白〕鐵扇仙住在何處？〔土地白〕那仙住在西南上，名喚翠雲山。山中有一芭蕉洞，乃是牛魔王的夫人，離此有一千四五百里。〔悟空白〕迴避了。〔土地應科，從壽臺下場門下。悟空白〕師傅，適纔問土地說，要過此山，須到西南千里之外翠雲山芭蕉洞求鐵扇仙，借他扇子來，煽息了火燄，方纔去得。師傅且尋到村中人家住下，待徒弟去取了扇子來。〔唐僧白〕說得有理。〔分白〕跋涉星霜幾彈指，煩難水火不容情。〔仝從壽臺兩場門分下。衆小妖從兩場門上，作合舞科。場上撤山，衆小妖仝從下場門下。旦扮毛女，戴魔女髮，穿衫背心，繫汗巾，提籃，荷鋤，從洞門上。白〕山深風色古，路僻到人稀。我乃翠雲山芭蕉洞鐵扇公主手下毛女便是。奉公主之命，前去山中採芝，修合長生丹藥。只得前去山中走一遭。〔悟空從上場門上。白〕要借芭蕉扇，才行火燄山。〔作見毛女科。白〕姑姑稽首。〔毛女白〕你是何等樣人？到我這裏來怎麽？〔悟空白〕煩你轉報公主，我是東土取經的和尚，路過火燄山，特來求借芭蕉扇一用。〔毛女白〕你叫甚麽名字，我好與你通報。

〔悟空白〕我叫做孫悟空。〔毛女白〕你且站在門首，待我與你通報。〔悟空白〕相煩，相煩。〔從壽臺上場門下。毛女進洞，作遶場請科。旦扮衆毛女，各戴魔女髮，穿衫背心，繫汗巾。引旦扮鐵扇公主，戴羅刹髗腦，繫靠，襲氅，從簾子門上。唱〕

【中呂宮引·菊花新】思兒血淚漬衣襟(韻)，夫棄家園寵妾深(韻)，兩事恨存心(韻)。誰做美前程如錦(韻)。〔場上設椅，轉場坐科。白〕着你去採芝，爲何空籃而返？〔毛女白〕奴婢奉娘娘之命，出得洞門，遇着東土取經的僧人，説道路過火燄山，特來求借芭蕉扇一用。〔鐵扇公主白〕叫甚名字？〔毛女白〕叫做孫悟空。〔鐵扇公主作驚科。白〕如今在那裏？〔毛女白〕現在洞門外。〔鐵扇公主白〕快拿我的寶劍過來！〔毛女作應，向下取劍。鐵扇公主作脱氅，接劍科。白〕我正尋他不着，他却自來送死！〔衆毛女仝作遶場，出洞門科。鐵扇公主白〕潑猴頭在那裏？〔悟空從壽臺上場門上，作見科。白〕嫂嫂，老孫奉揖了。〔鐵扇公主白〕誰是你嫂嫂！那個要你奉承！〔悟空白〕牛魔王曾與老孫結義來。〔鐵扇公主白〕你既有兄弟之親，如何坑陷我的兒子。〔悟空白〕令郎是誰？叫甚名字？〔鐵扇公主白〕潑猴！假推不知麽！那聖嬰大王是我兒子，被你斷送在觀世音菩薩處，至今不見一面，痛恨入骨。還敢大膽來借扇麽！〔悟空白〕嫂嫂不必掛懷，只把扇子借我一用，待我搧息了火，送了師傅過去，我便陪嫂嫂去見菩薩，看看令郎，做了他的徒弟。若有一些傷損，任你打砍，決不敢辭。倘或比前更加標致，你却怎生謝我。〔鐵扇公主白〕油嘴潑猴，少要饒舌，你今日遇了我，我却放你不

過！〔唱〕

【中呂宮正曲・撲燈蛾】今朝得見您(韻)，今朝得見您(疊)，恨久心頭飲(韻)。母子久睽違(句)，何時尚可來諗(韻)也(格)。看韶華苒荏(韻)，盼嬌兒鴈杳魚沉(韻)，使慈母忘餐廢寢(韻)。〔合〕到今朝(讀)冤家相遇恨加深(韻)。〔作砍科。悟空作持捧架劍科。白〕嫂嫂不必多心。是你戰我不過，況這金箍棒兒，不知打死了多少利害妖魔，你怎禁得我一下？我只勸你，借扇子與我一用，搧息了火，送師傅過了山，就奉還你，決不失信。難道你這樣恨我，就罷了不成麼？〔唱〕

【又一體】勸伊休直恁(韻)，勸伊休直恁(疊)，怪我何由甚(韻)？有子證菩提(句)，强如慾海浸沉(韻)也(格)。怎不將情細審(韻)？昧恩義做遠水遥岑(韻)，逞强暴煽妖氛邪祲(韻)。〔合〕惱將咱(讀)無情鐵棒怎生禁(韻)。〔作對敵科。衆毛女、鐵扇公主從壽臺下場門敗下。悟空白〕嫂嫂不要走，借扇子與我用一用。〔從壽臺下場門追下。衆毛女引鐵扇公主，持扇，從壽臺上場門上。白〕猴兒本領果是高强，我有道理，不免搧他回去，教他尋不着下落，再不敢來歪纏了。〔悟空從壽臺上場門追上，虛白科。鐵扇公主白〕猴頭可惡！〔用扇搧，悟空轉旋科，從壽臺下場門下。鐵扇公主白〕這潑猴被這一扇，搧得無踪無影的去了。正是任伊施盡千般巧，一扇能驅萬里風。〔仝從洞門下〕

第廿一齣　賺取芭蕉終捕影（尤侯韻）

〔雜扮揭諦侍者，引旦扮靈吉菩薩，戴僧帽，紮五佛冠，穿蟒，披袈裟，戴數珠，持拂塵，從仙樓門上。唱〕

【中呂宮正曲・剔銀燈】松篁殿濤聲夜吼（韻），雲門寺山光環秀（韻）。仙鶴舞不離吾前後（韻），苑鹿嗚呦呦聽否（韻）。〔合〕高秋（韻），梵音最幽（韻），習靜處凡心盡休（韻）。〔副扮悟空，戴悟空帽，穿悟空衣，帶數珠，從壽臺下場門上，作轉旋，揭諦作攔科。白〕我道是誰，原來是孫大聖，因何至此？〔悟空作揉目看科。白〕這是那裏？〔揭諦白〕這是小須彌山。〔悟空白〕原來是靈吉菩薩之處了。〔揭諦白〕正是。〔悟空白〕好利害婦人，好利害扇子，怎麽被他一扇，就弄到這裏來了？相煩通報，説悟空要見。〔揭諦作通報科。悟空作進見科。靈吉菩薩白〕大聖，今日來此，想是取經回來了。〔悟空白〕正還未哩。〔靈吉菩薩白〕既還未到雷音，何以回顧荒山？〔悟空白〕言之可羞。〔靈吉菩薩白〕請道其詳。〔悟空唱〕

【仙呂宮正曲・桂枝香】從師馳驟（韻），事多僝僽（韻）。〔靈吉菩薩白〕又有甚麽事？〔悟空白〕自蒙菩薩降了黄風洞妖怪，一路而來，經過了多少苦楚。今正行到火燄山，不得過去。土人説必要鐵扇公主的芭蕉扇，搧息了火，方纔去得。〔唱〕只因爲鐵扇來尋（句），偏與我干戈争鬭（韻）。〔靈吉菩薩白〕却爲甚麽緣故？〔悟空白〕他向有一子，叫做聖嬰大王，將我師傅捉去，要蒸要煮，被我請得觀音菩薩收了去做徒弟，因此恨我。〔唱〕他嫉吾似讐(韻)，他嫉吾似讐(疊)。思兒孔疚(韻)，提心在口(韻)。〔白〕那知他戰我不過，殺得力盡筋疲，將要敗回洞去，被我逼住了他，只要求借扇子，不放他走。他急了，取出扇子，將我只一搧，那知那扇子利害，〔唱合〕猛風頭(韻)，吹得我冉冉輕如葉(句)，頃刻飄飄萬里流(韻)。〔靈吉菩薩白〕大聖你有所不知，那婦人名唤羅刹女，他那柄芭蕉扇，乃是崑崙山混沌初闢以來，天地産成的一個靈寶，乃太陰之根葉，故能滅火。豈是凡扇所能及者。〔唱〕

【又一體】那是精靈天授(韻)，身先宇宙(韻)。經多少水火工夫(句)，纔煉得形模成就(韻)。〔白〕那扇子一搧，要去八萬四千里。〔唱〕一搧怎收(韻)，一搧怎收(疊)。〔白〕喜得還是大聖，〔唱〕有留雲搭救(韻)。〔白〕若是凡人遇了這一扇，〔唱〕化作天絲烏有(韻)。〔白〕大聖放心，〔唱合〕巧相謀(韻)，適有丹粒風能定(句)，平日收藏爲你留(韻)。〔悟空白〕有甚麽物件？〔靈吉菩薩白〕大聖此來，也是唐僧的緣法，合教大聖成功。當年受如來法旨，賜我一粒定風丹，一柄飛龍杖。那飛龍杖已降了風魔，這定風丹尚未曾用，如今送與大聖，含在口中，任他用盡平生氣力，也搧你不動了。你却要了扇子，便好成功。〔悟空白〕丹在何處？〔靈吉菩薩向袖中取丹付科。白〕丹在這裏。〔悟空白〕多謝盛情，待成功之後送還。〔靈吉菩薩白〕不及款留。〔從仙樓門下。悟空白〕我有了這定風丹，羅刹女，不怕你不把扇子與我。〔作持棒遶場科。白〕來此已是芭蕉洞口，不免打門進去。〔作打洞門科。白〕羅刹嫂嫂，快拿扇子來借與我。〔旦扮毛女，各戴魔女髮，穿衫背心，繫汗巾，各虛白，從洞門上見悟空，作遶場向内稟科。白〕娘娘不好了，孫大聖又來了。〔旦扮鐵扇公主，戴羅刹髗腦，紥靠，持劍，從下場門上。白〕這潑猴，果有本事。我的寶貝，搧了人要去八萬四千里，怎麽方纔吹去，就回來了？待我再搧他兩三下，教他找不着歸路。〔悟空白〕怎麽躲了？不出來，我就要搗掉你這洞門哩。〔衆毛女引鐵扇公主作遶場出洞門科。白〕潑猴頭！你不怕我，又來尋死。〔悟空白〕嫂嫂休得慳吝。是必把扇子借我用用，就送還你。我是個至誠有餘的君子，不是那借物不還的小人。〔鐵扇公主白〕猴頭無禮，陷子讐尚未報得，借扇之意豈得如心！不要走，喫我一劍！〔作對敵科。鐵扇公主唱〕

【南吕宫正曲·大迓鼓】何能又轉頭(韻)，陷人兒子(讀)尚敢希求(韻)。不知進退還張口(韻)，搧來没影這才休(韻)。〔合〕你應悔今朝(讀)相逢舊讐(韻)。〔作取扇搧科。悟空白〕拿些氣力來搧。老孫若動一動，就不算漢子。〔鐵扇公主作復搧，作驚科。白〕不好了。這會怎麽搧他不動了！〔仝衆毛女從洞門敗下。悟空白〕他戰我不過，敗了進洞，把洞門關了。難道我老孫就罷了不成！不免變化了進去，看他光景。隨機應變，只弄得扇子到了手，方纔完了我的心事。〔從洞門下。衆毛女引鐵扇公主從簾子門上。悟空隨上。鐵扇公主白〕這猴頭怎麽定了風，今日搧他不動呢？〔場上設椅坐科。白〕毛女，取茶來。〔毛女應科，向下取茶。悟空白〕他要吃茶。我即變入茶中，待他喫我肚内，便好行事。〔作隱椅後科。毛女白〕娘娘請茶。〔鐵扇公主作喫科。白〕好個利害猴頭，果然有些本事。〔悟空下地井科，白〕嫂嫂，借扇子與我使使。〔鐵扇公主作驚科。白〕毛女們，關了前門未曾？〔衆毛女白〕關了。〔鐵扇公主白〕既關了門，猴頭在那裏叫喚？〔衆毛女白〕像在娘娘身上叫。〔鐵扇公主白〕孫行者，你在那裏弄術？〔悟空白〕老孫一生不會弄術，都是些實本事。如今已在尊嫂腹內耍子，已見其肺肝矣。我知你也饑渴了，待我送個坐椀兒解渴罷。〔鐵扇公主作腹痛科。白〕不好了！〔悟空白〕嫂嫂休得推辭。〔唱〕

【又一體】把歪腸腹内抽(韻)，緣何慳吝(讀)難用情求(韻)。如今坐在心頭守(韻)，教伊上下自難由(韻)。〔合〕送到黄泉(讀)，方纔罷休(韻)。〔白〕再送個點心與嫂嫂充饑。〔鐵扇公主作腹痛科。白〕疼死我也！〔作哀求科。白〕孫叔叔饒命。〔悟空白〕你如今纔認得我孫叔叔麽？我看牛大哥的情面，饒你一死，快拿扇子來。〔鐵扇公主白〕叔叔有扇子，你出來拿去。〔悟空白〕拿扇子我看，就出來。〔鐵扇公主白〕毛女，取我房中的芭蕉扇來。〔毛女作應，向下取扇，遞科。鐵扇公主白〕叔叔，扇子在這裏了，請出來罷。〔悟空白〕嫂嫂，把口張大些，我好出來。〔鐵扇公主作張口，悟空出地井，接扇科。白〕嫂嫂，謝借了。〔作遶場，出洞門，從上場門下。鐵扇公主白〕受了潑猴這番惡氣，幸得把假扇與他去了。〔作恨科。白〕猴頭，猴頭，一任你認真招鐵扇，且由我弄假要猴兒。〔仝從簾子門下〕

第廿二齣　戲調琴瑟又生波（尤侯韻）

〔小旦扮玉面姑姑，戴鸚哥尾簪形，穿氅。旦扮衆丫鬟，各簪形，穿衫背心，繫汗巾，隨從洞門上。玉面姑姑白〕黄菊枝頭破曉寒，人生莫放酒盃乾。〔衆丫鬟白〕拖條竹杖家家雨，上個籃輿處處山。夫人那壁厢花繁葉茂，山霽泉飛，較别處又覺不仝，正好消遣也。〔玉面姑姑白〕你將那一枝上面，花有三朵並頭開的摘來。〔衆丫鬟白〕曉得。〔作摘花科。白〕夫人，這所在潺潺碧浪，花照水中，上下相映，好看得緊。〔玉面姑姑白〕果然好看。你將醮水的那一枝摘來。〔衆丫鬟白〕曉得。〔作摘花科。副扮悟空，戴悟空帽，穿悟空衣，帶數珠，從壽臺上場門上。白〕頃刻推開雲萬里，隨風又到積雷山。我老孫用計賺得羅刹女的芭蕉扇，只望搧得火息，好送師傅過山西行。不想是把假扇，越搧越熾，將我兩腿毫毛盡皆燒去。及問土地説，必要到積雷山中，尋見牛魔王，方得真扇。老孫别了師傅，一觔斗雲，不知不覺早到此間。〔作望科。白〕前面有一女子，生得標致異常，一身妖氣，隨着幾個丫頭，在那裏採花。想就是牛魔王如夫人了。且上前去問他一聲。〔作問訊科。白〕女菩薩何往？〔玉面姑姑作驚科。白〕你是何方來的，敢在此間。問誰？〔悟空白〕我是翠雲山來的。初到貴處，不知路徑，敢問一聲，此間可是積雷山麽？〔玉面姑姑白〕正是。〔悟空白〕有個摩雲洞，坐落何处？〔玉面姑姑

白〕你尋那個？〔悟空唱〕

【仙呂宮正曲・玉胞肚】特到摩雲問候(韻)，爲招尋魔王故友(韻)。自分離契闊年餘(句)。〔白〕他令正呵，〔唱〕坐家中一日三秋(韻)，〔合〕特來問取舊衾裯(韻)，可憶鴛鴦一對遊(韻)。〔玉面姑姑作怒科。白〕何處來的妖僧？閒管別人家的家事！想大王自到我家，未及二載，曾受了我多少珠翠金銀，年供柴，月供米，自在受用不過，好不識羞。又寄信與這個外來的賊禿光頭，傳消遞息。想那鐵扇妖精，莫不是與你有什麽交纏，故此點撥你來探聽什麽風聲麽！〔唱〕

【又一體】蠅營狗苟(韻)，禿廝兒登門胡耨(韻)。常年的送米供柴(句)，別人兒替鬼擔憂(韻)。〔合〕莫非浪婦愛光頭(韻)，一馬雙鞍不識羞(韻)。〔悟空作怒科。白〕你這潑賤，將家貲買住老牛，果然是個賠錢嫁漢。你到不識羞，却敢罵誰！〔作持棒打科。玉面姑姑白〕這等放潑。〔仝衆丫鬟從壽臺下場門下。悟空追下。淨扮牛魔王，戴牛魔盔，簪雉尾，狐尾紥靠，襲氅，從簾子門上。白〕坐享摩雲日月長，因貪美色棄糟糠。珠圍翠繞原無賽，野草閒花別有香。我牛魔王，自鐵扇公主鬧吵之後，因與美人商量，卑辭厚幣，買求寬限。雖然不來囉唣，正是心中不了事，時刻鎖眉頭。〔場上設椅，轉場坐科。玉面姑姑、衆丫鬟仝從壽臺旁門上，作進洞門遶場。玉面姑姑坐科。白〕丫頭，快些關門。〔衆丫鬟白〕洞門關上了。〔玉面姑姑白〕潑魔害死我也。〔牛魔王白〕你爲甚事罵我？〔玉面姑姑白〕我因母死無依，招你護身養命。江湖上説你是個好漢，原來是個懼内的庸夫。〔牛魔王白〕美人，我有那些不是處，你慢慢説來。〔玉面姑姑白〕適纔門外閒步花陰，忽見一毛臉雷公嘴的和尚，走來問訊。我問他是何人，他説是鐵扇公主着他來尋你的，被我説了他幾句，他到罵我一場，將根棍子趕着我打。若不是走得即溜，幾乎被他打死。這不是招了你來害死我也！〔牛魔王白〕美人，芭蕉洞雖處僻静，却清幽自在。山妻自幼修持，也是個得道的仙女。從來家門嚴謹，那有雷公嘴的男子。想是别處來的妖怪，假言訪我，待我出去看這厮是誰。丫頭，取我的器械來。〔衆丫鬟應科。仝玉面姑姑從簾子門下。牛魔王作脱氅，持刀，遶場出洞門科。白〕是誰人在這裏無狀！〔悟空從壽臺上場門上，作見科。白〕長兄還認得小弟麽？〔牛魔王白〕你是孫悟空！〔悟空白〕正是。一向久别，特來問候。適才問一女子，方得見兄，丰采勝常，可賀可賀。〔牛魔王白〕且休巧舌。聞你保護唐僧取經，在火雲洞害了我兒子，正在這裏惱你，你怎又來尋我。〔悟空白〕兄長，不要錯怪小弟。令郎要煮我師傅喫，是觀世音菩薩勸他歸正，現今做了善才童子，比兄還長的魁偉哩。入于極樂之門，享用逍遥之壽。你不感我也罷，反要怪我，可笑可笑。〔牛魔王白〕油嘴潑猴。這也罷了，爲何欺我愛妾，打上我門來？〔悟空白〕拜謁兄長不見，不期就是二嫂嫂，因他罵我，所以一時粗鹵些，恕罪恕罪。〔牛魔王白〕既如此説，饒你去罷。〔悟空白〕還有一事奉求。小弟因保唐僧路過火焰山，訪知尊嫂有柄芭蕉扇，可以搧風滅火，才得過去。屢次登門拜求不允，特來叩懇，乞借一用，即當奉還。〔牛魔王白〕你一定欺我山妻，山妻不肯，你故來尋我，又要打我愛妾，一味行兇，這般無理，喫我一刀。〔悟空作架刀科，白〕説殺我老孫也不怕。只要借扇子用用。〔牛魔王白〕胡説。〔唱〕

【仙呂宮正曲・六幺令】無知禽獸(韻)，滅妾欺妻(讀)，爲甚來由(韻)。舊時知愛迭成讐(韻)，好教我(讀)恨難休(韻)。〔合〕今朝管取竿標首(韻)，今朝管取竿標首(疊)。〔作砍科。悟空白〕兄長今日忒無情了。不是老孫怕你，但念舊日結義，我若打死了你，惹人笑話。〔牛魔王白〕氣死我也。〔悟空唱〕

【又一體】巧佔了風流渾藪(韻)，〔白〕把一個玉面妖狐呵，〔唱〕供養眼皮(讀)赤緊心頭(韻)。〔白〕好像個甚麽東西。〔牛魔王白〕像甚麽？〔悟空唱〕平康妓女廣交遊(韻)。〔牛魔王白〕氣殺我也！〔悟空唱〕一條索(讀)好牽牛(韻)。〔合〕今朝管取竿標首(韻)，今朝管取竿標首(疊)。〔作對敵科。雜扮小妖，戴鬼髮，穿箭袖卒褂，從壽臺上場門上。白〕牛爺爺，我混天大王請爺爺去赴席哩。〔從壽臺上場門下。牛魔王作架棒科，白〕猴頭，你且住手，等我到一個朋友處走一遭來，再和你理論去罷。〔悟空白〕我暫且饒讓你走一遭來。〔牛魔王作進洞門科。悟空白〕正與老牛酣戰，忽聽小妖來報，請他去赴席。我且變個蜂兒，在洞門外相機行事便了。〔從壽臺下場門下。牛魔王從簾子門上，作向内科。白〕美人，那雷公嘴的賊禿乃是孫悟空，被我打走了。如今混天大王請我赴席，好生看守洞門。〔玉面姑姑白〕曉得。大王早些回來。〔牛魔王白〕知道了。〔作遶場出洞門科。雜扮衆小妖，各戴鬼髮，穿箭袖卒褂，作牽獸，從壽臺上場門上。牛魔王作騎獸科。白〕遇飲酒時須飲酒，得高歌處且高歌。〔仝從壽臺下場門下〕

第廿三齣　誆女贈言傳妙蘊（蕭豪韻）

〔丑扮衆毛女，各戴魔女髮，穿衫背心，繫汗巾。引旦扮鐵扇公主，戴羅刹髗腦，穿衫，從簾子門上。唱〕

【南呂宮引・一枝花】山深紅日少(韻)，無事無煩惱(韻)。簾垂風滿院(句)，鶯聲巧(韻)。燕子呢喃(句)，對對雕梁叫(韻)。眼前春自好(韻)，洞府清幽(句)，果是一點紅塵不到(韻)。〔場上設椅，轉場坐科。白〕我羅刹女，前日喫了潑猴大虧，心頭上隱隱疼痛。幸把假扇借與他，他也不知就裏。惟恐再來纏擾，所以晝夜隄防。只是長夜如年，孤幃冷落，教我怎生消遣。〔衆毛女白〕娘娘，請放愁懷，且圖歡樂。〔鐵扇公主白〕你們雖則時常勸解，但不能消我悶懷。〔衆毛女各虛白，仝從簾子門下。副扮悟空，戴悟空帽，穿悟空衣，帶數珠，騎獸，從壽臺上場門上。唱〕

【南呂宮正曲・金錢花】夫妻兩個粧喬(韻)，粧喬(格)，教人積恨難消(韻)，難消(格)。三翻四覆枉徒勞(韻)。借假扇(句)，絶知交(韻)。〔合〕偷坐騎(句)，哄妖嬈(韻)。〔白〕我老孫一路跟來，見他坐騎拴在混天王門外，被我偷了出來。不免假粧老牛的模樣，到芭蕉洞哄騙羅刹女，賺得真扇到手，過了火燄山再處。説得有理，待我變出老牛的模樣來。〔作下獸科，從地井内下。雜扮悟空化身，戴牛魔盔，扎金箍，簪雉尾狐尾，穿氅，從地井内上，作虚白發諢科，騎獸遶場作到科。白〕待我叫門則個。〔作叫門科。白〕開門。〔毛女作出洞門，迎悟空化身仝進洞門遶場科。毛女作向内科。白〕娘娘，大王回來了。〔衆毛女引鐵扇公主從簾子門上，作見科。白〕大王今日何幸，被那陣風兒吹得你回家來！〔悟空化身白〕一向要回來的。只因那邊事多，纏擾住了。今日一者偷閒來看你，以盡夫婦之情。二則聞知孫行者來借芭蕉扇。他是你我害子的讐人，切不可借與他用。〔鐵扇公主作哭科。白〕大王提起孫行者，幾乎不能見你了。〔悟空化身白〕怎的來？〔鐵扇公主白〕果然他曾來借扇。我想起孩兒心事，將他一扇搧回，料吹在八萬四千里外去了。不知他何等神通，隨即又來借扇，他竟變化了鑽入我肚内，喫了他一場大虧，只得把假扇借與他去了。這幾日却不曾來。〔悟空化身白〕我也愁你戰他不過，所以即即回家。〔鐵扇公主白〕丫頭們，看酒來，與大王接風。〔悟空化身白〕又要娘娘費心。〔鐵扇公主白〕夫妻久别，聊借盃酒，以敘情懷。〔悟空化身白〕看酒來。〔衆毛女應科。場上設桌椅，各入坐科。鐵扇公主唱〕

【南吕宫集曲·梁州新郎】【梁州序】（首至合）你新人燕婉(句)，舊人撇掉(韻)，一去魚沉雁杳(韻)。小星嘒嘒(句)，春風夜朝朝(韻)。我自孤幃清冷(句)，獨枕凄凉(讀)，夜永難捱曉(韻)。玉樓人静也(讀)，好蕭條(韻)，金鴨無烟寶篆消(韻)。【賀新郎】（合至末）勸盃酒聊談咲(韻)，喜今宵重續恩情好(韻)。期白首(句)，共偕老(韻)。〔悟空化身白〕娘娘，我且問你，芭蕉扇你却藏在那裏？恐孫猴兒變化進來盜了去。〔鐵扇公主白〕他怎能盜得去？ 在我這舌頭底下，藏之久矣。〔作吐，轉身取扇科。白〕這不是麽？〔悟空化身作接科。白〕這小小東西，安能搧息得八百里火燄？〔鐵扇公主白〕大王你怎麽就忘了？ 只管出神怎的？〔悟空化身白〕我不爲别的出神，我想那，〔唱〕

【又一體】八百里火燄飛燒韻，身若迎似鴻毛被燎韻。諒這袖中小箑讀，怎得火滅烟消韻。〔鐵扇公主白〕自家的寶物，怎既忘懷了？ 想是晝夜貪歡，傷了神思。〔唱〕只將這柄兒按定句，七縷紅絲讀，咒語天生妙韻。〔悟空化身白〕果然事務縈懷，把咒語都忘了。〔鐵扇公主白〕大王當真忘了麽？〔悟空化身白〕當真忘了。〔鐵扇公主白〕只念一聲，呬嘘呵吸嘻吹呼，即長一丈二尺。〔唱〕你權時收拾起讀，莫煩勞韻，倚翠偎紅這一遭韻。〔悟空化身唱〕消契闊仝歡樂韻，舊人勝是新人好韻。再不用句，淚頻掉韻。〔鐵扇公主白〕大王夜深了。丫頭們，收拾繡榻，請大王進房去歇息則個。〔仝作出桌。悟空化身作背科。白〕扇子已賺入手，你看這婦人慾火如焚，待我復回本像，羞他一場。〔從地井内下。悟空從地井内上。白〕你來看看我是誰！〔鐵扇公主作看呆科。悟空白〕被我逗出許多醜態來，好不識羞。嫂嫂不要怪，你的興還未消，待我去請牛大哥就是了。〔作遶場出洞門，從壽臺上場門下。鐵扇公主作羞怒拜，白〕可恨！ 可惱！〔唱〕

【南呂宫正曲·節節高】猴頭忒逞刁韻，把人嘲韻，一腔心事都知道韻。我認做良人到韻，備酒肴韻，堆歡笑韻。誰知道誆奴寶扇真强盜韻，臨行還要多譏誚韻。〔合〕含羞不敢向人啼句，新讐舊

恨何年了。〔唱〕

【尾聲】癡迷失手難知覺㊝，臉邊羞難洗難澆㊝。〔白〕猴頭猴頭！〔唱〕我和你做個千百載寃讐甚日消㊝。〔仝從簾子門下〕

第廿四齣　縛魔歸正許修持（家麻韻）

〔淨扮牛魔王，戴牛魔盔，簪雉尾狐尾，紮靠，持刀，從壽臺上場門上。唱〕

【小石調正曲·柳絮飛】猴頭欺侮渾家(韻)，渾家(格)。尖酸那肯容他(韻)，容他(格)。趕來奪取防招架(韻)，計生心(讀)，除非粧假(韻)。〔合〕手到功成處(句)，也瞞個眼生花(韻)。〔白〕我牛魔王，蒙混天王請去赴席，被孫行者偷了坐騎，變成我像，到山妻處，竟將芭蕉扇賺去。我恨他弄巧賣乖，欺妻辱妾，因此特地趕來。但是一件，我若問他討取，定然不肯，必要相殺，可不費事？我不免變做猪八戒，一路迎去，只説師傅差來，隨機應變，誆了回去，可不是好？待我且去變來。〔從壽臺下場門隱下。雜扮牛魔王化身，戴僧帽，紮金箍，戴犄角，猪嘴切末，穿悟能衣，戴數珠，持鈀，從壽臺下場門上，作虛白發諢科，仍從壽臺下場門下。副扮悟空，戴悟空帽，穿悟空衣，帶數珠，扛扇，從壽臺上場門上。唱〕

【又一體】賺將扇子來家(韻)，來家(格)。本事可也虧咱(韻)，虧咱(格)。得來不必多牽掛(韻)，趲回程(讀)早些消假(韻)。〔合〕搧滅登程去(句)，依舊是送還他(韻)。〔白〕我老孫費盡多少心機，纔賺得此扇到手。且去回覆師傅，明日便可過山了。只是一件，我先看是一個小小葉兒，恐怕又是假的，爲此賺得咒語。一咒果長一丈二尺，又且如此闊大，但未曾賺得收法，再不能收小，只得扛在肩上，好不費力也。〔牛魔王化身從壽臺上場門上。白〕師兄，我來了。師傅見你許久不回，恐牛魔王手段高强，難得他的寶貝，教我迎來帮你。〔悟空白〕不必費心，我已到手了。〔牛魔王化身白〕這肩上的想是？〔悟空白〕這肩頭上正是。〔牛魔王化身白〕勞碌太甚，待我扛着，與哥代勞。〔悟空白〕如此甚好。〔作遞扇，牛魔王化身接扇，從壽臺下場門隱下。牛魔王從壽臺下場門上。白〕潑猴！認得我麽！〔悟空作轉身看科。白〕是我不仔細，被他誆了回去。罷了！〔作持棒對敵科。悟空唱〕

【正宫正曲·四邊静】笑伊手段端然大(韻)，途中作奸詐(韻)。妻子養他人(句)，幾乎我上馬(韻)。〔合〕丟妻守寡(韻)，粧聾做啞(韻)。與我話通宵(句)，耳聽好佳話(韻)。〔作對敵科。牛魔王白〕潑猴休得胡説！〔唱〕

【又一體】猴頭行事多奸詐(韻)，心腸似天大(韻)。三次賺芭蕉(句)，一場好話靶(韻)。〔合〕强如辱駡(韻)，見吾害怕(韻)。到手又成虚(句)，勸你歸山罷(韻)。〔悟空白〕胡説！我不打死你，若不取了扇子去，也不算做好漢。〔牛魔王白〕我不殺你報讐雪耻，也不算好漢。〔作對敵。雜扮土地，戴巾，穿土地氅，持拂塵，從壽臺上場門上。場上設椅，土地作椅立科。白〕大力王且住。唐三藏西天取經，無神不保，無天不佑，三界通知，十方擁護。快將此扇與他搧息火燄，教他早早過去。不然，上天責你，定要遭誅譴的。〔牛魔王白〕那猴頭害我子，欺我妻，凌我妾，恨不得吞他下肚！肯將寶貝與他？〔土地仍從壽臺上場門下。丑扮悟能，戴僧帽，紥金箍，猪嘴切末，穿悟能衣，帶數珠，持鈀，從壽臺上場門上。白）大哥，我來幫助你。結心黄的快拿扇子出來！饒你性命！（牛魔王白）饢糠的！你那本事有限，也來放肆。（仝作對敵科。牛魔王從壽臺下場門敗下。悟能作發諢科。悟空白）獃子！你帶領陰兵，打破他洞門，將衆妖盡行屠戮。待我追那牛精去。（從壽臺下場門追下。悟能發諢，向内作唤陰兵科。土地引雜扮衆陰兵，各戴鬼髮，穿箭袖，繫肚囊，持器械，從壽臺上場門上，作見悟能虚白，作領衆陰兵遶場，作築打洞門科。旦扮衆魔女，各戴魔女髮，穿採蓮襖，繫戰腰，持刀，從洞門上，與衆陰兵作對敵科。衆陰兵、土地追衆魔女，從壽臺下場門下。場上設桌椅。小旦扮玉面姑姑，戴鸚哥尾，簪形，穿採蓮襖，繫戰腰，襲氅，從簾子門上，作虚白睡科。悟能進門遶場科。作與玉面姑姑發諢，玉面姑姑脱氅，作持雙劍對敵科。悟能作打死玉面姑姑，從地井内下，悟能作出洞門虚白發諢科，從壽臺下場門下。悟空追牛魔王，從壽臺上場門上，作對敵應聲科。牛魔王從仙樓上，禄臺隱下。雜扮白鶴，穿白鶴衣，從禄臺門上，作飛舞科。悟空作看科，從仙樓上，禄臺隱下。雜扮鳳凰，穿鳳凰衣，從禄臺門上，作飛舞與白鶴鬬，應聲科。各從禄臺兩場門分下。悟空、牛魔王各從禄臺下，仙樓上，作對敵應聲科。牛魔王下仙樓，壽臺下場門隱下。雜扮牛魔王化身，騎異獸，從壽臺下場門上，作威勢科。悟空作看科，從壽臺上場門隱下。雜扮悟空化身，騎異獸，從壽臺上場門上，作鬬應聲科。各從壽臺兩場門分下。悟空、牛魔王各仍從壽臺兩場門上，作對敵科。牛魔王從壽臺下場門敗下。悟空追下。雜扮衆羅漢，各戴僧帽，紥金箍，穿箭袖，繫肚囊。雜扮四金剛，各戴金剛冠，紥靠，紥背光，持劍、琵琶、傘、蛇，左右天井下仙樓，至壽臺科。仝唱）

【中吕宫正曲·好事近】殺氣亂如麻（韻），佈就天羅應嚇（韻）。遵依菩薩（韻），孽魔定教拏下（韻）。

〔四金剛白〕我等乃四大金剛是也。〔衆羅漢白〕我等乃如來座下衆羅漢是也。〔四金剛白〕因唐僧發願往西天雷音寺拜佛求經，路阻火燄山。牛魔王不肯借扇，孫大聖與他戰鬭，不能擒縛。昨奉如來勑旨，命我等把住四方，佈下天羅地網，擒捉牛精。那前面祥雲簇擁，不知是何神將來也？〔雜扮衆神將，各戴卒盔，穿箭袖，排穗，執旗。雜扮衆金甲神，各戴紮巾額，紮靠，持鞭。雜扮九曜，各戴九曜冠，紮靠，持器械。小生扮哪吒，戴線髮，軟紮扮，繫風火輪，佩劍，持鎗。引淨扮托塔天王，戴天王盔，紮靠，紮令旗，襲蟒，束帶，托塔，持戟，從左右天井下，仙樓上。仝唱〕西方路阻(句)，領神兵(讀)，十面軍營扎(韻)。〔作見科。四金剛、衆羅漢白〕天王請了。〔托塔天王白〕衆位何往？〔四金剛、衆羅漢白〕我等奉如來法旨，帮助孫悟空擒捉牛魔。天王何往？〔托塔天王白〕吾父子奉玉帝勑旨，帶領六丁六甲、九曜元辰，也是帮助孫悟空擒捉牛精。〔四金剛、衆羅漢白〕如此一仝前去。〔仝作遶場科。唱合〕霎時間戰向桃林(句)，遍地裏枚啣陣馬(韻)。〔托塔天王白〕遠遠望見牛精戰鬭來了。且佈下羅網則個。〔下仙樓。場上設平臺，托塔天王、衆神將作上桌立科。四方設杌，四金剛作上杌立科。衆羅漢各按四方分侍科。四隅天井內八天將各乘雲兜下。悟能追牛魔王從上場門上，作對敵科。悟能白〕心黄夯牛，你的貴寵被我築出本像，乃是玉面狐狸。你今日還要逃往那裏去！〔唱〕

【又一體】牛精(句)，立地就擒拏(韻)，斂手歸降免殺(韻)。摩雲築破(句)，翠雲怎能留下(韻)。〔牛魔王白〕饢糠夯貨，但贏得我手中刀，我便饒你。不然，喫吾一刀！〔唱〕無能夯貨(句)，也揚威(讀)，捨命來兜搭(韻)。〔合〕料難逃手內青鋒(句)，刀落地立時開發(韻)。〔悟能白〕牛精，今日是你剥皮的日子了，還掙甚麼命！〔作對敵科。悟能虛白，悟空從壽臺上場門上，作接戰科。悟能從壽臺上場門暗下。悟空引牛魔王作向西方敗走，一金剛作下杌阻擋科。牛魔王白〕你是誰？阻我去路！〔一金剛白〕吾乃五臺山碧摩崖神通廣大護法金剛，奉佛法旨，佈下天羅地網擒你。往那裏去。〔作對敵科。悟空接戰，引牛魔王作向南方敗走科。一金剛作下杌阻擋科。牛魔王白〕誰敢阻吾去路？〔一金剛白〕吾乃峨嵋山清涼洞法力無量勝至金剛。奉佛法旨，專等捉你。〔作對敵科。悟空接戰，引牛魔王作向北方敗走科。一金剛作下杌阻擋科。牛魔王白〕誰敢阻吾去路！〔一金剛白〕吾乃崑崙山金霞嶺不壞尊王永住金剛。奉佛法旨，在這裏擒你。〔作對敵科。悟空接戰，引牛魔王作向東方敗走科。一金剛作下杌阻擋科。牛魔王白〕誰敢阻吾去路！〔一金剛白〕吾乃須彌山摩耳崖毘盧沙門大力金剛。奉佛法旨，在此等你來，擒你去見佛。〔作對敵科。悟空接戰，作遶場暗下。哪吒接戰，與牛魔王作對敵科。牛魔王從壽臺下場門隱下。雜扮牛形，穿牛衣，從壽臺下場門上，作威勢科。哪吒作看科。白〕這牛精弄術，待我現出法身來拿他。〔從壽臺上場門隱下。雜扮哪吒化身，戴三頭六臂紥靠，持杵，從壽臺上場門上，作與牛形戰鬬科。牛形從下場門敗下。哪吒化身追下。衆神將亦追下。哪吒作牽牛形，衆神將隨從下場門上，作分侍科。哪吒白〕牛精已擒。〔托塔天王白〕牛精你也有今日麼！〔衆神將仝唱〕

【中呂宮正曲·千秋歲】陣交加(韻)，變幻神通大(韻)，忙梟首剁作三花(韻)。〔哪吒持劍，作連砍三次，牛頭落地，牛形作急長三頭科。衆神將作驚科。仝唱〕三長頭顱句，三長頭顱疊，也只是讀老牛精暫時撐達韻。〔牛形白〕莫傷我命！〔衆神將仝唱合〕轉輪迴讀，扶梨把韻，到今日讀，難登答韻。奉勅彰天罰韻，休把一元大武讀名字來誇韻。〔作砍科。小生扮善才，戴紅孩髮，穿紅孩衣，捧淨瓶。小旦扮龍女，戴過梁額、仙姑巾，穿宮衣，臂鸚哥。引旦扮觀音菩薩，戴觀音兜，穿蟒，披袈裟，帶數珠，持拂塵，各乘雲兜，從天井内下科。唱〕

【中吕宫正曲・越恁好】風輪雲駕韻，風輪雲駕疊，普救是瑜珈韻。慈航欲渡句，〔牛形白〕菩薩救命！〔觀音菩薩唱〕尋聲問恕伊家韻。〔衆神將仝白〕菩薩稽首。〔觀音菩薩白〕李天王、哪吒、衆神等，饒他一命，不可傷他。〔唱〕他雖孽重委實差韻，且饒安插韻。〔衆神將仝唱〕且暫息讀，繭栗把燔柴化韻。且暫停讀，膋血把鸞刀斵韻。〔觀音菩薩白〕大力王，饒你性命，汝却肯皈依麽？〔牛形白〕情願皈依菩薩，望乞慈悲。〔觀音菩薩白〕既如此，更衣裝來見。〔哪吒帶牛形，從壽臺下場門下。悟空從壽臺上場門上，作見科。白〕菩薩在上，弟子孫悟空稽首。〔哪吒引牛魔王，帶髮，穿氅，從壽臺下場門上，作叩拜科。白〕多謝菩薩慈悲。〔托搭天王白〕既惜身命，皈依佛教，快拿扇子出來。〔善才作下雲兜科。白〕爹爹，扇子在那裏？〔牛魔王白〕在你母親處。〔觀音菩薩白〕悟空，扇子在羅刹女處。你與紅孩兒仝去取來。〔悟空白〕領法旨。〔仝善才作遶場科。善才白〕母親快來。〔旦扮鐵扇公主，戴羅刹膉腦，穿氅，從洞門上。白〕只爲當初差一着，直至如今悔是遲。〔善才作見科。白〕母親嘎！〔鐵扇公主作哭科。

白〕我的兒，你爲何來此？〔善才白〕菩薩來救爹爹，我隨了來的。快將扇子與孫大聖，好去參見菩薩。〔鐵扇公主作取扇科。白〕扇兒在此。〔作遞扇與悟空收科。善才引鐵扇公主作見觀音菩薩叩拜科。白〕菩薩，扇子已付孫大聖，只求菩薩饒我夫妻之命，情願皈依。〔觀音菩薩白〕羅刹女，你既願焚修，洗心歸正，切不要動無明，自墮地獄。且在此山中，三年之後，我當渡登彼岸，超脱紅塵。〔鐵扇公主白〕多謝菩薩慈悲。〔作起科。仍從洞門下。善才作上雲兜科。觀音菩薩白〕悟空，你今得了扇兒，速送你師傅過山去罷。〔悟空白〕多謝菩薩。有勞衆位神將，老孫就此告别了。〔從壽臺上場門下。觀音菩薩白〕大力王，隨我到補陀崖去。〔牛魔王白〕謹遵法旨。〔作上雲兜科。觀音菩薩白〕善才，就此駕起雲頭，回至南海去者。〔衆神將仝白〕我等護送菩薩一程。〔觀音菩薩白〕有勞。〔從天井内起雲兜上，衆神將仝唱〕

【中吕宫曲·紅繡鞋】今朝已絶根芽（韻），根芽（格）。前程穩取亨嘉（韻），亨嘉（格）。洒甘露（句），燦金霞（韻）。火燄過（句），不波查（韻）。〔合〕五印度（句），梵王家（韻）。

【尾聲】千魔萬刼俱是前生罰（韻），經到中朝天雨華（韻）。全虧了我佛慈悲先登障海槎（韻）。〔仝從下場門下〕

辛上

第一齣　九頭獅離座貪凡（魚模韻）

〔雜扮衆仙童，各戴仙童巾，穿氅，繫絲縧，持松枝、葫蘆。引外扮南極壽星，戴壽星套頭，穿蟒，繫絲縧，持拂塵，從壽臺上場門上。唱〕

【正宮引・錦堂春】瑞靄遥分黃道(句)，祥光早映瑶樞(韻)。仙籌海屋添來日(句)，多壽頌唐虞(韻)。

〔場上設椅轉場座科，白〕五福叨居占首名，萬方仝慶祝升恒。秋分見丙呈祥瑞，南極争知是壽星。我乃弧南老人星是也。本天上之斗杓，注人間之生籍。一星獨耀，萬古長輝。恭遇聖人在位，壽域仝開。酌春酒於南山，傾陽葵於北闕。今者正遇太乙天尊壽誕，禮應慶祝，衆仙童就此前去。

〔衆仙童作應，向下牽鹿，南極壽星作騎鹿科。仝唱〕

【正宮正曲・玉芙蓉】分明種白楡(韻)，指點沾榮露(韻)。遠盼望神京(讀)，儼然瑶圃(韻)。中天景運開昌宇(韻)，盛世純禧集上都(韻)。〔合〕綏多祜(韻)，願輝增躔度(韻)，仁壽仝登(讀)，萬民擊壤效康衢(韻)。

〔雜扮衆揭諦，各戴揭諦冠，穿鎧，執藜杖。引末扮太乙天尊，戴蓮花冠，穿蟒，繫絲縧，持拂塵，騎九頭獅，從壽臺上場門上。仝唱〕

【又一體】乘風謁帝居(韻)，仝日登雲路(韻)。喜夾轂扶輪(讀)，狻猊收伏(韻)。〔仝作相見科。太乙天尊白〕星君稽首。〔南極壽星白〕天尊稽首。今日恭遇天尊壽誕，敬向寶宮稱慶。恰好雲路相逢，不識法駕何來？〔太乙天尊白〕因屆賤辰，敬向凌霄朝參上帝而回。〔南極壽星白〕原來如此。如今正好仝往星垣，用申慶祝。〔太乙天尊白〕多承盛意，就請前往。〔南極壽星白〕請。〔仝唱〕瑩瑩太乙奎光聚(韻)，閃閃弧南元氣孚(韻)。〔合〕俄延竚(韻)，早翬飛鳳翥(韻)。金闕雲中(讀)，一輪晴旭耀天樞(韻)。〔作到科。南極壽星、太乙天尊各下白鹿、九頭獅科。仙童、揭諦作牽白鹿、九頭獅，各從壽臺兩場門下。南極壽星白〕天尊請上，待老夫拜祝。〔太乙天尊白〕不敢。〔仝拜科。南極壽星白〕祥光瑞靄護瑤宮。〔太乙天尊白〕遇丙欣瞻南極翁。〔南極壽星白〕願得年年申慶祝。〔仝白〕綿延壽算與天仝。〔各坐科。南極壽星白〕今日天尊華誕，禮當獻瑞。衆仙童可將葫蘆中仙露，把松枝灑向五方，沾着的都會長生不老。〔衆仙童白〕領法旨。〔太乙天尊白〕多感盛情。〔内奏樂。太乙天尊、南極壽星上仙樓立科。衆仙童各將松枝作灑仙露，葫蘆内現壽字，天井内下雲氣，結成萬壽無疆科。南極壽星、仙童仝唱〕

【正宮正曲・朱奴兒】一會裏松枝灑處(韻)，亘八表盡沾仙露(韻)。豈但是萬壽無疆叶九如(韻)，直待把那黄耇遍飲醍醐(韻)。〔合〕金經取(韻)，檀林競敷(韻)，喜指日登天竺(韻)。〔南極壽星白〕遠取金經，實爲聖朝善事。〔太乙天尊白〕玄奘遠通西域，將見梵貝歸朝。超度人天，功德無量，慧燈遠燭，文治光昭。我有青藜杖火，今當遍照十方，不教那劉向當年獨邀榮遇也。〔南極壽星白〕妙嗄！正是車書無異俗，甲子並豐年。〔太乙天尊白〕衆揭諦，可將杖端藜火放大光明，以慶天開文運也。〔衆揭諦白〕領法旨。〔内奏樂。衆揭諦各將杖端作現祥光科。太乙天尊、衆揭諦仝唱〕

【又一體】好把那青藜火吐韻，開文運東序西序韻。人只曉紀縵宸章煥石渠韻，須知得昭雲漢一統車書韻。〔合〕金經取韻，檀林競敷韻，喜指日登天竺韻。〔内奏樂。天井内收萬壽無疆雲氣科，白鹿、九頭獅從壽臺兩場門上，遶場，從壽臺兩場門下。牽鹿仙童、牽獅子揭諦從兩場門上，稟白〕啟上天尊星君，白鹿、九頭獅都不知逃往何處去了。〔太乙天尊白〕孽畜！孽畜！又趕到下方生事去了。〔南極壽星白〕也不爲别事，只因取經僧九九之難未滿，合當如此。〔太乙天尊白〕我等且自由他，待到他日前去收伏便了。〔南極壽星白〕説得有理，請！〔仝唱〕

【尾聲】恭逢壽誕獻祥符韻，坐騎生風都是數韻。且待他金蟬喫險去匡扶韻。〔太乙天尊、壽星從仙樓門下，衆揭諦、仙童從壽臺兩場門分下〕

第二齣　七姊妹尋芳鬥草（蕭豪韻）

〔場上設盤絲洞科。小旦扮月霞仙子，簪形，穿衫，從洞門上。唱〕

【南呂宮正曲·一江風】鳥聲嬌(韻)，報道春光好(韻)，陡地傷懷抱(韻)。〔白〕奴家月霞仙子是也。姊妹七人，修身盤絲洞中。方纔後樓飲酒，猛然心事縈懷，故爾出席，向洞外散悶片時，出得洞來。妙嗄！好一派春景也。〔唱〕猛凝眸(句)，只見紫燕雙雙(句)，粉蝶翩翩(讀)，故向花叢繞(韻)。〔合〕教奴難打熬(韻)，教奴難打熬(疊)，心旌不住搖(韻)，向何方去覓人年少(韻)。〔旦扮衆蜘蛛精，各簪形、穿衫，從洞門上。唱〕

【又一體】飲香醪(韻)，共把金樽倒(韻)，姊妹尋歡樂(韻)。好春朝(韻)，滿目韶華(句)，桃柳争妍(讀)，掩映羞花貌(韻)。〔作相見科，白〕姐姐嗄，〔唱合〕因何把席逃(韻)，因何把席逃(疊)？看你春酣臉暈潮(韻)，越顯得多波俏(韻)。〔月霞仙子白〕奴家一時煩悶，不能飲了，故爾到洞外消遣片時。衆妹子休得見嘲。〔一蜘蛛精白〕怎敢得罪姐姐。我們既到洞外，不可空歸，鬭個百草頑耍。一者以消白晝，二來若是誰輸了，今晚夜消，就着他出東道。〔衆蜘蛛精白〕説得有理，大家分頭去，搆尋各種異草便了。〔各

作尋草科，全唱〕

【仙呂宮集曲・太師令】【太師引】（首至八）酒初消(韻)，齊向花間鬧(韻)。艷陽天香風細飄(韻)，暢好是推襟送抱(韻)。休辜負鬭草尋苗(韻)，怎顧那柔枝嫩條(韻)。惜花心暫時撇掉(韻)，輸共贏全憑這遭(韻)。【刮鼓令】（得末一句）宜男喝采笑聲高(韻)。〔各作鬭草科，衆蜘蛛精白〕姐姐爲何悶悶不悦？有甚麽心事，可對衆妹子説知。〔月霞仙子唱〕

【又一體】對花嬌添人惱(韻)，心中事伊家怎曉(韻)？〔衆蜘蛛精白〕我們曉得了。〔唱〕多應是鶯歌蝶炒(韻)，要求個鳳友鸞交(韻)。〔月霞仙子唱〕一腔恨聰明猜着(韻)，稱心兒玉人渾少(韻)。〔衆蜘蛛精唱〕那劉阮仙緣豈遥(韻)。〔一蜘蛛精白〕奴家替你愁一件來。〔月霞仙子白〕愁甚麽。〔一蜘蛛精唱〕愁你一窩難下兩枝篙(韻)。〔淨扮蜈蚣精，戴陀頭發，紥金箍，簪形，穿僧衣，繫絲縧，帶大數珠，持拂塵，從壽臺上場門上。唱〕

【南呂宮正曲・三學士】五毒從來名占叨(韻)，天生百足英豪(韻)。〔作見科，白〕妹子好頑耍。〔衆蜘蛛精白〕哥哥萬福！爲何笑容滿面？〔蜈蚣精白〕愚兄特來報喜！〔衆蜘蛛精白〕喜從何來？〔蜈蚣精唱拜〕神祠舊討得鴛鴦筶(韻)，參佛上新來了鸞鳳交(韻)。〔衆蜘蛛精白〕這些話小妹們不曉得。〔蜈蚣精白〕實對你們説罷，今有唐天子差聖僧往西天取三藏金經，此人乃金蟬子化身，道行非凡。爲此，愚兄欲與大妹子作伐，結成姻契，自然與天地齊年了。〔唱合〕繡幙牽絲伊自曉(韻)，那用赤繩兒

月下老㊄。〔月霞仙子唱〕

【又一體】深謝吾兄情意好㊄，爲奴指引藍橋㊄。管教不用玄霜搗㊄，一飲瓊漿壻便招㊄。〔衆蜘蛛精白〕姐姐好造化。〔唱合〕你罷織機絲休弄巧㊄，請天孫渡鵲橋㊄。〔蜈蚣精白〕妹子，〔分白〕你喬粧俗女向桑間，賺取真僧暫解鞍。但願成龍好夫壻，大家姊妹不孤單。〔衆蜘蛛精從洞門下，蜈蚣精從壽臺上場門下〕

第三齣　托鉢驀逢喬娘子（古風韻）

〔副扮悟空，戴悟空帽，穿悟空衣，帶數珠，持棒，從壽臺上場門上。白〕証果非無日，修行各有時。若能精進志，不必更嫌遲。我孫悟空奉師尊之命，前來開路，以防山精水怪。且喜道路平坦，風和日麗，不免回覆師尊便了。師傅有請！〔生扮唐僧，戴唐僧帽，穿僧衣，繫絲縧。帶數珠。丑扮悟能，戴僧帽，紮金箍，猪嘴切末，穿悟能衣，帶數珠，持鈀，挑經擔。雜扮悟淨，戴僧帽，紮金箍，穿悟淨衣，帶數珠，持鏟，牽馬，隨從壽臺上場門上。唐僧白〕身似菩提樹，心如明鏡臺。時時常念佛，何事惹塵埃。悟空！〔悟空白〕弟子有。〔唐僧白〕你開路前途，可好走麽？〔悟空白〕前途好走，請師傅放心前進。〔悟能虛白科。唐僧白〕住了。往日都是你們化齋，老僧坐食有愧，今日待我去化齋，八戒隨我前去。〔悟空白〕師傅，有齋無齋，早些回來，免得弟子們耽驚。〔唐僧、悟能作接鉢、錫杖科，白〕我曉得。〔各從壽臺兩場門分下。小旦扮月霞仙子，簪形，穿衫，繫汗巾，持杆，携筐，從洞門上，白〕白雲本是無心出，明月何曾有迹污。自家月霞仙子，昨承哥哥指引，有東土唐僧可以結爲婚媾，神仙可冀。只恐他禪心牢定，難以入彀，爲此假扮採桑女子，引來洞裏，成其美事。〔唱〕

【南呂宫正曲・懶畫眉】携筐喬採去尋春㊞,有意羅敷待使君㊞。〔白〕唐僧,〔唱〕你好似阿難伽女會前因㊞,半灣流水桃花引㊞。〔合〕拋却一片禪心來問津㊞。〔從壽臺下場門下。唐僧、悟能從壽臺上場門上,唱〕

【又一體】茫茫慾海渺無垠㊞,一墮波心便永淪㊞。色空空色認須真㊞,蜂媒蝶使勞勾引㊞。〔合〕可知道明月殘霞攪不渾㊞。〔月霞仙子從壽臺下場門暗上,作採桑科,悟能見虛白發諢科。月霞仙子唱〕

【又一體】何來俊雅一沙門㊞,問訊奴儂帶笑頻㊞。〔悟能白〕阿彌陀佛!貧僧東土大唐差往西天取經的,特化女菩薩一齋。〔月霞仙子白〕既是化齋的僧人,請到寒家奉齋。〔唐僧白〕如此,女菩薩先請,貧僧隨後。〔月霞仙子白〕請。〔唱〕寒家都是敬慈雲㊞,一齋那惜當承順㊞。〔合〕請到茅堂會老親㊞。〔唐僧白〕府上在那裏?〔月霞仙子白〕不遠,轉過山凹就是了。〔唐僧白〕請問老居士高壽?〔月霞仙子唱〕

【又一體】行年八十鬢如銀㊞,釋教皈依數十春㊞。彌陀一卷誦晨昏㊞,齋僧布施將貧寒賑㊞。〔唐僧白〕阿彌陀佛!〔唱合〕這是廣結良緣,種個出世因㊞。〔作見洞科,白〕我只道村莊,原來是妖洞,不免逃走了罷!〔悟能白〕師傅,我可顧不得你了。〔作跑科。月霞仙子白〕小妖們,與我擒獲者。〔旦扮衆小妖,各簪形,穿衫背心,繫汗巾,紮袖,從洞門上,作擒唐僧科,仝從洞門下。悟能喚悟空、悟淨,從壽臺上場門上,唱〕

【南呂宮正曲・金錢花】吾師一去花村（韻）、花村（格），大概扎鉢沿門（韻）、沿門（格）。緣何擔擱兩時辰（韻），須前去（讀）細咨詢（韻）。〔悟能白〕不好了！師傅被妖精摟進洞裏喫齋去了，我們也到大貨鋪裏喫合落去。〔悟空、悟淨白〕有這等事！〔悟空唱合〕召土地（讀）問根因（韻）。〔悟能、悟淨白〕怎麽召土地？〔悟空白〕你我知道這是什麽地方，尋個地理鬼，問他便知端的。〔悟能、悟淨白〕有理。〔悟空白〕土地何在？〔雜扮土地，戴巾，穿氅，繫絲縧，持拂塵，從壽臺上場門上，白〕土地時不利，奶奶多聒絮。偏我嘴兒饞，奈何無人祭。〔悟空白〕因何還不來見？〔土地白〕不好了，原來是孫大聖！小心向前相見。〔作叩見科，白〕大聖在上，小神叩見。〔悟空白〕你不要假小心、虛戰兢，起來，我且不打你。你這裏是什麽地方？有甚麽妖精？我師傅化齋，不見回轉，特來問你。〔土地白〕我這裏叫作盤絲山，山下有個盤絲洞。三年前來了七位仙女，占居此洞，雲來霧去，常見他七人在前面香泉沐浴，神通廣大。小神不敢隱瞞，實告大聖。〔悟空白〕迴避了。〔土地仍從壽臺上場門下。悟空白〕兄弟，不消說，一定是妖精了！沙兄弟你在此看守行李馬匹，我仝八戒前去救護者。〔悟淨應科，從壽臺上場門下。悟空、悟能唱〕

【又一體】聽來驀地生嗔（韻）、生嗔（格），盤絲洞裏去搜根（韻）、搜根（格）。香泉只怕是淫津（韻），鈀和棒（讀）兩邊輪（韻）。〔合〕空與淨（讀），寂無人（韻）。〔從壽臺下場門下〕

第四齣　浴泉猝遇猛鷹兒

〔場上設濯垢泉。丑扮洗澡人上，作虛白科。小旦扮月霞仙子，簪形，穿衫。旦扮衆蜘蛛精，各簪形，穿衫，仝從洞門上，唱〕

【南吕宫集曲·梁州新郎】【梁州序】（首至合）貪圖風月(句)，完全姻眷(韻)，勾引雨絲風片(韻)。安排合卺(句)，花身試浴香泉(韻)。〔月霞仙子白〕列位賢妹，東土來的唐僧已經拿入洞中。洞門用盤絲纏定，又着小妖看守，總插翅亦難飛去，爲此先來到濯垢泉中沐浴一番，回去與他成其好事。倘不允之時，也彀我們一頓美食，却不是好。〔衆蜘蛛精白〕姐姐言之有理，仝向清池邊去。〔仝唱〕只見波光瀲灧(句)，水氣氤氲(讀)，濯垢添嬌倩(韻)。〔作到科，白〕你看好一池清泉，你我大家卸衣入水便了。〔各作卸衣入水科。副扮悟空，戴悟空帽，穿悟空衣，帶數珠，從壽臺上場門上。白〕我老孫追尋師傅，你看這些婦女，分明是一起妖怪。趁他們在池内沐浴，我如今不免變一個黄鷹，把那幾件汗衫抓來便了。〔仍從壽臺上場門下。月霞仙子、衆蜘蛛精唱〕脂痕粉膩也(讀)，好除灕(韻)，宛似出水芙蕖分外妍(韻)。〔天井内下黄鷹，作抓衣隨上科。月霞仙子、衆蜘蛛精白〕可怪那黄鷹，把我們的汗衫盡已爪抓而去了，好可恨也！〔唱〕【賀新郎】（合至末）盡袒裼羞人見(韻)，黃鷹怎不留方便(韻)？爪兒疾(句)，如風捲(韻)。〔丑扮悟能，戴僧帽，紮金箍、猪嘴切末，穿悟能衣，帶數珠，持鈀，從壽臺上場門上，作見卸衣入水、虛白發諢科。衆蜘蛛精作亂打悟能喊科。月霞仙子、衆蜘蛛精從壽臺下場門下。悟能白〕我師傅被妖怪攝去，四下打聽，原來是這些女妖作怪。看他們現出原形，被我大喊一聲，四下奔散。我如今疾忙追上，隨他前去，我師傅就有下落了。〔從壽臺下場門下。月霞仙子穿採蓮襖、繫戰腰、持刀從壽臺上場門上，白〕方纔混入池中洗澡的原來是唐僧徒弟，前來救他師傅，想武藝高强，我姊妹們料難取勝。我如今施展法網罩住了他，並唐僧一齊烹蒸便了。〔悟能從壽臺上場門追上，白〕妖怪那裏走！〔作對敵科，悟能唱〕

【南吕宫正曲·節節高】何曾是女仙(韻)，臉兒涎(韻)，立時教你元神現(韻)。〔月霞仙子唱〕心驚顫(韻)，他武藝全(韻)，我神通顯(韻)，忙將網陣張來遍(韻)，賽他韓信埋十面(韻)。〔作對敵科，從天井内下蜘蛛網罩悟能。衆蜘蛛精各穿採蓮襖、繫戰腰、持汗巾，從壽臺上場門上，作圍繞科。月霞仙子仝從壽臺下場門下。副扮悟空，戴悟空帽，穿悟空衣，帶數珠，持棒，從壽臺上場門上，白〕有了。我如今趁他們圍臥蜘蛛網上，放起火來，任你有通天徹地之能，也難逃吾手。〔合唱〕炎炎火燄拍天紅(句)，憑伊法力難施展(韻)。〔作放火科。天井内收蜘蛛網，月霞仙子、衆蜘蛛精各持刀從壽臺上場門上，作對敵科。悟空作打死五蜘蛛精，月霞仙子、一蜘蛛精從壽臺上場門敗下，悟能虛白，作進洞負生扮唐僧，戴僧帽，穿僧衣，繫絲絛，帶數珠，從洞門上場

上，撤盤絲洞科。唐僧仝唱〕

【尾聲】化齋又上妖魔串㊀，拖頭情絲把寶網纏㊀，〔唐僧白〕又虧徒弟相救了。〔悟空白〕相救來遲，休要見責。〔唐僧白〕行李馬匹都在何處？〔悟能白〕俱在松林之内。〔唐僧白〕我們快些登程便了。〔仝唱〕已早是月襯明霞快策鞭㊀。〔從壽臺下場門下〕

第五齣　蛛網牽纏遭五毒（家麻韻）

〔淨扮蜈蚣精，戴頭陀髮、紥金箍、簪形、穿僧衣、繫絲絛、帶大數珠、持拂塵，從壽臺上場門上，唱〕

【南呂宮引·一剪梅】昨宵喜信報嬌娃(韻)，獲住僧伽(韻)，看中僧伽(疊)。料應好事無波查(韻)，錦上添花(韻)，笑眼生花(疊)。〔白〕自家百眼大仙是也。修身黃花觀中，煉就長生不老，義結七個妹子。昨日欲將大妹子招贅唐僧，料應完成美事，不免前去與他道喜。〔小旦扮月霞仙子，旦扮蜘蛛精，簪形，穿採蓮襖，繫戰腰，從壽臺上場門急上，唱〕

【南呂宮正曲·本宮賺】好事爭差(韻)，猛雨驚風掩月霞(韻)。難招架(韻)，好姻緣做惡冤家(韻)。〔作見科，白〕哥哥，不好了！〔蜈蚣精唱〕爲甚淚交加(韻)，形模觳觫渾驚訝(韻)，快把根由來訴咱(韻)。〔月霞仙子、蜘蛛精白〕承哥哥美意，將唐僧替妹子作伐。〔唱〕驀喧譁(韻)，强徒刼急來廝殺(韻)。〔白〕可憐五個妹子呵！〔唱〕拆開七煞(韻)，拆開七煞(疊)。〔蜈蚣精白〕你二人説的話，好不明白！且不要啼哭，可再當細細説與我知道。〔月霞仙子、蜘蛛精白〕哥哥！〔唱〕

【中呂宮正曲·駐馬聽】聽訴根芽(韻)，提起教人淚似麻(韻)。指望姻緣成就(句)，誰知禍起難防(韻)，似風裏楊花(韻)。〔白〕依哥哥吩咐，將唐僧賺到家中，好事將成。不料他徒弟二人行者、八戒驟至，可憐將五個妹子頃刻打死了。〔蜈蚣精作怒科，白〕有這等事！〔月霞仙子、蜘蛛精唱〕三魂七魄掩黃沙(韻)，霎時五命輕遭殺(韻)。〔合〕伏望擒拏(韻)，報讐雪恥(讀)，這纔甘罷(韻)！〔蜈蚣精唱〕

【又一體】猛地嗟呀(韻)，直恁行凶到俺家(韻)。〔白〕如今唐僧那裏去了？〔月霞仙子白〕妹子逃遁而來，自然被他們搶去了。〔蜈蚣精白〕唐僧！〔唱〕一恁你升天入地(句)，設下牢籠(讀)，那怕走遁天涯(韻)。〔月霞仙子、蜘蛛精白〕哥哥，那猴頭果然利害。〔蜈蚣精唱〕猢猻伎倆不須誇(韻)，只好水簾洞口容伊覇(韻)。〔合〕須認俺觀主黃花(韻)，憑渠插翅(讀)，也難飛刷(韻)。〔月霞仙子、蜘蛛精白〕有何妙計替妹子報讐？〔蜈蚣精白〕這有何難！他往西天取經，少不得到此經過。我款留他住下，將我煉就百道金光擒他便了。〔月霞仙子、蜘蛛精白〕妙嗄！好計！〔蜈蚣精白〕你們且進內料理。〔月霞仙子、蜘蛛精從壽臺下場門下。蜈蚣精白〕唐僧你好獃，動不動聽他們徒弟的攛弄。真可惜，天堂有路偏丟去，地獄無門自走來。〔從壽臺下場門下。生扮唐僧，戴僧帽，穿僧衣，繫絲縧，帶數珠。副扮悟空，戴悟空帽，穿悟空衣，帶數珠。丑扮悟能，戴僧帽，紥金箍、猪嘴切末，穿悟能衣，帶數珠，持鈀，挑經擔。雜扮悟淨，戴僧帽，紥金箍，穿悟淨衣，帶數珠，持鏟，牽馬，隨從壽臺上場門上。唐僧白〕陰雲帶殘日，暮色已蒼然。借問安單處，西方在眼前。〔作看科，白〕徒弟，此間有所觀宇，天色已將暮了，投宿一宵，明早再行罷。〔悟空白〕師傅再趲一程罷，此處宿不得，誠恐没有好人在內。〔悟能白〕也没有你這師兄，貫會搗鬼。這樣大觀宇，到不投宿，若再趲一程，弄得前不巴村、後不着店，轉在露天地下住，忍凍忍餓。若在此觀內投宿，飽齋也弄他一頓喫喫，也是好的。〔悟空白〕你曉得甚麽！此處裏面妖氣衝霄，不是當耍的。師傅快走罷！〔悟能白〕放屁！這樣清淨觀宇，什麽妖氣，你到有些晦氣，待我去問來。裏面有人麽？〔末扮蜈蚣化身，戴道巾，簪形，穿道袍，繫絲縧，持拂塵，從壽臺下場門上，白〕來了！掃榻迎禪客，烹茶待遠人。〔作見科，白〕原來是衆位師傅，請進。〔仝作進門虛白，悟能、悟淨向下放經擔馬匹科。場上設椅，各坐科。蜈蚣化身白〕請問禪師何來？〔唐僧白〕貧僧是大唐來的。〔蜈蚣化身白〕原來是上邦人物，失敬了。千山萬水，來此何幹？〔唐僧白〕觀主聽禀。〔唱〕

【又一體】遠步天涯(韻)，奉旨西行叩釋迦(韻)。〔蜈蚣化身白〕西天拜佛，必有甚麽願心。〔唐僧唱〕要把金經拜取(句)，超度亡魂(讀)，罪滅恒沙(韻)。〔蜈蚣化身白〕要往西天取經，好大願心也。〔唐僧唱〕經過寶觀謁仙家(韻)，前途路遠無安插(韻)，〔合〕萬望容納(韻)，松窗 宿(讀)，夢清陳榻(韻)。〔蜈蚣化身作噴氣科，從地井內下。蜈蚣精軟紮扮，持棍從地井內上。悟空持棒作對敵科，蜈蚣精從壽臺下場門敗下，悟空追下。雜扮衆小妖，各戴鬼髮，穿箭袖、卒褂，各從壽臺兩場上，作擡唐僧、悟能、悟淨從壽臺下場門下。悟空追蜈蚣精，從壽臺上場門上，作對敵科。月霞仙子、蜘蛛精各持刀從壽臺下場門上，作接戰科。蜈蚣精、月霞仙子、蜘蛛精從壽臺下場門敗下。雜扮蜈蚣形，穿蜈蚣衣，從壽臺下場門上，作噴氣科。悟空從壽臺上場門敗下。蜈蚣形仍從壽臺下場門下。蜈蚣精、月霞仙子、蜘蛛精仝從壽臺下場門上，蜈蚣精白〕猴頭走了。妹子你我且追拿猴頭，

一齊把他師徒蒸來受用，有何不可。〔仝唱〕

【高大石調正曲·窣地錦襠】從旁提點多奸滑㊊，格鬭依然力不加㊊。捉回一併剁三花㊊，〔合〕報復前讐誼不差㊊。〔從壽臺下場門下〕

第六齣　黎山指點訪千花

〔老旦扮黎山老母，戴仙姑巾，穿氅，携籃，從壽臺上場門上，唱〕

【中呂宮集曲・榴花好】【石榴花】（首至四）携筐且向各山游(韻)，採芝合配小丹頭(韻)。世人忘却舊根由(韻)，沉身苦海，兀自不追求(韻)。【好事近】（五至末）那怕功高列侯(韻)，未央宫(讀)誰個來搭救(韻)。〔白〕自家黎山老母是也。閒來無事，採藥修丹，以濟有緣。〔内作風响科。黎山老母唱〕猛然間走石飛沙(句)，烟塵起瀰漫宇宙(韻)。〔副扮悟空，戴悟空帽、穿悟空衣、帶數珠，從壽臺上場門上，唱〕

【又一體】今朝敗北怎干休(韻)，甚樣妖魔做敵頭(韻)。想當日九天十地任咱遊(韻)，蟠桃會上，曾把美名留(韻)。不料今番出醜(韻)，殺得咱(讀)有路無門走(韻)。痛師尊吉少凶多(句)，頓教咱計與誰謀(韻)。

〔作到科。黎山老母唱〕

【又一體】悟空爲甚恨悠悠(韻)，取經不去是何由(韻)？〔悟空作悶科。黎山老母唱〕搥胸頓足淚交流(韻)，有何緣故，與我説從頭(韻)。〔悟空白〕老母！〔唱〕説來可羞(韻)，遇妖魔(讀)，一戰多僝僽(韻)。〔黎山老母白〕你鬧天宫的手段往那裏去了？〔悟空白〕老母！〔唱〕運來時大鬧天宫(句)，時不利便做俘

囚(韻)。〔黎山老母唱〕

【又一體】伊行不必苦啾啾(韻)，妖魔底裏與你説從頭(韻)。〔悟空白〕請問老母，是甚麽妖魔？〔黎山老母白〕你先會的七個是蜘蛛精，這黄花觀的道人是蜈蚣精，名曰多眼魔也。煉就金光百道，但與人交戰，射出百道金光，中了輕的還好，若中了重的，就辨不出東西南北了。〔唱〕七情迷本世傳流(韻)，牽纏個個怎跳出這機謀(韻)。〔悟空唱〕我尋根問由(韻)，圈兒内(讀)不過翻觔斗(韻)。〔白〕話便是這等説，是何神聖，方能制服得他。〔黎山老母白〕别人不能服他，除非向紫雲山千花洞毘籃婆菩薩方能降伏。〔悟空白〕這有何難！〔唱〕感伊家指破迷津(句)，駕風帆即詣靈丘(韻)。〔從壽臺下場門下。黎山老母白〕悟空已去，不免回山則個。〔唱〕

【尾聲】腐腸毒藥皆因酒(韻)，代性摻柯色自讐(韻)。可知道酒色丢開，方纔道可求(韻)。〔從壽臺下場門下。雜扮衆揭諦，各戴揭諦冠，穿鎧，持杵。引旦扮毘籃婆菩薩，戴僧帽，紥五佛冠，穿蟒，披袈裟，帶數珠，持拂塵，從仙樓門上。唱〕

【正宫引·燕歸梁】獨坐千花古洞春(韻)，飛法雨(韻)、散慈雲(韻)。三乘四諦悟元因(韻)，登覺路(讀)、出迷津(韻)。〔場上設椅轉場坐科，白〕性地聰明絶點瑕，戒香馥郁透袈裟。醍醐一滴如甘露，灑遍蓮臺九品花。吾乃毘藍婆菩薩是也。無影樹下弄月嘲風，没縫塔中安身立命，可以浮漚復水，明月歸天。衆揭諦，看守洞門者。〔衆揭諦應科。副扮悟空，戴悟空帽，穿悟空衣，帶數珠，從壽臺上場門上。白〕

翻從山岫頂，直入斗杓中。〔揭諦作出門科，白〕你是甚麽人？〔悟空白〕孫大聖你每也不認得，好混帳。〔揭諦作通報科，毘藍婆菩薩白〕引進來。〔揭諦作引悟空進科，毘藍婆菩薩白〕大聖爲何到此？〔悟空白〕不敢！有事相煩。〔毘藍婆菩薩白〕何事？〔悟空唱〕

【正宮正曲・玉芙蓉】慈悲聽事因(韻)，特地來相懇(韻)。爲妖魔作怪(讀)，犯我師尊(韻)。〔毘藍婆菩薩白〕那個師尊？〔悟空白〕是唐三藏，隨他西天取經。〔毘藍婆菩薩白〕遇了甚麽妖魔？〔悟空唱〕那妖名百眼，多兇狠(韻)，放出金光罩害人(韻)。〔合〕遭危困(韻)，祈求憐憫(韻)。〔毘藍婆菩薩白〕妖魔兇勇，焉能制服得他？〔悟空白〕望菩薩慈悲，萬勿推委。〔唱〕心投地(讀)，終身銜結報鴻恩(韻)。〔毘藍婆菩薩白〕我自赴了魚籃會，到今三百餘年，你却怎麽知道我？〔唱〕

【又一體】魚籃會上分(韻)，便向這山中隱(韻)。歷年華三百(讀)，不出山門(韻)。〔悟空白〕聞得菩薩能滅他的金光，特來拜請。〔毘藍婆菩薩唱〕我埋名避迹難厮認(韻)，誰饒舌重教染世塵(韻)。〔悟空白〕我自有個地理鬼，不拘那裏自會訪着。〔毘藍婆菩薩白〕也罷！我若不去，恐怕滅了取經善念。況汝師傅乃係金蟬子降生，代宣佛化，也是最大一樁功德。仝去收伏妖魔便了。〔悟空白〕不知菩薩帶甚麽兵器？〔毘藍婆菩薩白〕我有繡花針，能破那厮。〔悟空白〕我早知繡花針，不須煩你，就是一擔也容易。〔毘藍婆菩薩白〕你那些繡花針是鐵磨的，用不得。我這寶貝，非鐵非金，是我小兒從日中煉成的。〔悟空白〕令郎是誰？〔毘藍婆菩薩白〕小兒是昴日星君。衆揭諦！〔衆揭諦下仙樓，毘藍婆菩薩白〕隨我下方收伏妖魔者。〔衆揭諦作應、遶場科。仝唱合〕聊相趁(韻)，那天風嶺雲(韻)，共相投(讀)，黃花觀裏淨妖氛(韻)。〔悟空白〕你看金光起處，就是黃花觀了。待我唤那妖怪出來。〔毘藍婆菩薩作上高處立科。淨扮蜈蚣精，戴陀頭髮，紮金箍，簪形，軟紮扮，持棍。小旦扮月霞仙子，旦扮蜘蛛精，各簪形，穿採蓮襖，繫戰腰，持刀，仝從壽臺上場門上。唱〕

【越調正曲·水底魚兒】堪笑猴猻(韻)，虧輸没命奔(韻)。這回拏住(句)，教他看馬羣(韻)，教他看馬羣〔疊〕。〔悟空持棒作對敵科，毘藍婆菩薩作取金針科，天井内擲金針切末三個，作釘住科。蜈蚣精、月霞仙子、蜘蛛精仝作跪科，衆揭諦作鎖各妖，悟空欲打科。毘藍婆菩薩白〕大聖不要打，待我收服他看守門户去。〔悟空虛白科，毘藍婆菩薩白〕大聖，妖怪已收，與你解毒丸三丸，救你師傅去。好生保他西行，我回宫去也。〔悟空白〕有勞了。相逢不下馬，各自奔前程。〔從壽臺上場門下。毘藍婆菩薩白〕衆揭諦，押此三妖，隨我歸洞者。〔衆揭諦應科。仝唱〕

【尾聲】盤絲嶺上情絲引(韻)，針孔能穿兩解分(韻)，依舊的白月紅霞護紫雲(韻)。〔仝從仙樓門下〕

第七齣　金頂乘雲迎佛子（真文韻）

〔雜扮八護法神，從仙樓門上，至壽臺跳舞科。白〕露滴銅壺閶闔開，漫空花雨繞蓮臺。欽承佛勅排雲馭，探取高僧印度來。我等乃衆護法神是也。奉佛法旨，探取唐僧西來消息，專待金頂大師到時，一齊仝往。〔雜扮八仙童、八侍者、八侍從、二十四雲使，擁末扮金頂大師，從仙樓門上。唱〕

【仙吕宫引·小蓬萊】特問西來音信（韻），待宣揚萬卷靈文（韻）。祥光繚繞（句），妙香披拂（句），都化金雲（韻）。〔衆護法神作參見科，白〕大師在上，衆護法神稽首。〔金頂大師白〕公等少禮，我乃金頂大師是也。只爲大唐高僧玄奘奉勅求經，化行中土。曾奉佛旨，命俺在玉真庵接引，並遣寶幢光佛在凌雲渡解脱凡胎，已經等上多年，杳無消耗。今又差俺仝衆護法神前去探望行踪，知彼何時可到。這總是我佛一片救世心腸，刻不放下。祇從已經齊集，須索走遭，衆護法神可駕起雲頭者。〔衆護法神應科。雜扮衆雲師，從壽臺上場門上，作遶場科。金頂大仙侍者下仙樓，金頂大仙乘雲車。衆仝唱〕

【仙吕宫集曲·甘州歌】【八聲甘州】（首至合）從教暗忖（韻），這路迢遥遠（讀），不比紅塵（韻）。擔驚遭險（句），豈但風霜堪憫（韻）。禪心已印千江月（句），客夢空瞻萬里雲（韻）。【排歌】（合至末）傳衣切（句），付法段(韻)，數中何自受遭迍(韻)。三摩地(句)，八正門(韻)，無來無去泡影身(韻)。〔金頂大師白〕盼望良久，踪跡杳然，必是唐僧取經這段因緣，此時還早。你我撥轉雲頭，且去回復。他日再來接引，未爲遲也。〔衆侍者白〕謹領法旨。〔作遶場科，仝唱〕

【又一體】星霜涉苦辛(韻)，他鞋香笠雪(讀)，不辭勞頓(韻)。西方中土(句)，來經幾度冬春(韻)。今朝且自回雲馭(句)，後日重教運法輪(韻)。關山遠(句)、悵望頻(韻)，天涯消息總無因(韻)。歸迦衛(句)，覆世尊(韻)，慈航接引渡迷津(韻)。〔仝從壽臺下場門下〕

第八齣　艾文結伴訪獅駝（東鍾韻）

〔淨扮豹艾文，戴豹臚腦，穿豹精衣，繫氅，從壽臺上場門上。唱〕

【南呂宮正曲・紅衲襖】俺本是萬靈中第一雄(韻)，便山君讓咱猛(韻)。千年辟穀藏巖洞(韻)，修煉長生壽不窮(韻)。潤烏雲煖氣烘(韻)，灑金錢文蔚炯(韻)。君若問姓甚名誰(句)也，(格)艾葉蜚聲隱霧翁(韻)。〔白〕聖人除心不除境，境在而心常寂然。凡人除境不除心，境去而心猶自纏。自家姓豹名艾文，別號隱巖子，千年煉氣，道證人形。結交一個妹子地湧夫人，與他道氣相投，不時來往。昨日有道兄相訪，慶賀獅駝嶺新到三位大仙，神通廣大，法力無邊，占居嶺上，候拿東土唐僧。不免前去邀了妹子仝往便了。紅塵不染物，物外惹紅塵。〔從壽臺下場門下。小旦扮地湧夫人，戴鼠精冠，穿氅，從壽臺上場門上，唱〕

【又一體】俺只爲慕仙緣十二峰(韻)，因此上訪襄王期入夢(韻)。〔白〕你看遍山桃紅柳緑，好一派春景也。〔唱〕俺只見鶯梭燕剪花枝動(韻)，又見那蜂黄蝶粉，似戀着金翠叢(韻)。物類兒尚趁着春意濃(韻)，怎教我女孩家徒遭春色烘(韻)，兀自不惹恨牽懷(句)也(格)。〔白〕若還到此呵，〔唱〕不過是假癡呆粧懵懂韻。〔豹艾文從壽臺下場門上，作見科，白〕賢妹拜揖。〔地湧夫人白〕道兄萬福！道兄何往？〔豹艾文白〕特來相邀賢妹，往獅駝嶺慶賀新來的三位仙長，不期中途而會。賢妹爲何笑容滿面、喜氣盈盈？今欲何往？〔地湧夫人白〕道兄猜一猜。〔豹艾文白〕教我猜？是了！〔唱〕

【又一體】莫不是泛仙槎入斗宫韻？〔地湧夫人白〕那是漢子做的事，效他怎麽。〔豹艾文唱〕莫不是步芳塵羅襪擁韻？〔地湧夫人白〕那是死過的甄后，我效他怎麽。〔豹艾文唱〕莫不是盼銀河鵲駕經年迥韻？〔地湧夫人白〕牛郎織女一年一會，學他則甚。〔豹艾文唱〕莫不是上秦樓跨鳳乘碧空韻？〔地湧夫人白〕弄玉吹簫，是要想上昇，學他甚麽。〔豹艾文白〕古怪嗄！〔作想科，白〕妹子，是了！〔唱〕敢則是煉河車雌覓雄韻，因此上啟丹爐鉛調汞韻？〔地湧夫人白〕這想頭纔有些影兒。〔豹艾文白〕賢妹！〔唱〕愧我才貌不及潘安句也格，負你擲果高情屬意濃韻。〔地湧夫人白〕休得取笑！實對你説罷，奴家此來呵！〔唱〕

【又一體】聞有個取經僧滿月容韻。〔豹艾文白〕有個唐三藏，去西天取經的，他有何好處，你便提他？〔地湧夫人唱〕他是個借投胎金蟬種韻。〔豹艾文白〕你待要怎麽！〔地湧夫人唱〕我要你硬擔承權取冰人用韻。〔豹艾文白〕用愚兄做冰人，只怕不在行。〔地湧夫人唱〕破工夫自有謝媒紅韻。〔豹艾文白〕你説謝媒紅，是不消説的。只是他是個出家人，不貪女色的。〔地湧夫人唱〕月明師色未空韻，柳翠兒心易動（韻）。〔豹艾文白〕我聞他手下徒弟孫悟空等甚是利害，不可輕覷了。〔地湧夫人唱〕任憑他坐懷不亂的奇男（句）也（格），少不得裊情絲入咱機彀中（韻）。〔豹艾文白〕如此說，仝你往獅駝嶺先謁見過三位仙長，再由你賺取唐僧便了。〔地湧夫人白〕既如此，你我各自分頭去罷。〔兩分作行科，仝唱〕

【仙呂宮正曲·皂羅袍】待結人間鸞鳳（韻），把雲巢雨窟（讀）覓綻尋踪（韻）。三生石上兩情通（韻），革囊相試伊能懂（韻）。〔豹艾文唱合〕滔滔障海（句），多沉此中（韻）。炎炎慾火（句），誰知陷空（韻）。且待那獅駝嶺上把機關兒弄（韻）。〔各虛白，仝從壽臺下場門下〕

第九齣　嘆飄零誠殷愛日（齊微韻）

〔生扮柳逢春，戴羅帽，紮包頭，穿箭袖，繫鑾帶，從壽臺上場門上，唱〕

【商調引・遶地遊】星聯井、鬼㊞，門第原高貴㊞，嘆男兒時乎不遂㊞。風雲際會㊞，誦言如醉㊞，鎮日間傷心雛眉㊞。〔場上設椅轉場坐科，白〕富貴浮雲視，詩書積歲荒。丈夫時不遇，獵較膳高堂。自家柳逢春，本貫比丘國人氏。父親官拜威遠將軍，出鎮菩提山，不幸中途早逝。母親楊氏，誥封二品。父親在日，曾爲我聘定和員外之女鸞娘爲妻。因丁父艱，守制未娶，不覺年已二十，一事無成。父親清宦終身，素無産業，幸遺寶弓一張，雕翎數矢，藉以獵射養母。菽水不缺，只是終日奔馳，何年纔得發跡。今早出去，獵得一鹿，易米而回。道言未了，母親出來也。〔老旦扮楊氏，穿老旦衣，從壽臺上場門上，唱〕

【又一體】繁華惜昔㊞，回首韶光逝㊞，不須提朱門棨戟㊞。志心皈禮㊞，隨緣度日㊞，與孩兒蓬蒿暫棲㊞。〔柳逢春白〕孩兒拜揖。〔場上設椅各坐科。楊氏白〕你幾時回來的？〔柳逢春白〕孩兒早已回來，見母親經堂念佛，未敢驚動。〔楊氏白〕我兒，自你父親亡後，家計蕭條，煢煢母子，仗誰看顧。雖是你終朝弋獵，甘旨無虧，但傷却鳥獸之命活我餘年，心甚不安。我早已皈依三寶，稽首慈雲，今後不可萌此惡念。〔柳逢春白〕母親自古道，開口告人難。孩兒的弋射，一則演習弓馬，二來藉此營生，庶免枵腹。〔楊氏白〕且再作商量。想你父親在日，何等繁華，今日恁般凄涼，好傷感人也。〔唱〕

【商調集曲・金井水紅花】【梧葉兒】（首至三）燕去空堂寂(句)，花殘敗葉飛(韻)，母子恁悽其(韻)。【水紅花】（五至末）苦無依(韻)，難謀朝夕(韻)。憶昔門填車馬(句)，今日少親知(韻)，頓教人好傷悲(韻)也囉(格)。〔柳逢春白〕母親請免愁煩，孩兒有日成名，那些親戚們依然雲集而至了。只是孩兒呵，〔唱〕【古江兒水】（首至二句）想着仲由負米(句)、曾子耘瓜(句)，【四朝元】（十二至十三）孝養高堂(句)，望古臨風含涕(韻)。〔楊氏白〕我兒，你早晚呵，〔唱〕【皂羅袍】（合至末）須要勤攻經史(句)，羞慚鳳題(韻)，纘承堂構(句)，思量燕貽(韻)，光前耀後，争口先人氣(韻)。〔白〕還有一説，你父親在日，曾與和家結成秦晉，向日音問不踈。自你父親亡後，迄今三載，杳無音信，又不知你岳父母安康若何。想媳婦年已及笄，何日纔得完成姻事。教我做娘的日夜縈懷，意欲前去投托他。一者完你親事，二來他家富饒，或念翁婿之情，少助芸窗之費。倘得上進，兩家皆得光榮，你道如何？〔柳逢春白〕母親之言，深爲有理，但人情澆薄，見我母子窘迫相投，恐怕受其輕慢。據孩兒愚意呵！〔唱〕

【仙吕宫正曲・玉胞肚】必待傳臚丹陛(韻)，染天香鸞坡鳳池(韻)，那其間奠鴈乘龍(句)，才不虛合

巹佳期(韻)。〔合〕家聲重振舊門楣(韻)，只恐怕此日酸寒且慢提(韻)。〔楊氏白〕我兒你也慮得是，但你岳父呵！〔唱〕

【又一體】他也是知書達禮(韻)，況情關潘楊輔依(韻)。怎防他重富嫌貧(句)，定然能愛兒及壻(韻)。〔合〕往前探取莫狐疑(韻)，但願成親早結褵(韻)。〔白〕夜已深了，我兒睡罷。〔柳逢春白〕母親請安置，孩兒還要看幾篇書。〔楊氏白〕好！不可勞神太過了，早些睡。〔柳逢春白〕曉得。〔分白〕故國飄零事已非，舊時王謝燕來稀。月明漢水初無影，雪滿梁園尚未歸。〔仝從壽臺下場門下〕

第十齣　探消息令集鑽風（江陽韻）

〔淨扮豹艾文，戴豹𩕳腦。穿豹精衣，執令旗，從簾子門上，白〕鎮守山崗第一雄，盤溪跳澗逞威風。有人問咱名何姓，折岳連環豹艾翁。我乃先鋒豹艾文是也。近日西來三位大王，神通廣大，威壓萬靈，收我在門下做了總領。今來此山，專等東土唐僧。昨日探事的小妖來報，唐僧離此不遠，爲此三位大王吩咐，今日登臺點集東西南北四山頭領，分鎮各所，防備猻猴之患。道猶未了，三位大王早已登臺了。〔雜扮衆小妖，各戴鬼髮、穿箭袖卒褂、執旗。雜扮東西南北四鑽風，各戴竪髮、紥額、穿打仗甲、佩刀。引淨扮獅精，戴獅盔，簪雉尾、狐尾，紥靠，從簾子門上。唱〕

【仙呂宮隻曲·點絳唇】膽氣堂堂（韻），威名朗朗（韻）。〔雜扮衆小妖，各戴鬼髮、穿箭袖、執旗。引副扮象精，戴象盔，簪雉尾、狐尾，紥靠。雜扮鵬精，戴鵬盔，簪雉尾、狐尾，紥靠，從簾子門上。唱〕都停當，經取西方（韻），路截唐三藏（韻）。〔場上設平臺，轉場各坐科。豹艾文作參見科，分白〕釋教皈依歷幾春，爲貪口腹下凡塵。三人跕住獅駝嶺，專等求經拜佛人。〔獅精白〕二位賢弟，昨日探路的小妖來説，唐僧離此不遠。但他有三個徒弟，甚是利害，你我如今將各山頭鎮守小妖，再加嚴飭一番。〔鵬精、象精白〕

大哥言之有理。總頭領傳令，齊集各山頭領并鑽風，可曾傳到麽？〔豹艾文白〕俱已齊集，候三位大王指揮。〔獅精白〕如此吩咐放炮扯旗、操練陣勢者。〔豹艾文作應，照前白，衆小妖應科，作出洞門科。三妖白〕你看獅駝嶺好威風也。〔唱〕

【黄鐘宫正曲・降黄龍】威鎮獅駝（句），狀貌狰獰（讀），個個稱强（韻）。看如彪似虎（句），擂鼓鳴金（讀），八陣開張（韻）。〔衆小妖從洞門上，走陣立科。三妖白〕你看擺得好陣勢也。〔衆小妖仝唱〕山崗（韻）千峯迴繞（句），映刀光捲如雪浪（韻）。〔合〕這營盤便天神天將（讀），也到此心慌（韻）。〔獅精白〕東西南北四寨頭領聽者。〔四鑽風應科。三妖白〕唐僧有三個徒弟。第一個孫悟空，神通廣大，變化無窮。個個留心，拏住唐僧，大家都可分食，不可怠緩。〔四鑽風應科。三妖唱〕

【又一體】你隄防（韻），着意勤勞（句），刻刻時時（讀）、不容踈曠（韻）。經過汛地（句），白晝黄昏（韻）、用心爲上（韻）。聽講（韻），如違號令（句），決不肯輕饒輕放（韻）。〔白〕小妖們，〔唱合〕獲唐僧烹煎蒸煮（讀），共喫均嘗（韻）。〔衆小妖作應科，仝下臺科。三妖白〕爾等小心巡查要緊。〔衆作應科，仝唱〕

【尾聲】膾肝剜肉思仝享（韻），只慮他高弟的智多謀廣（韻），必須要巡邏週詳着意兒防（韻）。〔仝進洞門下〕

第十一齣　收寶劍狼怪復仇（古風韻）

〔雜扮二妖童，各戴道童巾、穿氅，繫絲絛，各抱劍從洞門上，唱〕

【越調正曲・水底魚兒】吸霧餐霞韻，連環洞是家韻。與豺當道句，〔合〕覇持誰似咱韻，覇持誰似咱疊。〔白〕我們兩個，乃隱霧山折岳連環洞豹艾文道人的兩個仙童便是。〔一妖童白〕師傅往獅駝嶺去了。趁着閑暇無事，到山前比試武藝一番。〔一妖童白〕使得。〔仝從壽臺下場門下。生扮柳逢春，戴羅帽，紮包頭，穿箭袖，繫鸞帶，挽弓插箭，從壽臺上場門上，唱〕

【正宮正曲・玉芙蓉】英雄可嘆嗟韻，久困應堪訝韻。問蒼天聽遠讀，幾時得出泥沙韻。想淮陰未遇曾遭跨韻，一朝運亨扶漢家韻。〔合〕教人怨句，怨功名未達韻。等何年讀，困龍飛躍水中窪韻。〔内作喝采科。柳逢春白〕山凹裏甚麼人喧嚷？〔作聽科，白〕叮噹之聲是甚響動？〔唱〕

【又一體】鏗鏘聲韻佳韻，贊嘆多奇詫韻。〔白〕且上峰頭一望，便知端的。〔作上高處望科，唱〕上高峰試眺讀，細審詳察韻。〔作看科，白〕原來是兩個童子舞劍，好嗄。〔唱〕這一個金光閃爍相低亞韻，那一個玉電盤旋繞落花韻。〔合〕真無賽句，問童兒那家韻，甚山頭讀，十分跳脱走龍蛇韻。〔二妖童從壽臺上場門上，作舞劍。柳逢春白〕二位好武藝。〔二妖童作見科，從壽臺下場門下。柳逢春虛白下。二妖童從壽臺上場門跑上，柳逢春追上，作射死一妖童。從地井内下一妖童，棄劍，從洞門下。柳逢春作取形看科，白〕原來是個狼精，被我射倒一個，將雙劍撇下，是了。〔作看劍科。唱〕

【正宮集曲・朱奴插芙蓉】【朱奴兒】（首至六）這雙劍從天賜下韻，趕走處狼精罷耍韻。〔白〕謝天謝地，〔唱〕大展雄才定無價韻，英名顯自成佳話韻。〔白〕不免將此狼市上賣了，回家去罷。〔作取狼形科，唱〕乘餘暇韻，向山頭絮答韻。【玉芙蓉】（末一句）借承歡讀，可供甘旨慰萱花韻。〔從壽臺下場門下。雜扮地方總甲，各戴氈帽，穿道袍，持榜文，從壽臺上場門上，唱〕

【仙呂宮正曲・六幺令】榜文張掛韻，這樣情由韻，真教嚇殺韻。〔作掛榜文虛白發諢科，白〕國王好没見識，既是個妖怪，凡人怎麽拿得他。除非是打羅天大醮，方纔可解。聞得這妖怪慣會吃人，〔唱〕將人來噉怎防他韻，開血口句、噴銀牙韻。〔合〕世間少個黎山媽韻，世間少個黎山媽疊。〔從壽臺下場門下。雜扮衆鄉民，各隨意扮，從壽臺上場門上，唱〕

【又一體】綸音頒下韻，爲了妖魔讀，紛如亂麻韻。有能獻策剿除他韻，榮三代句，爵封加韻。〔白〕你我不要癡心妄想，妖怪不是好惹的。大家來看看榜文，好回家説新聞去。〔唱合〕口頭裝演新奇話韻，口頭裝演新奇話疊。〔作看榜文科，虛白，從壽臺下場門下。柳逢春從壽臺上場門上，唱〕

【又一體】修鱗養甲韻，貯聽春雷讀，一朝奮發韻。〔作看榜文科，白〕這是一張皇榜。〔作念科，白〕比丘國國王爲曉諭事：今有獅駝嶺，爲本國切近關隘、要緊重地，突出妖魔作祟，騷擾民間。不但阻隔客商行旅受困，且將逼近都邑。爲此曉諭軍民人等並僧道知悉，有能驅逐剿除，即赴國門獻策，官授平妖靖寇大將軍。功成之日，一品加爵，與國仝休。須至榜者。妙嗄！小生時運來也。〔唱〕今朝際遇有根芽(韻)，身心正(句)、莫愁他(韻)。〔合〕趕回且與萱親話(韻)，趕回且與萱親話(疊)。〔從壽臺下場門下。小生扮善才，戴紅孩髮，穿紅孩衣，捧淨瓶。小旦扮龍女，戴過梁額仙姑巾，穿宫衣。引旦扮觀音菩薩，戴觀音兜，穿蟒，披袈裟，帶數珠，持拂塵，從仙樓門上，唱〕

【越調正曲・浪淘沙】碧海湧金蓮(韻)，鸚鵡能言(韻)，尋聲救苦願無邊(韻)。〔合〕甘露灑開香世界(句)，楊柳春妍(韻)，楊柳春妍(疊)。〔場上設椅，轉場坐科，白〕善哉善哉！苦楚難捱，吾今不救，待等誰來。我乃觀世音菩薩是也。慧眼觀見，孝子節婦今晚有妖魔侵害，不免化作凡尼，去救他此難，以顯善門之報。善才、龍女，你二人可護守山林。鸚鵡聽我吩咐，今有隱霧山妖精，欲害比丘國孝子柳逢春母子兩人，你可緊緊保護。直待功成之日，方可歸山回話。〔天井内幼童白〕領法旨。〔天井内繫鸚鵡飛起科，仝從仙樓門下。老旦扮楊氏，穿老旦衣，從壽臺上場門上，唱〕

【仙呂宫正曲・一江風】嘆衰年(韻)，夫死遭淹蹇(韻)，冷落閒庭院(韻)。賴兒郎(句)，苦志芸窗(句)，不玷家聲(讀)，菽水承歡忭(韻)。〔白〕老身楊氏，孩兒柳逢春今早出門獵射去了。老身方纔諷完了經，不免汲些水去，炊熟晚飯，候他回來。〔向下取桶，作出門科，唱合〕貧窮敢怨天(韻)，貧窮敢怨天(疊)。蓬門若個憐(韻),惟冀得早遂男兒願(韻)。〔從壽臺下場門下。旦扮觀音化身,戴僧帽,穿僧衣,繫絲縧,持拂塵,從壽臺上場門上,唱〕

【又一體】解深冤(韻),只爲哀良善(韻),故爾行方便(韻)。〔楊氏從下場門上,唱〕向迴塘(句)、汲取清流(句),河水洋洋(讀),待取清芹薦(韻)。〔作相見科。觀音化身白〕女菩薩,貧尼化齋。〔唱合〕望你慈悲結善緣(韻),慈悲結善緣(疊)。仁心種福田(韻),早把蓮臺踐(韻)。〔楊氏白〕師傅請進。〔仝作進門,楊氏放水桶作拜科,白〕師傅,弟子稽首。〔觀音化身白〕阿彌陀佛!〔楊氏白〕師傅,早飯已過,午飯未炊,兒子昨日市上帶得幾個麵餅在此。現成的茶,師傅先請喫些。待我做起飯來,供養師傅罷。〔觀音化身白〕多謝布施。你且慢些做飯,請坐了。〔場上設椅,各坐科,觀音化身白〕我問你,可有丈夫麼?〔楊氏白〕師傅言之慘然。〔唱〕

【仙呂宮正曲·桂枝香】先天乘傳(韻),威行畿甸(韻)。沈痾捐館中途(句),拋撇下妻兒誰援(韻)。〔觀音化身白〕幾位令郎?〔楊氏唱〕煢煢一子(句),煢煢一子(疊),懷才未展(韻),甘貧守賤(韻)。〔合〕最堪憐(韻)。〔觀音化身白〕如此説,將何奉養你?〔楊氏唱〕獵射爲生計(句),饔飱繼粥饘(韻)。〔觀音化身白〕女菩薩!〔唱〕

【又一體】不須埋怨(韻),終能如願(韻)。你孩兒既負奇才(句),定有得身榮名顯(韻)。〔楊氏白〕不知可有個發達日子否。〔觀音化身唱〕他名揚指日(句),名揚指日(疊),將朝金殿(韻),功勛不淺(韻)。〔楊氏白〕

果有好日子，大大供養師傅。〔觀音化身白〕但你母子呵，〔唱合〕有難來纏(韻)。〔楊氏白〕我母子既有大難，應在幾時？〔觀音化身白〕只在今夜三更裏(句)，恐你娘兒命不全(韻)。〔楊氏作念佛科，柳逢春持劍從壽臺上場門上，唱〕

【南呂宮正曲·香柳娘】困青氈幾時(韻)，困青氈幾時(疊)。命途多舛(韻)，人前且作癡呆面(韻)。任炎涼遞遷(韻)，任炎涼遞遷(疊)。滄海與桑田(韻)，時來迭更變(韻)。〔作進門見科，白〕母親收了錢米。〔楊氏白〕我兒爲何今日這般歡喜？〔柳逢春白〕母親，孩兒在城中見國主出了招賢榜，孩兒有發達的日了。〔唱合〕把胸中志展(韻)，把胸中志展(疊)。鵬飛眼前(韻)，其實欣忭(韻)。〔觀音化身白〕居士！〔唱〕

【又一體】慢掀髯喜歡(韻)，慢掀髯喜歡(疊)，災來難免(韻)。〔楊氏白〕正是。我兒，這位師傅說，我母子有大難臨身。〔觀音化身唱〕今宵定有飛災現(韻)。〔柳逢春白〕豈有此理，好端端的災從何來！〔觀音化身白〕你不信麼，我問你。你今早在山中可曾得什麼物件？害什麼生靈？〔柳逢春白〕有的。母親，孩兒正要禀知母親，今早入山射獵，見兩個童子比劍，向前叫一聲好。那曉得是兩個狼精，被孩兒射死了一個，得了二劍。〔觀音化身白〕可又來。那老怪知你射了他徒弟，今晚三更時分，要將你母子一並吞噬。〔楊氏、柳逢春各驚科，白〕嚇殺我也。〔作叩拜科，唱〕望吾師可憐(韻)，望吾師可憐(疊)。〔白〕師傅既知始末，必能救我母子。〔唱〕乞救我顛連(韻)，慈悲洪誓願(韻)。〔觀音化身白〕不妨，我特來救你們的。付你一株柳枝，如不能得脱，可叫楊柳鸚哥救援，自能解脱。〔從袖中取柳枝付科，觀音化身唱合〕快逃生得免(韻)，快逃生得免(疊)。急棄家園(韻)，遲則生變(韻)。〔白〕那邊妖魔來了。〔楊氏、柳逢春驚望科，觀音化身從壽臺下場門急下，内作鸚哥叫科。楊氏、柳逢春唱〕

【又一體】聽鸚哥數聲(句)，聽鸚哥數聲(疊)，慈悲出現(韻)，柳枝賜作誅邪箭(韻)。〔柳逢春白〕母親，天色已晚，就此走罷。〔作扶楊氏出門科，仝唱〕奔山邊水邊(韻)，奔山邊水邊(疊)。頃刻霧如烟(韻)，東西莫能辨(韻)。〔從壽臺下場門急下。雜扮衆小妖，各戴鬼髮，穿箭袖卒褂，持器械。引淨扮豹艾文，戴豹臚腦，穿豹精衣，持器械，從壽臺上場門上。唱〕恨讐人不淺(韻)，恨讐人不淺(疊)。將他碎剮萬千(韻)，方消吾怨(韻)。〔白〕這是他家了。小妖們，把他母子拿出來，生啖其肉。〔衆小妖應科，作進門，從壽臺下場門下，隨上，白〕没有人在内，房屋是空空的。〔豹艾文白〕住了，他怎知道，預先走了。料他此去不遠，小妖就此趕上。〔衆小妖應科，豹艾文白〕饒你走上燄摩天，脚下騰雲須趕上。〔仝從壽臺下場門下。楊氏、柳逢春從壽臺上場門上，唱〕

【又一體】聽邊廂喊聲(句)，聽邊廂喊聲(疊)。火光如電(韻)，砂飛石走侵人面(韻)。嘆娘兒可憐(韻)，嘆娘兒可憐(疊)。〔白〕不好了！〔唱〕忙叫柳鸚援(韻)，鸚哥柳林現(韻)。〔從壽臺下場門下。衆小妖引豹艾文從壽臺上場門上，仝唱合〕那廝們去遠(韻)，那廝們去遠(疊)。冤深怎言(韻)，找尋不見(韻)。〔衆小妖白〕前面俱是柳樹，無路可去。〔豹艾文白〕必然在這柳林中，齊進去捉拿者。〔衆小妖應科。鸚哥從壽臺下場門上，作亂啄。衆小妖從壽臺兩場門奔下，鸚哥仍從壽臺下場門下。雜扮獅駝嶺頭目，戴鬼髮，穿箭袖，繫鸞帶，持令箭，從壽臺上場門上，白〕豹艾文住者。〔豹艾文白〕足下何來？〔頭目白〕吾今奉獅駝嶺三位大王之命，聞得唐僧師徒早晚到來，着你帶領本洞妖兵前去鎮守，如違未便。〔豹艾文白〕知道了。〔頭目仍從壽臺上場門下。衆小妖從壽臺兩場門暗上。豹艾文白〕怎麽處！這雌雄二劍是我防身之寶，今被那廝奪去，將什麽做軍器，且到其間，再做道理，只是便宜他母子二人了。正是要放手時須放手，得饒人處且饒人。〔仝從壽臺卜場門下〕

第十二齣　贈黃金柳生獻策（古風韻）

〔旦扮鸞娘，穿衫。丑扮梅香，戴乳母箍，穿衫背心，繫汗巾，隨從壽臺上場門上。鸞娘唱〕

【雙調引·謁金門前】珠淚揾(韻)，屺岵興悲無盡(韻)。雲樣如繒秋漸近(韻)，清風涼尚嫩(韻)。〔場上設椅，轉場坐科，白〕奴家和氏，小字鸞娘。不幸椿萱見背，彈指二周，惟與哥哥相依度日。誰料哥哥少小不讀《詩》《書》，年來益無拘束。前日與奴家偶生口角，這些時竟不回來，不知他在外作何勾當，又不知柳郎近時光景若何。三年隔絶音問，好生牽掛人也。正是身無彩鳳雙飛翼，心有靈犀一點通。〔生扮柳逢春，戴羅帽，紮包頭，穿箭袖，繫鑾帶，從壽臺上場門上，唱〕

【雙調引·謁金門後】欲佩邊庭鵲印(韻)，合把北堂安頓(韻)。不是乘龍思合巹(韻)，趦趄且前進(韻)。〔白〕小生一路問來，此間已是和員外家。待我問一聲，有人麽？〔雜扮院子，戴羅帽，穿院子衣，繫鑾帶，從壽臺下場門下。白〕衰門與老僕，薄日度殘年。是那個？〔柳逢春白〕我是宣尉使柳老爺的公子，來見你家員外。〔院子白〕可是柳逢春相公？〔柳逢春白〕正是。〔院子白〕我家員外、安人俱已辭世了，待小人進去通報。〔作進門科，白〕老奴稟知小姐，有柳老爺的公子來拜。〔乳母白〕柳姑爺到了，快請進來。〔鸞娘白〕且慢！你説員外、安人俱已辭世，大爺又不在家。〔院子白〕老奴方纔説過，曉得員外、安人辭世了。〔鸞娘作想科，白〕也罷。你請柳相公前廳坐下，你對他説，當日員外與你家老爺如何結親，因甚多年不來，細細問他一番，我有道理。〔院子白〕曉得。〔鸞娘仝乳母從壽臺下場門下。院子作出門請科，白〕柳相公請進。〔柳逢春作進門，場上設椅科。院子白〕相公請坐。我家大爺連日在外，不曾回家，小姐吩咐小人，敢問相公，員外在日如何與老爺結親，爲何多年不來。〔乳母捧茶，從壽臺下場門上，作遞茶科，白〕好一個相貌，做得姑爺。〔仍從壽臺下場門下，院子白〕方纔所問，請相公細道一番。〔柳逢春白〕院公，先老爺在日，與你家員外呵！〔唱〕

【雙調集曲·江頭金桂】【五馬江兒水】（首至五）他二人交遊投分(韻)，在生前訂此姻(韻)。不幸先君早逝(句)，母子艱辛(韻)，嘆蹉跎閲幾春(韻)。【金字令】（五至九）近日裏苦逼妖氛(韻)，多方迫窘(韻)。幸賴世尊救度(句)，指示前因(韻)，預先遁逃捨舊村(韻)。〔白〕我如今到這裏，把老夫人安頓在宅上，便要起身去的。〔院子白〕相公何處去？〔柳逢春唱〕【桂枝香】（七至末）恭遇着榜求英俊(韻)，臨軒策問(韻)。赴都門(韻)，倘能彀力掃邪魔退(句)，眉開喜色新(韻)。〔乳母從壽臺下場門上，白〕院公，小姐吩咐你看乘轎，仝柳相公去接柳老夫人相見。〔仍從壽臺下場門下，院子白〕相公，尊寓在那裏？〔柳逢春白〕没有招寓，行李俱在門外。〔院子白〕如此甚便。〔柳逢春仝院子作出門請科。老旦扮楊氏，搭包頭，穿老旦衣，從壽臺上場門上，白〕多難依親戚，衰齡涉道途。〔院子白〕老夫人請進。〔仝作進門科，乳母從壽臺下場門上，白〕院公，小姐吩咐你，請柳相公書房酒飯，小心伺候。〔院子白〕曉得。柳相公，隨小人這裏來。〔引柳逢春仝從壽臺上場門下。鸞娘從壽臺下場門上，作見科，白〕這就是柳老夫人？〔柳氏白〕這就是小姐麽？〔乳母白〕是我家小姐，就是令公郎的對兒。〔鸞娘白〕尊姑請上，容奴拜見。〔楊氏白〕不敢。老身鄙陋貧寒，今日到此，多蒙小姐見招，足感佳惠，怎好受禮。〔鸞娘作拜科，白〕失侍雙親，未授閨中之訓；得憐隻影，宜承堂上之歡。禮謁姑嫜，情申箕箒。〔楊氏白〕老身避難前來，小兒即欲赴京射策，未免攪擾貴府，心切不安。〔鸞娘白〕好説。〔場上設椅科，各坐科，楊氏唱〕

【又一體】謝你把寒微親近(韻)，怎知書識大倫(韻)。當日個交深管鮑(句)、誼結朱陳(韻)，兩家兒做故人(韻)。〔白〕小姐這等端莊淑慎，得主蘋蘩，寒門好僥幸也。〔唱〕賦性温存(韻)，孟光道韞(韻)，只是尚未施鞶結帨(句)，動擾高門(韻)，古語的亦可宗也不失其親(韻)。〔鸞娘白〕伏承尊姑過譽，教奴家生受不起。〔唱〕略諳女訓(句)，承歡合盡(韻)洗風塵(韻)。敢説道玉佩二生約(句)，先祝金萱百歲春(韻)。〔乳母白〕小姐，後堂酒席齊備，請老夫人上席。〔鸞娘白〕尊姑請。〔楊氏白〕小姐請。〔仝從壽臺下場門下。副扮和友仁，戴巾，穿道袍，從壽臺上場門上，白〕賭錢喫酒度時光，那顧田園日就荒。怪道花星不進命，偏生剩我老新郎。自家和友仁便是。連日只丢我妹子看家，我又去三朋四友家取樂，今日外面無事，不免回家走走。〔作進門科，院子内白〕相公再請一杯。〔和友仁白〕何人在書房裏説話？院子！〔院子從壽臺上場門上，白〕大爺回來了。〔和友仁白〕你與甚麽人在書房講話。〔院子白〕柳姑爺母子到了。〔和友仁白〕是轎來馬來？〔院子白〕母子步行而來的。〔和友仁白〕如此説，來到我家中來喫飯，這樣人留在家中何用。我有道理，叫他出來。〔院子白〕柳姑爺有請。〔柳逢春從壽臺上場門上。院子白〕我家大爺回來了，請相會。〔柳逢春作見科，白〕大舅見禮了。〔和友仁白〕不消，免了罷。你是甚麽人，來到我家做甚麽？〔柳逢春白〕我乃柳逢春，蒙尊公將令妹許配多年，雖未識大舅尊顔，然而也是一門至戚。爲何恁般廝待？〔和友仁白〕好笑。我和你一面不識，擅稱大舅，下次不可。〔柳逢春白〕大舅這是怎麽説？〔和友仁白〕又叫大舅，可恨。我還計得祖上那些女壻登門，何等熱鬧，那裏有你這瘉窮鬼上門上户，認起親來。〔柳逢春白〕我先父官拜宣尉使，在日曾與宅上聯姻。〔和友仁白〕我手裏並未曾出妹子的庚帖，何從鑽出箇妹夫來。冒認門壻，應該送官懲治。〔柳逢春白〕原是員外在日聘定，何曾是大舅主婚。若不認親，大舅先該問個不孝的罪。〔和友仁白〕反要扳扯我起來，可惱。〔柳逢春白〕海水不可斗量，大舅莫没煞了人。我今即要去獻策，倘若衣錦回來，你又不要掇轉面孔來。〔和友仁白〕我是堂堂君子，赫赫丈夫，豈是欺貧重富的。我這裏怎生容得你光棍，我邀些朋友來，驅逐就是了。〔從壽臺上場門下。乳母從壽臺下場門上，白〕柳姑爺，小姐在簾内叫我傳話。聞知姑爺上京取應，特贈白銀二丨兩，以做路費。老夫人在這裏，小姐當奉侍，姑爺切勿罣心。惟望努力，功名爲重。〔柳逢春白〕多謝小姐這等高情，令卑人感激無地。〔唱〕

【越調正曲·憶多嬌】既贈銀(韻)，又奉親(韻)，直恁周旋恩誼真(韻)，即此登程赴國門(韻)。〔合〕方信道枯柳逢春(韻)，枯柳逢春(疊)，回首遥瞻白雲(韻)。〔白〕請母親出來拜別。〔乳母作請科。楊氏從壽臺下場門上，白〕浮雲遊子意，薄日老親愁。〔柳逢春作拜別楊氏，唱〕

【越調正曲·鬬黑麻】母子相依(讀)，猶如齒唇(韻)。一旦暌違(讀)，指望你乘時立勳(韻)。〔柳逢春唱〕兒今去(句)，謁至尊(韻)。上慰焦勞(讀)，策對天人(韻)。〔仝唱合〕相思夢魂(韻)，牽衣忍遽分(韻)。甚日回歸(句)，甚日回歸(疊)，峥嶸里門(韻)。〔分白、哭、想、思〕日暮從教迫倚門，思量捧檄慰慈親。萬言獻策登朝廟，衣錦還鄉荷主恩。〔各虚白，從壽臺兩場門下。場上設帳幔科，外扮黄門官，戴紗帽，穿圓領，束帶，執笏，從壽臺上場門上，白〕五夜漏聲催曉前，九重春色醉仙桃。下官比丘國黄門官是也。只因獅駝嶺近日出了妖祟，時常現形，每每入界傷人，地方貽害。爲此國王出榜，不論軍民僧道，有能降滅者，官封一品。各處應詔的，俱于今日召對。道猶未了，那獻策的衆英雄來也。〔柳逢春捧策論，雜扮衆勇，各戴小頁巾，穿箭袖，繫鸞帶，捧策論，仝從壽臺上場門上，唱〕

【黄鐘宫正曲·出隊子】雙開雉扇(韻)，整肅朝儀下静鞭(韻)。恭承明詔切求賢(韻)，魚貫山呼玉殿前(韻)。〔合〕各竭微忱(讀)，丹陛披宣(韻)。〔黄門官白〕獻策勇士朝門俯伏。〔柳逢春、衆勇士仝作跪科。黄門官白〕國王有旨，問安輯軍民，何者爲先？及如何平妖滅怪之處，一并奏來。〔柳逢春、衆勇士仝白〕千歲。〔唱〕

【中吕宫正曲·駐雲飛】草莽陳言(韻)，大小爲邦仁政先(韻)。惠露敷畿甸(韻)，化日昭幽遠(韻)嗏格(韻)。〔黄門官取策論，從壽臺下場門下。柳逢春、衆勇士仝唱〕伏祟授兵權(韻)，争鋒交戰(韻)。用正驅邪(讀)，早上風吹偃(韻)，敬獻蒭蕘達九天(韻)。〔黄門官捧旨從壽臺下場門上，白〕國王有旨，柳逢春更嫻韜略，特賜銀印一顆，盔甲全副，授爲平妖靖寇大將軍。其餘諸英勇，俱授隨征護軍校尉。柳逢春統領禁軍一萬，即於國門外發令興師，掃蕩妖氛。奏凱之日，另行加賞。謝恩！〔柳逢春、衆勇士仝作謝恩科。黄門官從壽臺下場門下。雜扮衆小軍，各戴馬夫巾，穿箭袖卒褂，執旗。雜扮衆將官，各戴大頁巾，穿箭袖排穗褂，執標鎗，仝從壽臺上場門上，白〕闐闐喧鼓角，獵獵動旌旗。衆將官參見。〔柳逢春、衆勇士仝作更衣科，白〕請爺更衣。〔柳逢春白〕吩咐起馬，就往教場中去。〔衆作應，遶場科，仝唱〕

【中吕宫正曲・好事近】殺氣猛無邊(韻)，立把妖氛滅剪(韻)。長驅而入(句)，人人執鋭披堅(韻)。獅駝嶺上(句)，掃窩巢(讀)、管許原形現(韻)。〔合〕仗神通伏祟降邪(句)，比丘國奇功立建(韻)。〔仝從壽臺下場門下〕

辛下

第十三齣　五花營長蛇熟演（蕭豪韻）

〔場上預設將臺。雜扮二中軍官，戴中軍帽，穿中軍褂，執令旗，從壽臺上場門上。白〕馬掛征鞍將掛袍，柳稍枝上月兒高。男兒要掛封侯印，腰下常懸帶血刀。我等柳大老爺帳下中軍官是也。欽奉皇榜招賢，征討獅駝嶺妖寇。俺家主帥射策稱旨，特授平妖靖寇大將軍。傳下號令，今日親往教場操演人馬，須在此伺候。話言未畢，大老爺陞帳也。〔内奏樂科。雜扮衆祗從，戴馬夫巾，穿卒褂，執旗。引生扮柳逢春，戴盔，穿蟒，束帶，仝從壽臺上場門上。唱〕

【仙呂調套曲·點絳唇】素習龍韜㊣，欽承鳳詔㊣。威名耀㊣，斧鉞權操㊣，鞠旅行天討㊣。

〔白〕霜中入塞𤤤弓硬，月下翻營玉帳寒。今日路傍誰不指，穰苴門户慣登壇。本帥柳逢春是也。本屬將門子弟，羣推年少英雄。韜略素嫻，讀孫吴于窗下；風雲乍遇，授節鉞于行間。特征小醜之不恭，宜飭六師而用命。今日本帥親領將士，訓練一遭也。〔唱〕

【仙呂調正曲・混江龍】申明條教（韻），厲兵選士在今朝（韻），〔合〕師中踴躍（句），豈河上逍遥（韻）。車戰如何馬戰强（句），小營須仗大營包（韻）。這神機（句），應知道（韻）。還待演長蛇一字（句），短槲雙刀（韻）。〔內奏樂。柳逢春陞將臺坐科。白〕傳衆將官上前聽令！〔中軍官揚令旗傳科。雜扮四將官，從壽臺上場門上。白〕衆將官打恭。〔分立科。柳逢春白〕本帥奉命征妖，務須廓清巢穴。今日先行操演，然後發兵。爾等聽俺吩咐。〔唱〕

【仙呂調套曲・村裏迓鼓】雖則見貔貅森列（句），一隊隊雄威雄威的軍校（韻），但其間止齊步伐（句），須教他（句）要人人通曉（韻）。這纔是正正之旗（句），堂堂之將（句），十分勇驍（韻）。應學那細柳兒嚴（句），休比那棘門兒戲（句），好把那銅柱兒標（韻）。衆將呵、須則是傳號令威揚武耀（韻）。〔衆將官白〕得令！〔作揚旗科。內點鼓。雜扮馬步兵，戴打仗盔，穿打仗甲，帶橐鞬，作過隊，從壽臺上場門上，遶場。唱〕

【仙呂調套曲・元和令】啟軍門威不小（韻），弓開刀出鞘（韻），旌旗擺動射雲霄（韻），妖氣何足掃（韻）。四奇四正用心操（韻），在疆場演一遭（韻）。〔雜扮衆兵卒，戴馬夫巾，穿箭袖，繫肚囊，執鎗，從壽臺上場門舞上。唱〕

【仙呂調套曲・上馬嬌】風般兒快（句），雨樣兒漂（韻），更似雪花稍（韻）。半空一遞寒光繞（韻），待誰教（韻）、鎗法演來高（韻）。〔舞畢從壽臺下場門下。雜扮大刀手，從壽臺上場門上。舞。唱〕

【仙呂調套曲・勝葫蘆】閃爍如銀鑌鐵刀（韻），擎來穩、架來掐（韻）。使着盤頭身輕矯（韻），儘許着搴旗斬將(句)，臨衝折馘(句)，刀法一般超(韻)。〔從壽臺下場門下。雜扮衆兵卒，戴紮巾，穿採蓮衣，繫戰腰，持籐牌，從壽臺上場門上。舞畢，從壽臺下場門下。雜扮兵卒，持棍，從壽臺上場門上。舞畢，從壽臺下場門下。棍手、籐牌手從壽臺兩場門上，合舞畢，唱〕

【又一體】競把輕圓棍一條(韻)，能騰踏、會勾挑(韻)。解數疑從少林覺(韻)，比方他靜如處女(句)、動如脱兔(句)，棍法盡堪褒(韻)。〔從壽臺下場門下。柳逢春白〕好操演也。〔唱〕

【仙吕調套曲・後庭花】則見他都即溜更捷趫(韻)，欲趣前還稍却(韻)。坐作威如虎(句)，盤旋快似猱(韻)，任聯鑣(韻)横衝豎搗(韻)。壯身材扎縛的俏(韻)，刀口兒把勢的巧(韻)，馬足兒斬砍的着(韻)。像狂風捲敗籜(韻)，舞籐牌委實好(韻)。〔白〕傳令操演火器馬兵過陣者。〔四將官白〕得令。傳諭，操演火器馬兵過陣者。〔雜扮衆兵卒，戴打仗盔，穿打仗甲，擎鳥鎗，從壽臺上場門上。排一字陣，作放鎗勢。場後放花炮科。從壽臺下場門下。柳逢春唱〕

【仙吕調套曲・青歌兒】猛聽得轟雷轟雷的號礮(韻)，瞥見着鐵騎鐵騎的飛跑(韻)，五火留傳用處饒(韻)。燕軍的一燎(韻)，秦棧兒連燒(韻)，銷融着戰艦(句)，燃斷了浮橋(韻)。更加着鎗法輕摽(韻)，刀法高超(韻)，棍法圓妙(韻)，牌法花苗(韻)。殺得箇旗兒靡轍兒亂(句)，馬兒疲人兒乏(句)，那怕他項羽提戈(句)、陳平畫策(句)、韓信行軍(句)，無不有立奏膚功賀凱旋(句)，獅駝嶺(句)猛刺刺鷹揚虎旅搗窩巢(韻)。才不負受皇恩斯征剿(韻)。〔白〕傳令擺陣者。〔四將官照白傳科，内掌號，前各色衆兵卒從壽臺兩場門上，作擺陣科。擺畢，柳

逢春白〕吩咐散隊。〔内掌號，鳴金，衆兵卒遶場，作散隊科。仝唱〕

【仙吕調套曲·寄生草】豈但仗干城勇(句)，這全憑紀律昭(韻)。六花兒奇正分交錯(韻)，五行兒曲直皆環遶(韻)，九軍兒首尾能聯絡(韻)。大將軍神武運奇謀(句)，小妖兒邪祟消滋擾(韻)。〔柳逢春白〕衆軍士一齊上前聽令。〔衆將官應科。柳逢春白〕大小三軍聽令：爾等技勇，俱有可觀。今後盔纓之上，各插柳枝爲號，不得有違。就此起兵者。〔衆白〕得令。〔柳逢春下將臺科，仝唱〕

【賺煞】密扎扎陣雲兒飄(韻)，撲通通征鼙兒鬧(韻)。授妙算風行偃草(韻)，長驅直達亂山坳(韻)。統熊羆靖寇平妖(韻)，早班師奏凱歸朝(韻)，國泰民安永歡樂(韻)。今日箇神威不小(韻)，他日箇君恩不少(韻)，那時節奇功偉績顯英豪(韻)。〔仝從壽臺下場門下〕

第十四齣　一字陣文豹先擒（皆來韻）

〔副扮悟空，戴悟空帽，穿悟空衣，帶數珠。丑扮悟能，戴僧帽，紮金箍猪嘴切末，穿悟能衣，帶數珠，持鈀，挑經擔。雜扮悟淨，戴僧帽，紮金箍，穿悟淨衣，帶數珠，持鏟。引生扮唐僧，戴僧帽，穿僧衣，繫絲縧，騎馬，從壽臺上場門上，白〕山静江横新水繞，野烟霧障高如島。風吹昨夜夢中聲，花落無聲風不掃。悟空，你我一路行來，經了多少險難。且喜這些時一路平安，但不知幾時得到雷音，見佛求經，回朝復命。〔悟空白〕師傅，又來心焦了。出家人做事，隨緣過去，但一心動，就有妖賊來了。路途遠近，問不得的，可知迷時寸步千里，悟時千里目前。〔唐僧白〕你也說得是。小心行路，恐有妖魔，須要隄防。〔悟能白〕不好了，妖魔來了！〔悟淨白〕又來亂說，妖魔在那裏？〔悟能白〕疑心生暗鬼，頃刻就有妖怪來了。〔悟淨白〕不要混說。〔悟能白〕不要混說，大將軍怕讖語。那一遭不是他老人家疑心出來的怪物，試試老猪的話靈不靈。〔唐僧白〕不必多講，趲路罷。〔作行科，仝唱〕

【正宮集曲・傾盃賞芙蓉】【傾盃序】（首至五）記不起寒暑相催幾往來(韻)，還不盡風霜債(韻)。歷遍了古驛長亭(句)，野渡荒灣(句)，斷嶺危橋(讀)，峭壁深崖(韻)。【玉芙蓉】（四至末）雙丸出没如梭快(韻)，四序推遷似箭催(韻)。仰望天如蓋(韻)，怎俄然霧霾(韻)。〔悟能白〕有此意思了。〔悟空白〕什麼意思？〔悟能白〕來的意思。〔唐僧白〕真個有妖怪麼？〔悟空白〕師傅不要問。〔唱〕且待我(讀)、抓風一審見明白(韻)。〔白〕不好！果然有妖怪！且上高阜處停扎片時，看個明白。〔悟能白〕如何！信老猪的話麼？〔悟淨白〕好，虧你猜着了。〔仝從壽臺下場門下。雜扮衆小軍，各戴馬夫巾、穿箭袖卒掛，執旗。雜扮衆將官，各戴大頁巾，穿箭袖排穗，持鎗。引生扮柳逢春，帶盔，紥靠，帶橐鞬，佩劍，持鎗，從壽臺上場門上，仝唱〕

【正宮集曲・樂秦娥】【普天樂】（首至四）領貔貅除魔怪(韻)，弓矢張刀鎗快(韻)。奮神威震地轟天(句)，靖妖氛翻江攪海(韻)。〔柳逢春白〕我乃都元帥柳逢春是也。今奉國主差調，勦除獅駝一夥妖魔，特地領兵到此。大小三軍，〔唱〕【泣秦娥】（七至末）把營盤撒開(韻)，一字兒陣脚長蛇擺(韻)。〔白〕衆將官，與我放火燒山，架起連珠砲，攻打周匝，不可間斷。〔衆將官應科，仝唱〕保金城那管池魚(句)，爲亡猿林木爲災(韻)。〔淨扮豹艾文，戴豹臚腦、穿豹精衣，持器械。雜扮衆小妖，各戴鬼髮，穿箭袖卒褂，持器械，仝從壽臺下場門上。圍遶對敵科。柳逢春、衆軍將從壽臺下場門敗下。豹艾文白〕你看他有何本事，就來争佔山寨。連我先鋒也敵不過，何况三位洞主。小妖們，快追上前去。〔衆小妖應科，仝從壽臺下場門追下。柳逢春、衆軍將從壽臺上場門敗上，唱〕

【正宮集曲・朱奴插芙蓉】【朱奴兒】（首至六）霧迷漫從空捲來(韻)，眼難睁怎生佈擺(韻)。石走砂飛亂劈柴(韻)，打得人魂飛天外(韻)。〔悟空持棒，從壽臺上場門上，白〕我孫悟空奉師傅之命，前來探路。

〔作見科，白〕你是何人，領兵到此。〔柳逢春白〕下官柳逢春，奉國王之命，統兵除妖。〔悟空作笑科，白〕你國王好癡！那有凡人除妖，你如何擒得住。待我與你拿住，將功勞歸與你如何？〔豹艾文從壽臺上場門上，與悟空作對敵科。悟空唱〕你是何方怪(韻)，逢人降災(韻)。【玉芙蓉】（末一句）俺這金箍棒(讀)，管教送你到泉臺(韻)。〔作對敵打死，豹艾文從地井内下。悟空作取形看科，白〕原來是艾葉豹子精。〔唐僧、悟能、悟淨仝從壽臺上場門上，作見科。悟空白〕將軍，我對你説，我們是大唐天子差來取經的聖僧，和你有緣，今日路逢，打死怪物。這是我師傅三藏，我是他徒弟孫悟空。他叫悟能，他叫悟淨。〔柳逢春白〕聖僧請上，容小將一拜。〔作拜科。唐僧白〕請起，將軍是何姓名？誰令領兵與妖怪對陣？〔柳逢春白〕聖僧在上，小將柳逢春，奉國王之命勦滅獅駝嶺上三妖。不期敗北，幸遇聖僧，得活殘喘。〔唱〕

【仙吕宫正曲・風入松】今番敗北爲時乖(韻)，負國主拜將登臺(韻)。裹屍馬革分應該(韻)，負慈幃義山恩海(韻)。〔合〕忠與孝兩全何在(韻)，英雄恨噎胸懷(韻)。〔悟空白〕妖怪你怎麽敵得他過。〔悟能白〕妖怪凡人那裏挐得着。若被你拿住了，就是混帳攮的妖怪了。〔唐僧白〕將軍！〔唱〕

【仙吕宫正曲・急三鎗】論勝敗(韻)，皆常事(讀)，何妨礙(韻)。〔白〕悟空，〔唱〕你爲他好安排(韻)。〔悟空白〕師傅，弟子和他有緣。將軍，你將此艾葉豹先着人去報捷，我替你除了嶺上三妖，將功勞歸與你，管你榮封加爵。〔柳逢春白〕多謝聖僧大恩！〔悟空唱〕與你排災難(句)，休憂慮(讀)，把眉開(韻)，

〔合〕管取天顏喜見鴻才韻。〔白〕將軍，我去伏妖，我師傅在將軍營中住住便了。八戒隨我來。〔悟能作隨，從壽臺下場門下。柳逢春白〕大小三軍，聽我吩咐，將此豹精去報捷與國王知道。就在此平闊之處，安下營寨便了。〔衆軍卒作應科，唐僧騎馬遶場科。仝唱〕

【仙呂宮正曲·風入松】營開細柳勝槐街韻，完備儲胥器械韻。獅駝嶺上攻關隘韻，一霎裏平妖滅怪韻。〔合〕艾葉豹先請功來韻，餘部署再安排韻。〔仝從壽臺下場門下〕

第十五齣　猿攝寶瓶裝便破（家麻韻）

〔副扮悟空，戴悟空帽，穿悟空衣，帶數珠。丑扮悟能，戴僧帽，紮金箍猪嘴切末，穿悟能衣，帶數珠，持鈀，隨從壽臺上場門上。悟空白〕處處魔王見識癡，工夫自不悟玄機。妄求外道長生術，惹火燒身醒後遲。我兄弟二人，别了師傅，來探獅駝嶺魔王消息。上得山來，獅駝嶺好風景也。〔悟能白〕魔王不知住在那裏。這遭又是你多事，各人只管走路罷了，又攛掇捉什麽妖精。承你作承我老猪這一樁好買賣，我與那柳逢春没甚相與，何苦也要去打草驚蛇，不如且作遊山玩景，樂他半月有何不可。〔悟空白〕兄弟你看。〔唱〕

【仙吕入雙角合套・新水令】山空寂寂杳無譁(韻)，亂雲飛倍添瀟灑(韻)。峯攢如鶴舞(句)，松老似龍拏(韻)。景色堪誇(韻)，怎便容妖歇馬(韻)。〔内作摇鈴科，悟空白〕兄弟你聽那山凹裏梆鈴鼓聲響，必有緣故。你閃在一邊，不可露相，待我探個虚實，好拏三怪。〔悟能白〕有理。但只一件，妖怪拏了你去，没人報信，怎麽樣處？〔悟空白〕不妨，我會隨機應變。〔從壽臺上場門下。悟能作虚白發諢科，從壽臺上場門下。丑扮胡廝賴，隨意扮，持鈴，從壽臺下場門上，白〕山上鎮守各頭領，三位大王又傳令下來了。昨日官兵來打山寨，豹頭領追去，被雷公嘴的和尚打死。他必來探我山上虛實，各加隄防，恐他變蒼蠅變跳蚤，用心防守。〔悟空從上場門上，白〕大哥等我一等。〔胡厮賴白〕你是甚麽人？〔悟空白〕好哥，自家人都不認得了。〔胡厮賴白〕我家没有你這個人，實説。〔唱〕

【仙吕入雙角合套·步步嬌】你是何處山蠻來支架㊞？〔悟空白〕你孫子纔是山蠻！你倒口裏哼哼唧唧，反説我是山蠻。〔胡厮賴白〕既不是山蠻，〔唱〕爲甚音語多奇詫㊞。〔悟空白〕你説我語言不對，你好糊塗。大王家下有上萬人，都是一塊土上生長的？也有天涯海角四山五岳的。我問你就是這裏人麽？〔胡厮賴白〕我是江南人。〔悟空白〕你是江南人，我也江南人。再問你，你是那一府？〔胡厮賴白〕不瞞哥説，我是徽州府休寧縣。〔悟空白〕如此説來，是嫡嫡親親的鄉里了。〔胡厮賴白〕這麽説，你也是徽州府休寧縣了。〔悟空白〕正是。〔胡厮賴白〕好！美不美，鄉中水，適纔得罪了。〔作揖科，唱〕相逢是一家㊞。〔白〕三位大王有令，〔唱〕須要查對腰牌㊣，細審真假㊞。〔悟空白〕我是有腰牌的，先拿你的我看。〔胡厮賴作遞悟空看科，白〕小鑽風胡厮賴。〔作取科，白〕你看我的。〔胡厮賴作看科，白〕總鑽風大羅仙。〔悟空白〕鄉親，你爲何在此。〔胡厮賴白〕不瞞哥説，因飄洋折了本，流落在此，隨他混過日子。鄉親你爲何也在這裏？〔悟空白〕我有一個外甥，也是飄洋，我來尋他，混到此處來的。三位大王見我燒火有功，陞我做了總鑽風來查考你們，若有偷安，叫我回話。〔胡厮賴白〕鄉親，我一班有四十名，四方共有一百六十名。待我仝你到岩前，叫他們來參見你。〔悟空白〕正要如此。〔胡斷賴白〕隨我來。〔作遶場科，白〕請坐了。四面衆夥計都來。〔雜扮衆小妖，各隨意扮，從壽臺兩場門上，白〕方去打個盹，忽聞人亂叫。揉眼去相逢，大家都一笑。做什麼？〔胡斷賴白〕三位大王又陞用一個總鑽風來查考你我，向前參見了。〔衆小妖白〕這位就是總鑽風？〔悟空白〕正是。快拏贄見禮來，你們倘有不到處，三位大王面前，好與你們包涵。〔衆小妖白〕有。不要忙，會了嶺頭上衆兄弟，一總打發便了。〔悟空白〕不可掉謊。〔衆小妖唱合〕怎敢弄虛花(韻)，爪紋來日親賫納(韻)。〔悟空白〕三位大王因打死了外巡豹艾文，怕得緊哩。〔唱〕

【仙呂入雙角合套·折桂令】那猴王武藝堪誇(韻)，一路來鬼服神欽(句)，動不動虎鬬龍拏(韻)，命咱來一一稽察(句)。恐你們花名捏報(句)，曠役肥家(韻)。〔衆小妖白〕我們都是真的，不敢虛名冒支，求總鑽風老爺直言回覆。〔悟空白〕你們的話，我也信不過。你但說出三位大王本事，纔見真假。〔一小妖白〕大大王本事我曉得。〔悟空白〕你說來。〔小妖白〕得金精之剛，爲羣毛之特。諸葛識其威，用他擒孟獲。〔悟空白〕不差。〔又一小妖白〕二大王本事我曉得。皮好熬膏藥，牙堪做木梳。一般吃俸米，慣把寶瓶馱。〔悟空白〕是了。〔又一小妖白〕三大王本事我曉得。鳳凰伊父母，孔雀是阿哥。展翅九萬里，問君知也麼。〔悟空白〕不差。他三人是獅、象、鵬。〔衆小妖白〕低言些。〔悟空白〕不瞞衆兄弟說，回過三位大王的話，我要別過他了。〔衆小妖白〕却是爲何？〔悟空白〕衆兄弟，他三人要吃唐僧，惹下潑天大禍。我和你爲甚麼替他用命。你想麼，拏住唐僧，他三人受用，你我一口湯也是不能彀得的。但那孫悟空，他的金箍棒好生利害，〔唱〕指一指天翻地塌韻，擦一擦鵰擊鷹抓韻。〔衆小妖白〕是嗄！他三人喫唐僧，我每爲甚麽幫他。孫悟空一怒，不分好歹，可不是白白送了性命。哥甚麽法兒，免得這場大禍？〔悟空白〕要免死麽，〔唱〕效范蠡湖上乘槎韻，倣淵明籬下看花韻。〔衆小妖白〕有理。三十六着，走爲上着。我們快些跑了罷。〔各從壽臺兩場門分下，胡厮賴白〕鄉親，你携帶我些。〔悟空白〕若不看你是我的鄉親，决不携帶你。〔作打死胡厮賴倒地科，悟空白〕我不免變做他的模樣。〔從地井内隱下。丑扮悟空化身，紥金箍，隨意扮，作起科、虚白科，唱〕張子房吹散八千句，今日個妙計輪咱韻。〔從壽臺下場門下。雜扮衆小妖，各戴鬼髮，穿箭袖卒褂，持器械，從壽臺上場門上，唱〕

【仙吕入雙角合套・江兒水】聚集獅駝嶺句，威風仗爪牙韻。熊羆猩貊神通大韻，豺狼虎豹聲叱咤韻。一個個吞雲吐霧能頑耍韻，列陣排營攻打韻。〔合〕紀律無申句，不過是恃强行覇韻。〔悟空化身從壽臺上場門上，作見科。衆小妖白〕小鑽風打探回來了。〔悟空化身白〕回來了。〔衆小妖白〕可曾見孫悟空？〔悟空化身白〕孫悟空倒不曾見，見了四十萬天兵天將，都是孫悟空請來的。〔衆小妖作怕科，白〕怎麽就曉得請四十萬天兵天將？〔悟空化身白〕我躲在草叢中聽得説。〔衆小妖白〕説些甚麽？〔悟空化身白〕那些天將説，我們東西南北，一方十萬，把那些妖魔拏住了。不論大小，一個個不要饒他。剥皮的剥皮，抽筋的抽筋，斬盡殺絶，免得在世上害人。我聽得這幾句話，就跑回來了。〔衆小妖白〕天兵你可曾看見？〔悟空化身白〕怎麽没有看見。在那裏分守四方，利害得緊哩。〔衆小妖白〕你且説説看。〔悟空化身白〕恐怕悞了回話。〔衆小妖白〕不妨。我打聽三位大王飲酒，還有一會纔出來觀看我們操演哩。〔悟空化身白〕你們不要怕！〔唱〕

【仙吕入雙角合套・雁兒落帶得勝令】正東上那天兵青鎧甲(韻)，〔白〕正西方也是十萬。〔唱〕正西上那天將銀披掛(韻)，〔白〕正南方也是十萬。〔唱〕正南上那天兵紅錦袍(句)，〔白〕正北方也是十萬。〔唱〕正北上那天將烏錐跨(韻)呀(格)，李天王手托着黄金塔(韻)，帶領着赤緊的狠哪吒(韻)。巨靈神剛鋒快(句)，王靈官鞭亂打(韻)。〔衆小妖白〕哥，我們這些人可是天兵的對手？〔悟空化身白〕衆兄弟殺能殺得幾個，打能打得幾個。怕的是火神爺、雷公爺。那火神爺葫蘆内放出來的火老鴉，嗳喲天哪，〔唱〕把人燒殺(韻)，燒得來烏焦巴弓没些渣(韻)。雷祖爺打殺(韻)，打得來軟郎當瓤爛爪(韻)。〔衆小妖白〕衆位，我們來此操演，不過帶三分頑意，演演自己功夫，惹動天將天兵，可是當耍得的。但他拏住了唐僧，與我們一些相干没有，可不枉送了性命，都還他一溜。〔各作虚白，從壽臺兩場門分下。悟空白〕妙！都被我嚇走了，且進洞中混他一回。〔從壽臺下場門下。雜扮衆小妖，各戴鬼髮，穿箭袖卒褂，持器械。引淨扮獅精，戴獅盔，簪雉尾狐尾，紥靠襲氅。副扮象精，戴象盔，簪雉尾狐尾，紥靠襲氅。雜扮鵬精，戴鵬盔，簪雉尾狐尾，紥靠襲氅，仝從簾子門上。唱〕

【仙吕入雙角合曲・僥僥令】隄防無少暇(韻)，謹守待胡拿(韻)。但只慮猴頭多奸滑(韻)，合我合你用心兒制伏他（韻），用心兒制伏他（疊）。〔場上設椅，各坐科。悟空化身從壽臺上場門上，白〕開門，小鑽風回話。〔雜扮小妖，戴鬼髮，穿箭袖卒褂，從洞門上，作見科，白〕你回來了麽。〔悟空化身白〕回來了。〔作仝進洞門，悟空遶場，作見科，白〕三位大王在上，小鑽風奉命巡山，今來回話。〔三妖白〕你去巡山，可知道唐僧到了没有？〔悟空化身白〕來了，小的親眼看見了。〔三妖白〕你親眼見過了？ 在那裏？ 咱好去擒他。〔悟空化身白〕擒不得，利害。〔三妖白〕怎麽擒不得，細細説與我知道。〔悟空化身白〕小的走至山巖，遠遠望見四個和尚，牽了一匹白馬。 我想是唐僧來了，一躲躲在密樹内望着他。 只見他四人走至山岸邊坐下，唐僧開言説，徒弟，嶺上魔王利害，你們用何計策可以過去？ 孫悟空道，師傅不要着忙，這三個魔頭何足懼哉，我拏住大魔呵！〔唱〕

【仙呂入雙角合套·收江南】呀（格），俺將他肉來剁鮓呵（句）。〔白〕那猪八戒説，師傅，我拏住二魔呵，〔唱〕鋸他的牙來做根小耳挖（韻）。〔白〕那沙和尚道，我拏住三魔，卸下他兩隻膀子來，〔唱〕做一把鴉翎扇兒耍一耍（韻）。〔白〕唐僧道，你三人不可輕覷了。 他三人齊跳起來，師傅只管長他人志氣，徒弟們呵，〔唱〕覷他行只當個癩蝦蟆（韻）。〔白〕唐僧便説，徒弟，〔唱〕只要他送咱（韻），只要他送咱（疊），又何用傷生害命把戒規抹（韻）。〔獅精白〕二位兄弟，如此説，猴頭果然利害，不要惹他，讓他過去罷。〔小妖從簾子門上，白〕啟上三位大王，山頭鑽風與門外各寨妖將妖兵都已逃散，一個也不見了。〔仍從簾子門下。獅精白〕不好了！ 想是聽得猴頭利害，各自逃命去了。 衆小妖，快快將前後門關好了，讓他師徒們過去罷。〔悟空化身作笑科，白〕到也罷了。〔鵬精白〕將這厮拏下。〔衆小妖作拏科，獅精白〕拏了他怎麽？〔鵬精白〕二位兄長，這個鑽風就是孫猴兒變來的。方纔見大哥説前後門關起來，他在旁一笑，伸出尖嘴來，豈不是猴頭來唬我每的。〔象精白〕拿得好！先看酒來，與三弟道喜。〔鵬精白〕且不要飲酒。小妖每，將我陰陽二氣寶瓶擡過來，將猴頭裝在瓶裏，大家吃盃喜酒，有何不可。〔獅精、象精白〕有理。擡寶瓶來。〔衆小妖作應，向下擡瓶，推悟空化身入瓶科。悟空地井内白〕你裝我瓶内，我就出不去了麽！〔獅精白〕三弟，今日之事，實實難爲你，愚兄先敬一盃。〔仝唱〕

【仙吕入雙角合套・園林好】這奇貨何須待價(韻)，今日個自來送咱(韻)。敢把我瓶來穿插(韻)，〔合〕請入甕没搔爬(韻)，請入甕没搔爬(疊)。〔悟空從地井内上，作出洞門，虚白討戰科。小妖從簾子門上，白〕大王，不好了，孫悟空在外討戰。〔仍從簾子門下，三妖白〕他在瓶内。〔作看科，白〕不好了！寶瓶被他鑽破了，氣死我也。擡鎗來！〔衆小妖應科，從簾子門下，各脱氅，持器械，遶場，作出洞門科。悟空白〕妖魔，認得你孫爺爺麽？〔仝作對敵科，悟空唱〕

【仙吕入雙角合套・沽美酒帶太平令】覷伊們井底蛙(韻)，覷伊們井底蛙(疊)，怎知天廣闊竟無涯(韻)。你可比黔驢鬬虎牙(韻)，悔不及裝聾作啞(韻)。誰教你念頭差(韻)，管教你心驚膽怕(韻)，管教你力盡筋乏(韻)，管教你箭穿刀斵(韻)，管教你魂飛魄化(韻)。〔作對敵科。三妖從壽臺下場門敗下，悟空追下。三妖急從上場門上，獅精白〕二位兄弟，猴頭果然利害，待我現出原形擒他便了。〔象精、鵬精白〕有理！

〔獅精從壽臺下場門隱下。悟空從壽臺上場門進上，作對敵科。悟能從壽臺上場門上，作虛白發諢科，象精、鵬精從壽臺下場門敗下。雜扮獅形，穿獅衣，從壽臺下場門上，作遶場，吞悟空，從地井內下。悟能作見慌科，從壽臺下場門下。象精、鵬精從壽臺下場門上，作見科，象精白〕三弟，大哥將猴兒吞在肚裏了。〔鵬精白〕二哥，猴頭不中喫，不好。〔獅精作滾地科，白〕二位兄弟，救我一救，疼死我也。〔象精、鵬精白〕孫大聖，有話出來講，不要在肚裏鬧。〔悟空在地井內白〕我不出來，我要開葷，炒肝腸吃。〔獅形就地作滾科，白〕死了！二位兄弟，快些送他師徒過嶺去。〔象精、鵬精白〕孫大聖，是我大哥不是了，將就他。看我愚弟兄面上，請出來。即備綵亭鼓樂、香藤轎，送你師傅過山。饒了我大哥罷！〔悟空白〕果是實言？〔象精、鵬精白〕實言，不敢假。〔悟空白〕如此，張開口，待我出來。〔鵬精作附耳科，白〕大哥，猴兒出來，一口嚼死他。〔獅形作點頭科，悟空白〕不出來，我到好意饒你性命，你到要嚼死我。開個天窗出來罷。〔獅形復作滾地科，白〕二位兄弟，救我，跪着求大聖爺爺。〔象精、鵬精作跪科，白〕大聖爺爺，方纔是我不是。跪下了，叩頭了，饒我大哥，送你師傅過山，再不敢放肆了。〔悟空白〕不要叫孫大聖，只要叫孫外公。〔象精、鵬精作叫，悟空白〕果然如此，也罷，張口待我出來。〔獅形作吐，悟空從地井內上，獅形從壽臺下場門下。獅精隨上，悟空白〕三位請了，方纔所言，不可失信。〔三妖白〕大聖請回，明日準備香藤轎、綵旗鼓樂，送你師傅過山，決不敢再犯了。〔悟空白〕如此說，咱們自今以後，成了相識，你不知俺老孫極好說話的人。〔唱〕俺呵(格)，只要你怕咱(韻)、敬咱(韻)，俺與你嗑牙(韻)。〔三妖白〕

嗑甚麼牙？〔悟空白〕今日之事，到有一比。〔三妖白〕比甚麼？〔悟空唱〕呀(格)，好一似單刀會，又傳留佳話(韻)。〔從壽臺上場門下。三妖唱〕

【尾聲】這場讐恨如天大(韻)。〔獅精白〕我説閉了門讓他過去，你們不肯，〔唱〕做將來翻成話靶(韻)。〔象精白〕大哥不要惱。因你吞了他，故有這場事出來。小弟領家下人等，管唐僧手到擒來。〔唱〕試看俺鼻捲三秦活捉拿(韻)。〔仝從洞門下，象精從壽臺上場門下〕

第十六齣　象供藤轎送成虛（歌戈韻）

〔生扮唐僧，戴僧帽，穿僧衣，繫絲縧，帶數珠，從壽臺上場門上，唱〕

【中呂宮引・柳稍青】望眼頻挲(韻)，精靈奈若何(韻)。〔生扮柳逢春，戴盔，紥靠，佩劍。雜扮悟淨，戴僧帽，紥金箍，穿悟淨衣，帶數珠，仝從壽臺上場門上，唱〕一路延俄(韻)，端爲着魔障偏多(韻)。〔丑扮悟能，戴僧帽，紥金箍猪嘴切末，穿悟能衣，帶數珠，持鈀從壽臺上場門上，唱〕

【仙呂宮正曲・不是路】急走如梭(韻)，跑得我兩腿酸麻步亂挪(韻)。〔作進見科，白〕師傅，不好了。〔唐僧白〕打聽事如何(韻)？〔白〕爲何這等慌張？〔悟能白〕師兄呵，〔唱〕因他孟浪赴閻羅(韻)。〔唐僧白〕好好説來。〔悟能唱〕那妖魔(韻)，威風凛凛成羣夥(韻)，殺得地覆天翻回合多(韻)。〔白〕師兄抖擻精神，那妖怪呵，〔唱〕難藏躲(韻)。〔唐僧白〕如此説，好了。〔悟能白〕誰想那妖怪現出原形，〔唱〕張開血口如箕大(韻)，早已是臓神稱賀(韻)，臓神稱賀(疊)。〔唐僧白〕怎麽，將他吞下肚去了？〔悟能白〕可不是麽。〔作哭科，唐僧白〕徒弟嗄，痛殺我也。〔作倒地，悟淨扶科。唐僧唱〕

【中呂宮正曲・好事近】聽説淚滂沱(韻)，痛得來難存難坐(韻)。實指望仝參佛祖(句)，西來取經停妥韻。〔白〕誰知一路來呵，〔唱〕受盡了無窮坎坷韻，賴伊家讀、救脱妖氛禍韻。〔合〕鬧天宫不損分毫句，獅駝嶺恁般結果韻。〔悟淨白〕師傅，且免愁泣。〔副扮悟空，戴悟空帽，穿悟空衣，帶數珠，從壽臺上場門上，唱〕

【又一體】瞧科韻權入惡心窩韻，勝似鎗攢刀剁韻。〔作進見科，白〕師傅稽首。〔唐僧作驚科，白〕悟空你是人是鬼？〔悟空白〕師傅這是怎麽説？〔唐僧白〕八戒説你被妖精吞在肚裏了。〔悟空白〕八戒，你對師傅説我被妖魔吞了麽？〔悟能白〕明明見你被他一口吞在肚裏去的，你却在那裏出來的？〔悟空白〕我老孫可是好喫的！ 我在他腹内降伏了他。 準備人夫，就來送咱們了。〔唱〕香藤花轎句，請吾師安穩經過韻。〔悟能白〕恐妖魔是虚心假意，還要隄防。〔悟空唱〕伊知甚麽韻，管高枕讀、一路無災禍韻。〔合〕小施展怪物投降句，莽威風災星逃躲韻。〔雜扮衆小妖，各戴鬼髮，穿箭袖卒褂，持器械。引副扮象精，戴象盔，簪雉尾狐尾，紥靠，持器械，從壽臺上場門上，唱〕

【又一體】一聲句吶喊出山坡韻，似萬馬千軍威播韻。前言翻悔句，把唐僧拏住方可韻。〔白〕快叫孫悟空出來受死。〔悟能白〕如何，我説他的話不準麽。〔悟空白〕你隨我來。〔作見科，白〕你這死妖魔，爲何不來送咱，反來索戰？ 妖魔你好險心也。〔象精唱〕誰能得心還應口句，弄虚牌讀、識着英雄我韻。〔合〕管教你骨粉爲炊句，肯饒他肉糜熬火韻。〔悟空唱〕

【中吕宫正曲・千秋歲】負心魔韻，背義來撩禍韻。你孫外公，慣能尺水翻波韻。〔象精唱〕可知俺大客神威(句),大客神威(疊),怎容伊説得(讀)、天花飛墮(韻)。〔合〕香藤轎(讀)、休思坐(韻),獅駝嶺(讀)、端難過(韻)。不必言煩瑣(韻),殺得你師徒四命(讀)立見閻羅(韻)。〔仝作對敵科,作擒象精,悟能趕衆小妖,從壽臺上場門下。象精白〕大聖饒我。明日務要送你師傅過山,决再不敢失信了。〔悟空白〕既如此,來日早些備了轎來。〔象精白〕知道了。〔從壽臺上場門下,悟能白〕只該打死他,明日又有些不妥哩。〔柳逢春白〕大師果好法力也。〔唱〕

【尾聲】從今稽首蓮花座(韻)。〔悟空白〕柳將軍,我對你説,我仝師傅過嶺。你在後面,將人馬分巡各山洞,但見獐鹿走獸,一概打死。我在前面等你,完全道場大功勞罷。〔唱〕恁可也静掃妖魔(韻),成全恁錦片前程,也還虧了我(韻)。〔仝從壽臺下場門下〕

第十七齣　收伏獅駝皈正法（蕭豪韻）

〔淨扮獅精，戴獅盔，簪雉尾狐尾，紥靠，持器械。副扮象精，戴象盔，簪雉尾狐尾，紥靠，持器械。雜扮鵬精，戴鵬盔，簪雉尾狐尾，紥靠，持器械，仝從洞門上，白〕恨小非君子，無毒不丈夫。〔鵬精白〕二位兄長，受了猴頭恥辱，小弟實實憤他不過。〔獅精、象精白〕賢弟，話雖有理，奈何猴頭武藝高强，弄他不過。没奈何，只得送他過去罷了。〔鵬精白〕不是這樣説。小弟夜來想得一計，名曰調虎離山計。〔獅精、象精白〕何爲調虎離山計？〔鵬精白〕離此四百里，乃是我的城池。如今竟將香藤轎擡了唐僧，一路小心供應他，猴頭自然不疑。將到城邊，大哥擒八戒，二哥擒沙僧，我拏孫行者。命衆妖先擒唐僧，唐僧被擒，猴頭勢孤，俺可拏他師徒四人一齊蒸熟，共享太平宴。此計若何？〔獅精、象精白〕好。計出萬全，就此擡轎送他便了。〔仝白〕正是不施萬丈深潭計，怎得驪龍頷下珠。〔從壽臺下場門下。雜扮衆揭諦，各戴揭諦冠，穿鎧，持杵。雜扮文殊菩薩、普賢菩薩，各戴僧帽，紥五佛冠，穿蟒，披袈裟，帶數珠。雜扮阿難、迦葉，各戴毘盧帽，穿道袍，披袈裟，帶數珠。引淨扮如來佛，戴佛髗腦，穿蟒，披佛衣，乘佛座，從壽臺上場門上，仝唱〕

【中吕宫正曲・粉孩兒】圓圓的讀、袖衣珠仝月皎韻，嘆羣迷曖昧讀，不思微妙韻。禪心静鎮才穩牢（韻），若踰閑便增溷擾（韻）。〔合〕百樣巧，那如一拙爲高（韻），無榮辱也無煩惱（韻）。〔場上設雲杌，二菩薩作上杌立科。雜扮衆小妖，各戴鬼髮，穿箭袖卒掛，作擡生扮唐僧，戴僧帽，穿僧衣，繫絲絛，帶數珠，乘轎。副扮悟空，戴悟空帽，穿悟空衣，帶數珠，持棒。丑扮悟能，戴僧帽，紮金箍，穿悟能衣，猪嘴切末，帶數珠，持鈀，挑經擔。雜扮悟淨，戴僧帽，紮金箍，穿悟淨衣，帶數珠，持鏟，牽馬。獅精、象精、鵬精隨從壽臺上場門上，仝唱〕

【中呂宮正曲·紅芍藥】花藤轎（讀），穩坐勝揚鑣（韻）。没顛簸漫過山腰（韻）。夾路的春花向人笑（韻），聽黄鸝聲聲弄巧（韻）。穿雲（句）脚步即漸高（韻），猛魔君都皈象教（韻）。〔合〕送行旌兵氣潛消（韻），鬧嚷嚷提鈴喝號（韻）。〔從壽臺下場門下。如來佛白〕菩薩，你看三個魔頭好跳躍也。〔文殊菩薩、普賢菩薩白〕正是。〔如來佛唱〕

【中呂宮正曲·耍孩兒】三個魔頭没顛倒（韻），不識輪迴事（句），尚兀自暗算狂跳（韻）。唐僧（句）心淡定（讀），偏是諸緣擾（韻）。經歷過（讀）百難千魔鬧（韻），〔合〕又暗地遭圈套（韻）。〔衆妖擁護唐僧從壽臺上場門上，唱〕

【中呂宮正曲·會河陽】野曠烟迷（讀），嵐深霧交（韻），獅駝回望漸迢遥（韻）。今朝（韻）意樂心安（讀）、情殷義高（韻），緑陰中殘霞照（韻）。〔衆小妖擡唐僧，仝從壽臺下場門急下，悟空唱合〕爲何（句）驀忽地頻驚跳（韻），莫非（句）悮走入陰山道（韻）？〔鵬精從壽臺下場門上，作與悟空對敵科。悟空從壽臺下場門敗下，鵬精追下。獅精、象精追悟能、悟淨，從壽臺上場門上，作對敵打倒科。衆小妖從壽臺上場門上，作擒悟能、悟淨從壽臺下場門下。衆小妖作擒唐僧，從壽臺上場門上，遶場科，從壽臺下場門下。悟空從壽臺上場門上，作見科，白〕原來我佛在此。〔如來佛白〕悟空，立在我後面來。〔悟空作應，向後隱科。鵬精從壽臺上場門上，白〕猴頭那裏走，追來不見了。是了，他丈觔斗雲走了，待我展翅趕去擒來。〔從壽臺下場門下。獅精、象精從壽臺上場門上，白〕拏猴兒。〔作見科。文殊菩薩、普賢菩薩白〕孽畜，還不皈正，待欲怎生？〔獅精、象精從壽臺兩場門下。雜扮衆獅奴、象奴，各戴回回帽，穿回回衣，牽雜扮獅形，穿獅衣，雜扮象形，穿象衣，從壽臺兩場門上。文殊菩薩、普賢菩薩各作騎科。雜扮鵬形，穿大鵬衣，從壽臺上場門上，白〕四處尋找，並無踪跡，不免回去尋他。大哥、二哥不知都往何處去了。〔悟空白〕你孫外公在這裏。〔鵬形白〕你躲在那裏？〔悟空白〕在這裏！〔鵬形作見，急上欲抓，悟空即下。鵬形立如來佛後，作不動科。悟空白〕外甥，你這遭可動不得了麽？〔鵬形白〕如來，你怎麽使這樣大法力，困住我怎麽説？〔如來佛白〕你在此處，多生業障，跟我去大有利益。〔鵬形白〕你那裏持齋茹素，極貧苦的。我這裏喫人肉，受用無窮。你若餓壞了我，你有罪愆。〔如來佛白〕我管四大部洲，無數衆生瞻仰。凡作好事，我教他先來祭你。〔鵬形白〕罷了，没奈何了，只得皈依。潑猴頭尋這狠人來困我！〔如來佛白〕悟空，好生保護你師傅西行，我回西方去了。〔悟空應科，從壽臺上場門下。內奏樂，衆引如來佛從壽臺下場門下。悟空引唐僧、悟能、悟淨隨從壽臺上場門上。唐僧白〕徒弟，如何收得妖魔，救我此難？〔悟空白〕師傅，適纔虧了我佛，文殊、普賢二位菩薩收了三妖，方能救得師傅。〔唐僧白〕既然我佛在此，何不求取金經？〔悟空白〕我佛只可救得災難，若要求取金經，除非自己一步一步行得到，方可取得經來。〔唐僧白〕依你説，幾

時行得到？〔悟空白〕如此早得緊哩。〔唐僧白〕不免望空拜謝。〔作叩拜科，唱〕

【中呂宮正曲·縷縷金】齊歸命（句），叩雲霄（韻），如來施法力（句）救吾曹（韻）。何幸蓮臺至（句），機緣湊巧（韻）。妖氛喜得霎時消（韻），〔合〕全憑寶光照（韻），全憑寶光照（疊）。〔雜扮衆小軍，各戴馬夫巾，穿箭袖卒褂，執旗。雜扮衆將官，各戴大頁巾，穿箭袖排穗，執標鎗。引生扮柳逢春，戴盔，紮靠，帶櫜鞬，佩劍，持鎗，從壽臺上場門上，唱〕

【中呂宮正曲·越恁好】登壇年少（韻），登壇年少（疊），奉命專征討（韻）。悟空大聖（句），扶助俺建功勞（韻）。〔作見科，白〕聖僧拜揖。〔悟空白〕山中洞穴掃平了？〔柳逢春白〕承大聖之命，下官督領士卒，〔唱〕得掃清巢穴拔根苗（韻），不煩再勦（韻）。〔悟空白〕將軍，你便成了這場功業，老孫費了無限精神。別你後，這兩日妖魔又起風波，虧了世尊尊者，伏了獅、象、鵬三個妖怪。從此後，你這裏再没有邪祟了。〔柳逢春唱合〕受恩師（讀）大德何由報（韻）。建廟宇（讀）、勒石鐫名號（韻）。〔悟空白〕將軍你可及早班師，回朝復命，我師徒隨一仝進朝便了。〔衆仝唱〕

【中呂宮正曲·紅繡鞋】從今奏凱還朝（韻）、還朝（格），妖氛瓦解冰消（韻）、冰消（格）。金甌鞏（句），玉燭調（韻）。禪力大（句），佛恩叨（韻）。〔合〕虔心拜（句），當酬勞（韻）。

【尾聲】獅駝嶺險渾難料（韻），從此西方路不遥（韻），一朵慈雲六道消（韻）。〔從壽臺下場門下〕

第十八齣　闡揚象教仰高僧(皆來韻)

〔雜扮中軍，戴中軍帽，穿中軍鎧，佩刀，從壽臺上場門上，白〕鳴笳疊鼓擁回軍，伏祟平妖昔未聞。丈夫鵲印摇邊月，大將龍旗掣海雲。自家大將軍柳老爺帳下中軍官是也。俺老爺奉國王令旨，掃静獅駝嶺的妖魔，全虧了大唐來的取經聖僧唐三藏大徒弟孫悟空協助，收伏邪魔。把天大的功勞今讓俺老爺一人領受，這也難得。今早入朝奏捷，命我老爺在這皇華亭恭送聖僧。話言未畢，那邊喝道之聲，想是元帥來也。〔雜扮衆小軍，各戴馬夫巾，穿箭袖卒褂，執旗。雜扮衆將官，各戴大頁巾，穿箭袖排穗，執標鎗。引生扮柳逢春，戴紗帽，穿蟒束帶，從壽臺上場門上，仝唱〕

【黄鐘宫正曲·出隊子】祥雲靉靆(韻)，祥雲靉靆(疊)，丹鳳啣書下玉堦(韻)。官封一品位三臺(韻)，果是春從天上來(韻)。〔合〕蔭子封妻(讀)，閭里光彩(韻)。〔場上設椅，柳逢春坐科，白〕下官柳逢春是也。今日入朝見駕，蒙聖旨封爲輔國大將軍，總理軍國政務，母親封一品節義夫人，妻和氏封爲一品夫人。實賴大唐取經聖僧助我殄滅邪魔，功德不淺也。又命我於皇華亭設齋餞送，已着人去請聖僧，想必來也。〔副扮悟空，戴悟空帽，穿悟空衣，帶數珠。丑扮悟能，戴僧帽，紮金箍，猪嘴切末，穿悟能衣，帶數珠。雜扮悟淨，戴僧帽，紮金箍，穿悟淨衣，帶數珠。引生扮唐僧，戴僧帽，穿僧衣，繫絲縧，帶數珠，從壽臺上場門上，白〕救災原仗義，佑國乃成仁。〔柳逢春作接見科，白〕聖僧稽首，衆位師傅有禮。奉國王之命，在皇華亭設齋餞送。〔唐僧白〕多謝賜齋。〔場上設香茗、桌椅，各入桌坐科，畫工作畫科，柳逢春唱〕

【仙呂宮正曲·八聲甘州】興妖作怪(韻)，賴慈雲蔭注(讀)、蓬駕東來(韻)。比丘下界(韻)，清風捲去陰霾(韻)。傾心合十拜蓮臺(韻)，供奉香花報禮該(韻)。〔合〕安排(韻)，荷君恩祖道筵開(韻)。〔雜扮衆百姓，各隨意扮，執香，仝從壽臺上場門上，唱〕

【又一體】快樂到吾儕(韻)，嘆歷年驚怖(讀)、今日開懷(韻)。〔作到科，白〕中軍爺！〔中軍作出門科，白〕甚麽人？〔衆百姓白〕我們衆小民，求見東土聖僧。〔中軍作進門禀科，柳逢春白〕着他們俱在門外禮拜，請聖僧門前一步，使衆小民瞻仰瞻仰。〔仝作出門，衆百姓作跪科，唐僧白〕阿彌陀佛！衆居士有緣。〔衆百姓白〕阿彌陀佛！〔唱〕活佛出世(句)，衆百姓稽首蓮臺(韻)。朝參暮叩應虔奉(句)，錫杖雲飛去不來(韻)。〔合〕山崖(韻)，喜從今無害無菑(韻)。〔唐僧白〕貧僧就此拜謝登程而去。〔柳逢春白〕小將相送一程。〔悟能、悟淨作向下取經擔、牵馬匹，唐僧步行，衆作遶場科，仝唱〕

【又一體】前程莫浪猜(韻)，任青山迎送(讀)、緑水擔埃(韻)。迦維衛國(句)，問何日納陛循階(韻)。驚心京洛添離緒(句)，回首比丘動遠懷(韻)。〔合〕天涯(韻)，逐浮雲形影分開(韻)。

【尾聲】運籌帷幄稱良帥(韻)，天賜成功得借才(韻)，指日寧親歸去來(韻)。〔各從壽臺兩場門下〕

第十九齣　荷恩綸榮歸花燭（先天韻）

〔旦扮鸞娘，穿衫。丑扮梅香，戴梅香箍，穿衫背心，繫汗巾，隨從壽臺上場門上，鸞娘唱〕

【仙呂宮正引・卜算子】靈鵲噪簷前(韻)，那有音書便(韻)。年老姑嫜病未痊(韻)，願保長康健(韻)。〔場上設椅，轉場坐科，白〕奴家和氏，自柳郎別後，一載有餘。將母氏寄托我家，雖則未諧伉儷之良人，奴家敢失承歡之婦道？連日婆婆體中欠安，延醫調治，漸喜全可。不免請出中堂，消遣片時則個。丫鬟，請柳老夫人出來。〔梅香應科，作請科。旦扮梅香，穿衫背心，繫汗巾，作扶老旦扮楊氏，穿老旦衣，從壽臺上場門上，唱〕

【商調正曲・梧桐樹】清霜入鬢凋(句)，落日時光淺(韻)。〔場上設椅各坐科。鸞娘白〕尊姑身體大安麼？〔楊氏白〕蒙小姐盛情，身子好了。只是我那兒呵，〔唱〕爲着兩字功名(句)，膝下抛離遠(韻)。上書赴闕把妖氛殄(韻)，甚日歸來慰暮年(韻)。〔白〕兒嗄！〔唱〕朝朝暮暮(讀)、浪把流光餞(韻)，〔合〕如何没個音書轉(韻)。〔鸞娘白〕尊姑！〔唱〕

【南呂宮正曲・浣溪沙】好把心放開(句)，眉舒展(韻)，須調攝玉體安然。(韻)高堂定省雖違面(韻)，上國賢勞怎息肩(韻)。〔合〕聊排遣(韻)，昨夜裏燈花結蕊圓(韻)，有底事喜向人轉(韻)。〔副扮和友仁，戴巾、穿道袍。引雜扮衆差官，各戴大頁巾，穿箭袖，繫鸞帶，捧誥命，從壽臺上場門上。和友仁唱〕

【南呂宮正曲・東甌令】歡無盡(句)，喜萬千(韻)，踏綻鞋跟襪底穿(韻)。〔白〕你們在外廂伺候！〔衆差官作應，和友仁進門見科，白〕親家太太！〔楊氏白〕和大爺，怎麽！〔和友仁作笑科，鸞娘白〕哥哥爲何如此歡喜？〔和友仁白〕親家太太，大喜。我的妹婿，你的公郎，你的夫君，做了大官了。〔楊氏白〕那有此事？〔鸞娘白〕敢是奚落他老人家？〔和友仁白〕你們不信！〔作喚科，白〕差官進來叩頭。〔衆差官作進門見科，白〕這就是太夫人、少夫人。〔鸞娘作迴避科。和友仁白〕賢妹不要避，放大樣些。你的時運到了，該受個頭兒了。〔衆差官白〕差官叩見太夫人、少夫人。〔楊氏白〕有書拿上來。〔衆差官白〕這是老爺的書，這是太夫人、少夫人的封誥。〔唱〕雙雙冠誥當堦獻(韻)，看冠誥真華絢(韻)。〔白〕這是上宫娘娘賜與少夫人添粧奩的。〔唱合〕黄金千鎰代花鈿(韻)，錦緞綵雲聯(韻)。〔楊氏白〕小姐隨我謝恩。〔作謝恩科，白〕願國主千歲！娘娘千歲！舅爺？〔和友仁白〕不敢！老親母太太！〔楊氏白〕好生款待差官！〔和友仁白〕這個還勞親母太太費心，都是我料理。〔楊氏白〕老爺幾時回來？〔衆差官白〕老爺隨後便回來了！〔楊氏白〕請到前廳酒飯。〔衆差官白〕多謝太夫人！〔楊氏、鸞娘、梅香仝從壽臺下場門下。和友仁虚白，作領衆差官，從壽臺上場門下。雜扮衆小軍，各戴馬夫巾，穿箭袖卒褂，執旗。雜扮衆將官，各戴大頁巾，穿箭袖排穗，執標鎗。雜扮二中軍，各戴中軍帽，穿中軍鎧，佩刀，捧印勅。

引生扮柳逢春，戴紗帽，穿蟒束帶，隨從壽臺上場門上，仝唱〕

【雙調正曲・五馬江兒水】一鼓妖氛撲剪(韻)，勳從鼎鼐鐫(韻)。今日個榮歸衣錦(句)，合巹花筵(韻)，攜玉珮奉金萱(韻)。〔和友仁從壽臺下場門上，作跪接科，白〕和友仁奉了太夫人、少夫人之命，跪接大老爺。〔中軍照前白科，柳逢春白〕起來！〔和友仁白〕妹夫大老爺。〔柳逢春白〕今日認得我妹夫了麼？〔和友仁白〕我的妹夫大老爺，你今日這樣榮顯，不認你真正是混帳人了。你不記懷，情感不淺。〔柳逢春白〕説那裏話。〔唱〕我與你至親情分(句)，那記煩冤(韻)。應念潘楊世好(句)，舊事休言(韻)。〔和友仁白〕好大量君子，花燭已經齊備，請見過親母老太太，就請合巹。〔柳逢春白〕生受不當，衆人迴避。〔衆作應科，從壽臺上場門下。柳逢春、和友仁仝作進門科。楊氏戴鳳冠，穿蟒束帶，從壽臺下場門上。柳逢春作拜科，白〕母親請尊座，待孩兒拜見。〔楊氏白〕恭喜我兒。〔柳逢春唱〕懸懸親舍白雲邊(韻)。〔合〕失冬温夏清(句)，子職多愆(韻)。〔楊氏唱〕奉勑完姻(讀)，欣開家宴(韻)。〔和友仁作喚儐相科。雜扮儐相，戴儐相帽，穿院子衣，披紅，從壽臺下場門上，作請新人科。雜扮衆扮子，戴羅帽，穿道袍，從壽臺下場門上。旦扮衆梅香，各穿衫背心，繫汗巾，作扶鸞娘，戴鳳冠，穿蟒束帶，從壽臺上場門上，作拜空科。和友仁白〕拜堂已畢，我去安頓從人並各項事務，儐相仝我來。〔儐相隨從壽臺下場門下，場上設筵席、桌椅，各入桌坐科。仝唱〕

【黃鐘宮正曲・畫眉序】敞瓊筵(韻)，燕喜團圞結良緣(韻)。佩君恩優渥(讀)，闓澤駢闐(韻)。綰合着白璧紅絲(句)，成就了百年姻眷(韻)。〔合〕靈椿未得沾湛露(句)，北堂幸叨榮顯(韻)。〔楊氏白〕掌燈送入洞

房。〔從壽臺下場門下，衆院子、梅香各執燈作遶場科，仝唱〕

【黃鐘宮正曲・滴溜子】花燈照(句)，花燈照(疊)，前程錦片(韻)。洞房裏(句)，洞房裏(疊)，氤氳香篆(韻)。這遭(讀)天從人願(韻)，〔合〕慈雲記昔年(句)，柳鸚救援(韻)。稽首蓮臺(讀)，皈禮竺乾(韻)。〔各從壽臺兩場門下〕

第二十齣　裝難女途中悞救（歌戈韻）

〔小旦扮地湧夫人，簪形、穿衫背心、繫腰裙，從壽臺上場門上，白〕白雲本是無心物，又被清風引出來。奴家地湧夫人是也。幾年間聞説孫悟空神通廣大，果然話不虛傳。那日别了豹道兄，奴便隱跡獅駝嶺左側觀其動静。孫悟空將三個魔頭戰敗，後聞佛爺與二位尊者收度去了。我若與他争鬭，定遭其害。想他師徒必從黑松林經過，爲此我先在此，假粧落難之人。唐僧是個修行人，必然慈心救我。我便乘機取回唐僧，成其好事便了。〔唱〕

【南呂宫正曲·畫眉扶歸】【懶畫眉】（首至三）風恬日煖景融和（韻），嫩緑嬌紅鳥唱歌（韻）。〔白〕唐僧嗄！〔唱〕可知道鵲橋早駕已停梭（韻）。【醉扶歸】（四至末）只怕春深銅雀應難鎖（韻）。摩登意定早張羅（韻），俏阿難何計能潛躲（韻）。〔唐僧内虛白科。地湧夫人白〕你看他師徒來了，不免縛於樹底便了。

〔場上設樹作縛科。副扮悟空，戴悟空帽，穿悟空衣，帶數珠。丑扮悟能，戴僧帽，紥金箍猪嘴切末，穿悟能衣，帶數珠，持鈀，挑經擔。雜扮悟淨，戴僧帽，紥金箍，穿悟淨衣，帶數珠，持鏟。引生扮唐僧，戴僧帽，穿僧衣，繫絲縧，帶數珠，騎馬，從壽臺上場門上，唱〕

【南呂宮集曲・浣沙帽】【浣溪沙】（首至合）轉碉阿韻、松濤天韻，黑森森虬榦交柯韻。〔地湧夫人白〕可憐，救命嗄！〔悟空作看科，白〕這是那裏來的妖精？〔唐僧唱〕娘行因甚遭危禍韻，請問家鄉住址何韻。〔地湧夫人白〕奴家住在貧婆國，離此二百餘里。父母在堂，十分好善。時遇清明，帶領一家老小拜掃先塋，行至荒郊，忽見一夥强人喊殺前來。父母諸人各逃性命，可憐奴家年幼，奔走不動，被他擄至此山。大大王要做夫人，二大王要做妻室，那些人你不忿我、我不忿你，所以將奴綁在林間。强人去了五日五夜，看看命盡，幸遇師傅到此，千萬大發慈悲，救奴一命。決不忘恩。〔作哭科，唐僧唱〕【劉潑帽】（三至末）可憐他嗚嗚咽咽淚滂沱韻，爾我念彌陀讀、忍見那人摧挫韻。〔白〕放他下來。〔悟空白〕師傅，他是妖魔，不可理他。〔悟能白〕那有這等妖怪。〔唐僧白〕明明是個落難女子，怎説是妖精。〔悟空白〕師傅原來不知，這都是老孫幹過的買賣，想人肉喫的法兒。你忘記了白骨妖精也是吊在樹的麽？師傅要救他下來，待至受了他的播弄，又要趕逐老孫，這是不依的。〔唐僧白〕你平日看得不差，不要管他，我們走罷。〔地湧夫人作哭科，白〕師傅嗄！〔唱〕

【南呂宮集曲・寒窗秋月】【瑣窗寒】（首至四）慈悲心不救人活韻。〔白〕師傅！〔唱〕你假惺惺取何經拜甚麽佛韻？〔白〕救人一命，勝造七級浮屠。〔唱〕啣環結草讀，報答德海恩波韻。〔唐僧白〕可憐！八戒救他一救。〔悟空白〕師傅，不可救他。倘人盤問，出家人帶了女子仝行，〔唱〕試問吾師讀，何詞對他韻？〔白〕依徒弟講，〔唱〕【秋夜月】（四至末）和你安寧讀路無災禍韻，管他人怎麽韻，救他人怎麽(韻)。〔唐僧白〕救人一命，勝造七級浮屠。我行好心，自有天眼昭彰，八戒解放他下來。

〔悟空白〕師傅，你苦苦救他。實對師傅説，他此來念頭，弟子都明白了。〔唐僧白〕你明白甚麽？

〔悟空唱〕

【南呂宫集曲・朝天懶】【二犯朝天子】（首至六）姹女育陽求配合(韻)，我早已都參破(韻)。〔唐僧白〕甚麽姹女育陽，好胡講。〔悟空唱〕你看他是嬌娥(韻)，堪比火雲洞裏小妖魔(韻)，不差訛(韻)。〔唐僧白〕越發不是了。火雲洞是個嬰兒，這是個落難的女子。〔悟空白〕正是一般了。有那個假嬰兒，就有這個假姹女了。〔唐僧白〕胡説。姹女、嬰兒，是道家修煉工夫，那有真假之分。〔悟空白〕怎麽没有真假？〔唱〕真者在你身内潛藏(句)。〔唐僧白〕假的呢？〔悟空白〕師傅，假的利害哩！〔唱〕【懶畫眉】（三至末）鬼爛神焦狂似火(韻)，他就是姹女求陽、將你來顛簸(韻)。〔白〕師傅嗄！〔唱〕你豈可不顧燒身，到做了撲燭蛾(韻)。〔悟能發諢作放科，白〕放已放了，走路罷。〔地湧夫人白〕可憐走不動。〔悟能白〕仝師傅共騎罷。〔唐僧白〕也罷，將馬讓他騎了，我還走得。〔作下馬，悟能虚白，地湧夫人騎馬科，分白〕一片婆心不可移，救人危難有天知。〔悟空白〕設成陷穽都窺破，又蹈中間起禍機。〔仝從壽臺下場門下〕

第廿一齣　鎮海寺三僧被哄（蕭豪韻）

〔雜扮老僧，戴僧帽，穿僧衣，繫絲縧，從壽臺上場門上，白〕銅瓶錫杖半生緣，醉後跏趺對梵天。不是老僧躭麯糵，遠公曾悟此中禪。〔場上設椅，轉場坐科，白〕老僧鎮海寺一個長老。這寺僧徒既衆，錢穀頗饒，因我年高有行，因此衆僧徒都聽約束。徒弟們何在？〔副、丑扮大小和尚，各戴僧帽，穿僧衣，繫絲縧，從壽臺上場門上，白〕出家不幸喚沙彌，晝做徒來夜做妻。只爲西方無路上，任教花酒鎮常迷。師傅有何吩咐？〔老僧白〕衆徒弟法堂上擂鼓撞鐘，看經念佛，不得紊亂。〔小和尚應科。悟空、悟能、悟淨、唐僧、地湧夫人騎馬，仝從壽臺上場門上。唐僧白〕水月心方寂，雲霞思獨玄。〔作看科，白〕鎮海禪林！好個所在！徒弟，我身子有些不快，且在這寺內借宿一宵，明日早行罷。〔悟能白〕想是師傅走得乏了，那個叫你讓馬與別人騎。〔悟空白〕裏面有人麽？〔老僧白〕外面有人，徒弟，我們出去看來。〔各出門，作見驚科。悟空白〕不要驚慌，我們是東土大唐天子差往西天雷音寺請經的僧人。到此經過，天色將晚，借單一宿，明日早行，望師傅慈悲。〔老僧白〕既是大唐聖僧，只管安歇。〔唐僧白〕女菩薩，此處以近貧婆國，你可回家去罷。〔地湧夫人白〕可憐奴家不認得路徑，求住持師傳方便，留奴一宿。〔大小和尚作虛白發諢科，老僧白〕女菩薩不要哭，我這裏住房儘多，葷素點心俱有，任憑女菩薩受用。徒弟，你可領這位女菩薩到我方丈靜室内，預備大大的點心，熱熱的湯水，與女菩薩喫。〔小和尚白〕師傅，我的房内是個熱坑，離金剛殿又近，住上個七八年也無妨礙。〔老僧虛白科，小和尚引地湧夫人進門虛白，從壽臺上場門下。老僧白〕聖僧請。〔仝作進門。大和尚引悟能、悟淨從壽臺下場門下，作安放行李科，仍從壽臺下場門上，設椅各坐科，老僧白〕大唐到西天不知有多少程途，且山山有怪，洞洞有妖，如何得到這裏？〔唐僧白〕大禪師説得是。一路來虧了三個徒弟護法，也不知經歷多少險難。〔老僧白〕這幾位都是令徒麽？〔唐僧白〕大徒弟孫悟空，二徒弟猪悟能，三徒弟沙悟淨。〔老僧白〕徒弟，大唐天子差來的聖僧。吩咐備上樣的齋，供養四位師徒，打掃禪床安單。〔唐僧白〕徒弟隨我拜佛。〔老僧白〕徒弟鳴鐘擂鼓。〔内應作撞鐘擂鼓科，唐僧唱〕

【仙呂宮正曲・步步嬌】五色旛幢干雲表(韻)，祇樹禪扉繞(韻)，香烟燭影交(韻)。一點虔誠(句)，禮拜三寶(韻)。〔合〕鷲嶺鬱岧嶤(韻)，遥瞻佛日增光耀(韻)。〔大和尚從壽臺上場門上，白〕齋供齊備，請赴齋堂。〔唐僧白〕多謝慈悲。〔仝從壽臺下場門下。小和尚引地湧夫人從壽臺上場門上，小和尚白〕那女菩薩，隨我到金剛殿上去，就在此住了。送飯來你喫。〔地湧夫人坐地科，小和尚白〕妙嗄！好個東西，從來不曾見，我恨不得一口吞他下肚去。〔唱〕

【仙呂宮正曲・醉扶歸】曲彎彎兩道蛾眉巧(韻)。〔白〕一張小嘴望着我一笑，魂都没有了。〔唱〕

色鮮鮮一點絳唇嬌(韻)。〔大和尚從壽臺上場門上，白〕師弟，師傅教你看飯與那位女子喫。各自歸寮，不管嬌嬌。〔小和尚白〕曉得。〔從壽臺上場門下，大和尚白〕師弟去了，我且問他一聲。女菩薩你一個人可怕麽？〔地湧夫人白〕怎麽不怕，得一人伴伴我便好。〔大和尚白〕怎麽好，〔唱〕你看他俏秋波一溜逗風騷(韻)。〔白〕小娘子。〔地湧夫人白〕師傅叫奴怎麽？〔大和尚白〕我要死了。〔唱〕他向我露春情滿面堆歡笑(韻)。〔小和尚捧飯從壽臺上場門上，白〕方丈，有人叫那個堆歡笑。〔大和尚急從壽臺下場門下，小和尚白〕小娘子請飯。〔地湧夫人白〕多謝師傅。〔小和尚白〕小娘子，你端的是人是仙？〔地湧夫人白〕師傅，人便怎麽，仙便怎麽？〔小和尚白〕世間有你這樣標致的女子嗄！〔唱合〕分明是散花天女降雲霄(韻)。〔地湧夫人白〕便是散花仙女，小師傅你待要怎麽？〔小和尚白〕我麽，我不怎麽，但憑天女發落，〔唱〕好教我魂靈早向巫山落(韻)。〔作跪科。老僧從壽臺上場門暗上，作趕小和尚從壽臺上場門下，老僧虛白發諢科。地湧夫人白〕隨我來，那邊有人來了。〔老僧白〕在那裏？〔地湧夫人從地井内隱下。雜扮鼠精，穿鼠衣，從地井内上，作吞老僧，從地井内下。大和尚從壽臺上場門上，虛白，鼠精作吞大和尚，從地井内下。小和尚從壽臺下場門上，虛白，鼠精作吞小和尚，從地井内下。鼠精仍從地井内隱下。場上設桌椅科，悟能、悟淨作扶唐僧，悟空隨從壽臺上場門上，唐僧作入桌坐科。悟空白〕師傅，病體好些麽？〔唐僧白〕徒弟，正所謂天有不測風雲，人有旦夕禍福，此刻身子益發欠安，怎生是好！〔唱〕

【仙吕宫正曲・好姐姐】病到(韻)胸中煩躁(韻)，心撩亂神魂顛倒(韻)。指望西土早歸(讀)，取經復聖朝（韻）。〔合〕不料災星照（韻）。四體强扶還須靠（韻），喘息吁吁汗似澆（韻）。〔悟空白〕師傅，你忒不濟，怎麼病才上身，就是這般疲憊。你口渴，我去取瓢凉水，喫幾口就好了。〔作向下取水科，白〕師傅，水在此，請用些。〔唐僧作飲水科，白〕好！正口渴得緊。這水就是靈丹，喫了下去，病退了八九分。有湯取些來。〔悟空白〕師傅用湯飯，我去降降妖精來。〔從壽臺下場門下，唐僧白〕徒弟，你師兄又捉甚妖精？〔悟能虚白，扶唐僧，仝從壽臺下場門下。地湧夫人從壽臺上場門上，唱〕

【仙吕宫正曲·皂羅袍】閒把迴廊徧遶（韻），望浮屠金碧（讀）、閃爍光摇（韻）。厨開香積客堪邀（韻），月痕如畫黄昏到（韻）。〔雜扮悟空化身，戴陀頭髮，穿僧衣，持木魚，從壽臺下場門上，作入桌坐科。地湧夫人白〕好笑這些做和尚的，口中説的大菩薩、善知識的話，及至見了婦人，就墮地獄、落火坑也顧不得了。可見正果二字，好難也。這兩日是我飽餐了幾個獃和尚，今晚再去喫他。〔悟空化身作念佛科，白。地湧夫人白〕小師傅，你獨自在大殿上念佛，我爲你孤恓，和你後園中空房内頑耍去。〔悟空化身白〕到後園做甚麼？〔地湧夫人白〕小師傅，你竟是癡的。〔唱合〕和你去解衣鬆扣（句），酥胸汗澆（韻）。〔悟空化身白〕怎麼樣汗澆？〔地湧夫人唱〕翻雲覆雨（句），香衾粉消（韻）。〔悟空化身白〕我不會。〔地湧夫人白〕不會，我教你便了。〔唱〕可知將來將去，殺個蓮花落（韻）。〔悟空化身虚白，作持棒與地湧夫人對敵科。地湧夫人作脱鞋，從壽臺下場門隱下。雜扮地湧夫人化身，簪形，雉尾狐尾，穿採蓮襖，繫戰腰，持刀，從壽臺下場門上，作對敵科。地湧夫人化身從壽臺下場門敗下，悟空化身追下。地湧夫人負唐僧，從壽臺上場門上，作遶場，從壽臺下場門下，悟空追地湧夫人化身，從壽臺上場門上，作對敵科。地湧夫人化身從地井內下，地井內作現彩鞋，悟空見作驚科。悟能、悟淨從壽臺上場門隱上，白〕師兄，不好了。師傅被妖精攝去。〔悟空白〕怎麽被妖精攝去了？〔悟能、悟淨唱〕

【黃鐘宮正曲·滴溜子】方丈內(句)、方丈內(格)，方纔坐着(韻)。湯和飯(句)、湯和飯(格)，剛喫未了(韻)。陡然(讀)烏天風暴(韻)，〔合〕對面卜見人(句)，一似烟籠霧罩(韻)。風息尋師(讀)，杳無消耗(韻)。〔悟空唱〕

【黃鐘宮正曲·三段子】聽伊言道(韻)，激得人騰騰火燒(韻)。這痒怎搔(韻)，自踈虞非關那妖(韻)。〔白〕先打你兩個不小心。〔悟能、悟淨白〕師兄，禁不得這一下子。〔悟空白〕沙和尚，〔唱〕前門捕狼全不叫(韻)。〔白〕猪八戒，〔唱〕後門進虎裝不曉(韻)。〔合〕打你個袖手旁觀(讀)，只嫌打少(韻)。〔悟能、悟淨白〕師兄！〔唱〕

【尾聲】你寬容暫恕，非敢將兄拗(韻)。且仝去把師尊尋找(韻)。〔悟空白〕不用你兩個没用的，我自去尋師傅。〔悟能、悟淨白〕那裏用不着人？馬也不要人牽？行李不要人守？自古道打虎無過親兄弟，上陣還須父子兵。到底得個人使喚，也是好的。〔悟空白〕既是如此哀求，也罷，尋見了師傅，再與你兩個算賬。〔悟能、悟淨白〕多謝師兄。〔唱〕尋見師尊，任你打與敲(韻)。〔仝從壽臺下場門下〕

第廿二齣　陷空山二女漏風（齊微韻）

〔雜扮山神、土地，隨意扮，從壽臺上場門上，唱〕

【南呂宮正曲・秋夜月】時運低(韻)，山神和土地(韻)。年來弄得難存濟(韻)，〔山神唱〕盔纓掉了紅袍敝(韻)。〔土地白〕你還略好些，我越發苦惱。〔唱合〕破巾兒没裹(韻)，破鞋兒没底(韻)。〔山神白〕自家黑松林山神是也。〔土地白〕自家土地是也。〔山神白〕我兩個在此，香火原也平常。近日獅駝嶺三位大王十分凶惡，把千里外的人家都嚇走了，無人還願祭賽，連判官小鬼都拿去執役了。剛剛剩得我兩個，苦惱嗄。住處俱無，房屋倒塌，將來不是凍死，定是餓死，土地老官，如何是好？〔土地白〕山神爺，這也没法，我兩個竟做了孔明先生。〔山神白〕怎麼做了孔明先生？〔土地白〕鞠躬盡瘁，死而後已。〔山神白〕這樣光景，還要謅文。〔土地白〕文不得，難道你又武得？〔山神白〕閒話少説，且和你唱個小曲兒散散心。〔土地白〕好。唱個曲兒散散悶，極妙。〔仝唱〕

【仙呂宮正曲・清江引】傷哉痛哉時不利(韻)，嘆世人心趨勢(韻)。熱鬧廟門開(句)，人人都去擠(韻)。〔合〕炎凉的(讀)，我替伊好没滋味(韻)。〔從壽臺下場門下。副扮悟空，戴悟空帽，穿悟空衣，帶數珠，持棒。

丑扮悟能，戴僧帽，紮金箍，猪嘴切末，穿悟能衣，帶數珠，持鈀。雜扮悟淨，戴僧帽，紮金箍，穿悟淨衣，帶數珠，持鏟，仝從壽臺上場門上，唱〕

【南吕宫正曲·東甌令】悲師長(句)，禍相隨(韻)，纔脱獅駝災又追(韻)。僧房穩坐招凶悔(韻)，今攝去知何地(韻)。〔悟空白〕來此已是黑松林了。〔悟能、悟淨白〕哥，爲甚麽仍舊到黑松林來，可不是走回頭路？〔悟空白〕不是走回頭路，那女子原在此處遇見的，故到此處來尋。〔悟能、悟淨白〕哥，服你高論，深爲有理，但妖精並無影響，怎麽處？〔悟空白〕正是，你我且四下探望探望看。〔各作望科，悟能、悟淨白〕没帳没帳。〔悟空作急科，白〕躁死我也，打嗄。〔唱合〕打一個浮雲不共此山齊(韻)，師在那峯棲(韻)。〔從壽臺下場門下，悟能白〕沙兄弟，師傅不見了，那猴兒弄做氣心瘋了。〔悟空作趕山神、土地，從壽臺上場門上。山神、土地白〕大聖爺爺。〔悟空白〕山神、土地，我聞得爾等在此專結强盗。强盗得手，買猪羊祭賽你，又與妖精打夥，把我師傅攝了。如今藏在那裏，快快從實供招免打。〔山神、土地白〕大聖錯怪了我二人，妖精不在小神山上。但只夜間風響處，略知一二。他在正南下，離此有千里之遥。那廂有一山，唤作陷空山，有一洞，名無底洞，是那妖精到此變化了攝去的。〔悟空白〕如此説，你去罷。〔山神、土地從壽臺下場門下，悟空白〕二位兄弟，你方纔聽見麽？〔悟能、悟淨〕聽是聽見，只是師傅去遠了。〔悟空白〕如此駕雲前去。〔悟能、悟淨白〕有理。〔仝唱〕

【南吕宫正曲·金錢花】即忙駕起雲霓(韻)、雲霓(格)，頃刻千里如飛(韻)、如飛(格)。陷空山内捉妖魑(韻)，救師傅(讀)脱災危(韻)。〔合〕仝協力(讀)，莫心灰(韻)。〔悟空白〕這裏一座山如此險峻，必有妖邪。沙兄弟，你我在此，八戒你先下去打聽打聽是何洞府，我們好一齊動手。〔悟能白〕我去不好，妖怪見了不肯實説。沙兄弟去取褊衫來。〔悟淨虛白，向下取科。悟空白〕做甚麽？〔悟能白〕待我穿起褊衫，打着木魚，像個乞食僧人，好哄他真話出來。〔悟空白〕好，有見識。〔悟能白〕不敢欺，福至心靈，如今不獃了。你二人在山凹裏坐着等我。〔悟空、悟淨白〕眼望旌捷旗，耳聽好消息。〔各從壽臺兩場門下，副扮黄鼠精，旦扮銀鼠精，各戴髗腦、穿衫背心、繫汗巾，作抬水桶，從洞門上，白〕姐姐走嗄！〔仝唱〕

【仙吕宫正曲·清江引】一般帶着妖精氣(韻)，我輩爲奴婢(韻)。汲水備清齋(句)，入贅光頭壻(韻)。

〔白〕我兩個奉夫人之命，汲些乾淨水，安排素齋，今晚與唐僧做親。大家都有盃喜酒喫了。〔銀鼠精白〕黄姐姐，我想人無遠慮，必有近憂。聞得唐僧有三個徒弟，兇狠異常，一路不知降伏了多少能幹的人。萬一他們找尋到此，怎麽抵擋。〔黄鼠精白〕銀姐姐，情之所鍾，死有何懼。只索憑他主裁，你我各人知些趣，迴避他罷。〔銀鼠精白〕黄姐姐説得有理。〔悟能從壽臺上場門上，作念佛科，白〕二位奶奶，貧僧稽首了。〔二鼠精白〕師傅，我們在此汲水，沒有甚麽布施你。〔悟能白〕不管甚麽施捨些罷。〔二鼠精白〕長老你是那裏來的？〔悟能隨口應科，二鼠精白〕往那裏去的？〔悟能隨口應科，二鼠精白〕這個和尚，到好會頑，説順口話。〔悟能白〕奶奶，你兩個打水做甚麽？〔二鼠精白〕長老你不知道，我家夫人攝了一個唐僧，在洞内要款待他。洞中水不乾淨，差我兩個來此打這陰陽交媾的好水，安排今晚做親的喜筵。水汲滿了，回去罷姐姐。〔唱合〕可知潘巧雲㊗、海闍黎，爲着情字起㊗。〔從洞門下，悟能虛白，急走科，白〕師兄快來。〔悟空、悟淨從壽臺上場門上，白〕怎麽問了？〔悟能白〕那兩個妖怪，説師傅已在洞中了，今夜成親，我們怎麽去救呢？〔悟空白〕我們去跟着那兩個女怪，引到洞門前。我先進去探個動静，你二人把守洞門，若是師傅果然在内，我從裏面打出來，你兩人從外邊接應，做個裏應外合。〔悟能、悟淨白〕有理。〔全唱〕

【尾聲】無心覓得真消息㊗，果是松林伏禍機㊗，管教他打散鴛鴦兩處飛㊗。〔從壽臺下場門下〕

第廿三齣　孫行者鬧破鸞交（尤侯韻）

〔雜扮公鼠精，從簾子門上，虛白弔場科，從簾子門下。老旦扮灰鼠精，戴臚腦，穿老旦衣，繫汗巾，披紅。丑扮貂鼠精，戴臚腦，穿衫，繫汗巾，披紅，捧衣巾，仝從簾子門上。灰鼠精唱〕

【商調正曲·吴小四】喜花稠(韻)，插滿頭(韻)，兩幅紅綾披左右(韻)。〔貂鼠精唱〕鵲橋高架待牽牛(韻)，〔合〕將人引得芳心耨(韻)，牢將那裙帶收(韻)。〔灰鼠精白〕貂姐姐，怎麼裙帶收？〔貂鼠精白〕各人心事各人知，不要你管。〔灰鼠精白〕管不得你了，憑你？你我二人來替夫人說媒，請唐僧出來。〔貂鼠精白〕開了鎖。〔仝作進門科，白〕和尚新郎官人有請。〔生扮唐僧，戴僧帽，穿僧衣，繫絲縧，帶數珠，從簾子門上，白〕千尋壁立真無懈，聲在碧空沉萬籟。黄花翠竹契真如，泯盡人情憎與愛。〔場上設椅，轉場坐科，灰鼠精白〕新郎師傅見禮，我二人來與你作媒的。今夜夫人招你爲壻，好造化。做和尚的，那想有這樂處？換了衣帽，打點拜堂。〔唐僧作不理科，灰鼠精白〕不理我？貂姐姐你對他說。〔貂鼠精白〕我的光秃秃的姑爺，你還不知我夫人標致丰采哩。略道幾句，只怕你魂飛天外，魄散九霄。你不知怎麼樣修得到這個地位。真僧何幸遇嬌娃，妖冶娉婷實可誇。淡淡翠眉分柳葉，盈盈丹臉襯桃花。繡鞋微露雙鈎鳳，雲髻高盤兩髻鴉。今夜含羞諧配偶，香飄蘭麝滿袈裟。〔唐僧白〕不用頻斟趙老茶，心機意露豈長久。山頭木馬徹天飛，海底泥牛啣月走。〔灰鼠精白〕師傅不必閒話，聽老身一言。〔唱〕

【仙吕宫正曲·忒忒令】勸仙郎展愁眉頻開笑口（韻），趁良時早諧佳偶（韻）。你不見鶯鶯燕燕（讀），也向花間覓友（韻）。〔白〕你不要辜負俺洞主一片真情。〔唱〕他爲你病懨懨（句），〔合〕有三秋（韻）。天緣定（句），今日裏輻輳（韻）。〔貂鼠精白〕你這老人家，只管凑他，他肯凑你？自古道求親求親，求他允便好，只管説閒話。〔灰鼠精白〕看你求了。〔貂鼠精白〕不敢欺一求就肯，新郎官人！〔唱〕

【仙吕宫正曲·沉醉東風】你是個俏寃家，容奴奴將伊拜求（韻）。叫一聲俏寃家，携奴奴喫盃喜酒（韻）。〔白〕换了衣服，不穿由不得你了。〔作與唐僧穿戴科，唱〕褊衫脱、换輕裘（韻），巾兒倒也合頭（韻）。〔唐僧作不動科，貂鼠精白〕走隨我走，你好造化，〔唱〕熱饅頭凑來伊口（韻）。一任你心堅坐守（韻），奴慣能將没作有（韻）。可不見重門深鎖（讀），天教你雙飛並頭（韻）。〔灰鼠精白〕師傅，事到其間，由不得你。你不可輕視了我洞主呵。〔唱〕

【仙吕宫正曲·園林好】他是陷空山女魔魁首（韻），你便念嗯吽哆休想他住手（韻）。〔白〕今日呵，〔唱〕鴛鴦結牢拴牢扣（韻），〔合〕凰和鳳倒相求（韻），凰和鳳倒相求（疊）。〔貂鼠精白〕灰婆婆，還等我來。這也不肯，那也不肯，罵他娘的罷。〔唱〕

【又一體】恨殺人，罵他個賊禿死囚(韻)。急殺人，他那裏燈前候久(韻)。〔白〕你不要不知高低，若惱了洞主呵，〔唱〕只彀他輕輕一口(韻)。〔合〕只怕你素包子没些油(韻)，素包子没些油(疊)。〔白〕氣殺我也。〔唐僧唱〕

【仙吕宫正曲·江兒水】寂寂禪關月(句)，明明照碧流(韻)。江天一色清而秀(韻)。〔灰鼠精、貂鼠精白〕清而秀，清而秀，今夜要你成就。〔唐僧唱〕鐵石身心堅難透(韻)，惡風狂雨空馳驟(韻)。〔灰鼠精、貂鼠精白〕空馳驟、空馳驟，今夜打個即溜。〔唐僧唱〕有那個竊玉偷香即溜(韻)？〔合〕早已打破關頭(韻)，豈肯今日胡行亂走(韻)。〔貂鼠精白〕灰婆婆，你來不必和他鬭舌了。如今竟回洞主，只説允了親事，請出洞主來拜堂，喫合巹，不怕他走上天去。〔灰鼠精白〕有理，就是這樣做去。〔仝從簾子門下，唐僧白〕徒弟嗄！〔唱〕

【又一體】我在此遭魔難(句)，你三人何處留(韻)？清光枉自穿窗牖(韻)，寒蛩不管人僝僽(韻)。一聲落葉添消瘦(韻)，長夜如年偏久(韻)。〔白〕悟空嗄！〔唱合〕叫破沙喉(韻)，可能變個鵂鶹來否(韻)。〔場左側設托塔天王、哪吒牌位香案桌科。旦扮衆鼠精，各簪形，穿衫，繫汗巾。貂鼠精、灰鼠精仝引小旦扮地湧夫人，戴鼠精冠，穿蟒束帶，從簾子門上，仝唱〕

【仙吕宫正曲·玉交枝】巫娥出岫(韻)，珮環聲叮噹韻悠(韻)。花容嫵媚描難就(韻)，不枉唤半截風流(韻)。嫦娥照面情意投(韻)，偏生擔擱你清光守(韻)。〔合〕好良宵鸞交鳳儔(韻)，永團圓沙彌消受(韻)。

〔內奏樂，衆鼠精强扯唐僧作拜堂科。場上設桌椅，衆鼠精作推唐僧入席坐科，仝唱〕

【又一體】喧天樂奏韻，合巹杯慇懃勸酬韻。銀河鵲架擔延久韻，喜雙星百歲綢繆韻。千金一刻莫淹留韻，恐梅枝早把春風漏韻。〔合〕入蘭房情投意投韻，展鴛衾雲稠雨稠韻。〔公鼠精從簾子上上，虚白發諢科。護法神從壽臺上場門上，作打死公鼠精，從壽臺下場門下，貂鼠精白〕衆姐姐不要奉酒了，請二位新人早入洞房。〔地湧夫人作出席，欲走看科，白〕他不走。〔衆鼠精白〕那裏由得他。〔作扯唐僧行科，仝唱〕

【仙吕宫正曲·川撥棹】拖着走韻，摸魚兒已上鈎韻。〔唐僧作不行科，衆鼠精唱〕你看他擺尾搖頭韻，你看他擺尾搖頭疊，笑殺人新郎害羞韻。〔合〕没福的俊秃囚韻，花營陣作寇讐韻。〔副扮悟空，戴悟空帽，穿悟空衣，帶數珠，持棒，從簾子門上，白〕那裏走。〔衆鼠精作扯唐僧，仝從簾子門下。悟空作看科，白〕爲何一個也不見？奇了。你看杯盤狼藉，滿地殘羹，妖怪都往那裏去了？〔唱〕

【又一體】遥見燈燭輝煌笑語稠韻，驀然間人静堂空冷似秋韻。難道是海市蜃樓韻，難道是海市蜃樓疊？因何的没一存留韻？〔白〕你看兩廊曲徑頗深，不免隨步找尋，一定尋個根由出來。〔唱合〕轉迴廊西盡頭韻，啟朱扉控玉鈎韻。〔白〕妖精想是躲在此處，不可驚動。悄悄偷覷，然後下手。〔作看科，白〕没有人在内，却是個祠堂。供奉的不知甚牌位，打進去看來。〔作打進看科，白〕尊父托塔天王李靖，尊兄哪吒三太子。〔作笑科，白〕原來李天王的女兒在下界爲妖，好得緊。我也不

尋師傅，拏了牌位去見玉帝，問李天王要師傅便了。〔作拏牌位、香爐科，唱〕

【尾聲】這場買賣歸吾手(韻)，向玉帝堦前細剖(韻)。〔作遶場出洞門科，白〕李天王！李天王！〔唱〕任你雄威，怎掩這場醜(韻)。〔白〕八戒、沙僧快來。〔丑扮悟能，戴僧帽，紥金箍猪嘴切末，穿悟能衣，帶數珠，持鈀。雜扮悟淨，戴僧帽，紥金箍，穿悟淨衣，帶數珠，持鏟，同從壽臺上場門上，仝白〕來了。〔悟空白〕師傅有了。〔悟能、悟淨白〕師傅在那裏？〔悟空作指牌位科，白〕這不是！〔悟能、悟淨白〕怎麽這是師傅？〔悟空白〕你不知道！你看只問他要，可不有了師傅了？〔悟能、悟淨作看科，白〕尊父托塔天王李靖、尊兄哪吒三太子，原來是他的女兒攝我師傅的。哥你怎麽到手的？〔悟空白〕我到裏面，明明聽多少人説話。及至打進去，人影兒也没有一個。轉過迴廊，找尋見朱扉内供着這兩個牌位。取了出來，到玉皇殿前告李天王，不怕不還我師傅。二位兄弟，看守行李馬匹，待我前去便了。〔從仙樓上至禄臺。悟能白〕沙兄弟，我想作人難得緊。〔悟淨白〕怎麽難？〔悟能白〕李天王掙到了這步地位，也算虧他了。養出這樣女兒來，體面何存？若是我養的，日裏不得功夫，夜裏也打死了他。〔悟淨白〕輪到你，又捨不得了。〔各虛白，從壽臺下場門下〕

第廿四齣　李天王掃清鼠孽（齊微韻）

〔雜扮張道陵，戴蓮花冠，穿蟒，繫絲縧，持笏，從禄臺門上，唱〕

【黄鐘宫正曲・出隊子】天恩普照(韻)，化日曈曨麗慶霄(韻)。河清海宴聖人朝(韻)，八表羣生蒙覆幬(韻)。〔合〕閶闔晨開(讀)，靜聽鳴梢(韻)。〔白〕自家張道陵是也。今當早朝，恐有奏事官，只得在此伺候。〔副扮悟空，戴悟空帽，穿悟空衣，戴數珠，抱牌位，從禄臺門上，白〕牌位執証，絶處逢生，水窮山盡，來到天庭。〔張道陵白〕大聖何來？〔悟空白〕不敢，久違臺教了，要告兩個人。〔張道陵白〕要告那兩個？〔悟空白〕特來告天王李靖與他兒子哪吒，從放妖女在下界作祟，迷惑我師傅唐三藏，特來告他。現有兩個牌位，在此請看。〔張道陵白〕原來如此，隨我來。你朝拜，我與你傳達。〔從禄臺門下，悟空作跪科，白〕臣孫悟空朝拜，願至尊聖壽無疆。〔唱〕

【又一體】妖精作耗(韻)，傾害人民毒似梟(韻)。陷空山内立窩巢(韻)，攝匿吾師把壻招(韻)。〔合〕托塔天王(讀)，縱女爲妖(韻)。〔張道陵從禄臺門上，白〕玉旨下。據孫悟空告李靖縱女下凡，變化妖邪，攝師唐三藏。即命太白金星仝原告到雲樓宫，宣托塔天王見駕，謝恩。〔悟空作謝恩科。外扮金星，戴蓮花冠，穿蟒，繫絲縧，從祿臺下場門上。張道陵白〕你即來回奏。〔金星白〕曉得。〔張道陵仍從祿臺門下。金星白〕大聖。〔悟空白〕請了！ 久別你老人家了。〔金星白〕不敢，就此仝行。〔悟空白〕凡事借重你老人家。〔金星白〕這個自然。〔作到科，白〕大聖，待我先傳旨。 玉旨下。〔内奏樂科。雜扮衆天將，各戴大頁巾，穿箭袖排穗，執標鎗。引淨扮托塔天王，戴天王盔，穿蟒束帶，佩劍，托搭，從祿臺下場門上，作迎科。金星白〕天王接旨。〔托塔天王白〕孫大聖何來？ 敢問金星甚麽旨意？〔金星白〕是孫大聖告你。〔托塔天王白〕他告我甚麽？〔金星白〕告你假妖攝陷人口，縱放親女下凡，迷攝唐三藏。〔托塔天王作怒科，白〕你這猴頭，錯告了我了。〔金星白〕天王且息怒，現有牌位在孫大聖處，天王你自去看來。〔悟空挈牌位與天王科，白〕這是什麽東西？ 難道是我假做的麽？〔天王作看、怒科，唱〕

【中呂宮正曲·駐馬聽】怒氣冲霄(韻)，污衊元勳罪怎逃(韻)。〔金星白〕請息怒。〔托塔天王白〕金星，你難道不曉得，下官止有三子一女。大小兒名金吒，侍佛如來，二小兒名木吒，在南海隨觀世音做徒弟，三小兒名哪吒，在我身邊，早晚護駕。 一女名喚貞英，年方七歲，尚在閨中。猴頭，我與你有何讐隙，將這樣醜事辱没于我？〔唱〕怎把無端醜事(句)，玷我閨貞(讀)，污我清操(韻)？ 潭潭帥府莫虛囂(韻)，一腔憤恨如雷爆(韻)。〔唱合〕五内焚燒(韻)，便將你碎屍萬段(讀)，難舒懷抱(韻)。〔雜扮衆天兵，各戴馬夫巾，穿箭袖卒褂，執旗。引小生扮哪吒，戴線髮，軟紮扮，繫風火輪，持鎗，從祿臺上場門上，唱〕

【又一體】軍政權操(韻)，掌握兵符貫六韜(韻)。〔天兵接鎗，仝作進門科，哪吒白〕父王拜揖。〔金星白〕

殿下見禮。〔哪吒白〕老伯在此，父王爲何發怒？〔托塔天王白〕我兒，孫悟空道我縱女下界爲妖。〔哪吒白〕有這等事。〔悟空白〕小李兒，你來看看。〔哪吒作看科，白〕是了！　父王不要怪大聖，此事有個緣故。〔托塔天王白〕甚麽緣故？〔哪吒白〕父王忘了？　那女子原是妖精，他有三個名字，本身唤做金鼻白毛老鼠精。三百年前，偷了如來的香花燈燭，改名半截觀音。如來差俺父子將他拏住，彼時只該打死，當救了他性命，又改名地湧夫人。他懷活命之恩，〔唱〕因此上啣環結草(句)，故稱恩父恩兄(讀)，原有根苗(韻)。〔托塔天王白〕我實忘了！　孫大聖受此一番，他怎肯干休？〔哪吒白〕不妨！　待孩兒向前，大聖拜揖了。〔悟空白〕好好一個天神，妹子爲妖，在世間害人。〔哪吒白〕大聖，原來此怪呵，〔唱〕他甘心認女感恩高(韻)，亦非骨肉和中表(韻)。〔白〕小姪陪禮了。〔唱合〕切莫焦勞(韻)，休傷和氣(讀)，把朋情喪了(韻)。〔悟空白〕罷了，罷了！　看你分上，這兩件東西也用不着了，丢了罷！〔托塔天王白〕相煩金星奏聞玉帝，待我下界擒妖，一併回覆玉旨便了。〔金星應科，從下場門下。托塔天王白〕衆天將，就此下界擒妖去者。〔衆天兵天將應科，從禄臺下仙樓，至壽臺仝唱〕

【越調集曲·亭前送別】【亭前柳】（首至四）妖孽肆咆哮(韻)，火速去平妖(韻)。藤聯瓜與葛(句)，絲斷氣方消(韻)。〔悟空白〕來此已是陷空山無底洞了。〔托塔天王白〕可進洞中捉妖。〔悟空白〕我少不得領着走。〔哪吒白〕孩兒進去捉拿便了。〔托塔天王白〕你二人進洞去，我等在洞口候着，休放逃竄。〔立科。悟空、哪吒從洞門下。托塔天王白〕衆天將佈下天羅地網者。〔衆天將天兵應科，仝唱〕【江頭送別】（末二句）爲熛爲灌應須早（韻），縱使威直待今朝（韻）。〔作上高處立科。悟空扶生扮唐僧，戴僧帽，穿僧衣，繫絲縧，帶數珠。哪吒押小旦扮地湧夫人，戴鼠精冠，穿衫，仝從洞門上。悟空白〕師傅見了天王太子。〔唐僧作見科，白〕多承救拔之恩。〔托塔天王白〕救護來遲，多有得罪。大聖好生保護令師西行便了。〔唐僧、悟空從壽臺下場門下，地湧夫人白〕望恩父、恩兄饒命罷。〔托塔天王白〕咗，我父子只爲受了你一炷香，險些兒做出大事。衆天將，將這厮帶進天門，候請玉旨，就此回兵者。〔衆天將應科，仝唱〕

【越調集曲・憶黑麻】【憶多嬌】（首至四）旌旆飄（韻），戈戟搖（韻），凱奏回天車騎遶（韻），獲取妖精金鐃敲（韻）。【鬭黑麻】（五至末）半截觀音（讀），請聽海潮（韻）。陷空淨掃（韻），而今空不了（韻）。海宇安寧（句）、海宇安寧（疊），五伎原來渺小（韻）。

【尾聲】雕弓羽箭排前導（韻），鼠獄重新斷一遭（韻），越顯得地湧無根天聽高（韻）。〔仝從仙樓上，至祿臺暗下〕

壬上

第一齣　暗懷嗔廣寒兔脫（蕭豪韻）

〔場上預設月宫，扮玉兔原形，在旁作搗臼勢科。旦扮八仙女，各持樂器。旦扮寒篁、素英，戴過梁額，穿宫衣。引旦扮太陰星君。旦扮二昭容，戴額子，穿宫衣，持扇。從禄臺門上。太陰星君唱〕

【南吕宫集曲·梁州新郎】【梁州序】（首至合）雲璈和雅(句)，鈞天綿邈(韻)。怎似廣寒聲調(韻)。桂陰之下(句)，風來環珮飄摇(韻)。争羡清歌條暢(句)，弱舞輕盈(讀)此曲人間少(韻)。十分圓處也(讀)好良宵(韻)，試譜霓裳款柳腰(韻)。〔白〕星斗疏明漏欲殘，高秋丹桂幾枝攀。漸和玉屑金盤冷，遥射珠光貝闕寒。我乃太陰星君是也。秀毓金精，職司桂苑。常照山河之影，靄靄涵空；遞生弦望之光，娟娟耀彩。只俺這廣寒宫裏，向有仙樂一部，未曾傳向人間，何不乘此清夜，奏舞一回，有何不可？〔唱〕【賀新郎】（合至末）蓮漏永(句)，冰輪皎(韻)，落腔攛拍須參校(韻)。蛾斂色(句)，眼堆笑(韻)，〔白〕傳集衆仙妹：司舞者，奮長袖以飈迴；司樂者，扇繁音而塵起。按其節奏，合其低昂，上前呈技者。

〔衆仙女白〕領法旨。〔衆仙女奏樂一回科。樂畢合唱〕

【南呂宮集曲・單調風雲會】【一江風】（首至三）戛仙韶韻，這節奏天生妙韻。偷擫笛誰年少韻。【駐雲飛】（五至末）嗏格。郢雪曲原高韻。陽春縹緲韻，更曳漢飛霞讀閃鑠菱花耀韻。〔合〕鎮一帶行雲遏絳霄韻，看萬舞迴風軃翠翹韻。〔玉兔原形暗下。衆扮雲使，持雲。衆仙童持花。衆仙女持鏡。從雲梯下，至壽臺上。舞科。合唱〕

【南呂宮集曲・節節金蓮】【節節高】（首至九）清秋玉湧濤韻。覷神臯韻，一泓海水杯中小韻。烟鬟裊韻，雲鬟飄韻，相縈繞韻。不勝寒處瓊樓曉韻。七聲妍弄誰能學韻，比方垂手益輕僄韻。【金蓮子】（末一句）况且是匣韜龍花倚鳳讀寶鑑助來嬌韻。〔舞畢，各從雲梯壽臺兩場門分下。二天將暗從壽臺兩場門上。素娥上。作攔科。天將白〕那裏去？〔素娥白〕奉月主之命，去請織女娘娘。〔從壽臺下場門下。玉兔形上。天將作攔，玉兔形作勢科。天將白〕素娥去請織女娘娘，他逃走了麽？〔玉兔形應科。逃走。從壽臺下場門下。天將白〕他二人逃去，不免回覆月主娘娘。啟上月主娘娘，素娥玉兔，不知逃往那裏去了。〔太陰星君白〕不必尋他，中間自有一段因果。且待他時，收回廣寒宫可也。〔二神將白〕領法旨。〔太陰星君唱〕

【南呂宮集曲・懶扶歸】【懶畫眉】（首至三）玉闕金鎖暫相拋韻，幻作人間花月妖韻，須知定數刦難逃韻。〔白〕樂已告終，衆仙姬收拾出隊者。〔衆仙女白〕領法旨。〔太陰星君下高座科。仝場合唱〕【醉扶歸】（四至末）試看那婆娑樹影剛斜照韻，〔合〕碧天雲静夜迢迢韻。耳邊厢不絶餘音嫋韻。〔仝下。玉兔原形跳從壽臺上場門上，白〕善惡到頭終有報，只争來早與來遲。我乃廣寒宫玉兔是也。想起當年，我好端端的在那裏搗藥，被素娥把我一掌。不料他却動了凡心，降生在天竺國爲公主。如今此讐不報，更待何時？爲此逃出月宫，相機行事便了。〔唱〕

【南吕宫集曲·風撲蛾】【風檢才】（首至三）冤冤相報難饒韻，積年恨簇眉梢韻。而今何用莽虚囂韻。【撲燈蛾】（八至末）俺不是路旁邊閒花野草韻。〔合〕機關巧韻，做一個桃僵李代暗支消韻。〔從壽臺下場門跳下〕

第二齣　恩搆舋頡利鴟張（江陽韻）

〔衆番兵引淨扮頡利，從壽臺上場門上。唱〕

【越調引·杏花天】朔風吹捲牙旗上韻，占陰山黄沙戰場韻，自稱塞外諸番長韻，聽號令軍中氣揚韻。〔白〕萬里長城亘九邊，英雄無計逞戈鋋。願教奪盡蠮螉塞，大漠都開飲馬泉。孤家大單于頡利可汗咄苾是也。統處羅之部落，忝莫賀之稱名。身長一丈，力敵萬人，生成梟獍之性，養就虎狼之威。依埜水作城濠，憑山岡爲栅寨。角弓射月，帳中個個難當；鐵騎追風，部下人人無敵。以此攻城掠地，不愁萬馬千軍。自從劉黑闥叛兵歸我，開隙中原，怎奈南朝王業方興，大漠雄心久困，更兼西番部落多懷二心，故俺心中常懷懊恨。近來聞説唐天子差個甚麽僧人，前往西天取經，少不得經過俺家境上。待他回時，俺便阻其歸路，奪取真經，豈不是好？把都兒每與我把守營門，倘有面生可疑之人，便是奸細，即拿進來。〔衆應科。副淨扮全真道人，丑扮東西混，仝從壽臺上場門鬮上介。全真道人唱〕

【越調正曲·水底魚兒】韜略鷹揚韻，如飛出塞忙韻。衝開兵仗韻，好如藩觸羊韻。〔東西混唱〕秀才伎倆韻，怎生發跡強韻。喬裝模樣韻，窮通憑這場韻。〔衆作拏科。全真道人虛白發諢科。頡利白〕這廝好大膽！擅闖營門，定是奸細了。〔全真道人白〕貧道是投軍的，並非奸細。〔頡利白〕既如此，説鄉貫上來。〔全真道人白〕貧道一生修煉，本貫鍾南。腰間帶個費長房隱身之壺，背上負的許旌陽斬蛟之劍。八門六甲陰符，學得最精；五雨十風麈尾，揮之立應。慣遣降魔神將，能呼助陣陰兵。倘然不信我言，情愿當場演試。〔頡利白〕既如此，當面演來。〔全真道人作法介。雜扮陰兵從壽臺兩場門上。全真道人唱〕

【越調正曲·豹子令】黑白青紅分四方韻，分四方格。單單黃土守中央韻，守中央格。盡來役使營門上韻，如違看我怒鬚張韻。手中忙把令牌將韻。〔白〕神將速退！〔陰兵從壽臺兩場門下。頡利白〕果然好神通也！〔指東西混介〕這個一定是奸細了。拿去砍了！〔衆作拿介。東西混白〕哎喲，生員是投軍的，望乞饒命。〔頡利白〕這等且帶轉來問他。〔東西混跪介，白〕生員東西混，一生飽學，本貫烏鷄。讀幾句者也之乎，一旦棄文習武；學得些刀鎗拳棒，也能斬將搴旗。拐騙場中，可惜生涯不遂；息供呈子，從今府縣無名。機謀到也超羣，武藝些須出衆。若還半字虛言，情愿死于刀下。〔頡利白〕既如此，且放了綁，把都見過來，與他比試一番。〔衆軍仝東西混比鎗介。東西混唱〕

【又一體】手把蛇矛誰敢當韻，誰敢當格？軍中留號勇無雙韻，勇無雙格。衆番待我將來掌韻，學庸論孟換金鎗韻，祁連山下姓名揚韻。〔頡利白〕武藝雖不高，讀書人也虧他。俺想有此二人，智勇兼全，長驅八塞，何用躊躕？俺這裏正少一個軍師，全真來得恰好，就拜爲軍師。〔全真道人謝介。頡利白〕東生員，難得你遠地來投，兼之武藝精熟，授你爲上將軍之職。〔東西混謝介。頡利白〕且喜一日之間，得了兩個異人，好快樂也！隨我到後營賜宴便了。〔下。衆小番從壽臺上場門上，作搭帳房，請頡利妻、頡利子。頡利、妖道、東西混衆仝從壽臺上場門上。隨意發諢、飲酒、唱曲科。畢，頡利白〕好麗落也！〔仝唱〕

【越調正曲・道和】氣運當興旺㊇，定伯稱王㊇。荷蒼天使令來遠方㊇，從今那怕他李唐㊇。韜鈐左右軍聲壯㊇。今番縱使亡羊㊇，也落得踐和親舊章㊇。〔合〕喜沙場鬧也㊁，賀蘭舊業從新創㊇。呼鷹放犬乘邊障㊇，那時管爲名將㊇。豈比尋常㊇，姜牙葛亮㊇。〔虛白，仝從壽臺下場門下〕

第三齣　大唐國親整王師（蕭豪韻）

〔内奏樂。旦扮宫女，雜扮太監，從壽臺中門上。唱〕

【黄鐘宫引·點絳唇】春殿晴開(句)，花明柳暗(句)，鶯聲早(韻)。佩環風裊(韻)，細細爐烟繞(韻)。燕雀高飛(句)，日射天門曉(韻)。嵩呼了(韻)，共瞻龍表(韻)，鵷鷺班多少(韻)。〔衆扮文武二十四功臣，從壽臺上場門上。分白〕聯步丹霄日影移，金爐香惹近臣時。曾經百戰風雲會，畫在凌烟姓氏知。請了。今早皇上有旨，着我等文武衆官，聚集朝堂會議，只得在此伺候。〔太監傳旨介，白〕朕御極以來，四海廓清，萬方效順，邊圉永固，無不來賓。邇者頡利，在邊欺凌部落，前行曉諭，約束不遵。若不勦滅，後必猖狂。爾等文武大臣，各出所見，會議奏來。〔武官仝白〕臣長孫無忌等謹奏：頡利蕞爾小醜，僻處一隅，輒敢梗化天朝，陸梁邊塞。主上當命將出師，直抵陰山，覆其巢穴。諒此釜底游魚，何難滅此而朝食。〔唱〕

【仙吕入雙角合套·新水令】潢池小技弄弓刀(韻)，逞游魂塞垣空擾(韻)。沙場勞敢悍(句)，烽火豈難銷(韻)。師出天朝(韻)，賀蘭外尅期掃(韻)。〔文官仝白〕臣魏徵等啟奏：王者待荒服之道，每以不治治之。况頡利侵凌別部，不過蠻觸私鬭穴中，原不敢犯我邊陲。莫若再遣重臣，宣布上意，化導愚蒙，曉諭禍福，彼必畏威懷德，悔過開誠。若仍執迷不改，然後興師問罪，未爲遲也。〔唱〕

【仙呂入雙角合套·步步嬌】再遣使邊庭宣丹詔(韻)，禍福將伊曉(韻)，呼韓稽顙朝(韻)。却不見舜格三苗(韻)，那時節化被荒徼(韻)，舞羽奏簫韶(韻)，管來仝山海梯航到(韻)。〔武官仝白〕據下官們愚見，畢竟興師問罪的是。〔唱〕

【仙呂入雙角合套·折桂令】統三軍後勁前茅(韻)，震地殷天(句)，刁斗金鐃(韻)。雲中去兔窟鳥巢(韻)，天王命先聲致討(韻)，管教那斡難河豺狼遁了(韻)，穩把那祁連山醜類潛逃(韻)。只待要搜捕鴟鴞(韻)，斬戮鯨鰲(韻)，却不是兒戲棘門(句)，貪占取細柳功勞(韻)。〔文官仝白〕列位國公，既然決計興師，我等劃一定議，即時復旨便了。〔唱〕

【仙呂入雙角合套·江兒水】不撫應須勦(韻)，僉謀定議高(韻)。揚塵跪叩向宸衷告(韻)，露布鄒枚螭頭草(韻)。將軍衛霍韜鈐妙(韻)，都是兩朝元老(韻)，敵人的虚實能料(韻)，啟奏聖明知道(韻)。〔白〕臣等啟奏陛下：頡利梗化，允當勦滅。伏惟我皇上，命將剋日興師。仰候聖裁定奪。〔内監又傳旨介，白〕爾等所議，未洽朕心，朕當親率六師，觀兵塞上，一勞永逸，以靖邊疆。文武衆官着再議回奏。〔武官仝白〕皇上九重之尊，只宜端拱明堂，豈可輕身遠塞。若要親征，必該諫止。我等就此啟奏。〔跪介，唱〕

【仙呂入雙角合套・雁兒落帶得勝令】敢憚着賀蘭山途路遥(韻)，只索把鷄鹿塞鋒鏑冒(韻)。從來道萬乘尊須珍保(韻)，還湊着經百戰身未老(韻)。呀(格)！臣只是昧死叩螭坳(韻)，停玉輦止鑾鑣(韻)，因此上抒忠悃陳天表(韻)，因此上瀝丹誠向聖朝(韻)。沙漠(韻)，止須遣將帥殲兇惡(韻)；雲霄(韻)，何煩換軍容披戰袍。〔文官仝唱〕

【仙呂入雙角合套・僥僥令】天威臣敢冒(韻)，御駕不須勞(韻)。坐不垂堂千金戒(句)，何況是萬乘輕身出塞遥(韻)。〔内監又傳旨介，白〕突厥頡利，蛇蝎爲心，豺狼成性，屢盟屢叛，反復不常。前年負便橋之約，近日逞白道之兵。其臣貪而無謀，其衆多而不整。薛延陀之叛卒，雖附實離；梁師都之亡命，外和内異。揣其伎倆，算其情形，盡在朕掌握之中。朕今輕騎臨邊，單師出塞，示之弱以驕其軍心，誘之和以怠其鬬志。彼既深入，欲退不能，伏兵遮其前，大軍攝其後。彼若徙牙磧口，則擣其巢穴；彼若竄跡鐵山，則斷其歸路。抗者盡殄，逆者皆殍，邊徼無虞，在此一舉。朕計已决，爾等毋違。欽哉。〔衆白〕萬歲萬歲萬萬歲。皇上聖算萬全，獨斷親征，臣等遵旨而行便了。〔唱〕

【仙呂入雙角合套・收江南】聽王言睿算果然高(韻)，聽王言神武邁前朝(韻)。内飛龍大旆敞雲霄(韻)。看旌旗動摇(韻)，看旌旗動摇(疊)，翠華臨氛祲氣全消(韻)。〔文官仝白〕我等整備行李，好待扈駕也。〔唱〕

【仙吕入雙角合套·園林好】忝垂紳無能佩刀㊥，惟草檄軍中染毫㊥，掃欃槍妖星除早㊥，願奏凱即還朝㊥，願奏凱即還朝㊥。〔武官仝白〕我等快些整備馬匹，好待從征。〔唱〕

【仙吕入雙角合套·沽美酒帶太平令】好重披舊鎧袍㊥，好再拓角弓弰㊥，看豎起蛟龍彩畫旓㊥，屬車上插鵕鸃㊥，上方劍斬了魔妖㊥。旋振旅前歌遮道㊥，後的舞兩手招腰㊥，小單于琵琶休操㊥，破陣子邊關翻調㊥。頡利呵㊀！慢誇着龍韜豹韜㊥，將伊比羝羊窮鳥㊥。從此挽天河洗他鋒鍔㊥。〔宫女白〕退班。〔宫女、太監仝從壽臺中門下。文武官仝唱〕

【尾】鳴鞭珥筆隨天討㊥，海澨山陬歸化了㊥。那時節上一道平戎朝賀表㊥。〔仝從壽臺下場門下〕

第四齣 小雷音狂施法寶（古風韻）

〔場上設屏風龕科。雜扮衆小妖，各戴僧帽，紥金箍，穿箭袖，披袈裟。引淨扮黃眉童，戴黃豎髮、佛帽，軟紥扮，披佛衣，從壽臺上場門上。唱〕

【仙呂調隻曲·點絳脣】布袋能裝(韻)，金鐃能擋(韻)，狼牙棒(韻)，神鬼都降(韻)。幻出這佛寺多興旺(韻)。〔場上設椅，轉場坐科。白〕閃却妖身現法身，作威作福逞精神。祇因和尚傳心印，總把西方賺世人。吾乃黃眉老佛是也。本是彌勒尊者座前一個司磬童兒，被我逃下西方，自占一座名山，私藏幾件寶貝，日間參禪打座，夜間作怪興妖。因西天有個大雷音寺，我此處便喚做小雷音。雖是以訛傳訛，何妨將錯就錯。侍者們，看有甚麽過客遊僧，必須拏他幾個，宰彼身軀，供吾口腹，豈不快哉！小妖每，隨俺整肅威儀者。〔衆小妖應科，仝從壽臺下場門下。副扮悟空，戴悟空帽，穿悟空衣，帶數珠。丑扮悟能，戴僧帽，紥金箍，猪嘴切末，穿悟能衣，帶數珠，持鈀，挑經擔。雜扮悟淨，戴僧帽，紥金箍，穿悟淨衣，帶數珠，持鏟，牽馬。引生扮唐僧，戴僧帽，穿僧衣，繫絲縧，帶數珠，從壽臺上場門上，白〕欣看野草疑爲藥，錯認樵夫便是仙。徒弟們，你看這山嶺之上，樓臺高聳，宮殿巍峩，一定是個佛祖道場了。不知是何寶剎，待我上前一看，便知分曉。〔作看科，白〕小雷音寺。徒弟，古人云：有佛有經，無方無寶。既有名剎在此，我們必須一到。〔悟空白〕此處少吉多凶，不可進去。〔唐僧白〕我等要到大雷音寺，這裏是小雷音，或者佛祖下院，也未可知。況我玄奘心願，遇佛拜佛，豈可錯過？隨我來。〔仝作進門科。悟能、悟淨從壽臺下場門下。唐僧拜科，白〕弟子玄奘，奉旨西域請經，特求老佛，保佑師徒身子平安，一路逢凶化吉。〔作叩拜科。悟空虛白，作持棒。黄眉童、衆小妖仝從屏風龕内轉出科。黄眉童白〕侍者們與俺擒下。〔衆小妖應科。黄眉童持狼牙棒，與悟空對敵科。衆小妖作擒唐僧，從壽臺下場門下。黄眉童從壽臺下場門敗下，悟空追下。衆小妖作縛悟能、悟淨，牽馬，仝從壽臺上場門上，遶場，從壽臺下場門下。黄眉童從壽臺上場門上，白〕孫悟空果然驍勇。侍者們可抬我金鐃出來。〔衆小妖内應科，作抬金鐃，從壽臺上場門上，白〕啟佛爺，金鐃在此。〔黄眉童作接鐃科。悟空從壽臺上場門追上，作對敵。黄眉童作扣悟空金鐃内科，從地井内下。黄眉童白〕衆小妖，使他呼吸不通，合至三日取出，再將鐵籠用滚水蒸透，等待夜宴之時，并那三人，一齊送來下酒，不得有違。〔衆小妖應科。黄眉童白〕潑猢猻，今日纔見俺手段也。〔仝唱〕

【雙角隻曲·雙令江兒水】神圖佛像(韻)，假揑個神圖佛像(疊)，裝成一寶坊(韻)，兩旁供阿羅揭諦(句)、菩薩金剛(韻)，也把經文胡厮講(韻)。〔黄眉童白〕如今我將這厮，合在金鐃之内呵。〔仝唱〕限定幾枝香(韻)，鎔銷百煉鋼(韻)。怎能彀鑿壁偷光(韻)，取物探囊(韻)，抵多少(讀)立亡坐脱人讚揚

(韻)。〔各仍歸座科，仝唱〕金鐃覆藏(韻)，密匝匝金鐃覆藏(疊)，鐵籠蒸盪(韻)，熱烘烘鐵籠蒸盪(疊)，請經僧(讀)好與説法師作供養(韻)。〔仍從屏風龕内轉進科。雜扮二十八宿，各戴二十八宿冠，紥靠，持鎗，從禄臺門上，唱〕

【又一體】二十八將(韻)，賽雲臺二十八將(疊)，甚妖兵未肯降(韻)。爲齊天大聖(句)，是混世魔王(韻)，把選佛場做赴敵場(韻)。〔白〕我等二十八宿星君是也。因五方揭諦使奏聞玉帝，説齊天大聖孫悟空有難，遂奉玉旨，差我等星辰統兵前往。〔唱〕負固恣猖狂(韻)，横行總跳梁(韻)。因此上星宿趨蹌(韻)，神將奔忙(韻)，把大聖(讀)要如飛救將出地網(韻)。〔作到科，白〕來此已是小雷音寺了。我們把前後山門，重重圍住，快將金鐃劈開，請出齊天大聖便了。〔仝作圍遶揭鉢不動科，白〕揭不起。〔亢金龍白〕待我現出本像，揭起便了。〔從壽臺上場門下。雜扮金龍，穿金龍衣，從壽臺上場門上，作揭起金鐃科。悟空從地井内上，白〕多謝了！ 待俺救取師傅便了。〔從壽臺下場門下。亢金龍仍從壽臺上場門下，亢金龍隨上。黄眉童從龕内轉出科，白〕汝等何處魔兵，吃吾一棒！〔二十八宿白〕呔！ 爾是甚麽妖怪？〔黄眉童白〕我乃黄眉大王，法術神通，由他甚麽神聖，俱落我圈套之中。 汝等零星散卒，何足道哉！〔作對敵科。黄眉童從壽臺下場門下，二十八宿追下，黄眉童從壽臺上場門上，白〕他既喝令天兵劈破金鐃，放走孫悟空，這班星將，若放他轉回天庭，那還了得！ 不免解下神袋，將他一包袱通裝在此，看他何法解救。 來此已是廟門，不免在此等他便了。〔作上龕座科。二十八宿從壽臺上場門上，唱〕中星耀芒(韻)，顯不出中星耀芒㊣。〔白〕這孽畜原進廟去了。不免進去拿住便了。〔黄眉童作擲神袋，地井内現五彩神袋，作裝二十八宿從地井内下。黄眉童下座收神袋科，唱〕裝來停當㊞，真個是裝來停當㊣，抵多少㊟一粒粟把世界藏㊞。〔從壽臺下場門下〕

第五齣　黄眉祖神通大展

〔雜扮探事小妖，戴鬼髮，穿報子衣，從壽臺上場門上，白〕只爲金鐃罩老孫，諸天抖亂布星辰。誰知袋裏乾坤大，藏得欺心數萬人。吾乃黄眉大王麾下一個探子是也。昨有二十八宿星將，劈開金鐃，救出孫行者，大王十分發怒，即解腰間神袋，將二十八宿裝入包内。大王又慮孫行者，會使金箍棒，駕起觔斗雲，四大部洲，頃刻走過，脱逃之後，必去請兵救援，着俺四下打探。果然那廝先到武當山，請玄武真君，又到盱眙山，請大聖王菩薩，少刻兩路前來，未知勝負如何，先去報與大王知道。〔從壽臺下場門下。雜扮龜蛇二將，各戴龜蛇冠，紥靠，持器械。雜扮五大龍神，各戴龍王冠，紥靠，持器械。仝從壽臺上場門上，唱〕

【正宫正曲·福馬郎】玄武尊君威令發(韻)，爲了齊天聖(句)，彰撻伐(韻)。定下驅邪計(讀)伏妖法(韻)，鬼國有羅刹(韻)，〔合〕小雷音倒有場大斷殺(韻)。〔作到科，白〕潑怪何在？〔黄眉童從壽臺下場門上，白〕那路賊兵，敢來擾我仙境？〔衆神將分白〕我等乃武當山混元教主蕩魔天尊座前五大龍神是也。我等乃龜蛇二將是也。〔仝白〕今奉玄武真君法旨，特到此間捕你。你這妖精，快送唐僧與二

十八宿出來，免爾一死。〔黃眉童作怒科，白〕爾等畜生，有何法力，敢出大言！不要害怕，每人吃我一棒！〔作對敵科。黃眉童唱〕

【又一體】混元教主没搭煞(韻)，一任猢猻弄(句)，不審察(韻)。撥些臭水族(讀)奮鱗甲(韻)。〔作對敵科。衆神將從壽臺下場門敗下。黃眉童唱〕你看我首尾都安插(韻)，〔合〕硬抵敵不如軟監押(韻)。〔從壽臺下場門下。小生扮張太子，戴紫金冠，紥靠，持鎗。雜扮四大神將，各戴揭諦冠，穿鎧，持器械。仝從仙樓下至壽臺上，唱〕

【正宫正曲·四邊静】長鎗楮白人人嚇(韻)，威風似火發(韻)。天將豈非真(句)，瞿曇也有假(韻)。〔合〕披袍貫甲(韻)，穿山渡峽(韻)，由他三十六天罡(句)，七十二地煞(韻)。〔作到科，白〕潑妖快來受死！〔黃眉童從壽臺下場門上，白〕汝等又是那方小將，敢來與他助力？〔衆神分白〕我乃泗州大聖國師王菩薩座下小張太子。我等乃四大神將是也。〔黃眉童作笑科，白〕太子，你捨了西土流沙，從那國師菩薩，只好收捕淮河水怪，怎生聽了孫行者那廝誑言，千山萬水來此納命。〔衆神白〕不必多講，看我取汝。〔作對敵科。黃眉童唱〕

【又一體】黃眉直把赤眉壓(韻)，誰防你奸滑(韻)。水怪偶收降(句)，山精怎抹殺(韻)。〔作對敵科。衆神從壽臺下場門敗下。雜扮衆小妖，各戴鬼髮，穿箭袖卒褂，從壽臺兩場門分上，侍立科。黃眉童白〕小妖們可將那些賊囚，俱推入地窨之中，待俺一個個喫他下肚。今日寺中大排筵宴，犒勞汝等。〔衆小妖白〕多謝大王。〔仝唱合〕營須早拔(韻)，寨還慢扎(韻)。撇下赤金鐃(句)，方顯神通大(韻)。〔仝從壽臺下場門下〕

第六齣　彌勒佛結廬收妖（先天韻）

〔副扮悟空，戴悟空帽，穿悟空衣，帶數珠，從壽臺上場門上，白〕江湖雙淚眼，天地一牢籠。不識菩提内，精誠何處通。我孫悟空，雖然脱却金鐃，奈二十八宿俱被妖魔拏去，師傅與那八戒沙僧，又推入地窖之中，連日杳無音信，未知存亡若何。教我進退無門，怎生是好？〔作望科，白〕西南上一朶彩雲，滿天花雨，必有甚菩薩經過，我且站在山坡上，觀看一回。〔從壽臺下場門下。淨扮彌勒佛，戴彌勒膗腦，披佛衣，露肚，帶大數珠，持拂塵，從壽臺上場門上，唱〕

【仙呂入雙角合套·新水令】黑罡風一陣起狼烟(韻)，激得俺氣冲冲笑容一變(韻)。業冤深似海(句)，潑膽大如天(韻)。〔悟空從壽臺下場門上，上桌作望科。彌勒佛唱〕衆口流傳(韻)，且看他惡奴至怎分辯(韻)。〔悟空下桌作跪科，白〕彌勒佛祖今欲何往？　弟子有失迴避，望乞恕罪。〔彌勒佛白〕專爲小雷音妖怪而來。〔悟空白〕多謝佛祖。　敢問這妖怪，是那方怪物？〔彌勒佛白〕他是我面前擊磬的一個黄眉童子。　三月三日，我因赴元始會去，留他在宫看守，他把我這幾件寶貝盜去，假佛成精。　那神袋是我的後天袋子，那狼牙棒是我的敲磬槌兒。　我今來與你收他便了。〔悟空白〕佛祖又無兵器，何以收得？〔彌勒佛白〕這却不難。我在這坡下設一茅庵，種些瓜菓，你去與他索戰，交戰之時，只許爾敗，不許爾勝，引他到我這瓜田裏來，自有擒他之計。〔悟空白〕但恐那怪不肯跟來，便怎麽處？〔彌勒佛白〕你伸出手來，我却教你一個法術。〔悟空伸手，彌勒佛作寫一禁字科，白〕你且捏着拳兒，見妖精當面放手，他必然就跟你來。不可有悮。〔悟空白〕這個自然，弟子領命便去。〔彌勒佛虛白，從壽臺上場門下。悟空唱〕

【仙呂入雙角合套·步步嬌】小小西天雷音院(韻)，似大鬧森羅殿(韻)，無人解倒懸(韻)，幸遇着佛祖當頭(句)，道童覿面(韻)。〔合〕寫字在空拳(韻)，這其中秘訣渾難辨(韻)。〔白〕來此已是，不免唤那妖魔出來。潑魔你孫爺爺在此，可快出來與你見個輸贏。〔淨扮黄眉童，戴黄竪髮，軟紮扮，持狼牙棒，從壽臺下場門上，白〕你這猴兒，計窮力竭，無處求人，今日自己來送命麽？〔悟空白〕今日不許你用神袋，我兩人只是使棒對打，比個雌雄，纔見你我的手段。〔黄眉童白〕我就不用神袋，只使狼牙棒便了。〔作對敵科。悟空開拳，從壽臺下場門敗下，黄眉童追下。外扮彌勒佛化身，戴巾，穿道袍，繫絲縧，持念珠，從壽臺上場門上，白〕邵平原是假，緱氏幾曾真。不爲寃相報，何由痛殺人。我彌勒佛，扮作個種瓜老人，在此等待妖奴便了。〔悟空從壽臺上場門上，虛白科。彌勒化身白〕悟空，你可隱在我茅庵中，叫你方可出來。〔悟空應科，從壽臺下場門下。彌勒佛化身白〕老僧不免將念珠變一個瓜兒，與他喫了，腹中作脹，方可擒他。〔作擲念珠，地井内現瓜科。黄眉童從壽臺上場門上，白〕爲何那猴頭不見踪影，不知逃往那裏去了。我一時趕得熱躁，且喜有個瓜園在此，不免取他一個，權且解渴，慢慢追尋那厮便了。〔作見科，白〕老丈請了。這一園瓜定是老丈種的了，我欲取一枚解渴，不知可肯？〔彌勒佛化身白〕任憑尊意撿食便了。〔黄眉童作撿瓜科，白〕那些小的都不中吃，只有這個又熟又大，吃他下去，定然爽快。〔作摘瓜吃科，白〕爲何這瓜吃下去，腹中便疼痛起來！〔作滚地科，白〕老丈救命！〔彌勒佛化身從壽臺上場門隱下，彌勒佛從天井内下，作乘雲兜科，白〕你可抬起頭來，認我是誰？〔黄眉童作看科，白〕原來是我佛爺到此。佛爺救命！〔復作滚地科。彌勒佛白〕妖奴，你今日纔認得俺主人公麽？〔唱〕

【仙吕入雙角合套・折桂令】你指望白皮瓜解渴丹田(韻)，反做了赴火飛蛾(句)，熱地蚰蜒(韻)。攪腸痧病起須臾(句)，一會價心驚膽悸(句)、眼昏頭旋(韻)，抵多少金鐃内前合後偃(韻)，搭包中東倒西顛(韻)，銜一味熬煎(韻)，沒片刻俄延(韻)。只這掀開豹子皮坦腹摩臍(句)，怎不提起狼牙棒捋袖揎拳(韻)！〔黄眉童白〕我主佛爺救命！〔彌勒佛白〕你不必求我，只求齊天大聖便了。〔黄眉童白〕孫猴兒正與我作對，爲何反去求他？〔復作痛科，白〕也罷！性命在於呼吸之間，這也説不得了。齊天大聖快來救命！〔悟空從壽臺上場門上，唱〕

【仙吕入雙角合套・江兒水】昔日他興禍(句)，今爲我報冤(韻)。〔黄眉童叫科。悟空白〕你是黄眉大王，爲何撲倒地下？〔黄眉童白〕我腹中疼痛難忍，特求大聖救命。〔悟空白〕我提起金箍棒，把你一棒打死，那腹中就不疼痛了。〔黄眉童白〕有眼不識大聖，多多得罪了！幸看我主佛爺面上，饒恕了這條性命罷。〔悟空白〕那裏甚麽腹中疼痛！〔唱〕這是你胸中荆棘鈎藤纏(韻)，口内蛆虫毒腐煎(韻)，腹悶蛇蝎精靈現(韻)，妙藥也難施展(韻)。〔合〕你若要起死回生(句)，改惡急須從善(韻)。〔彌勒佛白〕妖奴，你的冤讐結得多了，如何一時解散得來！〔唱〕

【仙吕入雙角合套·雁兒落帶得勝令】可知道唐僧是御座宣(韻)？可知道星將是天庭遣(韻)？不想那國師王何等尊(句)，反看這元天地如斯賤(韻)。呀(格)！似這等奴子逞狂顛(韻)，却教我家長怎主言(韻)！試問你人種袋歸何處(句)，狼牙槌在那邊(韻)？矜憐(韻)，乞僧衆行方便(韻)。周旋(韻)，請神明伏罪愆(韻)。〔白〕悟空，看我面上，饒了他罷。今日就借重你，率領妖奴，即到寺中，請出星將，并汝師傅僧衆到來，再舉一把火，將那些廟宇盡行燒燬便了。〔悟空白〕領佛旨。〔彌勒佛作與黄眉童摩頂科，白〕現出你本來面目。〔黄眉童從地井内隱下。雜扮黄眉小童，戴黄髮，穿道袍，繫金鐃，持磬槌，從地井内上，作叩拜科，仝悟空從壽臺上場門下。黄眉小童作引雜扮二十八宿，戴二十八宿冠、紥靠，持鎗，從壽臺上場門上。仝唱〕

【仙吕入雙角合套·僥僥令】業風多肆煽(韻)，慧日竟空懸(韻)。楚國亡猿延林木(句)，〔合〕收拾了小雷音魔萬千(韻)，小雷音魔萬千(疊)。〔作見科，白〕我等蒙佛祖救出，特來相謝。〔彌勒佛白〕説那裏話來。〔唱〕

【仙吕入雙角合套·收江南】呀(格)！把一個法中龍象作犧牽(韻)，怎不究善根源(韻)。更把那人中龍虎做溝填(韻)，幸今朝解釋衆冤愆(韻)。〔白〕衆位神祇，請各回原處去罷。〔唱〕幸諸公鑒原(韻)。幸諸公鑒原(疊)。總着他負荆泥首叩堦前(韻)。〔二十八宿從仙樓上至祿臺下。黄眉小童作上雲兜科。悟空引丑扮悟能，戴僧帽，紥金箍，猪嘴切末，穿悟能衣，帶數珠，持鈀，挑經擔。雜扮悟淨，戴僧帽，紥金箍，穿悟淨衣，帶數珠，持鏟，牽馬。生扮唐僧，戴僧帽，穿僧衣，繫絲縧，帶數珠，從壽臺上場門上。仝唱〕

【仙吕入雙角合套·園林好】仰雲端切心救援(韻)，賴佛祖竭力轉旋(韻)。辦一炷清香焚獻(韻)，〔合〕脱拘繫似神仙(韻)，脱拘繫似神仙(疊)。〔作禮拜科。彌勒佛白〕三藏受驚了。〔唐僧白〕請問佛祖，弟子何以受此妖孽之害？〔彌勒佛白〕一則是我家法不嚴之過，二則是你命中應該受難，故此撞這妖魔作祟。我今來與你收他去也。〔唐僧白〕多謝佛祖！〔彌勒佛唱〕

【仙吕入雙角合套·沽美酒帶太平令】雖是俺力量綿(韻)，也是恁命數舛(韻)，帶累了天地神祇數十員(韻)。至誠心一片(韻)，便抵得純鋼百煉(韻)。唐三藏是蓮臺慈善(韻)，孫行者是沙門雄健(韻)。設方法把他驅遣(韻)，説因果將伊解勸(韻)。您呵(格)！再等的一年(韻)半年(韻)，大雷音就在跟前(韻)。〔白〕我彌勒除了這個妖魔呵，〔作笑科，唱〕呀(格)！這時節笑哈哈復歸禪院(韻)。〔仝從天井内上。唐僧白〕爲何佛爺霎時不見？我們今晚投宿何處？〔悟空白〕且趲行前去，再作道理。〔唐僧白〕大家須掙扎。〔仝白〕見佛也非遥。〔仝從壽臺下場門下〕

第七齣　天竺國公主被攝（尤候韻）

〔旦扮天竺國公主，衆旦扮八宮娥，提燈，引從壽臺上場門上。公主唱〕

【正宮集曲・鴈魚錦】【鴈過聲】（首至二）金風玉露平半秋(韻)，不覺更深銀漢疏星斗(韻)。【鴈翀天】（三至四）昏定回宮静蓮漏(韻)，持鶴籥啓龍樓(韻)。〔白〕中秋雲静出滄海，半夜露寒當碧天。輪影漸移金殿外，鏡光猶掛玉樓前。我乃天竺國公主是也。蕙質蘭心，金枝玉葉。歲盈盈而待字，春風桃李之年；月皦皦而停光，秋夜綺羅之會。欣逢佳節，争羡良宵。啓椒殿以傳觴，婉容侍側；入璇宫而問寢，移步初回。你看那月色涵空，花陰籠檻，好一庭宵景也。〔行科，唱〕【攤破地錦花】（第四句）則看他午夜清幽(韻)，【鴈翀天】（第六句）迴廊香稠(韻)，【鴈過聲】（末二句）暖暖宵景渾如畫(韻)，〔合〕應惜分寸光陰難得久(韻)。〔衆宫娥白〕啟公主，已到宫中了。〔内打二更科。衆宫娥白〕禁漏已深，請公主安寢罷。〔公主白〕如此良夜，一年之中，豈能多得？古人云：惜花春起早，愛月夜眠遲。况庭際紅蘭丹桂，映着銀蟾，更加娬媚，正當惜花愛月，兼而有之，何可便思就寢？〔唱〕

【二段】【鴈過聲】（首二句）夷猶(韻)，揭上簾鈎(韻)。〔二宫娥作鈎簾科〕【漁家傲】（第四句）那欄杆花影移來有（韻）。【鴈過聲】（六至七）雲衣輕綢（韻），秋容略比春姿瘦（韻）。〔一宫娥捧茶上，公主接飲科。衆宫娥唱〕【漁家燈】（第三句）愛鏡光乍磨照上頭（韻），【山漁燈】（第三句）桂輪十分圓似毬（韻）。【一機錦】（第五句）驪龍頷把珠偷（韻），【錦纏道】（第四句）今夜月（讀）不教湧着江流（韻）。〔内打三更科。一宫娥持衣上，白〕露下風凉，請公主加穿繡襖。〔公主作穿科，唱〕【山漁燈】（第七句）凉嫩（讀）金莖露氣浮（韻），【鴈過聲】（末二句）這壁廂是香噴噴的嬌含笑（句），那壁廂是水溶溶的冷射眸（韻）。〔衆宫娥作倦容科，先後暗下。公主白〕看那些宫娥們，多有十分倦態，且不要去叫醒他，待我獨坐片時，更領略些静中趣味。〔内打四更科。公主唱〕

【三段】【鴈過聲】（首二句）樵樓（韻），四轉更籌（韻），【漁家傲】（四至五）静中趣味纔消受（韻）。只聽得蛩吟四壁（句），【山漁燈】（第二句）一帶秋聲（讀）鬧着鼾齁（韻）。〔起立科，白〕妙嗄！你看中庭地白，冷落無聲，何不于窗外，小步一回。〔作出户行科，白〕合望月時常望月，分明不得似今年。仰頭五夜風中立，從未圓時直到圓。〔作望月科，唱〕【鴈翀天】（第六句）光華彩鬬（韻）。〔作折花科，唱〕【錦海棠】（四至五）花魂驚醒（句），〔白〕啐！這會折他何用？〔唱〕不是晚粧時候（韻）。〔作倚石科，唱〕【鴈過沙】（末二句）小山徙倚還嫌陡（韻）。〔内作風聲科，公主白〕呀！風起了。〔唱〕玉鐸占風鬧不休（韻）。〔内大鬧鑼鼓。扮玉兔原形上，背負公主遶場三轉，作抛科。公主從地井下。玉兔原形復遶場三轉，作立定科，白〕可喜可喜！恰好公主在月下看花，被我搶他去抛在荒野之中。一掌之讐已報，我如今急奔回宫，變做公主模樣，使一個移花接木之計便了。〔地井内放火彩，玉兔原形即隱入地井科。又放火彩，旦照扮公主上，白〕渾濁不分鰱共鯉，水清方見兩般魚。我玉兔已變成天竺國公主，這幾日我在暗中，把那公主形容體態、舉止動静，我已窺看明白。就是那些宫娥使從的名姓，我都一一記在此，看我這般模樣，果然虚實難辨也。〔唱〕

【四段】【喜漁燈】（首一句）機關不露誰能剖？【山漁燈】（二至三）暗地裏翻雲覆雨(讀)，偷天高手(韻)。〔内打五更科。假公主唱〕【錦纏道】（八至九）猛聽來曉籌將報鷄人(句)，拈螺眉黛愁(韻)。〔作入户看科，白〕那些宫娥，還是這等熟睡哩。〔唱〕【漁家傲】（第四句）一箇箇化成鵑夢渾難覺(句)，【漁家燈】（三至四）誰知我暗來厮耨(韻)。捺住性格温柔(韻)。〔白〕待我唤醒他們。宫娥宫娥起來！〔衆宫娥作驚醒上科，唱〕【鴈過聲】（末二句）學做了花間蝴蝶深深宿(韻)，却忘了祗候宫中自取尤(韻)。〔見科，白〕公主有何使令？〔假扮公主白〕天色漸明，隨我到粧樓梳洗去。〔宫娥白〕曉得。〔取燈科，假公主行科，唱〕

【五段】【錦纏道】（首至七）漫翻首(韻)，見疏星欄杆不周(韻)。良節愛嬉遊(韻)，倦懵騰(讀)長夜抛却衾裯(韻)，猛然間催人盥漱(韻)，憎殺你殘更忒驟(韻)，夜景未全收(韻)。〔衆宫娥作扶科，仝唱〕【鴈過沙】（末二句）争愛你青鸞有信通瑶圃(句)，〔合〕一任他紅葉無情出御溝(韻)。〔仝從壽臺下場門下〕

第八齣　布金寺衲子談因（先天韻）

〔外扮長老，戴僧帽，穿僧衣，繫絲縧，帶數珠，拄杖。雜扮小沙彌，隨從壽臺上場門上，唱〕

【南呂宮引・臨江梅】初地祇園名蹟古(句)，布金猶說當年(韻)。晨鐘暮鼓習枯禪(韻)，地近西天(韻)，人望生天(韻)。〔白〕身似菩提樹，心如明鏡臺。時時勤拂拭，勿使惹塵埃。老僧乃布金寺一個當家長老便是。夕陽西下，暫息經聲，不免出佛堂去，寺門外略步片時。〔唱〕

【南呂宮正曲・懶畫眉】漫捨蒲團步堦前(韻)，拄着枯籐坐起便(韻)。迴廊轉過寺門邊(韻)，〔白〕你看山門外，〔唱〕雨過松梢軟(韻)，〔合〕灑下黃塵金滿磚(韻)。〔副扮悟空，戴悟空帽，穿悟空衣，帶數珠。丑扮悟能，戴僧帽，紮金箍，猪嘴切末，穿悟能衣，帶數珠，持鈀，挑經擔。雜扮悟淨，戴僧帽，紮金箍，穿悟淨衣，帶數珠，持鏟。引生扮唐僧，戴僧帽，穿僧衣，繫絲縧，帶數珠，騎馬，從壽臺上場門上，唱〕

【引】幾度鐘聲隔林喧(韻)，幡影飄搖翠瓦邊(韻)。〔作下馬相見科。長老白〕長老從何方到此？〔唐僧白〕弟子唐三藏，奉大唐天子之命，差往靈山拜佛求經。天色已晚，造次奉謁，不知寶剎可借宿一宵否？〔長老白〕請裏面坐。〔仝作進門科。唐僧白〕好座大寺也！〔長老白〕你領他們進去，安頓行李。〔沙彌應科，白〕隨我來。〔悟空、悟能、悟淨應科，從壽臺下場門下。場上設椅，各坐科。唐僧白〕請問長老，寺名布金，乃何代古蹟？〔長老白〕大師聽稟。這寺呵，〔唱〕

【南呂宫集曲·楚江秋】【香羅帶】（首至合）遺金事杳然（韻），荒涼邇年（韻），空山白日聞杜鵑（韻）。老僧閒倚寺門前（韻）也（格），只有鐘聲梵貝（句），依稀故園（韻）。興亡感慨難盡言（韻）。【一江風】（五至九）你看那佛火昏迷（句），募不出男兒善（韻）。雕梁燕子喧（韻），雕梁燕子喧（疊），香泥污寶禪（韻），【怨別離】（末句）細糝上經臺面（韻）。〔唐僧白〕原來如此。請問長老，纔進寶山，見兩廊下有許多騾馬車擔，是何原故？〔長老白〕我這山，喚做百脚山，昔年原是太平，近因生幾個蜈蚣精，常在路上傷人。山下有座關，喚做鷄鳴關，但到鷄鳴人方敢去。那些客商權向荒山一宿，等候鷄鳴纔去。〔唐僧白〕原來如此。〔長老白〕請大師齋堂夜飯。〔唐僧白〕打攪不當。〔仝從壽臺下場門下。旦扮天竺國公主，穿衫，繫腰裙，從壽臺上場門上，唱〕

【正宫集曲·醉宜春】【醉太平】（首至七）冤愆（韻），今生未免（韻）。看榴裙數點（讀）紅淚潺湲（韻）。心頭自轉（韻），何日裏再返家園（韻）？椿萱（韻），重逢掌上蚌珠旋（韻），【宜春令】（六至末）管歡喜拋開愁怨（韻）。此際思兒眉鎖（句），幾時方展（韻）？〔白〕天嗄！何不遣風姨，刮我到别處，偏偏刮到我這裏來。〔唱〕

【又一體】嬋娟（韻），生來命蹇（韻）。撇朝歡暮樂（讀），對佛火枯禪（韻）。〔白〕關我在此處，甚麽意思？

〔唱〕鎮日裏重簾罷捲(韻)，一任那花滿堦前(韻)。誰憐(韻)，春光老去奈何天(韻)，都付與無情鶯燕(韻)，暢好枝頭低語(句)、樹梢輕囀(韻)。〔悟能從壽臺上場門暗上，作聽科。公主白〕父王母親嗄！〔從壽臺下場門下。悟能發諢科。唐僧白〕長老那裏？〔長老從壽臺上場門上，虛白科。唐僧白〕敢問長老，方纔擾齋後，忽聞有女子啼哭之聲，却是爲何？〔長老白〕大師問起，不得不說。那女子呵！〔唱〕

【仙吕宫曲・針線箱】後花園艷情一片(韻)，驀遇那風姨蕩轉(韻)，向梵王宫便爾全身現(韻)。〔唐僧白〕問什麽來？〔長老白〕仔細看時，〔唱〕是一個翠眉金釧(韻)。〔白〕我就問他：你是誰家女子？爲甚到這裏來？他説是天竺國王的公主，因月下看花，被風刮到此間。〔唱〕此間有甚閒庭院(韻)？只將他銅雀春深鎖幾年(韻)。〔唐僧白〕有這等怪事！〔長老白〕請問大師，此去可能得見國王麽？〔唐僧白〕貧僧取經到此，必須面見國王，方纔過去。〔長老白〕敢求大師慈悲，見了國王，問明此事便了。〔唐僧白〕這個當得。〔長老白〕聖僧，〔唱合〕莫教他空悲惋(韻)，淚潸潸長倚(讀)針線箱前(韻)。〔唐僧白〕貧僧理會得了。〔長老白〕夜已深沉，長老行路辛苦，請進去安歇。〔唐僧白〕請。〔分白〕今夜冰輪分外圓，祇園相對話欣然。還期明日君休去，月下仝參一指禪。〔仝從壽臺下場門下〕

第九齣　抛綵毬情關釋子（庚青韻）

〔場上設綵樓科，旦扮衆宫女，各戴過梁額，穿宫衣。引小旦扮月妖，戴鳳冠，簪形，穿蟒，束帶，從壽臺上場門上，唱〕

【商調引・三臺令】本來天上陰精韻，修到將成未成韻。欲待大唐僧韻，採真陽喜不自勝韻。〔白〕宫女們都在前殿伺候。〔衆宫女應科，從壽臺兩場門下。場上設椅，轉場座科，白〕妾乃月宫玉兔是也。自乘天竺公主，夜坐看花，將風攝去，我就變爲公主。誰能識辨真假？今日有個大唐聖僧到來，早已搭起綵樓，招他爲婿，意在採取真陽，煉成太乙上仙，却不是好！〔唱〕

【商調正曲・黄鶯兒】我嬌怯自天生韻，到三春愛聽鶯韻，桃花薄命楊花性韻，怕風摇不勝韻，惹羅衫淚盈韻，酸酸楚楚愁成病韻。〔白〕喜得父王許我將綵毬抛下，擇個女婿，好一個知趣的父王也！〔唱合〕口應承韻。裴航有路句，今日裏配雲英韻。〔白〕此時想必唐僧來也。〔作向内科，白〕宫女們，吩咐看輦，上綵樓去。〔内作應科。雜扮老太監，戴大太監帽，穿蟒，束帶，帶數珠，持拂塵。雜扮衆太監，各戴太監帽，穿貼裏衣，繫絲絛，帶數珠，執儀仗。雜扮推輦太監，戴太監帽，穿箭袖，繫肚囊，推輦。衆宫女仝從壽臺兩場門上，作請月妖上輦科。仝從壽臺下場門下。副扮悟空，戴悟空帽，穿悟空衣，帶數珠。雜扮悟淨，戴僧帽，紮金箍，穿悟淨衣，戴數珠，持鏟，挑經擔。引生扮唐僧，戴僧帽，穿僧衣，繫絲絛，帶數珠，騎馬，從壽臺上場門上，白〕野店荒村聽曉鷄，停鞭立馬路途迷。蘆花不是無情物，到處顛頭指向西。悟能前去探路，怎麼還不見到來？〔丑扮悟能，戴僧帽，紮金箍，猪嘴切末，穿悟能衣，帶數珠，持鈀，從壽臺上場門上，虛白發諢科。唐僧唱〕

【商調集曲·集鶯兒】【集賢賓】（首至合）斯言入耳殊不經(韻)！那毬打何憑(韻)？〔悟能白〕我們去看，也有拋着的福分麽。〔唐僧唱〕你枯木禪心當自省(韻)，水雲僧妄想休生(韻)。閒情逸興(韻)，也不礙春風習静(韻)。〔悟空白〕師傅去不得！前日在布金寺見的女子，就是天竺國的公主，想是被這妖怪攝到那裏去的，爲此假脱公主模樣，綵樓招婿，斷斷去不得！我們急急去見國王，説明此事便了。〔悟能作攛掇虛白發諢科。悟空白〕師傅去不得！若有事出來，我却不管。〔悟能虛白，拉唐僧下馬，唱〕【黄鶯兒】（合至末）但須聽(韻)。遊人隊裏(句)，毋得惹嫌憎(韻)。〔悟能虛白，扯唐僧科。悟淨從壽臺下場門下。悟空牽馬，虛白隨下。雜扮衆值殿將軍，各戴盔，穿鎧，持瓜，從壽臺兩場門暗上，作分侍科。衆太監、老太監、衆宮女引月妖乘輦，從壽臺上場門上，唱〕

【仙吕宮集曲·玉嬌鶯】【玉交枝】（首至六）纔拋鸞鏡(韻)，試新粧天然艷生(韻)。春衫一領描紅杏(韻)，襯出個體態輕盈(韻)。天台玉真空有情(韻)，人間劉阮偏無影(韻)。【黄鶯兒】（合至末）笑相迎(韻)，鴛幃鳳枕(句),結就海山盟(韻)。〔作到科。衆太監作請下輦科。各從壽臺兩場門暗下。衆宮女引月妖作上樓科。悟能、悟淨引唐僧從壽臺上場門上,唱〕

【商調集曲・御袍黄】【簇御林】(首至合)藤條杖(句),連步行(韻),聽風吹簾戛聲(韻),畫中有個人嬌艷(韻)。〔丑扮矮公子,戴巾,穿道袍。雜扮院子,戴羅帽,穿道袍,扛高橙。雜扮衆看抛綵毬人,各隨意扮。仝從壽臺上場門上,白〕人山人海,那裏擠得上!好笑那和尚,與他甚麽相干,也來混帳。〔悟能白〕我們護着師傅,擁上前去。〔唐僧唱〕且暫立清閒境(韻),【皂羅袍】(五至八)暫時一看(句),休教久停(韻)。不留三宿(句),惟防繫情(韻)。〔白〕徒弟,〔唱〕【黄鶯兒】(六至末)急忙回轉何容等(韻),鬧騰騰(韻),非關醉眼(句),看去欠分明(韻)。〔作到樓科。月妖將綵毬抛唐僧頭上,唐僧作驚科。月妖作下樓科,白〕不是綵毬輕一擲,錦衣容我换袈裟。〔從壽臺下場門下。悟能白〕不知還有個綵毬麽?〔衆宮女白〕還有。〔悟能白〕閒人站開些,等他抛下來。〔衆宮女作打悟能科,從壽臺下場門下。悟能白〕好不痛殺人也!〔老太監引衆太監捧紗帽、袍帶,從壽臺上場門上,仝白〕請貴人入内,以便擇日成親。〔老太監虚白,衆太監作與唐僧穿戴科。老太監仝唱〕

【商調集曲・猫兒遂黄鶯】【琥珀猫兒墜】(首至四)塵緣未斷(句),不放你修行(韻)。孔雀屏開春宴成(韻),鴛鴦褥隱夜香凝(韻)。【黄鶯兒】(合至末)莫留停(韻),鸞簫象板(句),簇擁奏和鳴(韻)。〔場上撤樓科。唐僧作驚疑科,唱〕

【尾聲】昏沉似醉渾難醒(韻)。〔老太監、衆太監白〕貴人你做了官，〔唱〕應把那度牒銷除衲子名(韻)。〔悟能白〕師傅，徒弟勸你，〔唱〕切休把紅錦烏紗看得輕(韻)。〔悟淨虚白。仝從壽臺下場門下。雜扮陰陽官，戴紗帽，穿圓領，束帶，從壽臺上場門上，唱〕

【越調正曲·浪淘沙】夫婿喜光光(韻)，和尚新郎(韻)，禪床改作象牙床(韻)。〔合〕簪上毘盧花兩朵(句)，新學成雙(韻)。〔白〕自家天竺國陰陽官便是。昨日國王爺宣我擇個日子與公主做親。只有本月十三日子時，是黃道不將，紅鸞天喜，周堂大利，但不知是也不是。恐怕他禪門擇日，或者另是一般。因此前來打聽。正是撒帳借簫吹佛曲，坐床秉燭照僧衣。説話間，早有官兒來也。〔雜扮教坊司官，戴紗帽，穿圓領，束帶，從壽臺上場門上，白〕黄河尚有澄清日，起課人無得意時。小子賣卜爲活，只因生意淡薄，學了吹打，選入教坊司。今日内花園開宴，請新女婿，特來伺候。〔各作見科。雜扮典膳官，戴紗帽，穿圓領，束帶，從壽臺上場門上，白〕只消蔬菜新鮮煮，不用鷄鵝宰割勞。〔各作見科。典膳官白〕今日請新官人，只用得豆腐麵觔。奉國王之命，安排素筵兩席，在内花園樓上，翁婿對飲。另席擺在留春亭，請跟隨來的。伺候已久，怎不見個官兒們出來？〔各虚白科。雜扮傳宣官，戴紗帽，穿圓領，束帶，從壽臺上場門上，白〕傳宣分内事，官小不辭勞。陰陽官那裏？〔陰陽官應科。傳宣官白〕准了十三日子時，到吉日再來伺候。〔陰陽官應科，從壽臺下場門下。傳宣官白〕教坊司那裏？〔教坊司官應科。傳宣官白〕揀選樂人兩班，一班在内花園樓上應用，一班在留春亭候着。休得遲悮。去罷。〔教坊司官應科，從壽臺下場門下。傳宣官白〕典膳官那裏？〔典膳官應科。傳宣官白〕素菜須要豐潔，桌面須要鮮明，時新菓品般般俱有，酒茶湯飯色色皆精。切不可貽笑大唐。快些去打點。〔典膳官應科，從壽臺下場門下。傳宣官白〕正是賞心樂事今朝宴，美景良辰此日天。〔從壽臺下場門下〕

第十齣　流春亭醉鬧僧徒（江陽韻）

〔生扮唐僧，戴僧帽，穿僧衣，繫絲縧，帶數珠，從壽臺上場門上，唱〕

【正宮正曲・錦纏道】風月場(韻)，出家人早忘(韻)。不信綵樓旁(韻)，那毬兒(讀)霎時便打着光光(韻)。〔白〕我曉得了。〔唱〕一定是借花妖勾人這場(韻)，仗風姨留人那廂(韻)。〔副扮悟空，戴悟空帽，穿悟空衣，帶數珠。丑扮悟能，戴僧帽，紮金箍，猪嘴切末，穿悟能衣，帶數珠。雜扮悟淨，戴僧帽，紮金箍，穿悟淨衣，帶數珠，仝從壽臺上場門上，各虛白科。唐僧白〕本待要走呵，〔唱〕只怕緊隄防(韻)，斷不肯輕鬆疏放(韻)。但看烏紗與繡裳(韻)，〔合〕怎及得錦襴停當(韻)。好一似(讀)蟬蛻變蜣螂(韻)。〔白〕都是你這畜生，如今做出事來了，怎麼處？〔悟能虛白科。悟空白〕師傅，料想今夜未必成親，放心進去，待合巹之日，傳個帖兒來叫我，自有道理。〔雜扮傳事官，戴紗帽，穿圓領，束帶，從壽臺上場門上，作進門科，白〕稟上駙馬爺，國王在內花園排宴候久了。〔唐僧白〕我就去也。〔傳事官白〕打導。〔雜扮衆役人，各戴軍牢帽，穿箭袖，繫搭包，從壽臺兩場門上。唐僧白〕滿眼春光人不覺，萬花叢裏囀鶯喉。〔內奏樂，衆役人、傳事官引唐僧從壽臺下場門下。雜扮傳宣官，戴紗帽，穿圓領，束帶，從壽臺上場門上，作進門科，白〕奉國王之命，請貴人的三位高徒，到流春亭飲宴，着下官奉陪，多喫幾盃喜酒。隨我這裏來。〔悟空、悟能、悟淨白〕感謝感謝！〔内奏樂，仝作遶場科。場上設桌椅，各入桌坐科。傳宣官作送酒，悟能發諢科。仝唱〕

【正宮正曲·雁過聲】春光(韻)，花舒枝放(韻)，御園裏開筵捧觴(韻)。只怕良宵夢醒銷金帳(韻)，山萬疊、樹千行(韻)，還要去拜佛燒香(韻)。〔傳宣官白〕那貴人在我國中呵，〔唱合〕寓公人盡仰(韻)〔白〕倘若去了的時節，〔唱〕好似客星遠泛銀河上(韻)，使我盼着仙槎勞夢想(韻)。〔悟能作醉態科，白〕各位再請！悟能是喫不得了。〔唱〕

【正宮正曲·小桃紅】可就是雲璈響(韻)，可就是飛瓊唱(韻)。鶯歌燕舞層樓上(韻)，聞之不覺心頭癢(韻)。〔白〕師傅，你好快樂也！想是他們呵，〔唱合〕喜筵花燭輕難放(韻)，還要向粉龐兒重認何郎(韻)。〔白〕好快活！〔仝作出席科。悟空白〕八戒一些規矩也沒有，倘惱了國王，怎麽處！〔悟能白〕無事，不妨。常言道，駡不斷的隣，打不斷的親。國王正是我的親家，决不計較。〔悟空白〕還要多嘴！一發可惡！〔作欲打，傳宣官虛白勸科，作遶場，悟能發諢，引傳宣官白〕已到館驛，三位請便。下官覆旨去也。〔從壽臺上場門下。悟空、悟淨虛白科，從壽臺下場門下。悟能白〕我猪八戒，多吃了幾盃喜酒，一時狂妄起來，受了師兄的腌臢。正是一件褊衫一幅巾，良宵賞遍内園春。師兄不許人常醉，待看師娘去會親。〔從壽臺下場門下〕

第十一齣　倚香閣狡兔言情（齊微韻）

〔小旦扮月妖，簪形，穿氅，從壽臺上場門上，唱〕

【南呂宫引·臨江梅】翠竹敲風篩影碎(韻)，驚殘香夢初回(韻)。畫眉人尚隔牆西(韻)，無限淒其(韻)，梁燕誰知(韻)。〔場上設椅，轉場坐科，白〕入河蟾不没，搗藥兔長生。妾身寄處深閨，意在速成正果。無奈情慾兩字，一時再丢不下。一自東土聖僧三藏，綵樓望見，驀地消魂，便擬尋歡，吉期有待。今日喜得宫女們都在外廂，不免把他的心事摹寫一番，也省我多愁悶。〔唱〕

【南呂宫正曲·紅納襖】我料他影孤單無所依(韻)，我料他意躊躕非得已(韻)。莫不是路長暗把歸心繫(韻)，客久思將渴病醫(韻)。〔白〕但只是我在天竺，他在東土，〔唱〕要相逢那有期(韻)？隔斷人千萬里(韻)。畢竟撮合姻緣(讀)，佛自留心(句)也(格)，因此上借皇家白馬騎(韻)。〔白〕不想一見之後，凡心頓起，慾火難禁，却是爲何？〔作想科，白〕是了！〔唱〕

【又一體】我愛他貌如連葉上欹(韻)，我愛他面如月花外依(韻)。雲翘只合聯珠髻(韻)，布衲偏宜裹畫衣㊇。木魚聲香閣遲㊇，剪刀聲經案起㊇。假若鳳枕鸞衾㊀些兒放出圓光㊁也㊂，照見我兩鴛鴦一處栖㊇。〔旦扮衆宫女，戴過梁額，穿宫衣，從壽臺上場門上，白〕國王有命，請公主到梳粧樓上去，作速加笄，以待吉時下拜。〔仝從壽臺下場門下〕

第十二齣　流蘇帳蜜蜂拆侶（齊微韻）

〔副扮悟空，戴悟空帽，穿悟空衣，帶數珠，從壽臺上場門上，白〕世間鬼魅從來有，天上神妖那得無。我師傅爲取經來此，喫了萬苦千辛。今忽遇天竺國王，招納爲壻，一時無奈，只得改換衣冠，住在內園。正要看他拜堂合卺，便知公主真假。誰料他立刻打發我們三人起身，其中必有緣故。我想師傅孤身在那裏，思量要見我一面，何異登天？爲此千思萬想，没有一條計策。〔作想科，白〕有了！今日要見我師傅，除非變做蜜蜂兒，飛近身去，便知端的。願教粉蝶堪爲使，莫道遊蜂不識機。〔從壽臺下場門下。雜扮衆太監，各戴太監帽，穿貼裏衣，繫絲縧，執儀仗。雜扮傳宣官、陰陽官，各戴紗帽，穿圓領，束帶。引生扮唐僧，戴紗帽，穿蟒，束帶，從壽臺上場門上。傳宣官白〕已是內園門首，掌禮官念起詩賦，請貴人結花燭。〔陰陽官應科，白〕伏以小桃紅接綺羅香，燈月交輝玉漏長。今夜滿園春色好，迎仙客唱賀新郎。奉請新貴人，抬身緩步，請行。〔內奏樂科。陰陽官白〕伏以嬾畫眉時夢醒餘，兩行粉黛柳穿魚。玉芙蓉映多嬌面，八寶裝成顆顆珠。奉請新貴人，抬身緩步，請行。〔內奏樂科。二宮旦扮衆宮女，各戴過梁額，穿宮衣。作扶小旦扮月妖，戴鳳冠，簪形，搭蓋頭，穿蟒，束帶，從壽臺上場門上。二宮女作推唐僧仝月妖拜天地科。四小太監、一大太監從壽臺上場門上，白〕國王有命，明日相見。侍女們花燈鼓樂，送入洞房。〔作引陰陽官從壽臺下場門下。內奏樂科。衆太監持燈作送唐僧、月妖入洞房。衆宮女與唐僧、月妖換氅。場上設床帳、桌椅，各坐科。衆太監、宮女各從壽臺兩場門下。唐僧唱〕

【南呂宮正曲・大聖樂】難明這人事人非（韻），拶逼得岫雲心因風繫（韻）。難道是革囊盛血來調戲（韻），怎天女試沙彌（韻）。〔白〕我玄奘，唯有佛在心頭，一念不動。〔唱〕要把心猿拿住難容走（句），意馬拴牢不放馳（韻）。〔白〕悟空嗄！怎的不來看我？〔唱合〕把人拋棄（韻），只想那空空色色（句），心經牢記（韻）。〔天井內下蜜蜂飛科。月妖白〕看燈底下有個蜜蜂來也。也罷，待我驅逐他去，恐傷玉體。〔作將扇搧蜂科，白〕呀，忽然不見了。〔作近唐僧身科，唱〕

【南呂宮正曲・節節高】恩情兩下宜（韻），效于飛（韻），春風不覺兜人意（韻）。〔白〕貴人睡罷。〔唱〕寬魚佩（韻），解蝶衣（韻）。紅燈底（韻），〔作將手撫唐僧肩科，唱〕我與你鸞顛鳳倒鴛鴦被（韻），輕狂柳絮情無異（韻）。〔白〕貴人來。〔唐僧白〕阿彌陀佛！〔月妖白〕貴人來。〔唱合〕只恐星稀月又斜（句），聽來牆外鷄啼矣（韻）。〔悟空從帳內上，虛白，作揪住月妖科。月妖白〕呀！不好了！問你從何處來的？〔悟空白〕妖怪，你一陣陰風將國王的親生公主攝去，也儘彀了，還要騙我師傅，若不打死你，也不見老孫的手段！〔作持棒。月妖脱氅，從壽臺下場門下。悟空追下。唐僧白〕你看悟空與妖怪，殺上雲頭去了。〔衆太監、宮女仝從壽臺上場門上，白〕曉籌將報，明星已稀，爲何房內喊殺連天，特來問個端的。〔作進門見科，白〕貴人在此，如何不見了公主娘娘？〔唐僧白〕你們不必驚疑。這位公主並非你國王親生女兒，乃是妖魔假托，被我大徒弟變個蜜蜂，逗入房内，識破真假，一時躲閃不及，卸下衣粧，殺上雲頭去了。少不得擒到國王跟前，人家看見。〔衆太監、宫女白〕貴人這個既是假的，那真公主却在那裏？〔唐僧白〕自然有個着落。前日恐漏消息，勉强應承。〔作除冠帶、换釋家衣帽科，白〕今日打破關頭，還我本來面目。你們將烏紗蟒服繳還了國王，你們送我到寺中去，待我徒弟降伏了妖魔，再做道理。〔衆太監應科。衆宫女捧紗帽、袍帶科，白〕那知春夢醒，飯熟已多時。〔從壽臺下場門下。一太監送寺中科，唐僧唱〕

【尾聲】從今始得西來意㊅，看出水蓮花不污泥㊅，早難道拜佛求經未有期㊅。〔大太監引唐僧從壽臺下場門下〕

壬下

第十三齣　兔窟蕩平返月殿（東鐘韻）

〔雜扮月妖原形，戴兔形，穿採蓮襖，持杵，從仙樓門上，白〕我被孫行者識破機關，置身無地，又殺他不過，只得向西天門暫躲片時。〔悟空內白〕把守西天門的神將，攔住妖精，不要放走了！〔內作應科。月妖原形白〕只得捨死拚生，再與他抵敵一番。〔副扮悟空，戴悟空帽，穿悟空衣，帶數珠，持棒，從仙樓門上。月妖原形作見悟空科，急從地井内隱下。悟空白〕呀！我追妖精到此，只見他將身一晃，化道金光，竟奔正南上去了，没處找尋，不免唤山神土地出來，問個明白。山神土地那裏？〔雜扮山神、土地，各隨意扮，從壽臺上場門上，白〕巨斧開山岳，殘香冷廟堂。〔作見科，白〕山神、土地不知大聖遠臨，有失迎接，萬望恕罪。〔悟空白〕我問你，這山唤作甚麽山？有多少妖精？〔山神、土地白〕唤做毛穎山，從古到今，没有妖精出入的。〔悟空白〕方纔有一妖怪，我從西天門趕來，如何反説没有？〔山神、土地白〕正南方只有三個窟宅，請大聖自去尋看。〔悟空白〕在那裏？仝去看來。〔山神、土地作引悟空遶場科，白〕這裏來。此處是一窟，這又是一窟，〔作復看科，白〕獨這一窟有塊大石頭把穴門攩住，必是妖精潛藏之所。〔悟空用棒掘科，白〕妖怪，快快跳將出來！〔月妖原形白〕山神、土地，我與你何讐，引他到此？好不恨殺人也！〔雜扮兔兒，穿兔衣，持杵，從地井内上，對敵科。山神、土地從壽臺下場門下。悟空作追兔兒將棒欲打科。旦扮太陰星君，戴鳳冠，穿蟒，束帶，從雲兜内下，白〕孫大聖不要動手！棒下留情！〔唱〕雲雨巫山何曾夢(韻)。〔太陰星君白〕大聖如何得到内房，識破他呢？〔悟空唱〕變蜜蜂逗入窺窗縫(韻)，露出真形驚恐(韻)。〔合〕因此趕近天門(句)，守在株邊莫縱(韻)。〔白〕我師傅不受他作弄，也罷了，還可饒他。只是天竺國公主，與他何讐，將他無端攝去，這罪還當作何處置？〔太陰星君白〕大聖不知，天竺國公主原是蟾宫素娥，十八年前曾把玉兔打了一掌，就思凡下降，投胎托生。今攝他遠去，報一掌之公案。那天竺國公主，就煩大聖回去奏明國王，接他回去便了。〔悟空笑科，白〕既有這段緣故，老孫也不敢再說。〔太陰星君白〕大聖請了。〔悟空從壽臺下場門下。太陰星君唱〕

【尾聲】玄霜搗勝調鉛汞(韻)，常守清虛丹桂叢(韻)。從此洗滌凡心色是空(韻)。〔從雲兜内上〕

第十四齣　花宮寧迓復金閨（尤侯韻）

〔外扮長老，戴僧帽，穿僧衣，繫絲縧，帶數珠，拄杖，從壽臺上場門上，白〕慈悲勝念千聲佛，造惡徒燒萬炷香。老僧自救了天竺國公主，前者唐僧東來，我見他徒弟孫悟空，神通廣大，法力高强，十分諄囑，託他訪問根源，送歸公主。自他去了數日，不見回信，老僧好不挂懷也。正是苦海回頭雖是岸，迷津覓渡竟誰人。〔從壽臺下場門下。旦扮天竺國公主，穿衫，繫腰裙，從壽臺上場門上，唱〕

【雙調集曲·淘金令】【金字令】（首至六）離家別親(句)，瞬息光陰久(韻)。臨風淚潸(句)，似醉非關酒(韻)。〔白〕奴家天竺國公主，去歲侍親賞月，被一陣狂風攝到荒園。感激孤寺老僧慈悲，一日三飡，供養静室，雖幸保全節操，但未知何日得見雙親。〔作哭科，白〕天那！〔唱〕一定是宿世冤愆(句)，決不是數奇不偶(韻)。【五馬江兒水】（八至末）夢想撥雲見日(句)，苦海回頭(韻)，誰行爲撑蓮葉舟(韻)。〔從壽臺下場門下。副扮悟空，戴悟空帽，穿悟空衣，帶數珠，從壽臺上場門上，白〕欲傳閨閣回歸信，急聳雲頭特地來。〔作到科，白〕師傅、長老那裏？〔生扮唐僧，戴僧帽，穿僧衣，繫絲縧，帶數珠。丑扮悟能，戴僧帽，紥金箍，猪嘴切末，穿悟能衣，帶數珠。雜扮悟淨，戴僧帽，紥金箍，穿悟淨衣，帶數珠。長老從壽臺下場門上，作相見科。〔唐僧白〕徒弟回來了。〔長老白〕原來是大聖到了。〔唐僧白〕公主之事，可有着落否？〔悟空白〕這公主原是月宮素娥，十八年前打了玉兔一掌，玉兔懷恨，見他托生天竺國，那玉兔即於中秋夜，起陣狂風，負公主拋棄於此，他却幻作公主，綵樓招婿，被我看破行藏，追至毛穎山，被太陰星君解救，隨把那素娥一段緣由，已經明白點破，即刻就有人來迎接了。〔唐僧白〕原來有這段因果。〔悟空白〕公主呢？〔長老白〕仍在空房。〔悟空唱〕將門啟也(句)，説與緣由(韻)。使他兩載分離(句)，一時聚首(韻)。〔長老白〕阿彌陀佛！多謝大聖慈悲。徒弟們那裏？〔唐僧、悟空從壽臺下場門下。雜扮衆和尚，戴僧帽，穿僧衣，繫絲絛，帶數珠，從壽臺上場門上，白〕一句彌陀佛，萬慮盡皆空。師傅有何吩咐？〔長老白〕孫大聖已將天竺國公主始末備陳千歲，少停有人奉迎，你們須索準備。〔衆和尚白〕曉得。〔各虛白，仝從壽臺下場門下。雜扮衆太監，各戴太監帽，穿貼裏衣，繫絲絛，帶數珠，執儀仗。旦扮衆宮女，各戴過梁額，穿宮衣，捧鳳冠、蟒帶。雜扮推輦太監，戴太監帽，穿箭袖，繫肚囊，推輦。雜扮老太監，戴大太監帽，穿蟒，束帶，帶數珠，持拂塵。雜扮文武官，戴紗帽，穿圓領，束帶，仝從壽臺上場門上，唱〕

【雙調正曲·朝元令】前生記讐(韻)，報復難禁受(韻)。今生罷休(韻)，聚會重相覯(韻)。〔長老仝從壽臺下場門上，作迎進科。大太監白〕公主如今在那裏？〔長老白〕就在此空房内。〔作向宮女科，白〕衆女菩薩請到裏面去，與公主更衣。〔衆宮女從壽臺下場門下。衆宮女引公主戴鳳冠，穿蟒，束帶，從壽臺下場門上，唱〕只道埋没青年(句)，永辭白首(韻)，豈料瞻依還有(韻)。前日個珠淚交流(韻)，宮闕似疑天上頭(韻)，雲髻髮颸颸(韻)，花容膏沐休(韻)。〔唱合〕拋離既久(韻)，虧得是老僧垂救(韻)，老僧垂救(疊)。〔長老白〕公主呵，〔唱〕

【又一體】災星輻輳(韻)，其中不自由(韻)。玉葉感天庥(韻)，金枝苑外留(韻)。〔白〕老衲呵，〔唱〕不過慈悲一念頭(韻)。〔公主白〕長老請上，受我一拜。〔作拜科，唱〕仞佩生全不朽(韻)，拜謝長老深恩(句)，青蠅白壁終日守(韻)。感德勝山丘(韻)，香花供養稠(韻)。〔大太監白〕請公主登輿。〔公主作乘輦科，長老作送科，從壽臺下場門下。衆太監、宮女作遶場科，仝唱合〕廣寒兔走(韻)，幸早把妙因參透(韻)，妙因參透(疊)。〔從壽臺下場門下〕

第十五齣　殛蟒蛇行者除魔（東鍾韻）

〔雜扮蛇精，戴竪髮，紥靠，持棍，從地井内上，跳舞科，白〕一穴鑽成作宅家，驚看簸土會揚沙。常山首尾俱能應，赤帝當權未敢拿。吾乃柿子山大鱗蟒蛇是也。眼閃曉星，口吞朝露，密密牙排鋼劍，彎彎爪曲金鈎。頭戴一條肉角，好似千千塊瑪瑙攢成；身披盡是紅鱗，却如萬萬片胭脂砌就。大不大，兩邊人不見東西；長不長，一座山跨占南北。在此三年，不知傷害了多少生靈，這也不在話下。今日地方請了法官，啟建道場，要請天將拿我。我想甚麽天將拿得我動？少刻待他上壇，噴一口毒氣，使他昏暈在地，略略顯些手段，以後地方，再不敢驚動我了。〔唱〕

【仙吕宫正曲·皂羅袍】家住山崖深洞(韻)，俺勢能吞象(讀)、氣便噴虹(韻)。潛若成蛟我何庸(韻)，大而爲蟒人休弄(韻)。〔白〕想我盤踞此山，也要防身長策。〔唱合〕撩蜂剔蠍(句)，連横合縱(韻)，奔狐馳兔(句)，遠交近攻(韻)。〔白〕今日這道士呵！〔唱〕管教他螣蛇入口腰身痛(韻)。〔從壽臺下場門下。場上設法壇科。雜扮衆道士，各戴道士帽，穿道衣，持法器。引丑扮法官，戴道冠，穿法衣，執笏，仝從壽臺上場門上，白〕早上朝真齊備素，晚間謝將大開葷。吾乃法官是也。今爲柿子山出了妖怪，地方人等啟建道場，請我前去降妖。徒弟，我們就此發符便了。〔作打法器，法官作扎罡步斗，畢，上壇擊令牌科，白〕一擊天清，二擊地靈，三擊五雷，速現真形。天圓地方，律令九章，金牌響處，萬鬼潛藏。〔作噴水科，白〕一噀如霜，二噀如雪，三噀之後，百邪皆滅。〔作仗劒科，白〕老君賜我驅邪劒，離火煆成經百煉。出匣紛紛霜雪寒，入手輝輝星斗現。奉請東方青帝青神、南方赤帝赤神、西方白帝白神、北方黑帝黑神、中央金帝金神，俱啣符背劒，入吾水中。又請當日功曹、值日神將，遠至壇前，吾奉太上老君急急如律令勑！〔唱〕

【又一體】紫府清都高聳（韻），着黃冠野服（讀）道骨仙風（韻）。神像懸來紫霄宮（韻），醮壇設向華陽洞（韻）。〔合〕雷公電母（句），休得放鬆（韻）。雨師風伯（句），莫教落空（韻）。令牌一擊神驚動（韻）。〔蛇精持葫蘆，從壽臺上場門暗上，作放烟揪法官下壇科，蛇精從地井内下。衆道士叫科，白〕不好了！我師傅被妖怪驚死了！衆齋主們快來救命！〔副扮悟空，戴悟空帽，穿悟空衣，從壽臺上場門上，白〕我孫悟空奉師傅之命，前來探路。〔作見科，白〕你們爲何在此叫喊？〔衆道士跪求科，白〕我師傅被妖怪驚死，求佛爺救命！〔悟空白〕你們且不必驚謊，快快扶了你師傅進去，那妖怪待老孫拿來便了。〔衆道士應科，作擡法官，從壽臺下場門下。悟空作持棒遶場望科，白〕此間有一山洞，妖怪必然躲在裏面，不免將金箍棒一直搠將進去，看他怎生光景。潑怪快些出來受死！〔蛇精從地井内上，作見科，白〕適纔道士已喪吾手，何況你一個禿子，正好納命。〔悟空白〕不必閒講，看棒！〔作對敵科，悟空唱〕

【又一體】一棒手中操縱(韻)，賽書符捏訣(讀)多少神通(韻)。〔白〕道士呵，〔唱〕火煉丹砂未成功(韻)，〔白〕我老孫呵，〔唱〕金箍鐵棒方能用(韻)。〔作打死蛇精，從地井内下，地井内現蛇形，悟空看科，白〕原來是條蟒蛇。〔唱合〕抵多少翻江攪海(句)，猙獰毒龍(韻)，巴山撼嶺(韻)，斑斕大蟲(韻)。捕蛇説任人争誦(韻)。〔雜扮衆鄉民，戴氊帽，穿道袍，從壽臺上場門上，白〕聞得孫悟空師傅，拿了妖精，特來叩謝。〔作見蛇精科，悟空白〕列位不要害怕。蛇已被我打死，你們這裏人，便好放心居住了。〔衆鄉民虚白，作拜謝科，唱〕

【又一體】恩德如天高迥(韻)，使山農野老(讀)盡荷帡幪(韻)。趨吉而今不逢凶(韻)，生歡嗣後多消恐(韻)。〔悟空白〕這都是列位誠心所感，我老孫何功之有？衆街坊過來，將這蛇妖擡了去。〔衆鄉民白〕曉得了。〔悟空從壽臺上場門下。衆鄉民作抬蛇形科，白〕這一條大蟒蛇剥了皮，有幾百面鼓綳哩。好造化！〔唱合〕望門投宿(句)，欣逢遠公(韻)。拿妖捉怪(句)，幸得法翁(韻)。家家願塑金身供(韻)。〔各虚白，仝從壽臺下場門下〕

第十六齣　清穢污悟能開道（庚青韻）

〔丑扮悟能，戴䏭腦，猪嘴切末，穿猪衣，從壽臺上場門上，作遶場拱科，白〕具力五丁山可鑿，現身一亥道能通。自家猪八戒是也。前者我悟空師兄除了蛇妖之後，師傅作別衆人，就要起身。這裏人説有個七絶山，别名稀屎衕衕，山上的柿子落將下來，將夾石衕衕填滿，更兼臭味難聞，教我師傅怎生行走？我老猪爲此發心，現出原身，拱開一條大路。但是十分費力，肚中未免饑餓，虧得本地居民，日備酒飯送來，只要肚子吃得飽，還有甚麽繁難？如今將次功成八九了，不免用力開完，好送師傅過去。〔作遶場拱科，唱〕

【仙呂宫正曲·香柳娘】望山神助靈(韻)，望山神助靈(疊)。巍巍高嶺(韻)，泥塗開出清虚境(韻)。看猪身現形(韻)，看猪身現形(疊)。猿臂少支撑(韻)，熊腰硬扎掙(韻)。〔作虚白發諢科，唱合〕這腌臢穢腥(韻)，這腌臢穢腥(疊)，少不得一一層層(韻)自然潔淨(韻)。〔作拱科，從壽臺下場門下。雜扮衆鄉民，各戴氈帽，穿道袍，挑酒飯，從壽臺上場門上，白〕糟丘既飽遼東豕，池酒還淹西竺僧。我等柿子山鄉民便是。我們這裏七絶山，有八百里之遥，滿山多虎豹狼蟲，遍地有魍魎魑魅，所以阻絶行人，難得過去。且喜從東土大唐國來了四位聖僧，要往西天拜佛求經，來到我每這稀屎衕衕。前日悟空師傅替我們除了蛇妖，他師徒便欲過此山，我等對他說，此山難過，將情由說知。內中有一位猪師傅，說要拱開此山，好往西天求經。此山若開了，也是我們這一方人的造化。因此我等特來送酒飯與猪師傅吃。不知山徑開往那一條路了，不免叫喚一聲。〔作叫科，白〕猪師傅在那裏？我們送酒飯在此。〔悟能從下場門上，白〕多謝了。〔鄉民白〕師傅，〔唱〕

【又一體】具餚馨酒清㊀韻，具餚馨酒清㊀疊，遠來申敬㊀韻。〔悟能白〕這却難爲你們了。有多少酒飯在此？〔鄉民白〕一石米做的酒，二石米煮的飯，可彀你吃麽？〔悟能白〕待我吃與你們看。〔作提桶喫酒飯科。鄉民作驚科，白〕竟喫這許多！〔唱〕狼吞虎嚥幾無膹㊀韻！〔悟能白〕這些酒飯喫下肚去，纔覺有幾分力氣哩。〔鄉民唱〕止蔬食菜羹㊀韻，止蔬食菜羹㊀疊，豕腹笑膨脝㊀韻，佯腸喜僥倖㊀韻。〔作望科，白〕果然把八百里山路，不消幾日功夫，就開通了。這也奇怪！〔唱合〕喜崎嶇漸平㊀韻，喜崎嶇漸平㊀疊！併食兼程㊀韻，一時乘興㊀韻。〔悟能白〕又要衆位這等費心，教老猪連日打攪，却也不當。但是把這許多的稀屎，澆在田裏，肥而又肥，壯而又壯，你們好大造化，定是十倍收成。〔鄉民白〕這也是叨你猪師傅的厚惠。恐怕你撒不得這許多來肥田，爲此先有這稀屎替代。〔悟能白〕好說。〔唱〕

【又一體】感諸君盛情㊀韻，感諸君盛情㊀疊，開通山徑㊀韻。〔白〕只是我老猪呵，〔唱〕別無欄外糠糟剩(韻)，只屎能助耕(韻)，只屎能助耕(疊)。未去上西天(句)，先來解東圊(韻)。〔白〕不好了！我又要發作猪圈病起來了。〔唱合〕叫剛鬣一聲(韻)，叫剛鬣一聲(疊)，答應輕輕(韻)，怕發作猪圈兒病(韻)。〔白〕道猶未了，你看俺師傅仝老者蚤出來也。〔雜扮老者，戴巾，穿道袍。副扮悟空，戴悟空帽，穿悟空衣，帶數珠。雜扮悟淨，戴僧帽，紥金箍，穿悟淨衣，帶數珠。引生扮唐僧，戴僧帽，穿僧衣，繫絲縧，從壽臺上場門上，白〕從前渣滓隨風去，此日清虚逐日來。八戒你果有本事，拱開山路，使我平坦過去。這一場是你頭功也。〔唱〕

【又一體】虧吾徒悟能(韻)，虧吾徒悟能(疊)，别開佳境(韻)。〔老者、衆鄉民唱〕游行掉臂歡心稱(韻)。〔白〕此番難得聖僧來到我家居住，致使高徒各顯手段，鄉民五百餘家，俱感賢師徒再造之恩也。〔唐僧白〕不敢。〔老者、衆鄉民唱〕喜機緣凑成(韻)，喜機緣凑成(疊)。豖彘也留名(韻)，荆榛免作梗(韻)。〔合〕出愚衷至誠(韻)，出愚衷至誠(疊)。一境清寧(韻)，千人欣幸(韻)。〔仝從壽臺下場門下〕

第十七齣　暴沙亭公子投師（江陽韻）

〔雜扮衆内侍，各戴太監帽，穿貼裏衣，繫絲絛，帶數珠。引生扮玉華國王，戴王帽，穿蟒，束帶，從壽臺上場門上，唱〕

【黄鐘宮引・點絳唇前】天竺宗支(句)，玉華基址(句)，襟懷爽(韻)，戡空塵網(韻)，日把金經講(韻)。〔場上設桌椅，轉場入桌坐科，白〕寡人乃玉華國王是也。天竺分支，修齋奉佛。昨日有個大唐禪師，路經本治，地主之情，不可缺略，早已送至館驛中安歇。今日命光禄寺整備豆蔬，請來少叙。雖無香積之厨，聊當伊蒲之供。内侍每，素齋可曾完備麽？〔内侍白〕完備多時了。〔國王白〕就請大唐聖僧，進宮相會。〔内侍作應、向内請科。生扮唐僧，戴僧帽，穿僧衣，繫絲絛，帶數珠，從壽臺上場門上，白〕普仝一切恒沙衆，盡入如來法慧門。東土大唐差來，大雷音拜佛取經，今到貴國，特來朝參千歲。〔國王白〕長老到此，約有多少路程？〔唐僧白〕十萬餘里。〔國王白〕行了幾時？〔唐僧白〕千歲聽禀。〔唱〕

【黄鐘宮集曲・畫眉姐姐】【畫眉序】（首至合）回首路途長(韻)，十數年來説非謊(韻)。〔國王白〕經過十餘載寒暑，可謂久矣。〔唐僧唱〕這花香鳥語(讀)、水色山光(韻)，何曾有一處相仝(句)，恐怕是人間天上(韻)。〔國王白〕正是呢。〔唐僧唱〕【好姐姐】（合至末）增惆悵(韻)，幸喜賢王憐飄蕩(韻)，不放瞿曇困異鄉(韻)。〔國王白〕內侍吩咐擺齋。〔內侍應科。唐僧白〕貧僧有一言上稟：小徒三個在外朝等候起程，不及領齋(韻)。〔國王白〕既是這等，何不請進一仝用齋，長老萬勿過却。內侍快請長老三位令徒，進宮用齋。〔內侍作出門請科，白〕大唐取經的僧人，千歲請去用齋。〔副扮悟空，戴悟空帽，穿悟空衣，帶數珠。丑扮悟能，戴僧帽，紮金箍，猪嘴切末，穿悟能衣，帶數珠。雜扮悟淨，戴僧帽，紮金箍，穿悟淨衣，帶數珠，仝從壽臺上場門上，白〕來也。〔內侍作見驚科。悟空、悟能、悟淨虛白，作進門參見科，白〕國王稽首。〔國王作見驚科，唱〕

【黃鐘宮集曲·啄木鸝】【啄木兒】（首至合）真好怪(句)，須忖量(韻)，獸面人心太古上(韻)。〔唐僧白〕愚徒三個貌醜心慈，千歲休得害怕。〔國王唱〕他恃着豹眼獠牙(句)，那怕我劍戟刀鎗(韻)，全然不是僧模樣(韻)，禮文晉接何麄莽(韻)。【黃鶯兒】（合至末）性强梁(韻)，知機當避(句)，筵席慢鋪張(韻)。〔唐僧白〕貧僧一時失口，有累千歲驚惶，負罪非淺。徒弟們都出去，不許進來。〔悟空、悟能、悟淨應科，作出門科，國王白〕長老，我見你一表人才，畢竟有好徒弟跟隨，誰想奔入宮來，頓使我十分害怕。此時心摇目眩，不得奉陪了。內侍移席到暴沙亭上去，師徒一仝用齋罷。〔內侍應科。唐僧白〕多謝千歲。愚徒驚寶座，負罪百千端。〔內侍引唐僧、悟空、悟能、悟淨從壽臺下場門下。雜扮三公子，各戴紫金冠，紮額，穿箭袖排穗，從壽臺上場門上，白〕宫裏何喧鬧，飛跑急向前。〔作進門見科，白〕請問父王，今日容顏頓改，却是爲何？〔國王白〕不要說起！　適有東土大唐差來取經和尚，見他相貌非常，留他用齋，說有徒弟在宫外，即命傳進，竟不知一些規矩，見我只打個問訊，心上有些不快。　及抬頭看時，一個個都是妖魔，不覺容顏改色。〔三公子白〕父王不必害怕。　我等兄弟三人，掄鎗使棒，件件皆能，就往暴沙亭上，乘他吃齋未完，與他三個孽畜分個勝負，也息了父王這點怒氣。〔國王白〕看你本事如何，由你便了。〔從壽臺下場門下。三公子白〕左右取兵器過來。〔内侍應科。三公子各執兵器作行科，白〕忙行渾似箭，已到暴沙亭。　三個孽畜那裏？〔悟空、悟能、悟淨各持棒、鈀、鏟，從壽臺下場門上，白〕說來尋着我，相對不饒人。〔作見科，白〕三位公子，手拏着兵器，可是與我們厮鬧麽？〔三公子白〕正是。〔悟空、悟能、悟淨作笑科，白〕爾等有何本領，敢來與我們爭鬭？〔三公子白〕任你說得天花亂墜，縱是無憑，不如拿棍棒細演一回，方信你們的手段。〔悟空、悟能、悟淨白〕三位公子不信，待我們舞與你看。〔作舞勢科，唱〕

【黄鐘宫集曲・滴溜神杖】【滴溜子】（首至四）冲霄漢(句)，冲霄漢(格)，罩來電光(韻)。　驚人的(句)，驚人的(格)，十分光晃(韻)。【神杖兒】（五至末）有誰(讀)敢來阻擋(韻)，你負嵎休逞(讀)這些無狀(韻)。　雙臂挺是螳螂(韻)，雙臂挺是螳螂(疊)。〔三公子白〕妙嘎！　一個個技藝出奇，真個神師，我等實是心服，情願拜爲師傅，望乞收留，傳授技藝。〔作舞科，唱〕

【黃鐘宮集曲・滴金樓】【滴滴金】（首至合）尊師重傳非虛誑（韻），敢把英雄還自獎（韻）。逞奢豪誤了年方壯（韻），悔從前（句），空放浪（韻）。沉吟細想（韻），願神師恕吾都魍魎（韻）。〔白〕師傅你若盡心教我的時節，〔唱〕【下小樓】（合至末）願吃（讀）當頭一棒（讀），勝別人無數高强（韻）。〔悟空白〕三位公子，你中心悦服，我等自當傳授。〔三公子白〕多謝師傅。請問師傅們的兵器，有多少重？〔悟空白〕如此你試一試。〔各遞兵器科，三公子作抬不起。悟空白〕你再試一試。〔三公子作接兵器科，白〕如何恁輕？〔悟空白〕我們兵器，可輕可重，可長可短，可小可大，是變化不測的東西。〔三公子白〕求師傅借與弟子做個樣兒，連夜造成，送還師傅。〔悟空白〕如今是一家人了，拏去。〔內侍、三公子仝作抬兵器科，白〕好一件重東西！壓死我也。〔從壽臺下場門下。悟空白〕你看他們掮了這東西，氣喘吁吁的回去了。〔內作風響科，悟能白〕呀，爲甚的狂風刮地，走石飛沙？〔內侍從壽臺上場門急上，白〕忙將怪異事，報與衆僧知。師傅們那裏？〔作見科，白〕不好了！那三般兵器，陡起一陣狂風，竟不見了。〔悟空白〕你可說與三位公子，我等自會尋得，不須挂念。〔內侍應科，從壽臺上場門下。悟能白〕師兄，我方纔看這風頭，有些怪氣。〔悟空白〕兄弟們，你兩個伴着師傅，住在暴沙亭，待我急去找尋。〔唱〕

【尾聲】無端添却心頭障（韻），〔悟能、悟淨唱〕任你施爲也沒處藏（韻）。〔悟空白〕倘或一時找尋不出，〔唱〕便走遍天涯也不妨（韻）。〔各從壽臺兩場門下〕

第十八齣　虎口洞悟空奪寶（齊微韻）

〔雜扮豺狼虎豹四精，各戴豺狼虎豹臚腦，軟紮扮，從簾子門上，作跳舞科，唱〕

【高大石調正曲·窣地錦襠】豺聲一吼怖狐狸(韻)，狼性貪婪不可醫(韻)，虎威更借翼而飛(韻)，〔合〕豹蔚金錢燦陸離(韻)。〔白〕我等都是豹頭山獅王麾下的爪牙，昨在玉華國攝取三件兵器，大王有令，要慶釘鈀勝會，須索差買辦、齊備猪羊則個。正是山中開大宴，世上採佳肴。〔仝從簾子門下。副扮悟空，戴悟空帽，穿悟空衣，帶數珠，從壽臺上場門上，唱〕

【仙呂宮隻曲·風入松】天開山色碧於溪(韻)，望雲頭十分深翠(韻)。我駕着空中觔斗平生技(韻)，悄隨風不知何地(韻)。〔白〕我悟空仝師傅西來，蒙玉華國王留宿館驛，三位公子借我們兵器做樣，忽遇妖風攝去。細訪城北有座豹頭山，多有妖怪，因此駕雲而來，探聽消息。〔唱合〕驀忽裏颼颼滿衣(韻)，堆落葉舞空飛(韻)。〔作望科。雜扮刁鑽古怪、古怪刁鑽，各戴鬼髮，穿箭袖卒褂，從洞門上，唱〕

【又一體】釘鈀嘉會宴親知(韻)，要我行帖兒傳遞(韻)。〔笑〕獅王久別猪羊味(韻)，這款待今非昔比(韻)。〔合〕及早到行家計議(韻)，須細揀瘦和肥(韻)。〔白〕我們乃豹頭山虎口洞獅王位下刁鑽古怪、古怪刁鑽是也。奉差到此，不免在樹下歇息一回。〔悟空作暗聽科，白〕朋友何來？〔刁鑽古怪、古怪刁鑽白〕下山去買些東西。〔悟空白〕買甚麽東西？〔刁鑽古怪、古怪刁鑽白〕買猪羊。〔悟空白〕買來何用？〔刁鑽古怪、古怪刁鑽白〕山主要做釘鈀會，遍請各山尊客，爲此發銀二十兩，着我等前來備辦牲口。〔悟空白〕朋友，我且問你，什麽叫做釘鈀會？〔唱〕

【又一體】這名頭料不是文期(韻)，莽滔滔筆尖游戲(韻)。莫不是抹牌擲色呈餘技(韻)？莫不是醉夜月南樓仝倚(韻)？〔合〕兀的這釘鈀字寄(韻)，説與我莫相欺(韻)。〔刁鑽古怪、古怪刁鑽白〕朋友，不瞞你説，我山主昨晚得了三般兵器，都是無價之寶，故此擇日開筵，慶釘鈀會。〔悟空白〕朋友，何不差遣別個，偏着你來？〔刁鑽古怪、古怪刁鑽唱〕

【又一體】只因我從來買辦不差遲(韻)，任山遥寧憚驅馳(韻)。〔悟空白〕何不央個人，替你走走？〔刁鑽古怪、古怪刁鑽唱〕爲事關財帛難央替(韻)，拚勞碌尋些微利(韻)。〔合〕况會似釘鈀有幾(韻)。〔白〕朋友，我要叮囑你，〔唱〕且莫向別人提(韻)。〔白〕閑談已久，別了罷。〔悟空白〕朋友，先請。咱家隨後就來。請了。〔悟空作打死刁鑽古怪、古怪刁鑽，從地井内下。悟空作取腰牌看科，白〕這兩名小妖，原來就叫刁鑽古怪、古怪刁鑽。那老妖精差他買辦牲口，併請各山妖怪赴釘鈀會。有了！我和八戒變做刁鑽古怪、古怪刁鑽，着沙和尚權當做販猪羊的客人，大家混入洞中，取了三件兵器回來，有何不可？小妖小妖，你把兵器須藏好，我是何人却漏風。〔從壽臺下場門下。雜扮衆小妖，各戴豎髮，穿箭袖卒褂。豺狼虎豹四精引淨扮黃獅精，戴黃獅膗腦，紥靠，襲氅，從簾子門上，白〕凜凜威風天地驚，豺狼虎豹盡隨行。世人問我爲何物，乃是金毛獅子精。〔場上設椅，轉場坐科，白〕咱家近日得了三件異寶，曾命古怪刁鑽、刁鑽古怪，買辦牲口，併請各山頭目四十餘位，做個釘鈀大會。小妖們，取金箍棒、降妖杖、九齒釘鈀來，供在廳上。〔衆小妖應科，向下抬兵器供桌上科。黃獅精白〕那猪羊可曾買到麽？〔衆小妖白〕買到了。〔黃獅精白〕喚他進來。〔小妖作應，遶場出洞門喚科。雜扮悟空化身，紥金箍，悟能化身，各戴鬼髮，穿箭袖卒褂。引雜扮悟淨化身，戴氈帽，穿道袍，繫搭包，從壽臺上場門上，各虛白。小妖作引進洞門遶場見科。黃獅精白〕古怪刁鑽、刁鑽古怪，你兩個幾時回來的？請的客呢？〔悟空化身、悟能化身白〕回來久了。各山頭目將次到齊，只是羊客人走了半日，肚中饑餓，求一頓飯喫喫，還要看看嘉會。〔黃獅精白〕既如此，喚那客人，就在此處用飯。〔作欲行又止科，白〕走來，對客人說，這二件寶貝，但容他看，不許着手。〔悟空化身白〕曉得。客人，三件寶貝，但容你看，不許動手。〔黃獅精從簾子門下。從小妖、豺狼虎豹四精各隨下。悟淨化身白〕這是我的東西，反不許我着手，豈有此理！〔各從地井内隱下。悟空。丑扮悟能，戴僧帽，紥金箍，猪嘴切末，穿悟能衣，帶數珠。雜扮悟淨，戴僧帽，紥金箍，穿悟淨衣，帶數珠，各從地井内上，各虛白，作取兵器遶場出洞門科。黃獅精脱氅，持兵器，從洞門追上，白〕你等是何人，敢弄虛脾，刼我的寶貝麽？〔悟空、悟能、悟淨白〕你這賊毛團，不認得我們麽？我們乃東土聖僧唐三藏的徒弟，因到玉華國府中，三位公子拜我們爲師，學習武藝，借我們三般兵器，照樣打

造，被你這賊毛團偷去，到説我們弄虛脾，刼你的寶貝。不要走！就把這三件家伙奉承幾下。〔作對敵科。黄獅精唱〕

【南吕宫正曲·東甌令】那騷和尚(句)，罪當滅(韻)，死在須臾心快絶(韻)。刀鎗密佈明如雪(韻)，伊插翅難飛越(韻)。〔合〕急些降我免饒舌(韻)，莫待頸流血(韻)。〔作對敵科。悟空、悟能、悟淨唱〕

【又一體】堪嘲笑(句)，這妖孽(韻)，鼠竊瞞心真詭譎(韻)。金箍寶杖釘鈀列(韻)，還舊主何須説(韻)。〔合〕雌雄若要當場决(韻)，看取手中鐵(韻)。〔作對敵科。豺狼虎豹四精各持兵器，從洞門冲上，作截戰科。悟空、悟能、悟淨作打死豺狼虎豹四精，從地井内下。黄獅精從壽臺上場門逃下。悟能白〕你看獅精向東南巽方飛走去了，待我趕上前去。〔悟空白〕自古道，窮寇不追。放他去罷，我等只要絶他的歸路，一面放起火來，一面將死的大小妖精，帶回玉華國去，却不是好。〔悟能白〕説得有理。〔仝作放火科。衆小妖從洞門上作奔跌科。悟空、悟能、悟淨作打死衆小妖，從壽臺兩場門下。悟空、悟能、悟淨作取各樣妖形科，唱〕

【南吕宫正曲·劉潑帽】你看虎狼兕豹齊遭刼(韻)，喜乍死肉未乾癟(韻)，挑歸始信山中孽(韻)。〔合〕早已消滅(韻)，纔得個心寧貼(韻)。〔從壽臺下場門下。雜扮三公子，各戴紫金冠，紥額，穿箭袖排穗，從壽臺上場門上，唱〕

【又一體】輕身直入妖魔穴(韻)，果是個世上豪傑(韻)。捷音耳聽心寧怯(韻)。〔悟空、悟能、悟淨仝從壽臺上場門上，唱合〕鵲噪不絶(韻)，喜奏捷笳鼓遥相接(韻)。〔作進門見科。三公子白〕師傅兵器到手，得勝無疑，這些是甚麽東西？〔悟空白〕這是豺狼虎豹、鹿馬猪羊，都是妖怪，被我們打得一個不留。只有獅精，逃入巽方乘風而去。〔三公子白〕三位師傅好一場厮殺也！實爲我國除害，我等合當拜謝。請三位師傅，仝到暴沙亭上，報與聖僧、父王知道，然後擺席酬勞。〔唱〕

【尾聲】謝大師將妖滅㊊，豹頭洞口今安貼㊊。且與你共上城頭看月斜㊊。〔仝從壽臺下場門下〕

第十九齣　白澤橫行玉華國（歌戈韻）

〔淨扮黃獅精，戴黃獅⿰月盍腦，紮靠，持兵器，從簾子門上，白〕敗北圖南氣未降，今朝重整戰袍黃。咸陽一炬家何在，恐怕猿聞也斷腸。俺自從離了虎口洞，奔到九節山，承祖翁九靈元聖留住，千思萬想，別無計策，只得聳動祖翁，招集狻猊獅、白澤獅、伏狸獅、博象獅、猱獅、雪獅、黑獅，前往玉華國，隨機應變，報此讐恨。道猶未了，祖翁和衆兄弟前來也。〔雜扮小妖，引雜扮七小獅精上，跳舞一回。九頭獅精從簾子門上，唱〕

【仙呂宮正曲·六幺令】鈎牙玉爪(韻)，眼懸星氣踸雲霄(韻)。今朝怒發赤霜毫(韻)，逞法力(讀)、肆怱休(韻)，這回要把冤仇報(韻)，這回要把冤仇報(疊)。〔黃獅精白〕祖翁在上，孫兒叅拜。〔九頭獅精白〕罷了。衆孫兒，今日老黃請我們去替他報仇，我們就此前去。〔七小獅精白〕謹遵祖翁鈞旨。〔九頭獅精白〕黃孩兒，你就一面前行，爲先鋒罷。〔黃獅精白〕得令。衆小妖，就此出洞，殺到玉華國去！〔小妖應科，作出洞科，仝唱〕

【仙呂宮正曲·江兒水】一隊朱旗遶(韻)，衝鋒勅小妖(韻)，三軍司命寶幢好(韻)。把玉華父子都擒捉(韻)，看唐僧師弟何方跑(韻)。大肆一番騷擾(韻)，得勝回來(句)，纔顯得九靈神妙(韻)。〔仝作遶場科，從壽臺下場門下。雜扮衆官員、百姓、僧道，各隨意扮，從壽臺上場門上，作驚竄喧嚷，從壽臺兩場門隨意諢下。生扮玉華國王，戴王帽，穿蟒，束帶。生扮唐僧，戴僧帽，穿僧衣，繫絲縧，帶數珠。丑扮悟能，戴僧帽，紮金箍，猪嘴切末，穿悟能衣，帶數珠，持鈀。雜扮三公子，各戴紫金冠，紮額，穿箭袖排穗。雜扮衆内侍，各戴太監帽，穿貼裏衣，繫絲縧，仝從壽臺上場門上，作亂跌科。衆内侍從壽臺下場門逃下。九頭獅領衆獅子從壽臺上場門上，作攝玉華國王、唐僧、悟能、三公子，仝從壽臺下場門下。副扮悟空，戴悟空帽，穿悟空衣，帶數珠，持棒。雜扮悟淨，戴僧帽，紮金箍，穿悟淨衣，帶數珠，持鏟，作迎黄獅精從壽臺上場門上，作對敵科，黄獅精從壽臺下場門敗下。悟空白〕沙兄弟，我與你惹出這場大禍，你在此打聽師傅消息，我如今求太乙天尊去便了。〔各從壽臺兩場門分下〕

第二十齣　蒼旻求救妙巖宮（魚模韻）

〔雜扮衆天將，各戴大頁巾，穿鎧，持鞭。雜扮金童，戴紫金冠，穿氅，繫絲縧，執旛。小旦扮玉女，戴過梁額、仙姑巾，穿氅，繫絲縧，執旛。末扮太乙天尊，戴蓮花冠，穿蟒，繫絲縧，持拂塵，從仙樓門上，唱〕

【雙角套曲·夜行船】端拱層霄慈願普（韻），遍十界惠風甘露（韻）。名列天曹（句），光分星度（韻），念蒼生永綏多祜（韻）。〔內作樂，仙樓設高臺，轉場陞座科，白〕九色蓮花座下擎，千年修煉得長生。重重寶樹圍金殿，日聽雲璈奏上清。我乃太乙救苦天尊是也。掌天上之化權，錫人間之繁祉。心存普濟，慈航接引於無邊；念功羣倫，智炬昭明於有永。前者座下九頭獅子，逃往下方，未曾收伏，只爲唐僧玄奘，奉敕求經，直上西天見佛，但這路途迢遥，數該歷盡八十一難，纔得瞻禮雷音，功成願滿。目下已到九節山，遇着俺九頭獅，又喫上一場驚諕也。他徒弟孫悟空，早晚定來求援，等他到時，前去解救便了。衆神將整齊威儀者。〔副扮悟空，戴悟空帽，穿悟空衣，帶數珠，從壽臺上場門上，白〕九曲遥聞獅子吼，一心忙謁主人公。來此已是妙巖宮了，不免進見。〔作見參禮科，白〕弟子孫悟空，稽首天尊。〔太乙天尊白〕你保護唐三藏，西天取經，怎生又到這裏？〔悟空白〕天尊聽禀。

〔唱〕

【又一體】特來特來上都（韻），端因險阻在途（韻）。突遇妖獅（句），猛加虓虎（韻），俺爲此虔參師祖（韻）。〔太乙天尊白〕悟空，皆因你好勇鬬狠，惹出禍來。你且説明端的，再作區處。〔悟空白〕俺隨了師傅，暫歇天竺國玉華館驛，那國中三位公子，拜我兄弟等爲師，學習武藝。〔太乙天尊白〕出家人拜佛求經，怎生還想使鎗弄棒？〔悟空白〕那三位公子，借我們三般兵器，看樣打造，不料被黄獅精攝入豹頭山虎口洞。〔唱〕

【雙角套曲·風入松】捺不住無明千丈逞豪麄（韻），猛刺刺放火驅除（韻）。〔太乙天尊白〕就該歇手了。〔悟空唱〕誰知道，觸惹了金毛怒（韻），猛咆哮玉華府一旦空虛（韻）。求天尊發慈悲前往救取（韻），若不然一行性命仗誰扶（韻）？〔白〕那九頭獅知天尊豢養的，必求主人公前去，方可救得。〔太乙天尊白〕那九頭獅雖是俺的頭口，但他在九節山一向安静，都是你騷擾生靈所至。〔悟空白〕悟空怎敢！〔太乙天尊白〕此一難也是數該前定，如今將次成功，我若不去，可不灰了精進之心。〔悟空白〕多謝天尊慈悲。〔太乙天尊唱〕

【雙角套曲·阿納忽】你且休用趦趄（韻），俺也不必踟躕（韻）。仝行收回孽畜（韻），還則待傳集着獅奴（韻）。〔白〕獅奴何在？〔雜扮衆獅奴，各戴紮巾，軟紮扮，從壽臺兩場門跳舞上，作參見科，白〕天尊有何差遣？〔太乙天尊白〕隨俺到九節山，收伏九頭獅子去也。〔衆獅奴白〕領法旨。〔内奏樂，太乙天尊下仙樓

至壽臺科，白）衆天將一仝前去。〔衆天將應科，仝唱〕

【煞尾】争知龍吞蛇螫休生怖韻，心牛意馬防擔誤韻。九節也何處韻，唤醒了繞屋六窗的猿句，印證了渡河一隻象句，勘破了入市三人虎韻，參透了冰凉妙觀的禪句，撤了火熱深坑的路韻，大古裏獅兒搏兔韻。未曾難滿喫虛驚句，行則見功圓到淨土韻。〔仝從壽臺下場門下〕

第廿一齣　九節山魔收太乙（皆來韻）

〔雜扮衆獅精，各戴髮，穿靠。引淨扮黄獅精，戴黄獅膢腦，紮靠，從簾子門上，仝唱〕

【商角套曲·集賢賓】羣毛長雄威誰比賽(韻)，喜得復讐來(韻)。撇下豹頭虎口(句)，另出心裁(韻)。取經僧萬里孤魂(句)，玉華洞一朝平踹(韻)，管把伊行都菹醢(韻)，問他個神通何在(韻)。非吾心地狠(句)，是汝命途該(韻)。〔黄獅精白〕衆位兄弟們在此。俺今日何等洒落！前者被孫悟空搶回兵器，做不成釘鈀會，也索罷休。怎知他還把我豹頭山的祖居，放火燒燬了，要絶我的歸路。誰知天網恢恢，蒙俺祖翁搭救，更承衆位仝心，到今日一夥兒都入我的陷穽了。可不快活！〔衆獅精白〕聞得他一路上來，都想吃了唐僧一塊肉，延年益壽，那曉得都喫他不成。今日我等天生的造化，悟空雖未拿住，少不得是我每手中之物。且將八戒煎炒蒸煮，儘讓我們受用。〔黄獅精白〕妙嗄！話言未畢，祖翁來也。〔雜扮衆小妖，各戴髮，穿箭袖卒褂。引淨扮九頭獅精，戴九頭獅膢腦，紮靠，襲氅，從簾子門上，唱〕

【商角套曲·逍遥樂】金毛分派(韻)，九節山中(句)，居然化外(韻)。魚肉狼豺(韻)，莽威風元聖官階

(韻),曾侍仙翁豈俗胎(韻),更喜得九靈封拜(韻)。詰朝戰勝(句),敵國空虛(句),漫與分肥(韻)。〔場上設椅,轉場坐科。衆獅精參見科。九頭獅精白〕天成傑異秉金精,雄長毛群作主盟。好把俘囚生肉啖,觸邪獬豸豈空名。咱乃九靈元聖是也。踞九節作窩巢,與玉華爲隣右。向日雖無嫌釁,詰朝自惹干戈。結流混之妖僧,肝腦塗地;掃我兒之洞府,罪惡滔天。喜得三鼓成擒,難逃一網打盡。衆小妖押唐僧、八戒等當面。〔衆小妖應科,作押縛生扮唐僧,戴僧帽,穿僧衣,繫絲絛,帶數珠。丑扮悟能,戴僧帽,紥金箍,猪嘴切末,穿悟能衣,帶數珠。生扮玉華國王,戴王帽,穿蟒,束帶。雜扮三公子,各戴紫金冠,穿箭袖、排穗,仝從簾子門上,白〕一自釘鈀撩虎口,更無面目見獅王。〔作兒哀求科。悟能白〕萬望大王慈悲,實緣孫悟空起釁,今彼已脱逃,與衆人毫無干涉,伏乞開恩釋放,勝造七級浮屠。〔九頭獅精白〕爾等還想釋放麽?〔唱〕

【商角套曲·上京馬】哀求釋放好癡獃(韻),七級浮屠誰造來(韻),算做牲拴等烹宰(韻)。〔白〕衆小妖,押下去,好生看守,待拿了孫悟空,揀個好日宰來,補慶釘鈀勝會。〔黄獅精白〕蒙祖翁替我報讐,又要補慶釘鈀會,真是滿心足意的了。〔九頭獅精唱〕烹調待老子開齋(韻),用心兒(讀)看守慎宣差(韻)。〔衆小妖應科,押唐僧、悟能、國王、三公子仝從簾子門下,仍上,侍立科。黄獅精白〕多蒙祖翁這般費心,小子備有酒筵,先爲慶賀。〔九頭獅精白〕生受了。〔場上設桌椅,各入桌坐科。仝唱〕

【商角套曲·梧葉兒】烹龍脯(句),膾豹胎(韻),更有酒如淮(韻)。他休埋怨(句),當受災(韻)。暢開懷

(韻)，揀日兒另席安排(韻)。〔雜扮報事小妖，戴髮，穿箭袖卒褂，從簾了門上場門上，作禀科，白〕大王爺不好了！那唐僧的徒弟沙悟淨，又殺上洞門來了！〔九頭獅精白〕知道了。〔報事小妖仍從簾子門下。九頭獅精白〕我道是孫悟空，他昔年曾鬧過天宫，還有些本領。這沙和尚斗筲之器，何足算也。黄孩兒快與我出洞去擒來，先做一分醒酒湯。小妖們筵席撤過了。〔衆小妖應科，仝從簾子門下。黄獅精持兵器，作出洞門科。雜扮悟淨，戴僧帽，紥金箍，穿悟淨衣，帶數珠，持鏟，從壽臺上場門上，與黄獅精作對敵科。悟淨唱〕

【商角套曲·醋葫蘆】伊莫逃(句)，俺再來(韻)。爾餘殘虎口值時衰(韻)，今番兒(讀)怎生饒獬豸(韻)。〔黄獅精唱〕沙和尚大驚小怪(韻)，定教他(讀)圓寂上蓮臺(韻)。〔對敵科。衆小妖從洞門上，作擒悟淨，仍從洞門下。雜扮衆天將，各戴大頁巾，穿鎧，持鞭。雜扮衆獅奴，各戴紥巾，軟紥扮，持綿韉。副扮悟空，戴悟空帽，穿悟空衣，帶數珠，持棒。引末扮太乙天尊，戴蓮花冠，穿蟒，繫絲絛，持拂塵，從壽臺上場門上。仝唱〕

【商角套曲·後庭花】干戈十面埋(韻)，風雲八陣排(韻)。瞬息離蒼宇(句)，遥看近翠崖(韻)。〔衆天將白〕啟上天尊，已到九節山了。〔太乙天尊白〕悟空，你先往洞門挑戰，引他到來，自當收伏。〔唱〕漫俄捱(韻)，休誇材力(句)，從教歸去來(韻)。〔仝上高處立科。悟空虚白叫戰科。黄獅精從洞門上，與悟空對敵科。悟空唱〕

【商角套曲·柳葉兒】早分個輸贏勝敗(韻)，還敢佔錦雲窩惹禍生災(韻)。〔對敵科，作打死黄獅精，從地井内下。九頭獅精持器械，從洞門上，與悟空對敵科。九頭獅精唱〕你五行山下殘魂魄(韻)，渾無賴(韻)，好麄才(韻)，敢横行殺俺仝儕(韻)。〔對敵科。悟空作敗，太乙天尊作喝退科，衆獅奴追九頭獅精，從壽臺上場門

下，作牽雜扮九頭獅，穿獅衣，仍從壽臺上場門上，作見科。太乙天尊唱〕

【商角套曲·浪來裏】獅子吼（句），怎懼哉（韻）。可惜你金毛玉爪負雄材（韻）。〔白〕悟空，你快率領獅奴進洞中救取你師傅師弟並玉華國王父子。〔唱〕救真僧（句），急上西天界（韻），保無傷害（韻）。狻猊的（讀）餘孽盡擒來（韻）。〔悟空應科，仝衆獅奴作進洞擒雜扮狻猊獅、白澤獅、伏狸獅、搏象獅、猱獅、雪獅、黑獅，各穿獅衣，並救出唐僧、悟能、悟淨、國王、三公子，仝從洞門上，作見太乙天尊科。仝白〕多蒙天尊救拔泥犁之苦，待弟子等拜謝。〔作參拜科，唱〕

【又一體】隆恩廣似天（句），大德深如海（韻）。妙巖救苦感無涯（韻）。〔太乙天尊白〕維摩經曰：當知一切煩惱，爲如來種智。辟如不入巨海，不能得無價寶珠；不入煩惱大海，不能得一切智寶。汝大衆以智寶，故入此煩惱。益當勇猛精進，仝登覺岸。大衆合掌，聽説偈言。〔衆合掌跪科，太乙天尊白〕獅子一吼衆獸伏，金剛一杵羣峯碎。修羅無數一輪降，世間黑暗一日破。〔衆白〕阿彌陀佛。〔太乙天尊唱〕六根不生消障礙（韻），心即佛一言詮解（韻），看高懸説法五時牌（韻）。〔衆白〕多謝天尊慈悲。〔唐僧、悟空、悟淨、悟能、國王、三公子仝從壽臺上場門下。太乙天尊白〕待我騎坐，歸妙巖宫去也。〔太乙天尊騎九頭獅遶場科，仝唱〕

【隨調煞】下雲端（讀），九節山收伏得快（韻）。法中能負荷（句），象外漫疑猜（韻）。瞻淨土（句），謁巍階（韻），馥郁兜羅散瑤彩（韻）。不久舍衛城參佛（句），行則見貝葉千花震旦開（韻）。〔從壽臺下場門下〕

第廿二齣 全平府夜賞花燈（庚青韻）

〔雜扮衆將官，各戴大頁巾，穿箭袖、排穗，執標鎗。雜扮衆内侍，各戴太監帽，穿貼裏衣，繫絲絛，帶數珠。雜扮三公子，各戴紫金冠，紥額，穿箭袖排穗。引生扮玉華國王，戴王帽，穿蟒，束帶，從壽臺上場門上。仝唱〕

【中吕宫正曲·駐雲飛】遥望旗亭（韻），十里平堤草末青（韻）。刼後江山整（韻），事過神魂定（韻）。嗏（格）！還動別離情（韻），灞橋閒冷（韻）。柳線雖長（句），莫挽遊人鐙（韻）。〔合〕無那東風欲送行（韻）。〔場上設椅，轉場坐科。國王白〕我父子脱離九頭獅子之難，正要與師傅輩再傳武藝，奈何長老只欲西行，因此設齋長亭，只得餞別。想長老隨後就來也。〔副扮悟空，戴悟空帽，穿悟空衣，帶數珠。丑扮悟能，戴僧帽，紥金箍，猪嘴切末，穿悟能衣，帶數珠，持鈀，挑經擔。雜扮悟淨，戴僧帽，紥金箍，穿悟淨衣，帶數珠，持鏟，牽馬。引生扮唐僧，戴僧帽，穿僧衣，繫絲絛，帶數珠，從壽臺上場門上，白〕多情最是長亭柳，折盡青條却又生。〔各作相見科。唐僧白〕貧僧在此攪擾，已抱不安，今日起行，如何又勞遠送！〔國王白〕長老盤桓未久，相得甚歡，一旦分離，不勝悽慘。特具盃茗，聊表寸心。〔場上設桌椅，各作入席，衆内侍送香茗科。仝唱〕

【又一體】往事休評(韻)。半席親承謦欬聲(韻)。雨順風無勁(韻)，國泰民胥慶(韻)。嗏(格)！涼德有何能(韻)，賴師修省(韻)，忝在門牆(句)，早暮勞提命(韻)。〔國王白〕長老，本望你再住幾時，不料匆匆就去。〔唱合〕使我父子無依淚滿膺(韻)。〔唐僧白〕送君千里，終須一别。只得拜辭。〔各作出席科，唐僧白〕故人何情，情在遠送。〔國王白〕一語叮嚀，前途保重。請了！〔衆將官、内侍、三公子引國王從壽臺上場門下。唐僧白〕徒弟們，我和你快些趲路。〔作騎馬行科，仝唱〕

【又一體】擲下離情(韻)，急趲山程與水程(韻)。雪後梅花映(韻)，風裏楊枝硬(韻)。嗏(格)！遥望暮雲平(韻)，萬峰微暝(韻)。地主初辭(句)，前路茫茫景(韻)。〔合〕敢道暫借鷦鷯枝上停(韻)。〔唐僧白〕前面又是一座城池，不知何處？〔悟空白〕此間有座山門，待我去問來。〔作看科，白〕慈雲寺。寺裏有人麽？〔雜扮住持僧，戴僧帽，穿僧衣，繫絲縧，帶數珠，從壽臺下場門上，白〕兩廊不絶閒人戲，一塔常開有客登。〔作出門見科，白〕老師何來？〔唐僧白〕老僧是東土大唐差來取經的。〔住持僧作跪拜科。唐僧白〕寺主爲何行此大禮？〔住持僧白〕我這裏向善的人，看經念佛，都求修到東土托生。頃見老師衣冠丰采，件件不凡，果是前生修到的，爲此心上起敬。老師請進。〔仝作進門，場上設椅，各坐科。唐僧白〕敢問寺主，此地爲何這等熱鬧？〔住持僧白〕老師不知麽？今日是正月十三，到晚試燈，家家户户掛彩張燈，直至十八十九，方纔謝燈。府後邊有座金燈橋，乃上古留傳，至今豐盛，共二百四十家大户，另造供佛金絲燈三盞，用蘇合香油點燈，每盞貯油五百觔。〔唐僧白〕爲何要許多油呢？〔住持僧白〕三盞油燈，約費銀三萬八千兩，止點得三夜。〔唐僧白〕這許多油，三夜何以就點得盡？〔住持僧白〕每缸内有四十九個大燈馬，只點過十五夜，見佛爺現了身將油收去，便是五穀豐登之兆。〔悟能作笑科，白〕好一個收油的老佛。〔住持僧白〕大師請進去，喫了晚齋，仝往街上步步何如？〔唐僧白〕老僧行路辛苦，身子有些困倦，且待元宵有了佛燈，一仝往看罷。何勞蔬笋供。〔住持僧白〕略見主人情。〔仝從壽臺下場門下。雜扮衆男女百姓，各隨意扮，執花燈，從壽臺上場門上，各虛白發諢科，仝唱〕

【又一體】新樣花燈(韻)，鑼鼓喧天滿郡城(韻)。結彩樓堪凭(韻)，一片冰壺冷(韻)。嗏(格)！前隊未曾行(韻)，後來争競(韻)。〔白〕那邊龍燈來了。〔雜扮衆舞龍燈人，各戴馬夫巾，穿箭袖，繫鑾帶，持龍燈，從壽臺兩場門上，作鬬舞科，仍從壽臺兩場門分下。雜隨意扮各樣玩耍技藝，從壽臺上場門上，作頑耍科，從壽臺下場門下。衆男女百姓仝唱〕占盡良宵(句)，春色應無剩(韻)。〔白〕我們再往前面看去。〔唱合〕看不盡龍跳天門馬復騰(韻)。〔仝從壽臺下場門下〕

第廿三齣　元夕遊街假充佛(先天韻)

〔雜扮衆社長，各戴毡帽，穿道袍，持金絲燈三盞，從壽臺上場門上，分白〕〖搗練子〗逢令節，慶豐年。户户張燈設綺筵。此夜夜長人盡望，月光如水水連天。〔一社長白〕大哥，這三盞供佛金燈，今年元宵輪着你點，何不早些張挂，等人看看？〔一社長白〕説得好。兄弟們把金燈挂起來，打陣鑼鼓，大鬧元宵！〔内應打鑼鼓，衆社長作挂燈科，白〕我們各去喫了晚飯，再來照管。誰家見月能閒坐，何處聞燈不看來。〔仝從壽臺下場門下。旦扮衆女百姓，各穿衫，從壽臺上場門上，唱〕

【仙呂宫正曲・玉胞肚】釵粘雙燕(韻)，畫裙拖湘江水烟(韻)。響玲瓏步摇聲聲(句)，影低那翠帶仙仙(韻)。〔白〕真個好金燈也！〔唱合〕星橋鐵鎖夜如年(韻)，三盞金燈分地妍(韻)。〔雜扮衆男百姓，各戴毡帽，穿道袍，從壽臺上場門上，唱〕

【仙呂宫曲・玉嬌枝】燈光一片(韻)，映蟾光交輝半天(韻)。何時古佛蓮花現(韻)，喜此番大慶豐年(韻)。〔一百姓白〕前面有一隊女子，不免挨擠上去，飽看一回。〔一百姓白〕哥，你看也不中用。〔衆女百姓白〕那邊有人來了。〔從壽臺下場門下。衆男百姓唱〕韋娘未必肯賜憐(韻)，等閒只把司空見(韻)。

〔合〕除非是夢隨他梅花帳邊(韻)，影隨他芙蓉枕前(韻)。〔上雜耍科，白〕賞過佛燈，我們一路回家去罷。〔從壽臺下場門下。雜扮住持僧，戴僧帽，穿僧衣，繫絲縧，帶數珠。引生扮唐僧，戴僧帽，穿僧衣，繫絲縧，帶數珠。副扮悟空，戴悟空帽，穿悟空衣，帶數珠。丑扮悟能，戴僧帽，紥金箍，猪嘴切末，穿悟能衣，帶數珠。雜扮悟淨，戴僧帽，紥金箍，穿悟淨衣，帶數珠，隨從壽臺上場門上。仝唱〕

【仙呂宫正曲・玉胞肚】長街行遍(韻)，這春燈須教看全(韻)。〔住持僧白〕老師要看金絲供佛燈，打從府後去。〔唱〕一週遭萬枝千枝(句)，照天街共月娟娟(韻)。〔唐僧作看科，白〕這燈名不虛傳，果然好也。寺主，〔唱合〕我和你三生石上有些緣(韻)，携手仝遊不夜天(韻)。〔內作風響科，住持僧白〕風來了，是佛爺降祥。回去罷。〔唐僧白〕佛爺來了，怎麽到要回去？〔唱〕

【仙呂宫正曲・玉嬌枝】敢笑我山僧疲倦(韻)，負元宵他鄉管絃(韻)。〔住持僧白〕年年如此，不到三更，便有風來，知道是諸佛下降，所以人皆迴避。〔唐僧白〕我玄奘，原是思佛念佛、參佛拜佛的人。今逢佳景，又有佛現身，理當叩拜纔是。〔唱〕皈依也遂今生願(韻)。〔白〕倘然佛不降臨，〔唱〕也只是此邦人戲語空傳(韻)。〔住持僧白〕這個何妨。我先回去，望大師隨後就來。〔唐僧白〕寺主先請。〔住持僧從壽臺下場門下。內作風響，雜扮衆小妖，各戴喇嘛帽，穿喇嘛衣。雜扮三犀牛精，各戴犀牛腦、佛帽，紥靠，披佛衣，從壽臺兩場門暗上，立科。唐僧看科，白〕徒弟，〔唱〕你看銀花放光燈尚燃(韻)，光中丈六金身現(韻)。〔白〕倘然錯過了那活佛，〔唱合〕嘆修行偏多倒顛(韻)，把良因無端棄捐(韻)。〔白〕你看陰雲四起，月色無光。〔悟能發諢科，唐僧白〕想是活佛來了，不免望空參拜。〔作跪拜科。衆小妖作攝唐僧從洞門下。三犀牛精與悟空、悟能、悟淨對敵科，三犀牛精從洞門敗下。悟能、悟淨白〕不好了，把師傅攝去了，如何是好！〔悟空白〕不須叫喚。你兩個回寺看守馬匹行李，待老孫趁此風趕去，討個消息。〔悟能、悟淨應科，各從壽臺兩場門分下〕

第廿四齣　四星鏖戰捉䰾犀（古風韻）

〔雜扮衆小妖，各戴豎髮，穿箭袖卒褂。引雜扮三犀牛精，各戴犀牛䐉腦，紥靠，從簾子門上，白〕青龍山裏圓英洞，只少人間蘇合香。因把燈油元夜取，年年叨得佛餘光。〔場上設椅，轉場各坐科，分白〕咱家辟寒大王是也。咱家辟暑大王是也。咱家辟塵大王是也。〔仝白〕孩子們，昨夜雖然拿了唐僧，防他徒弟來吵鬧，須索并力拿他。〔衆小妖白〕他們師傅，一些没用，那怕他的徒弟？憑他走上百十個孫悟空來，也經不得我們的手段哩。〔三犀牛精白〕你們不知道，他徒弟孫悟空，就是當先鬧天宫的弼馬温。〔唱〕

【高宫套曲・九轉貨郎兒】【第一轉】他當日天宫裏胡行咤叱㊟，輕覷上官封弼馬㊟，占着座水簾洞凵亂紛挐㊟。〔衆小妖白〕他被如來佛將去五行山下，壓得儘彀了，怕他什麽？况且三位大王，都是會假充佛爺的。〔三犀牛精唱〕須則要忙支架㊟，休悔着爻波查㊟。怎惧俺賺取香油賡釋迦㊟。〔白〕須要用心防護者。〔衆小妖應科，仝從簾子門下。副扮悟空，戴悟空帽，穿悟空衣，帶數珠，持棒，急從壽臺上場門上，唱〕

【高宮套曲・第二轉】甚犀精想偷油把空王假冒(韻)，擄師傅去思供一飽(韻)。〔丑扮悟能，戴僧帽，紮金箍，猪嘴切末，穿悟能衣，帶數珠，持鈀。雜扮悟淨，戴僧帽，紮金箍，穿悟淨衣，帶數珠，持鏟，仝從壽臺上場門上。悟空作見悟能怒科，唱〕須知俺熱血也多年蘸戒刀(韻)，程途上會降妖(韻)。前來管把那窩巢搗(韻)，省得元宵打攪(韻)，三盞金燈入夜燒(韻)。〔作到科，悟空白〕此處已是他洞口，妖精就在裏邊，我們打進去。〔作打洞門科，白〕偷油賊！快送我師傅出來。〔三犀牛精從洞門上，與悟空、悟能、悟淨作對敵科。衆小妖持器械，從洞門上，作圍遶擒悟能、悟淨科。悟空從壽臺下場門敗下。衆小妖白〕孫悟空走了。〔三犀牛精作笑科，白〕聞説孫悟空本事高强，看來也是無用的。孩子們，將他們押回洞去。〔衆小妖應科，作押悟能、悟淨仝從洞門下。雜扮東西南北四天將，各戴盔，穿鎧，持器械。末扮青龍，戴青龍冠，紮靠，持刀。副扮白虎，戴白虎冠，紮靠，持鎗。淨扮朱雀，戴朱雀冠，紮靠，持劍。外扮神武，戴神武冠，紮靠，持斧。引雜扮角木蛟、斗木獬、奎木狼、井木犴，各戴四宿冠，紮靠，持鎗，從禄臺門上，仝唱〕

【高宮套曲・第四轉】甚妖魔猛刺刺瞞天謊地(韻)，格支支裝人搗鬼(韻)，鬧轟轟天兵密佈閃星旗(韻)。〔分白〕我乃角木蛟是也。我乃斗木獬是也。我乃奎木狼是也。我乃井木犴是也。〔仝白〕頃間孫大聖向上帝求救，今奉玉旨，着我等帶領青龍、白虎、朱雀、神武，諸天神將，仝孫悟空前往青龍山圓英洞勦除犀牛怪。專等大聖到來，一齊駕雲前去便了。〔悟空從禄臺門上，白〕四木禽星都下降，威風凜凜掃羣妖。〔各作相見科。四星白〕我等正在此間恭候，如今會齊了四路天兵，憑他驍勇，終非敵手。〔悟空白〕只是一件，不要他先結果了我師傅並兩師弟，如何是好？〔四木星白〕事不宜遲，就此仝行便了。〔由内下仙樓至壽臺，仝唱〕鬧得個金燈雲起(韻)，香油鼎沸(韻)。斷斷擠擠(韻)，則見那男的捨、女的助(讀)，拶逼下成年例(韻)，偷得便宜(韻)，撮得希奇(韻)。這些愚夫們叩頭似(讀)搗蒜般來瞻禮(韻)。居然佛(句)，蠢然犀(韻)，迷(韻)。赤緊的大隊會齊(韻)，待滅了牛渚燃時還用你(韻)。〔作到科，悟空白〕來此已是青龍山了。〔四星白〕我們分兵兩路，從山澗中進去，救出唐三藏師徒，還他措手不及。大聖先到洞口搦戰，乘其無備。〔悟空白〕説得有理。〔衆天將引四星各從仙樓門站科。悟空作遶場科，白〕偷油賊，你爺爺在此，怎麽不來迎接？〔三犀牛精内白〕猢猻又來了，快去拿他。〔仝從洞門上，與悟空對敵科。角木蛟、井木犴、青龍、白虎仝從壽臺下場門上，作接戰科。三犀牛精從壽臺下場門敗下，角木蛟、井木犴、青龍、白虎、悟空仝追下。斗木獬、奎木狼、朱雀、神武從壽臺上場門上，作高處望科，白〕你看那三個妖精，被他們趕得魂飛魄散，氣喘喘向東北艮方逃命去了。快進洞中，救聖僧師徒便了。〔作進洞救唐僧、悟能、悟淨，追衆小妖，從洞門上，作敗北奔下。斗木獬、奎木狼、朱雀、神武白〕聖僧受驚了。〔唐僧白〕貧僧有何德能，敢勞衆神救拔。〔悟能、悟淨白〕衆位星君，想我師傅一路來，不知受了多少險難也。〔斗木獬、奎木狼、朱雀、神武白〕天蓬元帥、捲簾大將，且休閒講，保護你師傅。我等齊向艮方協捉三妖去也。〔各從壽臺兩場門分下。悟能、悟淨虛白下。衆天將引青龍、白虎、朱雀、神武四星從壽臺上場門上，遶場科，仝唱〕

【高宮套曲・第六轉】追趕得洶洶旭旭(讀)殘雲風捲(韻)，怎當俺密密匝匝(讀)兵戈遶轉(韻)。〔青龍、白虎、朱雀、神武白〕衆天將，就此排開陣勢者。〔衆天將應科，作佈陣科。悟空、四星引三犀牛精作入陣對敵科。悟空、四星各按五方分侍科，三犀牛精作驚顫科，唱〕俺只得逼逼拶拶(讀)、凉凉踽踽溜如烟(韻)，到此際黑黑鄧鄧無分辨(韻)。原來是澎澎湃湃(讀)、滔滔漭漭(讀)、沉沉湎湎(韻)，澒澒洞洞(讀)、汨汨没没(讀)的驚濤千片(韻)。俺不如迤迤邐邐(讀)苟延殘喘(讀)。〔作對敵科。三犀牛精作出陣，從壽臺下場門逃下。悟空、四星追下。青龍、白虎、朱雀、神武白〕你看衆星殺得那三牛呵，〔唱〕丟撇下轟轟烈烈的家(句)，辜負了男男女女的願(韻)，黄黄白白(讀)、銖銖兩兩(讀)無數金錢(韻)。〔白〕衆天將就此追上。〔衆天將應科，仝唱〕生打散辛辛苦苦(讀)、歡歡喜喜(讀)積年的靈顯(韻)。〔從壽臺下場門下。三犀牛精從壽臺上場門急上，白〕不好了。今日被他殺得上天無路，入地無門，不如跳下北洋大海，保全性命。〔唱〕没奈何喜喜出出(讀)他日燈油再募緣(韻)。〔從地井内下。悟空、四星仝從壽臺上場門急上，作望科。四星白〕三個牛精，逃往那裏去了？〔悟空白〕遠遠望去，只見他將水分開，一直下海去了。〔四星白〕我等便到海裏去捉他。〔仝從地井内追下。雜扮蝦兵蟹將，各戴馬夫巾、水卒臉，穿箭袖卒褂，持器械。引小生扮摩昂，戴紫金冠，紥額，軟紥扮，持鞭，從地井上。摩昂白〕俺乃西海龍王之子摩昂是也。上帝勑命四木禽星並諸天神將，協捉牛精，誰知他潛藏海底，父親命俺率領蝦兵蟹將，前來助戰。快快摇旗吶喊，殺上前去。〔衆蝦兵蟹將應，作遶場科。三犀牛精從壽臺下場門上，摩昂作接戰，三犀牛精從壽臺下場門敗下，摩昂、衆蝦兵蟹將仝追下，作擒。雜扮三犀牛形，各穿牛衣，衆蝦兵蠏將仝從壽臺下場門上。悟空、四星從壽臺上場門上，作見科。悟空白〕太子何往？〔摩昂白〕適纔夜叉稟説，星君、大聖入海追妖，父王爲此着俺統領水族，聊助一臂。〔悟空白〕有煩遠駕，無以爲報。〔摩昂白〕好説。〔悟空白〕我們就此登岸。〔仝作遶場科。青龍、白虎、朱雀、神武、衆天將從仙樓兩場門上，至壽臺分侍科。悟能持鈀、挑經擔，悟淨持鏟，引唐僧，仝從壽臺上場門上，作見科。衆星白〕聖僧請了。〔悟能、悟淨白〕我們不見師兄回來，因此前來探望。〔悟空白〕師弟牽着妖怪，回到金平府，使合郡官民觀看，方顯我們手段。〔悟能白〕樂殺我也。拿來我牽着一個。〔各牽三犀牛形科。摩昂白〕大聖，牛精已擒，就此告辭。〔悟空白〕多謝了。〔衆蝦兵蠏將引摩昂從地井内下。衆作遶場，引衆星神將作上仙樓門。雜扮官吏，各戴紗帽，穿圓領，束帶。雜扮衆百姓，各戴毡帽，穿道袍，從壽臺上場門上，仝白〕家家須點燭，户户盡焚香。我金平府，青天白日，現出天神天將，不知是吉是凶。〔作見三犀牛驚科。悟空白〕金平府官吏軍民人等，仔細聽者。我乃東土大唐差往西天取經的僧人，寓居慈雲寺，爲元宵出看供佛金燈，誰知三個犀牛精，來攝油燈，並我師傅攝去。我已上請天庭，收伏妖魔，爲民除害。〔悟能虛白科，悟空白〕今後再不可仍用常年舊例，勞費民財。〔悟空、悟能、悟淨虛白，牽三犀牛精，百姓幾人隨從壽臺下場門作殺科。官吏與百姓白〕有這等事！我等無以爲報答洪恩，惟有建祠立廟，裝束金身，朝夕焚香頂禮。〔悟空、悟能、悟淨、百姓各拿牛皮，從壽臺下場門上，虛白科。衆星白〕大聖保護聖僧西行，我等就此覆旨。神將速返天庭，回覆玉旨者。〔衆神將應科，從仙樓上至禄臺科，暗下。衆官吏百姓各虛白作望科，白〕列位嘎，你看這些天神天將，紛紛騰雲而去。〔悟空白〕今日妖精已除，不必逗留在此。就請師傅上馬，趲早西行。〔唐僧白〕悟空之言有理。〔衆官吏百姓白〕我等遠送一程。〔唐僧騎馬。雜扮執事人，各戴馬夫巾，穿箭袖卒褂，持執事，從壽臺兩場門上，作引遶場科，仝唱〕

【高宫套曲·第九轉】過燈節春和時候(韻)，一路上人行馬驟(韻)。大唐國(讀)回望迥凝眸(韻)，怎當那雙鳳闕隱着神州(韻)。五印度隔着靈丘(韻)，到如今兩迢遥不知箇前後(韻)。只見南移北斗(韻)，精進時不顧阻修(韻)。逢郡邑怎敢淹留(韻)，誰知道陡遇風波難未休(韻)，又駕起一場爭鬭(韻)。喜此邦永戢消羣醜(韻)，百觔蘇合誰生受(韻)。常慶幸光華佛日照遐陬(韻)，萬姓皈依仝稽首(韻)。〔各從壽臺兩場門下〕

癸上

第一齣　太白召諸神扈蹕

〔仙樓上，衆儀從、金童引太白星君，金冠、法衣，從禄臺上，唱〕

【北中呂・粉蝶兒】俺木是太白星君（韻），鎮西方主持樞柄（韻）。爲天心專在銷兵（韻），因此上召羣官（句），宣列辟（句），前來聽令（韻）。指日見風馬霓旌（韻），半空中往來奔命（韻）。〔白〕白氣秋來亘碧霄，天西時見百靈朝。休嫌月暈猶兵氣，宛馬嘶風不敢驕。小聖太白星官是也。運旋金炁，主宰西方。身居日月之傍，位列星辰之上。昨奉玉帝勅旨，道下界大唐貞觀皇帝，掃清海内，已奏昇平。只因沙漠頡利，自持强梁，不服王化，皇帝大怒，親自西征。〔末唱〕

【醉春風】可知道神武怒難干（句），堪笑那妖魔枉自逞（韻）。端只爲九重天子百靈扶（句），把諸神來請（韻）、請（疊）。眼見得八表仝風（句），漫説是四郊多壘（句），總賴着一人有慶（韻）。〔八藍旗神將從壽臺上場門上。托塔天王、哪吒太子從壽臺上。天王白〕托塔天王膽氣雄。〔哪吒白〕哪吒太子顯威風。〔天王白〕

揚旗高占天門上。〔哪吒白〕俯視扶桑日起東。〔見介〕星君相召，有何法旨？〔太白星君唱〕

【石榴花】只見他繡旐兒片片曳雲青(韻)，趁着曉風生(韻)，正東方(讀)春氣令初行(韻)，把軍容快整(韻)，日耀霜明(韻)。恁哪吒、托塔可也真驍勁(韻)，陣前頭父子雄兵(韻)，把師中大纛都環定(韻)，越顯得赫濯壯聲靈(韻)。〔白旐神符引巨靈神、石將軍從壽臺兩場門上。巨靈神白〕不借蟾宫月斧長，分開華岳劈中央。〔石將軍白〕岱宗休道尊無極，還有吾神石敢當。〔見介。巨靈神、石將軍白〕巨靈神、石敢當打恭。〔太白星君唱〕

【鬬鵪鶉】只見他狀貌猙獰(韻)，暢好是巨靈行徑(韻)。遮莫你坐鎮西方(句)，賽過他五丁剛勁(韻)。更有那吞吐日華與月精(韻)，石將軍顯怪形(韻)。看千重白鎧銀袍(句)，衡一片雲光雪影(韻)。〔八黑旐神將引龍王、龍女從地井内上。龍王白〕怒躍波濤氣壯哉，揚旐奮鬣走雲雷。〔龍女白〕龍宫也復多清興，愛聽湘靈鼓瑟來。〔見介〕龍王、龍女參見。〔太白星君唱〕

【滿庭芳】龍王呵風馳電騁(韻)，江翻海攪(句)，雨佈雲騰(韻)。怒來時按不住驕龍性(韻)，全憑着鱗爪縱横(韻)。龍女呵織冰綃瓊琚月冷(韻)，步凌波羅襪風輕(韻)。有日征塵凝靈旗簸影(韻)，還仗你小娉婷(韻)。〔八紅旗神將引火炮神、旐纛神從壽臺兩場門上。火炮神白〕職司火炮主炎方，善助軍威在戰場。〔旐纛神白〕司命三軍旐纛在，陣雲四起大風揚。〔見介〕火炮神、旐纛神參見。〔太白星君唱〕

【上小樓】你主着南方火令(韻)，祝融權柄(韻)，須教他炮火星飛(句)，烽煙霧捲(句)，地軸雷轟(韻)。纛神呵龍虎雲飜（句），熊羆風颭（句），飄颻不定（韻），這的是三軍司命（韻）。〔立起介，白〕諸神俱上前來，聽吾宣旨。〔衆應立介。太白星君白〕玉帝有旨，下界大唐皇帝，原是文殊菩薩轉世，專以救民好生爲德，中華久已太平。今頡利犯順擾邊，皇帝定策親征，特命爾等，前往空中護駕。務要百戰百勝，早奏蕩平。諸神須索着意者。〔衆白〕聖壽無疆。〔太白星君、衆仝唱〕

【煞尾】響弓刀廝琅琅風裏聲（韻），擺旌旗齊臻臻雲外影（韻）。奮神威早去除梟獍（韻），凱歌回俺還在這三天門樹兒下等（韻）。〔太白星君各從禄臺、仙樓、壽臺、地井内分下〕

第二齣　唐僧遣弟子披荆（古風韻）

〔場上設荆棘嶺，松、栢、檜、杏，竹樹、碑碣等科。雜扮悟淨，戴僧帽，紥金箍，穿悟淨衣，帶數珠，持鏟，從壽臺上場門上，白〕深山亘古無人到，惟有清風明月知。自家沙悟淨，隨師傅往西天取經，路上走過了多少年頭，脚下踹遍了如許國度，妖魔也不知經了多遭，神佛亦不知參了幾次。今日師傅命我前來開道，你看荆棘滿途，好生難走。道猶未了，師傅來也。〔副扮悟空，戴悟空帽，穿悟空衣，帶數珠。丑扮悟能，戴僧帽，紥金箍，猪嘴切末，穿悟能衣，帶數珠，持鈀，挑經擔。引生扮唐僧，戴僧帽，穿僧衣，繫絲縧，帶數珠，騎馬，從壽臺上場門上。唱〕

【羽調正曲·竹馬兒賺】望前路杳(韻)，想那西天(讀)趲行難到(韻)。記程萬千久遠(句)，眼底雲山繞(韻)，知有多少(韻)？〔悟空白〕師傅，〔唱〕慢將心牽憶(讀)，有魔我能掃(韻)。心清魔俱遣(讀)，過此經方討(韻)。〔唐僧白〕悟淨，路上好走麼？〔悟淨白〕都是一片荆棘。〔唐僧白〕這却怎麽處？〔唱〕這怎的前驅是好(韻)？況春天盡是蔓草(韻)，都管是(讀)我緣慳多擾(韻)，我緣慳多擾(疊)。〔悟空白〕師傅不必着驚，待我去看一看有多遠。〔悟能白〕師兄不消看得，不過是幾百里路，待老猪鈀開罷。〔作放經擔

科。悟空白〕兄弟，你果有此心，功德不小。待我來帮助你。〔悟能作上嶺開路，悟空帮助科。唐僧作下馬科，唱〕

【羽調正曲·排歌】老樹參天(讀)，長林茂草(韻)，當春眼界偏饒(韻)。如何荆棘滿山凹(韻)，這樣崎嶇不慣遭(韻)。〔合〕不憚勞(韻)，不避遥(韻)，西行此去把經挑(韻)。〔白〕悟淨，看你兩個師兄，好可憐也！〔唱〕好教我愁如攪(韻)，腸似搗(韻)，葛藤牽處淚珠拋(韻)。〔悟能作下嶺科，白〕師傅，天色已晚，開了一回，身子乏了，在那邊略坐一坐再走罷。〔各虛白，從壽臺上場門下〕

第三齣　聯詩社紅杏牽情（魚模韻）

〔雜扮十八公，從地井内上，白〕白雲本是無心物，又被清風引出來。〔作向内白〕老師傅，請到舍下去獻茶。〔唐僧從壽臺上場門上，唱〕

【雙調正曲·鎖南枝】蓬蒿徑（句），幽僻居（韻），桃源引人入畫圖（韻）。〔十八公白〕聖僧，吾乃荆棘嶺十八公是也。久仰聖僧大名，奉屈到木仙菴，與仝社詩友一會。〔唐僧白〕原來如此。〔唱〕振衣踴躍而前（句），退避還中阻（韻）。〔白〕老丈既有詩友，貧僧渴欲一會。〔十八公唱合〕山野人（句），縣望汝（韻）。〔唐僧唱〕我是打包僧（句），怎敵得杜工部（韻）。〔十八公白〕聖僧到了。〔作向内白〕諸友快來（韻）！〔扮孤直公、凌空子、拂雲叟，各戴巾，穿蟒，繫絲縧，從地井内上，唱〕

【又一體】精靈性（句），變化軀（韻），饒他老禪因受愚（韻）。〔仝作相見。場上設椅，各坐科。孤直公、凌空子、拂雲叟白〕向聞聖僧大名，今幸一見丰采，自是禪門尊宿。〔唐僧白〕不敢。貧僧有何德能，敢勞列位仙翁下愛。〔孤直公、凌空子、拂雲叟白〕不敢。〔唐僧白〕敢問列位仙長大號？〔十八公白〕這霜姿者號孤直公。這緑鬢者號凌空子。這虚心者號拂雲叟。〔唐僧白〕妙嗄！都是一班名宿，貧僧失瞻了。〔十八公、孤直公、凌空子、拂雲叟仝白〕請。〔唱〕此時乍面情深（句），傾蓋還如故（韻）。〔雜扮妖童，戴網巾邊，穿道袍，繫鑾帶，捧茶，從壽臺上場門上，作遞茶科。仍從壽臺上場門下。唐僧白〕承布施了。〔十八公白〕今日舍弟們正要求教。〔唐僧白〕不敢。貧僧也要請正大方。〔十八公白〕這等我們聯句何如？〔唐僧白〕越發有興。〔衆白〕聖僧，〔仝唱〕休笑我荆棘中（句），無伴侶（韻）。幸此木仙菴（句），共聯句（韻）。〔十八公白〕請聖僧先起韻來。〔唐僧白〕貧僧僭了。〔作吟詩科，白〕禪心似月迥無塵，〔十八公白〕詩興如天清更新。〔孤直公白〕好句漫裁摶錦繡，〔凌空子白〕佳文不點唾奇珍。〔拂雲叟白〕六朝一洗繁華盡，〔十八公白〕四始重删雅頌分。〔唐僧白〕半枕松風茶未熟，吟懷瀟灑滿腔春。〔十八公、孤直、公凌空子、拂雲叟白〕聖僧好句！俊逸清新，飄然有凌雲之致。舍弟們狗尾續貂了。〔唐僧白〕諸公之詩，離奇窈渺，放開筆海清漣。貧僧數語，真是碔砆，雜于珠玉之中，自覺形穢。但夜已深沉，不能久留，望老丈指示歸路，恐小徒不知去向，没處尋我。〔十八公白〕聖僧再請寬坐，天明自當遠送過嶺，幸勿過慮。〔小旦扮杏仙，穿氅。旦扮侍女，穿衫背心，繫汗巾，持燈，捧果，隨從地井内上。杏仙白〕冶興春來忘檢點，紅顔愁到懶梳粧。奴家隣女杏仙是也。列位仙長在内，不免竟入。〔作進相見科。十八公白〕杏仙到此何幹？〔杏仙白〕奴家知有尊客在此倡和，特來相訪，敢求一見。〔十八公向唐僧科，白〕這女子名唤杏仙，乃是有名閨秀，仰慕高才，乞賜一見。〔唐僧作見科。杏仙白〕妾聞賢主嘉賓，更倡迭和，真乃千秋佳話。大師東土才人，遠道降臨，特備香茶一壺，異果幾品在此，望乞笑留。妾身陪侍請教，大師請上，受妾身一拜。〔唐僧白〕不勞。〔杏仙作拜科，白〕賤妾妖艷之質，敢乞雨露之施。不煩鑽穴踰牆，敬請登堂入室。〔十八公白〕風月機關，日挑心逗，我們不可在此礙眼，俱各迴避便了。〔孤直公、凌空子、拂雲叟白〕道長之言有理。〔各從地井隱下。場門上設桌椅科。唐僧白〕班姬著四德之訓，如來傳五戒之條。各宜循途守轍，勿得蕩檢踰閑。〔作看科，白〕列位仙長往那裏去了？爲何霎時不見？〔杏仙白〕他見你我二人天緣湊合，未免有情，故此迴避。〔唐僧白〕説那裏話來！〔侍女白〕師傅，那些燒香婦女，你們和尚眼睛裏，不知看了千千萬萬，自然見廣識大。只怕我姐姐才貌，真個數一數二，你休得當面錯過。請坐了。〔作推唐僧坐科。杏仙唱〕

【南呂宮正曲·紅衲襖】我本是上林春麗且都（韻），我本是玉樓人酣共靚（韻）。狀元郎跨馬曾看取（韻），牧童兒指引教客沽（韻）。〔唐僧白〕阿彌陀佛。〔杏仙白〕嗄！俗語説得好，依了佛法，除非餓殺。那些三皈五戒，只管受他何用？〔唱〕説甚麽四大空五藴無（韻），却不是歡喜佛交媾所（韻）。〔唐僧白〕這妮子，滿口胡説！〔杏仙白〕你道是説經教主，佛法精通，我看你還是個老實莊家，經不起妾身棒喝哩！〔唱〕只這一滴菩提傾入花心（句）也（格），蘸得個善和坊碎錦鋪（韻）。〔唐僧唱〕

【又一體】我雖是大圓通性格愚（韻），抵多少秀才們迂且腐（韻）。記三冬巖下枯椿附（韻），便九年嶺上面壁初（韻）。〔白〕小娘子呵！〔唱〕無媒妁王氏女未可圖（韻）。〔白〕我玄奘呵，〔唱〕出俗的謝家郎何足數（韻）。勸你摩登迦女聽念取一卷楞嚴（句）也（格），何苦把阿難戒體污（韻）。〔侍女白〕今日我姐姐，就做個摩登迦女，看你阿難尊者念甚經咒，閃得出去！〔杏仙、侍女作摟科。唐僧怒科，白〕妮子休得無禮！徒弟們快來！〔杏仙、侍女從地井内隱下。悟空、悟能、悟淨從壽臺上場門上，作見科，白〕師傅爲何叫喊？〔唐僧白〕好奇怪！ 方纔朦朧睡去，見一老者，自稱十八公，請我到個什麽木仙菴中坐下。又有三個老者，出來相會，與我聯詩倡和。約有半夜時分，又見一個隣女杏仙，特命丫鬟，捧出香茶果品相送，欲破我的戒行。我立誓不肯，正在與他嚷鬧，掙脱要走，忽然驚醒，却是一場大夢。可不是奇怪之事麽？〔悟空、悟能白〕如此説來，我師傅遇了妖怪了。〔唐僧作驚科，白〕我遇的是甚麽妖怪？〔悟空作指樹科，白〕一株老松，這是十八公了。〔唐僧白〕這幾棵老竹、老樹，就是諸仙長了。〔悟空白〕那女子呢？〔悟空、悟能白〕女子名唤杏仙，那邊一株杏樹，一定是他了。〔唐僧白〕果然一些不差。〔悟空、悟能白〕這樣妖怪，容留不得。今日趁我們在此，把他斷根絶命罷了。〔悟能發諢科，作掘根打樹科。仝唱〕

【中吕宫正曲・撲燈蛾】棒鈀一頓打(句)，棒鈀一頓打(疊)，些時盡皆仆(韻)。果然着荆棘(句)，既葛藤消歸何處(韻)也(格)。草依木附(韻)，廝趕着將人徐圖(韻)。俺不禁揚威耀武(韻)。〔白〕師傅，你看這樹，若不是妖怪，爲何砍將下去，〔唱合〕樹根頭(讀)隱然一片血模糊(韻)？〔白〕樹已伐倒在地，不怕他再害人了。師傅請上馬。〔唐僧作騎馬科。分白〕無影枝頭爛熳花，花生荆棘謾矜誇。葛藤斬斷連根拔，不種庭槐免噪鴉。〔仝從壽臺下場門下〕

第四齣　奉綸音元戎出塞（蕭豪韻）

〔衆軍卒引小生扮李靖，從壽臺上場門上，唱〕

【正宫引·梁州令】吾皇聖武繼神堯韻，靖沙塞兵妖韻。六師親總離天朝韻，扈雲龍讀，馳汗馬句，敢辭勞韻！〔白〕俺李靖是也。輔佐今上皇帝，削平海宇，封拜衛公，圖畫凌煙閣上，已是十餘年了。目今頡利，把部落欺凌，不奉天朝約束，作亂沙漠之外，時來窺伺邊界。我皇上宸衷獨斷，親統六師，勦滅醜類。俺們職叨將帥，戮力齊心，誓必滅此妖魔，以報吾主。因此齊集龍虎衛中，等候聖旨。道猶未了，趙、鄂二位國公早已來也。〔衆軍卒引末扮秦瓊，淨扮尉遲公，從壽臺上場門上。唱〕

【正宫引·破陣子】長策當師李牧句，奇功寔慕班超韻。親扈六龍能戰野句，誰向沙場敢射雕韻。腰間鳴寶刀韻。〔秦瓊白〕俺秦瓊是也。〔尉遲恭白〕俺尉遲恭是也。衛國公在此，上前相見。〔見科，白〕衛國公請了。〔李靖白〕趙國公、鄂國公請了。皇上親征頡利，真是神謀妙算，我想露布到時，那妖魔早已魂飛膽落了。〔尉遲公白〕少不得撞着俺黑爺爺，一鋼鞭打做兩個半段。〔雜扮内監，從壽臺上場門上，白〕兵符關帝闕，天策動將軍。趙國公聽宣旨。〔秦瓊跪科。內監白〕萬歲爺有旨：着秦瓊即帶精兵一萬，作中路先鋒官，前三日起行，所有機宜，俱載御札之內，賫往前途開看，遵奉而行。〔秦瓊山呼拜科，接御札起科。內監白〕聞風六郡勇，計日五戎平。〔下。衆軍卒從壽臺上場門上，白〕丈夫鵲印遥邊月，大將龍旗掣海雲。〔見秦瓊科，白〕軍士們叩頭。〔秦瓊白〕起去。二位國公，不得奉陪了。〔李靖、尉遲公白〕不敢。〔秦瓊白〕大小三軍，就此起兵前去。〔唱〕

【正宫正曲·四邊静】形模夙昔圖麟閣(韻)，承恩拜高爵(韻)。龍馬去如飛(句)，將軍自天落(韻)。弓鸞畫鵲(韻)，袍翻繡鶴(韻)，出塞壯軍容(句)，威武振沙漠(韻)。〔仝從壽臺下場門下。李靖白〕當今妙算如神，調趙國公去做先鋒，眼見得第一陣便得勝了。〔尉遲恭白〕這頭功定然被老秦占去了，做先鋒好不爽快！俺尉遲恭聽見厮殺，正搔着癢哩。〔雜扮內侍，從壽臺上場門上，白〕將軍分虎符，壯士卧龍沙。鄂國公聽宣旨。萬歲爺有旨：着尉遲恭帶領大兵十萬，打從賀蘭山出塞，前往瀚海埋伏，策應中西二路。緊要軍機，開載御札明白，卿可依計而行，不得遲悮。欽此。〔尉遲恭山呼拜科，接御札起科。內侍白〕然明方改俗，去病不爲家。〔從壽臺下場門下。雜扮中軍、小軍，從壽臺上場門上，白〕櫪上驊騮嘶鼓角，門前老將識風雲。〔跪科，白〕禀上國公爺：十萬大兵，都在教場候國公爺點齊起馬。〔尉遲恭白〕中軍你聽我道來。俺尉遲恭呵，〔唱〕

【又一體】單鞭匹馬威如昨(韻)，老來轉矍鑠(韻)。一聽鼓鼙聲(句)，據鞍把身躍(韻)。雕弓快拓(句)，金刀亂斫韻。〔向李靖科，白〕衛國公請了。〔李靖白〕鄂國公請了。〔尉遲恭唱〕管取建奇功韻，勝算本帷幄。〔仝從壽臺下場門下。李靖白〕你看這鄂國公，真個是老當益壯，好驍勇也！〔軍卒執旗、捧劍，引副淨扮李世勣，從壽臺上場門上，唱〕

【高大石調引・半陣樂】入幕預參謀畧韻，提戈端藉英豪韻。〔軍卒白〕英國公來了。〔李靖迎科。李世勣白〕皇上特有密旨，因此老夫自來。〔李靖白〕如此重勞了。〔李世勣唱〕

【正宫正曲・玉芙蓉】師中秉白旄韻，閫内傳丹詔韻。試分兵三路讀，地絡天包韻。〔白〕有御札在此，請收了。〔遞科。李靖跪接科。李世勣白〕皇上可，〔唱〕運籌帷幄把天心定句。〔白〕將軍可，〔唱〕你決勝疆場將血戰鏖韻。〔白〕聖旨道：國公可從豊州進兵，與中路、西路會合。行間之事，一以委之。三路軍將，聽候節制。賜御製龍旗一面，上方劍一口。〔軍卒遞旗、劍。李靖跪接科，山呼拜起科。合唱〕星光耀韻，亮晶晶寶刀韻，顫巍巍讀繡旗兒招颭在碧雲霄韻。〔李靖唱〕

【又一體】宸衷獨斷高韻，你上相參謀妙韻。〔李世勣白〕不敢。〔李靖唱〕笑區區讀小寇那處逋逃韻，密從三面張羅網讀，獨領偏師搗穴巢韻。〔白〕煩老國公與我代奏，説李靖誓當肅清邊境，以報國恩。〔李世勣白〕知道了。老夫告别。〔李靖白〕請了。〔唱合〕星光耀韻，亮晶晶寶刀韻，顫巍巍讀繡旗兒招颭在碧雲霄韻。〔衆將官、衆軍士從壽臺上場門上，白〕闐闐雷鼓山河動，簇簇雲旗日月迴。〔見科。將官白〕諸將參見。〔軍士白〕衆軍士叩頭。〔李靖白〕中軍過來。你與我將御賜龍旗供在上

面，吩咐擺列香案，待我祭禱一番。〔雜扮禮生，從壽臺上場門上，贊禮科。李靖上香奠酒拜科。李靖唱〕

【正宫正曲・朱奴兒】全憑着旗神鑒昭㊀，默助俺淨掃氛妖㊀。〔衆隨拜科，唱〕萬里山川征路遥㊀，仗百靈呵護皇朝㊀。〔起科。李靖白〕取上方寶劍過來。〔將官遞劍，接科，唱合〕軍容好㊀，龍泉掛腰㊀，疾忙問向交河道㊀。〔白〕衆將聽吾號令：爲因頡利欺凌部落，擾亂邊方，我皇上御駕親征，命我統兵西路。君恩深重，將令森嚴。凡有洩露軍機者斬！臨陣退縮者斬！姦淫婦女者斬！擄掠民財者斬！聞鼓不進者斬！聞金不退者斬！交頭接耳者斬！笑語諠譁者斬！各宜凛遵，毋得違悞。〔衆軍士、將官白〕領鈞旨。〔李靖白〕就此起馬前去。〔行科。合唱〕

【尾聲】聖人一怒張天討㊀，看草木山川驚跳㊀。〔李靖唱〕俺索向黑水陰山走一遭㊀。〔從壽臺下場門下〕

第五齣　探風聲軍師搗鬼〔真文韻〕

〔衆番兵引淨扮頡利，從壽臺上場門上，唱〕

【中呂宮引·菊花新】天低漠北滚黄塵㊀，畫角晴吹萬馬奔㊀。叱咤起風雲㊀，一怒領貔貅前進㊀。〔白〕天生異相有神威，馬上騰身疾似飛。莫笑塞天無霸氣，當年冒頓亦男兒。孤家大單于頡利可汗咄苾是也。自俺踐位以來，操練雄兵，并吞小國，已經數年，漸次開拓。去年西番一個部落，不來進奉，俺差一枝人馬去薅惱他，他竟往大唐求救。那貞觀皇帝，聽了他一偏之辭，遣使前來和解，俺想塞外的部落，應該服孤家管轄，若肯來納款，俺也就寬恕他些罷了，難道你倚恃着中朝威勢，俺便輸了鋭氣不成麽？因此拒而不納，已把唐朝使臣打發回去了。前日有個全真道人到來，能呼風唤雨，擺陣行兵，慣施法術，俺就拜爲軍師，凡事叩問于他，十分應驗。又有一個秀才，叫做東西混，武藝到也高强，千里來投，俺就拜他做上將軍之職。俺本國謀臣如雨，猛將如雲，又添了這兩個異人幫助，軍威一發雄盛了。且住。我想這使臣回去，唐朝天子自然大怒，必要興師前來，俺這裏須索整備，且待軍師、上將軍到來，再作商議。〔副淨扮全真道人，丑扮東西混，從

壽臺上場門上。全真道人唱〕

【又一體】逍遥羽扇與綸巾(韻)，道術偏能鬼混人(韻)。〔東西混唱〕也拜上將軍(韻)，休笑我東西廝混(韻)。〔全真道人白〕臣全真道人參見。〔頡利白〕軍師少禮。〔東西混白〕臣上將軍東西混叩見。〔頡利白〕將軍請起。軍師，近日聞得唐朝遣將興兵，欲來廝殺，已曾差人打探，怎麽没有音信？〔全真道人白〕狼主放心，任他有百萬精兵，只消我一把寶劍，一口法水，噴得四分五落去了。〔東西混白〕狼主，不是東西混誇口説，就是天將下凡，憑着我一桿長鎗，殺得望風逃命。〔頡利白〕我這裏，〔唱〕

【中呂宮正曲·好事近】兵氣擁妖氛(韻)，一望塵迷日暈(韻)。風旗不斷(句)，霜刀雪鎧無垠(韻)。呼風忽哨(句)，聽如雷鼓角(讀)把天山震(韻)。且高歌沉醉屠蘇(句)，笑吟吟坐泥金炕穩(韻)。〔雜扮報子，從壽臺上場門上，白〕報！報！報！探子叩頭。〔唱〕

【仙呂宮正曲·錦上花】中路領前軍(韻)，中路領前軍(叠)，趙國公秦瓊(句)，驍勇絶倫(韻)。五千人(句)，五千人(叠)，奮勇來沖頭陣(韻)。〔從壽臺下場門下。頡利白〕原來秦瓊做中路先鋒。這也不怕他。〔雜扮報子，從壽臺上場門上，白〕報！報！報！探子叩頭。〔唱〕

【又一體】敬德老將軍(韻)，敬德老將軍(叠)，西路前來(句)，一隊凶神(韻)。健兒每(韻)，健兒每(叠)，滚一個藤牌陣(韻)。〔從壽臺下場門下。頡利白〕原來尉遲恭出賀蘭山會合。他也老了，不足爲慮。〔雜扮報子，從壽臺上場門上，白〕報！報！報！探子叩頭。〔唱〕

【又一體】西路擁征塵㊙，西路擁征塵㊕，節制全師㊀，號令如神㊙。李將軍㊙，李將軍㊕，排一個長蛇陣㊙。〔從壽臺下場門下。頡利白〕原來將軍就是李靖。他是白面書生，曉得甚麽！〔頡利向全真道人白〕軍師計將安出？〔全真道人白〕貧道自有妙術破他，狼主放心。〔雜扮報子，從壽臺上場門上，白〕報！報！報！〔叩頭科，白〕大王爺，不好了！不好了！唐兵驀地直抵豐州，秦瓊前部離此不過四五十里路，如何是好？〔頡利白〕起去，再去探來！〔向東西混白〕今日天色已晚，明日五鼓再去迎敵。〔東西混白〕得令。〔衆番兵引頡利、東西混、全真道人從壽臺下場門下〕

第六齣　聞雷震頡利消魂（真文韻）

〔內作大炮響科。衆番兵作驚奔，從壽臺上場門急上。頡利白〕呀！驚天動地一個大炮打來，全虧走得快，險些兒中了計也。呀！這炮怎麽這等利害！但見一條血路，不知打死了幾千人了。〔全真道人白〕這個叫做轟天炮，乃大唐皇帝自己製造，能四十里外摧鋒陷陣。〔頡利等仝唱〕

【中呂宮正曲·好事近】驚聞大炮打營門(韻)，忽喇喇地崩天震(韻)。轟雷掣電(句)，火光中飛散紅輪(韻)。忽然一炸(句)，百千人(讀)頃刻爲齏粉(韻)。平地上血流成河(句)，亂屍骸灰飛煙燼(韻)。〔雜扮夜不收從壽臺上場門急上，唱〕

【中呂宮正曲·不是路】急走忙奔(韻)，氣喘吁吁汗滿身(韻)。行來近(韻)，小旗兒插了進轅門(韻)。〔見科，叩頭科，唱〕聽原因(韻)，中朝皇帝心懷忿(韻)，爲庇隣封統六軍(韻)，親臨陣(韻)，雄兵百萬來何迅(韻)。急須逃遁(韻)，急須逃遁(疊)。〔頡利白〕胡説！〔夜不收從壽臺下場門下。頡利唱〕

【中呂宮正曲·撲燈蛾】大唐貞觀主(句)，雲端坐高峻(韻)。爲何自巡邊(句)，怎不教人愁悶(韻)也(格)。眼昏頭暈(韻)，頓喪了七魄三魂(韻)，揣心頭驀然自忖(韻)，細思量(讀)，不知何計可支分(韻)。〔怕科。

全真道人、東西混唱〕

【又一體】主公休害怯(句)，咱們善搬運(韻)。妖法我能施(句)，那更你將軍專閫(韻)也(格)。大家幫襯(韻)，壯着膽抖搜精神(韻)，莫被他傍人笑哂(韻)。管教他(讀)，隻輪片甲不留存(韻)。〔頡利白〕上將軍帶兵三千，先去迎敵。軍師，俺且與你後營商議去。浪作禽填海，那將血射人。〔全真道人、頡利從壽臺下場門下。東西混白〕大小三軍，快些起兵前去，待我拏住秦瓊，方爲希罕也。〔行科。合唱〕

【尾聲】平生落魄心含忿(韻)，吐氣揚眉在此辰(韻)。笑看那骨碌碌的人頭兒(讀)，在沙地上滾(韻)。

〔秦瓊引衆小軍，從壽臺下場門沖殺上科，作殺東西混。衆番逃，從壽臺下場門下。秦瓊、衆小軍追下〕

第七齣　斬妖道鏖戰賀蘭（江陽韻）

〔衆軍卒引小生扮李靖，從壽臺上場門上，唱〕

【南吕調套曲·一枝花】寒雲古塞邊(句)，落日陰山上(韻)。千林屯虎豹(韻)，四野散牛羊(韻)。渺渺茫茫(韻)，白草連天廣(韻)，青烽接地長(韻)。韻悠悠畫角齊吹(句)，鬧垓垓金鐙亂響(韻)。〔白〕俺衛國公李靖是也。爲因頡利擾害邊方，聖人震怒，特加俺爲大將軍之職，統領大兵十萬，打從西路進發。昨日探子來報，中路先鋒秦叔寶，在豐州地面與賊將東西混廝殺，將他一刀砍于馬下，賊兵大敗虧輸。眼見得頭一陣，先已得勝了。真個的皇上妙算如神，密差尉遲老將軍，抄賀蘭山而來，出其不意，前途策應。咦！頡利，頡利，看你怎生逃遁！俺這裏十萬雄兵，屯扎此間，好十分威勢也！〔唱〕

【南吕調套曲·梁州第七】托賴着聖天子神呵鬼護(句)，憑着俺大將軍武奮威揚(韻)壯壯壯(格)！因此把千軍萬馬列在平沙上(韻)，赤緊的森嚴將令(句)，整肅軍裝(韻)，龍蛇夭嬌(韻)，貔虎開張(韻)。壯壯壯(格)！鑿凶門景杜驚傷(韻)，排陣勢天地陰陽(韻)。顫摇摇漾日旌旗(句)，亮晶晶凝霜甲仗(韻)，冷森森耀雪刀鎗(韻)。壯壯壯(格)！將强(韻)，士强(韻)，貌狰獰(讀)一箇箇是哪吒樣(韻)。我聲先到，他氣隨喪(韻)。却便是釜内游魚没處藏(韻)，到不如早早歸降(韻)。〔白〕大小三軍，頡利必從僻路而來，你們快些起兵前去。〔行科。淨扮頡利，領衆番兵從壽臺下場門上，白〕李靖那裏走！〔李靖白〕來將何名？〔頡利白〕吾乃大單于頡利是也。李靖，俺且問你，這塞外的部落，應該咱家統轄，與中原什麽相干，反來多管閒事！〔李靖白〕自古道，天無二日，民無二王。又道是普天之下，莫非王土。你們小邦私鬭，俺天朝皇帝遣使來和，你怎負固不服？今日天兵到臨，還不下馬受縛，更有何言！你更有何言！

〔唱〕

【南吕宫套曲·四塊玉】恁恁恁不將那聖諭遵(韻)，反要把天威抗(韻)。笑恁那當車怒臂逞螳螂(韻)，没來由蜂衙蟻陣也勞動獅和象(韻)。一謎價蠻爭觸鬭(句)，端的是蟜和蚌(韻)。可知道雷霆威不可當(韻)！〔頡利白〕不必多言，放馬過來！〔戰科。頡利敗科。李靖領衆追下。衆番兵引頡利妻、頡利子從壽臺上場門上，虚白科。頡利、衆番兵作打野營睡科。衆小軍將官圍上，作放炮科。頡利、頡利子逃下，衆官兵擒頡利妻。衆番兵虚白諢科。將官白〕七恰嗎拉昆。〔頡利妻白〕難嗎阿拉昆必嘻，必頡利都必哥落根。〔將官白〕啟元帥，是頡利妻子。〔李靖白〕拿去砍了。〔將官白〕阿八其阿拉壳拉喇。〔頡利妻白〕難嗎不體阿拉。〔將官白〕恶黑奴勒昆，哈那思鴉步喝。〔頡利妻白〕乞難嗎阿拉無鬼，必嘆乃大格者阿喜。〔將官白〕胡整鴉步。〔頡利妻白〕頡利都必，乞煙秃魯，哈不秃蘸抹洛克，希可欣亞蘸你，難嗎阿拉罷。〔將官白〕西你阿及哥拜奴。〔頡利妻白〕拜介拜介，蜜你哭洛鷄肯悲。〔將官白〕忒勒恩納百納户。〔頡利妻白〕住洛格蜜你，難嗎阿拉罷。〔將官白〕鴉步鴉步。〔衆將帶頡利妻下。副扮全真道人，領衆從壽臺上場門上，白〕全真師鬼谷，半壁靠天山。呀！不好了！不好了！主公被李靖殺得大敗，奔入那山凹裏去了。不免作起法來。赫赫揚揚，禹步翱翔。召神遣將，速到疆場。〔揮劍作法科，白〕吾奉太上老君，急急如律令勑！這又奇怪了，往常間呼風唤雨，令到奉行，怎麽今日一些也不靈應了？〔李靖領衆上，白〕妖道那裏走！〔唱〕

【南吕調套曲·哭皇天】你你你穩坐在中軍帳(韻)，慣誇矜手段高强(韻)。説甚麽白蓮興左教(句)，抵多少五斗聚軍糧(韻)。怎今日不將妖術講(韻)，呆提起三尺青鋒立戰場(韻)。可知道邪難勝正(句)，賊不成王(韻)。〔戰科。全真道人敗。李靖殺全真道人下。李靖白〕妖道雖已受誅，頡利尚未歸順。衆將都上前來，聽吾號令：皇上妙算神通，天威動地，自從削平海内，慴服要荒。今頡利小醜陸梁，皇威震怒，爾諸將各宜上體聖心，下清邊塞。自古道養軍千日，用在一朝。務必人人奮勇，箇箇當先，懷上前誓死之心，絶退後倖生之計，則頡利之頭，旦夕可斬也！〔唱〕

【南吕調套曲·烏夜啼】俺擠着當先躍馬做三軍倡(韻)，一齊的虎視龍驤(韻)。喊聲喝陣雲開(句)，鼓聲助兵威壯(韻)。但只圖堅擊横撞(韻)，顧不得救死扶傷(韻)。飛身直入陣中央(韻)，突圍又奔沙場上(韻)。瞅一瞅征塵障(韻)，嘯一嘯悲風盪(韻)。祁連山把靴尖踢倒(韻)，賀蘭山堆甲片也相當(韻)。〔衆軍卒白〕大將軍言言忠勇，字字血誠，我等敢不凛遵！〔李靖白〕頡利逃去，直向賀蘭山一路去了，却好又有一箇尉遲老將軍等着他。我皇上真料敵如神也！快些再追上去。〔合唱〕

【尾聲】大單于豪氣三千丈㊀，抵不住上將軍威風八面張㊀。整頓着飛騎如龍快追上㊀，趁着黑沉沉月光㊀，白濛濛雪光㊀，細認取旗影摇風在那邊往㊀。〔仝下〕

第八齣　逼兇酋狂奔紫塞（蕭豪韻）

〔衆番兵引頡利敗從壽臺上場門上，白〕休趕！休趕！俺頡利與李靖這廝交鋒，被他下馬鏖戰，殺得大敗虧輸，失去妻子輜重，只得落荒而走。把都兒們，後面追兵漸遠了麽？〔衆白〕望不見了。〔頡利白〕也罷。且從西路，抄過賀蘭山後，聚集精兵，再來與他廝殺便了。把都兒們，快些走罷。〔内喊介〕呀！不好了！又是一枝兵來了！把都兒們，拚死奔上前去。正是江東子弟多豪俊，捲土重來未可知。〔虛白，從壽臺下場門下。尉遲恭領衆官兵從壽臺上場門上。合唱〕

【中呂宮正曲・好事近】出塞展龍韜(韻)，一路長驅直擣(韻)。揮鞭躍馬(韻)，驟雨驚風行到(韻)。沙場萬里(句)，遍江山(讀)插上唐旗號(韻)。看古來漢塞秦關(句)，圖畫上幅員多少(韻)。〔尉遲恭白〕某尉遲敬德，奉令來此賀蘭山，截殺頡利，屯兵在此。呀！你看俺十萬大兵，好威猛也！〔合唱〕

【又一體】弓刀簇擁陣雲高(韻)，萬馬千軍齊到(韻)。風雲龍虎(句)，把圖中八卦排好(韻)。連天戰鼓(句)，聽轟雷(讀)震耳喧飛砲(韻)。無定河猿鶴逃奔(句)，敕勒川草木驚跳(韻)。〔尉遲恭白〕衆將官，就此迎殺上去。〔衆應介。頡利引衆番兵從壽臺上場門上，作對敵科。番兵從壽臺下場門敗下。頡利白〕尉遲恭，你這些年紀，兀自不知死活，定要來納命麼？〔尉遲恭白〕常言道老當益壯。不必多言，放馬過來！〔戰科。頡利敗下，尉遲恭領衆追下。衆引李靖從壽臺上場門上。合唱〕

【中吕宫正曲·千秋歲】漢班超(韻)，舊日封侯道(韻)，擁貔貅萬里咆哮(韻)。黑月陰山(句)，黑月陰山(疊)，杳渺渺(讀)一片黃雲迷了(韻)。塵飛處(讀)，風翻草(韻)。煙生處(讀)，星連炮(韻)。沿路忙搜剿(韻)。甚龍争虎鬭(讀)，不過點點腥臊(韻)。〔頡利領衆番兵從壽臺上場門上，白〕快些走！快些走！後面尉遲恭追上來了！〔李靖上，白〕頡利，不用慌張，且留下首級在此！〔頡利軍與李靖軍戰科。李靖與頡利戰科。合唱〕

【又一體】試鈐韜(韻)，一個個長鎗攢(韻)，兩下裏争奇鬭巧(韻)。千點梨花(句)，千點梨花(疊)，又一似(讀)瑞雪盤旋飛繞(韻)。沙場上(讀)兵威鬭(韻)，陰山畔(讀)軍聲噪(韻)。四野旌旗耀(韻)。看飛青點白(讀)，目眩心摇(韻)。〔官兵追殺衆番兵，從壽臺兩場門下〕

第九齣　運藤牌敬德追逃（蕭豪韻）

〔尉遲恭內白〕衆將官，緊緊追上！〔衆將官應科，引尉遲恭上。藤牌軍作滚牌式，分站。尉遲恭白〕呀！你看俺部下健軍，好十分勇猛也！〔合唱〕

【中呂宮正曲・越恁好】籐牌飛滚（句），籐牌飛滚（疊），一個個雙足跳（韻）。看流霜偃月（句），明晃晃、冷蕭蕭（韻），亮晶晶短刀（韻）。忽喇喇馬蹄兒（讀）急砍亂跑（韻），顫威威鐵盔（句），亂紛紛紅纓兒（讀），鈎在樹梢（韻）。黄沙軟（讀），白草平（句），廝殺當場好（韻）。〔尉遲恭白〕衆將官就此埋伏。〔唱〕訝寒光一片（讀），殺氣千條（韻）。〔頡利領衆番兵從壽臺上場門逃上。衆官兵作放炮科。衆番兵驚科，混戰，從壽臺兩場門下。衆官兵籐牌軍追殺番兵，從壽臺下場門下。尉遲恭追頡利，遶場，從壽臺下場門下。頡利、衆番兵從壽臺上場門敗上。李靖領衆軍士從壽臺上場門沖殺上。衆番兵、頡利敗，從壽臺下場門下。衆軍白〕頡利大敗！〔李靖白〕頡利雖然逃遁，目下三路兵已湊合，鄂國公已又緊緊追上去了，料他插翅也難飛，少不得面縛來降了。今日這一番大戰，看他喪膽飛魂，只有束身歸命。〔笑科，白〕你逞甚麽英雄也！大小三軍，且自趲行前去。〔衆軍應科。仝唱〕

【中呂宫正曲・紅繡鞋】雄兵兩下争鏖㊞，争鏖㊕。重圍四下週遭㊞，週遭㊕。屍亂滚㊁，血流漂㊞。喊聲舉㊁，陣相交㊞。看頡利㊁，怎生逃㊞！

【尾聲】雕弓扣響臨風嘯㊞，看沙塞雲横一雁高㊞。那怕他颯颯黄沙撲戰袍㊞。〔從壽臺下場門下〕

第十齣　頒鳳詔秦瓊接旨（江陽韻）

〔衆軍士、將官引末扮秦瓊，從壽臺上場門上，唱〕

【仙呂宮引·天下樂】迴樂峯前沙雪光㊅，受降城外月如霜㊅。不知何處蘆笳響㊅，一夜征人盡望鄉㊅。〔白〕宗臣事有征，廟算在休兵。天與三臺座，身當萬里城。俺趙國公秦瓊是也。扈從西征頡利，命俺爲前部先鋒。前軍一戰，便把他賊將東西混砍了，因此軍聲大振，賊人膽喪魂飛。聞得後軍衛、鄂二位國公，兩路夾攻，殺得他大敗，眼見勢窮力竭，無處逃生的了。邊釁漸次消除，納款須居要地。前蒙上諭，在豐州地方建設受降城一座，以便諸部落投降。且喜今日落成，已有使命到來，不免前去迎接。〔雜扮手下，雜扮使臣，從壽臺上場門上，白〕玉旨傳丹鳳，金笳響白狼。聖旨已到，跪聽宣讀。皇帝勅諭：趙國公秦瓊，前爾奏造受降城一座，兹已不日告成，具見勞績，深爲可嘉。自頡利犯順以來，西番部落，爲彼勢結利誘，因而附會，原非本心。今朕體上天好生之心，廣先王泣罪之意，止期殲厥渠魁，脅從悉皆罔治。凡有投誠歸化者，赦其前罪，咸與維新，并將陣獲妻子親屬，許令認還。卿可體朕至意，即將此諭，宣示遠近，傳布要荒，以成勞來安集之化。欽哉。謝恩。〔秦瓊山呼叩頭，起科。使臣白〕復命歸行在，揚鞭指五雲。〔手下、使臣仍從壽臺上場門下。秦瓊白〕諸將過來，聽我吩咐。〔衆將官應科。秦瓊唱〕

【仙呂宫正曲・一封書】持旌節此方㊄，建新城名受降㊄。今朝命遠將㊄，把仁風持奉揚㊄。傳諭邊方諸部落㊀，向化投誠歸大唐㊄。奮乾剛㊄，靖遐荒㊄，兵氣銷爲日月光㊄。〔白〕快將上諭刊刻，即日廣爲宣布便了。〔衆將官白〕得令了。〔秦瓊白〕你們把守受降城，有投誠來者，盤詰明白，方許入城，報明註册，引到轅門見我。〔將官白〕領軍令。〔仝從壽臺下場門下〕

第十一齣　沙漠賊頡利授首（戈歌韻）

〔淨扮頡利，從壽臺上場門上，唱〕

【仙呂宮正曲·八聲甘州】無端搆禍(韻)，恨當初妄想(讀)作浪興波(韻)。把全唐輕覷(句)，到而今奈得誰何(韻)！腥風血雨任摧挫(韻)，掃穴犂庭一刹那(韻)。呵呵(韻)。何處覓救苦彌陀(韻)。〔番兵上，白〕戰餘落日黃，軍敗鼓聲死。今與山鬼隣，殘兵哭遼水。郎主被唐兵殺得大敗虧輸，這怎麽處！〔頡利白〕孩子們，不必心慌，且再作計較。〔衆番兵仝唱〕

【仙呂宮正曲·解三酲】蕩煙塵大軍全破(韻)，遍山川置網張羅(韻)。似釜中魚鱉籠中鴿(韻)，死淋浸吉少凶多(韻)。〔衆番兵仝唱〕端的是長鯨鬬穴浮鱗甲(句)，猛虎投坑受折磨(韻)。驚魂隨(韻)，這般狼狽(讀)，誰個調和(韻)。〔末扮報子上，白〕仝來死者傷離別，一夜孤魂哭舊塋。郎主，不好了！咱們營裏把都兒並各部落小番，得了唐朝招安信，都一齊逃去投降了。〔衆仝唱〕

【仙呂宮正曲·風入松】沙場一夜散兵戈(韻)，逃去不留一個(韻)。大唐天子兵威大(韻)，把賀蘭山登時踏破(韻)。〔頡利白〕你既遇着唐兵，怎麽逃脱得來？〔報子白〕小人呵，〔唱〕幸先在林巒逃躲(韻)。

〔白〕如今也告別了。〔唱〕再不願隨鞭鐙當嘍囉(韻)。〔下。頡利白〕報子轉來！〔衆番兵白〕哥呵，咱們營盤裏把都兒俱已逃散，歸順唐朝，我們還在此間何幹？不如大家散夥。〔衆番兵唱〕

【仙呂宮正曲·急三鎗】今聞得(句)，遭焚燬(讀)兵威挫(韻)，便要回營寨(句)，也没巢窩(韻)。〔頡利白〕哇！哇！哇！那個敢走！走者斬首示衆！〔衆番兵唱〕常言道(句)，林木倒(讀)，猢猻散(句)，此時還不走(句)，待如何(韻)？〔衆番兵奔下。頡利驚呆科，白〕哎喲喲！怎麼這些將士軍兵，都一齊逃散了！如今怎麼處？〔唱〕

【仙呂宮正曲·風入松】驀然平地起風波(韻)，好似乘舟失舵(韻)。三軍止剩咱一個(韻)，眼看着雙手頻搓(韻)。〔白〕也罷。他每走得，難道俺走不得？不如棄了營寨，快些逃去，再作道理。〔唱〕且自向烏江權躲(韻)，莫待垓心困枉悲歌(韻)。〔從壽臺下場門下。衆軍士引尉遲恭，從壽臺上場門上，唱〕

【仙呂宮正曲·急三鎗】兵和馬(句)，周四面(讀)都圍合(韻)，抵多少排地網(句)，設天羅(韻)。〔衆軍仝從壽臺下場門下。頡利從壽臺上場門逃上，白〕你看唐兵團團圍住，這便怎麼處？〔雜扮報子，從壽臺門急上，白〕不好了！不好了！唐兵將小主都擄去了。〔頡利白〕我咄苾也是好漢子，日前陣上失妻，今又營中擄子，有何顏面再去降順南朝！〔唱〕英雄漢(句)，脖兒下(讀)自把鋼刀過(韻)。拚一命(句)，見閻羅(韻)。〔頡利作自刎，從壽臺下場門下。衆軍卒引李靖從壽臺上場門上，唱〕

【仙呂宮正曲·風入松】翻身跳入虎狼窩(韻)，頃刻渠魁結果(韻)。〔白〕呀！且喜頡利已自刎了，軍士取下頭來。〔軍卒送頭科。李靖提頭看科，唱〕活生生手提頭一顆(韻)，顧不得征袍血涴(韻)。〔白〕軍士們取木桶盛好，一面飛奏與皇上，將這廝首級，少不得傳示九邊各部落，使知逆天者亡，各宜遵守法度也。〔軍卒應科。李靖唱〕彈龍劍容顏笑呵(韻)，問誰是最功多(韻)。〔從壽臺下場門下〕

第十二齣　東土僧化脱凡胎（齊微韻）

〔末扮金頂大師，戴如意冠，穿氅，繫絲絛，持拂塵，從壽臺上場門上，唱〕

【南呂宮曲·香柳娘】聽山中鳥啼(韻)，聽山中鳥啼(疊)，晝簾鈎起(韻)，花香細倩風兒遞(韻)。看行雲漸低(韻)，看行雲漸低(疊)，楊柳緑初齊(韻)，東君早歸矣(韻)。〔白〕地濶難尋摩頂佛，天高不負信心人。咱乃靈山相近玉真觀金頂大師是也。十年前領佛法旨，説東土取經聖僧，一兩年内，可到此處。誰知年年等候，杳無消息，待他到時，指引他一條去路。〔唱合〕倚門兒半窺(句)，倚門兒半窺(疊)，錫杖緇衣(韻)，那人來未(韻)。〔副扮悟空，戴悟空帽，穿悟空衣，帶數珠。丑扮悟能，戴僧帽，紥金箍，猪嘴切末，穿悟能衣，帶數珠，持鈀，挑經擔。雜扮悟淨，戴僧帽，紥金箍，穿悟淨衣，帶數珠，持鏟，牽馬。引生扮唐僧，戴僧帽，穿僧衣，繫絲絛，帶數珠，從壽臺上場門上。仝白〕十四年來未了事，今朝路漸近靈山。〔金頂大師白〕來者莫非東土取經人麼？我奉佛旨，在此等久了。〔唐僧白〕阿彌陀佛。請問靈山從那一條路去？〔金頂大師白〕這條路是不出寺門的，請進來。〔仝作進門科。金頂大師白〕這裏是外殿，這裏是中堂，該奉一茶，屈留便飯纔是。〔唐僧白〕路上纔用得，不消費心。〔金頂大師白〕這裏是後門了。〔唐

僧白〕出得後門，好一派仙景！〔金頂大師白〕聖僧，你望去有祥光五色，瑞靄千重，就是靈鷲高峯，佛祖聖境也。我方纔呵，〔唱〕

【又一體】正思伊望伊(韻)，正思伊望伊(疊)，見伊心喜(韻)，燭花昨夜原非戲(韻)。〔白〕來此乃是凌雲渡，獨木橋，不能相送，告别了。〔從壽臺上場門下。唐僧白〕這獨木橋如何過去？〔悟空白〕過獨木橋有何難處？八戒你倒先走。〔悟能白〕那個敢走？水又濶，浪又高，獨一根木頭，又細又滑，怎生動脚？〔悟空白〕待我來。〔唱〕路紆迴向西(韻)，路紆迴向西(疊)，一片瑞雲圍(韻)，琉璃殿何麗(韻)。〔作過橋科，白〕師傅來嗄！〔唐僧白〕不能。〔悟淨白〕待我來。〔作欲行又止科，唱合〕望汪洋是水(韻)，望汪洋是水(疊)，樹老橋低(韻)，半村難比(韻)。〔白〕到了這個所在，究竟不能成佛，怎麽處？〔悟空白〕待我再走轉來，教你個走法。〔復作走轉科，白〕可好？〔唐僧作望科，白〕好了，遠遠望去有一隻船來了。〔雜扮衆揭諦，從仙樓門上。雜扮光王佛化身，戴氈帽、草帽圈，穿道袍，繫腰裙，持篙，從壽臺下場門上，唱〕

【又一體】把船兒慢移(韻)，把船兒慢移(疊)，要知詳細(韻)，衝風渡浪原無底(韻)。怪閙鷗亂飛(韻)，怪閙鷗亂飛(疊)，若得鷺鷥歸(韻)，相依頗相慰(韻)。〔合〕眼乜斜看睨(韻)，眼乜斜看睨(疊)，對面憂疑(韻)，不知何意(韻)。〔作見科，白〕快來上渡。〔唐僧作看科，白〕船兒無底，恐去不得。〔光王佛化身白〕聖僧不妨。我這個船麽，今來古往渡羣生，萬刼安然自在行。有浪有風終自穩，鴻濛初判得聲名。安心上渡，不消憂得。〔悟空白〕待我先上去。〔作上船科，白〕師傅上來嗄！〔唐僧虛白作怕科。悟空白〕師傅，你若這樣膽怯，如何得登彼岸？ 取不得金經了，你到不如回去罷。〔唐僧作會意科，白〕阿彌陀佛。待我上去便了。〔唐僧、悟能、悟淨牽馬仝上船科。内奏樂，衆護法神、伽藍神從壽臺兩場門暗上，作擁護脱凡科。白馬從地井内隱下。小生扮悟徹，戴紫金冠，穿箭袖、排穗，從地井内上。衆神白〕聖僧已超凡入聖，我等差畢，就此回覆佛旨。〔作遶場，從壽臺兩場門分下。唐僧白〕貧衲隨入河中，不但衣不沾水，覺得四肢也輕了許多，却是爲何？〔光王佛化身白〕聖僧，〔唱〕

【又一體】你何須更疑(韻)，你何須更疑(疊)，骨如蟬蜕(韻)，少不得到頭明白其中意(韻)。覩形容是非(韻)，覩形容是非(疊)，舊日瘦和肥(韻)，從今較差異(韻)。〔合〕那皮囊是誰(韻)，這身軀是誰(疊)，變幻蹺蹊(韻)，是一是二(韻)。〔作到科，白〕已到彼岸了。 請上去。〔仝作上岸科。光王佛化身從壽臺上場門隱下。唐僧作回望科，白〕怎麼人船都不見了？〔悟空白〕師傅，那是寶幢光王佛，特來接引師傅的。〔唐僧作拜科，白〕南無寶幢光王佛。〔悟徹白〕師傅。〔唐僧白〕你是那個？〔悟徹白〕弟子就是師傅騎坐的白馬，今日功德圓滿，已成正果，菩薩與我取個法名，唤做悟徹。〔唐僧白〕阿彌陀佛。〔悟空白〕喜得師傅已脱凡胎，從此成佛作祖。〔唐僧白〕正是踏破鐵鞋無覓處，〔仝白〕得來全不費工夫。〔仝從壽臺下場門下〕

癸下

第十三齣　印度皈依瞻聖境（真文韻）

〔生扮韋馱，戴盔，紥靠，紥背光，持杵，從仙樓門上，白〕三洲感應降魔祟，一點丹心護佛門。我乃西天大雷音寺護法韋馱是也。今日聞得大唐聖僧取經到此，不免待四大金剛到來，一齊等候。〔雜扮四金剛，各戴金剛冠，紥靠，紥背光，各持劍、琵琶、傘、蛇，從仙樓門上，白〕我等雷音寺山門内四大金剛是也。上前見了尊者，仝等取經人到來。〔作見科，白〕尊者稽首。〔韋馱白〕四位稽首了。東土唐三藏奉差求經，今日到此，你看唐僧來也。〔作下仙樓至壽臺。雜扮悟淨，戴僧帽，紥金箍，穿悟淨衣，帶數珠，捧香盤。引生扮唐僧，戴僧帽，穿僧衣，繫絲絛，帶數珠。副扮悟空，戴悟空帽，穿悟空衣，帶數珠。丑扮悟能，戴僧帽，紥金箍、猪嘴切末，空悟能衣，帶數珠。小生扮悟徹，戴紫金冠，穿箭袖、排穗。隨從壽臺上場門上。唐僧唱〕

【仙呂調隻曲·一半兒】旃檀香樹散氤氲(韻)，隨處金沙隨處雲(韻)，薝蔔芬芳空外聞(韻)。近山門韻，一拜兒舒徐一拜兒緊韻。〔作到科，白〕且喜已到山門。〔韋馱等白〕聖僧到了麽？〔悟空白〕這位是護法韋馱。〔唐僧白〕韋馱菩薩稽首。〔悟空白〕這四位是金剛菩薩。〔唐僧白〕四大金剛菩薩稽首。〔韋馱、四金剛白〕我佛知聖僧今日到殿，着我等在此候久。隨我進來。世上藥醫不死病，天邊佛度有緣人。〔仝從仙樓上至禄臺。雜扮四天王，各戴盔，穿蟒，束帶，從禄臺門上，白〕取經心願完全，苦行曾經十四年。道在聖傳修在己，善由人積福由天。咱們雷音寺外殿四天王，來等取經人到來，以慰我佛歡心。你看進殿的，就是唐三藏也。〔四金剛、韋馱引唐僧、悟空、悟能、悟淨、悟徹，仝從禄臺門上。唐僧唱〕

【又一體】晶瑩摩竭籠慈雲韻，山色無非清淨身韻，幾縷霏霏吹近人韻。妙香聞韻，一步兒匆忙一步兒近韻。〔悟空白〕師傅見了四天王。〔唐僧白〕天王稽首。〔四天王白〕聖僧，你路上行得久了，我佛那一日不念你？說話之間，我佛陞座也。〔四天王、唐僧等下〕

第十四齣　檀林見佛悟禪心（真文韻）

〔內奏樂、鳴鐘、擂鼓。雜扮衆揭諦，各戴揭諦冠，穿鎧，執幢旛，從仙樓門上。雜扮衆侍者，各戴僧帽，紮金箍，穿道袍，披袈裟，帶數珠。雜扮阿難、迦葉，各戴毘盧帽，穿道袍，披袈裟，帶數珠。引淨扮如來佛，戴佛臚腦，穿蟒，披佛衣，從祿臺門上，唱〕

【仙呂調套曲·點絳唇】植福成根(韻)，開花有本(韻)，無窮盡(韻)，未到時辰(韻)，便說無人信(韻)。

〔內奏樂。場上設金蓮寶座，轉場陞座科，白〕我佛如來佛是也。今日東土陳玄奘，來到靈山雷音寺，不免宣來相見。侍者宣東土陳玄奘上殿。〔侍者應科，白〕奉如來法旨，宣東土陳玄奘上殿。〔唐僧等上。唐僧白〕領佛旨。〔仝作進殿參拜科。唐僧白〕弟子玄奘，奉東土大唐皇帝旨意，來叩寶山，求取金經，以度衆生。望如來垂恩慨許，早賜歸國。〔如來佛白〕玄奘你且聽者。〔唱〕

【仙呂調套曲·混江龍】浮生一瞬(韻)，那有銅澆鐵鑄這人身(韻)？只戀着愛河慾海(句)，利藪名津(韻)，並不把歸根結果靜中思(句)，也不把明心見性胸頭忖(韻)。看不了悽悽愴愴北邙山(句)，總不出真真假假南柯郡(韻)。爲甚的黑甜難醒(句)，白眼終昏(韻)？〔唐僧白〕多蒙我佛垂慈悲之念，開方便之門，那閻浮世上呵，〔唱〕

【仙吕調套曲・油葫蘆】一霎裏吹回大地春(韻)，喜慈悲來接引(韻)。半沉半溺可憐身(韻)，茫茫苦海捱將近(韻)，慈航輕渡風波穩(韻)。迷津指覺路新(韻)，慧日明金雲潤(韻)。暢好是檀林萬寶開方寸(韻)，施雨露冒乾坤(韻)。〔如來佛白〕玄奘，我有金經三藏，可以超救苦惱，解釋災愆。〔唐僧白〕請問我佛，何以分爲三藏？〔如來佛白〕一藏有法談天，一藏有論説地，一藏有經度鬼，共計三十五部，有一萬五千四百四十八卷。此乃修行要旨，正善法門，汝等遠來，悉付與汝，但恐那些愚昧之人，恃强任蠢，毁謗真言，不識我沙門奥義耳。〔唱〕

【仙吕調曲・寄生草】東土雖誇字(句)，西方也論文(韻)。須知是佛家還勝却儒家藴(韻)，無心更賽過有心穩(韻)，那筆花不比得天花隕(韻)。一任你做成虚套老婆禪(句)，怎比得收藏真蹟蘭亭本(韻)。〔唐僧唱〕

【仙吕調套曲・又一體】合掌惟瞻拜(句)，難言這段恩(韻)。俯念着師徒曾歷過妖魔陣(韻)，道途也受盡風霜困(韻)，馬蹄踹遍雲山峻(韻)。慨然相許遠方僧(句)，穩把那總持貝葉雙眸認(韻)。〔如來佛白〕阿難、迦葉過來。〔阿難、迦葉白〕阿彌陀佛。〔如來佛白〕我將三藏中三十五部内，已曾撿定十二部，合成一藏，爾等可仝領玄奘至藏經閣，親自領取，教他流傳東土，普濟羣生。〔阿難、迦葉白〕謹領佛旨。〔作引唐僧、悟空、悟能、悟淨、悟徹從禄臺門下。内奏樂，如來佛下座科，唱〕

【煞尾】憑仗你玄奘的法身(韻)，扶助着大唐的鴻運(韻)，管教曇花寶笈(讀)輝映萬千春(韻)。〔仝從禄臺仙樓分下〕

第十五齣　經取珍樓開寶笈（寒山韻）

〔雜扮衆雲童，各戴綫髮，穿採蓮衣，繫絲縧，持雲，從壽臺兩場門上，作合舞，上仙樓分侍科。場上設樓，擺經科。雜扮阿難、迦葉，各戴毘盧帽，穿道袍，披袈裟，帶數珠。引生扮唐僧，戴僧帽，紮五佛冠，穿僧衣，披袈裟，帶數珠。副扮悟空，戴悟空帽，穿悟空衣，帶數珠。丑扮悟能，戴僧帽，紮金箍，豬嘴切末，穿悟能衣，帶數珠。雜扮悟淨，戴僧帽，紮金箍，穿悟淨衣，帶數珠。小生扮悟徹，戴紫金冠，穿箭袖、排穗。隨從上場門上。阿難、迦葉唱〕

【黃鐘宮引・玉女步瑞雲】寶閣雲團(韻)，經典細心尋揀(韻)。〔唐僧唱〕喜法雨天花佈散(韻)。〔仝作進門科。雜扮衆侍者，各戴僧帽，紮金箍，穿道袍，披袈裟，帶數珠，從仙樓門上，作分侍科。唐僧白〕好一座寶閣也！〔阿難、迦葉白〕我佛有旨：三藏中撿得十二部，合成一藏，命你領去。侍者們請下經來。〔衆侍者作應，場上設桌，向寶閣取經設桌上科。唐僧唱〕

【黃鐘宮正曲・啄木兒】珍樓敞、經閣環(韻)，寶軸琅函光燦燦(韻)，縱馬馱諒也無多(句)，況肩挑更覺艱難(韻)。〔唐僧作觀經科。唱〕這是法華圓覺多羅梵(韻)，辛勤繙繹心休憚(韻)。〔合〕只恐怕往代儒書也恁繁(韻)。〔阿難、迦葉唱〕

【又一體】我見你精心閱、加意翻(韻)，歡喜猶嫌相見晚(韻)，好似那獺祭般堆滿縹緗(句)，恨不作蠹魚兒不出其間(韻)。千花貝葉休輕慢(韻)，持歸素口虔誠看(韻)。〔白〕聖僧，〔唱合〕始遂你志願虔誠重似山(韻)。〔唐僧白〕多謝我佛。徒弟們過來。〔悟空、悟能、悟淨、悟徹應科。唐僧白〕徒弟，〔唱〕

【黃鐘宮曲・三段子】此時漫黐(韻)，取回時心安意安(韻)，他時細看(韻)。細將來牢拴緊拴(韻)，須防風雨來昏旦(韻)。〔白〕徒弟，〔唱〕沿途遮護休違慢(韻)，〔合〕不枉了萬里靈山(讀)艱辛往返(韻)。〔悟空、悟能、悟淨、悟徹作應，各捧經科。阿難、迦葉白〕聖僧，那三藏中三十五部內，撿得十二部，乃一藏之數，此經功德不可思議，實爲三教源流，你到東土，示語一切衆生，不可輕慢。非沐浴齋戒，不可開卷。寶之敬之。〔唐僧作拜科，白〕感謝二位尊者。〔阿難、迦葉唱〕

【又一體】真經取還(韻)，這功德寧仝等閒(韻)。〔白〕你回東土去，要將此經去點醒他。〔唱〕點醒鈍頑(韻)，隨阿鼻休教自幹(韻)。〔白〕仔細清心虔誦。〔唱〕定有寶珠華蓋迎登岸(韻)，迦陵鸚鵡仝聲讚(韻)。〔合〕休説佛在西天(讀)，了不掛牽(韻)。〔唐僧白〕弟子蒙二位尊者指示，一到東土，就將此經逢人勸化，不敢怠慢。〔唱〕

【黃鐘宮正曲・歸朝歡】佛恩大(句)，佛恩大(格)，應仝海山(韻)，殆不減春風吹萬(韻)。應喜動(句)，應喜動(格)，九重聖顔(韻)。火速(讀)好把歸途緊趲(韻)，比似那象負蓮花歸震旦(韻)，慈雲覆庇前程坦(韻)。〔阿難、迦葉白〕這不消説得。〔合唱，合〕可知道合掌人天大法壇(韻)。〔衆侍者從兩場門下。阿難、迦葉作引唐僧仝從壽臺下場門下。衆雲童下仙樓，作遶場科，從壽臺兩場門下〕

第十六齣　凱旋玉殿賜華筵（魚模韻）

〔外扮房玄齡，冠帶，隨役從壽臺上場門上，唱〕

【中呂宮引・菊花新】龍沙扈蹕殫勤劬(韻)，借筯軍中運廟謨(韻)。振旅入皇都(韻)，近日月獨隆恩遇(韻)。〔白〕下官學士房玄齡是也。前因頡利犯邊，聖上親征沙漠，下官參贊軍機，朝夕扈從。聖上神謀獨運，賊人授首，邊塞肅清，荒服來歸，版圖愈廣。昨已親總六師，凱旋中夏。今日傳集出征大將，並扈駕諸臣，賜宴麟德殿上，以慶太平。〔值宴官從壽臺兩場門暗上，見科，白〕值宴官叩頭。〔房玄齡白〕筵宴可曾齊備？〔值宴官白〕齊備多時。〔房玄齡白〕衆位國公到時，疾忙通報。〔值宴官應科。小生扮李靖，末扮秦瓊，淨扮尉遲恭、衆武官，從壽臺上場門上。仝唱〕

【中呂調合套・粉蝶兒】當日個出塞征誅(韻)，領十萬虎狼兵親臨朔漠(韻)，一個個奮勇前驅(韻)，止不過砲轟天(句)，牌滚地(句)，殺得他巢傾穴仆(韻)，逼得那小單于一命須臾(韻)。大古是聖天子百靈扶助(韻)。〔衆文官、房玄齡見科。值宴官跪科，白〕禀上國公爺，聖上賜有御宴，俱已排齊，請各位國公爺謝恩就坐。〔房玄齡白〕我等先謝了恩，然後入宴。〔衆作望闕謝恩科。起介，各坐科。仝唱〕

【中呂宮合套・泣顔回】仙酒賜醍醐(韻)，溥皇仁朝野歡娛(韻)。銷烽收燧(句)，盡化作和風甘雨(韻)。明良際會(句)，慶君臣(讀)魚水千秋遇(韻)。賡薇車宴啟麒麟(句)，陳天保杯傾鸚鵡(韻)。〔值宴官白〕女樂們走動。〔四旦扮女樂，從壽臺上場門上，白〕數部樂翻天上曲，一聲歌囀御林鶯。教坊女樂叩頭。〔衆白〕起來。筵前歌舞送酒。〔女樂應科，送酒歌舞科，唱〕

【中呂調合套・鬬鵪鶉】梟亭亭翠袖金樽(句)，嬌滴滴蛾黄黛緑(韻)。脆生生檀口鶯喉(句)，脆生生檀口鶯喉(疊)，齊臻臻銀箏雁柱(韻)，抵多少一串聲縈百琲珠(韻)。旋腰身(讀)千花散錦瑜(韻)。閃摇摇綉帶低迴(句)，閃摇摇綉帶低迴(疊)，豔晶晶紅雲布護(韻)。〔從壽臺下場門下。雜扮錦衣雉尾人，從壽臺上場門上，跪科，白〕稟列位國公爺，這回演的玉燭光新隊子。〔衆白〕起來，好生演舞。〔錦衣雉尾人起科，白〕麒麟殿上宴功臣，美酒千鐘荷聖恩。玉燭常新光燦爛，風調雨順滿乾坤。〔從壽臺上場門下。扮雷公、電母、風伯、雨師，各執燭臺，從壽臺上場門上，跳舞科，唱〕

【中呂宮合套・撲燈蛾】明晃晃青鋒蕩海氛(句)，喜孜孜齊唱昇平曲(韻)。影團團恩覆蓋周(句)，熨貼貼神龍馴伏(韻)。樂陶陶風調雨順(句)，祝歲歲豐登遍寰區(韻)。長攙攙千條玉燭(韻)，焰輝煌光騰日月耀皇都(韻)。〔從壽臺兩場門下。錦衣人從壽臺上場門上，跪科，白〕稟國公爺，這回跳的是波斯獻寶、萬國來朝、太平有象的隊子。〔衆白〕起來裝演。〔錦衣雉尾人應起科，白〕太平天子統江山，日月高高照八蠻。今日來朝仝進寶，梯山航海覲龍顔。〔從壽臺上場門下。内扮八蠻，從壽臺上場門上，跳舞，擎寶跪

獻叩頭科。全唱〕

【中呂調合套・上小樓】顫巍巍帝德高(句)，戰欽欽蠻荒附(韻)。只見那片片瓊瑤(句)，片片瓊瑤(疊)，樹樹珊瑚(句)，顆顆珍珠(韻)，一字兒擎獻天階(句)，擎獻天階(疊)，迴身捲袖(句)，做獅蹲象伏(韻)，共瞻仰太平聖主(韻)。〔八鑾從壽臺兩場門下。扮內官，捧詔從壽臺上場門上，白〕旨意下。聖旨已到，跪聽宣讀。詔曰：頃者，朕親總六師，西征頡利，爾衛國公李靖、趙國公秦瓊、鄂國公尉遲恭，推轂授師，總將權於閫外；料敵應變，制寇命丁師中。暢漠北之威名，勵山西之勇氣。學士房玄齡參贊機務，裨益弘多。以致渠魁授首，餘黨悉降。茲已蕩平，用如恩賞。其各賜名園甲第一區，食邑五千户，舞女二十四人，名馬ニ千匹。凡有子孫，悉皆恩廕授官。行大賚于國中，昭武功于天下。欽哉。謝恩。〔衆叩頭，起科。內官從壽臺下場門下。衆唱〕

【中呂宮合套・撲燈蛾】嬌滴滴歌兒舞女(韻)，雄糾糾名駞駿駒(韻)。實丕丕沃田饒(句)，整齊齊甲第殊(韻)。重重疊疊(讀)，皇恩也最渥(韻)。光燦燦龍章鳳圖(韻)，明晃晃鐵劵丹書(韻)。武畧文謨(韻)，件件樁樁(讀)播千秋萬古(韻)。頌當今(讀)遠過湯武邁唐虞(韻)。〔值宴官白〕吩咐教坊女樂，各執花燈，鼓樂引導，送各位國公爺歸府。〔女樂從壽臺兩場門上，執燈，鼓吹引行科。衆唱〕

【尾聲】笙歌夾道迎歸路(韻)，方表英雄大丈夫(韻)，還待把大功勞(讀)，續寫凌烟閣上圖(韻)。〔從壽臺下場門下〕

第十七齣　老黿怒失西來信（蕭豪韻）

〔雜扮降龍、伏虎二羅漢，雜扮龍、虎，各乘雲兜，從前、左、右天井下科。二羅漢唱〕

【雙調引·賀聖朝】駕雲不爲遊遨㊙，送君歸路迢迢㊙。我降龍伏虎計雖高㊙，這災恐難消㊙。〔下雲兜科，白〕俺等乃五百尊阿羅漢中，一個名爲降龍，一個名爲伏虎。居蓮臺之左右，作珠林之護持。只因東土大唐聖僧唐三藏，取經歸國，佛家有九九歸真之道，今唐僧已歷八十難，還有一難未過，過此則歸途可保平安。世尊特命俺二人前來護持。道猶未了，四伽藍也乘風來了。〔內奏樂，扮四伽藍，從仙樓左右場門上，作見科，白〕羅漢稽首。〔羅漢白〕伽藍請了。〔伽藍白〕世尊差我等救護聖僧，揭諦們早已披雲而去，即刻有好音到了。〔羅漢白〕俺等不妨再走一程。〔行介，合唱〕

【仙呂宮正曲·六幺令】你看人煙紛擾㊙，江城風物何饒㊙。今朝得駕彩雲遥㊙，離方嶠㊙，近洪濤㊙，空中任我舒長哨㊙，空中任我舒長哨㊖。〔二羅漢、龍、虎各上雲兜，昇上科。四伽藍各上仙樓，從左右場門下。扮二十四水雲，十六水旗，從後地井上，各遶場。老黿隨地井雲盤昇上。扮唐僧、悟空、悟能、悟淨、悟徹，駝經壽臺上場門上。唐僧白〕果證三乘隨出入，〔三徒白〕丹成九轉在周旋。〔內作水聲介。唐僧白〕徒弟，前面水響，不知又是什麽大江？〔悟空白〕這是通天河了。〔唐僧白〕我記起一事來了。當初曾有老黿渡我，如今便怎麽處？〔內白〕老師傅，我等了你幾年却纔回也。〔悟能白〕師傅，好了，老黿水裏説話了。〔悟空白〕老黿，你果有接待之心，難爲你。快駝我們過去。〔老黿駝唐僧師徒繞場科。衆白〕老師傅，我向年曾央你到了西天，問我佛如來，我有多少年壽。〔唐僧作不語介。老黿白〕嗄！元來不曾替我問得。人而無信，不知其可。我這殷勤爲着何來？老師傅休怪老黿去也。〔作翻衆下水。衆雲水旗各從兩場門分下。衆護法神、伽藍神、揭諦各從兩場門暗上。二羅漢、龍、虎從左右雲兜下，作救唐僧師徒，從雲盤起科。伽藍、羅漢白〕聖僧受驚了。你可曉得麽？九九歸真，乃佛門之定數。今聖僧經過八十難，還少一難，今日墜河，原自不免。〔唐僧白〕多感各位。雲馭遠來，已屬分外，況且出死入生，益切銘心鏤骨。就此拜辭了罷。〔羅漢等白〕且慢。聖僧你自取經已來，共計十四年，乃五千零四十日，若合一藏之數，還有八日，非駕雲送你，不能就到。何不再送一程，然後話别？〔唐僧白〕多謝列位菩薩。〔衆遶場科，仝唱〕

【仙吕宫正曲·僥僥令】飛花當晚照(韻)，垂柳拂斜橋(韻)。八日功夫須行遍(句)，兩眼望神京依舊好(韻)。

【又一體】經文真實寶(韻)，親捧到唐朝(韻)。歲歲年年蒙造化(句)，田里遍桑麻雨露饒(韻)。〔唐僧

白〕如今來程已遠，再不敢相煩了。徒弟們過來，一齊拜謝。〔衆神仝唱〕

【尾聲】分離不覺淒懷抱（韻），何日再仝傾倒（韻）。你此去上報君恩心可表（韻）。〔衆神各從仙樓左右分下。唐僧師徒從壽臺上場門下〕

第十八齣　古栢欣懷東向枝（家麻韻）

〔場上設栢樹科。雜扮金甲神，戴紮巾額，紮靠，持鞭，從祿臺門上，跳舞科，白〕普門施法力，天將顯神通。一夜庭前樹，枝枝盡向東。吾乃金甲神是也。向年三藏法師往西天取經的時節，立下誓願，說若回歸中土，庭前栢枝朝東。如今聖僧已經親見如來，把真經取得了。昨奉如來法旨，往長安洪福寺中顯個神通，將栢樹枝兒盡教東向，以示回朝之信。不免前去走一遭。〔作跳舞科，從祿臺門下。雜扮衆沙彌，引末扮住持僧，戴僧帽，穿僧衣，繫絲縧，帶數珠，從壽臺上場門上，唱〕

【正宮引子・三疊引】誰言蕭寺舞聲價韻，洪福傳名天下韻。試看樹梢頭句，何日西風吹那韻。〔場上設荷，轉場坐科，白〕自家洪福寺住持僧便是。但知念佛，不會參禪。一身布衲，支持春夏秋冬；兩足芒鞋，莫踏東西南北。今日閒暇，且到庭前觀看，以散悶懷。〔金甲神暗從祿臺下仙樓至壽臺，作推樹枝科。住持僧作見樹驚科，白〕你看那庭前栢樹，枝枝背西生，葉葉向東指，這是甚麽緣故？〔作想科，白〕嗄！是了。師傅起身的時節，曾留下四句偈兒，又對大衆說：汝等但看山門內，栢樹枝兒向東，便是我回來的日子。好不喜也！〔唱〕

【仙呂宮集曲・六時理鍼線】【解三酲】〔首至七〕一從他身騎白馬韻，轉關兒人遠天涯韻，雲山滿日難支架韻，想風塵遍染袈裟韻。〔白〕自從法師去後，那幾株栢樹，已過了十四個年頭了。〔唱〕蒼蒼幾歷寒和暑句，欝欝還更幾歲華韻，相低亞韻。〔白〕誰想今日並沒有個風來摇擺他，又沒有人來去拗折他，只見翠色依然，那虬枝老幹，無不向東。〔唱〕【鍼線箱】（三至六）好一似戎葵有藿傾陽掛韻，露丹心旋轉黄花韻。栢枝向暖曾留偈句，人面朝東便返家韻。〔白〕我師傅法力無邊，神通廣大，故遣這幾株栢樹來報個音信。〔唱〕【急三鎗】（五至末）只索向句，金蓮座讀將塵埃掃句，待歸來日讀話喧譁韻。〔作向内科，白〕徒弟快些出來，把方丈打掃潔淨，鋪床帳，設禪單，等大師回來。〔内應科。雜扮香公，戴氊帽，穿道袍，繫絲縧，從壽臺上場門上，白〕午間打齋飯，入夜點盤香。〔作見科，白〕師傅爲何大驚小怪？〔住持僧白〕道人，你可記得三藏法師離山門的時節，指着這庭前栢樹，説道樹枝東指，即便回來。你看這樹枝果然枝枝向東了。〔香公作看科，白〕真奇！當初果然是這等説的。法師定然歸來的了。〔仝唱〕

【商調曲子・黄鶯鶯帶一封書】【黄鶯兒】（首至合）盥手着袈裟韻，拜彌陀、問釋迦韻，想真經指日來都下韻。總雲山路遐韻，管行人到家韻，金錢卜甚遊魂卦韻。【一封書】（合至末）望天涯韻，思入麻韻，單靠着青青栢樹芽韻。〔分白〕遥遥客路少書傳，一去靈山十四年。白馬馱經歸信得，臨行須記有成言。〔仝從壽臺下場門下〕

第十九齣 迓金經儀仗全排（庚青韻）

〔雜扮衆執事太監，各戴太監帽，穿箭袖卒褂，執儀仗。雜扮衆太監，各戴太監帽，穿貼裏衣，繫絲縧，帶數珠。引雜扮太監，戴大太監帽，穿蟒，束帶，帶數珠，持拂塵。雜扮衆擡綵亭人，各戴校尉帽，穿校尉衣，繫搭包，擡綵亭，隨從壽臺上場門上。仝唱〕

【雙調正曲・朝元令】天光漸明(韻)，早起啣王命(韻)。郊迎聖僧(韻)，大藏真經請(韻)。朝野歡騰(韻)，閭閻欣幸(韻)。暢是人天胥慶(韻)，競點花燈(韻)，引向金繩路上行(韻)。〔大太監白〕咱家奉聖旨，恭迎大藏，遵藏洪福寺內，着咱家恭代拈香。孩子們把儀仗擺得齊整，行向前去，待會過三藏法師，就送到洪福寺，不得有違。〔衆太監應科。仝唱〕洪福求留名(韻)，功圓慰聖情(韻)。〔合〕重開靈境(韻)，喜長此佛光輝映(韻)，佛光輝映(疊)。〔從壽臺下場門下。雜扮衆僧人，各戴僧帽，穿僧衣，繫絲縧，帶數珠。末扮住持僧，戴僧帽，穿僧衣，繫絲縧，帶數珠。仝從壽臺上場門上，白〕始信靈山原有佛，功成行滿到長安。〔住持僧白〕貧衲前途接着了師傅，只見朝廷差公公排列儀仗，恭迎大藏到寺裏來，好不熱鬧！你們將香花燈燭擺得整齊，此佛殿上灑掃灑掃，得等聖僧到來，吩咐衆僧跪迎。正是金爐不斷千年火，玉盞常明萬載燈。〔各虛白，仝從壽臺下場門下。雜扮衆百姓，各隨意扮，從壽臺上場門上，白〕我等乃長安城中衆百姓是也。也有三教九流，也有士農工商。今日聞得聖僧從西天請經回來，乃是萬古勝事。又聞得萬歲旨意，具儀仗前去迎接。爲此我等結伴而來，一則爲瞻仰真經，消除罪業；二則看看稀奇，豈不是好？列位嗄，那三藏法師呵，〔唱〕

【又一體】他閲遍長途風景(韻)，西方又轉程(韻)，杖錫嘆飄零(韻)，無窮梟獍(韻)，星霜已數更(韻)。〔各虚白，作各樣步髮叩拜恭迎科。衆太監引衆擡綵亭人，作擡綵亭白設經卷科。大太監仝生扮唐僧，戴僧帽，穿僧衣，繫絲縧，帶數珠。副扮悟空，戴悟空帽，穿悟空衣，帶數珠。丑扮悟能，戴僧帽，紮金箍，猪嘴切末，穿悟能衣，帶數珠。雜扮悟淨，戴僧帽，紮金箍，穿悟淨衣，帶數珠。小生扮悟徹，戴紫金冠，穿箭袖、排穗，隨從壽臺上場門上。仝唱〕喜得瞻天仰聖(韻)，殿陛徐登(韻)，師徒萃聚歸東省(韻)。一室有傳燈(韻)，千秋智炬明(韻)。〔合〕重開靈境(句)，喜長此佛光輝映(韻)，佛光輝映(疊)。〔作到科。住持僧引衆僧人從壽臺下場門上，作跪迎科，白〕洪福寺住持僧迎接。〔大太監白〕起去。〔内奏樂，衆僧人引衆仝作進門。衆百姓作欲進門，大太監作虚白發諢科。衆百姓從壽臺下場門下。大太監白〕吩咐左右，將經典供在高臺上。〔衆太監應，作搬經設桌上科。大太監白〕各執事人役暫避外殿。〔衆執事人應科，擡綵亭各從壽臺兩場門下。住持僧白〕請公公拈香拜佛。〔大太監作拈香禮拜科。唱〕

【仙吕宫曲·古江兒水】如來鑒忱(句)，不虚君命(韻)。這真經幾千卷檢點無遺剩(韻)，捧持几案散芳馨(韻)。〔唐僧白〕煩公公引我師徒去面聖。〔大太監白〕使得。請。〔仝唱合〕超亡度生(韻)，保福祈寧(韻)，細參來明心見性(韻)。〔住持僧、衆僧人作送科。各從壽臺兩場門下〕

第二十齣　開法會瑜伽廣演（先天韻）

〔雜扮二僧綱，各戴僧綱帽，穿僧衣，披袈裟，帶數珠，從壽臺上場門上，白〕求得金經法會開，滿天花雨自飛來。九幽十地瀰甘露，普濟仝登般若臺。我等左右僧綱司，住持洪福禪寺，只因三藏法師取經回來，奉旨在此寺中啟建七晝夜道場，超度功臣。今日正當圓滿功德。説話之間，衆宰臣出來也。〔雜扮衆宰官，各戴幞頭紗帽，穿蟒，束帶，從壽臺上場門上。仝唱〕

【高宮套曲·端正好】寶幢開(句)，瑶壇建(韻)，氛氳簇五色祥煙(韻)。須知道荷恩綸(讀)特把那忠貞薦(韻)，華蓋香雲現(韻)。〔白〕我等奉旨，來此洪福禪寺主持佛事，只爲三藏法師取經回朝，龍顔大悦，即特頒恩旨超度羣生，隨命法師修建道場七永日。正是金繩開覺路，寶筏渡迷津。你看法師又早陞座也。〔場上設高臺、音樂、桌科。雜扮衆僧，各戴僧帽，穿僧衣，繫絲縧，帶數珠，執幢旛、寶蓋，提爐。副扮悟空，戴悟空帽，穿悟空衣，帶數珠。丑扮悟能，戴僧帽，紮金箍、猪嘴切木，穿悟能衣，帶數珠。雜扮悟淨，戴僧帽，紮金箍，穿悟淨衣，帶數珠。小生扮悟徹，戴紫金冠，穿箭袖排穗。引生扮唐僧，戴毘盧帽，穿僧衣，披袈裟，帶數珠，持拜具，從壽臺上場門上。仝唱〕

【高宫套曲・倘秀才】請三乘中華播傳（韻），皈三寶真言誦宣（韻）。多則是教闡宗門承聖眷（韻），莊嚴開法界（句），讚禮恊人天（韻）。普濟度仝乘妙品蓮（韻）。〔雜扮衆音樂僧，各戴僧帽，穿僧衣，繫絲縧，帶數珠，從壽臺兩場門上，作吹打法器科。唐僧展拜具，作參禮、陞座。悟空、悟能、悟淨、悟徹仝作參拜，陞座。唐僧拈香科，白〕此一瓣香爇向爐中，上祝今上皇帝萬萬歲，一人有慶，萬壽無疆。〔衆僧吹打法器科。衆宰官行禮科。合誦香讚〕爐香乍爇（句），法界仝芬（韻）。諸佛海金悉遥聞（韻），隨處結香雲（韻）。誠意方殷（韻），諸佛現金身（韻）。南無香雲蓋菩薩摩訶薩。〔三稱畢，唐僧白〕一靈真性，本無去亦無來；四大幻身，乃有生而有滅。仝登彼岸，諦聽真詮。〔衆僧吹打法器科。唐僧唱〕

【高宫曲子・叨叨令】遍虚空甘露洒瀰漫（讀），十方兒咸來攝授伽陀演（韻）。奉阿難投至得皈命禮金仙（韻），諸惡趣超脱輪迴消罪譴（韻）。統面然没主的孤魂（讀），護念價我今虔誠而共獻（韻）。普請仝餐無礙筵（韻），休分别九流百藝家親眷（韻）。兀的不難殺人娑婆訶（格），兀的不喜殺人娑婆訶（疊），暢好此晚今時（讀），盡遥臨法會滿西方聖人的願（韻）。〔旦扮觀音菩薩，戴觀音兜，穿蟒，披袈裟，帶數珠，從天井乘雲兜下科，白〕玄奘。〔唐僧、悟空、悟能、悟淨、悟徹各下座，衆仝跪科。觀音菩薩白〕若已色見我，以音聲求我，世人行邪道，不能見如來。玄奘，虧你千山萬水，到西天取得金經，今日在此登壇，超度亡魂。且問你見有冤魂可度麽？〔唐僧白〕弟子覓冤魂，了不可得。〔觀音菩薩白〕如此你度盡衆生也。一切汝心能懺悔，並無地獄與天堂。〔仍從天井内上，唐僧白〕貧僧奉旨啟建道場，仗如來法力，我皇上隆恩，功德已經圓滿。〔衆宰官白〕此皆我師行大慈心，證無上道，風摇銀草，立現寶海之蓮花；日映金雲，溥被瑶天之甘露。端的好吉祥道場也！〔唱〕

【高宫·脱布衫】結齋壇濟拔羣賢(韻)，供香花瞻禮諸天(韻)。須知道慶皇朝金甌永奠(韻)，豈止是救泥犁昇沉幽顯(韻)。〔雜扮衆雲童，各戴綫髮，穿採蓮襖，持雲。引雜扮衆文武忠臣魂，各戴紗帽、金貂，穿蟒，束帶。生扮陳光蕊，戴紗帽，穿蟒，束帶。旦扮殷氏，戴鳳冠，穿蟒，束帶。淨扮涇河龍魂，戴龍壬冠，穿蟒，束帶。仝從酆都門上，作立高臺科，白〕我等共沐聖恩，兼叨大師法力，歡喜讚歎，從此得昇天界也。〔陳光蕊、殷氏白〕正是一子能了道，九族盡昇天也。〔分唱〕

【高宫套曲·小梁州】飈騰騰繚繞香光敞法筵(韻)，資冥福盡會昇天(韻)，酬功(績)不負太平年(韻)。〔涇河龍王白〕我仰蒙大師法力，小神也得脱此大難，正所以龍象皈依也。〔唱〕生懽忭(韻)，齊接引駕雲軿(韻)。〔衆雲童擁護仝從昇天門下。衆宰官白〕大師宣揚之下，隱隱的幢旛寶蓋，接引功臣，超登極樂。真乃道不虚立，法豈空傳！從教三藏金經流行中土，萬萬世集福延生。這功德好無量也！〔唱〕

【高宫套曲·快活三】廣慈悲翻秘密(句)，直許那契真詮(韻)。亘乾坤福緣善慶果無邊(韻)，這纔是白馬西來留妙典(韻)。〔唐僧白〕貧僧已經奏過聖上，法事一完，急欲西歸見佛。拜煩諸位轉陳鑾座。〔衆宰官白〕大師説那裏話來！今日設壇超度亡魂，蒙大師法力，感得觀音菩薩下降，使亡魂俱得昇天。我等將此奇特奏聞聖上，少待旬日，設筵相餞。乞大師暫留雲步，使衆人申依戀之悃。〔唐僧白〕說那裏話來。豈不聞白雲歸岫之事乎？〔衆宰官白〕大師既不能扳留，我等決當轉奏。正是所求如意悉成就，一切時中願吉祥。〔唐僧白〕阿彌陀佛。〔悟空白〕如此我每駕雲前去。〔唐僧白〕在此長安城，誠恐驚動衆聽，且待出城便了。〔衆宰官白〕我等遠送一程。〔二僧綱、衆音樂僧各從壽臺兩場門下，作遶場科。仝唱〕

【高宫套曲·朝天子】休説種福田(韻)，漫認結善緣(韻)。〔末扮住持僧，雜扮衆僧人，各戴僧帽，穿僧衣，繫絲縧，帶數珠，仝從壽臺下場門上，作虛白送科。衆仝唱〕竺國求經卷(韻)，因此上瞻仰珠林(讀)、梵王宫殿(韻)，須則是猛回頭抽身轉(韻)。〔住持僧、衆僧人仍從壽臺下場門下。衆仝唱〕塵網休牽(韻)，蓮臺自現(韻)。瓶鉢生涯(句)，怎當他浪華催銀箭(韻)。參破了方便禪(韻)。〔雜扮衆百姓，各隨意扮，從壽臺下場門上，各虛白作拜送科。衆仝唱〕勘醒了本來面(韻)。且任俺笠雪鞋香(讀)，則待他日重相見(韻)。〔衆百姓仍從壽臺下場門下。衆宰官白〕大師才得東歸，又看西去，從教錫飛常近鶴，杯渡不驚鷗。我等雖叨摩頂，未獲明心，寄想圓光，可勝依戀。〔衆仝唱〕

【高宫·煞尾】拂衣去別緒也縈禪苑(韻)，洗鉢時遥情也憶奈園(韻)。怯生生灞橋兒在那偏(韻)，相握手各黯然(韻)，端的是佛在西方應待選(韻)。〔衆雲童從壽臺下場門上，作引唐僧、悟空、悟能、悟淨、悟徹從壽臺下場門下。衆宰官虛白，從壽臺上場門下〕

第廿一齣　冥府降祥空地獄（皆來韻）

（扮衆鬼卒、牛頭、馬面、吏典、判官。引轉輪王，鬼卒張凉傘，俱從上場門上，唱）

【仙呂調隻曲·點絳唇】十地差排(韻)，九幽主宰(韻)，轉輪快(韻)，地獄宏開(韻)，共慶慈雲靄(韻)。（轉場上高座介。白）火坑只説難填滿，冤債何時得盡償。空却三輪歸淨土，蓮花世界好清凉。吾乃十殿閻羅轉輪王是也。聰明正直，鐵面冰心。大開造化之爐，甄陶萬類；常轉輪迴之磨，化育羣生。舂碓剉燒，難貸當前之報應；胎濕卵化，還他過去之安排。今因大唐皇帝，敦請三藏禪師，講經説法，普施瑜珈焰口，感動天廷，將地獄中一切受罪鬼魂盡行釋放。爲此今日陞殿，按着花名册子，逐名查點，發出鬼門關。此乃從古帝王不曾有的善事。鬼判們，那各處的鬼犯，曾解齊麽？（判官白）解齊多時了。（轉輪王白）吩咐鬼卒，叫他們逐牌帶上來，點明釋放。（判官哦向内介，白）把鬼犯逐牌帶來點名。（内應介。鬼掮牌，領男女鬼魂，從上場門上，仝唱）

【仙呂宮正曲·上馬踢】陰風吹滿懷(韻)，無故遭拖帶(韻)。幾口住泉臺(韻)，是非終局外(韻)。且上基階(韻)，多應無罣碍(韻)。（鬼卒白）第一牌進。稟上大王：牌上是各處案下並無罪過，因詞内牽涉名姓，拘來對質的。（轉輪王白）你等從今去照舊作好人，行好事，不可墮落人身，來到此地。叫鬼卒一個個發還陽界去。〔鬼魂唱合〕謝你個恩深似海，掉臂回陽，共識慈悲大韻。〔鬼應，領鬼魂從壽臺上場門下。雜扮鬼，捎牌，領男女鬼魂從壽臺上場門上。唱〕

【仙呂宮正曲·蠻江令】神在碧霄外韻，舉頭三尺在韻。無端褻滄深句，難希冥府貸韻。自怨自艾韻，没趣一時來韻。〔鬼卒白〕第二牌進。稟上大王：這都是污穢齷齪，觸犯三光，赤身露體，褻瀆神明，落在地獄的。〔轉輪王白〕你們自今以後，須要敬禮三寶，改惡從善。〔鬼魂白〕鬼魂知道了。〔唱〕如今檢點爲人去句，後來有過須能改韻。〔魂從壽臺上場門下。雜扮鬼，捎牌，領男女鬼魂從壽臺上場門上。唱〕

【仙呂宮正曲·凉草蟲】時乖運不由句，寃魂追夙債韻。尋短見，難寧耐韻，到而今向誰抱怨來韻，癡情莫解韻。〔鬼卒白〕第三牌進。稟上大王：牌上乃是投河、自刎、服毒、懸梁一時短見，墮入枉死城中的。〔轉輪王白〕這一起鬼魂，我且問你：何不忍耐片時，竟尋短見之事？嗣後曉得人身難得，慎勿輕生。〔鬼魂白〕多謝大王。〔轉輪王白〕放你們去。〔鬼魂唱〕勘破前因句，從今不惹飛灾韻。〔從壽臺上場門下。轉輪王白〕一壇燄口，能使地獄皆空。我想三藏禪師，真是個活佛也。〔轉輪王作下座介，唱〕

【仙呂宮正曲·蠟梅花】看紛紛業鬼似呆打孩韻，喜出籠飛鳥到了雲霄外韻，好教我笑哈哈韻。這芙蓉城裏句，相逢盡道是蓬萊韻。

【尾聲】金鐙照徹娑婆界韻，再休提追魂攝魄韻，只願地獄重重永不開韻。〔從上場門下〕

第廿二齣　靈霄奉勅步天宮（齊微韻）

〔雜扮四仙官，從禄臺門上，白〕鵠立通明侍玉皇，祥雲靄散御爐香。勾陳肅穆開閶闔，萬笏朝元北斗旁。某等仙官是也。儤直天階，趨承帝座。風雷聽吾命令，丁甲供俺指揮。近日月之恩光，占班聯于玉京金闕；伏山川之邪祟，崇爵秩于蜺節龍旌。今喜大唐皇帝治世，心傳堯舜之心，政布成康之政。風仝德一，無異俗之車書；大法小廉，有豐年之甲子。誠千載一時也。〔仝唱〕

【仙吕宮集曲・甘州歌】【八聲甘州】〔首至六〕恭逢盛世(韻)，見民安物阜(讀)繼美軒羲(韻)。明良交春(句)，拜首賡歌喜起(韻)。更欣三教仝歸一(韻)，命取金經直到西(韻)。〔内奏細樂科。四仙官白〕話言未畢，遠聽天樂悠揚，上帝將次陞殿，倘有奏事臣僚前來面聖，須索排班伺候。〔雜扮四帥、金甲神、天王、金星、昭容，從福臺門上。六丁、六甲從禄臺門上。二十八宿、九曜從仙樓門上，分排作設朝科。雜扮四天官，從禄臺門上。仝唱〕【排歌】〔合至末〕光千載(句)，亘四維(韻)，作求世德洽重熙(韻)。天恩廣(句)，聖敬躋(韻)，趨蹌仙釋奏丹墀(韻)。〔白〕臣等朝參，願上帝聖壽無疆。〔仙官白〕有事者奏，無事退班。〔四天官白〕今有玄奘師徒取經回國，願滿功成，今日朝參玉闕，仰覲天顔。爲此謹奏。〔仙官白〕宣玄奘師徒上殿。〔四天官白〕領玉旨。〔作出宣旨科，白〕宣玄奘師徒上殿。〔生扮唐僧，戴僧帽，紮五佛冠，穿僧衣，披袈裟，帶數珠。副扮悟空，戴悟空帽，穿悟空衣，帶數珠。丑扮悟能，戴僧帽，紮金箍，猪嘴切末，穿悟能衣，帶數珠。雜扮悟淨，戴僧帽，紮金箍，穿悟淨衣，帶數珠。小生扮悟徹，戴紫金冠，穿箭袖排穗，從禄臺門上。合白〕雲移雉尾開宫扇，日繞龍鱗識聖顔。〔分白〕臣僧玄奘。臣僧悟空。臣僧悟能。臣僧悟淨。臣僧悟徹。〔作舞蹈科，白〕願上帝聖壽無疆。〔金星上，白〕玉旨下：玄奘誓願求經，流傳奕禩，雖然辛苦備嘗，已成佛門正果。玄奘歸班候旨。〔唐僧起科。金星白〕爾徒弟悟空、悟能、悟淨、悟徹，本列天曹，仍舊擢用，以旌有功。〔悟空、悟能、悟淨、悟徹白〕臣僧等已結佛緣，不敢復膺天爵，伏轉奏。〔唱〕

【仙吕宫集曲·桂花襲袍香】【桂枝香】（首至四）早經披剃(韻)，雲心無繫(韻)。願長此稽首蓮臺(句)，恕臣等違天之罪(韻)。〔金星白〕既是願作佛門弟子，不必强留供職。〔悟空、悟能、悟淨、悟徹作謝恩科。金星白〕玄奘還有候命。〔唱〕【四季花】（四至合）傳衣(韻)，貫花微旨交付伊(韻)。三千大千羣指迷(韻)，佛門中功第一(韻)。〔玄奘白〕臣僧呵，〔唱〕【皂羅袍】（五至八）修行檀義(韻)，全然不知(韻)。深參禪理(韻)，茫然未窺(韻)。【桂枝香】（十至末）只落得行脚求三乘(句)，怎能彀安心破四疑(韻)。〔白〕拜謝天恩，即往雷音，常依蓮座。〔金星白〕玄奘急于歸山，就着真人等陪伊師徒天宫遊覽一遭，再到五印度去未遲。〔四天官白〕領玉旨。〔唐僧、悟空、悟能、悟淨、悟徹作謝恩科，起立科。金星白〕傳旨散朝。〔四仙官作傳旨科。内奏樂。金星、天王、四帥、四仙官、金甲神、六丁、六甲、二十八宿、九曜、昭容，各從福臺、禄臺、仙樓門下。

四天官白〕聖僧功超千古，上帝眷亦非常。恭喜！賀喜！〔唐僧衆白〕愚師徒仰沐隆恩，益覺措躬無地。〔四仙官白〕奉陪前往。〔雜扮衆執事人，從禄臺前門上。四天官白〕吩咐擺道。〔衆應科。仝唱〕

【仙吕宫集曲・六時理鍼線】【解三酲】（首至七）今日箇承明謁帝韻，沐恩榮共浥光輝韻。瞻雲就日天顔霽韻，爲昇平慶值昌期韻。既能得碧霄拜舞趨丹陛韻，還許着玉闕遊觀近紫微韻。恩超異韻。【鍼線箱】（三至六）端只爲仝時盡證三摩地韻，啟津梁攝受菩提韻。遥想那貝多紙上經文動句，如意瓶中佛爪飛韻。【急三鎗】（五至末）暢好是周覽下讀多歡喜韻，〔合〕看遥迎排風駟讀，更躦上曳星旗韻。〔内奏十番科。唐僧白〕此何樂也？〔四天官白〕此乃鈞天廣樂。〔唐僧白〕果然妙嗄！昔秦穆公夢至帝所，得聞此樂。今日玄奘身聆雅奏，好慶幸也！〔四天官白〕聖僧可曾看見，那邊就是菩提祖師之所。〔悟空白〕怎麽講？菩提祖師是我的師傅，不免前去參拜。〔四天官白〕不要忙，祖師來也。〔扮菩提祖師，從禄臺門上，白〕來經玉樹三山遠，去隔銀河一水長。悟空你來了麽？〔衆作相見科。悟空作拜科，白〕弟子久違師範，望祖師饒恕。〔菩提祖師白〕悟空，我與玄奘是一是二？〔悟空白〕弟子看來，非一非二。〔菩提祖師笑白〕當年傳授你的道法，原爲這一段因果。如今保護你師傅西行，消除魔障，功行圓滿，實爲法門佳話。〔唐僧、悟空〕弟子荷蒙祖師點化，頓使靈根不昧，實是祖師恩重如山。徒弟們，大家拜謝祖師。〔祖師白〕玄奘你心堅金石，道行超凡，將來經藏流傳，你的功德自與流水俱長。貧道去也。閒雲不係東西影，野鶴寧知去住心。〔祖師從禄臺門下。衆白〕

你看祖師，又凌空而去了。〔天官白〕請聖僧再往前面遊玩。〔唐僧作手指科，白〕那邊高聳層霄、瑶光奪目者，是何樓閣？〔天官白〕這是白玉樓，落成之日，特召李長吉作記。請聖僧賢師徒先到那邊一遊。〔唐僧衆白〕這也甚妙。〔四天官仝場行科，唱〕

【仙吕宫・江水遶園林】【江兒水】（首至合）廣樂人間少㊁，層樓世上稀㊀。還聽得仙音縹緲留雲際㊀，玉光璀璨搘階起㊀。這騁懷遊目誰能及㊀？下覷人寰如蟻㊀。【園林好】（合至末）笑他只没箇上天梯㊀，須則仗佛力早皈依㊀。〔各從禄臺門下〕

第廿三齣 滿誓願寶筏仝登（先天韻）

〔雜扮安靜、寧神二句，雜扮衙役，隨從仙樓門上。二司白〕深鎖衙齋五百年，傳知又去接齊天。小神久已無香火，紗帽通風靴也穿。我們兩個，乃是齊天大聖的屬員，一個掌管安靜司，一個掌管寧神司。五百年前，大聖到任未久，隨即偷桃事發，棄職潛逃。可惜這簇新蓋造的一所齊天府，好似改做了一座没常住的冷廟堂。把我這兩個芝麻大的官兒，猶如抛入大海中間不想撈摸。俸兒没處支領，缺兒又不開除，只得照舊在此看守。無奈年深月久，火滅煙消。紗帽兒鑽上七八十個的雪亮窟洞，圓領兒粘湊千百萬塊的粉碎補釘。靴兒好像没底的破糞船，穿兒且臭；帶兒渾如陳年的爛桶索，朽也難提。這般的光景，怎生是好？〔衙役白〕二位爺，依了小的説，儘有方法。〔二司白〕怎麽樣呢？〔衙役白〕第一學做小學生考童生，填上未冠。〔二司白〕怎麽講？〔衙役白〕未冠就不用戴紗帽了。第二學那當秀才考劣等，罰他降青。〔二司白〕這又怎麽講？〔衙役白〕降青就没有穿公服了。〔二司白〕呸！有你説這没志氣的話！〔衙役白〕慢些，還有好算計在後頭。〔二司白〕且説上來。〔衙役白〕這齊天府既是没收管，到可出租與人家，每月取些房錢，落得受用。〔二司白〕虧得不聽你算計！若出租了，今日大聖在此經過，這還了得！〔衙役白〕也不妨。二位爺説，自己比做芝麻，不過加上碾子，壓些香油出來便罷了。〔内鳴鑼喝道科。二司作驚科，白〕開道之聲，想必大聖來也。快些跪道迎接。〔仝從仙樓門下。生扮唐僧，戴僧帽，紥五佛冠，穿僧衣，披袈裟，帶數珠。副扮悟空，戴悟空帽，穿悟空衣，帶數珠。丑扮悟能，戴僧帽，紥金箍、猪嘴切末，穿悟能衣，帶數珠。雜扮悟淨，戴僧帽，紥金箍，穿悟淨衣，帶數珠。小生扮悟徹，戴紫金冠，穿箭袖排穗。雜扮四天官，雜扮人夫排執事，從禄臺行至仙樓上。仝唱〕

【中吕宫·石榴掛漁燈】【石榴花】（首至二）恭承恩命遊覽九重天韻，金闕麗、玉衡連韻。【漁家傲】（一至三）但只見紏縵卿雲句，更相看繚繞祥烟韻。〔二司從仙樓門上，跪接科，白〕安静司、寧神司迎接大聖憲駕。〔悟空白〕你們兩個，還在這裏看守麽？〔二司白〕正是。〔悟空白〕這是我齊天府，何不進去隨喜隨喜？〔四天官白〕聖僧請。〔二司并人夫在旁站立，唐僧衆各作進科。仝唱〕【剔銀燈】（三至末）雕梁畫棟還華絢韻，迥不比春風庭院韻。〔合〕盤旋韻，靈光巋然韻，五百載渾如眼前韻。〔悟淨白〕大師兄你有此齊天府，樂煞人了，怎麽倒住在花果山？〔悟能白〕你不曉得他，爲偷喫了桃兒，逐出去的了。〔悟空白〕呸！又説獃話！你不見跪接的，還是我的兩個舊屬官，那有第二個齊天大聖接任？〔唐僧白〕你們不必各持私意。從來一晝一夜，花開者謝；一秋一春，物故者新。汝等既入空門，怎生還是執而不化？〔悟空、悟能、悟淨、悟徹白〕徒弟們領悟了。〔四天官白〕聖僧所言得是。

無上法而方便力。敬服！敬服！〔唐僧衆仝唱〕

【中吕宫・倚馬待風雲】【駐馬聽】（首至合）雨聖雲賢㊞，握月擔風且息肩㊞。不見那粟藏世界㊀，鐺煮山川㊟，鏡象離詮㊞，須彌芥子兩相懸㊞，只中間一點靈臺現㊞。〔悟空白〕請師傅再往前去罷。〔作出科。四天官白〕打道。〔二司白〕恭送大聖法從。〔衆等至壽臺，從仙樓門下。仝行唱〕【一江風】（八至九）瑶樞在那偏㊞，長垣在這邊㊞。【駐雲飛】（四至末）此日游行遍㊞，嗏㊕迤邐駕雲駢㊞。路衮延㊞，金碧輝煌㊟又是何宫殿㊞？〔合〕天上光華到處妍㊞，天上光華到處妍㊫。〔雜扮蛟魔、驕蟲、鰐鱼、鍾山子、猬裹、九尾狐六魔王。雜扮衆小卒，捧果盒，鼓樂，從壽臺下場兩場門迎上科。六魔王白〕聖僧賢師徒遠臨，某等特來迎接，兼奉杯茗，聊爲洗塵。〔唐僧白〕貧僧從未識面，怎敢叨情？〔悟空白〕這幾位都是五百年前結拜的兄弟。〔唐僧白〕原來如此。〔悟空白〕我跟師傅取經去了，怎麽列位都在這裏？〔六魔王白〕二哥從師傅取經，牛魔王大哥亦被觀音點化了，我等六人也便皈依佛門。蒙上帝宥赦前愆，掌管這魔王宫殿。〔悟空白〕恭喜！恭喜！我等仝盟的八人，都成了正果了。〔悟能、悟淨白〕這仝虧師傅取經，帶挈列位昇天了。〔六魔王作謝科，白〕感激不盡。取香茗過來。〔場上奏樂科。六魔王各敬茶科。仝唱〕

【中吕宫集曲・千秋舞霓裳】【千秋歲】（首至合）汲新泉㊞，香茗恭呈獻㊞。喜佛出世陡湧金蓮㊞。萬善通修㊀，萬善通修㊫，百億載㊟六合仝歌清宴㊞。【舞霓裳】（五至末）棄邪反正仝歸善㊞，慈航接引浩無邊韻。開覺路功收經卷韻，〔合〕只這相逢處句，似璧合珠還信奇緣韻。〔六魔王白〕仙童獻舞。〔内奏細樂。雜扮仙童，持八佾，從壽臺兩場門上，舞科，畢〕雲隴瓊花滿地香，碧沙紅水遍朱堂。外人欲壓長生籍，拜請飛瓊報玉堂。玉洞長春風景鮮，丈人私宴就芝田。笙歌暫向花間盡，便是人間一萬年。〔唐僧白〕此舞何名？〔六魔王白〕漢郊祀歌曰：仙童羅舞成八佾，好合交歡娛太一。除却上天，不能多遘。〔唐僧衆白〕果是妙舞！〔六魔王白〕魔女獻花。〔内奏細樂。旦扮魔女，持各種花，從壽臺兩場門上，舞獻科，唱〕

【正宫正曲·普天樂】祝吉祥長歡暢韻，應如意多興旺韻。吉祥增如意安康韻，大吉祥如意無央韻。吉祥雲高明輝朗韻，迎吉祥永消災障韻。常如意壽算難量韻，綿如意吉祥久享韻。〔合〕惟願取吉祥有永讀，如意無疆韻。〔從壽臺兩場門下。唐僧白〕都是些如意花、稱意花、悦意花，果上品也。〔仝唱〕

【中吕宫集曲·九品蓮】【兩休休】（首至四）看不了舞態綿蔫韻，嗅不盡花氣新鮮韻。喜得萬有俱空句，到今日攝受初禪韻。〔唐僧衆下高座，作别科。六魔王白〕我等願陪後乘。〔唐僧衆白〕有勞了。〔仝場行唱〕【五供養】（五至八）風回雲轉韻，覷下方神州赤縣韻，不是癡陶侃句，夢登天韻。〔雜扮黄袍郎、金角大王、銀角大王，旦扮地湧夫人，持香，從壽臺兩場門上，迎白〕我等特來迎接聖僧。〔悟空白〕爾等都在西方路上興妖作怪，各被主人公收伏去了，怎麽也到這裏？〔黄袍郎衆白〕仰蒙聖僧取了金經，上帝特頒恩赦，我等亦俱歸化。聞得聖僧賢師徒在此路過，特來拜謝。〔唐僧白〕不敢。〔四天官白〕可見取經的功德，九天十地沾恩。聖僧賢師徒好快樂也！〔唐僧白〕貧僧初願不過自持苦行，那曉得感動人天！此後益當頂禮慈雲，朝夕懺悔。〔悟空、悟能、悟淨、悟徹白〕自取經以來，得到今日，委實是願滿功圓了。〔全場行唱〕【雙蝴蝶】〔白至末〕後先(韻)，怎當那路迢遥(讀)整一十四年(韻)。滿圓(韻)，也喜得法傳留(讀)亘三十三天(韻)。〔從壽臺兩場門分下〕

第廿四齣　慶昇平天花集福

〔四金剛從禄臺上，跳舞畢，仍從禄臺下。衆羅漢從禄臺、壽臺上，合唱〕

【三轉雁兒落】阿羅漢好泥黎(韻)，阿羅漢好泥黎(疊)，示色相現着慈悲(韻)。一肩杖履都如意(韻)，貝葉經信手披(韻)。箬笠子在頭上搭(轉韻)，布衲衣袒出肩甲(韻)。敲木魚和一聲大琵琶(韻)，擊鈴鐸舞一回大鐃鈸(韻)。弄魔尼、揮瓔珞(轉韻)，執拂子、打磨陀(韻)。把六性參透入維摩(韻)，我即伊、伊即我(韻)，我即伊、伊即我(疊)。〔白〕我等極樂國衆阿羅漢是也。當今中華聖主，宅中圖大，高契三乘，文德武功，直超千古。近又爲俺阿羅漢們，鏤色相於珠宮，形骸畢肖；焕天章於碧落，聲響斯存。因此我佛如來，欲降蜂臺，宣明象諦，更令天女散花，就教俺羅漢們，將天花歌詠四季昇平之樂，結應念之夙因，增自求之多福。真乃三千大千世界，無量功德。話猶未了，香雲繚繞，我佛來也。〔内奏細樂。雜扮沙竭羅龍王、夜叉、人非人、乾闥婆、阿修羅、迦樓羅、緊那羅、摩睺羅伽、韋馱，從福臺上。四金剛、八侍者、三菩薩、阿難、迦葉、如來佛從禄臺門上，陞座科。衆羅漢從仙樓門壽臺上，作朝佛稽首科。仝唱〕

【雁落梅花】遥望見金粟影丈六高(韻)，五銖衣更裝七寶(韻)。那更玉毫中金花面(句)，頭頂上字髮飄(韻)。看慧日下雲霄(韻)。直等那宣通宣通的圓覺(韻)，浩浩的似海潮(韻)，弄得來萬刼都燒(韻)。呀！則見那曼陀曼陀羅飛來不少(韻)，又見那曼殊曼殊沙飄來無着(韻)。把年光細算(句)，那有俺阿羅漢們樂(韻)，因此上唱他一回(讀)哩哩天花落(韻)。〔旦扮觀音菩薩，持簿，從禄臺門上，白〕一切有爲法，如夢幻泡影，如露亦如電，應作如是觀。〔見佛，參拜科，白〕弟子向承我佛法旨，上東土尋訪取經人。今喜玄奘不辭艱難，已蒙付經還朝，永傳東土。曾命揭諦、功曹、伽藍暗中庇護。玄奘歷過八十一難，有簿呈上我佛。率領衆護法神祇，特來繳旨。〔阿難作接簿科。如來佛白〕大士你功德無量矣！就請歸座。〔觀音菩薩陞座。如來佛白〕阿難、迦葉，可命玄奘師徒披衣上殿。〔阿難、迦葉作應，向内傳科。唐僧、悟空、悟能、悟淨、悟徹仝從禄臺門上。唐僧白〕九九歸真道行難，〔悟空、悟能白〕堅持篤志立玄關。〔悟淨、悟徹白〕必須歷鍊邪魔退，〔仝白〕方得修持正法還。〔作參拜科。唐僧白〕弟子玄奘，率領徒弟孫悟空等，叩拜我佛。已將金經送上天朝，收藏洪福寶寺，永遠流傳。講經説法，百日圓滿。今得長依蓮座，實爲欣幸。〔如來佛白〕玄奘，你前世原是我第二個徒弟，名唤金蟬子。因你不聽説法，輕慢大教，故貶汝靈轉生東土。今喜皈依我教，來取金經，甚有大功果。加陞大職正果，汝爲旃檀功德佛。孫悟空，汝大鬧天宫，吾以甚深法力，壓在五行山下。幸大災滿足，皈依釋教，保護取經僧，途中煉魔降怪有功，全始全終。加陞大職正果，汝爲鬬戰聖佛。猪悟能，汝本天河水神天蓬元帥。醉戲仙娥，謫凡畜類。幸歸大教，保護取經僧，挑擔有功。加陞汝職正果，爲淨壇使者。〔悟能白〕佛爺爺，他們都成佛，如何把我做個淨壇使者？到底我與人使者。〔如來佛白〕因汝口壯身慷，食腸寬大，四大部洲，凡做佛事，教汝淨壇，乃是個有受用的品級。〔悟能白〕好！有喫的快樂！〔如來佛白〕沙悟淨，汝本是捲簾大將。因犯罪，謫貶流沙，傷人造業。幸歸吾教，保護取金經，牽馬登山有功。加封大職正果，爲金身羅漢。悟徹封爲八部龍神。〔衆作謝科，白〕多謝我佛慈悲。〔如來佛白〕衆羅漢將天花落，歌詠四季昇平之樂。〔衆羅漢白〕領佛旨。〔仝唱〕

【天花落】一年價纔過，不覺又是一年價春(韻)。哩哩天花(讀)哩哩天花落(格)。羅漢們也曾見桃花燕子去講禪真(韻)也麽呵(讀)，呵呵天花落(格)也麽呵(讀)，呵呵天花落(疊)。羅漢們心香意葉不曾離着身(韻)，哩哩天花落，哩哩天花落(格)。則聽得鍾兒汪汪汪，鼓兒鼕鼕鼕，磬兒噹噹噹，鐃兒夸夸夸，波羅波羅波波羅波羅波。魚山梵唱了大聲聞(韻)也麽呵(讀)，呵呵天花落(格)也麽呵(讀)，呵呵天花落(疊)。又則見婆樓樹下，幢旛寶蓋，袈裟鉢盂，飄飄緲緲、整整齊齊，光照徹了三千界(句)，哩哩天花落(格)。則見那婆羅們在金沙地上，頂着香盤、捻着數珠，合掌聽緣因(韻)也麽呵(讀)，呵呵天花落(格)也麽呵(讀)，呵呵天花落。

【佛偈】波羅波羅(韻)，只聽得雲端細樂(韻)，金磬齊敲(句)，又聽得(讀)鸚哥演摩訶(韻)。山鳥和波羅(韻)，咀多摩訶(韻)，唎囉嗲唎婆娑(韻)，嗲唎婆娑(韻)。〔衆散花天女從天井内乘五雲兜下，五雲兜起科。如來

佛唱〕

【醉太平】法心不住(韻)，默契真如(韻)。蓮花座上釋三塗(韻)，起乘玉桴(韻)。月低瑠鏡輝祇樹(韻)，星連香鉢盛甘露(韻)，風清翠扆護明珠(韻)，俺可也神州六虛(韻)。〔衆扮儀從，衆扮黄袍郎、金角大王、銀角大王、地湧夫人，從壽臺上場門上，參拜科，在曲内從壽臺下場門下。衆羅漢唱〕

【天花落】一年價春盡，不覺又是一年價夏(韻)，哩哩天花(讀)哩哩天花落(格)。只見那七寶池裏八功德水清清泠泠、甘甘美美，周方池底布金沙(韻)也麽呵(讀)，呵呵天花落(格)也麽呵(讀)，呵呵天花落(疊)。又只見天龍夜叉乾闥婆們、阿修羅們、迦樓羅們、緊那羅們、摩睺羅迦、人非人等，八部仝來賞荷花(韻)，哩哩天花(讀)哩哩天花落(格)。又只見金色界、銀色界、妙色界、寶色界、薝蔔色界、頗黎色界，炎天赤日鬧鳴蛙(韻)也麽呵(讀)，呵呵天花落(韻)也麽呵(讀)，呵呵天花落(疊)。熱得我羅漢們脱了水田，袒了無垢、丟了離塵、撇了忍辱，避暑在栴檀林(句)，哩哩天花(讀)哩哩天花落(格)。霎時間刮松風、起慈雲、下法雨，瀟瀟灑灑弄得遍體忒清涼(句)也麽呵(讀)，呵呵天花落(格)也麽呵(讀)，呵呵天花落(疊)。〔衆散花天女從天井内乘五雲兜下。如來佛唱〕

【醉太平】塵消五濁(韻)，業淨三摩(韻)。修多羅一卷好迦陀(句)，靈機解麽(韻)。善風吹遍了無生果(韻)，法雲遮過了菩提埵(韻)，慈航引到了六波羅(韻)，轉睛兒直一剎那(韻)。〔旦扮四龍女，捧盤獻寶。四海龍王、涇河龍王、衆文武忠臣、陳光蕊、殷氏從壽臺上場門上，參拜科，在曲内從壽臺下場門下。衆羅漢唱〕

【天花落】一年價夏盡，不覺又是一年價秋(韻)，哩哩天花(讀)哩哩天花落(格)。笑殺那癡迷人插着黄花、擎着翠竹講清修(韻)也麽呵(讀)，呵呵天花落(格)。那知我羅漢們手撒金粟押輕鷗(韻)，哩哩天花(讀)哩哩天花落(格)。又則見飄來的貝葉兒，層層都上寫經樓(韻)也麽呵(讀)，呵呵天花落(格)也麽呵(讀)，呵呵天花落。又見那鑾女每龍女每結着伴走將來的捧個盤兒、托個盂兒、獻個寶兒，要聽説法五時印摩訶(韻)，哩哩天花(讀)哩哩天花落(格)。還有那山鬼兒引着那白鹿啣花、清猿獻香、毒龍狂象、伏虎馴獅，淫淫裔裔、恭恭敬敬，向着蜂臺和南合什念彌陀(韻)也麽呵(讀)，呵呵天花落(格)也麽呵(讀)，呵呵天花落(疊)。〔衆散花天女從天井内作乘雲兜下。如來佛唱〕

【醉太平】香巇淨土(韻)，兜率天都(韻)。耆闍崛裏立浮圖(韻)，日居月諸(韻)。三緣悟徹了香城虎(韻)，三播點化園園鹿(韻)，三車起拔愛河魚(韻)，解脱可也自如(衆)。〔扮八部天龍、天女問法上，拜介。衆扮蛟魔、驕蟲、鱷魚、鍾山子、猬裹、九尾狐六魔，從壽臺上場門上，作參拜科。在曲内從壽臺下場門下。衆羅漢唱〕

【天花落】一年價秋盡，不覺又是一年價冬(韻)，哩哩天花(讀)哩哩天花落(格)。只見天寒地凍起嚴風(韻)也麽呵(讀)，呵呵天花落(格)也麽呵(讀)，呵呵天花落(疊)。那知我羅漢們望斷梅花欲雕瓊(韻)，哩哩天花(讀)哩哩天花落(格)。則聽的頭直上，淅淅索索幾陣飛絮舞長空(韻)也麽呵(讀)，呵呵天花落(格)也麽呵(讀)，呵呵天花落(疊)。俺帶了智度母、方便父、法喜妻兒、慈悲女兒、舍利子兒，那些都來向着三世火(韻)，哩哩天花(讀)哩哩天花落(格)。一任他飢了也、飽了也，解脱門中披破衲，縮着頭、拳着脚，風如刀、水如玉，雪山打個菩提座(韻)也麽呵(讀)，呵呵天花落(格)也麽呵(讀)，呵呵天花落(疊)。【佛偈】波羅波羅(韻)，只聽得雲端細樂(韻)，金磬齊敲(句)，又聽得(讀)鸚哥演摩訶(韻)。山鳥和波羅(韻)，咀多摩訶(韻)，唎囉哆唎娑婆(韻)，哆唎娑婆(韻)。〔衆散花天女從天井内乘五雲兜下。如來佛唱〕

【醉太平】七花八解(韻)，四智安排(韻)。山河大地總悠哉(韻)，金繩路開(韻)。慧門普度了娑婆界(韻)，連河静証了波羅奈(韻)，元燈高映了高臺(韻)，讚一聲大清朝無疆萬載(韻)。〔仙樓上羅漢至壽臺，如來佛白〕蒙當今皇上興吾法門，儒、釋、道二教彙成一家，乾坤清朗，人民之福，實賴一人之化也。大衆可齊頌昇平寶筏，永享太平經，祝國裕民，答謝皇恩。〔衆白〕領佛旨。〔衆仝唱〕

【天花落】衆生衆生每聽告(韻)，大文章早識破根苗(韻)，近在心頭遠碧霄(韻)。俺興來時(讀)雖則把成住壞空細忖度(韻)。一壁廂布衲絲絛(韻)，箬笠團瓢(韻)。把個眼兒努着(韻)，把個口兒哆着(韻)，把個耳朵聽着(韻)，把個腮兒托着(韻)，把個鼻兒嗅着(韻)，臉上拖着眉毛(韻)。把倜頭兒摇着(韻)，把個肩兒聳着(韻)，把個胸兒挺着(韻)，把個掌兒合着(韻)，作麽生個煩惱(韻)。那軀殼飄飄，直是聚沫虚泡(韻)，夢藹芭蕉(韻)，電影光摇(韻)，幻化雲瓢(韻)，響過焱焱(韻)，着甚勞叨(韻)。分明把歡喜地上佔了(韻)，離垢地上清了(韻)，發光地上明了(韻)，燄慧地上解了(韻)，現前地上通了(韻)，難勝地上超了(韻)，遠行地上化了(韻)，不動地上淨了㊀韻，善慧地上醒了㊀韻，法雲地上圓了㊀韻，須彌也不甚高㊀韻，芥子元來不小㊀韻。離奇變幻㊀讀，一筆都消㊀韻。俺則願鞏固也那皇圖㊀句，遐昌也那帝道，大清國萬年長歌天保㊀韻。阿羅漢歲歲今朝㊀韻，齊拍手共唱一曲㊀讀哩哩天花落㊀韻。〔各從福、禄、壽臺下〕

昇平寶筏提綱

頭本 第一齣 黃龍 玉皇陞殿

靈官　雲童　小石猴　石猴　二十八宿　四帥　天師　左輔

右弼　昭容　宮官　金童　玉女　千里眼　順風耳　玉皇

未開戲，後場正設崩山一座，内裝小猴兒。左右拉小布香山一塊，後應大布仙山一塊。念静台呪完，山後點爆竹，崩山子，出小石猴，全撤。

左右大柱上掛對聯。

福臺：衆引玉皇上唱完，轉場。正設黃帳幔、桌椅一張，桌上安圭座，靠欄杆放出，桌全撤。

禄臺：九曜跳舞完，站定。隨後場正放大板凳一條，後條桌一張，左右八字大板凳二條，站，下撤。

壽臺：二十八宿上，跳舞畢。隨後場正設一字大板凳三條，左右接杌子二個，站，下撤。

第二齣　開宗大義

分開場官　　內　白

上、出、下、完場，前臺口正設香几，八個開場官下場，撤。

第三齣 金蟬接旨
龍紅

沙彌　金蟬子　揭諦　惠岸　龍女　觀音

禄臺：金蟬子上，引八句，放轉場椅一張，起撤。

用禄臺小雲兜三個，壽臺雲兜一個。

第四齣　花菓山洞

石　猴　　通臂猿　　衆小猴　　此出預備水四桶纔彀

衆小猴上，隨上雲帳。右邊臺口正設水簾洞一座三塊，上掛水簾洞匾，水簾子一塊。右邊接洞中山峯一塊，左邊接洞門正設小山峯三塊，左邊斜設高山峯一塊、松樹一棵、桃樹一棵。中場正設石床一張、石墪一個。後應布仙山三塊。石猴上，見衆小猴面，撤雲帳。石猴、衆小猴進洞，又出洞，隨上雲帳全撤。　連擺訪道排場。

石床上放菓子四盤、假紙壺二把、盅三個。

第五齣 紅龍 石猴訪道

衆道士　仙童　菩提祖師　石猴

上、出，上雲帳。撤時，將水簾洞門三塊挪在中場，左邊斜設。摘去水簾洞匾、水簾子，换「靈臺方寸山，斜月三星洞」匾。洞内應小布香山一塊，接中場小布太和山二塊，倒拉仙樓前正放。對頭條桌八張，左右順放大板櫈一條，上正放接仙樓、小山子、搭垛二塊，左右接擋仙樓大布仙山二塊，接洞門。右邊一字正設矮山峯三塊，仙樓上拉小布香山三塊，靠後正拉一塊、八字二塊。設完，上、出、下場，撤雲帳，祖師上唱，桌上放正椅一張，起撤。祖師二次從仙樓上，隨正放大杌子一個，起撤。悟空出洞，二童兒趕出洞，又進洞，上雲帳全撤。完撤雲帳。

第六齣 紅龍 混世魔王

衆小妖　混世魔王　報事小妖　纛　衆小猴　通臂猿

混世魔王上，引四句。放轉場椅一張，起撤。場上脱袍。

左右單刀十六把。　踞齒刀一把。

第七齣　勦除妖障

悟　空　衆小猴　通臂猿　衆小妖　混世魔王

無排場。

第八齣 龍宮借寶 紅龍

衆水卒 龍王 悟空 龍王夫人 夜叉婆 侍女 三頭六臂神 西海龍王

龍王上，水卒擋住。後場正設龍王牀，轉判瓶風一分。悟空變化出入，彩火二把。龍王二場上，水卒擋住。全撤。龍王白「到寶藏庫去」，龍王、悟空遶場時，隨開前地井板二塊。悟空看完大刀、叉、戟，内起鼓，地井内出彩火一把，出大金棒。悟空白「唵呀吽」重句，内起鼓，收大棒，出彩火一把，出小棒。拿去棒，蓋板。設屏風時，屏後放大刀一把、大叉一把、大戟一杆，悟空看完，撤。悟空收了棒，隨放正椅一張。見西海龍王面，取上盔甲來，起撤。

上場門預備盔甲一分，西海龍王取。

第九齣　紅龍　妖王結拜

牛魔王　衆小妖　悟空　蛟魔　驕蟲　鍾山子　鱷魚　猾裏
九尾狐　衆歌童

牛魔王上，引四句。放正椅一張，起撤。衆見面，左右放八字酒桌四張，各隨椅二張。後場預備香案桌一張，隨香三炷，小妖搭、撤。衆出桌結拜時，將酒桌挪正，放二張，對面二張，各隨椅二張，二次出，桌全撤。

左右酒壺四把。上場門大碗一個。

第十齣　鐵板橋邊

二小妖　悟空　無常鬼　差鬼

悟空上，中場正設空琴桌一張，右桌頭背靠桌空椅一張，桌後隨棒。悟空下，桌全撤。

悟空場上脱蟒，拿下來。

第十一齣 緞緌青 鬧森羅殿

牛頭　馬面　鬼卒　判官　閻王　差鬼　悟空　抬轎鬼卒

上、出、下場，右邊後場拉酆都門一座，閻王下場、撤。

閻君上，後場正設高臺帳幔桌、公案、交椅、左右桌頭、正椅二張。悟空下桌，閻君又上桌、下桌，全撤。

左右預備更鑼二面。

第十二齣 黄龍二聖奏事

四天將　四天師　四星官　金星　千里眼　順風耳　龍王　閻君

福臺：上、出、下場，吹打，設朝隨，臺口正設帳幔，桌一張。衆下，撤。

第十三齣 紅龍 封弼馬温

悟空 手下 馬夫 傘夫 書吏 二衙官 女樂

仙樓：二衙官見悟空面，衆領走貫門時，隨正設公案、桌、椅一張，左右桌頭椅二張，仝出，桌撤。

桌上公案放菓盒一付、盃盤三分，仝出桌。悟空下場，二衙官出，全撤。

桌上隨酒壺一把。

第十四齣　小戰石猴

巨靈神　衆天將　哪吒　天王　衆小猴　通臂猿　悟空　獨角鬼
三頭六臂　四頭八臂　金星

上場門，棒、本人拿上。哪吒、悟空變化，左右隨彩火四把。

第十五齣 偷盜桃園 龍紅

土地　手下　悟空　傘夫　悟空替身　四仙女　仙童　金母

報事力士　老君　宋門神將　天將

壽臺：土地二場上，後場設桃樹五棵，散擺。　悟空變原身上偷桃完、下，撤。

仙樓：四仙女下，悟空唱。仙樓上正設桌盒一張，上放金壺二把、紅搭包一條，下，撤。

禄臺：捧茶童兒下場，悟空唱「這壁廂、那壁廂」，即正設桌一張，上放葫蘆五個。悟空歎「抄豆兒吃幾包」完，撤桌。預備茶中二個，隨盤。金母、老君見面下場。悟空從仙樓上唱，壽臺上隨左邊斜設天門。悟空出，二天將下場，撤。

第十六齣　紅龍　大戰石猴

眾天將　九曜　六丁　六甲　二十八宿　馬帥　趙帥　温帥

闗帥　二郎神　哪吒　天王　眾小猴　悟空　纛　牽犬神將

通臂猿

仙樓：天王上，仙樓上放轉場椅一張，起撤。

禄臺：天王白「玉旨下」，隨中場放杌子站一個，下撤。斬悟空時隨彩火。

禄臺預備旨意一道。

第十七齣 老君煉猴 龍紅

衆天將　六丁　六甲　二十八宿　九曜　四帥　哪吒　二郎神
牽犬神將　悟空　天王　老君　道童　揭諦

祿臺：老君走園場，進門放正椅一張，搭上丹爐，將椅在右邊斜放。起撤。放椅時，後放正桌一張，上放燈一盞、符三道、火扇一把、寶劍一把、法盞一個。靠左邊柱子欄桿順放小板凳二條。拉開些放上安無座、丹爐，隨黃煙。悟空推倒丹爐，隨彩火一把，全撤。

預備棒一根。

第十八齣　大鬧天宫

靈官　悟空　許神君　雷公　電母　九天　九天神女　天王

無排場。

第十九齣　如來收猴

陀　頭　阿　難　迦　葉　如來佛

佛上仙樓，天井下大雲板。佛上至祿臺，出佛門。

祿臺預備「唵嘛呢叭咪吽」牌一面。

第二十齣 安天大會

衆天將 靈官 許神君 二仙女 二男仙 赤脚仙 長眉仙 三星
三清 童兒 龍女 惠岸 金母 觀音 阿難 迦葉
如來佛 四菩薩 雲童 雲使

禄臺：上、出，佛上禄臺，即正設大板凳一條，後條桌三張，上放大杌子、金蓮花座，座左邊杌子一個，座前香几一個，隨爐瓶三式一分。下座全撤。右邊茶中一個，隨盤。

仙樓：觀音、金母上，唱，中場正放椅二張，前放香几二個，上各放爐、瓶三式一分，茶中一個，隨盤。出撤。

壽臺：佛上雲車時，車左右放八字雲、杌子二個，後八字大板凳二條，站。下全撤。

第廿一齣　墨彈强盜逼殷

劉洪　陳光蕊　院子　殷氏　梅香　强盜　衆揭諦　金童

玉女　金蟬子

陳光蕊上引二句，放轉場椅一張，起撤。見殷氏面，隨小放酒桌一張，左右隨椅二張，仝出撤。陳光蕊喝酒唱時，隨開左臺口地井，下院子、陳光蕊，蓋板，不蓋也使得，下出用。

場上安舡槁，劉洪放下，拿下來。

第廿二齣　江流撇子

殷氏　院子　水卒　龍王

上，改藍子、燈籠，院子拿上。喜神匣子，殷氏抱上。

殷氏上唱「奠酒」時，隨開左臺口地井，出水卒、走場人，出大水雲。殷氏下，蓋板，不蓋也使得。下、出再蓋。

院子不拿藍子上，院子上，右邊臺上放。

第廿三齣　金山撈救

法　明　沙　彌　水　卒　夜　叉　龍　王

法明上，隨開左臺口地井，出水卒、走場人，出水雲。下，蓋板。

第廿四齣　錫福大會

帝釋天　夜摩天　兜率天　化樂天　梵王天　光音天　徧淨天　廣果天
福生天　沙竭龍王　夜　叉　人非人　乾闥婆　阿修羅　迦婁羅
摩睺羅伽　緊那羅　揭　諦　羅　漢　普　賢　文　殊　地　藏　觀　音
阿　難　迦　葉　如來佛　韋　馱　衆天女　侍　者　彌勒佛

禄臺：佛上唱，正放大板凳一條，後條桌三張，桌上放杌子、金蓮花座，座左邊後杌子一個，左右桌頭八字大板凳二條，左右臺口對面大板凳二條。佛下座，全撤。
仙樓：彌勒佛上，身後放杌子一個，起撤。右邊預備杌子一個，上放大木魚一個，隨鍾。侍者取。
壽臺：禄臺佛上唱，歸座，隨開中間大地井四角五個地井板各一塊，板拿下來。揭諦安鉢，衆天龍、九天二場上，衆起曲，唱至「這福海也保無量」，内起鼓，地井内拉線出鉢内「福」字，衆天女舞完，又起鼓，收字。搭去鉢蓋板。　九天上，遶場，天井下。雲兜一個，天女舞花完，下場。起雲兜。

二本

第一齣　佛遣大士

左右洞門掛黑風山黑風洞福靈山雲棧洞匾

四金剛　十六揭諦　阿難　迦葉　須菩提　舍利佛　四沙彌　八侍者

如來佛　惠岸　龍女　觀音

禄臺：佛上唱，後正放大板凳一條，後條桌三張，上放杌子、金蓮花座，座左邊後隨杌子二個，桌左右杌子二個，八字大板凳一條，左右臺口八字大小板凳四條。下座全撤。座後預備金箍三個、袈裟一件，隨大盤一個。左邊預備鉢、錫杖一分。

壽臺：衆揭諦往上歸擋住。觀音上，大雲板下，至壽臺落地。觀音下，雲板即起。

第二齣 黄龍 定安方隅

院子　房玄齡　衙役　長孫無忌　李孝恭　蕭瑀　李世勣　杜如晦

李靖　魏徵　敬德　秦瓊　柴紹　長孫順德　段志元　劉弘基

屈突通　殷開山　張亮　侯君集　張公謹　程知節　劉政會　唐儉

虞世南　高士廉　八小太監　四大太監　昭容　捧袍太監　傳旨太監

衆朝臣上，通名時，後場設朝條桌二張，上放帳幔桌一張，左右條桌頭正椅二張，八字小板凳二條，桌後大板凳一條。下桌全撤。

第三齣 紅龍 觀音臨凡

八侍者　惠岸　觀音　十六雲使　推雲車人　水卒　龍王

仙樓：觀音上唱，放正椅一張，起撤。觀音上雲車，坐定，隨車後止放大板凳一條，車左右明問侍者身後放八字小板凳二條。仝站。下撤。搭垛往西挪，衆雲使上，唱完，跕定，隨開左臺口地井，出水卒、龍王，蓋板。隨開右臺口地井，下水卒、龍王，蓋板。

左預備鉢、錫杖一分。
右預備金箍三個、袈裟一件，隨盤。

侍者不拿上，左右預備。

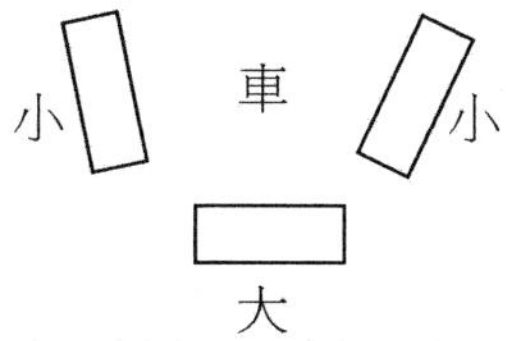

第四齣 墨彈 打座別師

玄　奘　巡照僧人　法　明　沙　彌

玄奘上，引四句，放正椅一張，起撤椅。後正設琴桌一張，上放爐、瓶三式一分，桌後留當，正放一字桌一張，上放佛墊一個，左右杌子二個。下桌全撤。法明上，引三句，放轉場椅一張。玄奘上，見面，放左下椅一張二次，全起撤。

第五齣 紅龍 畫凌煙閣

四畫院博士　八軍卒　八將官　長孫無忌　李孝恭　蕭瑀　李世勣

杜如晦　李靖　魏徵　敬德　秦瓊　柴紹　長孫順德　段志玄

劉弘基　屈突通　殷開山　張亮　侯君集　張公謹　程知節　劉政會

唐儉　虞世南　高士廉　房玄齡

衆朝臣上，唱完，站住，念白時隨放正椅八張，左右八字椅十六張，仝二次起撤。畫像人上，見衆朝臣面。隨左右臺口放對面琴桌二張，上放顔料碟、筆、香頭、紙四張，畫完拿去，紙撤。

第六齣　大士降魔

觀　音　惠　岸　捲簾大將　天蓬大帥　小白龍　神　將　金　星　悟　空

觀音上嘆，隨開左臺口地井出沙僧，下蓋板。觀音又嘆（合頭完）「芥納須彌也只是空門遊戲」，中場正放雲杌子一個、站，下撤。八戒出洞，隨彩火一把。八戒進洞，觀音又嘆（合頭完）「芥納須彌也只是空門遊戲」，中場正放雲杌子、站，下撤。八戒見觀音面，唱，隨開右場門地井，出白龍，下蓋板。金星上，念白時，後場正設五行山一座，白龍下地井。觀音又嘆，隨開大地井、後邊板，觀音嘆（合頭完）「芥納須彌也只是空門遊戲」，内放彩火一把，蓋板。放五行山時，隨開後地井出悟空，下不蓋，接下出，下悟空撤山。

第七齣 紅龍彈墨 龍王占卦

水卒　龍王　袁守誠　小斷　問卜人

上、出後地井，不蓋。水卒、龍王上、卜不蓋。接下出。

龍王上，唱，放轉場椅一張，起撤。袁守誠上，嘆，放轉場椅一張，後放正桌一張，上放卦盒、小筆、硯一分，起撤。椅放在桌内，龍王算完卦，下場再撤。

左邊預備招牌一面。茶中一個隨盤。隨紙一張。

第八齣 逆旨行雨 龍紅

鮹軍師　鱖通侯　鯉太宰　螃甲士　水卒　龍王　儀從　星官
雷公　電母　風婆　雨師　龍形

龍王上唱，進門放正椅一張，内白「玉旨下」，起撤。星官下，放正椅一張，起撤。
龍王白「妙計妙計」，隨後場正放杌子一個，站，下撤。
蝦兵蛤將出後地井，龍王、水卒下，蓋板。

第九齣 墨彈 老龍求救

袁守誠　小　斷　龍王化身

袁守誠上唱，正放桌椅一張，上放卦盒、小筆硯一分，下場時，全撤。

下場門預備招牌。

第十齣 彈墨 紅龍 夢迓天曹

魏徵 院子 儀從 天曹 鬼卒 地曹

魏徵上，引二句，進門，放正椅一張，後放彈墨帳幔桌一張，起撤。椅放在桌內，天曹、地曹下場，出，桌全撤。天曹上見魏徵，下完旨意，隨放正椅一張，右下椅一張。地曹見面撤。隨放八字椅二張，右下椅一張，全起撤。魏徵上起曲，左邊設天門，天曹出入撤。

第十一齣 紅龍 黃龍 君臣奕棋

太監 內侍 宮女 唐王 文武官 魏徵 徐勣 蕭瑀

杜如晦 衆力士 龍形 魏徵形

唐王上正設條桌三張，桌上正放黃帳幔桌一張，隨椅一張，左右桌頭正椅二張，後順放小板凳二條。唐王下，桌全撤。遶場，隨放正桌椅一張，上放棋盤一分。唐王入桌，隨左桌頭放椅一張。徐勣上，見唐王面，起撤桌頭椅。唐王出，桌全撤。

第十二齣　夢警蕭瑀

蕭瑀　院子　内白

無排場。

第十三齣 墨彈 建醮修齋

二僧綱　四侍者　玄奘　衆武官　衆文官　魏徵　蕭瑀　張道源

房玄齡　音樂僧　法器僧　更鑼　喇叭　號筒　嗩吶　鼓

小鈸　龍旗　玉杖　傘　提爐　細樂　旛　衙役

城隍　土地　觀音　衆太監　大太監

二僧綱上中場，正設佛像桌一張，上放香爐燭阡三分，左桌頭磬、右桌頭木魚、儀字部，隨香二十一炷。天井上下水路桿子，掛水路三卷，行完香，衆官下場時全撤。

唐僧上引四句，放正椅一張，起撤。

第十四齣　慈贈袈裟

觀音化身　惠岸化身　四侍者　唐僧　惠岸　龍女　觀音

觀音化身下場，天井下大雲板。

第十五齣 黄龍 勑遣唐僧

内侍　内官　老太監　金瓜武士　昭容　玄奘　捧茶内侍

内侍　馬夫

上，出，唐僧下場，隨設朝，正放條桌三張，上放黄帳幔桌一張，左右條桌頭黄椅二張，桌後大板凳一條，下，桌全撤。

第十六齣 龍紅 十宰餞別

男女鄉民 小孩女 王六兒 胖姑兒 衆社人 八文武官 徐勣

魏徵 杜如晦 程咬金 殷開山 段志玄 蕭瑀 房玄齡

秦懷玉 敬德 沙彌 唐僧 堂侯官 执幢旛人 鼓樂人

唐僧上，放正椅一張，起撤。敬德唱至「師父你便修行心可便有什麽歹」，即正設桌盒椅一張，茶中一個，隨盤，左右八字桌盒六張，各隨椅三張，茶中十八個，放在桌上，仝出，桌全撤。隨放正椅一張，起撤。

第十七齣　胖姑説演

張　老　　王六兒　　胖姑兒

無排場。

第十八齣 墨彈 回回指路

小回回　沙　彌　唐　僧　老回回

唐僧上，放轉場椅一張，起撤。

第十九齣　墨彈　伯欽打熊

劉伯欽　小　廝　樵　子　唐　僧　侍　者　熊

唐僧、劉伯欽見面，進門時，隨中場小放桌一張，左右隨椅二張，仝出，撤。

上場門預備茶中二個，隨盤酒壺一把，中二個，隨盤虎肉一盤。經擔、馬小廝拉下。

熊咬死二侍者，隨開左右臺口地井一個，二侍者下，蓋板。

第二十齣　揭符收徒

小斷　唐僧　劉伯欽　虎　悟空

唐僧、劉伯欽出門。劉伯欽唱完，唐僧起曲，後場正設五行山一座，開後地井，出悟空，蓋板。揭去符，悟空出山，撤山。

左邊經擔、馬。

第廿一齣　剪滅六賊

眼看喜　耳聽怒　鼻嗅愛　舌嘗思　意見欲　身本憂　唐　僧　悟　空

觀音化身

悟空打死六賊，六賊下場，隨左邊場上放布通袖六件，悟空拿去與唐僧看完，放下，拿下來。

上場門預備悟空衣帽一分，觀音化身取。　右邊放棒。

唐僧二場拉馬上，將馬拴在臺上，右邊搭垛上。

第廿二齣　收白龍馬

小白龍　唐僧　悟空　揭諦

上，出觀音化身，下場。悟空上，隨斜拉大布仙山一塊，擋住。隨開左場門地井，左地井前邊斜設高山峯一塊，中山峯一塊，地井後斜設高山峯一塊，上掛「鷹愁澗」匾，中山峯一塊，圍地井前小山峯二塊，地井後應布仙山邊二塊，上掛「蛇盤山」匾。上出師徒，下場，撤。擋大布仙山，悟空拉馬出去，隨上大布仙山擋住，蓋板。全撤。完撤仙山。

右邊場上放棒。經擔放在臺上，不要拿下來。

第廿三齣　土地贈鞍

土地　唐僧　悟空　土地化身

土地化身下場，悟空牽馬出門，左邊後場斜設雲杌子一個，下撤。　下場門預備有鞍馬一匹。

第廿四齣　賀蓮走怪

揭　諦　惠　岸　龍　女　觀　音　天　將　仙　女　黎山老母

伽藍菩薩　靈吉菩薩　毘藍婆菩薩　舞燈仙女　熊虎　牛羊鹿

獅鼠蝎　兔蜈蚣

仙樓：觀音上唱，正設香几一個，隨爐瓶三式一分，後杌子藍蓮花座。黎山老母上，見面。揭諦往上歸，四菩薩見面，香几左右放八字小板凳二條，起，全撤。衆仙女舞花完，即隨開左右臺口土井，出衆妖，下完，蓋板。

天井下九品蓮花燈。

三本第一齣紅龍　黑熊煉汞　左右洞門掛黑風山黑風洞、福靈山雲餞洞匾

龍虎　黃婆　嬰兒　姹女　衆妖童　熊精

熊精上唱，放轉場椅一張，白「到丹房去」，起，撤。衆引熊精二場上，隨對天井後邊正設丹爐一個，内放嬰兒、姹女切末，天井上下線掛切末。熊精二場上，隨開中地井後邊板二塊，熊精唱〔二犯江兒水〕末句完，接起爐蓋，隨地井内出彩火一把，天井拉上線去，蓋板。

丹爐妖童撤。　爐上按黃煙，地井内點。

第二齣 墨彈 火焚寺院

了然　小和尚　唐僧　悟空　火卒　火判　火神　傘夫

了然上，白四句，放正椅一張，起，撤。了然出門，隨左臺口放斜椅一張，起，撤。設椅時，隨上雲帳，擋住，中場正設大供桌一分，後杌子一個，接設韋馱龕一座。右邊斜設草房一間，内放杌子一個，上放袈裟一件。悟空取設完，唐僧上，撤雲帳。唐僧、了然見面，進門。唐僧拜完佛，隨放左斜椅一張，右下椅一張，仝起撤。上場門預備茶中二個，隨盤。

經擔放在草房内，拿下來。馬小和尚從房後帶下來。

禄臺：火神上念白「就此駕雲前去」，隨中場正放前後杌子二個，跕，下撤。

第三齣　盜取袈裟

熊　精出入洞門　火　卒　火　判　火　神　了　然　衆小和尚　悟　空

唐　僧

衆火卒等上，隨四角放杌子四個，火判跕，下，撤。火神在仙樓上，衆和尚上放火時，左右隨彩火，放火完，下場。熊精上，右臺口放杌子一個，跕，下，撤。衆和尚三次又上，隨上雲帳，全撤。完撤雲帳。

悟空叫小和尚上時，右邊場上放棒。

第四齣　白蛇祝壽

白蛇精　蒼狼精　黑熊精　悟　空　唐　僧

三精二場上，隨開左臺口地井，下白蛇精，出彩火一把，出白蛇形，蓋板。

左邊洞門内預備鐵棍一根。

第五齣 龍紅 大士收熊

揭諦　侍者　惠岸　龍女　觀音　雲使　狼精　觀音化身

熊精

仙樓：觀音上唱，放正椅一張，起，撤。衆雲上，觀音下仙樓，隨中場放雲杌子一個，觀音二次站下撤。觀音下仙樓，隨開左雲口地井，下狼精，隨彩火一把，出狼形，蓋板。隨開中場前地井，下，悟空，出金丹一粒，悟空出，再蓋板。　觀音下仙樓，右邊場上放棒。

左邊洞内預備袈裟一件。

第六齣 紅龍 遊春起釁 左邊換黃風山洞匾

小妖 悟能出入洞門 高才 家童 高安人 車夫 高玉蘭

梅香 小妖化身

衆引悟能上唱，放轉場椅一張，起，撤。悟能上歸座，隨開左右前後地井四個，下小妖，隨彩火，上化身，蓋板。

場上換衣帽。左場上預備紅花道袍一件。右場上預備公子巾一頂，扇一把。

第七齣 紅龍 行聘强親 用彈墨不用紅龍

高才　家童　衆小妖化身　悟能出入洞門　唐僧　悟空

高才上引四句，放正椅一張，起撤。悟能見高才進門，隨放正椅一張，椅後放正桌二張。悟能唱尾声，出門，全撤。

第八齣 墨彈 高門招婿

儐相　喜娘　轎夫　悟能俱出入洞門　家童　高才　悟空化身

悟空　衆小妖化身

上出，高才上見唐僧面，隨左邊正設花約蘭一塊，順放，有門花約蘭一塊。内後邊正設朱泚床帳一分，裏邊小放梳粧桌一張，隨爐瓶三式一分。悟空從床帳内出來，全撤。

床帳内放棒。　悟能等出入右邊洞門。

第九齣　八戒成親

小妖　悟能　院子　悟空　唐僧　高才　安人　男女家人

右邊洞内預備耙一把。　上場門經擔、馬匹。

悟能出入右邊洞門。

第十齣　烏巢禪師

右邊洞門换積雷山摩雲洞匾

烏巢禪師　唐僧　悟空　悟能　土地　山神　神將

烏巢禪師上，唱完，又唱。左邊中場斜設大松樹一棵，禪師下場，山神、土地擋住撤。

第十一齣 彈墨紅龍 遭黄風洞

虎先鋒　唐　僧　悟　空　悟　能　小　妖　黄風大王　伽藍化身
仙　童　靈吉菩薩　雲　童　金　龍　雲　車

虎先鋒上，左臺口地井前設拉線山一座，隨開山後地井。唐僧唱「至忽拉三陣狂風」，天闕、地軸出小妖，隨拉線，隨彩火，蓋板。拿住唐僧，撤山座。黄風、悟空二場上戰時，隨開左臺口地井，出點黄煙葫蘆一個，蓋板。放山座時，隨山座松樹一棵，左邊洞門口放松樹二棵，撤山全撤。伽藍化身見悟空面，即放正椅一張，左右對面椅二張，起，先撤右下椅，後全起撤。

仙樓：靈吉菩薩上白二句，放正椅一張，起撤。

仙樓上右場門龍頭杖一根。　上場門放棒、經擔、馬。

下場門預備黄鼠形一個。　馬拴在場上，八戒帶下來。

第十二齣　收取沙僧

小妖　悟淨　唐僧　悟空　悟能　雲童

上、出、下場，隨右臺口裏邊地井，前正設流沙河碑一座。沙僧上念白，隨開中前臺口地井，下沙僧、小妖。沙僧又上，蓋，留板一塊。小妖應，完場，蓋板。悟淨見唐僧面，開左右臺口地井二個，右邊地井放骷髏骨數珠，出金蓮花切末，左邊地井内拉雲童上，拔去金蓮花，收回切末，蓋板。撤碑。　衆雲童出進仙樓。

地井内預備杖一根。

第十三齣 紅龍 烏鷄國王

獅子精　假烏鷄國王　四内侍　四宫娥　烏鷄國后　太　子　四將官

獅子精上，念白「待俺變來」，上場門隨彩火一把，出假國王。烏雞國后上，見假國王面，放八字椅二張，起，撤。國后唱完，隨放正洒桌椅一張，左桌頭椅一張，太子上敬完酒，隨放右桌頭椅一張，太子座起，仝出，撤。　左右酒壺二把。

第十四齣 墨彈 被屈托夢

唐僧　烏鷄國王魂　伽藍

唐僧上，中場正設琴桌一張，上放爐瓶三式一分，後正設一字桌一張，上放黄布墊一個，左右桌頭杌子二個，下，桌全撤。烏鷄國王魂上見面，叩頭起，放左下椅一張，起撤。

烏鷄國王魂出入右傍門。

第十五齣 彈墨 公子打圍

悟空　四軍士　四獵户　八將官　太子　白兔　唐僧　四山神

四土地　衆陰兵

悟空上，隨開左場門地井，下悟空，二次出兔兒，收蓋板。

唐僧上唱，大地井後放轉場椅一張。太子二場上，見面，起，撤。

唐僧上，隨開中大地井，出轉盤切末，隨開右場門口地井，安兔兒完，蓋板。開大地井時，隨開前臺口地井，下兔兒，出悟空，蓋板。收轉盤切末，蓋大地井板。

地井板俱放在西邊。

第十六齣 紅龍 井底重生 彈墨

悟空　悟能　悟淨　唐僧　寺僧　烏鷄国王　四内侍　文武官

假国王　黄門官　太子

唐僧上白二句，放正椅一張。烏鷄國王上座，起，撤。假國王上，正設條桌三張，左右桌頭正椅二張，杌子二個，桌後大板凳一條，桌上正設紅帳幔桌椅一張。假國王上座定，隨開中後地井，出獅精，下假國王，蓋板。真國王上，見面，全撤。　場上放棒。

第十七齣　獅精被擒

獅子精　悟空　唐僧　悟淨　悟能　假唐僧　五方揭諦

西番陀頭僧　諾炬羅尊者　獅形

唐僧上唱，隨開大地井前邊板，下獅精，出假唐僧，下假唐僧，出獅精，蓋板。尊者上，隨開中場前臺口地井，下獅精，出獅形，下獅形，再蓋板。

第十八齣 龍紅 鬧五莊觀

清風　明月　唐僧　悟空　悟能　悟淨　衆道士　鎮元仙

清風、明月上，左場門前設人參菓樹一棵。清風、明月二場又上，中場正設天地牌位桌一張，隨香案。唐僧進門拜完，撤。隨放正椅一張，起，撤。鎮元仙上下場，放正椅一張，二次起，撤。

上場門預備人參菓二個，隨盤、法盞、劍、茶中一個，金擊子一個。經擔、馬匹。

第十九齣　鎮元擒僧

唐僧　悟空　悟能　悟淨　衆道士　鎮元仙

鎮元仙見唐僧師徒，隨開前臺口地井板四塊，下師徒四人，内預備繩子三條，師徒上去，蓋板。隨開左臺口地井，打悟空時，拉線完，蓋板。隨開前臺口地井板二塊，放油鍋時，出石獅子一個，下石獅子，出彩火一把，搭去油鍋，蓋板。

第二十齣 龍紅 悟空破竈

衆道士　鎮元仙　清風　明月　唐僧　悟空　悟能　悟淨

衆道士上，左邊臺口地井前放拉線山一座。隨松樹一棵，右邊斜設柳樹一棵，崩山一塊。鎮元仙上，放師徒四人出地井時，後場放正椅一張，起，撤。鎮元仙下場，撤山、座、樹。

上場門皮鞭二把。　下場門皮鞭二把，油鍋柴火一分。

第廿一齣　悟空訪救

三　星　悟　空　八　仙　東華帝君　惠　岸　龍　女　觀　音

三星從福臺小雲兜下，半中。

東華帝君下場，天井下旋。　四角下小雲兜。

第廿二齣 大慈活樹 龍紅

三星 鎮元仙 悟空 惠岸 龍女 觀音 唐僧 悟能

悟淨 清風 明月 衆道士

觀音治活樹時，隨中場正設條桌三張，上放香几一個，隨爐瓶三式一分，隨椅一張，桌前大板凳一條。前正放琴桌一張，左右條桌頭杌子二個，左右對面琴桌二張，各隨椅一張，仝出，全撤。撤人參菓樹。

上場門茶中一個，隨盤。又茶中三個，隨盤一個。

下場門茶中一個，隨盤。茶中三個，隨盤一個。又茶中一個，隨盤。

人參菓，樹上摘。

第廿二齣 彈墨 聖試道心

黎山老母　唐僧　悟空　悟能　悟淨　院子　了環　大小姐

二小姐　乳娘

唐僧見老母面，進門放正椅一張，右下椅一張，老母白「代我進去取素齋來」，起，先撤右下椅。二小姐下場，老旦唱尾聲，座起，再撤正椅。

上場門茶中一個，玉串一個，隨盤。　紅右摺一個，月白汗巾一條，隨盤。

下場門茶中二個，隨盤。經擔、馬。

第廿四齣 龍紅 勅遣伽藍

福臺六丁六甲　禄臺護法神　壽臺伽藍神　仙樓揭諦　沙　彌　二祖師

仙樓：二祖師上引四句，放八字椅二張，仝起，撤。

四本第一齣　山中誇武

左洞門換翠雲山芭蕉洞
右積雷山摩雲洞

四猛將　小妖　牛魔王　舞旗小妖　推火車小妖

牛魔王上唱。後場正設高山峯二塊，後條桌二張，左右桌頭杌子二個，八字大板凳二條，桌上放交椅一張，後應布仙山邊二塊，下，桌全撤。

衆小妖二場拿旗上，左右場上預備香火。

第二齣 墨彈 玉面懷春

獾婆　玉面姑

玉面姑上唱。中場正設桌椅一張，桌上放爐瓶三式一分，玉面白「我好喜也」出，桌全撤。

右邊洞内茶中一個隨盤。

第三齣 招親牛魔

紅龍

小　妖　牛魔王　報事小妖　獾　婆　童　兒　樂　人　儐　相　侍　女
玉面姑

牛魔王上唱。放轉場椅一張，獾婆上見面，放右下椅一張，仝起，撤。

上場門預備鏡子一面。獾婆衆等出入左右洞門，左右預備巵盤二分。

第四齣 紅龍 聞仁驅邪 左右洞門換平頂山蓮花洞黄金山黄袍洞匾

爰爰道人　小　妖　黄袍郎　衆鄉民　聞　仁

黄袍郎上，唱，放轉場椅一張，起，撤。衆鄉民上，中場正設大供桌一張，上放大供器一分、牙笏一块、法盞一個，劍一把。桌後條桌二張，上放紅帳幔桌一張。假黄袍郎搭上桌，隨椅一張。黄袍郎二次上，見爰爰道人面，全撤。

第五齣 紅龍 花燈失女

院子　梅香　夫人　百花羞　看燈男女　衆孩童　衆杂技

白骨夫人　小妖　黃袍郎　小軍　將官　栢憲　旗牌

寿臺：院子上時，

仙樓上掛燈八盞，正設酒桌一張，隨正椅一張，右桌頭椅一張，下樓全撤。夫人下樓，唱完，隨放正椅一張。見栢憲起，撤，隨放正桌一張，上放令箭二支，拿去令箭，撤桌。

仙樓：左右酒壺二把　盃盤桌上安。白骨夫人、黃袍郎出入右邊洞門。

第六齣 白骨説婚 龍紅

白骨夫人　黄袍郎　樂人　儐相　伴婆　百花羞

白骨夫人上嘆，放轉場椅一張。黄袍郎上見面，起，撤。隨放八字椅二張，叩頭時，起，撤。

冠袍帶、金花披紅洞内穿，箱上人預備，隨鏡子一面。

第七齣 寒儒被捉 彈墨

衆捕役　聞　仁　花香潔　車　夫　牽驢人　衆小妖　黄袍郎

聞仁、花香潔上唱。放八字椅二張，起，撤。設椅時，後場正設琴桌一張，上放背包一個，裙子一條，搭頭一塊，帢帶一條，拿夫，撤桌。

黄袍郎出入右邊洞門。

第八齣 花會妖洞 龍紅

百花羞　小妖　花香潔　黄袍郎　白骨夫人

百花羞上唱四句。放正椅一張，見花香潔面，二人拜時，撤。隨放八字椅二張，仝起，撤。隨放正椅一張，白骨夫人上，見面，起，撤。

第九齣 龍紅 審問聞仁

衆衙役　李法清　捕役　聞仁

李法清上引四句，正放公案桌椅一張，出撤。

場上放桚子一付，敲板二塊，手扭一分。　下場門預備艮十刃。

第十齣 貶猴遇魔

悟空 唐僧 悟能 悟淨 白骨夫人 白骨化身 白骨化身

唐僧師徒上，唐僧上馬，起曲，唱一句，隨中場放杌子一個，白骨夫人跕下，撤。小旦白骨化身上，唱完。念白時，左臺口放柳樹一棵，化身下，撤樹。老旦白骨化身上，見唐僧面，隨開左臺口地井，下老旦化身，出姜尸，隨彩火一把，下姜尸，蓋板。

唐僧救下小旦白骨化身樹來，悟空念白「你不怕老孫棒麽」，左場上放棒。老旦化身見唐僧面，左場上放棒。

第十一齣 紅龍 妖擒唐僧

黃袍郎　報事小妖進右邊洞門　衆小妖　唐僧　悟能　悟淨　百花羞　小妖　花香潔　黃袍化身

黃袍郎出入右邊洞門。　洞内預備斬馬刀一把。

唐僧下馬時，後場正放空琴桌一張，悟能出，撤。

百花羞上引四句，放轉場椅一張，唐僧上見面，起撤。隨放正桌一張，上放筆、硯、寸書、燈一盞，起椅放在桌内，出，桌全撤。

拿住唐僧，行李、馬匹代下來。　唐僧出入右邊洞門。

黃袍郎變化，右邊隨彩火一把，出洞門。

第十二齣 紅龍 唐僧變虎

夫人 梅香 院子 栢憲 小軍 黄袍化身 院子 將官

唐僧 悟能 悟淨 虎 擡虎人

夫人上引二句，放正椅一張，見栢憲起撤。隨放八字椅二張，仝起，撤，黄袍郎化身上，見面，隨放正酒桌一張，隨正椅一張，左右桌頭椅二張，仝出撤。衆下場，内白「開門」，隨正設虎頭公案桌、交椅，出撤。唐僧見栢憲面，隨開右臺口地井，下唐僧，隨彩火一把，出虎，蓋板。

定席左邊預備背盤三分。

下場門預備酒壺一把，法盞、劍一把。

第十三齣 紅龍 賜筵宴壻

小白龍　執事太監　宮女　白龍化身　黃袍化身　大太監　黃袍郎

悟能

太監、宮女化身等上，貫門，跕定，隨中場正設活酒桌一張，隨床 張，隨開床後大地井，後邊板下黃袍郎化身出黃袍郎，隨彩火一把，蓋板。放酒桌時，左右場上放滿堂紅、截燈一對，黃袍郎上，全撤。黃袍郎上時，隨開左邊中場地井，下白龍化身，隨彩火一把，蓋板。

第十四齣 請美猴王 紅龍

通臂猿　悟能　衆小猴　擡轎小猴　悟空　纛

悟空上唱，走四門完，隨中場正設條桌三張，上放交椅一張，左右桌頭杌子二個，見悟能下桌，隨放正椅一張，右下椅一張，起撤。又上高臺，又下桌，全撤。隨放正椅一張，右下椅一張，起撤。下椅、正椅，小猴挪八戒座了，起再，撤。

第十五齣　遇仁答救

聞仁　捕役　悟空　悟能

無排場。

第十六齣 龍紅 逃洞救女

百花羞　花香潔　小妖　悟空　悟能　聞仁　捕役　小妖

衆小妖　爰爰道人　衆風神

百花羞、花香潔上，二人見面，放八字椅二張，仝起撤。

右邊洞内預備衣服二包。

悟能進右邊洞門，百花羞、花香潔出洞。

第十七齣　法場明冤

地方　悟空　小軍　將官　劊子手　擡虎人　虎　栢　憲

唐僧　悟淨　悟能　百花羞　花香潔　聞　仁

悟空上唱完，隨後場正放條桌一張，左右杌子二個，悟空跕、下，撤。悟空見栢憲面，隨開左臺口地井，下虎，悟空念白「代我先救我師父」，咀隨彩火一把，出唐僧，蓋板。搭垛面向北。唐僧白「大將軍」。衆下。左邊放棒。

第十八齣　黄袍歸正

悟　空　　黄袍郎　　黄袍郎化身　　悟空化身　　天　將　　金　母

悟空、黄袍郎戰時，變化，上、下、左、右隨彩火四把。

黄袍郎出右邊洞門。

第十九齣（紅龍）帥府宴僧　右洞門換（玉仙山　玉仙洞）

唐僧　悟能　小軍　栢憲　悟空　悟淨　大太監　小太監

將官

衆引大太監上，下旨意完，下場，隨正設桌盒一張，隨椅一張，左右對面桌盒二張，各隨椅二張，全出，桌全撤。

茶中放在桌上。　上場門行李、馬。

設桌時，隨上雲帳，設下、出排場，唐僧下場，撤雲帳。

第二十齣 過平頂山
龍紅

伶俐虫　小妖　金角　小妖　銀角

上，出。上雲帳，後場正設仙山一塊，左右接老山二塊，山後正放條桌四張，左右帮條桌二張，順放大板凳二條，後應大布仙山一塊，左臺口斜設仙山邊一塊，隨松樹一棵。右邊臺口斜設破錢山邊一塊。設完，上出唐僧，下場撤雲帳。金角、銀角上唱，桌上放八字椅二張，起撤。

左右場上預備金銀鞭二把。　場上脱袍拿鞭。

伶俐虫上、出右傍門。

第廿一齣　悟能編謊

唐僧　悟能　悟淨　悟空　衆小妖

天井上下啄木虫，悟能見唐僧。左邊場上放棒。

第廿二齣　悟空鬬法

傳令小妖　悟空　衆小妖　悟能　悟淨　唐僧　悟空化身
守門小妖　衆小妖　金角　銀角　傳事小妖　伶俐虫

傳令小妖上唱，隨開左臺口地井，下傳令小妖，内預備金箍一個，悟空下，隨彩火一把，蓋板。衆魔女綁唐僧等，桌上隨正放松樹一棵，八字松樹二棵，上各掛綁繩一根。唐僧師徒下桌，撤樹。伶俐虫二場上，隨開左臺口地井，下伶俐虫，隨彩火一把，出形兒，内預備金箍一個，給伶俐虫帶上，悟空下，隨彩火一把，出伶俐虫，蓋板。

第廿三齣 紅龍 請母食僧

侍兒　假伶俐虫　狐狸精　小妖　轎夫　悟空　假狐狸精

金角　銀角　小妖　唐僧　悟能　悟淨　爬山虎

天將　雷母　電母　雷公　風婆　雨師

狐狸精上唱，放轉場椅，起撤。狐狸精出洞、上轎，衆起曲，悟空化身，伶俐虫下，悟空上，打死衆等，隨彩火一把。白，咀隨彩火一把。金角、銀角出洞接進假狐狸精，隨桌上正放酒桌一張，隨正椅一張，左右桌頭椅二張，仝出，桌撤。酒桌、椅隨條桌，上放陰陽瓶一個，拿去。悟空見爬山虎面，隨開左臺口地井，出葫蘆一個，下瓶，蓋板。地井内預備金箍二個，伶俐虫形兒，大紅葫蘆一個。爬山虎看葫蘆時，左臺口山後放棒。伶俐虫下，上場門出右傍門。

侍兒出入右邊洞門。狐狸精出右邊洞門。

第廿四齣　老君收童

老君　小妖　金角　銀角　悟空　甲卯神　天將　唐僧

悟能　悟淨

禄臺：老君上，隨上雲帳、山子等件，全撤完，撤雲帳。

左邊行李、馬。

老君從禄臺上。二場從仙樓上。

五本 第一齣 紅龍 火雲洞妖 左洞門掛火焰山火雲洞匾 右積雷山摩雲洞

急如火　快如風　雲裏霧　霧裏雲　興烘掀　掀烘興　聖嬰　小妖

聖嬰上唱，隨中場正設條桌一張，左右杌子二個，桌上放正椅一張，起撤，下，桌全撤。舞旗小妖出洞，遶場時，隨左邊對天井斜設大柳樹一棵，樹後隨唐僧、聖嬰、彩人二個，黃絨繩一根。天井上下黃絨繩拴嬰兒，彩人拉至半中，嬰兒念白「將俺綁起來」，拉彩人繩。

第二齣　枯松澗口

唐僧　悟空　悟能　悟淨　山神　土地　小妖　聖嬰

六健將　推火車小妖

唐僧等上，隨開後地井，出健將，隨彩火，蓋板。唐僧下馬救嬰兒時，拴唐僧。彩人天井上拉嬰兒、唐僧、彩人，隨彩火一把，舞旗小妖上，遶場，撤樹。

唐僧下馬，右邊場上放棒。拿住唐僧，行李、馬拿下來。左邊洞内預備小火、炎鎗一杆。

第三齣 紅龍 牛魔赴席

六健將　聖嬰　悟空　假牛魔王　二健將

二健將出洞，後場正放條桌一張，左右桌頭杌子二個，悟空站，下，撤。假牛魔王見聖嬰由，進洞，又上，隨放正椅一張，左下椅一張，仝二次起撤。

假牛魔王場上摘弓箭。　左邊洞內預備火焰鎗一根。左邊洞內預備短把子六件。

第四齣 借取罡刀
第五齣 收聖嬰兒

護法神　惠岸　龍女　觀音　悟空　雲使雲車　聖嬰　六健將

唐僧　悟能　悟淨

仙樓：觀音上唱，正設杌子、藍蓮花座，下，撤。觀音下仙樓，上雲車，雲車後正放琴桌一張，上下杌子二個，悟空跕，後正放八字大板凳二條，雲跕，仝跕，下，全撤。衆唱完，雲使擋住。隨對天井上小雲兜，正設天罡刀蓮花座，左右杌子二個。觀音扔天罡刀雲，身後放彩火一把，下雲兜，放在蓮花座上，接刀。觀音上蓮花座，雲兜內聖嬰見觀音面唱完，念白「看鎗」，隨彩火一把，天井急起雲兜，聖嬰上蓮花座，起曲唱二句，内起鑼鼓，急出座内刀。觀音又上白「代我來救你」，又起鼓，收座内刀，摘聖嬰紫金冠，下座，雲擋住，全撤。

禄臺左邊預備天罡刀。　上場門經擔、馬。　右邊棒。

第六齣 紅龍 黑水小鼉 左邊洞門 解陽山 解陽洞

小妖　小鼉　唐僧　悟空　悟淨　悟能　河神　烏魚

上、出。收了紅孩兒時，開中場後地井，出小妖。上，出，下場。隨開前台口地井，隨彩火一把，出小鼉，全蓋板。小鼉上唱，放轉場椅一張，起撤。小鼉二場上，隨開左臺口地井，下唐僧、悟能，不蓋。沙僧救出師徒，蓋板。

左邊預備銀鞭一把。

悟淨念白「大哥你且堪行李、馬匹」，悟空下場時，在將經擔、馬代下來。

第七齣　收伏鼉怪　龍紅

悟空　西海龍王　太子　蝦兵蟹將　小妖　小鼉　悟淨
河神　悟能　唐僧

上出唐僧、悟能，下地井時，隨開左邊中地井，出河神，蓋板。
隨開右臺口地井，太子上，下，蓋板。
悟空白「龍王在家麽」，隨放正椅一張，二次起撤。
右邊行李、馬，悟淨、河神拉上。

第八齣 黃紅龍 鳳仙至早

上官無忌　六丁　六甲　四仙官　四宮官　金童　玉女　金星

四大將　四功曹

上官無忌上引四句，放正椅一張，起，撤。

福臺：內吹打，設朝，臺口正設黃帳幔桌一張，退班，撤。

祿臺：內吹打設朝時，正設條桌二張前後，大板凳二條，桌上設昇天門一座，退班全，撤。

壽臺：退班時，隨上雲帳，左邊設米山一座，右邊設面山一座。

仙樓上掛「披香院」匾，上官無忌二場見功曹面白「隨我來」，撤雲帳，看完走時，功曹上馬，隨上雲帳，全撤，完撤雲帳。

東北一小雲兜。

第九齣 大聖施霖 紅龍

悟空　上官無忌　衆男女囚犯　衆父老　唐僧　悟淨　雷電

風雨

悟空上白四句，放正椅一張，上官無忌上見，面，放左下椅一張，仝起，撤。

禄臺：雷電風雨上歸、排，隨後場正放條桌二張，桌前大板凳一條，桌上正放琴桌一張，左右杌子二個，跕、下，全撤。

中天井下小雲兜一個。

第十齣 紅龍 投車遲國

虎　精　　鹿　精　　羊　精　　黄門官　　虎精化身　　鹿精化身　　羊精化身

小太監　　大太監　　車遲國王　　武　祖　　劍　仙

三精上唱，放轉場正椅一張，左右對面椅二張，仝起撤。三精變化，下場門彩火一把。

國王上白二句，放正桌椅一張，出，撤。

下場門預備法盞、劍一分。

第十一齣 龍紅 三妖演醮

四法官　音樂法官　法器法官　虎力大仙　鹿力大仙　羊力大仙　功曹

悟空

法官上，中場正設條桌三張，上放條桌一張，上放香案三分，菜供五碗，鮮菓五碟，三清像三尊。桌後大板凳一條，放三清套頭三個，左右桌頭杌子二個。條桌前正設琴桌一張，上放爐瓶三式一分，燭阡一對，符三道，令旗一面，牙笏三塊，法盞一個，劍一把，勅令牌。隨正椅一張，上搭黄法衣一件。左右桌頭椅二張，上搭法衣二件，左月白、右紅。左右八字琴桌二張，上各放牙笏二塊。左音樂桌一張，上音樂八件。右法器桌一張，上器法八件。隨堂鼓、掛鐘，三妖出桌作法時，悟空上，隨右臺口放杌子一個，跕，下撤。三妖等下場，三清桌不動，别者全撤。

第十二齣　鬧三清觀

悟空　悟能　悟淨　道童　虎力大仙　鹿力大仙　羊力大仙

悟空三人下，三清桌全撤。

下場門預備金盆一個，茶中一個。

左右預備棍八根。

第十三齣 龍紅 鬭法滅妖

唐僧　悟空　悟能　悟淨　執事人　虎精　鹿精　羊精

太監　國王　執事太監　黑龍　白龍　龍王　夜叉

風婆　雨師　雷公　電母　搭油鍋將官　執事人　宴官

國王上唱，隨後場正設條桌三張，上放紅帳幔桌椅一張，左右條桌頭正椅二張，後順放小板凳二條，國王下，桌全撤。獻虎精首級時，隨開中間前臺口地井，出佛肚子，下鹿精，隨彩火一把，出鹿形，蓋板。隨開左臺口地井，安油鍋，下羊精，隨出黑龍頭，悟空打下，出彩火一把，出掛羊骨頭，搭去油鍋，蓋板。唐僧上見國王面，隨正放桌盒椅一張，左右對面桌盒二張，各隨椅二張，全出全撤。上場門行李、馬，宴官拿上。

上場門預備茶中三個，隨盤二個。下場門預備茶中二個，隨盤一個，法盞一個，劍一把，猴頭一個，虎頭一個，隨大盤一個。

第十四齣 彈墨 陳家莊主

陳　澄　張　氏　李　氏　陳關保　一秤金　陳　清　悟　能　悟　淨

唐　僧　悟　空　悟空化身　悟能化身　衆鄉民

陳澄上引四句。放正椅一張，起，撤。張氏、李氏上唱，放正梳粧桌一張，左右桌頭正椅二張，仝起，仝撤。唐僧上，左邊場上斜設通天河碑一座，看完，撤。唐僧見陳澄面，進門，隨放正椅一張，後放正桌一張，左右放對面椅四張，仝起，仝撤。衆鄉民搭亭子，猪羊上唱，遶場時，後場正設大供桌一張，衆鄉民出廟時，撤亭子，別者不動。

上場門預備燈一盞。　上下場門預備琴桌二張，放猪羊。

第十五齣 鱖婆獻計 紅龍

魚精　悟空化身　悟能化身　悟空　悟能　小妖　鱖婆

上，出，衆鄉民進廟，隨開前臺口地井，出魚精，隨彩火三把，噴水，蓋板。上，出，放大供桌時，隨開後地井，出悟空、悟能，隨彩火二把，下化身，不蓋。大供桌等全撤。認妹上，鱖婆上，又下，再蓋板。魚精二場上，隨開左邊中地井，下魚精，蓋板。魚精三場上，隨放正椅一張，魚精吩咐小妖兒，隨放右下椅一張，仝起，撤。

左右場上預備白素旗八面。

第十六齣（紅龍）結冰認妹

唐僧　悟空　悟能　悟淨　陳澄　陳清　孩童　陳關保

一秤金　客人　張氏　李氏　梅香　蒼頭　魚精　小妖

鱖婆

舞旗小妖頭場上，下？悟空單上，過場，下，即開中前臺口地井，下魚精、唐僧、小妖，蓋板。

舞旗小妖上，本人拿上，魚精拿住唐僧時，行李、馬代下來。

魚精、鱖婆二人見面，隨設小放酒桌一張，左右隨椅二張。桌上左邊放蓮花錘一把，仝出，全撤。

放酒桌時，隨開左邊中地井，下魚精，蓋板。

第十七齣　收伏魚精

紅孩兒　龍女　觀音　揭諦　悟空　悟能　悟淨　魚精

唐僧　陳澄　陳清　二安人　男女鄉民　陳關保　一秤金　畫像人

水雲　水旗　老黿

仙樓上揭諦上，擋住，觀音上，隨放正椅一張，起，撤。紅孩兒白「領法旨」，下仙樓，隨大地井前正放雲杌子一個，跕，下，撤。紅孩兒上雲杌，隨後上雲帳，中場正設紫竹林、觀音山一座六塊，俱插紫竹，座上放魚藍一個，後應大布仙山邊二塊。揭諦見觀音面，撤雲帳。悟空上見觀音面，下座上，雲帳全撤。悟空見觀音面，隨開左右臺口小地井二個，水雲上擋住，隨開大地井，水雲上，蓋板。前臺口地井出魚精、唐僧，蓋板。大地井下魚精，出老黿，下老黿，蓋板。老黿出，左右接老黿，小搭垛二塊，下撤。

老黿上，右邊放棒。　大地井搭垛面向西放。

中井一小雲兜。　水旗從上、下場門上，水雲左右小地井上，完全下場門。

第十八齣 墨彈 子母河邊

船家　唐僧　悟空　悟能　悟淨　黃婆　婦女　如意大仙

黃婆上，見唐僧面，隨放正桌椅一張，右桌頭椅出撤。如意大仙趕悟淨出洞，與悟空戰。如意大仙下場，隨放正桌椅一張，右桌頭椅一張，二次出，撤。左邊洞門左邊放井口前小山峯二塊，悟淨出洞，如意大仙下場，撤。

左邊預備水桶一個，茶中一個。悟空見如意仙面，場上放棒。如意大仙出入左邊洞門，內預備雙劍一對。

第十九齣 女兒國王 紅龍

女太師　女官　驛承　唐僧　悟空　悟能

女太師上引四句，放轉場椅，起，撤。見唐僧面，放八字椅，起，撤。

第二十齣紅龍 招贅送僧 左邊洞門換毒敵山琵琶洞

女官　宮官　女國王　四女將　女太師　執事人　悟空　悟能

悟淨　唐僧　推輦人　鴻臚官

女國王上引四句，放正椅一張，起，撤。唐僧、女國王拜天地時，左右放八字酒桌二張，隨椅二張，出，桌撤。場上換褻，隨正設酒桌椅一張，右桌頭椅一張，隨酒壺一把、盃盤二分，女太師上、出撤。　右邊經擔、馬。

第廿一齣 墨彈 悟能做夢

悟能　悟淨　高員外　高安人　儐相　樂人　高小姐　安童

悟能、悟淨上，悟淨下場，隨放正椅一張，起撤。悟能、悟淨上，隨開大地井後邊板二塊，隨開後地井出高家一門，下高家一門等，蓋板。內打三更，大地井出夢光帳子，悟能出夢光、進夢光、下夢光，蓋板。

第廿二齣 龍紅 蠍精擒僧

八女童　唐僧　蠍子精　悟空　悟能　悟淨　蠍子形

蠍子精上引四句，又白四句。放正椅一張，起撤。蠍子精上，歸座，開後地井，出蠍精，出悟空，再蓋板。蠍子精二場上唱，放轉場椅一張，見唐僧，起，撤。隨設小放桌盒一張，上隨餑餑一盤，左右隨椅二張，悟空上仝，撤。

蠍精二場上，與悟空戰時，蠍精敗，下，左場門隨彩火一把，出蠍形。隨開前臺口地井板二塊，殺過河時，放彩火一把，蓋板。

唐僧上、下馬，將行李、馬代下來。

上場門茶中二個，隨盤。　下場門餑餑一盤。

第廿三齣 紅龍 日官收蝎

儀從　昴日星　悟空　蝎子精　唐僧　女童　悟能　悟淨

公雞形　蝎子形

唐僧、蝎精上唱，中場放正桌椅一張，右桌頭椅一張，出桌全撤。昴日星二場上，中場正設條桌一張，左右杌子二個，跕，下撤。悟空、悟能與蝎精戰，蝎精敗下，左邊隨彩火，出蝎形。昴日星與蝎精戰，蝎精敗下，左邊隨彩火出形兒，昴日星下，右邊隨彩火出公雞形，進彩火。

上場門預備小蝎子形兒一個，昴日星官拿上。

左右宮燈二對。　上場門經擔、馬。　禄臺上預備棒一根。

第廿四齣　羅刹揭鉢

天將　雷公　電母　龍王　火神　靈官　四帥　哪吒

天王　惠岸　龍女　紅孫兒　觀音　魔女　羅刹女　衆妖兵

天秤妖兵　擡山子妖兵　胖大鬼

禄臺：衆神將上，隨正設對頭大小板凳三條，左右明間各正放大小板凳二條，全跕，下，全撤。

仙樓：衆引觀音上唱，正設並放杌子四個，上放出彩蓮花座。

羅刹女射箭時，拉蓮花座内線，出彩雲，擋住。射完箭，收彩雲，觀音下座，全撤。

壽臺：觀音歸座，隨開左臺口地井，紅孩兒下、上、去，蓋板。

上場門内預備山座一塊。

六本 第一齣 黄龍 太乙上壽 左右洞門掛翠雲山芭蕉洞 積雷山摩雲洞匾

護法神　八力士　金童　玉女　太乙天尊　八仙　王子喬　梅福

陶安公　衛叔卿　弄玉　吴彩鸞　上元夫人　東凌聖母　十六仙童　十六仙女

木公　金母　白猿　青鸞　仙鶴

護法神上，靠仙樓正設九節搭垛一座，衆下，仙樓撤。

仙樓上，太乙天尊上唱，正設香几一個，上放爐瓶三式一分，隨椅一張。木公、金母上，見面，起，撤。隨放八字香几二個，上放爐瓶三式二分，隨八字椅二張，左邊放。對面香几一個，隨爐瓶三式一分，隨椅一張，九節搭垛左右放八字大板凳二條。衆仙童、仙女合舞完，衆下，仙樓全撤。

第二齣 紅龍 羅刹憶子

羅刹公主　魔女

羅刹女上，引四句。放正椅一張，後放正桌一張，上放燈一盞，起，撤。椅放在桌内，出，撤。

第三齣 紅龍 牛魔懼妻

牛魔王　玉面姑姑　魔　女　丫　環　羅刹公主　蝦　兵

牛魔王上，引四句，放正椅一張。玉面姑上，見面，起撤。隨小放酒桌一張，左右隨椅二張。見羅刹女，仝出，撤。即放正椅一張，魔女領走，起，撤。羅刹女出洞，隨正放椅一張，起，撤。

左右預備酒壺二把。　羅刹女出入左右洞門。　蝦兵小妖出入右邊洞門。

第四齣 紅龍 卓立上壽

卓立　衆院子　喬氏　侍女　如玉　衆侍女　差官

卓立上，引六句，放正椅一張。見喬氏，起，撤。隨放八字椅二張，如玉上，放右下椅一張，仝起撤。隨放正酒桌一張，隨正椅二張，右桌頭椅一張，仝出，仝撤。

上場門酒壺一把。

第五齣 墨彈 陰隲絶交

齊福　陰隲

齊福上，引四句，放正椅一張。見陰隲，起，撤。隨放八字椅二張，仝起，撤。

第六齣 紅龍 牛魔借寶

蝦兵蟹將　通聖龍王　九頭駙馬　小　妖　牛魔王出入右邊洞門

上、出、未下場時，隨開後地井，出龍王、水卒，下蓋板。通聖龍王、九頭駙馬上，各引二句，放正椅一張，左下椅一張。見牛魔王，起，撤。隨放八字酒桌二張，左邊小放酒桌一張，各隨椅一張，仝出撤。

左右酒壺二把。

第七齣　盜取靈芝

許飛瓊　董雙成　吴彩鸞　瑞鶴仙　通聖女　衆仙女

禄臺：上，出，下場，隨正設小布香山一塊，隨靈芝三枝，後應大布羅浮山一塊，四仙女二次下場，再撤。

第八齣 彈墨過會盜寶

左右洞門換金兆山金兆洞、文蔚山毒霧洞匾

淡然　齊福　賴斯文　陰隲　院子　衆院子　衆梅香　如玉
二橋夫　小姐　車夫　衆百姓　會首　中旛　龍旗　御杖
吵子　鐺子　小鈸　膀鼓　號　鑼　座子連像　掌儀司雜耍
號佛　十番　水卒　九頭鳥

上，出。仙女上，隨上雲帳，擋住。正設塔一座，塔後放舍利一個。上，出，下場撤雲帳，内吹打，塔内出彩雲。九頭鳥盜去舍利，收彩雲，上雲帳，撤塔。完，撤雲帳。

上、出、下場，左右帮臺前各斜放條桌二張，桌上各放彈墨桌椅一張，左右條桌頭杌子二個，桌上各放花瓶一個。下，桌全撤。

第九齣 龍紅 貪榮參立

院子 賴忠誠 內白

賴忠誠上，引四句，放轉場椅一張，起，撤。

第十齣 紅龍 侍兒代審

喬氏　侍女　如玉　侍女　儀從　衆院子　卓立

喬氏上，引四句，放正椅一張。如玉上，見面，放右下椅一張。卓立上，見面，起，撤。隨放八字椅二張，仝起，撤。

第十一齣 龍紅 審問齊福

書吏　門子　廷尉　差人　皂隸　齊福　侍女

廷尉上，引四句，正放公案、桌椅一張，桌上放紙一張，出，撤。

場上放手扭鎖子一分。

第十二齣 布藍 師徒遇福

賴斯文　酒保　陰隲　張金　李玉　悟淨　唐僧　悟能

悟空　齊福

賴斯文上，唱。隨放正椅一張，起，撤。見酒保面，中場小放酒桌一張，正桌頭椅一張，左邊隨椅一張，右邊隨椅二張，全出，撤。

上場門預備酒壺一把、中子四個，隨盤。

悟空二場上，隨上雲帳。中場正設塔一座，此出下場，撤雲帳。

第十三齣 墨彈 持走得信

淡然 沙彌 唐僧 悟空 悟能 悟淨 齊福 李玉

淡然上，引二句，放正椅一張。唐僧進門，座了，起，撤。

第十四齣　掃塔擒怪

奔波兒霸　霸波兒奔　唐　僧　悟　空　悟　能

上、出、下場時，隨開左右臺口地井，出二怪，蓋板。

唐僧掃完塔，唐僧念白完，起曲，上雲帳，撤塔，完。撤雲帳。

二怪上，念白時，塔前放酒壺一把，酒中二個，菜二碟，隨盤，隨綁繩套二根。　後臺預備棕第一把。

第十五齣 代僧伸冤
紅龍

賴忠誠 衆太監 國王 悟空 悟能 悟淨 唐僧 鮎魚精
團魚精 齊福 李玉 衆校尉

國王上，引四句，放正桌椅一張。唐僧上，見面，放左下椅一張，唱尾聲，出，桌全撤。

第十六齣　擒鳥註寶

悟空　悟能　奔波兒霸　霸波兒奔　水怪　九頭駙馬　九頭鳥

通聖龍王　天將　二郎神犬　牽犬神將　通聖公主　假九頭駙馬　小妖

九頭駙馬、悟空、悟能殺戰。九頭鳥敗下，又上，念白，現出原形，擒他下。左邊隨彩火一把，出九頭形兒，九頭鳥拿悟能上，隨中場正放背向上綁竿繩椅一張，隨耙一把。通聖公主上，隨開左臺口地井，下假九頭駙馬，出悟空，下通聖公主，蓋板。

禄臺：二郎神上，隨九頭鳥首級一個。

上場門預備靈芝一枝、舍利子一個，公主取。

第十七齣 龍紅 復現金光

堂候 卓立 淡然 悟空 悟能 悟淨 唐僧

衆太監 大太監

卓立上，引四句，放正椅一張，見唐僧，起，撤。隨放正桌盒椅一張，左右對面桌盒二張，各隨椅二張，太監上，出，桌全撤。

上場門茶中三個，隨盤二個。下場門茶中二個，隨盤一個。

不用經擔、馬。

第十八齣龍紅　敕賜圓親

讚禮官　院子　卓立　喬氏　齊福　侍女　如玉

卓立、喬氏上，放八字椅二張，起，撤。拜天地時，隨放正酒桌一張，隨椅二張，左右桌頭椅二張，出，桌全撤。

左右預備宫燈二對。

第十九齣　南山大王

執黑旗八小妖俱出右邊洞門　拿把子八小妖　二先鋒　南山大王　樵　子進洞

上，出。放八字椅時，隨上雲帳擋住，後場正設仙山三塊，山後正設條桌四張，左右帮條桌二張，左右順放大板凳二條，松樹二棵，桌上左右放松樹二棵，上各搭綁繩一根，正放杌子一個，搭布山片一塊，後應大布羅浮山邊二塊。上，出，下場，撤雲帳，隨仙山前正設仙山座一塊。南山大王上，唱，正放交椅一張，起，撤。大王座定，隨開大地井前邊板，點黃煙，完，不蓋，下、出用。

南山大王下場，將仙山座挪在大地井前邊。

左右場門内預備旗八杆，葫蘆八個，不開，地井左右場上預備香火。

第二十齣　擒取唐僧

悟空　悟能　悟淨　唐僧　十六小妖　三假南山大王　二先鋒

南山大王　一小妖

唐僧上，衆小妖上，遶場。唐僧下馬，大地井内出彩火一把，上假南山大王、衆小妖，遶第二場，下。隨開左臺口地井，假豹精、悟空戰，下，出彩火一把，出假豹精，蓋板。隨開右臺口地井，悟能、假豹精戰，下，出彩火，上假豹精，蓋板。悟淨、假豹精戰，下。天井上下豹爪，唐僧下。大地井出假唐僧，蓋板。抓起假唐僧去，小妖拿行李、馬進洞，衆擋住，撤仙山座，別者不動。

衆小妖頭場上，遶場下。左中隨場上，放棒。

右邊洞内預備假唐僧首級一個，悟空三人又上，小妖從洞内送出假人頭時，隨開前臺口地井，下假人頭，出木頭一塊，隨彩火，蓋板。

第廿一齣 龍紅 分身法相

八小妖　二先鋒　南山大王　一小妖　悟空　悟能　悟淨　悟空化身

衆引南山大王上，引四句，放正椅一張，起，撤。南山大王出洞，悟空等上，隨開大地井前邊板，白「待我拔几根耗毛」，咀隨彩火出四悟空化身，打死二先鋒，下。隨彩火出狼形二個，悟空看完，拿下形兒，蓋板。悟空化身下地井，再蓋板。

右邊洞内預備雙刀四對，朴刀一對，月斧一對，斬馬刀一把。

第廿二齣　搭救曾樵

四小妖　唐僧　四小妖　樵夫　悟空　八小妖　南山大王　悟能　悟淨

悟空救唐僧、樵夫出洞，隨開左臺口地井，下。豹精隨彩火出形兒，蓋板。洞內行李馬火把一根，安黄煙。

放火時隨彩火，放火時，山子等全撤。

第廿三齣 紅龍 兕大王妖

衆小妖　兕大王　悟空　悟能　悟淨　唐僧　毛女　報事小妖

水德星君　火德星君　哪吒　托塔天王　雷公電母

兕大王上，唱，放轉場椅一張，起，撤。衆出左邊洞門，念白，化樓一座。兕大王出洞，隨開大地井前邊板一塊。兕大王扔汗巾，下汗巾，出彩火一把，蓋板。隨開後地井，衆小妖下，又上，蓋板。小妖遶場，天井下樓一座，内放琴桌一張，小板凳一條，背心二件，悟能、悟淨、唐僧進樓，給悟能、悟淨穿背心掛，釣拿住唐僧三人，小妖遶場，天井上，拉上樓。

唐僧、悟空等上，右邊場上放棒。

第廿四齣　老君收牛

悟空　衆羅漢　兕大王　老君　二道童　牛　唐僧　悟能

悟淨　水德星君　火德星君　雷公電母　哪吒　天王

老君從祿臺上，下至仙樓。

右邊行李馬。

七本 第一齣 紅龍 普賢上壽 左右洞門掛麒麟山獅豸洞陷空山無底洞

衆羅漢　侍者　龍女　善才　觀音　侍者　普賢　象　象奴

仙樓：觀音上，唱，正放藍蓮花座杌子，下，撤。普賢上，見面，仙樓上隨放八字桌、盒椅二張，隨茶中二個，隨盤二個，全出撤。衆下仙樓，衆羅漢等起曲，走時，左右前臺放八字椅二張，站，下撤。放椅，站時，隨上雲帳。中場正設小布香山桌一張，左右留門，正拉小布香山二塊，靠仙樓正設條桌二張，上放條桌一張，上下大板櫈三條，摘欄杆挪搭搡接條桌，左右放八字條桌二張，桌上放大板凳二條，外桌頭八字大板凳二條，八字條桌。前拉布仙山邊二塊。桌後拉布羅浮山邊二塊。仙樓上拉小布太和山二塊。八字拉設完，中嘆「至呀」，即撤雲帳。中下仙樓，上雲帳全撤。完撤雲帳。　普賢上、下象隨琴桌杌子。

第二齣　師徒遇賊

衆强盜　楊　勇　悟　空　悟　能　悟　淨　唐　僧

右邊場上放棒。

第三齣 墨彈 緑林逐徒

楊大武　悟空　悟能　悟淨　唐僧　楊勇　强盜　楊勇妻

楊大武上，引四句，放正椅一張，起，撤。

馬拴在左邊臺柱上。左邊行李，右邊放棒。

第四齣 紅龍 蓮臺訴冤

侍者善才　龍女　觀音　悟空

仙樓：觀音上，白四句，放正椅一張，起，撤。

第五齣　獼猴劫衣

唐僧　悟能　悟淨　獼猴　村婆

下場門内後臺預備花包頭一塊，包毡帽一頂，悟能拿上。

第六齣　六耳獼猴

六耳獼猴　通臂猿　衆小猴　假唐僧　假悟能　假悟淨　衆小妖　假金角

衆猴兵　假銀角　假伶俐虫　假侍女　假老奶奶　執事　轎夫　衆妖兵

六耳獼猴上，嘆，隨上雲帳擋住右邊臺口，正設水簾洞門一座三塊，上掛「水簾洞」匾，水簾子一塊。右邊接洞門中山峯一塊，左邊接洞門正設小山峯三塊，左邊斜設高山峯一塊，隨松樹、桃樹二棵。後場正放石床一張，石墪三個。後應布仙山三塊，設完。獼猴念白時，撤雲帳。獼猴進洞，隨開大地井前邊板，出假唐僧三人，蓋板。假老奶奶進洞，隨開左右臺口地井，出猴兵右邊上，蓋板。妖兵左邊上下，隨彩火，蓋板。連下出。

石床上隨雜菓、假紙壺二把，中子三個，床後放棒。

第七齣　真形幻相

悟淨　衆小猴　通臂猿　彌　猴　假唐僧　假悟能　假悟淨

彌猴趕悟淨出洞，彌猴又進洞，下場，隨上雲帳，即全撤。完，撤雲帳。

第八齣 龍紅 認假難辨

悟淨 侍者 惠岸 善才 龍女 觀音 悟空 右邊棒

唐僧 悟能

仙樓,觀音上,白二句,放正椅一張,起撤。觀音衆等下場,隨上雲帳,即照前設水簾洞山子等,隨棒設,完,即撤雲帳。真假悟空戰,出洞,隨上雲帳。全撤。完,撤雲帳。中井一雲兆。

仙樓上觀音,又上,白四句,放正椅一張,起,撤。

第九齣 魔照妖鏡 紅龍

馬帥 趙帥 温帥 關帥 悟空 彌猴 天師 天王
搭鏡天將

禄臺，天王白「將照妖鏡擡上來」，後場上放正琴桌一張，上安照妖鏡，天將搭，撤。 隨棒二根。

第十齣　地藏難辨

牛頭　馬面　鬼卒　判官　十殿閻君　侍者　大獄長者
罔明和尚　地藏　小鬼　悟空　獼猴

上、出、下場，隨右邊設酆都門，十殿閻君出鬼門，即撤。
仙樓上地藏，上唱。正設藍蓮花座，杌子前設香几一個，隨爐瓶三式一分，下，座全撤。　左邊預備茶中一個，隨盤。
地藏下場，隨右邊設酆都門，十殿閻君進撤。

第十一齣 佛收彌猴

揭諦 金剛 侍者 菩薩 阿難 迦葉 佛 韋馱

悟空 彌猴

禄臺：佛上正設大板凳一條，後條桌三張，上放杌子金蓮花座，座後杌子一個，左右八字大板凳二條，金剛小板凳二條，下，座全撤。 有形鉢一個。棒二根。

第十二齣 紅龍彈墨 上壽巧説

貂鼠　銀鼠　黃鼠　灰鼠　衆鼠精　地湧夫人　庖人

衆鼠精上，左邊臺口設面向右琴桌一張，上供天王、哪吒牌位，香爐，爉阡，隨香三炷。菓盒盃盤三分，二次拜完撤。隨放正酒桌椅一張。地湧夫人白「有」，内室出撤。衆鼠精下場，地湧夫人、灰鼠二人走小園場，隨中場小放桌一張，左邊隨椅一張，放右下椅一張，桌上放爐瓶三式一分，扇子一把，起撤。右下椅，唱尾聲起，全撤。　場上換月白氅一件。　酒壺一把。

右邊簾子門内取鮮菓子、盤子、刀、案板。

第十三齣 紫陽下凡 右邊洞門換積雷山匾
龍紅　　　　　　　　　　　　摩雲洞

張紫陽　仙　童　各色漁婆　各色漁翁

仙樓上，張紫陽上，唱，放正椅一張，起，撤。椅後放正桌一張，上放外國衣一件，桌後放五彩仙衣一件。張紫陽變仙衣，白，咀隨彩火一把，拿去仙衣，撤桌。

第十四齣 紅龍 壓境貪花

四太監　四宫女　朱紫國王　金聖　玉聖　銀聖　小妖　賽太歲
軍士　將官　張紫陽

國王上，引三句，放正椅一張。三位夫人上，見面，放左下椅一張，右下椅二張，全起，撤。隨放正酒桌椅一張，左右對面酒桌二張，左邊椅一張，右邊隨椅二張，全出撤。左右酒壺二把。

賽太歲上，後場正設朱紫國城一座，内左右正放一字桌二張，上下小板凳四條，後正放條桌二張，左右杌子二個，桌上正放杌子一個，後大板凳一條。國王下，桌全撤。國王二次又上，放正椅一張。金聖二次拜完，起，再撤。

賽太歲上，叫城，國王叫將官出城交戰，隨開前臺口地井板一塊。賽太歲晃鈴，隨彩火三個，將官晃三次，隨彩火三把，蓋板。

賽太歲出進左邊洞門。

第十五齣 紅龍 巧行醫脈

朱紫國王　玉聖　銀聖　二宫女　四太監　大太監　悟空　龍神

國王上，引四句，正放紅帳幔，桌椅一張，左右桌頭椅二張。悟空變彩線三條，自己代上去，隨左臺口斜設桌椅一張，出撤。國王出，桌全撤。國王二次上，見悟空，叩完頭，隨放八字椅二張，仝起撤。上場門預備金盆一個，金中子一個。

帳幔上安掛鈎。叫宫女取絲線，自己代上去。

第十六齣 紅龍 酒息火焰

四小妖　一頭目　朱紫國王　內侍　唐僧　悟空　報事太監

國王上，引四句，放轉場椅一張，起撤。見唐僧面，放正桌盒椅一張，對面桌盒二張，各隨椅一張，仝出，撤。

左邊茶中一個，隨盤。右邊茶中一個，隨盤。盃盤一分。

左邊假紙金中子一個。

第十七齣 私遣二女
墨彈

金聖　老嫗　悟空　二宫女

金聖上，唱重句，放正椅一張，後放正桌一張，起撤。椅放再桌内。唱尾聲，撤。

悟空、二宫女進左邊洞門。

第十八齣紅龍　巧換三鈴

衆小妖　賽太歲　悟空化身　二宮女　金　聖

賽太歲上，引四句，放正椅一張，起，撤。隨放正酒桌椅一張，左右桌頭椅二張，仝出，全撤。

左邊金鈴三個，酒壺一把。　右邊金斗一個，酒壺一把。

悟空化身見金聖面，隨開前臺口地井，變鈴時，出金鈴三個，隨彩火，蓋板。賽太歲白「來人」，先舞棍，隨右邊場上放棒。

悟空化身出左邊洞門。

第十九齣　收犼歸座

悟　空　賽太歲　善　才　犼　形　金　聖　二宮女　張紫陽　内　侍
朱紫國王　侍　女　犼　形

悟空與賽太歲戰時，隨開前臺口地井。悟空搖鈴，地井内出彩火，善才上，蓋板。善才上，隨中場放雲杌子一個，站，下，撤。　左場門預備五色彩衣一件。

善才上，犼，隨琴、桌、杌子。

第二十齣 借扇翻冤 左邊洞門換翠雲山芭蕉洞區

龍紅

衆小妖　唐僧　悟空　悟能　悟淨　土地　毛女　鐵扇公主

毛女　魔女　黄雲　悟空化身

衆小妖上，隨後場正設火焰山一座六塊。悟淨拉馬下，隨山後放彩火黄煙，悟空、悟能上山時，彩火放大些，下山，彩火慢慢放。二人下山見唐僧面，隨上雲帳，撤火焰山，隨後場正設山座一塊，上放小丹爐一個，前香几一個，上放爐瓶三式一分，左邊斜設羅浮山座一塊，右邊小放石床一張，石鏊一個，後應八字布仙山邊二塊。鐵扇公主上，唱，放轉場椅一張，起撤。遶場時，撤雲帳。鐵扇公主出洞門，隨上雲帳，全撤完，撤雲帳。就後場正設條桌三張，左右帮條桌二張，桌前大板凳二條，桌上正放大板凳一條，後一字桌一張，左右順放小板凳二條。衆雲魔女上跳舞時，左右各放八字大板凳一條，後琴桌一張，接外桌頭留當，各放八字大板凳一條，後一字桌一張，上放杌子一個。鐵扇公主上桌，拿扇子扇悟空，左右中間桌上各隨彩火一把，同下桌，全撤。悟空、鐵扇公主見面、殺戰時，鐵扇公主白，咀隨左邊斜設杌子一個，悟空白，咀隨右邊斜設杌子一個，左右隨彩火二把，仝站，下撤。

左邊洞内預備雙刀四對，右邊劍一對。右臺口放棒。悟空、鐵扇公主見面就放。

正條桌後預備芭蕉扇一把。鐵扇公主出入左邊洞門。

第廿一齣 龍紅 賺取芭蕉

悟空　侍者　靈吉菩薩　毛女　鐵扇公主

仙樓上，靈吉菩薩上，唱，放正椅一張，起，撤。

鐵扇公主出洞見悟空，隨開左臺口地井出芭蕉扇一把，蓋板。鐵扇公主二場上，隨放正椅一張，起撤。

左邊洞內雙劍一對，雙刀四對。下場門茶中一個，隨盤右邊小芭蕉扇一把。

菩薩下場，左邊場上棒。　公主出入左邊洞門。

第廿二齣 戲調琴瑟
龍紅

玉面姑姑　丫　嬛　悟　空　牛魔王　小　妖　牽獸小妖　内　白

玉面姑姑出洞，隨左臺口斜設對頭仙山邊二塊，上插小花。見悟空面，右邊放棒，撤山。牛魔王上，白二句，放正椅一張。玉面姑姑座，起再撤。

右邊洞内預備金象嗅刀一把。獸。

玉面姑出右邊洞門，下，左場門二次上，出右傍門，進洞門。悟空上，見玉面姑姑面，悟空唱完，右邊放棒。

第廿二齣 紅龍 三調芭蕉

毛女　鐵扇公主　悟空　假牛魔王

鐵扇公主上，引六句，放轉場椅一張，起撤。公主下場，悟空騎獸上，隨開左臺口地井。下悟空，出假牛魔王，隨彩火，下假牛魔王，隨彩火，出悟空，蓋板。假牛魔王騎獸，毛女拉進洞來。假牛魔王見鐵扇公主面，進洞，放八字椅二張，起撤。隨小放酒桌一張，左右隨椅二張，盃盤內放小芭蕉扇，仝出，桌全撤。

左右酒壺二把。上場門預備獸。

第廿四齣 彈墨 收牛魔王

牛魔王　假悟能　悟空　悟能　土地　衆陰兵　衆魔女
玉面姑　牛魔變白鶴　悟空變鳳凰　牛魔變香猪　悟空變猛獸　牛魔變象
悟空變狻猊　四金剛　十六羅漢　四神將　哪吒　天王　九曜
丁甲神　紅孩　龍女　觀音　牛魔形　三頭六臂　鐵扇公主

牛魔王上，變悟能，下場門隨彩火一把，上場門内預備大芭蕉扇一把。假悟能見悟空面，假悟能下，隨右場門彩火一把，出牛魔王。左邊放棒，土地上，隨中場放杌子跕一個，土地站，下，撤。土地上，見面，隨開左臺口地井，下魔女、玉面狐出狐狸尾，放炮章，點黄煙，蓋板。玉面姑上，隨中場小放桌一張，上放雙劍一對，左邊隨椅一張，拿去劍，全撤。悟空、牛魔王上戰，變化，左右場門隨彩火。

禄臺：打號，左右隨放彩火。壽臺：衆引天王上，白「佈下天羅地網者」，隨四角放杌子四個，對大柱，外邊大花仙樓前正放杌子一個。哪吒、悟空站，下，撤。金剛站，下，撤。四角杌子。哪吒白「牛精已擒」，隨開前臺口地井，斬牛精，隨彩火，下牛頭二個。牛魔王地井念白完，下牛形，出牛魔王，蓋板。

左邊場上棒。悟能出入右邊洞門。

鐵扇公主出進左邊洞。用四角雲兆，中井三雲兆。

八本 第一齣 十宰行香 左右洞門掛獅駝山獅駝洞 三絶山三絶洞匾

軍卒 將官 二十四公臣 二住持 八樂器僧 八法器僧 太監

大太監

衆公臣上，唱完，通完名，中場正設佛像桌一張，上供佛相三尊，香爐燭阡三分，隨香二十一炷，小疏一道，隨盤，大太監拿上。左磬右木魚，天井下水路杆掛水路三尊，左右八字音樂法器，桌二張，左音樂、右法器，大太監上，拈完香，衆公臣又拈香，完，全撤。

第二齣 彈墨 除銀額怪

小妖 銀鼠 劉志 唐僧 悟空 悟能 悟淨 五方神將

銀鼠上，唱完，念白四句，放正椅一張，起，撤。劉志上，引二句，放正椅一張，起，撤。唐僧上，見劉志面，進門，隨放正椅二張，左右對面椅四張，仝起，撤。唐僧二場上，放正椅一張，對面椅三張，左一右二。悟空上，左邊添椅一張，仝起撤。銀鼠二場上，與悟空戰，下。悟空叫「五方神將上」時，隨開大地井，下銀鼠，隨彩火，出形兒，蓋板。

悟空、銀鼠殺戰時，右邊預備黃砂切末。

銀鼠出入右邊洞門。洞内預備把子。

第三齣　七姊鬬草

右邊洞門換隱霧山折岳連環洞

月霞仙子　衆蜘蛛精　百眼大仙

第四齣　托鉢浴泉

悟空　唐僧　悟能　悟淨　月霞仙子　衆小妖　土地　浴泉妖

衆蜘蛛精

地井内預備大蛛蛛三個，皮巴掌三個，小板子三块。

小妖拿唐僧悟能、悟淨拿耙杖上。

本人拿上　右邊放棒二次。　後臺預備雙刀七對。

悟能洗澡脱下僧衣，拿下來。耙别動。

第五齣 彈墨 悮遭五毒

百眼大仙　月霞仙子　蜘蛛精　悟　空　悟　能　唐　僧　悟　淨　蜈蚣化身

小　妖　蜈蚣形

唐僧見化身進門，隨放正椅一張，左右對面四張。小妖上搭去椅三張，化身悟空座椅起，就撤。唐僧見化身座定，隨開前臺口地井板一塊，化身座起，拿拂塵一招，出彩火一把。悟空、百眼對戰，百眼敗下，隨下場門彩火一把，出蜈蚣形，與悟空過合時，出彩火一把，蓋板。蜈蚣形下，隨下場門彩火一把，換百眼上，唐僧見化身座定，隨開右臺口地井，下化身，隨彩火，出百眼，蓋板。

悟空等座定，左邊場上放棒。

第六齣 紅龍 收蜘蛛精

黎山老母　悟空　揭諦　侍者　毘藍婆菩薩　百眼大仙　月霞仙子

蜘蛛精

仙樓上，毘藍婆菩薩上，引四句，放正椅一張，起，撤。菩薩下仙樓時，隨後場正設條桌一張，左右桌頭杌子二個，跕，下，撤。

左邊棒。天井下金針三個。

第七齣 墨彈 誠殷愛日 左邊洞門換獅駝山匾 獅駝洞

柳逢春 楊氏

柳逢春上，引五句，放椅一張，起，不動。楊氏上，見面座，隨放左下椅一張，仝起，撤。

第八齣　豹頭結伴

豹　精　地湧夫人

無排場。

第九齣 紅龍　三妖演法

豹艾文　小妖　獅精　小妖　象精　小妖　鵬精　四方頭目

三精上，唱，放轉場交椅一張，對面交椅二張，仝起撤。三精出洞時，後場正設條桌二張，左右杌子二個，桌上放交椅一張，左右八字平台二座，與中間一樣，下，桌全撤。

出入左邊洞門。

第十齣 紅龍彈墨 得劍遺鸚

二妖童出入右邊洞門　柳逢春　地方　衆鄉民　善才　龍女　觀音　鸚歌

楊氏　觀音化身　衆小妖　豹艾文　獅駝嶺頭目

二妖童上，後場正設對頭仙山邊二塊，後條桌一張，左右杌子二個。柳逢春跕，下，撤。柳逢春上，白「侍我上高處去看」，隨開左臺口地井下妖童，隨彩火，出狼形，雙劍一對，蓋板。

地方上，左邊斜設榜架子，地方拿去榜文，撤架子。

上場門預備口袋一條。

仙樓：觀音上，唱，放正椅一張，起，撤。天井下線掛鸚歌，內白「領法旨」，拉起去。楊氏上唱，放轉場椅一張，起撤。椅後放水桶一個。觀音化身見楊氏面，進門，隨放正桌椅一張，右桌頭椅一張，桌上放茶壺一把，茶中二個，餑餑一盤。柳逢春上，進門出桌撤椅。觀音化身下場，桌上放白裙子一條，披包一個，包頭一塊，撤桌上茶壺等，拿去裙子等，撤桌。母子出門，下場又上，隨左邊斜設柳樹四棵。傳事頭目見豹精，撤。

第十一齣 紅龍 赴京揭榜

侍女　鸞娘　柳逢春　院子　楊氏　和友仁　黄門官　衆勇士

衆小軍　衆將官　二中軍

鸞娘上，引四句，放轉場椅一張，起不動。柳逢春上座，下場，鸞娘又上，見楊氏面，拜完，放右下椅一張，仝起撤。

上場門茶中二個，隨盤一個，大紅古搯一個。

下場門茶中一個，隨盤銀子一包，五十雙。

第十二齣 龍紅 逢春開操

二中軍　衆祇候　柳逢春　四將官　馬步兵　長鎗手　大刀手　棍　手

籐牌手　鳥鎗手

柳逢春上，唱，後場正設條桌三張，左右帮條桌二張，左右杌子二個，桌上正放虎頭公案桌，交椅。下桌全撤。

場上脱袍掛劍，帥鎗一桿，馬鞭一把。

第十三齣　擒豹艾文

唐僧　悟空　悟能　悟淨　小軍　將官　中軍　柳逢春

小妖　豹精

柳逢春二場上，即開左臺口地井，下豹精，隨彩火，出形兒，蓋板。隨形兒，出把子棍一根。

第十四齣 紅龍

猿攝寶瓶　右邊洞門換陷空山無底洞匾

悟　空　悟　能　胡斷賴　三小妖　悟空化身　衆小妖　衆小妖　獅　精

象　精　鵬　精　報事小妖　獅　形

悟空見胡斷賴進門，放正椅一張，隨棒起撤。悟空見胡斷賴面，拿棒隨開左臺口地井，下胡斷賴。預備金箍一個，下悟空，隨彩火，出假胡斷賴，蓋板。三精上唱，放轉場椅一張，對面椅二張，拿住假胡斷賴，撤椅。隨中場正放酒桌椅一張，左右桌頭椅二張，全出，撤。左場門預備大清瓶一個，小妖搭上拿住假胡斷賴，隨開前臺口地井，安瓶下，假胡斷賴搭去瓶，蓋板。獅精上白「待我現出原形」下，左場門隨彩火一把，出獅形，急開前臺口地井，悟空下，又上，蓋板。

左邊洞内象鼻刀一把，金雙錘一對，銀鎗一根。

上場門内預備總鑽風牌一面。

假胡斷賴進左邊洞門，悟空出洞，三精出進洞門。

第十五齣　象供籐轎

唐僧　悟能　柳逢春　悟淨　悟空　小妖　象精

左邊棒。

第十六齣　獅駝皈正

獅精　象精　鵬精　揭諦　二菩薩　推佛座　阿難　迦葉

佛　小妖　小妖　唐僧　悟空拿棒上　悟能　悟淨　衆小回回

獅形左場門上　象形右場門上　鵬形　小軍　將官　二中軍　柳逢春

佛上歸正跕住，隨左右斜設雲杌子二個。二菩薩跕，下撤。佛座後順放條桌一張，上放琴桌一張，上下杌子二個，悟空跕，下，撤。鵬形上，白「他原來在這里，待我展翅擒來」，鵬形隱下，即出座內金翅鳥。

二菩薩上，下獅象，左右隨琴、桌、杌子。

第十七齣 紅龍 恭送西行

中軍 小軍 將官 柳逢春 悟空 悟能 悟淨 唐僧

畫工 衆百姓

柳逢春上，貫門放正椅一張，見唐僧，起，撤。隨正放桌盒椅一張，左右對面桌盒二張，各隨椅二張，仝出撤。茶放在桌上，場門茶中一個隨盤，中軍拿經擔、馬。

第十八齣 紅龍 榮歸和鳴

鸞娘　丫嬛　楊氏　丫嬛　四梅香　和友仁　差官　小軍

將官　中軍　柳逢春　儐相　四院子

鸞娘上，引四句，放正椅一張，起不動。楊氏上，見面，放左下椅一張，仝起，撤。楊氏二次上，見柳逢春面，隨放正椅一張，起，撤。拜天地時，放正酒桌一張，隨正椅二張，左邊小放酒桌椅一張，仝出撤。　左右盃盤三分，宫燈二對。

第十九齣　途中悮救

地湧夫人　唐僧　悟空　悟能　悟淨

地湧夫人上，唱完，左臺口設松樹一棵。悟能放，下，地湧夫人來，撤。

第二十齣 彈墨紅龍 三僧被啖

老僧人 大和尚 小和尚 唐僧 悟空 悟能 悟淨 地湧夫人
老鼠 悟空化身 老鼠化身

老僧上，白四句，放正椅一張。唐僧座了，起，撤。唐僧白「徒弟隨我拜佛」，即中場正設香案一張，隨香三炷，拜完撤。唐僧下場，老和尚二場上，隨開左邊中地井，下地湧夫人，出老鼠形，吃完小和尚下，蓋板。吃完三僧人，下地井，唐僧未上，中場正放桌椅一張，出，撤。地湧夫人與悟空化身見面，下場。悟空、地湧夫人戰，地湧敗下，隨下場彩火一把，出化身，隨開左臺口地井，下化身，隨彩火一把，出小鞋一支，蓋板。

地湧夫人擒唐僧進右邊洞門。

上場門預備，綁黃煙，劍一對，茶中一個，飯碗一個，快子一雙，隨盤一個。

下場門預備茶中一個。 後臺棒。

第廿一齣　二女漏風

山神　土地　悟淨　悟能　悟空　黃鼠精　松鼠精

二鼠精出入右邊洞門。

上場門預備僧衣一件，木魚一個。

第廿二齣 龍紅 鬧破鸞交

公鼠精　灰婆　貂鼠精　唐僧　衆鼠精　地湧夫人　二神將　悟空

悟能　悟淨

唐僧上，白四句，放正椅一張，椅後放正桌一張。衆鼠精引地湧夫人上，見唐僧面，灰婆拉起唐僧，撤桌椅。二人拜天地時，隨正設酒桌一張，隨椅二張，仝出，撤。衆下場，悟空念白時，隨左邊小放香案桌一張，上供天王、哪吒牌位，拿去牌位，撤桌，放酒桌時，後場正放條桌一張，左右杌子二個，悟空跕，下，撤。

右邊酒壺一把。

第廿三齣　掃平鼠孽

張道靈　悟空　李長庚　神將　天王　神將　哪吒　鼠精

禄臺奏事。無排場。

神將進右邊洞門，拿鼠精出洞門，唐僧出洞。

第廿四齣 龍紅　獅鹿脱逃

衆仙童　南極壽星　衆揭諦　太乙天尊　鹿　獅

壽星上，引四句，放正椅一張，起撤。設椅時，靠仙樓正設九節搭垛一座，仙童上仙樓，撤。壽星見太乙天尊，下鹿仙樓，上放八字香几二個，隨爐瓶三式二分，八字椅二張，仝出，撤。壽星、天尊上仙樓，歸座，隨開大地井前邊板二塊，點梨杖，上黃煙，完，蓋板。

壽星、天尊上下，鹿、獅俱隨，琴、桌、杌子。

九本第一齣紅龍　玉兔潛逃 左洞門換豹頭山虎口洞匾右九節山菠月洞

仙女　嫦娥　玉兔　月主　衆仙女　衆仙童　衆雲使　二神將

禄臺未開戲，後場正設條桌三張，桌前大板凳，桌左右八字大板凳二條，杌子二個，左右桌上下桂樹四棵，桌上正設月光一分。月主上唱，月光前放正椅一張，下，桌全撤。

壽台未開戲，左右對天井設大搭垛二座。衆舞完，雲鏡歸排，隨後場正設「壽」字雲門三塊，有門一，三尖二二神將進雲門，隨上雲帳，全撤。完撤雲帳。

第二齣　比丘惑衆

鹿精　一黃門官

無排場。

第三齣 進嬌着迷 紅龍

四太監　二大太監　四宮女　比丘國王　八文武官　黄門官　鹿精

狐狸精

衆引國王上，引四句，隨正設條桌三張，左右桌頭正椅二張，後順放小板凳二條，桌上正設帳幔、桌椅一張。鹿精上，見面，放左下椅一張，起撤。國王下，桌全撤。

第四齣 龍紅 鹿精進方

鹿精　二道童　黄門官　地方

鹿精上，唱，放正椅一張，後放筆、硯桌一張，隨古摺一個，起，撤椅，放在桌内，出桌，全撤。奏完事，黄門官下場，鹿精進門，隨放正椅一張，起撤。

下場門預備牙笏一塊，道童取。

第五齣　悟空救子

男女百姓　擡鵞籠人　師徒四人　四風神　四山神　鬼　卒

無排場。

第六齣 龍紅 徵藥開心

四太監　比丘國王　鹿精　假唐僧　悟空　狐狸精　壽星　白鹿形
護法神

國王上，引四句，放正桌椅一張，出撤。鹿精上，見面，放左下椅一張。假唐僧上，見面，放右下椅一張。仝起，撤。撤下椅時，隨開人地井前邊板，出七色心肚子一個，假唐僧代收完下，蓋板。假唐僧本人代上，肚子不用，地井出。如不代上，在開地井預備。鹿精二場上，隨開左臺口地井，與悟空殺戰，鹿精敗，下，左場門換狐狸精上，悟空打死狐狸精下地井，蓋板。

壽星上，下鹿，隨琴、桌、杌子。

第七齣 柿山除蟒 紅龍

蟒精　師徒四人　衆道士　法官　衆鄉民

上、出、下場時，即開左臺口地井，出蟒精，隨彩火一把。悟空打死蟒精下地井，隨彩火，出蟒形，蓋板。地井内預備雙斧一對。

道士引法官上，隨後場正設條桌二張，左右杌子二個，桌上正放香案桌椅一張，桌上放法盞、劍、手鈴、勅令牌、牙笏、符三道，衆道士搭，下法官，全撤。

第八齣　悟能開路

衆鄉民　老　者　師徒四人

無排場。

第九齣　玄奘藏身

護法神　伽藍神　師徒四人　二擡櫃小二　强　盗

師徒四人上，後場正設柳樹四棵。師徒下場，撤樹。伽藍神下場，隨開前臺口地井。悟空變衣帽，隨彩火，出布道袍四件，帢帶四條，毡帽三頂，煙毡帽一頂，拿去，蓋板。

用小雲兠二個。

第十齣　店中施法

布藍

趙寡婦　師徒四人　二抬箱小二　衆强盜　官　兵　衆化身剃頭人

趙寡婦上唱，左臺口斜設空綁椅一張。上場門預備紅燈籠一個。師徒四人上，進店，隨放八字椅四張，仝起，撤。師徒進店時，上場門羅郭搭垜前放板箱一個，隨扛一根，隨開前臺口地井板四塊，箱子放在地井上。唐僧師徒下，悟空變鎖頭，隨彩火一把，出鎖頭一把，拿去箱子，蓋板。悟空二場上，隨開左右臺口地井二個，悟空變剃頭人上，隨彩火，蓋板。

用小雲兜二個。

第十一齣 伽藍顯聖 龍紅

文武官　太監　宮官　滅法國王　擡箱官兵　師徒四人　伽藍神

國王上，引四句，放正椅一張，後放帳幔桌一張，起撤。椅在桌内，伽藍神下場，國王出，桌撤。國王二場上，後場正放條桌三張，左右放正椅二張，後杌子二個，桌上正放帳幔桌椅一張，下，桌全撤。國王上，桌歸座，隨開前臺口地井板四塊，箱子放在地井上。出師徒四人，搭去箱子，蓋板。師徒下場，换衣帽，又上，見國王面，隨放正桌盒椅一張，左右對面桌盒二張，各隨椅二張，茶中放在桌上，全出撤。

上場門行李馬。

第十二齣 龍紅 小雷音寺

八妖童　黃眉童　師徒四人　二十八宿　亢金龍形

黃眉童上唱，放轉場椅一張，起撤。黃眉童上，隨上雲帳擋住，中場正放大供桌一張，隨大供器一分，後設轉龕圍屏一分，龕前後杌子二個。黃眉童下場，唐僧上，撤雲帳。黃眉童座在龕内，後邊念白「與我拿下」，轉出人去。黃眉童敗下，隨開左臺口地井，悟空下，上去蓋板。黃眉童拿金鐃扣住悟空，唱完，上龕座定，轉進人來。二十八宿上，擋住，撤桌，上供器一分，亢金龍揭起金鐃，龕上轉出。黃眉童與二十八宿戰，黃眉童敗下，二十八宿趕下，隨開前臺口地井，黃眉童扔下雲搭包，即出裝仙袋，下二十八宿，完，收袋，拿去雲搭包，蓋板。

師徒四人進廟，隨左邊場上放棒。卜場門預備金鐃一個。

第十三齣　黄眉展法

探子　龜蛇二將　龍神　黄眉童　張太子　神將　小妖

龜蛇二將上白「快出來受死」，與黄眉童戰下，又與張太子戰，張太子敗下，黄眉童白「小妖們」，轉出小妖去，黄眉童與小妖歸龕座定，轉進人來，隨上雲帳，全撤。完撤雲帳。

第十四齣　彌勒收妖

悟空　彌勒佛　黄眉童　彌勒化身　二十八宿　唐僧　悟能

悟淨　童子

悟空上，下吹打，彌勒佛從雲兆下，悟空上，見面，右邊捧佛下雲兆時，後場正放條桌一張，左右杌子二個。悟空跕，下撤。悟空見佛化身，隨開左臺口地井，白，咀出西瓜二個，蓋板。黄眉童吃西瓜時，悟空上，見面，隨開前臺口地井，下黄眉，出童兒，蓋板。

右邊行李馬，悟能、悟淨拿上。

用中井一小雲兆。

第十五齣 彈墨 寇氏齋僧

院子寇員外　梅香安　人　師徒四人　寇　樑　寇　楝　四强盜

寇員外上，引四句，放正椅一張，安人上，見面，起撤。隨放八字椅二張，仝起，撤。唐僧上，見員外面，隨放正桌盒椅一張，左右八字桌盒二張，隨椅三張，左一，右二，對面桌盒二張，各隨椅二張，仝出，桌全撤。茶中放在桌上。

衆强盜上，右場門預備金銀包袱二包。

場門行李、馬。

第十六齣 神靴警案
龍紅

四强盜　寇洪　寇樑　寇楝　二院子　寇安人　二梅香　門子
府官　書吏　四皂隸　二捕役　師徒四人　四步兵

知府上，引二句，放正椅一張，起撤。白「吩咐開門」，隨放正公案桌椅一張，出，撤。知府二場上，隨正放公案桌椅，出，撤。

天井下大靴一支

四强盜上，見寇洪等面，上場門預備衣服、金銀包袱一包。

第十七齣 公子投師 紅龍

內侍　玉華國王　唐僧　悟空　悟能　悟淨　三公子

國王上，引四句，放正桌椅一張。唐僧上，見面，放左下椅一張，二次起，撤。三公子上，見面，出，撤桌椅。

左邊場上預備雙劍一對，雙刀一對。　右邊場上預備雙錘一對。

第十八齣 紅龍 設釘鈀會

豺精　狼精　虎精　豹精　悟空　小妖　刁鑽古怪

古怪刁鑽　小妖　黃獅精　悟能　悟淨　悟空能淨化身

黃獅精上，白四句，前地井板上放正椅一張，起撤。黃獅精座定，隨後場正放條桌一張，桌前立棒鈀杖，拿去，撤桌。

黃獅精歸座，隨開大地井前邊板，下化身，出悟空，三人打死豺狼、虎、豹下，隨彩火，出形兒，蓋板。悟空三人出洞，燒洞門時，左邊洞門隨彩火。

左邊洞内預備大斧一把，短把子四對。

第十九齣 紅龍 白澤橫行 左邊洞門換清龍山圓英洞匾

黃獅精　各色獅精　小妖　九頭獅精　門軍　門官　玉華國王

三公子　衆官　男女百姓　僧道　唐僧　悟能　悟空　悟淨　悟能悟空悟淨化身

出入右邊洞門，洞内預備金鞭一把，大斧一把，短把七對，單刀八把。

門官上，白四句，放正椅一張，起，撤。放椅時，左邊斜設玉華國城一座，衆百姓、獅精進城，撤城。悟空、悟能、悟淨見九頭獅面，隨開中場後地井、左右臺口地井二個，下悟空三人，隨彩火，出化身各三個，蓋板。

第二十齣　蒼旻求救

紅龍

悟　空　衆天將　金　童　玉　女　太乙天尊　衆獅奴

太乙天尊從仙樓上唱，放轉場椅一張，起，撤。

第廿一齣 紅龍 太乙收獅

各色獅精　黃獅精　小　妖　九頭獅精　玉華國王　三公子　唐　僧
報事小妖　天　將　獅　奴　悟　空　金　童　玉　女　太乙天尊
悟　能　悟　淨　九頭獅形　衆獅形

九頭獅上唱，放轉場椅一張，起撤。國王、唐僧等下場，隨正放酒桌椅一張，左右八字酒桌二張，各隨椅二張，對面酒桌二張，各隨椅二張，仝出，桌全撤。

太乙天尊上唱，後場正放條桌二張，左右杌子二個，桌前大板凳一條，桌上放正椅一張，下桌全撤。

右邊洞内預備金鞭一把，大斧一把，行李、馬。

右邊棒。

第廿二齣 紅龍
彈墨 金平花燈

衆　將　　三公子　　玉華國王　　師徒四人　　住持僧　　龍　燈　　男女百姓

國王見唐僧面，隨放正桌盒椅一張，左右對面桌盒二張，各隨椅二張，仝出撤。右邊行李、馬。

唐僧見住持僧面，放正椅一張，右下椅一張，仝起，撤。

第廿三齣　假充三佛

男女百姓　衆里長　住持僧　師徒四人　小　妖　三犀牛精

衆百姓上仙樓，上掛金燈樓匾，左右明間掛彩球四個，接仙樓正放上下條桌三張，上下大板凳三條，里長上掛燈三，牛精下仙樓，全撤。

場上放棒。

第廿四齣 龍紅 捉犀牛精

小妖　三犀牛精　悟空　悟能　悟淨　衆天將　青龍　白虎
朱雀　玄武　角木蛟　斗木獬　奎木狼　井木犴　蝦兵　蠏將
摩昂　唐僧　三牛形　衆百姓　文官　執事

三犀牛精上，白四句，放正椅一張，對面椅二張，仝起，撤。朱雀、玄武等二場上，白「就此佈陣者」，隨放四角杌子四個，跕，下，撤。朱雀、玄武等白「就此追上」，衆神將下場，隨開前臺口地井，下三牛精、四星、悟空，蓋板。即隨開左臺口地井，太子上、下，蓋板。

下場門預備牛衣三分，桶、木盆、杠刀一分。

左邊行李、馬。　右邊馬杖。

禄臺棒一根。

第一齣 金頂盼僧

十本 紅龍

衆揭諦　侍者　金頂大仙　雲使　雲車

仙樓上金頂大仙，上引四句，放正椅一張，起撤。金頂大仙下仙樓，上雲車，衆起曲，唱四句歸四角分時，隨左右明間放四角杌子四個，跕，下撤。金頂大仙斜場念白完，雲車歸左邊跕定，隨右邊對雲車放杌子一個，跕，下，撤。

第二齣 龍紅 公主被攝

衆宮女　天竺公主　玉兔化身　假公主

衆宮娥引公主上，唱完，念白完，又唱，領走貫門，隨中場放正椅一張，椅後正放書桌一張，左邊小放爐瓶三式、桌一張，外桌頭椅一張，右邊小放梳粧桌一張，上放燈一盞，翠過喬一頂，桌裏後邊放正椅一張，上搭月白女氅一件。左臺口斜設高山峯一塊，隨桂樹一棵。放山子時，隨開臺口地井，下玉兔化身，隨彩火一把，出假公主，蓋板。換氅時，正椅起撤。放在桌內，衆引假公主出門，全撤。

上場門預備男月白氅一件。　公主場上脱蟒。

上下場門預備茶中二個，隨盤二個。

第三齣 投布金寺

墨彈

長老　師徒四人　天竺公主

長老上引四句，放正椅一張，起，撤。唐僧上，見長老面，進門放正椅一張，左下椅一張，仝起，撤。唐僧二場上，放正椅一張，長老上見面，放左下椅一張，仝起，撤。

第四齣 龍紅 拋綵招婿

金瓜武士　宫女　月妖　太監　唐僧　悟空　悟能　悟淨

衆看拋綵人

月妖上引四句，放正椅一張。宫女二次上見面，念白，起，撤。仙樓上月妖，二場上，隨放正椅一張，起，撤。

上場門預備套翅沙帽一頂。下場門預備紅蟒一件。

第五齣 龍紅 款僧赴宴

陰陽官　教坊官　典膳官　傳宣官　唐　僧　悟　空　悟　能　悟　淨

侍事官　役　人　手　下

唐僧上唱，放轉場椅一張，起，撤。下場時就左右放八字酒桌二張，各隨椅二張，仝出，撤。

左邊酒壺一把。右邊酒壺一把、酒罈一個、大碗一個。

第六齣 紅龍 假妖言情

月妖　宮女

月妖上引四句，放轉場椅一張，後小放爐瓶三式、桌一張，起，撤。椅放在桌左邊，見宮女起全撤。

第七齣　月妖洞房　紅龍

悟空　執事太監　傳宣官　陰陽官　唐僧　宫女　月妖　太監

唐僧、月妖拜天地時，後場正設紅床帳，後隨棒一根，左邊小放爐瓶三式、桌一張，上放燈一盞，外桌頭椅一張，右邊小放梳粧桌一張，上安兔耳翠過喬一頂，桌裏邊後邊放正椅一張。場上左右預備銀紅男女氅一對，場上換太監上，見唐僧，唱尾聲，再全撤。

左右預備宫燈二對，太監拿。

唐僧脱下蟒帽，放在桌上，不要動。

第八齣　收兔歸正

月妖化身　悟空　山神　土地　兔形　太陰星君

月妖化身上仙樓，念白，隨開左臺口地井，下化身，隨彩火，出兔兒，盞板。

用中井一雲兆。

第九齣　公主還朝

住持　天竺公主　和尚　師徒四人　太監　宮女

無排場。

第十齣　過荊棘嶺

師徒四人　十八公　孤真公　凌空子　拂雲叟　妖童　侍女　杏仙

師徒四人上，隨上大布仙山邊二塊，擋住左邊。中地井裏邊上放竹子樹一棵，右邊中地井裏邊上放杏樹一棵，前正設小山峯一塊。人地井後邊正設松樹一棵，人地井左邊栢樹一棵，右邊放檜松樹一棵。中場小放石床一張，隨石墩五個。後應大布仙山邊二塊，放山子樹時，隨開大地井後邊板。左右中地井二個，四男樹精上，下，蓋大地井、左邊地井板。右邊地井杏仙上、下，蓋板。師徒四人下場，撤擋布山子。悟空打倒樹，全撤。

地井内預備茶中五個，隨盤三個。後又茶中一個，隨盤茶壺一把。

右邊棒。

第十一齣　杏仙牽情

與上出相連。

第十二齣　化脱凡胎

金頂大仙　師徒四人　摇船人　小白龍　八揭諦

金頂大仙上，見師徒四人，念白進門，走過中場，即隨開前臺口地井，下馬，出小白龍，馬皮一張，僧衣一件，僧帽一頂，數珠、絲縧，蓋板。

衆揭諦下仙樓，擋住，隨靠仙樓正設九節搭垜一座，不動連用。

第十三齣　皈依印度

韋馱　金剛　師徒五人　天王

無排場。

第十四齣　雷音見佛

韋　馱　金　剛　師徒五人　天　王　侍　者　阿　難　迦　葉　佛

禄臺：佛上唱，正放大板凳一條，後條桌二張，上放杌子、金蓮花座、左右桌頭杌子二個，八字扃大板凳二條，左右臺口地面大板凳二條，下坐，全撤。

禄臺預備五佛冠、袈裟，管相人預備。

第十五齣 紅龍 唐僧授經

衆雲童　侍者　唐僧　悟空　悟能　悟淨　悟徹

衆雲童上九節搭垜，左右正放小板凳二條，跕，下撤。仙樓上正放琴桌二張，上放經十二部，拿去經，撤桌。壽臺左右預備琴桌二張，侍者搭撤，拿去經，撤桌。揀完經，衆下仙樓，雲童擋住，撤九節搭垜。

第十六齣　老鼉陷經

降龍　伏虎　老鼉　師徒五人　四伽藍　韋馱　揭諦　護法神

降龍、伏虎上，隨開左右前地井二個，水雲上完，蓋板。水旗從左右場門上，擋住，隨開大地井出老鼉。地盤後正放條桌一張，後大板凳一條，護法神跕，上地盤，撤桌，地盤下，蓋板。

老鼉上，左右放小搭垜二塊，上搭跳板一塊，用臺口二雲兆。

第十七齣 墨彈 栢樹東指

金甲神　住持僧　香　公

金甲神下場，左臺口設拉線栢樹一棵。住持僧上引四句，放正椅一張，起撤。住持僧下場，撤樹。

第十八齣　紅龍　迓迎金經

衆百姓　執事人　太監　住持僧　抬綵亭人　師徒五人

抬綵亭人二場上，後場正放條桌二張，龍亭放在桌上，隨桌前放香案桌一張，隨香三炷，太監拈完香，衆下場，全撤。

第十九齣 師徒面聖 黃龍

魏徵　李靖　值殿　太監　宮官　師徒五人

魏徵、李靖上，隨中場設朝，正設條桌三張，後大板凳一條，左右桌頭正椅二張，後杌子二個，桌上正設黃帳幔，桌一張，白「退班」，下，桌全撤。

第二十齣 龍红 開演法會

二僧綱　衆臣宰　音樂僧　法器僧　師徒五人　衆雲童　觀　音　善　才

龍　女　衆忠臣魂　雲　童

二僧綱上，後場正設對頭大板凳二條，後對頭條桌四張，上正放琴桌一張，上放爥阡一對、爐瓶三式一分，手鈴。隨正椅一張，左右八字小板凳二條，左右八字音樂法器桌二張，左音樂、右法器。隨法器八件，掛鍾、大鼓。觀音下，大雲板下，桌全撤。起大雲板，隨左邊斜設昇天門，右邊斜設酆都門，衆云上，擋住。隨鬼門接天門一字，正放雲條桌四張，右桌頭杌子一個。天門裏接仙樓搭垛、條桌、一字桌二張。衆忠臣魂進天門上仙樓，撤桌子。鬼門衆雲童又出天門，隨左邊斜設雲杌子一個，後大板凳一條，師徒五人跕，下撤。師徒進天門，撤天門。

用大雲板。

第廿一齣 青緌緞 冥府降祥 紅龍 不用青

牛頭馬面　小鬼　判官　金童　玉女　閻君　衆男女鬼魂

上，出，下場，隨右邊先設酆都門，閻君等下場，撤。

衆引閻君上唱，隨中場正放對頭琴桌二張，後條桌二張，桌上正放公案桌、交椅，左右桌頭、正椅二張，後杌子二個，八字大板凳二條，下座全，撤。

第廿二齣 黃龍 奉勅靈霄

四天官 值殿 神從 昭容 師徒五人

福臺：四天官上，設朝，正設黃帳幔、桌一張，白「退班」，撤。

禄臺：吹打，設朝時，隨左右先正放對頭大小板凳四條，跕，下，撤。

第廿三齣 恭祝吉祥 紅龍

四天官　師徒五人　書　吏　二衙官　二守丹爐童兒　菩提祖師　奎木狼

地湧夫人　六　魔　衆仙童　衆天女　捧茶童子

六魔上，見悟空等面，隨放正桌盒椅一張，左右八字桌盒四張，各隨椅二張，對面桌盒二張，各隨椅三張，全出，全撤。

左邊茶中八個。一中一盤，三中一盤。二中一盤，雙盤。　右邊茶中七個。二中一盤，雙盤。三中一盤。

第廿四齣　大花集福

十八羅漢　衆羅漢天龍　四金剛　阿難　迦葉　四大菩薩　如來佛

韋馱　師徒五人　二童兒　地湧夫人　奎木狼　龍王　龍女

六魔　忠臣

壽臺十八羅漢上，中場正設仙山座一塊，山後杌子一個，大木魚一個，隨錘。後靠仙樓正放羅浮山四塊，左右八字仙山四塊。十八羅漢唱完，四季天花落，衆羅漢下。仙樓、衆羅漢起曲，隨羅漢身後一字正放大板凳六條，後條桌六張，衆羅漢跕，下全撤。衆羅漢上桌上唱時，接袈裟，放桌時撤山子。

禄臺：佛上，無曲白，即正放大板凳一條，後條桌三張，上放杌子、金蓮花座，左右桌頭八字大板凳二條，左右臺口放對面小板凳二條，金剛座。師徒五人見佛面，封完拜起，隨桌前正放杌子一個，左右八字小板凳二條。師徒座，佛下座，全撤。